T0280159

LA ÚLTIMA MUERTE EN GOODROW HILL

LA TRAMA

La última muerte en Goodrow Hill

Santiago Vera

Papel certificado por el Forest Stewardship Council®

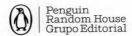

Primera edición: febrero de 2023

© 2023, Santiago Vera
Autor representado por Editabundo Agencia Literaria, S. L.
© 2023, Penguin Random House Grupo Editorial, S. A. U.
Travessera de Gràcia, 47-49. 08021 Barcelona

Printed in Spain – Impreso en España

ISBN: 978-84-666-7497-3
Depósito legal: B-22.383-2022

Compuesto en Llibresimes

Impreso en Black Print CPI Ibérica
Sant Andreu de la Barca (Barcelona)

BS 7 4 9 7 3

Para mi padre, a quien jamás dejaré de querer,
la persona que me enseñó a ver todas las caras
que reflejaba en el espejo

¿Qué ves cuando te miras al espejo?
Puede que la respuesta fácil sea «mi reflejo».
No es una respuesta errónea, por supuesto;
pero vuelve a mirar. ¿Qué ves?

STEVE FLANNAGAN

El pasado nos persigue. El pasado nos define.
Al final, el pasado nos reclama a todos.

JOHN CONNOLLY

Prólogo

Verano de 1995

—¿Dónde está Steve Flannagan, Vance?

El jefe de la Policía de Goodrow Hill no estaba para cuentos. Hacía tiempo que la paciencia de Oliver Blunt se había agotado, y su cara era un poema lleno de miradas amargas y gestos sombríos y agrios. Estaba harto y fatigado, y habían pasado demasiadas cosas durante ese agobiante, largo y caluroso verano. Demasiadas. Y todavía no había terminado.

Vance Gallaway se encogió de hombros y miró hacia un lado. A través del estor de la ventana de aquel austero despacho podía ver las siluetas sombrías del resto de sus amigos, temerosos y cabizbajos. Habían pasado por el mismo trance que ahora padecía él, sentados en el mismo sillón en el que se encontraba, y sufrido las mismas preguntas incisivas que aquel hombre airado usaba para interrogarlo.

Pero a él lo había dejado para el final.

—Ni lo sé ni me importa —respondió.

—Déjate de juegos, Gallaway.

—¿Juegos? —Se volvió enfurecido y miró a los ojos del policía—. ¿Sabe quién se ha dejado de juegos, jefe? ¡Elliot Harrison! Él no va a jugar nunca más porque no hicisteis vuestro maldito trabajo. ¡Se lo dije! ¡Se lo dije y no quiso escucharme!

—Elliot Harrison no está muerto —aseguró el jefe Blunt conteniendo la indignación entre sus dientes.

—Eso es lo que queréis creer, pero sabéis de sobra que no es así.

—Lo que sabemos es que hay un niño secuestrado, un hombre muerto y que ninguno conocéis el paradero de Steve Flannagan. O eso decís. Pero estáis mintiendo. Tenéis algo que ver en todo esto. Así que, o me decís lo que ha pasado, o lo descubriré yo mismo. Será peor para todos vosotros si seguís callándoos. ¡Dejad de mentir, maldita sea! —Blunt golpeó fuertemente su escritorio con el puño. La placa dorada con su nombre cayó hacia delante con un ruido seco y metálico.

Como si el golpe hubiera activado un mecanismo automático, Vance se incorporó de súbito y apoyó las manos encima de la mesa. El sobre de madera vibró de nuevo. A través de su cabello rubio, la mirada llena de furia y aversión de Vance Gallaway se cruzó con los ojos grises e inquisitorios de Blunt. El chico habló con una rabia calmada y sombría que cortó el aire entre ambos.

—No le miento cuando le digo que me importa una mierda todo lo que tenga que ver con Steve Flannagan. No sé dónde está y, aunque lo supiera, no estoy dispuesto a mover un dedo para encontrar a ese cobarde.

El jefe Blunt escrutó impertérrito al joven que le desafiaba con descaro. Sus palabras eran sinceras, pero sabía que tras ellas había algo más. Algo que no solo él, sino el resto de los chavales —incluida su hija Helen— mantenían oculto.

—¿Quieres que le diga eso mismo a sus padres? —Al jefe no le tembló el pulso ni la voz cuando hizo la pregunta. No pretendía ablandar el corazón de Vance, sabía que aquello era una misión casi imposible, pero no por ello iba a dejar de decir lo que pensaba—.

¿Crees que les hará gracia escuchar eso? ¿Crees que a los tuyos les gustaría oír esas palabras de boca de alguien que se considera amigo de su hijo?

Vance le aguantó la mirada durante un par de segundos, pero no respondió. Si pensaba que mencionándole a sus padres iba a conseguir algo, estaba muy equivocado. Blunt no tenía ni la más remota idea de lo que pasaba en su casa.

Ante el silencio de Vance, el policía volvió a sentarse y se frotó la cara, hastiado. El chico se estaba enrocando. Pero Blunt no tenía intención de rendirse. Sabía que todo estaba relacionado: el secuestro del pequeño Elliot, la muerte de John Mercer y la desaparición de Steve Flannagan. Y también que la conexión se hallaba en aquellos chicos que mantenían sus labios sellados. Pese a todo, jamás había tirado la toalla, y no estaba dispuesto a hacerlo ahora.

—Por última vez, Gallaway: ¿tuvisteis algo que ver con lo que le pasó a John Mercer? —Vance suspiró con las manos en la frente mientras negaba con la cabeza. Blunt no tenía intención de darse por vencido. Reiteró con insistencia—: Lo matasteis, ¿no es así? Fuisteis vosotros. ¡Dime la verdad, Vance!

—¡Dios! ¡¿Otra vez con eso?! —se quejó con amargura. Después, señaló hacia la ventana que daba a la calle—. ¿Sabe qué, jefe? Ese viejo mentiroso se merecía lo que le ha pasado. Usted no me creyó cuando estuvimos en su casa, así que me alegro de que alguien se diera cuenta de quién era en realidad ese cabrón y haya impartido algo de justicia en este puto pueblo de mierda. —Vance enfatizó esas cuatro últimas palabras sin apartar la vista de Blunt—. Y ahora, ¿puedo irme ya?

El jefe de policía sabía que no podía retenerlo allí mucho más tiempo. No tenía nada de qué acusar a aquellos chicos, y por mucho que su instinto lo alertara de que no decían la verdad, las corazonadas todavía no eran suficientes para formalizar acusaciones.

Justo cuando estaba a punto de decirle que podía marcharse, se fijó en las manos de Vance. Tenía los nudillos rojos, pelados y magullados, como si hubiera golpeado una pared... o los hubiera descargado sobre alguien.

Hizo un gesto con la barbilla señalándolos.

—¿Qué te ha pasado en las manos?

De forma instintiva, Vance se cubrió una mano con la otra, pero al darse cuenta de que el ademán podía parecer en cierto grado sospechoso, se tocó las heridas como si siempre hubieran estado allí.

—Entreno con el saco —dijo encogiéndose de hombros.

—Debe ser un saco lleno de piedras —repuso Blunt—. ¿También devuelve los golpes? Porque ese moratón no lo tenías antes.

Esta vez apuntó hacia la mejilla izquierda del chico. Blunt estaba en lo cierto; tenía una magulladura amoratada, como si hubiera recibido un impacto.

—Supongo que sabe que el boxeo consiste en enfrentarse a otros en combate —respondió Vance con ironía—. Y esto —se tocó justo encima del ojo— fue un golpe de suerte, nunca mejor dicho. Si quiere, le invito a verme boxear. Es más, puede subir al ring si le apetece un mano a mano. Pero le aviso que peleo con los puños descubiertos; aunque claro, si me lo pide puedo ponerme guantes. Normalmente no soy el que más recibe, así que usted decide.

Aquella respuesta desdeñosa no le sentó bien al policía, pero no permitió que su rostro lo reflejara. Tomó nota mental de aquel par de detalles y dejó que Vance abandonara su despacho, no sin antes advertirle que fuera con ojo: aquella conversación no sería la última, le aseguró; el asalto no había terminado. El chico ni siquiera se volvió mientras el jefe hablaba. Salió de allí y desapareció tras una esquina. Los demás, que continuaban allí fuera, lo siguieron como un rebaño a su pastor.

Blunt apretó los labios y se mesó el cabello, que ya peinaba más que algunas pocas canas desde que el pequeño Elliot había sido secuestrado. Echó la cabeza hacia atrás y cerró los ojos pellizcándose el puente de la nariz.

Apenas un segundo después, unos golpecitos suaves hicieron que los abriera de nuevo. A través de los fosfenos atisbó una silueta femenina al lado de la puerta. Cuando la visión se le aclaró por completo vio a Helen. Estaba pálida y parecía a punto de romper a llorar... o vomitar.

—¿Papá?

—¿Qué quieres, Helen? —El sonido de su voz era frío, carente de sentimientos. Que los chicos del pueblo le mintieran era una cosa, pero que su hija también lo hiciera le apenaba el corazón; era como si lo atenazaran con un nudo hecho de esparto y tiraran de cada extremo hasta aplastarlo.

Helen sabía que su padre desconfiaba de ella, al igual que de todos sus amigos, aunque ahora mismo no podía hacer nada por remediarlo.

—¿Te espero o voy a casa andando? —preguntó Helen con timidez.

Su padre suspiró sin dejar de mirarla. ¿Por qué le mentía? ¿Tan mal había criado a su hija? ¿O realmente no tenía nada que ver con todo aquello? Tal vez estaba juzgándola mal, a ella y a sus amigos, y la culpa era de toda la tensión acumulada durante aquellas últimas semanas. No podía negar que habían sido duras. Y aunque se sentía pesado y exhausto, y hubiera querido olvidarse del asunto de una vez por todas, no podía dejar de darle vueltas.

—¿Dónde está Steve Flannagan, Helen?

—¡Ya te lo he dicho, papá! ¡Todos te lo hemos dicho!

—Me da igual lo que todos hayan dicho, cariño —respondió cansado. No tenía fuerzas ni para alzar la voz—. Solo quiero que me lo digas tú. Dime la verdad, por favor. Dime si sabes dónde está ese chico y si tiene algo que ver con lo que le ha pasado a John Mercer.

Helen temblaba mientras las lágrimas comenzaban a salir a borbotones de sus ojos. Su cara era una mueca de tristeza y desesperación.

—¡No lo sé, papá! ¡No sé si tiene algo que ver! ¡Y no sé dónde está Steve! ¡Ninguno lo sabemos! ¡Es la verdad! Es la verdad...

Helen agachó la cabeza y lloró desconsolada. Su padre, roto por verla de aquella manera, rodeó su escritorio y se acercó a ella para abrazarla. Helen siguió llorando durante varios minutos entre los brazos de su padre, la cabeza apoyada en su pecho, mientras él la aferraba con ternura acariciándole el pelo.

—Está bien, cariño, está bien... Te creo.

Pero no lo hacía.

Veinticinco años después

Oliver Blunt recibió el aviso poco antes del amanecer, justo cuando creía haber logrado vencer el insomnio. Llevaba veinticinco años padeciéndolo.

Esa noche, como tantas otras, por fin había logrado conciliar el sueño tras pasarse horas dando vueltas en la cama. Últimamente le costaba más si cabe pegar ojo, y las pastillas que le había recetado el doctor Carlile apenas parecían ya hacerle efecto. Estaba seguro de que, o bien habían perdido sus propiedades, o su sistema nervioso debía tener algún mecanismo de defensa que anulaba la composición de los sedantes. Pero no, la medicación era correcta, y su sistema nervioso no tenía nada de especial.

Sin embargo, sí llevaba días inquieto. Era como si su subconsciente le estuviera alertando de que algo malo estaba a punto de pasar, lo que le provocaba una extraña desazón en la boca del estómago que le incomodaba. Por eso, cuando sonó su móvil, supo con toda seguridad que algo malo había ocurrido.

Se incorporó y buscó a tientas el interruptor de la lámpara de su mesita de noche. La luz iluminó su habitación con la lastimosa intensidad de una vela. Miró la hora en el despertador antes de atender la llamada: las siete menos diez.

—Blunt —respondió.

—Jefe, soy Charlie. P-p-perdone que le m-moleste tan temprano.

A Charlie le tocó estar de guardia aquella noche, que había transcurrido tranquila y sin sobresaltos como casi todas las anteriores. Goodrow Hill tuvo una época oscura, es cierto, pero aquellos días malos pasaron ya, y desde que recuperó la normalidad, la ausencia de delitos era algo que la caracterizaba. De vez en cuando se encontraban con alguna trifulca de fácil solución o un accidente de tráfico sin importancia, nada fuera de lo común. Goodrow había vuelto a ser aquella localidad pequeña y rodeada de montañas donde se disfrutaba de paz y tranquilidad.

Al menos hasta ese momento.

—¿Qué ocurre, Charlie?

—E-e-estoy en la ladera, en casa de T-Tom P-P-Parker —le informó a trompicones—. Su-su padre, Joseph, ha llamado a e-emergencias.

—¿Joseph Parker? —se extrañó Blunt—. ¿Está bien? ¿Le ha pasado algo?

—Sí, él está relativamente b-b-bien. Es su hijo T-Tom el que n-no lo está. —Blunt notó que Charlie tartamudeaba mucho más que de costumbre. Y nunca le habría llamado si no hubiera ocurrido algo grave de verdad, así que se puso de inmediato en alerta. Charlie le soltó la noticia en frío y del tirón—: Está muerto, jefe.

Blunt saltó de la cama, exaltado.

—¡¿Muerto?! ¡Pero ¿qué ha pasado?!

El agente se tomó un momento para responder, pero prefirió no darle más detalles por teléfono.

—A-acaba de llegar la ambulancia, jefe. C-creo que será mejor que venga cuanto antes —insistió con vehemencia—. ¿Puede venir ya, por f-favor?

El acuciante ruego de Charlie fue suficiente para que Blunt se vistiera en dos minutos y saliera disparado hacia la casa de Tom Parker.

Blunt atravesó la niebla que bajaba de la ladera. La oscuridad de la noche dejaba paso a la claridad de un día que se resistía a nacer, como si no quisiera alumbrar lo que estaba por venir. Aparcó el coche patrulla al lado del Mercedes negro de Joseph Parker. Al salir, la humedad le caló los huesos. Faltaba relativamente poco para que el invierno hiciera acto de presencia, y se podía percibir con claridad en el ambiente.

Caminó por el césped endurecido en dirección a la ambulancia apostada a la entrada de la casa y el rocío cristalizado crujió bajo sus pies a cada paso. Las puertas traseras del vehículo estaban abiertas de par en par. Blunt vio a Joseph Parker atendido por Dodge y Lenno, los paramédicos que habían acudido al lugar. Lo habían abrigado con una manta. El hombre tenía la mirada perdida en un punto indefinido del suelo y luchaba por mantener los párpados abiertos. Dodge y Lenno miraron con gravedad al jefe de policía cuando se acercó a él y le puso una mano en el hombro.

—¿Cómo estás, Joseph? —quiso saber. Pero no hubo respuesta.

—Ha sufrido un *shock* —le informó Dodge intercediendo por él. Blunt escrutó el rostro del conductor de la ambulancia, que ladeó la cabeza con seriedad. El asunto pintaba mal—. Nos ha costado Dios y ayuda sacarlo de la casa, hemos tenido que administrale un calmante... Creo que sería mejor que le diera unos minutos, jefe.

Blunt asintió. Parecía que Joseph Parker estuviera en otro plano de la existencia, y conociéndolo como lo conocía, su estado no auguraba nada bueno.

Se volvió hacia la casa pero, antes de entrar, Charlie salió a recibirlo. Blunt se acercó a él y bajó la voz:

—¿Qué diablos ha pasado, Charlie? ¿Dónde está Tom Parker?

El agente se acomodó los pantalones agarrándose del cinturón y alzó las cejas mientras hacía una mueca para nada optimista. El bigote le bailó bajo la nariz. Así era Charlie: peculiar, expresivo, algo torpe y más entrañable de lo que imaginaba.

—D-d-dentro. P-pero n-no le va a g-gustar.

Al entrar, la penumbra los envolvió. Blunt todavía estaba acostumbrando la vista cuando un fuerte olor provocó que se tapase la nariz y la boca. El aire, viciado, apestaba a putrefacción y muerte. Avanzaron con cautela hasta encontrar su origen: el cuerpo inerte de Tom Parker. Tirado en el suelo, yacía bocarriba con la cabeza ladeada y los brazos abiertos.

Blunt dio un paso más para acercarse y observar detenidamente el cadáver, pero algo crujió de nuevo bajo sus pies. Esta vez, sin embargo, no era el frío rocío de la mañana. Más bien, era como si hubiera pisado un cristal. Charlie aclaró de lo que se trataba:

—El suelo está... está lleno de tr-trozos. Es p-porcelana, probablemente de un ja-jarrón... Debieron golpearle con él por la espalda, y se hizo a-a-añicos con el imp-p-pacto.

Blunt lanzó una mirada severa a Charlie por no haberle avisado antes y se aseguró de no pisar ningún pedazo más. Ante el cuerpo, se acuclilló para comprobar que en verdad se trataba de Tom Parker.

Cuando lo miró, no podía creer lo que veía.

—¡Por Dios...! ¿Qué le han hecho?

Aunque tenía la cara cubierta de sangre seca no había duda, era él. Blunt se llevó una mano a la frente con preocupación.

—Eso... eso mismo me he preguntado yo, jefe...

—¿Alguien ha tocado el cuerpo? —preguntó ahora el policía.

—Por lo que sé, solo... Joseph Parker. Dodge y Lenno han llegado poco d-d-después de que yo recibiera la a-alerta. Me han ayudado a sacar al señor P-P-Parker de aquí, pero no he querido d-dejarles entrar de nuevo hasta que usted no viera la e-escena.

Blunt asintió, satisfecho de que en eso Charlie hubiera actuado de forma correcta.

—Por el olor, diría que lleva días muerto —expuso Blunt hablando para sí mismo. Charlie estuvo de acuerdo, pero le extrañó que el jefe no dijera nada de su estado.

—¿Ha visto que le han...?

—Lo he visto, Charlie —lo interrumpió el policía incorporándose—. Lo he visto.

—¿Quiere que in-interrogue a los vecinos? Puede que alguno tenga i-i-información relevante...

Blunt puso mala cara. A Tom no le habían asesinado hacía minutos, ni horas, ni siquiera recientemente. Si nadie había alertado de actividad sospechosa en la zona, parecía improbable que pudieran encontrar algún testigo. De todos modos, tendrían que comprobarlo.

—Está bien, encárgate —le ordenó Blunt—. Y llama a los de la funeraria, Jerry tendrá que hacerle la autopsia. Necesitaremos un examen forense cuanto antes. Con suerte, quien sea que ha cometido esta atrocidad puede haber dejado huellas. También habrá que peinar la casa.

Charlie tomó nota y Blunt se dispuso a salir para hablar con Joseph Parker. Habían asesinado a su hijo, y tenía que hacerle unas preguntas. Pero antes de que diera un paso más, Charlie lo detuvo.

—¿Qué ocurre?

Charlie encendió su linterna y enfocó una de las paredes del comedor. Blunt dirigió la mirada al final del haz de luz y se quedó helado.

La sangre bañaba la pared, pero lo que lo impresionó fue lo que con ella habían escrito.

Tragó saliva y preguntó, sin poder apartar la vista de aquel mensaje:

—¿Has llamado a Helen?

—Y-ya la he i-informado. Está de camino —confirmó Charlie—. Era a-amigo de su hija, ¿v-verdad?

Blunt dejó escapar el aire por la nariz pesadamente.

—Lo era.

PRIMERA PARTE

1

Una llamada inesperada

Tres días después

El día comenzó con un timbrazo.

Pero no un timbrazo cualquiera, de aquellos en los que pulsan el timbre y sueltan de inmediato; no, qué va. Tampoco era de esos que hacen que te pares a escuchar con atención para ver si han llamado a la puerta. Se trataba de un timbrazo monótono, molesto y aparentemente sin final que penetraba en mis oídos y se colaba en mi cerebro como un tren de mercancías. Un sonido insoportable que me castigaba recordándome que no debía haberme tomado la que Duncan me juró y perjuró que sería la última cerveza de la velada. Siendo sinceros, tampoco estuve muy acertado al tomarme aquellos chupitos de tequila barato que también Duncan —no podía ser otro— puso encima de la barra, pegajosa y reseca, del primer bar que vimos abierto.

Me revolví entre las sábanas y me tapé la cabeza con la almohada deseando que quien fuese que estaba llamando al timbre de mi apartamento se cansara y se largara de una vez. «¿No ves que no quiero abrirte? Estoy de resaca, me duele la cabeza y pensar algo ya me resulta bastante mareante. ¿Puedes irte y dejarme un rato a solas con mi cariñosa y lamentable resaca, por favor?».

Mi súplica fue respondida cuando el timbre dejó de sonar de repente. La habitación se llenó de un embriagante silencio que casi pude paladear. Pero aquello duró tanto como un espejismo en el desierto. El timbrazo rompió de nuevo el idilio que pensaba volver a tener bajo el edredón con Morfeo, y no pude hacer otra cosa que resignarme mientras estrujaba la almohada y forzar a mi cuerpo a salir de la cama.

—Ya va, ya va...

El suelo estaba frío y yo iba descalzo. Cuando llegué a casa no estaba siquiera en condiciones de desvestirme, así que lo único que hice fue quitarme las botas y los calcetines y dejarme caer sobre el colchón. Al menos la habitación había dejado de dar vueltas y seguía todo en su sitio.

Al incorporarme, eché un vistazo a mi espalda. No sabía qué hora era, pero el sol brillaba en lo alto del cielo y la luz inundaba el pequeño estudio de alquiler en el que vivía. Era el único apartamento en pleno centro de la ciudad que podía permitirme, y aunque estaba un poco cochambroso cuando me lo enseñó la de la agencia, pude adecentarlo a los estándares básicos de higiene de una persona promedio.

Me encaminé a la puerta —un viejo trozo de roble al que le cambié la cerradura y le añadí un par de cerrojos de latón en cuanto me instalé porque no me fío de la gente en general (ni de mis vecinos en particular, la verdad)— y eché un vistazo a través de la mirilla.

Una mujer menuda, negra como el tizón y enfundada bajo una gorra marrón era la culpable de mi amargo despertar. Al abrir, me miró de hito en hito con cara de «ya era hora, amigo» y preguntó por Mark Andrews.

—Soy yo, creo —le respondí en son de broma y frotándome la cara. La señora, que debía rozar la cincuentena, volvió a repasarme con la mirada arqueando una ceja. Si no le había gustado demasiado mi respuesta no pensaba disimularlo, eso estaba claro.

—Traigo un paquete. Si cree que es el señor Andrews tiene que firmar aquí.

Me tendió un iPhone que no despegó de su mano y un lápiz digital con el que firmar en la pantalla mientras me halagaba con una falsa sonrisa dentro de una mueca. Hice un garabato lo más parecido a un autógrafo, y ella, tras anotar algo en el teléfono, me dio el paquete, una caja de veinte por veinte envuelta en un papel marrón cualquiera, y una carta. Cogí ambas cosas, le di las gracias y se marchó sin despedirse. Antes de cerrar, el gélido aire invernal que ya paseaba por las calles de la ciudad se filtró por la escalera y comenzó a colarse en mi apartamento reptando por mis pies desnudos.

Dejé el paquetito y la carta encima de la mesa del escritorio, y Marlon hizo su silenciosa aparición con un salto sigiloso y empezó a olisquear curioso una de las esquinas del paquete. Lo aparté para poder abrirlo.

—Es solo un libro, pesado.

Maulló agudamente mientras yo ojeaba la portada de la última novela de Katzenbach y después bajó al suelo y volvió a maullar, esta vez echándome la bronca para que le sirviera algo de comer. Sin más opción que hacer caso a su súplica, dejé el libro, saqué la bolsa de comida para gato que guardaba en uno de los armarios bajos de la cocina y vertí un buen puñado en el tazón que usaba como comedero. Comió como si no hubiera un mañana emitiendo, entre mordiscos, quejumbrosos maullidos esporádicos incomprensibles para mí.

Le dejé hacer y me dirigí al baño.

Mi apartamento era un cubículo cuadrado que prácticamente formaba una única estancia. El comedor hacía las veces de dormitorio, donde compartían espacio una mesa de escritorio ocupada por un ordenador en su día portátil pero que ahora permanecía siempre enchufado, una cámara de fotos —algo que todo fotógrafo *freelance* como yo necesitaba— y una impresora de alta calidad. La cocina era abierta y con una barra donde solía desayunar, en ocasiones comía y rara vez cenaba. Tenía dos taburetes altos con asientos de piel cuarteados por el uso y el tiempo que compré a una pareja de abueletes hacía un par de años durante un viaje a la costa oeste por carretera con mi vieja pick-up. La pareja, demasiado mayor como para escalar aquellas sillas espigadas, me las vendieron por no más de veinte dólares. Habían sacado una buena cantidad de trastos de su garaje y los ofrecían a buen precio a los transeúntes que pasaban por allí. Después de pagarles gustosamente y cargar con mis nuevos viejos taburetes en la camioneta, me instaron a que echara otro vistazo. Los complací —más por seguir viendo sus genuinas sonrisas de felicidad que por mi propio interés en sus cachivaches—, pero apenas encontré nada que me llamase la atención. Al final, lo mejor de aquel día fue ver por el retrovisor a los sonrientes ancianos que agitaban el botín de billetes verdes de sus ventas a modo de despedida.

Ahora, los taburetes presidían la barra de mi cocina, pero hubiera dado lo que fuera por regresar a aquel momento.

Cuando entré en el baño, no necesité mirarme en el espejo para saber que llevaba el pelo alborotado y unas ojeras que me llegaban a las rodillas, aunque lo hice de todos modos. Advertí que la cadenita que llevaba al cuello estaba retorcida y el colgante se había situado justo entre mis omoplatos. Me la coloqué y vi cómo lucía el brillo de la plata; acaricié el colgante en forma de cápsula y de acero inoxidable con un ribete negro en el centro que lo rodeaba como un cinturón, y me lavé la cara con agua fría.

Al secarme, el dolor de cabeza me sacudió como olas golpeando un barco a la deriva. Noté la boca seca y la lengua pastosa. Recién cumplidos los cuarenta, debía empezar a considerar un crimen beber hasta casi emborracharme. Aquello incluía también dejarme convencer por mi mejor amigo para celebrar mis contadas ventas suculentas de fotografías a algún comprador poco habitual.

La de ayer fue una de esas: un cliente se hizo con una de las impresiones de mi galería *online* de imágenes originales en blanco y negro. Se trataba de una fotografía que tomé en una manifestación a favor de los derechos humanos y que subí a Instagram —bendita plataforma y trampolín para mi humilde carrera—. La instantánea mostraba a una joven de poco más de veinte años, con el cabello lacio y rubio y los pechos al descubierto, enarbolando un ideal con energía ante la mirada impasible de un muro formado por agentes antidisturbios uniformados. La belleza de la fotografía residía —para mí— en la sutil pero evidente sonrisa que asomaba en los labios del policía. No sonreía por complicidad ante la desnudez de la chica, sino por desdén ante la fútil convicción que ella manifestaba. Era como si supiera de antemano que nada de lo que aquellos jóvenes hicieran fuera a servir para algo. Esa era la razón de su sonrisa. Y esa era la razón por la que el comprador había pagado lo que valía: un par de miles de dólares. Era un buen pellizco que me venía que ni pintado. Aun así, cuando Duncan me llamó para ver cómo estaba y le conté la noticia, lo primero que dijo fue que había que celebrarlo. Y así estaba ahora, pocas horas después, queriendo fundirme con la nada y desaparecer por culpa de la resaca.

Me tomé una aspirina y me senté con un vaso de agua en la

mano. Di varios sorbos mientras escuchaba el sonido bullicioso de la ciudad y el taconeo de alguien sobre mi cabeza. La de la agencia me aseguró que no había inquilinos en la planta superior, pero yo tenía mis dudas. Nunca me había cruzado con los vecinos de arriba, pero el sonido de pasos era evidente. Algún día tendría que subir a comprobarlo, aunque la pereza de arriesgarme a verme envuelto en alguna movida narco o sobrenatural por mera curiosidad me quitaba las ganas de hacerlo. Si bien en mi estudio reinaba la paz, el resto de los pisos no me generaban suficiente confianza, por lo que era mejor no tentar al destino y dejar las cosas como estaban.

—La curiosidad mató al gato, ¿no, Marlon? —Él siguió comiendo sin prestarme atención, aunque yo hubiera hecho lo mismo.

En ese momento sonó mi móvil.

No tenía ni idea de dónde lo había dejado cuando llegué. No estaba sobre el escritorio ni en la mesita de noche —una pila de libros que tenía pendientes de leer (y a la que había que añadir el que me acababa de llegar)—. Tenía pocos vicios, pero había que reconocer que aquel se estaba convirtiendo en una obsesión casi enfermiza. Estoy seguro de que mi psicólogo hubiera estado de acuerdo conmigo —en caso de que lo tuviera, claro— porque los compraba de forma casi compulsiva. Para más inri, al otro lado de la cama había confeccionado otra mesita con los ejemplares ya leídos de los cuales me daba pena desprenderme.

La melodía de llamada sonaba ahogada, así que me terminé el vaso de agua de un trago y comencé a rebuscar entre las sábanas y bajo el edredón. Encontré un calcetín y un par de monedas, pero ni rastro del móvil. La música dejó de sonar, y yo me di por vencido. Si era importante volverían a llamar.

Al incorporarme fijé de nuevo la mirada en el lomo del libro, pero de inmediato la desvié hacia la carta que me había llegado.

Me acerqué y la tomé entre mis manos evaluando su peso. Era muy ligera y el matasellos me resultaba familiar: Goodrow Hill, el pueblo donde me crie y que años más tarde dejé atrás para ver mundo. Le di la vuelta, pero no llevaba remitente. Quién la enviaba era una incógnita. Abrí la solapa y miré dentro del sobre.

Había una fotografía de diez por quince que reconocí al instante. La saqué y la sostuve entre mis manos delante de mí. Era una foto antigua, de hacía más de veinte años; veinticinco para ser exactos. En ella aparecía un grupo de chavales adolescentes, un poco desperdigados, pero todos mirando a cámara. Era mi grupo de amigos de cuando vivía en Goodrow Hill, la pandilla de siempre: Vance, Carrie, Helen, Cooper, Tom, Jesse y Steve. En una esquina aparecía yo, con la mano de Cooper apoyada sobre mi cabeza y al lado de Steve. Siempre fui el más joven del grupo, pero de vez en cuando iba con ellos. Para mí, era todo un privilegio.

Sin embargo, al mirar detalladamente la instantánea, descubrí algo inquietante: los ojos de Tom estaban tachados. Pasé el dedo por encima, como si quisiera notar el relieve de la tinta sobre sus ojos.

No noté nada.

Le di la vuelta a la fotografía; estaba manchada con restos de algo oscuro y reseco, como tinta cobriza. En una esquina, entre las marcas de agua de Kodak, había también una fecha escrita: Verano de 1995.

Era imposible adivinar quién había escrito aquella fecha y mucho menos quién la enviaba, pero era evidente que provenía de Goodrow Hill.

La dejé a un lado, en mi escritorio, y miré dentro del sobre para ver si contenía algo más, pero estaba vacío, así que volví la vista a aquella imagen de la cuadrilla. Durante un largo instante me quedé absorto mirándola.

Desperté de mi ensimismamiento cuando el teléfono volvió a sonar. Dejé la fotografía encima de la mesa y salté al colchón revolviendo de nuevo las sábanas. Lo encontré escondido a los pies de la cama.

En la pantalla del teléfono aparecía un número que no conocía. Debía ser la misma persona que había llamado hacía un momento, pensé. Descolgué antes de que quien fuera se cansara de nuevo de esperar y se diera por vencido.

—¿Diga?

—¿Markie? Hola, Markie, soy... soy Helen. Helen Blunt. ¿Te acuerdas de mí?

¿En serio? ¿Helen Blunt? Desde mi cama, miré la fotografía que me había llegado. Allí estaba ella, con su cabellera rubia y sonriendo como una actriz de Hollywood entre Cooper y Carrie. ¿Cuántas probabilidades había de que estuviera años sin saber nada en absoluto de Goodrow Hill y, en cuestión de minutos, recibiera una carta procedente de allí y una llamada de alguien de Goodrow?

—Hola, Helen. Qué... sorpresa. ¿Cómo estás? Cuantísimo tiempo. —Helen tenía una voz suave, femenina, que apenas había cambiado con los años. En contrapunto, mi voz ronca y adormilada debió de parecerle extraña.

—Sí, ha llovido mucho... Te llamaba porque... Bueno, no sé si sabrás la noticia... Tom ha fallecido.

Fruncí el ceño.

—¿Qué Tom?

—Parker. Tom Parker... ¿Le recuerdas?

Me pareció que se le quebraba la voz.

—Oh, mierda, Helen... Joder, ¿en serio? ¿Qué ha pasado?

—No... No lo sabemos. Lo encontraron muerto en su casa. Es difícil de explicar...

—¿Difícil? Pero... ¿se ha... se ha suicidado? —aventuré.

Se hizo un silencio súbito antes de que Helen contestara mi pregunta.

—No, no fue un suicidio, Markie. Le arrancaron los ojos.

Volví la vista hacia la fotografía sobre mi escritorio. Los ojos de Tom, tachados bajo aquella tinta negra, no me devolvieron la mirada.

2

La última ronda

Helen me informó que el funeral por Tom se celebraría al cabo de dos días. Me comentó que estaba llamando a antiguos compañeros, ofreciéndonos la oportunidad de estar presentes para su último adiós. La ceremonia sería sencilla, pero quería que estuviéramos allí todos los que lo conocíamos, en especial sus amigos de toda la vida, lo que naturalmente me incluía a mí. No pude negarme; mis circunstancias no me lo impedían y solo me separaban de Goodrow Hill algo menos de cuatro horas por carretera. Además, con el ingreso que había recibido por la venta de la fotografía podía permitirme sin remordimientos pasar dos o tres días fuera. Le dije que saldría para allá esa misma mañana.

Preparé lo indispensable para el viaje: un gorro de lana para el frío (el diciembre en Goodrow Hill era como para no hacerlo), guantes, bufanda y un abrigo de plumas calentito, que dejé sobre la cama para que no ocupara sitio. Metí también mis botas altas de estilo militar, pero me calcé mis Nike para conducir más cómodo. Sopesé la opción de añadir un par de pantalones al equipaje, pero al final opté por elegir uno de los tejanos más cómodos que tenía. Entre ese y el que acababa de enfundarme suponía que tenía de sobra. Para el funeral me debatía entre llevar camisa y corbata, o bien un jersey de cuello vuelto que nunca me ponía, negro, por supuesto. Puse las dos opciones en la maleta para no generarme más dolores de cabeza y la cerré. Del baño solo cogí el cepillo y la pasta de dientes.

Me aseguré de cerrar bien las ventanas y cogí la maleta y el abrigo, que dejé bajo el umbral de la puerta. Después de prepararle un buen bol de comida a Marlon y llenarle hasta arriba el cuenco del agua —suficiente para que le durara hasta mi regreso—, me puse el abrigo, salí de casa y cerré con dos vueltas de llave.

El ascensor no funcionaba, así que bajé las escaleras a pie cargando con la maleta. Era un miércoles cualquiera y el bloque parecía estar tranquilo.

No me entretuve cuando en el portal me crucé con la señora Parrish, una mujer de unos noventa años que cada día iba a la farmacia a por un medicamento que se le había olvidado comprar el día anterior. Yo estaba seguro de que, o bien tenía muy mala memoria, o bien lo hacía para alegrarse la vista con el farmacéutico —un treintañero de cabeza rapada, ojos azules y piel tan tersa como la de un bebé— que la llenaba tanto de halagos como de muestras gratuitas la bolsita de la compra. Ni la señora Parrish estaba tan enferma como para necesitar tantas medicinas ni al farmacéutico le gustaban tan mayorcitas como ella creía, así que la mujer debía hacerlo por las muestras. En cualquier caso, ¿quién era yo para quitarle la ilusión a aquellos ojos viejos y brillantes? La saludé con una sonrisa mientras le sujetaba la puerta y me despedí en cuanto hubo entrado.

Eché las cosas en el asiento del copiloto y me quité aparatosamente el abrigo dentro de mi pick-up Chevrolet. Eran poco más de las doce y el frío le ganaba el pulso al sol del mediodía. Hacía dos noches había nevado y en las aceras todavía se apilaba la nieve sucia y gris que se deshacía lentamente. El cielo estaba despejado, pero el aire helado se hacía notar. Puse en marcha el motor y subí la calefacción a tope cuando arranqué en dirección a Goodrow Hill. Tenía un par de horas de viaje tranquilo y lineal por la autopista hasta el desvío de la comarcal que enfilaba sinuosa hacia Goodrow y, luego, otras dos horas conduciendo a través de una carretera de montaña que cruzaba un frondoso y espeso bosque de coníferas lleno de animales salvajes, desde ardillas a osos negros, pasando por alces, conejos y lobos.

Durante la primera parte del viaje, y mientras escuchaba música folk en una emisora de radio local, me puse a pensar en lo que Helen me había contado. Tom Parker había muerto. La noticia de que hallaron el cuerpo con las cuencas vacías resultaba tan inesperada como impactante, y antes de colgar Helen me pidió que no dijera nada, aunque tampoco tenía nadie a quien quisiera contárselo. Entiendo que se refería a los que acudieran al funeral, sobre todo a los amigos cercanos; aun así, le prometí no hacerlo. Como hija del jefe de la Policía de Goodrow, Helen siempre conseguía de una u otra manera información privilegiada. No era de extrañar que, habiendo sido Tom amigo suyo de toda la vida, contara con los pormenores de aquella muerte tan extraña.

Me confesó que yo era el único a quien le había confiado aquella terrible verdad, pese a no haber sido el primero a quien llamaba. Su padre, por su parte, había abierto una investigación; me informó que se estaba llevando a cabo un minucioso análisis del crimen, y que no habían dado detalles más allá del hecho de que Tom había fallecido para que no cundiera el pánico. Estaba claro que había sido un asesinato, pero si no eran cuidadosos, pronto se enteraría todo el pueblo, y el miedo que suscitaría sí sería un problema difícil de manejar. Así que me pidió discreción, y de nuevo le prometí guardar silencio.

Dándole vueltas al tema me vino a la mente una de las conversaciones que tuvimos Duncan y yo la noche anterior. No sé exactamente cómo surgió, pero en pleno apogeo de nuestra velada de celebración y rodeados de vasos y botellas vacíos, Duncan me contó algo que había oído —o leído, no recuerdo bien qué me dijo— acerca de otro macabro asesinato. Bueno, lo de macabro lo añadió él para insuflarle un poco más de morbo al asunto.

—¿Estás de coña? ¿En serio no te enteraste? —me preguntó después de haber apurado un chupito de vodka y golpeado la mesa con él como si de verdad estuviera indignado por mi ignorancia.

—¡Que no, te lo digo en serio! —le respondí con una sonrisa bobalicona a causa del alcohol y alzando la voz para superponerme al volumen de la música—. ¿Qué pasó?

—Se cargaron a una chavala... Briks, Brooks... no me acuerdo de cómo se llamaba. Total, una cría. Creo que no era ni mayor de edad. La ataron y la colgaron de un árbol.

Duncan hizo un ademán que intentaba simular el lanzamiento de una cuerda por encima de una rama. Silbó como si la cuerda pasara por un aro y luego tirara de ella con ambas manos.

—Venga ya.

—¡Te lo digo en serio, tío!

—¿La ahorcaron?

—¿Ahorcarla? ¡No! La ataron por los pies y la colgaron bocabajo. Ya estaba muerta de antes. No sé cómo la mataron, pero la encontraron así. ¿No te parece surrealista?

Me encogí de hombros mientras daba un sorbo a mi cerveza.

—He escuchado de todo... —respondí—. ¿Y se sabe quién lo hizo?

—Me han contado quién fue, pero no lo han encontrado —me dijo sonriendo y apuntándome con el dedo—. No sé, tío; algo muy turbio.

—Si te soy sincero, no estoy entendiendo nada de nada —le dije. Y era verdad. No me parecía que la historia tuviera pies ni cabeza, aunque lo más probable era que fuese porque Duncan no tenía ni idea de contar historias. También cabía la posibilidad (una posibilidad relativa y de probabilidad bastante alta de acierto) de que la mezcla de alcohol y música hubiera embotado mis sentidos. Duncan puso los ojos en blanco y agitó las manos en círculos como si estuviera dando una charla que yo no apreciaba.

—Da igual, me han dicho que van a sacar un libro. Yo tengo mis teorías sobre lo que pasó de verdad. Cuando lo publiquen te lo lees y comparamos. —Duncan hablaba como un borracho, y lo estaba. La verdad es que me sorprendía que hubiera llegado hasta tal punto, ya que era el que tenía más aguante de los dos. Era un negro calvo, grande y fuerte, de cuarenta y largos años y el doble de kilos condensados en una masa férrea de puro músculo. Yo, si llegaba a los setenta kilos, podía darme por satisfecho. Normal que con varias copas me tumbara, y ya pasaba de unas cuantas.

—Muy bien, Sherlock, así lo haré.

Me reí de la actitud detectivesca de Duncan mientras este alzaba el vaso vacío. Lo imité y entrechocamos los vasitos de cristal bajo un haz de luz que nos iluminó. De un trago, me tomé el chupito de tequila barato y Duncan empinó el codo para hacer lo mismo. Al darse cuenta de que estaba vacío, llamó al barman y le pidió la última ronda. La que acabó conmigo definitivamente.

3

Cosas peores que lobos y osos

Antes de llegar al desvío de la comarcal, detuve la camioneta delante de un restaurante con la fachada en forma de caravana y amplios ventanales que daban a un aparcamiento de tierra lleno de barro. En el techo había un enorme rótulo de neón como reclamo, con letras rosas parpadeantes. «Menú diario», rezaba. Les eché el ojo a unos surtidores de autoservicio a la salida del área de descanso tomando nota mental para rellenar el depósito después de comer. Tenía suficiente gasolina para llegar a Goodrow, pero prefería no apurar.

Salí del coche hambriento como el perro de un ciego y entré en el restaurante. Me invadió un olor a comida que abrió si cabe todavía más mi apetito y busqué con la mirada una mesa vacía. Localicé una al fondo, la más alejada de la entrada. Caminé hacia ella aspirando el olor a parrilla y patatas fritas. Había por lo menos una docena de mesas, de las cuales una cuarta parte estaba ocupada por gente de lo más variopinta. En una, un tipo grueso y grasiento devoraba una hamburguesa que se le desmigajaba entre las manos antes de poder llevársela a la boca. En otra, un grupito de mochileros con un mapa extendido sobre la mesa discutía sobre qué camino tomar y de quién era la culpa por haberse perdido. (Uno de ellos, apostado en el lado de la ventana, apoyaba la cabeza contra el cristal y trataba de luchar contra la morriña sin mostrar demasiado interés a las acusaciones que volaban de uno a otro lado de la mesa. Los ojos se le cerraban sin que pudiera evitarlo). Más allá, una familia compuesta por dos padres que se sabían superados por tres hijos revoltosos de menos de siete años que armaban un alboroto constante desquiciando a sus progenitores y agotando la poca paciencia que les quedaba. Por último, en la barra, una pareja de policías conversaba animadamente mientras un motero con chupa de cuero y gafas de sol los observaba de soslayo con una cerveza en la mano.

Apenas me hube sentado, ya tenía a la camarera plantada a mi lado lista para anotar lo que quería de comer.

—¿Qué te apetece, monada? —me preguntó mientras yo ojeaba el menú. Después de sonreírle me tomé un minuto para decidir.

—Pastel de carne con ensalada de atún —dije al fin—. Para beber, una Pepsi con hielo, por favor.

A punto estuve de pedir una cerveza, pero en cuanto pensé en el sabor amargo y la mezcla con los chupitos de la noche anterior se me revolvió el estómago. La chica, de cabello ondulado, labios rojos y pinta de no querer estar ahí, lo anotó en su bloc y arrancó la hoja haciendo una floritura.

—Marchando —dijo y puso rumbo a la cocina.

Mientras esperaba mi pedido, me entretuve mirando el pequeño televisor de tubo con aspecto de reliquia que conservaban en una esquina del techo. Parecía que funcionaba a las mil maravillas y supuse que el dueño del local no encontraba ningún pretexto para jubilarlo y cambiarlo por uno nuevo. Me sorprendí cuando leí el titular de la noticia que retransmitían. Informaban del crimen del que Duncan me habló: «Sigue en paradero desconocido el presunto asesino de Sarah Brooks». Sobre estas letras y a la izquierda de la presentadora del informativo, apareció una fotografía del sospechoso. Debajo, un nombre que no me dio tiempo a leer. Superpusieron otra imagen y colocaron al lado de esta la de una joven pelirroja, de piel blanca, cabello rizado y ojos verdes —que supuse era Sarah Brooks— sonriendo a la cámara en un selfi. El verdugo y la víctima, juntos de nuevo.

—Siempre son los mismos. Jodidos monos cabrones...

El comentario vino de la barra. Cuando miré hacia allí, los dos policías ya no sonreían. Uno con semblante serio y el otro con cara de asco se habían vuelto hacia la tele y comentaban el suceso. A aquel par de racistas les parecía tan enfermizo como natural que una chica blanca hubiera sido asesinada por alguien de raza negra; daban por sentado que había sido así, aunque las noticias no dejaban claro quién la había matado. Incluso si ese hubiera sido el caso, me pareció lamentable; las personas seguían siendo personas sin importar el color de la piel, la raza o la condición, pero Estados Unidos seguía siendo un país de blancos, donde la mayoría veía a los negros como una plaga invasora que —en el mejor de los casos— había que contener, por no decir erradicar. Lo más triste de todo era que las fuerzas de seguridad, en mayor o menor grado, eran los primeros en mostrar prejuicios. Si Duncan hubiese estado aquí, ya se habría levantado de la silla plantándoles cara a aquellos dos. No solo porque era negro, sino porque gastaba una mala leche del copón. Si tocaban sus derechos o su moral, había que ponerse a cubierto.

Por supuesto, yo no dije nada. No es que fuera un cobarde, simplemente mis principios me impedían ponerme al mismo nivel que las personas sin cerebro. No puedes ganar la discusión con un estúpido: te lleva a su terreno y, ahí, te gana seguro.

De la cocina salió el dueño del bar. Me di cuenta de que lo era porque en la pared enfrentada a la barra había una fotografía de un hombre sonriente asombrosamente parecido a él mostrando orgulloso el restaurante en forma de caravana que tenía a su espalda. Era un tipo corpulento y, fíjate tú, casualidades de la vida, negro como el tizón. Si yo había oído los desafortunados comentarios de aquellos dos neandertales con placa, el dueño también, a pesar de estar entre fogones. Llevaba puesto un delantal y un gorro de cocinero blancos. En la mano llevaba dos cafés.

—Invita la casa —dijo. Se los tendió a los caballeros con amabilidad posándolos con cuidado enfrente de ellos, pero estos ni le miraron a la cara. Me resultó curioso que sin venir a cuento hubiera tenido aquel detalle, pero luego me fijé en que de regreso a la cocina se detuvo un instante para ver cómo se lo tomaban. En la comisura de sus labios se asomó una sonrisa perversa de satisfacción, casi imperceptible, que me recordó la fotografía que acababa de vender, con la sonrisa de aquel policía ante la joven manifestante. Entendí que el regalo de la casa iba con «regalo de la casa». «No te fíes de un negro —me decía a veces Duncan—, sobre todo si es un negro honrado». Aquel tipo había escupido su honradez en los cafés de aquellos dos con una exquisitez digna de alfombra roja.

Por fin apareció la camarera de labios rojos con mi pedido en su bandeja. Colocó con esmero los cubiertos, plantó enfrente de mí la Pepsi y puso el pastel de carne delante de mis ojos. Subía por mi nariz un olor delicioso que provocó que mi estómago rugiera como un tigre.

—Que aproveche, guapo.

—Gracias. —Sonreí con mucha cordialidad. Era la segunda vez que me piropeaba, pero supuse que lo hacía con la mayoría de los clientes. «Siempre es mejor vender una mentira para ganar algo, que regalar una verdad sin beneficio», decía Duncan. El tipo era un jabato en las finanzas, pero su filosofía me parecía siempre un tanto rebuscada. En cualquier caso, tanto si la camarera había dicho lo que pensaba como si no, lo cierto es que el halago subía el ánimo. Así que ella ya había ganado algo: es muy probable que volviera a aquel lugar solo por eso.

Comí relajado echando de vez en cuando una mirada al televisor. No dijeron nada más acerca del crimen sin resolver, ni tampoco de la muerte de Tom. No esperaba que hubiera corrido la noticia hasta los medios —menos aún si el jefe Blunt llevaba la investigación del caso tal como Helen me había dicho por teléfono—, así que no le di más vueltas y degusté tranquilamente mi plato mientras veía los deportes. Cuando miré a la barra al cabo de unos minutos, los polis racistas se habían marchado ya y en el bar solo quedaban el motorista de la chaqueta de cuero y los excursionistas pagando la cuenta.

Cuando hube terminado me acerqué al mostrador. Me atendió el cocinero grandullón, alias Negro Honrado y dueño del local.

—¿Qué tal ha ido, amigo?

—Todo muy bueno —respondí agradecido.

—Estupendo. ¿No quiere postre? Entra en el menú. Tenemos helado, tortitas con sirope de arce, magdalenas rellenas de chocolate y... garra de oso. —Chasqueó los dedos cuando recordó lo que le faltaba. Luego se acercó el dorso de la mano a la boca y susurró—: Mucha gente nos dice que la mayoría de esos postres son mejores para desayunar que para tomarlos después de la comida, pero ¿quién dice que no los pongo antes en el desayuno?

El hombre soltó una buena carcajada a la vez que ponía sus gruesas manos en su prominente barriga. No estuve seguro de si lo decía en broma o era verdad. «No te fíes de un negro. Sobre todo si es un negro honrado». Sonreí y me encogí de hombros.

—Sin postre, gracias.

El hombre hizo un gesto de indiferencia. Luego, me miró de arriba abajo.

—Tienes pinta de venir de lejos e ir más lejos todavía —me tuteó—. ¿Estás seguro de no querer reservas para el camino? Si quieres puedo ofrecerte un café. Invita la casa.

Me sonrió amablemente enseñando unos dientes no demasiado blancos. Estuve a punto de declinar la oferta, sobre todo después de haber sido testigo de aquella escena entre él y los dos policías. No podía arriesgarme a que me regalara su ADN aunque creyera que solo lo hacía si le tocaban lo que no suena. Sin embargo, la camarera zalamera apareció por una esquina anudándose el delantal detrás de la cintura. La señalé con un movimiento de cabeza.

—Solo si me lo prepara ella —dije. El hombretón giró la cabeza y la vio. Después me guiñó un ojo.

—¡Silvy! Ponle un café bien cargado a nuestro amigo. ¡Parece que el viejo Hal no es su tipo! —le ordenó jocoso. No pude evitar sonrojarme ante aquel comentario que me dejaba en evidencia, pero Silvy obedeció de inmediato sin darle mucha importancia.

Mientras Hal apoyaba los brazos en la barra, como si me inspeccionara, yo le tendí un billete de veinte dólares sin parecer incomodado. No lo cogió.

—¿Y adónde vas con este frío? —quiso saber—. ¿Cerca de por aquí?

—Me dirijo a Goodrow Hill.

—¿A Goodrow? ¿Qué se te ha perdido allí, muchacho?

Puse cara de circunstancias.

—Voy a... ver a unos amigos.

El hombretón entrecerró los ojos, no muy convencido con mi respuesta.

—Pues ten cuidado. Las cosas no parecen ir muy bien por allí en los últimos tiempos.

Silvy me sirvió el café, que por cierto estaba ardiendo. El comentario de Hal despertó mi curiosidad.

—¿Y eso?

—A uno le llegan siempre noticias de todos lados —expuso echándose un trapo al hombro—. Y no solo hablo de las que salen por la tele. El otro día escuché que el pueblo estaba de luto. Encontraron muerto a un tipo en su propia casa. —Se inclinó hacia delante. Cuando estuvo a pocos centímetros de mí, sentenció en un susurro—: Asesinato.

Puse cara de incrédulo arqueando una ceja. Hal levantó las suyas arrugando la frente y cerró los ojos. Dibujó un arco inverso con los labios y asintió con la cabeza despacio, como si pudiera confiar plenamente en su palabra.

—Si yo fuera tú, iría con mil ojos —me advirtió. Luego ladeó la cabeza, se tocó la barbilla y dejó la vista fija en algún punto perdido entre las mesas, como si rebuscara entre sus recuerdos. Tras unos segundos encontró lo que buscaba—: Todo se torció con el secuestro del pequeño Elliot Harrison... pero desde el asesinato de aquel otro tipo, a finales de verano del 95, Goodrow Hill dejó de ser lo que era. ¿Cómo se llamaba...? —Chascó los dedos un par de veces hasta que se le encendió la bombilla—. ¡Ah! Ya me acuerdo. ¡Mercer! John Mercer... Lo apuñalaron sin miramientos hasta matarlo. —Apretó los labios y guardó un momento de solemne silencio—. Sí... Ese pueblo maldito ha vivido tiempos mejores. Así que amigo, si vas para allá, ten cuidado. Hay cosas peores que lobos y osos entre esas montañas.

Recordaba al señor Mercer; en parte por haber hablado con

él alguna vez cuando vivía en Goodrow. Sin embargo, las sombrías palabras del dueño del restaurante me resultaron lo suficientemente inquietantes como para sopesar dar media vuelta, pero le había prometido a Helen que acudiría al funeral de Tom y la repentina advertencia de un desconocido no me haría cambiar de idea. Sí me pareció curioso que a Hal le hubiera llegado aquella información teniendo en cuenta que la causa de la muerte de Tom debía estar bajo secreto de sumario, pero en algunos casos los rumores vuelan más rápido que los halcones y es difícil saber de dónde salen y a dónde llegan. Por ahora, se habían alejado unos doscientos kilómetros de Goodrow, y en tiempo récord.

—Lo tendré en cuenta —le dije y le señalé el billete. Esta vez lo cogió, lo guardó en la caja registradora y, sin dejar de mirarme con mucha atención, me devolvió el cambio. Entretanto, tomé un par de sorbos de café. Estaba mejor de lo que esperaba y, al contrario de lo que parecía intentar conmigo el viejo Hal, me relajó los nervios.

Reposté antes de emprender la marcha. Después de tres kilómetros viré a la derecha tomando la carretera a Goodrow Hill. Esta ascendía entre las montañas durante un buen trecho para luego descender con brusquedad. Me conocía tan bien el camino que casi hubiera podido haberlo hecho con los ojos cerrados. La temperatura dentro de la camioneta era cálida; afuera el helor era palpable y el camino, traicionero. Láminas de escarcha cubrían las ramas de los árboles y en las zonas de la carretera donde menos daba el sol se habían formado unas finas y peligrosas capas de hielo que amenazaban con hacer perder el control del coche hasta al piloto más experimentado.

Una espesa bruma gris que surgía espectralmente de las

montañas empañaba el parabrisas y confería al camino un aura tenebrosa. Encendí las antiniebla por precaución y reduje un poco la velocidad, no quería precipitarme ladera abajo al hacer un giro desafortunado en una curva mal tomada. Más de uno se había confiado demasiado y había terminado lamentándolo. La caída podía resultar mortal, estaba comprobado.

Imaginarme aquello me devolvió a la conversación con Hal, que me había dejado un regusto amargo. Sus palabras no me habían inquietado, pero concordaba con él en que Goodrow Hill había perdido el esplendor de antaño. Aunque todo empezó con el secuestro del pequeño Elliot, no erraba al decir que «los tiempos mejores» del pueblo terminaron con la muerte de John Mercer, pero, a mi parecer, lo hicieron cuando Steve desapareció. Nunca se volvió a saber nada de él.

Los tres sucesos ocurrieron casi a la vez.

En aquel mismo verano de 1995.

4

Al otro lado del parque

Verano de 1995

El mes de junio en Goodrow Hill comenzó de la misma manera que había terminado mayo, con una agradable temperatura que invitaba a abandonar las cuatro paredes del hogar y salir a la calle para disfrutar de los días largos y las noches templadas. Un año más, el verano se había adelantado y las familias no desaprovechaban las horas de luz para estar al aire libre, tomar helado y sentarse bajo las frondosas ramas de los árboles del parque Cleveland a saborear sándwiches y fruta fresca en pícnics tan elaborados como desenfadados.

El secuestro del pequeño Elliot Harrison, de tan solo seis añitos, empañó el brillo de aquellos días.

La última vez que lo vieron fue un martes de lluvia torrencial, el 13 de junio, a la salida de la escuela. Su profesora despidió a todos sus alumnos al amparo de su paraguas mientras los niños salían corriendo en busca de sus padres. Cuando la policía la interrogó, confesó que no se aseguró de que a cada niño lo recogiera un familiar. Siempre lo hacía una vez sonaba la sirena al terminar las clases, antes de volver al aula para programar las actividades del día siguiente. Pero ese día no. Solo los acompañó hasta la puerta porque algo tan trivial como una visita con el dentista la obligó a marcharse sin perder tiempo.

Cómo puede cambiar la vida de tanta gente por algo tan superfluo...

La mujer se derrumbó ante el jefe Blunt hecha un mar de lágrimas desconsoladas porque se sentía culpable y responsable por lo que había ocurrido. Él trató de serenarla sin mucho éxito. «Podía haberle pasado a cualquiera», le dijo. «¡Sí, pero ha tenido que pasarme a mí!», le gritó ella desesperada. Después, solo pudo seguir llorando.

La policía de Goodrow Hill calificó el caso de secuestro y organizó grupos de búsqueda de inmediato. El alcalde decidió con buen criterio suspender las festividades anuales de la localidad programadas para esa semana, pero no canceló los fuegos artificiales del Cuatro de Julio; de haberlo hecho, se hubiera encontrado un aluvión de protestas de los comerciantes que veían amenazados sus negocios. Los turistas, que se acercaban para esas fechas gracias a dicho reclamo, dejaban en las arcas de Goodrow una buena inyección de dinero, así que esperaba que se resolviese el caso antes de ese día para no verse obligado a suspenderlos. Tampoco podía arriesgarse a perder votantes, claro está.

Concienciados ante la trascendencia de los acontecimientos, muchos de los habitantes de la localidad se unieron a las batidas por toda la zona. El apoyo fue considerable, el resultado, infructuoso. Poco a poco, las brigadas de búsqueda empezaron a ser cada vez menos numerosas y frecuentes. Los padres de Elliot seguían tratando de localizar el paradero de su hijo por todos los medios posibles, pero la desesperación se apoderó de ellos sin remedio. Les habían dicho que las primeras cuarenta y ocho horas eran cruciales, así que tras quince días las posibilidades de encontrarlo (sobre todo con vida) empezaban a ser algo más que remotas.

Los días se sucedieron inexorablemente y, como era de esperar, los residentes de Goodrow Hill retomaron sus quehaceres habituales. Poco a poco, aquella triste noticia cada vez les parecía más lejana, irreal y fue diluyéndose sin remedio a medida que se acercaba la fiesta del Cuatro de Julio.

John Mercer, a pesar de llevar poco tiempo en el pueblo, fue uno de los que participó en la búsqueda del pequeño de los Harrison. Pasó días enteros peinando el bosque y los alrededores de Goodrow con el mismo y escaso éxito que sus vecinos.

Aunque durante la mayor parte de su vida lo habían tildado de excéntrico, él no era muy diferente de los demás y sus gustos eran similares a los del resto de la gente. Le gustaba pasear, sentir la brisa en la cara y que el sol lo recargara de energía limpia y revitalizante. También disfrutaba con el canto de los pájaros y los olores del parque mientras observaba a los niños corriendo de acá para allá entre gritos y risas, en tanto sus padres se permitían el lujo de despreocuparse de ellos durante unos minutos.

A Mercer le encantaba pasar horas delante de su bloc de dibujo sentado a la sombra en uno de los bancos del parque. Movía el lápiz sobre el papel realizando trazos gruesos y finos, según lo que estuviera dibujando en ese momento. Sombreaba aquí y allá y se manchaba las yemas de los dedos para difuminar la mina de carboncillo. No se consideraba un artista, pero reconocía que no se le daba mal. Árboles, fuentes, nubes, paisajes... tenía un don para reflejar sobre el papel lo que su mirada captaba. Las caras también, sobre todo las de los niños. Primero perfilaba la silueta —prefería el rostro, ya fuera de perfil o de frente— y después se enfocaba en los ojos. Para él, los ojos eran el lugar donde se guardaba el alma de la persona. En ellos se distinguía con claridad la alegría, la tristeza, la confusión, la valentía o el miedo. Cualquier emoción se transmitía por los ojos, y él trataba siempre de plasmarla con sumo cuidado. Era difícil hacerlo cuando el modelo no dejaba de moverse, como era el caso, pero él había descubierto una técnica infalible y poco ortodoxa que había usado con anterioridad y que no tenía reparos en volver a poner en práctica. Mercer recordaba sus primeras veces delante de la hoja en blanco, con sus modelos completamente quietos, y sonreía para sus adentros: no había más secreto que detener el tiempo para poder dibujarlos a la perfección. Y él sabía cómo hacerlo.

Hoy, sin embargo, dibujaba sin un motivo concreto, solo por el puro placer de garabatear en negro sobre blanco y disfrutar del crujir de la mina de carbón sobre el papel.

A decir verdad, era la primera vez que volvía sobre su bloc de dibujo desde hacía un tiempo. Había pasado medio año desde la última vez. Se sentía mal por haber tardado tanto, pero las circunstancias le habían obligado a poner un poco de orden en su vida. El último año —por no decir el último lustro— le resultó bastante complicado. Había cambiado varias veces de trabajo y se había mudado otras tantas. Este era su tercer domicilio en los últimos dos años. Tras recalar en Goodrow Hill, esperaba poder quedarse allí una larga temporada.

Ahora volvía a tener tiempo para sí mismo, y le gustaban Goodrow Hill y sus habitantes.

Bueno, no todos.

Aunque no lo sospecharan, Mercer se había dado cuenta del grupo de chavales que lo miraban con desdén desde el otro lado del parque. Llevaban un buen rato ahí, echándole miradas furtivas y hablando entre ellos, haciendo aspavientos y pavoneándose como los estúpidos adolescentes que eran.

Mercer no podía oír lo que decían, pero estaba seguro de que hablaban de él. No era la primera vez que los veía, y ya había notado antes que solía centrar su conversación. Se sintió incómodo. Él necesitaba dibujar con tranquilidad, no con curiosos que lo observaran como si fuera un bicho raro. Había sido objeto de aquel tipo de miradas en más de una ocasión y no pretendía continuar siéndolo. Así que cerró su bloc con calma, guardó los lápices de uno en uno en su maleta de piel y encajó el cierre metálico hasta escuchar un suave clic. Se levantó y, como si realmente hubiera terminado lo que estaba haciendo, se marchó sin mirar a aquellos chicos.

Los jóvenes lo siguieron con la mirada mientras se alejaba. Estaban todos apilados en un banco con las lamas de madera roídas y llenas de pintadas.

—El viejo se está largando —señaló Vance Gallaway mientras jugueteaba con un llavero linterna que había robado de la ferretería del señor Dugan—. ¿Qué hacemos?

—¿Cómo que qué hacemos? Pasa de Mercer de una vez, Vance. Parece que estés enamorado de ese tío. Siempre hablando de él... ¿Vas a pedirle matrimonio o qué?

—Que te den, Parker. Solo digo que no me gusta. Además, ¿qué sabemos de él?

—¿Que qué sabemos de él? —repitió Helen, molesta—. ¿Qué sabes de toda la gente del pueblo? No los conoces a todos. ¿Por qué quieres saber más de ese pobre hombre?

—No lo sé... —dijo Vance, receloso, frotándose el mentón—. Pero no hace más de seis meses que se plantó en Goodrow Hill, y no me da buena espina.

—Mis padres fueron a darle la bienvenida cuando se mudó —balbuceó Cooper mientras pelaba unas pipas—, y ni siquiera les dejó pasar del porche. Luego viene todos los días al parque y se queda ahí sentado observando a todo el mundo. ¿No os parece raro?

—Sí —lo apoyó Vance y preguntó extendiendo ambas manos con las palmas hacia arriba señalando a su alrededor—: ¿Qué hace aquí en realidad?

—¿No es evidente? —Steve Flannagan respondió esta vez—. Pintar. ¿O es que estás ciego? Ha guardado su cuaderno, pero estaba claro que dibujaba. Tal vez es una persona reservada, no le gusta que fisgoneen en sus cosas y por eso no hizo pasar a tus padres, que son unos cotillas —le dijo a Cooper—. No sé qué manía tenéis de imputarle malos motivos a todo el mundo. Dejadlo en paz...

—A mí tampoco me gusta nada, joder —se quejó Jesse sin hacer caso del comentario de Steve—. El otro día Jimmy Holsen me contó que una vez lo vieron merodeando a la salida del colegio. Me dijo que andaba observando de un lado a otro con ojos de loco. Cuando se dio cuenta de que le habían visto salió por patas. Vamos, como ahora.

—Creéis... —Carrie Davis arrugó la frente y se mordió los carrillos durante un instante antes de decidirse a formular su pregunta—. ¿Creéis que puede tener algo que ver con el secuestro de Elliot Harrison? Si lo vieron merodeando por la escuela...

—¡Joder, Carrie! ¡Eso no lo había pensado! Creía que solo estabas buena, ¡pero ahora me doy cuenta de que bajo esa bonita fachada hay algo más! Por mí no hay más que hablar, yo estoy con Vance. ¡Deberíamos ver adónde va!

Steve puso los ojos en blanco ante el comentario de Jesse Tannenberg mientras Carrie le llamaba imbécil. Jimmy Holsen siempre había sido un fantasioso y mentía más que hablaba; Steve no se creía nada que saliera de su boca, pero Vance chasqueó los dedos, señaló a Carrie con una enorme sonrisa como si la chica hubiera dado en el clavo y le chocó los cinco a Jesse mientras se ponía en pie de un salto.

—¿Alguien más aparte de Jesse está conmigo? —Vance buscaba apoyo entre los presentes. Miró a quienes todavía no habían opinado y apuntó a Tom con el dedo—. ¿Parker?

Este lo miró sin mucho afán y se encogió de hombros antes de hablar.

—Sinceramente, no tengo nada más interesante que hacer, así que, si hay que ir a algún lado, aunque sea a espiar a ese viejo, pues vamos —dijo para satisfacción de Vance.

—Estáis locos —apuntó Helen Blunt.

—¿Eso significa que te vienes?

—No. Eso significa que estáis locos, nada más. Además, ¿qué te ha hecho ese hombre? Carrie ha dicho una estupidez, y tú has visto demasiados episodios de *Expediente X*. Estás paranoico.

Vance suspiró pesadamente y volvió a sentarse.

—Por mucho que me guste, esto no tiene nada que ver con *Expediente X*. A no ser, claro, que ese tipo aparente ser alguien que no es.

—¿De qué narices hablas, Vance? —dijo Steve—. No sé si lo sabes, pero ese hombre ha estado participando en la búsqueda de Elliot Harrison. ¿Por qué iba a hacerlo si tuviese algo que ver con su desaparición? «Alguien que no es...». Qué te piensas, ¿que es un extraterrestre o algo así?

—¡Tú sí que eres un extraterrestre, paleto! Sube a tu platillo volante y vuélvete al planeta de tarados del que viniste, anda.

Todos —hasta las chicas, que no pudieron contenerse— rieron ante la broma de Vance. Todos excepto Steve, que no quiso replicar para evitar males mayores.

Cooper le pasó el cigarrillo que compartían a Vance. Después de darle una calada y echar el humo por la nariz, jugueteó con el pelo dorado de Helen y le acarició la cabeza.

—¿Ya has vuelto a tu palacio de silencio, cariño? —le dijo—. ¿No hablas si no es para llamarnos locos o paranoicos? ¿O es que la hija del jefe de la Policía de Goodrow prefiere estar calladita... porque sabe algo sobre ese viejo que no puede decir? —Hizo una pausa—. ¿Algo interesante que debamos saber, señorita Blunt?

Helen volvió la cabeza hacia Vance apartándole la mano de su cabello con un gesto brusco.

—No sé nada que te pueda interesar, Gallaway —le respondió secamente—. Y no me llames «cariño».

Vance rio. Él y Helen habían estado saliendo el último año, pero la cosa no había acabado bien. Corrían rumores por el instituto de que Vance había estado coqueteando con otras chicas (o algo peor) mientras estaban juntos. Vance lo negaba, pero Helen tenía la mosca detrás de la oreja y estalló en el baile de fin de curso cuando lo vio hablar con una de tantas en la mesa del ponche. No dudó en plantarse entre ellos y abofetearle delante de todos. Aquello no le gustó a Vance, pero lo único que hizo fue sonreír, encogerse de brazos y encenderse un cigarrillo. «¿Qué quieres que te diga, Helen? No puedo dejar de ser irresistible», le soltó mientras el humo se elevaba entre los dos y justo antes de que el director lo echara casi a patadas de allí. Desde ese día, el tira y afloja era continuo, aunque todos sabían que Helen terminaría por volver con Vance tarde o temprano; la cuestión era cuánto tardaría en hacerlo.

—Pues vaya —se quejó Vance dando otra calada—. ¿De qué nos sirve entonces tener en el grupo a la hija del jefe si ni siquiera podemos obtener información como Dios manda?

Carrie miró a Helen, que estaba irritada ante el egocentrismo de Vance, pero de quien seguía enamorada, para su desgracia.

—Si quieres saber quién es ese tipo, ¿por qué no vas tú solito y lo averiguas? —lo desafió Helen—. ¿No eres tan valiente y tan machito? ¿Por qué necesitas que te acompañemos?

—No os necesito para nada —respondió altivamente Vance—. ¡Claro que puedo ir yo solo si hace falta! Pero si os lo digo es para no acaparar toda la diversión.

—No sé qué le ves de divertido a eso —reprobó Steve.

—Cállate, Flannagan. Si no quieres venir, ya te he dicho que te vuelvas a tu nave. Los demás, podéis seguirme.

Tom, Jesse y Cooper se pusieron en pie, dispuestos a acompañar a Vance. Helen y Carrie permanecieron sentadas, pero Vance rodeó el banco y se arrodilló delante de Helen. La miró con esos ojos azules que quitaban el hipo y le guiñó un ojo.

—Vamos, cielo. Lo pasaremos bien.

Helen trató de mantener la compostura, pero sentía por dentro que la había desarmado con demasiada facilidad. El atisbo de una sonrisa contenida apareció en la comisura de los labios de Helen

Blunt y supo que ya era inútil oponerse. Además, desde que Carrie lo había sugerido, sentía una oscura curiosidad por saber si realmente John Mercer tenía secuestrado a Elliot Harrison.

Estuvo a punto de decir que iban a meterse en un lío, pero en cuanto Vance la agarró de la mano se olvidó de todo.

5

Regreso a Goodrow Hill

El paisaje que pasaba antes mis ojos me resultaba agradablemente extraño y familiar. Es curioso cómo los recuerdos vuelven a tu mente como si jamás se hubieran ido, a pesar de no haber accedido a ellos desde hace tiempo. Se quedan esperando en un rincón, resguardados de la intemperie, y resurgen para recordarte que cualquier tiempo pasado fue siempre mejor. O quizá no, tal vez solo se alían con la nostalgia para engañar a tus sentidos y hacerte creer que es así cuando en realidad no son más que una distorsión de la verdad. El pasado no es mejor, es diferente. Los recuerdos solo hacen que añoremos la felicidad que sentíamos antaño; nadie recuerda con nostalgia momentos de dolor o frustración.

Dejé atrás la carretera bordeada de frondoso bosque y atravesé el camino que cruzaba la presa, una enorme obra de ingeniería construida en hormigón sobre el río y pegada a la pared de una montaña, que delimitaba los lindes del pueblo y abastecía de agua y electricidad también a otros pueblos cercanos. El rugir del agua era ensordecedor cuando se abrían las compuertas y fluían como torrentes millones de litros llenos de fuerza y violencia indiscriminada. Resultaba estremecedor ver aquel espectáculo, pero también era casi un delito no hacerlo. Ahora, cuando las compuertas permanecían cerradas y el agua calmada como un bebé recién alimentado, el embalse parecía una piscina.

—¡Vamos, capullos! ¡No seáis gallinas y saltad de una vez!

En mi mente resonaron las palabras de Vance, hacía tantos años, en aquel caluroso día de julio. Habíamos ido todos juntos al embalse, como cada verano, para desprendernos del calor y bucear a pleno pulmón buscando tesoros que terminaban por no ser más que trastos: latas, zapatos y algún que otro trozo de hierro. La caza de ranas en una de las orillas pantanosas cerca de los juncos era otro de nuestros pasatiempos.

Me vi tiritando, más por miedo que por frío, en lo alto del acantilado que daba al agua. Desde abajo, los que ya habían saltado me miraban esperando una de estas dos cosas: que venciera mi miedo o quedara en ridículo. Vance, Cooper, Tom y Jesse daban por sentado que sería lo segundo y reían chapoteando como patos. Carrie y Helen habían saltado una detrás de la otra sin pensárselo demasiado, dejándome atrás con mi cobardía y la boca abierta.

—No hace falta que saltes, Markie —dijo Steve a mi espalda—. Es una caída de quince metros. Podemos bajar andando. ¿Qué más da lo que piensen ellos de ti? No tienes por qué hacer lo que quieren.

—Déjame, Steve. Quiero hacerlo. ¡Han saltado hasta las chicas!

No sé si Steve me contestó o no. Lo siguiente que recuerdo fue coger impulso y notar la velocidad de la caída en mis entrañas. Mi estómago se encogió y se me cortó la respiración. Escuché un par de gritos de asombro (lo más seguro, Helen y Carrie) y luego el impacto contra el agua, hundirme y resurgir para tomar aire. ¡Lo había conseguido! Sonreí triunfante y miré hacia arriba mientras el agua chorreaba en mi cabeza; Steve levantaba los pulgares enérgicamente con una sonrisa orgullosa. Al volverme, las chicas me felicitaron, no esperaban que lo hiciera y las había sorprendido. A decir verdad, yo también lo estaba. Di una brazada para girarme y miré hacia Vance y los demás para ver sus caras y recibir sus felicitaciones, pero ya nadaban hacia el fondo. No les importaba que hubiera hecho acopio de valentía y arrojo, ni siquiera que hubiera conseguido saltar. Solo querían reírse de mí si no lo hacía y perdieron el interés cuando vieron que me atrevía. Así eran ellos. Con todo, los consideraba mis amigos, eran mi referente.

Dejé a mi espalda la presa y mis recuerdos y entré por fin en Goodrow Hill. El acceso desde la carretera principal ofrecía una vista espectacular y casi completa del pueblo, con sus montañas blanqueadas por la nieve ejerciendo de guardianes a ambos lados y un verde espeso y oscuro compartiendo protagonismo en el paisaje. Los tejados de teja negra y pizarra no habían cambiado y las fachadas empedradas de las casas mantenían su tono gris. Eran una de las señas de identidad de Goodrow, al igual que el viejo reloj bajo la enorme cruz de la iglesia.

Aminoré la velocidad a medida que me adentraba en el núcleo urbano, y reconocí a través del cristal de mi ventanilla algunas caras que me miraban curiosas preguntándose quién era aquel extraño que decidía visitarlos en la época más intempestiva del año. Aunque seguía siendo el mismo, no era a mí a quien recordaban sino al muchacho adolescente que había sido. Sentí pena al ver como el tiempo había hecho estragos irreversibles en sus rostros, ahora llenos de arrugas, en su cabello blanco o alopécico y en la comisura de sus labios.

El móvil me sonó un par de veces. Eran mensajes de avisos de llamada que había recibido durante mi viaje. La cobertura no era buena en la carretera, pero ahora volvía a tener línea. Desbloqueé la pantalla y eché un vistazo. Dos llamadas perdidas de Helen Blunt y un mensaje: «¡Llámame cuando hayas llegado!».

Volví la vista a la carretera mientras marcaba el número de Helen. Descolgó tras un par de tonos.

—¿Mark?

—¿Hola? ¿Helen?

—¡Hola, Markie! ¿Qué tal? ¿Ya estás por aquí?

—Acabo de llegar. Todavía estoy en el coche —le dije.

—Genial. ¿Te parece si nos vemos en el bar de Randy en cinco minutos? Estoy de camino. ¿Recuerdas dónde está?

—Sí, claro. No hay problema.

—Perfecto. ¡Hasta ahora!

Colgamos y dejé el teléfono en el salpicadero. Di la vuelta y giré hacia la amplia avenida llena de escarcha que llevaba al local de Randy Bendis, al final de la calle. Aparqué enfrente de la puerta y, antes de salir, me abrigué bien. Dejé el equipaje en el coche, excepto el gorro y la chaqueta, que iban a convertirse en una extensión de mi cuerpo mientras estuviera en Goodrow Hill. Sabía lo que era pasar frío en aquella época y no iba a hacerme el chulito, aunque hubiese quedado con la mismísima reina del baile del 94.

Entré en el viejo bar de Randy.

Solo que el bar que yo recordaba ya no era un local cualquiera. Aquel lugar oscuro y de mala muerte había quedado en el pasado. Ahora era un buen restaurante, con una rampa de acceso para minusválidos, puertas y ventanas acristaladas con perfiles de acero inoxidable y mesas de madera con manteles de hilo grueso. También habían renovado el rótulo de la entrada, con el nombre de Randy bien visible y luces iluminando cada letra por separado. Atrás había quedado la vieja cartelera de madera anunciando un pobre menú, los tenedores con sabor a óxido, aquella barra pegajosa y la mantelería de papel. Casi lo eché de menos, pero era imposible no percatarse del salto cualitativo que habían dado.

Me acerqué a la nueva barra de mármol, dejé el chaquetón encima de uno de los taburetes y esperé a que Helen llegara. Antes de que apareciese, Randy se acercó para preguntarme si quería tomar algo. Sonreí al ver que no me reconocía.

—Hola, Randy —le saludé.

—¿Te conozco? —preguntó dubitativo, sin poder ubicar dónde había visto mi cara antes. De súbito, vio algo familiar en mis ojos o en la forma en que le miraba—. Oh, joder. ¿Markie? ¿Eres Markie Andrews?

Asentí sin dejar de sonreírle. Randy me miraba como si llevara años sin verme, lo cual era completamente cierto. Su expresión cambió hasta convertirse en un alegre poema repleto de rimas felices.

—Me cago en la... ¡Markie! ¡Maldita sea, ven aquí!

No esperó a salir de detrás de la barra para abrazarme. Abalanzó medio cuerpo por encima de ella y se tiró a mi cuello, rodeándome como pudo y atrayéndome hacia él con efusividad. Olía a una mezcla de salsa barbacoa y patatas fritas rancias, pero no me importaba. Habíamos ido juntos a la escuela y lo consideraba como de la familia. Randy siempre había sido muy bueno conmigo y uno de mis mejores amigos. La distancia, sin embargo, había puesto tierra de por medio, y el tiempo había hecho su trabajo diluyendo nuestra amistad, aunque sin romperla. Ahora era como si la ausencia del uno en la vida del otro no hubiera tenido lugar. Le devolví el abrazo sin dejar de sonreír.

—Me alegro de volver a verte, Randy —le dije cuando por fin me soltó—. Hacía mucho tiempo que no nos veíamos.

—Mucho tiempo dice... ¡Una eternidad! —rodeó la barra y salió por una portezuela a su izquierda. Me miró de la cabeza a los pies y me volvió a abrazar. Luego me sostuvo agarrándome de los hombros. Parecía que se le iban a saltar las lágrimas—. ¡Qué bien te veo, Markie! ¿Qué es de tu vida, granujilla? ¿Dónde has estado metido? Me dijeron que vivías en la gran ciudad y que te habías hecho reportero.

—Fotógrafo —le corregí sin darle importancia—. Pero sí, decidí que la ciudad era para mí e hice de la fotografía mi medio de vida. Tengo mis altibajos, pero no me puedo quejar. —Eché un vistazo alrededor y me dirigí a Randy—: ¿Y tú qué? Veo que te va bastante bien. ¡Menudo cambio ha dado este sitio!

—¿Te gusta? —Adiviné la satisfacción en la mirada de Randy—. Ha cambiado mucho desde que lo llevaba mi padre, sí... Cuando sufrió el ictus tuvo que dejar todo de lado, y me encargué yo del negocio. Le costó hacerlo, no te voy a mentir, pero no había más remedio. Perdió movilidad, fuerzas y alegría. Y como mínimo necesitas un buen puñado de las tres para sacar esto adelante. Pero bueno, aquí estamos. Dándolo todo, que lo mío me ha costado.

Me mostró su mejor sonrisa, aunque tras ella pude percibir buena parte de la tristeza que sentía por su padre. Ambos habían trabajado mucho para mantener a flote el restaurante (o el bar, cuando yo lo frecuentaba), y no recordaba día que Randy me dijera que no tenía que ayudar a su padre en el negocio. Con todo, el señor Bendis nunca obligaba a su hijo a poner en segundo lugar los estudios ni le negaba las horas de ocio que como niño y adolescente necesitaba. Ambos pasamos mucho tiempo juntos haciendo trastadas o leyendo viejos cómics de aventuras y terror en la cabaña que nos hizo su propio padre en la copa de uno de los árboles de su jardín, pero cada cosa tenía su tiempo y su lugar, y tanto él como yo siempre respetamos las limitaciones que imponía el señor Bendis. Si a las siete Randy tenía que ayudarle en el bar, diez minutos antes nos despedíamos para que no llegara tarde. La obediencia era para mi amigo algo tan natural como respirar, y no le importaba hacerlo porque sabía que era algo bueno tanto para él como para su familia. Además, lo hacía como deberían hacerse todas las cosas: por amor y no por obligación. Estaba orgulloso de haberlo hecho en su día y de seguir haciéndolo ahora. Se le notaba.

—Lamento mucho lo de tu padre, Randy. Me acuerdo mucho de él. Espero que se recupere pronto.

—Estas cosas llevan tiempo, pero te lo agradezco. A ver si puedes pasarte por casa y lo saludas, seguro que le hará ilusión volver a verte.

—Sería estupendo, me encantaría.

—¡Eh, papá! —nos interrumpió una voz—. ¿Puedes venir?

Miré hacia el fondo de la barra. Detrás de una esquina se asomaba un chico de unos quince años muy parecido a Randy cuando era joven. Me sorprendí enormemente. ¿Randy tenía un hijo? Eso no me lo esperaba.

—¿Es tuyo? —le pregunté.

—¡Eso dice mi mujer, pero yo no estoy muy seguro! —bromeó. Le hizo un gesto con la mano al chico para que se acercara—. ¡Ven aquí, Malcom!

Malcom se acercó, resoplando. Se notaba que era hijo de su padre, andaba igual que él y tenía su misma cara. Randy le hizo salir y, orgulloso, me lo presentó.

—Markie, te presento a Malcom. Mi hijo mayor. Ya tiene casi dieciséis. Todo un hombretón. Malcom, este es Markie, uno de mis mejores amigos de la infancia. ¡El mejor diría yo!

—Hola, señor Markie —saludó Malcom.

Se me escapó la risa.

—Con que me llames Markie a secas me conformo —le respondí—. Encantado de conocerte, Malcom. ¿Sabes que eres igual que tu padre cuando tenía tu edad? Bueno, más guapo. Todo hay que decirlo.

—¡No te quito la razón! Pero ya crecerá y se hará feo como su padre, ¿a que sí, hijo? —Randy le hizo un guiño y le acarició la cabeza, llena de pelo rizado y espeso igual que la de él, pero Malcom puso los ojos en blanco, hizo una mueca y trató de no reírse ante la gracia de su padre—. ¿Qué necesitas, hijo?

—Tienes que venir a la cocina. El horno vuelve a dar problemas. Se calienta, pero luego nada.

—Ahora mismo voy. Dame dos minutos.

Malcom asintió y se despidió de mí estrechándome la mano. Volvió por donde había venido y desapareció por donde, supuse, estaba la cocina.

—Se le ve muy buen chaval —dije con sinceridad.

—Lo es. Y muy responsable. Tengo suerte, me han salido los dos muy buenos, pero también tienen su genio, no te creas. Serán los genes de su madre.

—¿Tienes otro crío?

—Para mi desgracia, no. Una niña. Leslie. Está a punto de cumplir los diez. Es una señorita desde que tenía apenas tres, así que la que me espera va a ser buena. Como dicen por aquí, más me vale llevar bien cargada la escopeta. Aunque primero tendré que aprender a usarla, ¿recuerdas?

Randy se refería al día que encontramos en el sótano de su casa la escopeta de caza de su abuelo. Era una vieja Browning de dos cañones oxidados y empuñadura de madera muy gastada que cogimos a escondidas y llevamos al bosque para aprender a disparar. Queríamos cazar un oso. Jamás habíamos visto un oso en Goodrow Hill, pero jugábamos a buscar y seguir sus huellas (habitualmente imaginarias) hasta madrigueras que luego no encontrábamos. Aun así, no solo creíamos que daríamos con uno, sino que pretendíamos cazarlo. Había perdido la cuenta de las veces que soñamos cómo nos convertiríamos en los héroes del pueblo cuando la gente nos viera llegar con el animal a cuestas. Un animal de media tonelada arrastrado por dos críos de doce años, he aquí la inocencia y la fantasía cogidas de la mano.

La cuestión es que sacamos a hurtadillas la escopeta del sótano y fuimos al bosque para aprender a disparar y saber hacerlo cuando se nos presentara la oportunidad de cazar a nuestra presa de garras afiladas, colmillos gigantes y colores pardos. Después de cargarla, Randy apuntó al tronco de un árbol y disparó. No solo no acertó, sino que el retroceso lo mandó varios metros para atrás, le desencajó el hombro y casi le hace perder el conocimiento. Bueno, conocimiento no es que tuviéramos mucho, de ahí aquel resultado. Randy se puso en pie como pudo, evidentemente dolorido, con lagrimones como puños rodándole por la cara y el cuerpo magullado.

Volvimos a casa con el rabo entre las piernas y sin oso a cuestas. Yo no quise ni probar a disparar después de ver aquello, y bastante miedo me dio llevar el arma y cargar como pude con Randy hasta su casa. La que nos cayó fue poca cuando la madre de Randy nos vio llegar, con su hijo renqueando y yo cargando con él y la escopeta a cuestas. Tan ingenuos éramos en aquel tiempo que ni se nos ocurrió esconder el arma e inventarnos alguna historia para justificar lo que había ocurrido. Podríamos haber dicho que íbamos en bicicleta y que Randy sufrió una de sus aparatosas caídas, algo que no hubiera sido para nada del otro mundo teniendo en cuenta su habitual torpeza. Pero no. La señora Bendis tuvo que socorrernos con los ojos fuera de órbita y la cara desencajada al ver la escopeta oxidada pensando que su hijo estaba mirando a la muerte de cerca por mi culpa. Por suerte, aquello quedó ahí, sin más trascendencia que el moratón en el hombro de Randy y el susto que nos habíamos llevado. La señora Bendis —gracias a Dios— decidió guardar el secreto de nuestra estupidez ante su marido no sin antes hacernos jurar solemnemente que jamás de los jamases volveríamos a tocar un arma. Por supuesto, ambos, escarmentados como estábamos por lo ocurrido, prometimos no volver a hacerlo.

—Demasiado bien —reí, al recordar aquella anécdota.

—Por cierto, supongo que estás aquí por lo de Tom, ¿no?

Asentí.

—He quedado con Helen Blunt. Fue ella la que me llamó para darme la mala noticia.

—Ah, Helen. Viene a veces por aquí —me informó—. Y lo de Tom... Qué fuerte, ¿no? Y extraño también. Dicen que se suicidó, pero no sé por qué lo haría. No es que tuviera mucha relación con él; de vez en cuando nos cruzábamos por el pueblo. Nunca noté nada fuera de lo normal... aunque he de reconocer que era un tío bastante raro. Un poco ermitaño, sí. En fin, vete a saber, Markie. A veces la gente hace cosas inesperadas porque en realidad están desesperadas.

Mi amigo tenía razón. Y Helen también: la verdad tras la muerte de Tom Parker (que en realidad era un homicidio, no un suicidio, y que le habían arrancado los ojos) por ahora seguía siendo un secreto en Goodrow Hill. Por lo menos Randy no lo sabía, y no iba a ser yo quien se lo contara. Tampoco iba a decirle que fuera del pueblo ya se hablaba de que podía haber sido asesinado; le había hecho una promesa a Helen al respecto y no pensaba romperla.

—En fin, creo que mañana es el funeral.

—Pasado mañana, según me ha dicho Helen —apunté.

—Ah, sí. Bueno, supongo que nos veremos allí. Me escaparé para darle el pésame a los padres y luego volveré aquí. Para bien o para mal, la vida sigue —concluyó Randy—. ¿Hasta cuándo te quedas?

—No mucho. Después del funeral volveré a la ciudad. Tengo cosas que hacer, la verdad.

—Está bien. Pero antes de irte no olvides pasar por aquí. No quiero que te marches sin despedirte y sin darme tu número de teléfono. No puede ser que estemos otros veintitantos años sin saber el uno del otro. ¡Es más! —soltó de repente—, ¿qué te parece si te vienes a cenar a casa mañana? Así nos ponemos al día y conoces a Leslie y a Coraline, mi mujer. Otra cosa no, pero de cocinar sabemos un rato.

Me guiñó un ojo igual que había hecho con Malcom, sin dejar de sonreírme. Esperaba una respuesta afirmativa a su invitación, y no pude negarme. Le dije que sí, por los viejos tiempos. Quedamos para el día siguiente, alrededor de las siete de la tarde, y tomé asiento en una de las mesas. Randy me trajo una cerveza a cuenta de la casa antes de que pudiera negarme y, apenas le hube dado el primer sorbo, escuché repiquetear las campanillas al abrirse la puerta de la entrada. Hacía años que no la veía, pero la mirada azulada de Helen seguía siendo inconfundible.

6

Helen

Me levanté nada más verla.

Saludó a Randy con un gesto de la cabeza y después oteó con sus ojos azules el local hasta posarse sobre los míos. Cuando me localizó, una sonrisa se asomó de entre sus labios y caminó hacia mí con los brazos abiertos. Me apretó contra su pecho.

—¡Cuánto me alegro de verte, Markie!

Cuando nos separamos, dejó su bolso sobre la mesa y se despojó del abrigo largo que llevaba.

—Yo también me alegro de verte. Estás como siempre.

Helen había cambiado poco en todos estos años. Comparé mentalmente a la mujer que tenía delante de mí con la chica que salía en la fotografía que había recibido esa misma mañana. A pesar de que había ganado algunos kilos, llevaba el cabello cortado sobre los hombros y ya le surcaban arrugas alrededor de los ojos y en la comisura de los labios, seguía siendo ella; la esencia era la misma. El azul de sus ojos había perdido algo de intensidad —o tal vez fueran resquicios de tristeza—, pero no podías dejar de maravillarte ante su belleza. Era como mirar a través de dos cristales hacia la profundidad infinita de un océano inhóspito e insondable.

Nos sentamos uno enfrente del otro. El cabello le bailó sobre los hombros al acomodarse y apartó un mechón de su cara con despreocupada naturalidad. Aunque la larga cabellera de antaño se había acortado, todavía mantenía su brillo rubio destellando bajo los reflejos de la luz.

Malcom se acercó a la mesa y le preguntó a Helen si quería tomar algo. Ella le pidió un café descafeinado con la leche de avena natural, templado.

—¿Cómo ha ido el viaje? —me preguntó cuando el chico se marchó—. ¿Se te ha hecho largo?

—No demasiado. El paisaje ameniza el viaje, sobre todo al abandonar la autopista. He hecho una pausa para comer y ya no he parado hasta llegar aquí. ¿Tú cómo estás? ¿Cómo van las cosas por aquí?

Helen suspiró y ladeó la cabeza.

—Hasta ahora todo iba bien —se lamentó—. Creía que por muchos años que pasaran en Goodrow no cambiaría nada. Supongo que la realidad a veces te golpea sin avisar, aunque no esperaba que lo hiciera de esta manera. Es como un mal sueño, Markie. No entendemos qué ha pasado... Y lamento haberme puesto en contacto contigo por algo como esto después de tantos años. Pero la muerte de Tom...

Nos callamos cuando Malcom apareció con el café. Lo dejó con cuidado delante de Helen, tratando de no derramar una gota, y se fue a atender otra mesa. Yo le di un trago a la cerveza, pero el regusto en la garganta y el recuerdo de mi resaca me quitaron las ganas de seguir tomando. La aparté a un lado y extendí la mano hasta tocar la de Helen. El contacto removió de inmediato en mi interior sensaciones de sentimientos olvidados, como si despertaran de un largo letargo. Los mantuve a raya, pero me pareció curioso sentir aquello. No percibí nada en Helen que me advirtiera que ella había sentido algo parecido al notar mi mano, así que lo dejé correr. Al fin y al cabo, no había querido insinuarme, solo pretendía mostrarle un poco de empatía y apoyo.

—No te preocupes, todo saldrá bien. Tu padre dará con quien le haya hecho eso a Tom.

Helen me miró y me mostró una cartera. La abrió. Dentro había una placa con un número grabado. También una foto suya.

—¡No me digas que te has hecho policía! —Helen asintió—. ¿De verdad? ¡No me dijiste nada por teléfono! ¿Cuándo te licenciaste?

—Salí de la academia antes de... casarme —bajó la cabeza; parecía avergonzada. Recobró la compostura al instante—. Me gradué hará diez años, más o menos. No te lo comenté por teléfono, pero estoy a cargo de la investigación. Junto a mi padre, claro. El problema es que ahora mismo tenemos un par de bajas y solo estamos tres agentes de servicio, así que no es tan genial como parece... Y jamás me he enfrentado a algo así, Markie. Esto no tiene nada que ver con dirigir el tráfico y poner orden entre cuatro borrachos un sábado por la noche.

Asentí. Daba la sensación de que se sentía sobrepasada por la situación, y su ceño fruncido daba cuenta de ello. Sopló en la taza de café y le dio un sorbito tratando de no quemarse la lengua.

—Ya imagino... No debe ser fácil —respondí, algo incómodo. Luego bajé la voz—. ¿Tenéis idea de quién pudo haber sido? Porque si es verdad que le arrancaron los ojos...

Helen dio un respingo y casi vuelca el café.

—¡Baja la voz, Markie!

—¡Pero si estaba susurrando! —repliqué. Ella suspiró y

miró a uno y otro lado. Yo la imité, pero no creí que nadie me hubiese escuchado.

—Todavía no sabemos quién es el responsable. Esperábamos que la autopsia nos revelara algo más, pero no ha arrojado mucha luz a lo ocurrido... Solo que llevaba varios días muerto; cuatro, cinco... es difícil concretar. El señor Parker lo encontró tirado en el salón de su casa.

—Joder...

—Ya... Los primeros en notar su ausencia fueron sus compañeros de trabajo. ¿Sabías que trabajaba como celador en el psiquiátrico? —me preguntó haciendo un inciso. Negué con la cabeza—. Bueno, mi padre fue a interrogarlos. Según le contaron, Tom pidió un permiso de dos días; al parecer tenía que atender unos asuntos. Cinco días después, todavía no había vuelto. Trataron de localizarlo, pero no lo consiguieron, así que llamaron al número que les había dado para emergencias, el de su padre. —Helen guardó silencio un momento, cogió la taza de café y le dio un pequeño sorbo. Después prosiguió—: El señor Parker intentó de inmediato ponerse en contacto con su hijo, pero se extrañó cuando no le respondió las llamadas. Decidió ir a su casa para ver si todo iba bien —hizo una nueva pausa antes de continuar—. Se lo encontró tirado en el suelo. Había sangre seca y un jarrón hecho añicos a su lado. Tenía esperanzas de que su hijo solo hubiera resbalado y estuviera inconsciente, que el olor nauseabundo lo causaran los desechos de la basura. Pero cuando le dio la vuelta, vio que no había sido un accidente. A duras penas consiguió llamar a emergencias. Cuando mi padre llegó a su casa, el hombre estaba en *shock*. Los paramédicos habían tratado de calmarlo, pero les fue imposible. Prácticamente tuvieron que sedarle para sacarlo de allí. Después, cuando llevamos el cuerpo de Tom a la morgue para la autopsia, pudimos comprobar que el jarrón lo utilizaron para golpearle por detrás y luego le extrajeron los ojos. Al menos tuvieron la decencia de sacárselos después de matarlo... O eso es lo que Jerry, el forense, nos dijo. En cualquier caso, es un homicidio. Alguien lo asesinó, pero no sabemos quién ni por qué.

—¿No encontrasteis... no sé... huellas o algo que pudiera daros una pista?

Helen negó con la cabeza.

—La cerradura no estaba forzada. No había signos de violencia, aparte de los trozos desperdigados del jarrón que usaron para golpearle, y tampoco huellas. Quien lo hizo fue meticuloso. Y el impacto, muy fuerte. Según Jerry, si Tom no murió al instante, lo hizo al cabo de pocos minutos debido al traumatismo.

—¿Y nadie vio nada? ¿No hay testigos? Alguien... ¿Algún vecino?

—No... Cuando murió su abuela, le dejó a Tom en herencia una de las casas de la ladera. Así que en cuanto tuvo la escritura a su nombre decidió mudarse allí. Ya sabes lo apartadas que están, y hay bastante terreno entre una finca y las demás, así que, aunque interrogamos a los vecinos, no conseguimos encontrar a ninguno que hubiera escuchado o visto algo. De haberlo hecho, al menos tendríamos algo con lo que trabajar.

—Ah, pensaba que seguiría viviendo con sus padres en el barrio de siempre —comenté.

—Ya sabes cómo de ufano era Tom. «El núcleo urbano es para la gente mayor, o para los pobres», según dice mi exmarido. Quieras o no, tener en propiedad una de las casas de la ladera siempre te diferencia un poco del resto, y heredar una de ellas...

—Un momento, un momento; creo que me he perdido. ¿No me has dicho que estabas casada?

Hice un paréntesis en la conversación porque me descolocó que Helen hablara de su exmarido cuando hacía dos minutos me había dicho que se había casado nada más graduarse en la academia de policía.

—La cosa no salió bien —me aseguró—. La verdad es que no debí haberlo hecho, y menos con quien lo hice. Sabía que no duraríamos mucho, pero creo que estaba más enamorada del sentimiento que de la persona. No era amor... era más bien como una obsesión. Como un alcohólico que vuelve siempre a la botella aun sabiendo que solo le perjudica, ¿sabes?

Me quedé un momento en silencio, pensativo. La forma de expresarse, de explicar su relación —que se me antojó de lo más tóxica—, me recordó poderosamente a cuando estaba con Vance. Entonces caí en la cuenta:

—¿Te casaste con Vance? ¡¿Vance Gallaway?!

Helen apretó los labios y se encogió de hombros asintiendo.

—Todos cometemos errores —se excusó.

Algunos más grandes que otros, pensé. Con todo, no me extrañaba que hubieran acabado juntos... ni que hubieran terminado tan pronto como era de esperar. Más de uno debió pensar que aquel era un matrimonio abocado al fracaso con tan solo verlos... o conociendo un poco la historia de su relación. También pude ver reflejado en el rostro de Helen una mezcla de arrepentimiento... y de nostalgia. Por mucha placa que llevara ahora, Helen seguía siendo Helen, y aquella necesidad de tener a Vance cerca no la había abandonado, por muy enfermizo que pudiera parecer desde fuera.

—Perdona —me disculpé yo ahora—, no quería interrumpirte... Es solo que no me lo esperaba.

—No pasa nada, olvídalo... Bueno, la cuestión es esa. Tenemos que averiguar quién mató a Tom y por qué.

Me llevé una mano al mentón.

—¿Sabes si debía dinero... o se veía con alguien que no debía? Tal vez alguien, en un arrebato...

—No, no parece probable. Nadie le arranca los ojos a alguien por un arrebato. Su muerte fue por una razón, y ese acto lo demuestra. Así que probablemente sea un ajuste de cuentas, o una venganza por algo que Tom hiciera.

—De todos modos, tuvo que ser algo muy gordo si le han hecho eso.

Helen jugueteó con la cucharilla y se llevó la tacita de café a la boca. Le dio otro sorbo, esta vez mayor. En aquel silencio, me dio la sensación de que Helen ocultaba algo, algo que no quería contarme relacionado con Tom Parker... que no pudiera decir y que estuviera relacionado con su muerte. Estuve tentado de preguntarle, pero decidí no hacerlo. Me vino también a la mente la conversación con Hal, el dueño del bar de carretera en el que había parado a comer, y la información fidedigna que le había llegado sobre la muerte de Tom. Opté por no cargar a Helen con más preocupaciones; preferí darle ánimos:

—Lo encontraréis, Helen.

Ella sonrió y me apretó la mano.

Apartamos el tema de Tom Parker, pero seguimos hablando durante casi una hora. Lo que se suele decir, nos pusimos al día. En general, pocas cosas habían cambiado por el pueblo. Ella me contó a grandes rasgos su vida desde que dejé Goodrow y yo le conté mis aventuras y desventuras en el difícil mundillo de la fotografía *freelance*. Intercambiamos experiencias, rememoramos viejos recuerdos y nos reímos juntos de nuestros antiguos profesores. Al final, contra todo pronóstico, me bebí la cerveza entera y casi pido otra ronda, pero Helen recibió una llamada de comisaría que requería de su presencia. La invité al café, como un caballero, y antes de despedirnos me preguntó si necesitaba alojamiento. Ella tenía un par de habitaciones libres en casa, aunque decliné la oferta. Ya había pensado en alquilar una habitación en el Green Woods, pero le agradecí su hospitalidad. Quedamos en vernos en el funeral de Tom y nos despedimos. Después, dejé un billete de cinco encima de la barra.

—Como no retires ese billete de mi vista te voy a dar una paliza, canijo.

Solté una carcajada. Casi me había olvidado de que era así cómo nos llamaban los abusones del colegio cuando venían a robarnos el dinero del almuerzo.

—De acuerdo, de acuerdo... —Me lo guardé apresuradamente en el bolsillo sin oponer demasiada resistencia. Randy arqueó los labios con satisfacción y me guiñó un ojo.

—¿Todo bien con Helen? Os he visto muy acaramelados...

—No seas idiota, Randy...

—¡Está bien, está bien...! —Mi buen amigo dejó escapar una risotada—. Bueno, recuerda: mañana haz lo que quieras durante todo el día, pero a las siete tienes cena en mi casa. Y no te pongas demasiado guapo, a ver si vas a quitarme protagonismo.

—Ni se me ocurriría —reí—. Nos vemos mañana.

7

Si uno cree que lo hacen

Tal como le había dicho a Helen, me alojé en el Green Woods, uno de los dos moteles de la ciudad.

Situado al oeste del pueblo, era un edificio que lucía con más pena que gloria, de fachada austera y pintura desconchada, pero lo bastante decente como para que los esporádicos viajeros que visitaban la zona decidieran pasar allí algunas noches, deseosos de recorrer entusiasmados las rutas de montaña y los senderos que cruzaban parajes ocultos de belleza salvaje. Aquella era una de las pocas atracciones que Goodrow Hill podía ofrecer, y parte de la economía de la localidad se sustentaba gracias a la afluencia de gente con ganas de aventura.

Sin embargo, no siempre había sido así; Goodrow Hill disfrutó de una época de esplendor a principios del siglo pasado. Todo empezó cuando alguien esparció la idea de que bajo las montañas se encontraba un yacimiento inacabable de oro puro. Esto puso a la localidad en el mapa de muchos buscavidas enfebrecidos, a quienes se les llegó a conocer en el pueblo como los Caminantes Rojos, porque una vez se adentraban en la tierra con el pico al hombro para llevarse su parte, salían irremediablemente cubiertos de un color carmesí: la tierra rojiza del interior de la mina se adhería a su ropa y a su piel, dándoles un aspecto corinto fácil de identificar. En poco tiempo, Goodrow se hizo famoso y prosperó mientras duró el anhelo de quien soñaba el sueño americano, que finalizó cuando la enorme mina que excavaron fue explotada hasta la saciedad y se corrió la voz de que había mucho menos oro del que presuponían las lenguas más avariciosas. Como era de esperar, la vieja mina se cerró y hoy en día continúa abandonada. Solo hay una cosa que permanece intacta: quien entra allí a curiosear, se lleva sin falta la tierra rojiza adherida a las suelas.

La recepcionista, una mujer con el cabello teñido de un lila estridente, ojos achicados y voluptuosas carnes que se presentó como Frida Winters, me atendió con un fervor que se me antojó tan exageradamente apasionado como forzado. No es que me importara que me tratara como si fuera el presidente de Estados Unidos entrando en el Hotel Ritz pero, reconozcámoslo, ni yo era el presidente ni aquello era el Ritz.

—¿Es su primera vez en Goodrow Hill? —preguntó mirándome por encima de la montura de sus gafas. Tal vez trataba de reconocerme como uno de sus antiguos huéspedes, aunque sin suerte.

—No. Pero sí es la primera vez que me alojo aquí.

La mujer dejó escapar un resuello de alivio y me dio las llaves.

—Habitación 111 —me dijo, con una sonrisa.

El edificio, en forma de ele, no tenía más de treinta habitaciones repartidas en dos plantas. La 111 estaba en el primer piso, subiendo unas escaleras de obra con barandillas de metal algo oxidadas. La entrada daba justo enfrente del aparcamiento y, por la parte de atrás, a una pequeña piscina, que ahora permanecía sucia y casi vacía a la espera de que llegara la temporada veraniega, cuando subían las temperaturas y el aforo de visitantes.

Volví a mi camioneta y la dejé en una de las plazas vacías en medio del aparcamiento. Una vez en la habitación, lo primero que hice fue asegurarme de que desde la ventana que daba a la calle pudiera verla. No es que pensara que alguien pretendiera robármela, pero nunca está de más ser precavido.

Una vez dispuse la mochila con mis cosas encima de la cama, subí la calefacción; las ventanas con los marcos de madera y los finos cristales no evitaban que el aire gélido se filtrara al interior de la estancia. Era una habitación austera, sin decoración alguna —a excepción de una pintura al óleo en el cabezal de la cama, que representaba la cabeza de un caballo de ojos saltones y pelaje castaño, con las montañas de Goodrow al fondo—, y con un viejo televisor de tubo sobre una cajonera que bien podrían haber comprado en una tienda de antigüedades o sacado directamente de un contenedor de muebles desechados. Las esquinas de los techos tenían marcas de humedad que habían tratado de ocultar con pintura barata. Pese a todo, el lugar en general estaba bastante limpio.

Ya en el baño, abrí el grifo de la ducha para comprobar que hubiera agua caliente. Tardó bastante en calentarse, pero, en cuanto lo hizo, el vapor ardiente se elevó empañando el pequeño espejo sobre el lavamanos. Notaba que necesitaba pasar un buen rato bajo el agua caliente para quitarme esa extraña sensación de incomodidad con la que cargaba desde que Helen me había llamado. Puse la mochila en el suelo, me desnudé y eché la ropa encima de la cama.

El agua quemaba como si brotara de un volcán, pero era una de las cosas que soportaba con relativa facilidad. Me gustaba sentir la picazón de las gotas ardientes en mi piel desde bien pequeño. Me resultaba agradable y heroico a la vez, no sabría decir por qué.

Estuve un buen rato bajo el chorro de agua caliente y el baño se transformó en una suerte de sauna. Salí renovado, relajado y sin más ganas de otra cosa que de tumbarme y descansar. Aparté las dos gruesas y pesadas mantas que había sobre la cama, tiré de la colcha y me recosté sobre la sábana blanca de algodón. La ropa de cama era nueva, estaba impoluta y parecía recién planchada. La sensación era realmente agradable y, aunque no fuera un motel muy glamuroso, tampoco era yo un tipo demasiado exigente, así que agradecí aquel pequeño detalle.

Tumbado, me puse a trastear en el móvil. No había wifi en el motel y la cobertura seguía sin ser óptima, pero pude conectarme a internet y echarles un vistazo a las noticias. Por curiosidad, busqué la información más reciente de Goodrow en diarios digitales. Las páginas tardaban en cargarse, bastaba un poco de paciencia. Había información, recomendaciones de lugares para visitar, sitios donde comer y rutas para el turismo ecuestre. No encontré nada, sin embargo, con relación al homicidio de Tom Parker. El jefe Blunt debía estar haciendo un buen trabajo; una semana y todavía no había noticias sobre el caso. ¿Cómo se había enterado entonces Hal de que Tom no solo había muerto, sino que, además, podía haber sido asesinado? Tal vez fuera amigo de alguien del cuerpo policial y este se hubiera ido de la lengua. Me picaba la curiosidad, pero tampoco iba a obtener respuesta alguna dándole más vueltas, así que me olvidé del tema y abrí Instagram para ver si había recibido algún mensaje de posibles compradores interesados. La aplicación no se cargaba —esta vez ni con paciencia—, así que la cerré con frustración y me quedé mirando al techo con las manos detrás de la cabeza.

Creo que me quedé dormido sin darme cuenta porque me

desperté de un sobresalto sin saber qué hora era y algo mareado. La luz se filtraba por las cortinas, lo que me resultó bastante extraño. Cuando miré el reloj, vi que había dormido toda la noche de un tirón. No me lo podía creer, hacía años que no dormía a pierna suelta. Me sentí como cuando te anestesian en el quirófano y el médico te pide que cuentes hacia atrás: no recuerdas el momento en que te duermes, ocurre sin más, y luego abres los ojos como si nada hubiera pasado, pero totalmente desorientado.

Me desperecé y me vestí. Estaba hambriento —llevaba sin comer nada desde el mediodía del día anterior—, así que decidí darme un buen atracón mañanero.

Al salir, el sol brillaba radiante como una novia a punto de casarse. Aun así, el frío no daba tregua y era más que arriesgado confiarse y dejar el abrigo en el motel. No lo hice —ni el abrigo ni el gorro de lana—, aunque sí obvié ponerme guantes; me bastaban los bolsillos del chaquetón para calentarme las manos. La pick-up tenía una buena capa de hielo en la luna delantera y se estaba casi a bajo cero en su interior. Me costó varios giros de llave y unos cuantos intentos pisando a fondo el acelerador para que arrancara, pero conseguí que se pusiera en marcha.

Dando una vuelta por las calles del pueblo sentí como si volviera al pasado. Parecía que todo se hubiera detenido en el tiempo, con cambios apenas imperceptibles en aceras, fachadas y locales. Tras algunos nostálgicos minutos me detuve en la plaza mayor. Al amparo del gran reloj de la iglesia había una cafetería que también se resistía a envejecer.

Entré para alimentar al felino que rugía dentro de mis tripas. El calorcito de la calefacción y el agradable olor a pan recién horneado hizo que me sintiera reconfortado como un niño entre los brazos de su madre. Le pedí a la camarera un café y un buen montón de tortitas y las engullí mientras miraba el correo en el móvil. No había recibido nada particularmente importante que despertara mi interés.

Bueno, en realidad eso no era del todo cierto.

Me palpé el bolsillo trasero del pantalón y saqué algo que sí parecía tener importancia: la fotografía de la pandilla. La desdoblé y la puse delante de mí. Miré a cada uno de los que aparecíamos en ella y me detuve ante los ojos tachados de Tom Parker.

Pensé en Helen y en cómo bajó la cabeza para evitar mi mirada en el restaurante de Randy. La sensación de que ocultaba algo se intensificó mientras observaba su sonrisa congelada en aquella vieja instantánea. ¿Qué es lo que no quiso decirme? ¿Debía yo, por el contrario, contarle que había recibido aquella foto justo antes de que me llamara para darme la noticia de la muerte de Tom? Era evidente que la confianza en los demás no era mi fuerte, pero lo sopesé unos instantes y llegué a la conclusión de que lo mejor era informarla. El sobre no llevaba remite, pero procedía de Goodrow. Aquello no era casualidad. Las casualidades solo existen si uno cree que lo hacen. El que yo hubiera recibido aquella foto debía tener una razón, y me veía en la obligación de decírselo a Helen, aunque ella pudiera estar ocultando algo. Si mi instinto no me fallaba y realmente había preferido omitir información, también lo habría hecho por una razón. En cualquier caso, yo había decidido que Helen debía saber lo de la foto, y no iba a esperar mucho para contárselo.

8

Hasta el grado de querer morir

Había quedado con Randy a las siete en punto y no me gustaba ser impuntual. Para mí, llegar tarde sin justificación era una falta de respeto, una forma de menospreciar a los demás, así que compré un vino de calidad y me presenté en su casa cinco minutos antes de la hora. El timbre sonó con una melodía optimista y alegre.

—¡Markie! —Randy me recibió haciendo una reverencia—: Bienvenido a nuestra humilde morada. ¿Cómo llevas el regreso a Goodrow?

—Con vino todo pasa mejor —le respondí tendiéndole la botella.

—¡Eso digo yo! Pero no tenías por qué molestarte, Markie. No hacía falta.

Hice un gesto con la mano restándole importancia.

—No es molestia. Además, como mínimo un tercio me lo voy a beber yo. —Randy soltó una carcajada y me hizo pasar.

Era una casa de dos plantas decorada con mucho gusto. En el recibidor había un armario rústico de madera donde Randy dejó mi abrigo. Justo en la pared de enfrente vi un soporte donde colgaban algunas llaves. Me fijé en que cada llavero era un conector *jack* y el soporte disponía de cuatro clavijas donde se introducían. Sabía que a Randy le gustaba la música, pero nunca le había visto con una guitarra eléctrica en la mano, por lo que me sorprendió un poco aquel guarda-llaves. Le dije que me parecía muy original.

El comedor lo presidía una preciosa chimenea de obra con el fuego prendido. Una mesa grande de madera similar a la del armario de la entrada, impecablemente adornada, esperaba paciente a que todos nos sentáramos a ella para disfrutar de la velada.

—Dame un segundo, Markie. Voy a meterlo en la vinoteca para que esté en su punto.

—Qué sibarita...

Randy se rio y negó con la cabeza como si hubiera dicho una soberana tontería. Me dejó solo en el comedor mientras se dirigía a la cocina. Había dos sofás de piel marrón con aspecto de ser muy cómodos delante de una enorme pantalla de plasma. El televisor estaba encendido, y Malcom jugaba a un videojuego que parecía bastante entretenido.

—¿Qué hay, Malcom?

El chico me saludó casi sin apartar la mirada de la pantalla. Estaba enzarzado en una lucha sin cuartel contra una especie de minotauro.

—Menudo bicho, ¿no? —me asombré—. ¿Ya vas a poder con él?

—Es un jefe final. Si he podido con los otros, con este también —me respondió mientras movía el mando de un lado a otro, aporreando botones y moviendo los *joysticks*. Me quedé de pie a su lado observando la batalla. El personaje que controlaba, un barbudo con cara de malas pulgas y un hacha en cada mano, brincaba y rodaba bajo las órdenes de Malcom. Tras varios golpes certeros, el minotauro cayó con un estruendo épico. El chaval lo había conseguido.

—Muy bien, muy bien —dije reconociendo su pericia—. Con tu edad, tu padre y yo jugábamos al *Street of Rage* y al *Mortal Kombat*. Menudas tardes nos pasábamos dándonos de tortas... Bueno, y al *Duck Tales* también. Era el favorito de tu viejo —susurré—. Si lo buscas por internet podrás reírte un poco de él, pero no le digas que te lo he dicho, ¿de acuerdo?

Malcom me lanzó una sonrisa cómplice y asintió, decidido a usar aquella suculenta información contra Randy. El chico continuó con su aventura guerrera y yo seguí curioseando un poco.

Tenían un piano Steinway & Sons, que descansaba bajo la luz de una bonita lámpara de pie. Era negro y estaba muy bien cuidado. Si jamás había visto a Randy con una guitarra, menos todavía con un piano. Me acerqué y acaricié algunas teclas. Un sonido agudo se escuchó cuando pulsé una de ellas.

—¿Te gusta? —Randy apareció como de la nada—. Es de mi mujer.

—Ya me parecía a mí. No recordaba que tuvieras afición por los instrumentos musicales.

—¿Yo? Para ser negro, tengo menos ritmo que una lechuga —bromeó—. Además, lo mío es estar entre fogones y sartenes, no entre partituras y pentagramas. La virtuosa de la familia es mi Cora. Imparte clases de música en el conservatorio. Es fabulosa. Toca divinamente y canta como los ángeles.

—No exageres tanto, Randy.

La melódica voz femenina pertenecía a Coraline, la mujer de mi amigo de la infancia.

Era una bella mujer, de piel morena y tersa, y con unos grandes y perfilados ojos marrones. Sonreía enseñando unos dientes blancos, casi perfectos. Llevaba unos tejanos apretados y una blusa blanca con cuello de barca que dejaba sus hombros al aire. A pesar de los altos tacones, caminaba elegantemente. Detrás de ella, una niña se ocultaba, vergonzosa.

—Markie, te presento a mi mujer, Coraline. Cora, este es Markie.

—Encantada de conocerte, Markie —me tendió la mano y se la estreché—. Randy no ha parado de hablar de ti desde que llegaste. No le veía tan entusiasmado desde el nacimiento de Leslie.

—¿Ahora quién está exagerando? —preguntó Randy, un poco avergonzado.

—¡Pero si no me has dejado ni ayudarte a hacer la cena! —replicó Coraline.

—Eso es porque... quería encargarme yo por una vez —se defendió él.

—Venga ya, papá. ¿A quién quieres engañar? —soltó Malcom mientras lidiaba ahora con un trol gigante bajo el agua. Su padre le hizo callar mientras yo sonreía.

—Encantado, Coraline. Tenéis una casa muy bonita. ¿Y esta mujercita que veo por aquí quién es? —pregunté tratando de ganarme la confianza de la más pequeña de la familia—. Déjame adivinar... ¡Losli! ¿He acertado?

—¡No! —rio la chiquilla—. ¡Leslie! ¡Me llamo Leslie!

—¡Ostras, es verdad! —respondí golpeándome la frente con la palma de la mano, como si de verdad no recordara su nombre—. Perdóname, Leslie. Ahora sí que lo adivino: Tienes... ¡Nueve años!

—¡Sí! ¡Casi diez! —apuntó la pequeña olvidando su vergüenza—. Ya soy mayor.

Sus padres sonrieron y la miraron con un amor indescriptible. Ojalá mis padres me hubieran mirado de igual manera alguna vez. Pero ningún niño elige donde nace ni los padres que le tocan. Es una lotería en la que participamos todos sin comprar boleto.

Cora nos ofreció unas copas de un vino blanco exquisito mientras ultimaba los preparativos para la cena. Cuando estuvo todo listo, Randy mandó a Malcom a avisar a su abuelo. Aunque me comentó que cuidaba de él, me di cuenta de que me había olvidado por completo.

—¿Vive con vosotros?

—Después del ictus, lo trajimos a casa —me explicó—. Era lo más conveniente para él y para su salud. Aunque ahora ha mejorado, le ha costado lo suyo volver a caminar y mantenerse mínimamente en pie. No podía valerse por sí mismo y yo no estaba dispuesto a meter a mi padre en una de esas residencias para viejos, por muchas opiniones positivas que tuviera. Es mi padre. Y un hombre debe cuidar de quien le ha dado la vida. Uno debe hacer lo que sea por los suyos, Markie.

Le di la razón.

Aparecieron Malcom y Leslie —que había acompañado a su hermano a avisar al abuelo— y, tras ellos, una figura renqueante y algo maltrecha de un hombre que apenas reconocí. Al final, en Goodrow algunas cosas sí habían claudicado al paso del tiempo y a los embistes de la vida. Y el padre de Randy era la representación de todas ellas.

—Buenas noches, señor Bendis —le saludé.

—Vaya, vaya, vaya... Pero si es el pequeño Markie Andrews —dijo mientras se acercaba apoyándose sobre un bastón—. Has crecido mucho, chico.

—Demasiado, creo. ¿Cómo se encuentra?

—Pues, aunque parezca una contradicción, desde que Randy y tú no me dais disgustos mucho peor, como puedes observar —bromeó y me estrechó la mano. Yo le devolví el apretón y le toqué el hombro—. Vamos tirando. Aquella época pasó, como pasa todo en esta vida; pero sobrevivimos, hijo, que ya es decir.

—Me alegro de verle.

Cora nos mandó a todos tomar asiento.

Disfrutamos de una rica cena y una velada agradable. El vino que traje estaba delicioso (en su punto, tal como Randy había prometido), y la botella se vació mucho antes de lo previsto. Después del postre, el señor Bendis —o abuelo Bendis, como prefería que le llamaran ahora— fue el primero en despedirse y, con mucha formalidad, se retiró a sus aposentos, una habitación al fondo del pasillo, junto al baño de invitados.

Después de ayudar a Cora a recoger la mesa —y prohibirme que yo participara—, Randy mandó a sus hijos a dormir, no sin antes despedirse cortésmente del invitado. Malcom me chocó los cinco y Leslie, con sus dos trencitas moviéndose de un lado a otro de su cabeza, me abrazó con ternura como si me conociera de toda la vida.

Una vez se hubieron marchado, nos sentamos los tres en los sofás; Cora y yo, uno en cada punta del más amplio, y Randy en el otro. Abrimos una botella de champán.

—¿Qué celebramos? —pregunté.

—Que estamos vivos —dijo Randy—. La vida hay que celebrarla. Estamos bien, no nos falta de nada... ¿Qué más queremos? Además, la cena me ha salido para chuparse los dedos y, por lo que he visto, no os habéis cortado en hacerlo.

Cora y yo nos reímos. A decir verdad, la crema y la carne que Randy había cocinado estaban deliciosas.

—Sí... Es más de lo que pueden decir otros —añadió Coraline y le dio un sorbo a su copa de champán.

—Mi mujer tiene razón, Markie... Hoy estamos aquí, pero mañana ¿quién sabe? Un día podemos ser reyes y al siguiente, vagabundos. Podemos estar en la cima, y mañana bajo tierra.

¿Quién puede controlar eso? ¡Hay que agradecer a Dios lo que tenemos! ¿El futuro? Nadie sabe. Fíjate en mi padre... ¿Quién le iba a decir que acabaría tullido?

—¡Randy! ¡No hables así de tu padre! —lo reprendió Cora.

—¿Qué? Es la verdad. Es un tullido, cariño. Que le quiera no significa que tenga que cerrar los ojos a la realidad. ¡Mira a Tom Parker!

—¿Qué quieres decir?

—Que no sabemos qué nos va a pasar. Tal vez el negocio vaya mal, nos quedemos sin blanca y perdamos la casa. O quizá nos matemos en un accidente de coche o yendo en bicicleta por el bosque. ¿Quién sabe? —repitió—. Puede que se nos vaya la cabeza un día y todo se vaya al garete. ¿Quién iba a pensar que Parker se suicidaría? —Hizo una pausa y se quedó pensativo—. ¿Qué le ocurriría para llegar a ese extremo?

—Algo grave, eso seguro.

Cora asintió.

—¿No te contó nada Helen? —inquirió Randy—. Sobre este tema, quiero decir. Sobre la muerte de Tom. ¿No te dijo nada?

Me revolví un poco en mi asiento.

—Bueno... No mucha cosa, en realidad.

—¿En serio? Estuvisteis un buen rato, que yo lo vi con estos ojos de negro que tengo.

—¡Randy! —Cora volvió a llamarle la atención. Parecía que ya era una costumbre entre ellos. Randy decía alguna barbaridad y Cora le echaba la bronca. Aun así, trató de excusarse ante la indignación de su mujer.

—¿Qué? Soy negro y son mis ojos. Así que tengo ojos de negro, igual que Markie tiene un culo de blanquito plano como una carpeta. ¿Qué pasa? —Cora puso los ojos en blanco y yo sonreí—. Bueno, es igual. Volviendo al tema... ¿No te contó nada?

Helen es como si fuera la jefa de Goodrow Hill. Su padre está a punto de colgar las botas. ¿De verdad no te dijo nada sobre el caso?

Apreté los labios y puse cara de circunstancias. No quería mentir, pero tampoco faltar a mi promesa con Helen. Antes de que Randy pudiera intentar sonsacarme de nuevo información, Cora comentó:

—¿Puede que tenga relación con el otro?

Me quedé algo estupefacto.

—¿Otro? ¿Otro qué? ¿A qué te refieres?

—Al otro que trató de suicidarse. Aunque de eso ya hace algunos años... ¿Cómo se llamaba, cielo? —preguntó Coraline. Randy miró a su mujer, se echó hacia atrás en el sofá y bebió de un trago su copa antes de responder la pregunta.

—Jesse Tannenberg.

—Eso.

—¿Qué? ¿Jesse Tannenberg? No me lo creo...

—No te lo creas, pero es así —afirmó Randy tajantemente—. ¿Sabes qué hizo? —Negué con la cabeza y él inclinó la espalda hacia delante generando expectación—. Saltó del puente de las Viudas hace cuatro o cinco veranos. No se lo pensó. Saltó. Bum.

Me quedé sin habla. Él prosiguió:

—Hay que tenerlos muy bien puestos para hacer algo como eso.

—O estar muy desesperado —apuntó Cora. Randy rellenó su copa hasta el borde mientras asentía y señalaba a su mujer con la botella.

—Tuvo suerte. ¡Mucha suerte! Primero, de que el río bajara crecido; el caudal era mayor que de costumbre, y eso que era agosto. Segundo, que una familia pasara por allí justo en el momento en que saltaba. Lo vieron caer y llamaron a la policía. En menos que canta un gallo estaba allí todo el mundo sacando a Tannenberg. Policía, ambulancia... Se montó una buena. Y tercero —concluyó Randy—, que, a pesar de todo, no se ahogara.

—Todo aquello causó mucho revuelo —prosiguió Cora—. Mi hermana fue una de las enfermeras que cuidaron de él en el hospital. Me contó que tenía un paciente que había querido suicidarse y que estaba recibiendo ayuda psicológica. Sus heridas emocionales eran mayores que las físicas, si cabe. Temían que pudiera volver a hacerse daño y estaban teniendo muchos problemas con él. Sentía que tenía una lucha interna que le hacía sufrir, pero no se abría con nadie.

—Cuando me enteré de que el tipo del puente era Jesse no daba crédito. Pero tú lo has dicho, Markie, y por lo que la hermana de Cora nos contó, tenía que estar muy jodido para saltar.

Me estremecí mientras los escuchaba.

El puente de las Viudas era un bello paraje de Goodrow formado por una calzada de piedra elegante y sobria. Bajo su imponente arcada centenaria, a la que acompañaban dos arquillos menores, discurría el río que bajaba crecido en la época invernal y menos caudaloso en verano. Su curioso nombre se originaba en hechos pasados, cuando las viudas se apostaban a ambos lados del puente para ganarse la vida. Vendían alimentos que ellas mismas cultivaban, prendas de ropa que zurcían, ungüentos de fabricación propia para curar todo tipo de mal... En definitiva, cualquier cosa que a duras penas las ayudara a ganarse la vida tras sobrevivir a la desgracia de haberse quedado sin marido y tener que cuidar, en muchos de los casos, de algún que otro hijo huérfano. La vida cómoda jamás la disfrutaron, pero en aquella época la vida fácil tampoco existía, con o sin marido. Así que su supervivencia dependía de que todo aquel que pasara por allí les comprara lo que vendían.

La supervivencia de Jesse, al contrario que la de aquellas viudas que ya criaban malvas, no había sido por esfuerzo sino por pura suerte. Lo que estaba por definir era qué tipo de suerte había tenido Jesse: ¿buena o mala? Querer morir y no poder hacerlo debía resultar exasperante. Intentarlo y no conseguirlo, pasaba a otro nivel. ¿Tan desesperado estaba para llegar a ese extremo? ¿Qué le había empujado a eso? Le conocía desde hacía años y no era una persona de carácter débil. Lo que fuera que le carcomía por dentro lo aplastaba hasta el grado de querer morir. Me quedé meditabundo, pero Cora me sacó del ensimismamiento:

—¿Crees que ambos casos pueden estar relacionados, Mark? Me encogí de hombros.

—No lo sé. La verdad es que es bastante extraño.

—¿Extraño? ¡Vamos, Markie! Dos amigos, de la misma pandilla, dos suicidios... ¡Aunque haya algunos años de diferencia algo tiene que haber!

—Uno no llegó a suicidarse, cariño —corrigió Cora a Randy.

—Vamos, nena. Suicidarse se suicidó, lo que pasa es que no la palmó cuando lo hizo. La cuestión aquí no es si Jesse y Tom trataron de quitarse la vida, sino si lo hicieron por el mismo motivo —apuró de nuevo su copa hasta la última gota, pero no se le notaba ni un poco ebrio—. Y, si es así, ¿cuál es ese motivo?

Era innegable que las suposiciones de Randy te obligaban a pensar. El problema era que Jesse había tratado de suicidarse, pero Tom no. A Tom lo habían asesinado. Pero eso era algo que Randy y Cora no sabían, al menos por ahora. Y yo en teoría tampoco, a petición de Helen. En cualquier caso, Helen tampoco me había contado que Jesse Tannenberg se tiró del puente de las Viudas. ¿Por qué no lo había hecho? Al fin y al cabo, Jesse —igual que Tom— formaba parte del grupo de amigos en el que nos movíamos.

Pensar aquello hizo que me preguntara si lo que ocurrió con Jesse era lo que Helen no quiso decirme mientras tomábamos café. No había necesidad alguna de ocultármelo, aunque tal vez yo estaba equivocado y fuera otra cosa. O puede que no fuera nada en absoluto y me estuviera volviendo paranoico imaginando más de lo que debería.

La conversación prosiguió hasta que Randy dejó seca la botella de champán y se quedó casi dormido en el sofá. Antes de la tercera cabezadita de mi amigo decidí que era el momento de marcharme; además, se había hecho muy tarde. Había sido agradable estar con él y conocer a su esposa y a sus hijos. Mientras nos despedíamos, le pedí que le dijera a su padre que había sido un placer volver a verle. Me prometió que así lo haría, y me alejé del calor de su hogar no sin antes darle dos besos a Cora y alabar la exquisitez de la cena, para satisfacción del anfitrión y cocinero.

Cuando me subí a la camioneta, la oscuridad de la noche me envolvió. Miré al cielo y me asombré al ver tal cantidad de estrellas. Tras tantos años, casi había olvidado ese espectáculo. La ciudad te robaba el privilegio de disfrutar de vistas espectaculares como aquella, y era una pena. Suspiré y encendí el motor, que se puso en marcha con un estruendo.

Puse rumbo al motel mientras pensaba en Jesse Tannenberg y en todo lo que Cora y Randy me habían contado. Él estaba seguro de que el intento de suicidio de Jesse y el asesinato de Tom estaban relacionados.

Y tal vez tuviera razón.

9

Dejemos que satisfaga su curiosidad

Verano de 1995

Siguieron a John Mercer, quien andaba a paso ligero, hasta poco antes de que desapareciera tras la puerta de su casa. Había cruzado el parque y bajado por la amplia avenida sin mirar atrás, y no parecía que se hubiese dado cuenta de que lo seguía media docena de chavales.

Vance llevaba la delantera, acelerando o ralentizando la marcha del grupo como un militar según la distancia que los separaba de Mercer. Este no se desvió de su rumbo ni se detuvo siquiera cuando se cruzó con un hombre que lo saludó. Antes, un simple saludo hubiera sido el comienzo de una larga conversación, pero ahora los tiempos habían cambiado. Los despreocupados años ochenta habían quedado atrás y eso se notaba hasta en la forma de tratarse unos a otros. La gente estaba más recelosa, e incluso en un pueblo como Goodrow Hill podía percibirse la sutil pero evidente influencia de aquel cambio generacional.

Sin embargo, no era la nueva década lo que empujaba a Mercer a no detenerse ante un saludo afectuoso, sino su carácter reservado y el celo por su privacidad. No le gustaba en absoluto socializar con nadie ni tampoco que se metieran en su vida privada. A menos, claro, que él lo permitiera.

De aquello, Vance y los demás no sabían nada. Lo único que creían conocer de John Mercer era lo que el propio Vance les había contado: que era un tipo raro que se había mudado a Goodrow desde quién sabe dónde, que no le transmitía un ápice de confianza, que desperdiciaba la mitad de los días delante de su bloc de dibujo y echaba miradas furtivas a la gente, en especial a los niños que acudían al parque. Todo eso, unido a lo que Carrie había planteado —una posible conexión entre Mercer y el secuestro del pequeño Elliot—, se había convertido en un cóctel explosivo demasiado atractivo como para no probarlo.

—¿Sabéis que lo que sugerís puede considerarse una acusación muy grave? —reprendió Steve a los demás cuando volvió a surgir el tema durante el camino.

—¿Ahora resulta que eres abogado? ¿Cómo te llamas? ¿Matt Murdock? Abogado, ciego y justiciero —se burló Vance, que iba en cabeza—. Voy a comprarte un traje rojo y te voy a llamar Daredevil como sigas así.

—Por si no te habías dado cuenta, no estoy ciego.

—Pues lo parece. No hay más que ver a ese viejo para darse cuenta de que no es trigo limpio. ¡Hasta un ciego lo vería! Bueno, rectifico —aclaró Vance—, cualquier ciego menos tú.

—No hay más ciego que el que no quiere ver —puntualizó Cooper. Vance señaló a Cooper con un giro rápido de la cabeza indicando que estaba totalmente de acuerdo con lo que acababa de decir.

—Ahí lo tienes, Daredevil.

Steve apretó los labios, indignado. Se preguntó por qué seguía yendo con ellos y considerándolos sus amigos cuando estaba claro que solo eran una panda de neandertales con un mono al frente. No es que no se diera cuenta de que John Mercer era un poco raro, pero de ahí a que fuera un depredador sexual infantil, como Vance lo acusaba, había un trecho tan grande como peligroso. El problema era que sus «amigos» jamás escuchaban sus consejos. Aunque supieran que tenía razón, aunque les advirtiera de que se dirigían de cabeza contra un muro de hormigón, preferían obviarlo y estrellarse. Luego lo llamaban ciego a él, pero la verdad era que un rumor como aquel podía extenderse por el pueblo como un fuego incontrolable, con consecuencias desastrosas para todos, y especialmente para quien era víctima de tales acusaciones.

Estaba cansado de ser siempre la conciencia del grupo, el único que actuaba como un adulto, pero no podía evitar ser así.

—Nos vamos a buscar problemas, ya veréis —susurró. Los chicos le ignoraron, pero Helen y Carrie, que estaban a su altura, lo miraron con gravedad.

—No pasa nada, Steve —le dijo Carrie tratando de rebajar un poco la tensión—. A mí tampoco me hace mucha gracia... Nos iremos en un momento, ¿verdad que sí, Helen?

Carrie se volvió hacia su amiga con una súplica en la mirada, pero Helen puso los ojos en blanco. En parte, que estuvieran persiguiendo a John Mercer era culpa de Carrie y de sus alocadas suposiciones entre ese hombre y el pobre Elliot, pero no hacía falta que se lo dijera, ella lo sabía de sobra.

—Dejemos que Vance satisfaga su curiosidad —respondió Helen—. En cuanto vea que no hay nada raro perderá el interés y pasará a otra cosa. Siempre lo hace.

Steve asintió. En el fondo, se compadecía de Helen. Lo que acababa de decir reflejaba a la perfección la clase de persona que era Vance, y el mismo interés que perdía con ciertas cosas también lo perdía por ella. Le daba pena que la pobre chica no fuera consciente de aquello, pero, si se daba cuenta, era todavía más digna de lástima. Steve creyó que sufría una especie de síndrome de Estocolmo adolescente. Daba igual qué hiciera, qué dijera o cómo la tratara Vance, ella dejaba que volviera una y otra vez a sus brazos como un perro a su vómito. No era agradable de ver, pero sabías que tarde o temprano ocurriría. Sea como fuere, al final la culpa no es del vómito, sino del perro.

Vance ordenó que se detuvieran a unos pocos metros de la casa de John Mercer. Desde la supuesta seguridad que ofrecía la distancia que los separaba de él, habían visto como el hombre desaparecía al cerrar la puerta tras de sí. Por lo visto, había alquilado la última casa al final de la misma avenida en la que también vivían Vance y sus padres. Era la más alejada del centro y colindaba con el bosque, pero hasta que Mercer no la ocupó, hacía años que permanecía vacía. La razón no radicaba en su precio —no era ni mucho menos elevado—, sino porque se veía a simple vista que necesitaba una buena inversión en reformas. En la fachada todavía se podían apreciar las hendiduras astilladas de los clavos donde habían tapiado las ventanas con tablones para que nadie pudiera entrar, y había partes en que la madera estaba carcomida y necesitaba con urgencia una mano de pintura. Sin embargo, el estado de la propiedad no pareció molestar en absoluto a Mercer cuando estampó su firma en el contrato.

—¿Qué hacemos ahora? —preguntó Cooper.

—Sí, Vance, ¿cuál se supone que es el plan? —añadió Jesse.

—Quiero ver qué hay en su casa —dijo Vance, decidido—. Podría colarme por una ventana... o por el sótano.

—¡¿Estás loco?! —le gritó Helen agarrándolo por el hombro para que la mirara—. ¡Una cosa es seguir a ese hombre y otra muy diferente entrar en su casa! ¡Es allanamiento!

Vance miró con desdén la mano de Helen. Luego posó sus ojos sobre los de ella. Parecía que le iba a soltar un gruñido, pero contestó de forma apacible.

—No pasará nada, Helen, de verdad. Vosotras quedaos aquí, detrás de los setos. Tom y Jesse se apostarán delante de la casa y armarán un poco de alboroto si es necesario, Cooper puede vigilar desde la otra acera mientras yo echo un vistazo; y Steve... —dudó un instante sopesando cómo sería más útil, pero desechó cualquier idea a la vez que negaba con la cabeza—. Tú quédate con las chicas, mejor. Será un minuto, Helen. Vuelvo enseguida.

—¿Qué pasa? —se rebotó Steve, herido ante el enésimo desprecio de Vance—. ¿No crees que pueda hacer lo que tú haces? ¿Crees que soy un cobarde o algo parecido?

—Eh, Van Damme, relájate. Yo no he dicho nada de eso.

—No ha hecho falta, sé que es lo que piensas. ¿Te crees que soy idiota? Ya estoy harto de tus insinuaciones y tus condescendencias —se le encaró plantándose a pocos centímetros de su cara.

—Mira, Flannagan, si quieres hacerte el gallito, por mí vale. El que estaba a punto de arriesgar su pellejo por vosotros era yo, pero si quieres emular a tus héroes de fantasía con los que te magreas por las noches, te cedo los honores —lo desafió Vance tendiendo ambas manos en dirección a la parcela de Mercer y haciendo una burlona reverencia.

Steve pasó por delante de Vance hecho una furia, dispuesto a demostrar que valía para algo más que para quedarse agazapado detrás de unos arbustos. Mientras caminaba hacia el jardín de la casa de Mercer, Vance aprovechó para darles órdenes a los demás. Cooper cruzó la calle y se apostó tras el tronco de un árbol, desde donde podía vigilar la cara este de la casa y la carretera, por si venía alguien. Jesse y Tom se sentaron en el bordillo de la acera y se encendieron un cigarrillo como si no pasara nada, justo enfrente del jardín. Vance decidió no perder de vista a Steve. Lo siguió, pendiente de las ventanas que daban a la calle en la cara oeste de la casa.

—¡Steve! —le susurró—. ¡Eh, Steve!

Steve giró la cabeza, hastiado.

—¿Qué? —le respondió en otro susurro.

—¡Agáchate, joder! ¡Te va a ver!

Steve resopló, pero un golpe seco hizo que se le cortara la respiración, y agachó la cabeza en un acto reflejo hundiéndola entre los hombros. Vance, a su vez, pegó su espalda a la fachada de madera de la casa. Estaba justo debajo del alféizar de una de las ventanas y se había llevado un dedo a los labios para que Steve guardara silencio. Este no movió ni un músculo. Tom y Jesse giraron la cabeza, atemorizados de que el tipo que vivía allí hubiera descubierto a Vance y Steve con las manos en la masa tan pronto. Cuando vieron que Helen y Carrie asomaban la cabeza tras la cancela de setos, les hicieron una seña para que siguieran escondidas. Fue un momento de pura tensión. Dio la sensación de que hasta las chicharras, muy activas en su grillar a aquellas horas de la tarde, se habían quedado completamente mudas.

Steve tragó saliva. El ruido provenía de la ventana que estaba justo encima de Vance. Mercer la había abierto de súbito, pero no parecía que hubiera advertido su presencia. El calor era sofocante, y mantener las ventanas cerradas de la casa —fueran las de aquella o las de cualquier otra del pueblo— la convertía en un horno difícil de soportar. La poca brisa que pudiera filtrarse del exterior era un alivio que no podía desaprovecharse, y Mercer no hacía nada que no hicieran los demás.

Se escuchó el deslizar de otra ventana y un sonido metálico de lo que supusieron era un cerrojo haciendo de tope para que esta no se cerrara.

Dejaron pasar unos segundos que se hicieron eternos. Vance le indicó con una mano a Steve que no se moviera, alzó los brazos y apoyó los dedos en el alféizar. Se impulsó poco a poco hacia arriba hasta que sus ojos pudieron ver a través de la ventana. Echó un rápido vistazo. No parecía que Mercer estuviera por allí, pero tampoco podía ver más allá de unas cortinas de plástico que colgaban de una barra oxidada; aquello parecía ser el cuarto de baño.

—¡Vamos! —apremió a Steve de nuevo en un susurro.

Pero Steve se había quedado inmóvil.

Vance maldijo entre dientes y se acercó en cuclillas, casi a gatas, hasta llegar a Steve. Le dio un empujón, enfadado, y le soltó una reprimenda, aunque sin levantar demasiado la voz.

—Pero ¡¿qué narices te pasa?!

—No puedo... No puedo hacerlo.

—No sé de qué me sorprendo... Eres un inútil, Flannagan. Anda, apártate y déjame hacer a mí. ¿Sabrás llegar hasta las chicas sin que te vea el viejo, o voy a tener que llevarte en brazos como a una princesita en apuros?

Steve quiso defenderse, devolverle aquella burla con una ocurrencia ingeniosa, pero las palabras se le atascaron en la garganta y no pudo más que responderle con un suspiro de impotencia.

Vance lo agarró de la pechera de la camiseta y lo apartó de su camino.

—¡Mueve el culo, idiota!

Steve salió despedido hacia delante y tuvo que apoyar ambas manos en el suelo. El maltrecho césped no amortiguó el pequeño impacto y notó cómo se le clavaban algunas piedras pequeñas en las palmas. Echó una mirada a su espalda y vio las ventanas que Mercer había abierto. De nuevo el miedo le atenazó, petrificándolo como si la propia Medusa lo hubiera mirado a los ojos. Temía ponerse en pie y que Mercer lo viera allí. Tampoco quería correr hacia los arbustos tras los que se ocultaban Carrie y Helen, por si el crujir de la gravilla lo delataba. Así que se quedó allí, parado como un animal asustado delante de los faros de un camión, sin saber qué hacer.

Entonces se oyó el chasquido de la puerta de la entrada y John Mercer apareció en el umbral.

En ese instante, Steve recordó lo que había dicho Helen hacía apenas unos minutos: «Dejemos que Vance satisfaga su curiosidad».

Le vino a la mente aquel refrán sobre la curiosidad y el gato, que su madre le había enseñado, pero antes siquiera de que su cerebro pudiera procesarlo, Mercer se le echó encima.

10

Demasiada casualidad

A diferencia de la noche anterior, esta vez dormí a trompicones, dando vueltas y sin conseguir acertar con la posición que me permitiera conciliar el sueño de una buena vez. La conversación con Randy y Cora me había desvelado y el reloj hizo lo que suele hacer en estos casos: avanzar minutos a cuentagotas.

Cuando sonó el despertador llevaba más de una hora despierto, con los ojos como platos, mirando el techo blanco salpicado de manchas de la habitación. Con una dificultad exasperante, la luz del día atravesó las tupidas cortinas. Desactivé la alarma del móvil que ni siquiera había sonado todavía y me quedé sentado en el borde de la cama, pensativo.

El funeral de Tom estaba programado para las once. Me daba tiempo a desayunar con tranquilidad, vestirme e incluso salir a correr. Pero el frío de Goodrow, que amenazaba con colarse sutilmente desde el otro lado de la ventana, me persuadió de hacerlo. Además, no había traído mis zapatillas de correr. Estaban todavía esperándome en la tienda a que las comprara.

Opté por darme una ducha, sacudirme de encima el agarrotamiento de los músculos e ir a desayunar para tomarme el café más cargado que pudieran darme. Quería estar despejado en el funeral y mínimamente presentable para cuando viera a los de la pandilla. Mentiría si dijera que no estaba un poco nervioso por verlos a todos juntos de nuevo. Los recordaba en detalle, pero hacía muchísimo que no los veía y, por lo que me contó Randy, sus vidas parecían haber cambiado de forma radical. Y no para bien.

Me costó unos buenos cinco minutos decidir qué ponerme para el funeral. Era bastante más de lo que tardaba en elegir la ropa de cada día, pero aquel no era un día normal ni la ocasión una cualquiera. Me incliné por la camisa y el chaquetón y salí hacia la pick-up.

El motor de la camioneta rugió como un león para luego ronronear como un gatito adormilado. Como bien había aventurado, el frío omnipresente se condensaba bajo la capa de finas nubes grises que cubrían el cielo de Goodrow Hill.

Cuando me puse en marcha vi un cartel colgado de la puerta de recepción del motel donde ofrecían un servicio de desayunos, pero lo descarté de inmediato; aunque era un pueblo pequeño, en Goodrow había lugares mucho mejores que aquel para saciar el apetito mañanero.

No me compliqué, así que recalé en una cafetería de camino al tanatorio y me senté en una esquina. Debo confesar que tenía una creciente curiosidad por reencontrarme con los que fueron mis amigos allá por los convulsos años noventa. Sentí cómo me recorría por el cuerpo un nervio que me encogió el corazón por un segundo, un destello oscuro de ansiedad que hizo que el bocado se me quedara atragantado. Era una sensación que no dejaba de ser inquietante, pero también sabía que la razón se originaba en que dos de nosotros no estarían en aquella sala: Tom y Steve.

Bueno, Tom sí, pero con las cuencas de los ojos vacías y metido en una caja de pino. Y Steve... de él no se volvió a saber nada, y sería un tanto inesperado que apareciese justo hoy, veinticinco años después...

... ¿No?

11

El callejón sin salida

El tanatorio estaba cerca de las afueras, pegado al muro que lo separaba del cementerio. Llegué con la barriga llena y con la misma felicidad en la cara con la que se acude siempre a un velatorio. Sobra decir que el nivel de alegría estaba bajo cero, patente y reflejado en los rostros de los presentes.

El edificio no tenía nada destacable, y mucho menos de especial. Era una edificación cuadrada con la fachada hecha de piezas de mármol de dos por dos y unas ventanas minúsculas en los laterales. En su parte trasera tenía un gran portón de madera y en la delantera, unas puertas de cristal que al acercarse se abrían de par en par.

Me sorprendió la relativamente poca gente que había congregada a la entrada y las pocas caras que me resultaron familiares.

Por supuesto, Steve tampoco estaba allí. Pensar que aparecería después de más de dos décadas era poco más que de ingenuos, pero cuando un amigo desaparece sin dejar rastro es difícil olvidarse de él así como así. Siempre quedan demasiadas preguntas que responder, incógnitas y porqués sin respuesta.

Pasé por detrás de una pareja mayor que me escaneó de arriba abajo sin un ápice de disimulo y me adentré en la funeraria. A diferencia de la poca afluencia de afuera, en el interior la cosa cambiaba. No sé si era porque el lugar se me antojó más pequeño de lo que parecía por fuera o es que había muchas más personas de las que cabía esperar, pero la sensación era un poco agobiante. De entre todos, llamaba la atención un pequeño grupo de personas vestidas de blanco, probablemente compañeros de trabajo de Tom —personal del psiquiátrico donde ejercía—, que habían podido escaparse para despedirse de él.

La mayoría de los presentes se agolpaban a la entrada de una salita anexa donde, supuse, descansaba el cuerpo del fallecido expuesto en aquellas macabras vitrinas mortuorias. Me acerqué con cautela, sintiéndome un poco como pez fuera del agua. Caras compungidas, sollozos ahogados y susurros tristes llenaban el ambiente.

Siempre he creído que la costumbre de exponer el cadáver de una persona para que todos puedan acercarse y darle su último adiós mirándole a la cara era tan escalofriante como necesaria. Nadie quiere ver partir a un ser querido, pero prolongar la despedida de esa manera me resultaba agónico y enfermizo. Intentar apurar cualquier contacto con aquella persona no representaba —para mí— más que un espejismo: quienquiera que hubiera sido esa persona, sus anhelos, sus temores y sueños, desaparecieron cuando su corazón se paró y su cerebro dejó de enviar señales al resto de su cuerpo. Lo que había tras las cuatro paredes de aquella vitrina acristalada (o de un ataúd abierto) no era más que el caparazón de aquel que un día fue alguien. En contrapunto, comprendía la necesidad de querer ver por última vez a esa persona... aferrarnos a su existencia. Como si de algún modo pensáramos que todavía había esperanza, que en algún momento ese ser querido abriría los ojos y milagrosamente despertaría de aquel mal sueño... y nosotros de nuestra pesadilla particular.

A pesar de mi aprehensión, decidí que seguiría la estela del resto de los presentes y le daría el adiós definitivo a Tom. Pero antes de que diera el primer paso para internarme en la antesala del velatorio, noté una mano posándose en mi hombro seguida de una voz rasposa y profunda.

—El señor Mark Andrews...

El hombre medía casi metro noventa, y aunque la impresión que ejercía sobre mí cuando no era más que un chaval revolucionado de hormonas era mucho mayor en aquel entonces, su figura imperiosa seguía infundiéndome un grado superlativo de respeto.

—Jefe Blunt...

—¡Vaya! No sé qué me sorprende más, que todavía te acuerdes de mí o que me hayas reconocido tan rápido.

—No es que haya cambiado mucho, jefe. Los años no pasan para usted.

—Si has venido a Goodrow para soltar mentiras a diestro y siniestro, ya te puedes ir largando, muchacho. —Me hizo un gesto con el pulgar señalándome la puerta por encima de su hombro, pero en su cara se reflejaba algo parecido a una sonrisa. Era difícil saberlo con certeza, aunque tenía toda la pinta de ser eso.

Sonreí un poco alzando el labio, aceptando su broma.

Desde que lo recuerdo, Oliver Blunt había sido un hombre hecho, derecho y con las ideas claras. Su padre fue policía, y su abuelo antes que él. No estoy seguro de que fuera su ilusión traspasar ese legado al siguiente varón de la familia Blunt, pero si lo fue quedó en agua de borrajas, ya que su descendencia fue única y exclusivamente femenina. En cualquier caso, Helen tomó el testigo generacional y portaba ahora una placa igual de brillante que la de su padre.

Por otra parte, aunque mi comentario acerca de su aspecto era bienintencionado, la verdad es que el jefe Blunt había engordado y perdido pelo, las bolsas de los ojos las tenía más hinchadas de lo que recordaba y las arrugas del cuello reptaban bajo su barbilla. Lo que seguía inalterable era su mirada, hundida y fruncida, eléctrica e impenetrable, como si pudiese detectar cualquier secreto con solo mirarte. Y el palillo. El mismo que recordaba siempre entre sus dientes seguía ahí, mordisqueado, y pasándoselo hábilmente de un lado a otro de la boca.

Bajó la mano y me la estrechó con fuerza. No estoy seguro de que lo hiciera adrede, pero tampoco creo que no tuviese un propósito. Con aquel apretón de manos decía mucho más que con cualquier palabra: significaba que él seguía al mando, que aquel era su territorio.

—Me alegro de verte, chico... Aunque sea en estas circunstancias. ¿Te ha dicho Helen lo que pasó?

El jefe no se andaba con rodeos. Ignoraba hasta dónde le había contado Helen, pero supuse que estaba al tanto de que me había puesto al día, incluso de los detalles más escabrosos. Asentí frunciendo el ceño. Él hizo lo mismo.

—Lo de los... ojos... ¿Es verdad? —pregunté. Él me miró con gravedad—. ¿Qué ha pasado, jefe?

Blunt giró la cabeza en dirección a la sala donde se hallaba el difunto y me habló sin volverse.

—No lo sé, Andrews. No sé qué demonios ha pasado ni por qué, pero no le arrancan los ojos a alguien por accidente. Aunque hasta ahora no haya tenido ocasión de enfrentarme a casos semejantes, tengo la suficiente experiencia en este trabajo como para asegurar que algo así siempre es por venganza —sentenció. A grandes rasgos, era lo mismo que me dijo Helen en el local de Randy—. Es más, espero que sea así, porque si lo han hecho por pura diversión tendremos un grave problema.

La expresión de gravedad del jefe Blunt dejaba bien claro que la muerte de Tom Parker era ya un problema en sí, pero entendí a qué se refería: un asesinato —lo mires por donde lo mires— sigue siendo imperdonable, pero ejecutado al azar o por simple capricho antes que bajo el germen motivacional de la venganza (por ejemplo), puede llegar a convertirse en algo inmanejable. Al menos el asesino vengativo tiene una razón, una base de la que partir para llevar a cabo sus actos. Alguien que simplemente lo hace de forma incontrolable, que ejecuta sus actos a raíz de impulsos irracionales para satisfacer una necesidad interior distorsionada (o por cruel diversión) no solo no tiene argumentos lógicos que lo lleven a justificar ese acto, sino que además se convierte de inmediato en alguien de lo más imprevisible.

—¿Por qué me da la sensación de que ya sospecha de alguien en particular? —le pregunté tras evaluar su comentario.

El jefe de policía me miró con sus ojos penetrantes y soltó un bufido de hastío por la nariz. Parecía que aquella pregunta había acertado en una llaga abierta. No tuve tiempo de arrepentirme por haberla formulado, y ahora ya estaba flotando en el aire entre los dos a la espera de una respuesta. El jefe Blunt se tomó un instante antes de hablar.

—Supongo que recuerdas el caso de John Mercer —me dijo. Yo no tenía ni idea de por qué sacaba ese tema, pero asentí. Aferró el palillo con el índice y el pulgar y lo sacó de entre sus labios—. Estuvimos dando palos de ciego durante meses después de hallarlo muerto en su casa. No cabía duda alguna de que había sido asesinado, pero una y otra vez volvíamos sobre nuestros pasos, hablábamos con unos y con otros, reconstruíamos los hechos... y siempre siempre —recalcó— acabábamos en un callejón sin salida.

—Nunca se llegó a saber quién lo mató, ¿verdad?

Blunt negó con la cabeza y se miró las botas.

—No. Pero ¿sabes una cosa? —dijo con voz ronca—. Aquel callejón podía no tener salida, pero no es que estuviera precisamente vacío. Cuando llegaba allí siempre aparecían los mismos, los que me habían negado cualquier implicación en la muerte de Mercer, los que nunca quisieron decirme qué ocurrió con Steve Flannagan, por qué desapareció o dónde se fue.

—¿Quiénes? —pregunté manteniéndome en vilo. Blunt alzó la cabeza y miró al frente.

La puerta acristalada de la entrada se abrió, y una ráfaga de aire frío como el aliento de la muerte penetró cual exhalación mezclándose con el ambiente cálido del interior. El policía alzó el mentón en un gesto seco de desprecio y señaló al grupo de personas que acababa de hacer acto de presencia.

—Ellos.

12

Como un cadáver

Miré hacia donde el jefe Blunt señalaba. Ahí estaban quienes habían sido su espina clavada, los que tras tanto tiempo todavía seguían siendo su eterna horma en el zapato: Vance, Carrie, Cooper y Jesse.

Helen apareció a sus espaldas apenas un segundo después, con la gorra enfundada y el pelo recogido en una cola dorada. Me vio al lado de su padre y desplegó una tímida sonrisa mientras nos saludaba alzando la mano. Iba uniformada, con el atuendo caqui habitual de la policía de Goodrow y una chaqueta *bomber* de un color verde botella más bien apagado, abrochada hasta el cuello. Pasó entre la gente, dejando a Vance y los demás a un lado, y avanzó hacia nosotros.

—¿Qué tal? —nos preguntó bajándose la cremallera de la chaqueta.

—Bien —respondí—. Estaba hablando con tu padre sobre lo de Tom...

—Ya han llegado, ¿no? —soltó en seco Blunt sin siquiera saludar a su hija. Al policía no le importó interrumpir nuestra conversación; tenía fijados en la mente otros asuntos. Miró hacia atrás—, tus amigos.

Su semblante se había vuelto serio. La presencia de aquellos cuatro de la banda —excluyéndome a mí y a Helen, claro— le revolvía las entrañas. Era palpable que no tenía ninguna gana de verlos, que no eran bienvenidos estando bajo el mismo techo que él.

Helen suspiró pesadamente. La reacción de su padre no le pillaba de nuevas; era así desde hacía veinticinco años.

—¿Cuánto tiempo vas a seguir así, papá?

—El que haga falta —respondió sin apenas darle tiempo a terminar de preguntar—. ¿Has hablado con ellos?

—Todavía no. Pensaba hacerlo después de la ceremonia.

—Cuanto antes mejor. No estamos aquí para perder el tiempo, Helen. Y mantén los ojos abiertos. Esto puede ser un funeral, pero no es un funeral cualquiera. Es el de una víctima de asesinato, y estamos en plena investigación, así que esto forma parte del caso. —Levantó la mirada y alzó las cejas como si hubiera reconocido a alguien. Un hombre voluminoso y bien trajeado le hizo una seña con los dedos desde el otro lado de la sala. Se trataba del alcalde, Derry White—. Si me disculpáis...

Sin decir nada más, se marchó a su encuentro con paso firme. Quedaban unos pocos minutos para que empezara la ceremonia, y la salita habilitada donde se le daría el último adiós a Tom ya había abierto sus puertas. Los presentes comenzaban a encaminarse hacia allá despacio, dejándose engullir en su interior. Helen y yo nos quedamos solos con la misma sensación de incomodidad que sentíamos de críos cuando uno de nuestros padres nos echaba la bronca delante de todos los demás, algo que, por más que quisiéramos obviarlo, acababa de ocurrir.

—Pues parece que en el fondo sigue siendo el mismo, ¿eh?

—dije, como para quitarle hierro al asunto. Helen asintió con la cabeza.

—Nunca dejó de creer que tuvimos algo que ver. Con la muerte de John Mercer... y con la desaparición de Steve.

—¿«Tuvisteis»? —apunté.

—Sí... También me incluye a mí. Ya sabes que en aquella época todos éramos como uña y carne. Para mi padre, que los años fueran separando nuestros caminos no significa que aquello dejara de importarle. Al contrario. Se obsesionó. ¿Sabes cuántas veces me preguntó si la muerte de Mercer fue culpa nuestra? ¿Todo el tiempo que pasó en su despacho estudiando datos, sopesando posibilidades, verificando hechos y buscando sospechosos? Tenía una pizarra con los nombres de mis amigos... ¡Fotografías suyas pegadas con anotaciones! Y poco importaba que yo fuera su hija... Sé que también estaba en su lista, aunque no me lo dijese.

—Joder... No sé qué decir. Tuvo que resultar duro... para ambos.

—Siempre tuvo tres frentes abiertos: Mercer, Steve y Elliot... y no pudo cerrar ninguno. Pero su prioridad siempre fue el pequeño Elliot. Se dejó la piel buscándolo. Prometió a sus padres que lo encontraría... pero nunca llegó a hacerlo. —En los ojos de Helen pude ver genuina tristeza—. Pasaron los días, las semanas... Se daba por hecho que jamás volveríamos a verlo, que después de tanto tiempo hubiera sido un milagro encontrarlo con vida, pero mi padre se negó a aceptar la realidad. Siguió buscando, incluso fuera de su jornada de trabajo... sin obtener resultados. La búsqueda lo agotó física y psicológicamente, y el caso resultó ser un absoluto fracaso. Siguió empecinado en que todo estaba relacionado: Mercer, Steve, Elliot... Y que el punto de unión entre los tres éramos nosotros.

—¿Y lo erais?

Helen me fulminó con la mirada. Tragué saliva. Las últimas veces no había sido demasiado cuidadoso con lo que preguntaba. Me salía de forma natural, espontánea; aun así, parecía que siempre metía la pata.

—Llevo más de veinte años tratando de quitarme de encima el lastre acusatorio de preguntas como esa, Mark. He tenido bastante con mi padre y no me apetece tener que volver a pasar por lo mismo otra vez.

—Lo siento, ha estado totalmente fuera de lugar...

No dijimos nada más, Helen por querer apartar el tema y yo por un sentido creciente de incomodidad. Entramos en la sala tras los más rezagados.

No vi ningún clérigo que ejerciera de portavoz de la familia para despedir al difunto con unas palabras que a la mayoría de los presentes terminaban por parecerles un mantra vacío que olvidaban nada más levantarse de la silla. Que yo recordase, Tom no había sido nunca una persona religiosa, y no estaba muy seguro de que sus padres lo fuesen. El ataúd, pulido, brillante y cerrado, no tenía ningún adorno religioso —como una cruz o la figura de un Cristo—, pero la clásica corona fúnebre de flores multicolor descansaba a sus pies. Helen y yo nos habíamos situado al lado de la entrada, detrás de los últimos asientos, y estábamos demasiado lejos de allí como para poder leer qué le habían escrito en las bandas doradas que la decoraban. Lo más probable es que fuera un recordatorio cariñoso de la familia o unas palabras de pésame de sus amigos.

Tras unos minutos, sonó una melodía de piano. Un hombre mayor en las primeras filas se puso en pie y avanzó sin mucho afán por la rampita de acceso a la plataforma. Había un atril con un micrófono que chisporroteó cuando se acercó. Era el padre de Tom, Joseph Parker. Nadie podía dudar de que tenían la misma sangre; las facciones de su cara eran de un parecido asombroso a las de su hijo, aunque él fuera algo más bajito que Tom y tuviera el rostro endurecido por los años y las experiencias.

Antes de hablar, puso un retrato de su hijo encima de una mesita de pie alta y redonda que había a su izquierda. En él, Tom Parker miraba a la cámara de lado —con unos diez o quince años menos—, pero no sonreía. Ninguno de los presentes lo hacíamos tampoco.

El hombre se aclaró la garganta. El micrófono emitió un pitido molesto que resonó por toda la sala por culpa de alguna interferencia electroestática, pero desapareció en cuanto el señor Parker puso su mano en la rejilla del aparato.

—Gracias a todos por venir... —comenzó—. Mi hijo...

Se detuvo. Visiblemente emocionado, se llevó una mano a la boca como si el dolor fuera a escapársele por ahí si la abría. Frunció el ceño mientras los ojos se le llenaban de lágrimas. No podía continuar. Su esposa, en la primera fila, se levantó como un resorte para auxiliarle, pero el hombre la frenó con un gesto. Tragó saliva e intentó decir algo de nuevo, pero parecía que las palabras se le atragantaban y no querían salir. Pasó un largo momento observando sus manos, nudosas y huesudas. Alguien tosió, y el señor Parker alzó la cabeza. Estiró el cuello, paseó despacio su mirada entre los asistentes y la detuvo al encontrarse con los ojos de uno de ellos. Lo miró fijamente. Helen y yo buscamos quién era el objeto de aquella mirada gélida y suplicante.

El jefe Blunt estaba tenso, recto como un palo. Helen contuvo el aliento cuando el padre de Tom se dirigió a él con dureza:

—Encontrad al que ha hecho esto.

Su tono fue frío, directo y seco. Joseph Parker no dijo nada más. Bajó de la plataforma y se dejó caer en el asiento que le habían reservado.

De inmediato, todas las cabezas se volvieron hacia Blunt, incluida la del alcalde White, cuyos ojos parecían a punto de descorcharse como una botella de champán. El rostro del policía pareció perder todo atisbo de color, palideciendo, volviéndose casi transparente. La gente comenzó a susurrar, a preguntarse por qué Joseph Parker había dicho esas palabras. ¿A qué se refería? ¿Acaso no había sido un suicidio, lo de su hijo? ¿A quién se suponía que debían encontrar?

Miré a Helen y su cara de asombro. Parecía que aquel viejecito había abierto la caja de los truenos, y el jaleo de murmullos era solo el anticipo de la tormenta que estaba por desatarse. Blunt todavía no había movido un músculo.

—Mierda —dijo Helen entre dientes.

Su padre recobró la compostura y la movilidad, y pasó por nuestro lado en dirección a la salida. No habló con nadie, no miró a nadie, simplemente salió y cerró la puerta tras de sí. Helen se quedó poco menos que estupefacta.

—¡Joder! —volvió a maldecir en un susurro de queja que solo escuché yo.

El murmullo en la sala se intensificó. El lugar se había convertido en un polvorín. Las preguntas acerca del supuesto suicidio de Tom eran como chispas que podían detonarlo todo en un pestañeo y la salida dramática del jefe de la Policía no ayudó a mitigar la incertidumbre. La plataforma seguía vacía, a excepción de la fotografía de un Tom algo más joven que nos miraba desde algún momento del pasado.

La cosa iba a ponerse fea si las dudas seguían planeando como buitres entre los presentes. Había que hacer algo, y Helen decidió coger el toro por los cuernos. Tomó aire, se quitó la gorra y se encaminó hacia la tarima. Subió con paso firme por la rampa, se plantó delante del micrófono y se dirigió a todos con calma, como si Joseph Parker no hubiese soltado aquella incógnita explosiva:

—Como ha dicho el señor Parker, gracias a todos por venir. Es un... momento difícil. —Si Helen estaba nerviosa, no se le notaba. Miraba al auditorio, pero no a nadie en concreto, ni siquiera a mí. Echó un vistazo fugaz al ataúd y agarró la foto de Tom, sosteniéndola entre sus manos—. Tom era... muy querido para mí. Lo conozco... Lo conocía desde que era pequeña, más bien desde que tengo uso de razón. Era un chico gracioso y alegre.

Los murmullos cesaron, aunque alguno que otro todavía rezongaba por lo bajini. Aproveché para mirar hacia los que quedaban de la antigua pandilla.

Jesse, desde su silla de ruedas, miraba al frente sin quitarle el ojo a Helen. En su cara se podía adivinar el aburrimiento: o no quería estar ahí o no le apetecía en absoluto. En cualquier caso, no podía hacer otra cosa más que resignarse. Recuerdo que se llevaba bien con Tom o, al menos, no los vi nunca discutir, pero tampoco podía estar seguro de que eso hubiera cambiado tras mi marcha. Llevaba una gruesa manta en el regazo cubriendo sus maltrechas piernas, unas deportivas que para su desgracia no iban a desgastarse por el uso y un gorro de lana cubriéndole toda la cabeza y hasta las cejas que no había querido quitarse a pesar del calor cada vez más asfixiante que hacía allí.

Tras él estaba Carrie Davis. Agarraba con mucha fuerza los mangos de empuje de la silla de ruedas; tanto que los nudillos se le estaban volviendo blancos. Llevaba el pelo afro cortado muy cortito. Tenía la piel tersa y morena —como siempre—, pero los ojos muy enrojecidos. Se la veía muy nerviosa, inquieta, incluso daba la sensación de que las piernas le temblaban. Algo no iba bien en ella.

Al lado de Carrie estaba Cooper. Escuchaba a Helen con el semblante sereno, aunque el ceño fruncido dejaba claro que no estaba para nada relajado. Tenía los brazos cruzados delante del pecho y el mentón elevado. Era difícil adivinar qué pasaba por su cabeza, pero apretaba la mandíbula cada pocos segundos y las fosas nasales se le hinchaban cada vez que respiraba. Desde la última vez que hablé con él, poco después de la desaparición de Steve, había ganado en altura y masa muscular, o eso me parecía a mí. Siempre había sido un chico alto, de manos grandes y fuerza considerable, pero después de tanto tiempo estaba claro que había mejorado su físico e impresionaba un poco más si cabe.

Vance era el que más tranquilo estaba. No perdía detalle de cada palabra que Helen pronunciaba, pero ni se le veía tan tenso como Cooper ni tan nervioso como Carrie. A decir verdad, no había nada en su lenguaje corporal que dejara entrever cómo se sentía.

Tenía la espalda apoyada en la pared y las manos en los bolsillos, como si solo estuviera esperando a que aquella ceremonia que parecía no interesarle en absoluto terminara de una vez para poder hacer cualquier otra cosa. Me fijé en que su envidiable cabellera había perdido densidad y ahora clareaba bastante —sobre todo por la parte frontal—, por lo que había decidido raparse el pelo poco más que al cero. Lo que seguía intacta era su chulería natural, y no solo quedaba patente por su postura; su atuendo daba buena cuenta de ello: una camiseta blanca, unos tejanos desgastados con un par de cortes deshilachados a la altura de las rodillas y una chaqueta de piel con el interior de lana de borrego y solapas anchas. El colofón de su vestimenta eran unas botas de estilo militar, viejas, bastas y sucias. Estaba claro que le daba igual dónde estuviera; fuese en un funeral o en la fiesta de la cerveza, él era fiel a su propio criterio del «no me importa lo que pienses de mí».

Debió notar que lo observaba porque de súbito giró la cabeza y me miró. Aparté la vista de inmediato, pero nuestras miradas ya se habían cruzado, así que tuve que volver a alzar los ojos. Me sentí como un animal que acababa de perder el liderazgo ante un oponente más fuerte. Era una comparación estúpida porque yo jamás me sentí un líder, y menos cuando Vance estaba presente. Si le hubieras preguntado a cualquiera, ese papel le pertenecía a él por derecho de nacimiento, prácticamente. Es curioso cómo algunos nacen con esa cualidad, ese gen innato que los pone por encima del resto. En el caso de Vance, sin embargo, su liderazgo no se reducía solo a estar por encima, sino a poner a los demás por debajo de él. A veces solo le bastaba con humillar; otras, lo hacía por medio de la fuerza.

La cuestión es que me cazó escrutándole, y sus ojos azules me atravesaron como lo hace una jabalina en un saco de arena. Aquel impacto no duró más que un instante —lo suficiente para que se aceleraran mis pulsaciones—, pero de inmediato sus facciones se suavizaron al reconocerme. Me dedicó un gesto casi imperceptible con la cabeza que intuí como un «hola» y yo se lo devolví, aunque demasiado tarde: volvía a mirar de nuevo al frente, dejando mi saludo en el limbo de los ignorados. Por lo que parecía, en todos los sentidos Vance seguía siendo Vance.

—... y nos deja un dolor en el pecho y un vacío en todos nosotros, sobre todo en sus más allegados familiares. Pero no recordaremos a Tom por cómo nos ha dejado, sino por lo que fue: un buen hijo, un gran amigo y una gran persona.

Helen había continuado su discurso a expensas de mis desvaríos. Si bien era improbable que las palabras que el padre del difunto había pronunciado desaparecieran de la mente de los presentes, se podía leer entre líneas que la muerte de Tom mantenía la etiqueta de suicidio, no de homicidio. «No recordaremos a Tom por cómo nos ha dejado». Sin duda, un movimiento sutil y acertado por parte de Helen de cara a la galería.

—Te echaremos de menos, Tom —dijo para finalizar.

Mientras bajaba por la rampa, Joseph Parker se levantó y le dio la mano. No se la estrechó como quien cierra un trato, sino como alguien que de verdad está agradecido. El señor Parker lloraba mientras le decía unas palabras al oído a Helen. Ella le respondió negando con la cabeza, como si le restara importancia. Le aferró ambas manos y le dijo algo que el hombre aceptó con agrado. Después, los que todavía permanecían sentados se pusieron en pie para ofrecer sus condolencias al padre y dar su último adiós al joven que miraba a todos —pero seguía sin sonreír a nadie— en aquella vieja fotografía, congelado en un momento en el tiempo.

Abriéndose paso poco a poco a través de la multitud, Helen consiguió llegar a mí.

—¿Qué te ha dicho? —le pregunté.

—¿El padre de Tom? —Asentí alzando los hombros en señal de evidencia—. Que lo sentía. El haber dicho aquello delante de toda esta gente. No pensaba hacerlo, simplemente, le ha salido solo. Le he dicho que no se preocupara, que es normal en circunstancias tan difíciles. Todos queremos saber qué ha pasado, yo la primera, pero hay que entender que su hijo ha muerto. ¿Sabes lo que debe significar eso para un padre? No puedo imaginarlo. Le he pedido que no dijera nada a nadie, que no hablara con nadie más acerca de cómo murió Tom hasta que esclarezcamos todo este asunto. Lo ha entendido. Estamos en medio de un caso de asesinato y algo así podría perjudicar la investigación. Pero quiere justicia, es comprensible. Por cierto, ¿quieres darles el pésame a los padres de Tom?

—Sí, claro. Pero bueno, en realidad quería hablar contigo antes. Verás, el día que me llamaste...

Antes de que pudiera continuar, una mujer agarró impulsivamente a Helen por el brazo. Era Carrie. Estaba hecha un manojo de nervios, y tenía los párpados hinchados y enrojecidos.

—Helen, tengo que decirte una cosa. ¡Es importante, no puede esperar!

La hija del jefe de policía se sorprendió ante aquella interrupción inesperada. Hasta yo me quedé extrañado de que no me dijera nada, pero es probable que no me hubiera reconocido todavía.

—¡Carrie, suéltame! Pero ¿qué te pasa?

—Helen, esto es... ¡Mira! Me... me llegó esto esta mañana. Y yo no... no sé qué significa...

Comenzó a sacar un papel doblado en cuatro de su bolso. Entonces pareció percatarse de mi presencia y volvió a esconderlo con disimulo. Helen se dio cuenta de ello e intercedió por mí.

—Ah, Carrie. Este es Markie Andrews. ¿Te acuerdas de él?

—¿M-Markie? —tartamudeó.

—Hola, Carrie —le sonreí lánguidamente—. ¿Cómo estás?

No me abrazó, ni me sonrió. Solo se quedó mirándome un instante, como si no supiera qué decir. Estaba como ida.

—Hola, Markie. —Me tocó la mejilla con la palma de la mano. La tenía fría y húmeda, y me provocó un escalofrío.

—¿Qué querías enseñarme, Carrie?

Esta vez, Carrie no dudó en sacar y desdoblar aquel papel. Pude ver de qué se trataba cuando se lo tendió a Helen, que lo cogió de ambos extremos.

—¿Qué es esto? ¿Una fotografía?

Me situé al lado de Helen. A diferencia de la que yo recibí, esta tenía tachadas las orejas de Cooper. Miré a Carrie.

—¿La has recibido por correo? —le pregunté. Ella asintió muy efusiva, con los ojos desorbitados ante mi pregunta.

—¿Qué? ¿Cómo sabes tú...?

No dejé que Helen terminara la frase. Del bolsillo trasero de mi pantalón extraje la fotografía que yo mismo había recibido y se la mostré a Helen. De inmediato, vio los ojos de Tom Parker tachados con la misma tinta negra y alzó la cabeza mirándonos a ambos con incredulidad.

—Pero ¿qué diablos...? —comenzó a preguntar cada vez más sorprendida, pero tratando de no elevar demasiado la voz.

—Por lo que veo, no soy el único que ha recibido esa mierda —oímos a nuestras espaldas. Carrie se apartó a un lado y pudimos ver a Jesse acercándose en su silla de ruedas. Cuando estuvo a nuestro lado, desabotonó uno de los bolsillos de su camisa y sacó otra instantánea igual. Helen la cogió.

—Todos hemos recibido una de estas —dijo una voz grave que pertenecía a Cooper.

Por último, Vance apareció por detrás de Cooper. No hacía falta que dijera nada para que supiéramos que había bebido. Su olor corporal desprendía puro alcohol. Alzó la fotografía que le había llegado a él esa misma mañana y la sacudió en el aire con violencia. Helen intentó reaccionar, pero lo único que consiguió fue palidecer como el mismísimo cadáver de Tom Parker cuando Vance, sin ni siquiera tener la decencia de bajar la voz, la tiró encima de las otras exigiendo respuestas.

—¡¿Vas a decirnos qué coño significa esto, Helen?!

13

Lo último que se pierde

Aunque los nervios estaban a flor de piel, Helen consiguió que todos accedieran a reunirse para hablar del tema en otro lugar. Ninguno quería postergar la conversación, así que se decidió quedar esa misma tarde para tratar el asunto. Cooper ofreció su casa y acordamos en vernos allí sobre las cuatro.

Después de que Helen se guardara las fotografías que cada uno habíamos recibido nos despedimos, pero no hubo besos, abrazos ni sonrisas cuando abandonamos el tanatorio. Caras largas, miradas furtivas y acusatorias —sobre todo la que Vance le dedicó a Helen antes de cruzar las puertas de cristal— y altas dosis de tristeza, mezcladas con pinceladas de lo que presumiblemente interpreté como desconfianza, predominaron aquella despedida incómoda.

—Voy a buscar a mi padre —me dijo Helen cuando nos volvimos a quedar a solas. Blunt la había dejado muy preocupada tras su sorprendente «huida» después de que Joseph Parker lo dejara en evidencia en medio del funeral. Fue una reacción que no se esperaba en absoluto, y quería saber cómo se encontraba.

Además, tenía que informarle de inmediato acerca de las fotografías que habíamos recibido.

—¿Quieres que te recoja para ir juntos a casa de Cooper? —me ofrecí.

—No es necesario, Markie —dijo, entre inquieta y apurada. Intuí que en su cabeza se había formado un torbellino inesperado de preguntas y temores que surgieron en cuanto Carrie la abordó, así que no insistí—. Nos vemos allí.

Se marchó apresurada, dejándome con los pocos rezagados que desfilaban hacia el aparcamiento. Entre una cosa y otra, al final me había quedado sin darle a Tom un último adiós ni mostrarles mis condolencias a sus padres.

Sumido en esos pensamientos mientras caminaba, empujé sin querer a un hombre que tenía delante. Cuando le pedí perdón, y este aceptó mis disculpas sin apenas detenerse ni mover los labios, me di cuenta de quién era: Lucas Harrison, el hermano mayor de Elliot, el niño desaparecido. Lo reconocí de inmediato por su cabello rojizo.

Lucas iba a clase con Vance y los demás; yo apenas coincidí con él en un par de ocasiones, pero era imposible no saber de su existencia siendo el único pelirrojo de la escuela en Goodrow Hill. Lucas siempre había sido un muchacho introvertido, aunque inevitablemente destacaba por su piel blanquecina y su singular color de pelo, por no mencionar su extrema delgadez y generosa altura. La realidad es que lo que nos convierte en diferentes puede hacernos únicos, pero también ponernos una diana enorme de crueldad en la espalda. Y Lucas degustó las dos caras agridulces de la misma moneda, pues sus particularidades le habían valido tanto la admiración como las burlas de sus compañeros.

Al salir a la calle, Lucas siguió su camino y yo el mío. Por lo visto, no me había reconocido. No me importó. Mientras lo veía alejarse, pensé en lo mal que debió haberlo pasado en la escuela, no solo por cómo lo trataban, sino por todo lo que pasó con su hermano pequeño. El secuestro de Elliot y el estrés y la angustia de aquellas semanas debieron resultarle especialmente duras. Y sin amigos en los que apoyarse, cuánto más todavía. Porque Lucas no tenía amigos, o al menos no todos los que hubiera querido. Por lo que yo sé, Steve se contó entre esos pocos. La otra fue Helen. Escuché más de una vez a Vance burlarse de ella por eso; aunque nunca llegué a saber qué fue lo que rompió su amistad, algo pasó entre Helen y Lucas para que dejaran de ser amigos.

Justo antes de llegar a mi camioneta una voz familiar a mi espalda me devolvió *ipso facto* al presente.

—Pandora estaría orgullosa del señor Parker, ¿eh?

—¿Qué...? ¡Ah! Randy, qué pasa. No te he visto allí dentro —confesé.

Randy estaba hecho un pincel. Debajo de su largo sobretodo negro que le quedaba como un guante, iba ataviado con un jersey de pico azul oscuro sobre una camisa blanca con una corbata ocre anudada al cuello. Los pantalones caían impecables sobre unos mocasines de punta redonda de un tono marrón chocolate. El *look* lo completaban unos guantes de piel negros y un fular gris que se me antojó más decorativo que funcional. El tipo parecía salido de alguna de esas revistas de estilo masculino a las que yo, personalmente, reconozco que debería echar un vistazo más a menudo.

Hizo un gesto juntando ambas manos y después imitó el sonido de una explosión mientras las separaba hacia arriba de una tacada. Aludía, claro, a la caja de la famosa Pandora, de la cual salieron como un torrente imparable todos los males del mundo.

Asentí con gravedad.

—Tengo que reconocerte que cuando el padre de Tom le ha

dicho eso al jefe Blunt he pensado lo mismo. Ha sido del todo inesperado.

—Y que lo digas. «¡Encuentren al asesino de mi hijo!» —parafraseó señalando con el dedo a un punto indeterminado—. ¿Te lo puedes creer? ¿Perdió la cabeza o es que lo de Tom no fue de verdad un suicidio?

—Pues... —Me encogí de hombros. Aunque el señor Parker hubiera hecho aquella declaración delante de todo el mundo, no creí acertado airear lo que sabía. Sin embargo, dudaba que pudiera mantenerlo en secreto mucho más tiempo, no porque Randy no fuera listo (que lo era), sino porque tras la advertencia de Joseph Parker comenzaba a estar claro que había algo en todo aquello que no cuadraba. Randy prosiguió con sus pesquisas frotándose la barbilla de forma suspicaz.

—A todas luces dejó bien claro que lo de Tom fue un asesinato, aunque la información que teníamos hasta ahora no es que fuera justo esa —hizo una pausa. Había cogido carrerilla y, conociéndolo como lo conocía, en nada daría con la maza en el clavo—. Y bueno, sus palabras iban dirigidas directamente al jefe Blunt. Y el tipo salió corriendo sin soltar prenda en medio del funeral. Vamos, ¡ahí hay algo como que me llamo Randall Bendis! ¡Ah! Por no hablar de Helen... Ese discurso que soltó no estuvo mal, pero se le vio el plumero. No fue más que un numerito para desviar la atención de lo que el viejo Parker acababa de decir. Me sigues, ¿no?

Debí mirar de una manera demasiado evidente a Randy porque de inmediato abrió los ojos y me acusó con el dedo.

—¡Por Dios! —exclamó—. No fastidies, Markie... ¡¿Tú sabías algo?!

Tragué saliva y carraspeé tratando de ganar algo de tiempo para encontrar alguna excusa que me ayudara a salir del paso, pero no hubo suerte. Claudiqué levantando las manos.

—No era algo que pudiera contar así como así... —me disculpé.

—¡Joder! ¿En serio? ¿Te lo dijo Helen? —preguntó, ávido de información truculenta. Hice un gesto afirmativo con la cabeza, que repetí dos o tres veces—. ¡Tío, Markie! ¿Por qué no me lo habías dicho? ¿Ya lo sabías cuando viniste a cenar a casa, o te has enterado hoy?

Cuando éramos pequeños, Randy siempre era el que más hablaba. El que siempre le contaba al otro sus historias, peripecias y secretos, incluso sin tener que preguntarle. A veces se enfadaba cuando yo no lo hacía, pero en ese sentido éramos bastante diferentes. Siempre fui más reservado que él —y que los otros chicos, claro—, y por lo visto no habíamos cambiado.

—Cuando Helen me llamó para contarme lo de Tom me pidió que no lo dijera —le expliqué—. No quiere alarmar innecesariamente a la gente del pueblo hasta poder recabar más información al respecto. Pudo ser un hecho fortuito, pero como la investigación está abierta, no han querido decir nada... Aunque ahora que el padre de Tom ha destapado la verdad, veremos qué pasa.

—Madre mía. ¡¡Así que lo han matado?! ¡¿Quién?!

—¡Joder, Randy, baja la voz! —me recordé a Helen diciéndome lo mismo en el restaurante. El aparcamiento estaba casi vacío, pero pude ver como una pareja de ancianos se volvía hacia nosotros frunciendo el ceño. Eran los mismos que me habían escaneado al entrar en el tanatorio, así que los saludé alzando las cejas. Ambos me miraron con desgana y siguieron a lo suyo.

—¿Se sabe o no? —insistió.

—No, no se sabe. ¿Crees que si hubieran detenido a alguien estaríamos hablando de esto? Además, ¿no te dice nada que «el viejo Parker», como tú lo llamas, pidiera de forma expresa que encontraran al asesino de su hijo? Eso es que no han dado todavía con el culpable.

Randy desvió la vista a un lado y arqueó los labios hacia abajo.

—Tiene lógica —concluyó.

—¿Qué es lo que tiene lógica? —preguntó Coraline, que apareció a nuestro lado sin que nos hubiéramos dado cuenta. Iba vestida sobria pero elegante, en perfecta sincronía con su marido.

Estuve tentado de mirar a Randy con ojos suplicantes para que no le dijera nada a su mujer, pero Coraline —igual que el resto de los que acudimos al funeral— vio lo que había pasado, así que me resigné a tratar de guardar un secreto que ya no podía ni llamarse así. Sin embargo, Randy me sorprendió al omitir el asunto.

—Hablábamos de mitología, cariño —dijo y cambió de tema—. ¿Vas tú a por los niños? Tengo que volver al local.

—Claro.

Me despedí de Coraline con un abrazo, y su embriagador perfume me envolvió como a un bebé. Randy me invitó a que fuera a comer con él, pero le comenté que había quedado con la antigua pandilla para hablar de unos asuntos. Mi viejo amigo captó de inmediato por dónde iban los tiros, así que me guiñó un ojo y me dijo que le llamara si necesitaba algo. Le prometí hacerlo y entré en mi camioneta. Mientras rebuscaba las llaves en los bolsillos de mi chaquetón pensé en que no le había dicho que no solo habían matado a Tom, sino que le habían sacado los ojos. Además, estaba el tema de las fotografías. Eran detalles que resultaban particularmente importantes, dado que implicaban un trasfondo más que preocupante en aquel caso de asesinato. Bueno, lo que la policía pretendía era que la habitual calma de Goodrow no se viera alterada. Veríamos si después del revelador funeral, y de cómo fuera la reunión de esta tarde, se conseguía mantenerla como hasta ahora. Me daba la sensación de que no iba a ser fácil.

Arranqué y enfilé de vuelta al Green Woods. El cielo había comenzado a oscurecerse, y tenía pinta de que la tormenta era inminente. Pensé de nuevo en Pandora y en su caja maldita. La bella esposa de Epimeteo desató sobre la Tierra suertes de todo mal, pero en última instancia logró cerrarla. Lo único que quedó en su interior fue el espíritu de la esperanza.

Como bien había dicho Randy, la caja de Pandora había sido abierta en Goodrow. Ahora quedaba por ver si conseguirían cerrarla de nuevo antes de que se perdiera también toda esperanza.

14

Lógica conclusión

Tenía el estómago cerrado, pero aun así compré unos macarrones recalentados en una curiosa y angosta tiendecita de comidas preparadas que descubrí de camino al motel.

El cielo ya había comenzado a avisar con el sonido de truenos malhumorados de que la tregua se agotaba y estaba a punto de soltar la tormenta que había estado conteniendo hasta ahora. Pagué con unas monedas que llevaba sueltas y no me entretuve más de lo necesario, no quería que se me echara el tiempo encima y llegar tarde a la cita con los demás.

Aparqué en la misma plaza que la noche anterior y subí las escaleras del Green Woods, directo al apartamento. Cerré la puerta de la habitación justo cuando uno de los estruendos retumbó entre las cuatro paredes de mi hogar provisional haciendo tiritar los cristales de las ventanas. Las primeras gotas de aguanieve alcanzaban el suelo humedeciéndolo sin compasión.

Mientras me desanudaba la corbata y la dejaba encima del televisor, puse la calefacción a tope. Esperaba tener la habitación recogida y la cama hecha, pero parecía que Frida no tenía esa faena en su lista de tareas del día. Estiré la colcha y me senté encima para degustar aquellos macarrones que había supuesto —equivocadamente— que iban a saber a esparto con queso. Decir que estaban deliciosos hubiera sido una absoluta exageración, pero resultaron una agradable sorpresa a mi tan poco exigente paladar.

Mientras los saboreaba me quedé pensando.

En cualquier otra ocasión, volverse a ver con antiguos amigos y compañeros de los que no sabías nada desde hacía más de dos décadas hubiera sido un acontecimiento especial, lleno de amplias sonrisas, abrazos mullidos y puestas al día entre risas y preguntas del estilo de «¿dónde has estado?» o «¿qué es de tu vida?», o los típicos y tópicos habituales «no has cambiado nada» y «cuánto me he acordado de ti». Pero el reencuentro con los de la pandilla había sido casi tan inoportuno y gélido como las placas de hielo que se formaban cada invierno en los bordes de las carreteras de Goodrow. Además, las circunstancias eran las que eran y se daba por supuesto que no estábamos en medio de una celebración. Aun así, esperaba otro tipo de recibimiento. Tal vez cuando todos nos reuniéramos en casa de Cooper y Helen aclarase qué estaba pasando la cosa cambiara, pero no depositaba grandes expectativas en ello. A decir verdad, después de ver la reacción de Helen, tampoco daba por hecho que fuera a dar una respuesta satisfactoria a por qué habíamos recibido precisamente nosotros aquellas fotos.

Enfilé hacia la casa de Cooper en cuanto el reloj marcó las tres y media. Tenía unos diez minutos de camino, la casa era una de las más alejadas del centro, casi en plena montaña. El padre de Cooper, Solomon Summers, que era el dueño del aserradero de Goodrow, la construyó para estar lo más cerca posible del trabajo, pero lo más alejado del ajetreo —si es que podía considerarse como tal— de la ciudad. Desde allí a la caseta que usaba como oficina, y que estaba apostada a la misma entrada del aserradero, había un tiro de piedra. La señora Summers, por su parte, se encargaba de llevar las cuentas y la facturación, mientras que su marido se ocupaba de los trabajadores, proveedores y clientes. Ambos se complementaban bien, sobre todo cuando la cuenta corriente se les llenaba de billetes a final de mes. Dicen que cuando el dinero sale por la puerta, el amor salta por la ventana. Bueno, que yo recordara, jamás los había oído discutir, así que o en aquella casa había mucho amor o el señor Summers se encargaba de cerrar cualquier vía de escape a cal y canto.

Si la memoria no me fallaba, dos veces me invitaron los Summers. Una fue para celebrar un Cuatro de Julio, la otra, una cena al aire libre en honor al alcalde, a la que también asistió un montón de gente del pueblo. En aquel momento yo tendría unos diez años y no entendía por qué los Summers organizaban una fiesta para el alcalde —es más, solo pensaba en aprovechar al máximo aquella magnífica piscina que tenían en el jardín trasero—, pero ahora supongo que aquel paripé debió tener algún propósito político, económico o comercial. A lo que iba: los padres de Cooper no eran como los de Vance, que siempre estaban lanzándose los platos a la cabeza, o como los míos, que de vez en cuando se recriminaban algo cuando creían que no los escuchaba. Supongo que los Summers eran un matrimonio demasiado ocupado para discutir y que basaba su felicidad en la estabilidad económica y en las relaciones con personas influyentes que pudieran garantizarles mantener y conservar aquello que ya tenían. Y no parecía irles del todo mal. Claro, no siempre es oro todo lo que reluce, pero daba la sensación de que la vida les sonreía, y Cooper siempre había sido un crío despreocupado al que sus padres le daban cuanto pedía, para envidia de sus amigos.

Atravesé a grandes zancadas y con la capucha puesta la entrada adoquinada que llevaba a la puerta del casoplón. Era un camino empedrado de piezas gruesas y grises flanqueado por un extenso terreno de césped cortado de forma exquisita a cada lado. A la derecha había una fuente sobre un pedestal de estilo románico que se me antojó más bien un bebedero para pájaros, y a la izquierda, un banco de madera bajo un arco de hierro forjado cubierto de enredaderas, las mismas que se deslizaban como culebras por la fachada de la casa y caían lánguidas por encima de los amplios ventanales.

Cuando llamé al timbre, fue el propio Cooper quien me abrió la puerta. Se oían algunas voces en el interior.

—Qué pasa, Markie —me dijo con escaso entusiasmo, acentuando si cabe su voz grave. Cooper no parecía tener muy buena cara—. Entra. Puedes dejar el abrigo ahí mismo.

Me señaló un elegante perchero donde ya había algunas chaquetas. Me quité la mía, le sacudí un poco las gotas de lluvia y la colgué junto a las demás. Luego seguí a Cooper.

Me envolvió un calor reconfortante y agradable nada más entrar en la sala de estar. Cooper carraspeó y las voces que hasta ahora conversaban animadamente bajaron el tono hasta silenciarse. Helen y Carrie se pusieron en pie y sonrieron al verme, pero fue una sonrisa forzada. Me sentí como cuando interrumpes una conversación en la que tú eres el eje sobre el que giran sus dimes y diretes. Si de verdad hablaban de mí me pregunté por qué, pero no dije nada y les devolví la sonrisa.

—Hace un frío que pela ahí fuera —informé.

—Pasa y siéntate, Markie. —Helen me señaló uno de los dos sofás de piel enfrentados que había delante de una enorme chimenea de piedra con dos troncos llameando en su interior. Una mesita baja hecha con el tocón de tamaño exagerado de algún árbol que no conocía separaba ambos sofás. El cristal transparente que descansaba encima permitía ver los anillos del tronco; en la zona central su primer año de crecimiento y, a partir de ahí, anillos de mayor o menor anchura. Los entendidos podían descifrar en ellos épocas lluviosas o secas, o incluso marcas de lo que pudo ser un incendio forestal.

Me senté lo más cerca posible de la chimenea. En apenas un par de segundos, tenía las mejillas ardiendo por el calor. Helen se colocó a mi derecha, sin dejar apenas espacio entre los dos. En ese momento sonó el timbre.

—Ya voy yo. —Cooper dio media vuelta para abrir de nuevo.

—¿Cómo estás, Markie? —aprovechó Carrie para preguntarme. Estaba sentada en el sofá de enfrente.

—¿Y tú? Te he visto muy afectada en el funeral...

Carrie bajó la cabeza y jugueteó con sus manos. Llevaba un jersey ancho de lana de color beige y unos tejanos apretados que le estilizaban las piernas. La luz del hogar se reflejaba en su cara y las sombras remarcaban unos rasgos ya de por sí muy atractivos. Helen siempre había sido guapa, pero Carrie tenía esa belleza exótica que no dejaba indiferente a nadie, incluso habiendo traspasado la barrera de los cuarenta.

—Ha sido un día bastante malo —confesó.

—¿Malo? A mí me ha parecido de lo más normal —dijo con socarronería una voz masculina—. No sé en qué se diferencia del resto.

Vance apareció con una mueca de suficiencia en la cara y quitándose la chaqueta como si fuese Superman; se le daban bien las entradas estelares y, por lo visto, interrumpir conversaciones también.

—Era aquí la fiesta, ¿verdad? —preguntó insolente.

Vance no llevaba ni un minuto en la casa y ya se nos antojaba insufrible. Helen suspiró irritada, Cooper ni siquiera hizo caso al comentario, pero Carrie no se contuvo en contestarle.

—¿Es que no tienes corazón o qué? ¡Tom ha muerto! Podrías mostrar un mínimo de respeto, ¿no?

Vance se dejó caer pesadamente en el sofá, justo al lado de Carrie.

—Claro, nena. Tú solo... imagina que soy uno de esos cachorritos que cuidas en el curro. Dócil y meneando el rabo de un lado a otro a la espera de las caricias de la veterinaria.

Vance rio de forma lasciva. Me esperaba cualquier grosería por su parte, pero me sorprendió aquella respuesta. Trató a Carrie con demasiada... familiaridad. Bueno, Vance siempre había sido un picaflor, no sería extraño que probara suerte con ella, pero dudaba que Carrie se dejara embaucar por alguien como Vance. Aunque cosas peores había visto. Yo ya no ponía la mano en el fuego por nadie.

—Bueno, creo que podemos empezar —anunció Helen.

—¿No falta Jesse? —pregunté en el momento en que una puerta se cerraba más allá del salón.

Jesse surgió tras una esquina rodando en su silla de ruedas. Por lo visto había llegado antes que yo.

—¿Todo bien? —le preguntó Cooper a Jesse.

—He ido a mear, joder, no a subir el puto Everest. Que no pueda mover las piernas no significa que no sepa sacudírmela y tirar de la cadena.

Vance se rio por lo bajo y movió la cabeza de un lado a otro. He de decir que no recordaba que Jesse tuviese tan mal carácter. El papel de cretino lo tenía adjudicado Vance desde tiempos inmemoriales, pero, por lo que me contó Randy, el «accidente» que Jesse sufrió lo había trastornado un poco. Supongo que, si eres minusválido y no has llegado a aceptar tu condición —principalmente porque la intención de Jesse nunca fue quedarse paralítico, sino quitarse la vida—, los comentarios bienintencionados de incluso gente que se preocupa por ti pueden percibirse como ataques personales. Algo así debió de creer Jesse ante la pregunta de Cooper.

—Pues sí, podemos empezar ya. Por lo visto estamos todos... o casi —tosió Vance. Por supuesto, lo decía por la ausencia de Tom. Si de joven Vance jamás había puesto freno a su lengua, no era probable que lo hiciera ya de adulto. La cantidad de años que acumulas en las espaldas no siempre va de la mano con la madurez. Así que, aunque aquella alusión hacia Tom Parker era una crueldad y una falta de respeto por su parte, la ignoramos lo mejor que pudimos. Él continuó como si nada—: Supongo que ya puedes decirnos de qué va todo esto, ¿no, Helen?

Helen, lanzándole una mirada más fría que el ambiente de la calle, sacó copias de cada una de las fotografías que le habíamos dado en el funeral de Tom. Las expuso sobre la mesa de cristal como quien despliega un mapa de carreteras.

—¿Y las originales? —pregunté.

—Las estamos analizando. Los medios de los que disponemos en Goodrow Hill son limitados, pero no por ello vamos a dejar de utilizarlos. —Al ver los gestos de desconfianza del grupo, Helen intentó tranquilizarnos—. No os preocupéis por eso, es simple rutina. Ahora quiero que les echéis un vistazo.

Nos inclinamos sobre ellas, obedientes, aunque algunos con más recelo que expectación.

—Supongo que os habéis dado cuenta de que cada uno ha recibido una copia idéntica de la misma fotografía —continuó Helen mirándonos—, pero hay algo que caracteriza y diferencia a unas de otras.

—Los ojos de Tom están tachados en esa —apuntó Cooper

señalando la mía—. En la que yo te di, Vance aparece con las manos pintadas de negro.

Helen asintió.

—Yo recibí la que Carrie sale con los labios tachados —intervino Jesse, captando por dónde iban los tiros.

—La que... la que me entregaron a mí —explicó visiblemente nerviosa la propia Carrie— es la que Cooper tiene pintados los laterales de la cara...

—Creo que no son los laterales, Carrie —la corrigió Helen—. Son las orejas.

—¿Mis orejas? —preguntó Cooper. Helen alzó una mano indicándole que se callara. Luego miró a Vance a los ojos.

—Vance, ¿qué fotografía recibiste tú?

—¿Qué más da? Esto es una mierda de juego que empieza a no gustarme nada.

—Vance, maldita sea. ¡Es importante! ¿Cuál es la tuya?

Vance señaló con el dedo la situada más a su derecha. En ella aparecíamos todos sin tacha excepto Jesse, a quien le habían ennegrecido las piernas a base de rayones.

—Antes de nada, quiero aclarar que he hablado con mi padre de esto. Pero creo que debéis saberlo. En cualquier caso, forma parte de la investigación y no debe salir de aquí, ¿entendido? —Nos quedamos mirándola y asentimos—. Está bien, la cosa es así —Helen sacó un bloc de notas de su bolsillo y un bolígrafo. Lo abrió y comenzó a anotar mientras continuaba hablando—: Markie recibió la de Tom, Cooper la de Vance, Vance la de Jesse, Jesse la de Carrie y, por último, Carrie la de Cooper. —Hizo una pausa y se dirigió a nosotros—. ¿Cierto?

—Sí —confirmamos algunos. Vance no dijo nada y Cooper asintió.

—Bien. Ahora tenemos respectivamente, y según os he nombrado, los ojos, las manos, las piernas, los labios y las orejas tachados. Esto lo he hecho en comisaría, pero quiero hacerlo aquí, con vosotros delante...

Helen anotó en su bloc, al lado de cada nombre, las partes del cuerpo ocultas bajo tinta negra que correspondían a cada uno. Después lo giró para que lo viéramos:

Markie ➔ Tom (ojos)

Cooper ➔ Vance (manos)

Vance ➔ Jesse (piernas)

Jesse ➔ Carrie (labios)

Carrie ➔ Cooper (orejas)

Se hizo un silencio sepulcral durante un largo instante. Fue un momento de calma fugaz que terminó abruptamente. Cómo no, fue Vance el primero en abrir la boca.

—Mira, no sé qué coño estás haciendo, Helen, pero si nos has reunido aquí para que juguemos a los rompecabezas, ya puedes olvidarte de contar conmigo. Os quedáis aquí y os divertís vosotros solos.

Vance cogió su chaqueta y comenzó a ponérsela mientras avanzaba hacia la salida.

—¡Vance! ¡Ven! ¡Ven aquí!

—Que te den, Helen. Me largo —replicó, con intención de marcharse.

—¡Vance, joder! ¿Quieres saber qué pasa? —Vance siguió caminando, dándonos la espalda y haciendo caso omiso de la pregunta. Pero Helen decidió dar la noticia—: ¡Tom no se suicidó, Vance! ¡Lo mataron, maldita sea!

Vance se detuvo en seco. La verdad tras la muerte de Tom supuso un *shock* para los que no la sabían, y el silencio volvió a dominar toda la casa. Hasta la lluvia que caía afuera pareció haberse detenido e incluso el viento dejó de silbar.

—¿Qué cojones has dicho? —dijo Vance haciendo una pausa antes de soltar cada palabra. A simple vista parecía, más que indignado, molesto, engañado. Se despojó de la chaqueta y la tiró al suelo con furia—. Eso es a lo que se refería el viejo Parker cuando le dijo a tu padre que encontrara a quien había hecho esto, ¿verdad? ¡Di!

Helen me miró a mí primero, luego a los demás. La sospecha de que Tom no se hubiera suicidado cogió forma en la mente de todos cuando Joseph Parker habló en el funeral, pero se quedaron atónitos ante la confirmación. Aunque ninguno me dirigió la mirada, me sentí un poco cómplice de haberle guardado a Helen el secreto.

—Vance, cálmate...

—¡¿Que me calme, Helen?! Que me calme, dice... ¡¿Cuándo pensabas decírnoslo, joder?! ¡Ahora resulta que el puto Tom Parker no se ha suicidado, sino que alguien lo ha mandado al otro barrio! Dinos qué hacemos aquí, Helen. No nos has reunido solo para decirnos esto. ¡Te conozco!, te lo veo en la cara, joder. ¡¿Qué más no nos has dicho?!

Su exmujer lo miró fijamente apretando la mandíbula. Lo esperase o no, Vance tenía razón, la conocía demasiado bien. Helen señaló el nombre de Tom en la libreta y después la palabra que había escrito junto a su nombre. Cogió aire y lo espiró en una única frase, demasiado familiar ya para mí:

—A Tom le arrancaron los ojos.

El aluvión de reacciones desmedidas no se hizo esperar. Mientras Vance gritaba y hacía aspavientos a diestro y siniestro como si fuera una fiera enjaulada, Helen intentaba calmarlo sin resultados. Jesse se había puesto la mano en la frente y movía la cabeza de lado a lado repitiendo como un mantra un «no puede ser» tras otro, como si con ello pudiera negar —o incluso cambiar— la realidad. Cooper había empezado a dar vueltas por el salón mirando al suelo, cruzando y descruzando los brazos sobre su pecho, asimilando lo que Helen acababa de decir.

Faltaba el golpe de gracia. Lo dio Carrie cuando, después de coger el bloc de notas de Helen —y mientras todos se enzarzaban en una cada vez más acalorada discusión— formuló una pregunta directa que no era sino la conclusión lógica a la que inevitablemente se llegaba una vez examinadas las cinco fotografías que había sobre la mesa:

—Las piernas de Jesse, las orejas de Cooper, mis labios, las manos de Vance, los ojos de Tom... Todo... Todo está tachado. Y Tom... Tom ha muerto, asesinado... —Los ojos se le anegaron en lágrimas pugnando por salir—. ¿Significa eso que el resto vamos a morir?

Se hizo de nuevo un silencio sepulcral que Jesse rompió con una frase que detonó sin previo aviso:

—Tal vez deberíamos.

15

Dios no lo quiera

—¿Qué quieres decir?

Un mutismo generalizado siguió a mi pregunta. «Tal vez deberíamos morir». Nadie hace una afirmación de forma tan tajante si detrás no hay una explicación coherente. Alcé los hombros y abrí las palmas de las manos a modo de interrogación, a la espera de una respuesta que nunca llegó. Miré a Helen, a mi lado, que ocultaba sus ojos de los míos enfocándolos en las fotografías que tenía delante. Cooper y Carrie también evitaban mi mirada, como si temieran darme una contestación que descubriese algo que no tuviera derecho a saber, una terrible verdad demasiado sombría como para que saliera a la luz.

—¿Por qué nadie me contesta? —insistí.

—Nadie te contesta porque lo que ha dicho Jesse es una gilipollez, como la mayoría de las cosas que dice —saltó Vance.

—Que te jodan, Vance —le replicó Jesse.

—No, tío, ¡que te jodan a ti! Eres el puto llorón del grupo, Tannenberg. El pirado que se compadece de sí mismo. «Oh, miradme todos, soy Jesse Tannenberg, no tengo fuerzas para soportar mi vida. ¿Sabéis qué? Voy a saltar del primer puente que encuentre, a ver si acabo con mi sufrimiento de una vez» —se burló haciendo una burda imitación de Jesse, poniendo una voz aguda y dejando claro que lo veía como un pusilánime—. Pero ¿sabes una cosa? Eres tan inútil que ni siquiera eso hiciste bien.

Jesse, rojo de furia ante aquellas humillantes acusaciones, se impulsó hacia Vance con un rápido movimiento de la silla de ruedas. Sin saber con exactitud cómo lo hizo, consiguió agarrar a Vance por la camisa y derribarlo cayendo a horcajadas sobre él. La silla de Jesse cayó de lado mientras este gritaba y golpeaba a Vance tanto como le permitía su movilidad reducida. Recuperado inicialmente de aquel gesto inesperado, Vance se cubrió la cara como pudo y trató de apartar a Jesse a un lado. Carrie soltó un alarido, Helen se puso de pie casi a la vez que yo también lo hacía y Cooper corrió a separarlos. Vista desde fuera, la escena era surrealista, casi como una pintura de Dalí, y entre todo aquel embrollo, me pareció atisbar una sonrisa maliciosa en el rostro de Vance.

—¡Hijo de puta! ¡Si estoy así es por tu culpa, cabrón! —Jesse soltaba insultos a diestro y siniestro mientras Vance ponía tierra de por medio entre ambos. Rodeando el sofá, puse del derecho la silla mientras Cooper agarraba a Jesse y lo alzaba como si no pesara más que una pluma; pero él se revolvía—. ¡Soltadme, joder!

—¡Eso, soltadlo, veamos qué más puede hacer!

—¡Vance! ¡Para! ¡Para ya o...! —Helen le miraba con una mano sobre la empuñadura de la pistola que llevaba en el cinturón. Puede que, en cualquier otra ocasión, tan solo le hubiera reprochado aquella actitud, pero sabía que con Vance las reglas eran otras. Más valía amenazarle, aunque fueran amenazas vacías.

Vance miró la mano de Helen. Volvió a sonreír.

—¿O qué, pistolera? ¿Vas a dispararme?

—No creas que no lo estoy deseando, así que no me tientes.

—Vaya, justo lo que más fácil me resulta conseguir —repuso con desdén. El rostro de Helen, sin embargo, era impasible. Vance, por fin, alzó las manos en señal de rendición—. Está bien, está bien. No hace falta que desenfundes, vaquera. Pero que conste en acta que ha sido él quien me ha atacado.

Ese altercado no solo no me había proporcionado ninguna respuesta concreta, sino que además había suscitado más preguntas. ¿Vance era el causante de que Jesse se hubiera quedado paralítico? Todo lo que sabía era que Jesse saltó del puente de las Viudas tal como Randy me había contado, pero ¿Vance lo había empujado a ello? Veía a Vance capaz de cualquier cosa, pero tal vez Jesse no estaba hablando en sentido literal sino psicológicamente. Ahora bien, surgían dos preguntas: ¿de qué manera instigó Vance a Jesse a suicidarse? ¿Y por qué Jesse decidió hacerlo?

—Eres imbécil, Vance —dijo Carrie a punto de romper a llorar—. No hemos venido aquí a pelearnos.

Vance puso los ojos en blanco y resopló. Se colocó bien la camisa a cuadros de felpa que llevaba, se arremangó y alegó, hastiado:

—Vale, Carrie. ¡Pues dime tú a qué hemos venido! Tom ha muerto, muy bien, ¿y qué? ¡Puede que uno de esos locos del manicomio en el que trabajaba se haya escapado y se lo haya cargado, joder! Que lo hayan matado no significa que seamos los siguientes, aunque Helen trate de hacernos creer que exista esa posibilidad, ¿no? —dijo en un tono que pretendía ser conciliador pero que sonaba más bien a condescendencia.

—O tal vez sí —replicó Cooper—. Porque Markie recibió una foto en la que Tom aparecía con los ojos tachados... y es justo eso lo que le arrancaron.

—¿Me quieres hacer creer que a mí me van a arrancar las manos? ¿Que nos va a pasar a todos lo que se ve ahí? ¿Eso es lo que sugieres, Helen?

—Yo no estoy tratando de haceros creer nada. Simplemente estoy diciendo...

—¿Y cómo explicas lo de las fotografías, entonces? —la interrumpió Carrie apuntándolas con el dedo.

—Todavía no lo sé... No lo sabemos. Pero no hemos estado con los brazos cruzados. Lo primero que he hecho al salir del funeral es llevarlas a analizar, ya os lo he dicho antes. Espero poder conseguir algo cuando me den los resultados de aquí a unas horas.

—¿Y qué es eso que se supone que pretendes conseguir? Todos hemos tocado las fotografías. Solo encontrarás nuestras huellas, joder —apuntó Vance, reticente.

—Eso no lo sabremos hasta que no tengamos los resultados. Tal vez haya alguna que no se corresponda con las vuestras.

—¿Tienes que tomarnos declaración o algo así? —preguntó Carrie con timidez. Helen negó con la cabeza.

—No. Al menos todavía no.

—¿Eso quiere decir que nos consideras sospechosos?

—Viendo cómo me has atacado, yo te pondría el primero de la lista —le respondió Vance a Jesse—. Espero que hayas tomado nota, Helen.

—¡Dejadlo ya, joder! ¡Me estáis poniendo de los nervios! —El grito de Carrie aplacó de súbito los ánimos que volvían a caldearse, evitando así una nueva pelea. Después, cogió aire y lo soltó despacio por la boca, como en una clase de yoga—. ¿Qué quieres que hagamos, Helen?

—Bueno, por ahora nada... No he venido a meteros miedo, pero quiero que tengáis cuidado. No sabemos quién ha enviado estas fotografías ni si están relacionadas con la muerte... el asesinato, de Tom. O si simplemente son una especie de... broma macabra. De todos modos, lo mejor sería que os quedarais en casa un par de días, o al menos andaos con ojo. Cualquier cosa que os resulte extraña, si veis a alguien que no conocéis, me lo decís. Mi teléfono está encendido y disponible las veinticuatro horas. ¿Lo habéis entendido?

Asentimos casi al unísono, pero Cooper fue el primero en poner una pega, adelantándoseme.

—Yo tengo un vuelo mañana por la mañana a Nueva York —explicó—. Me reúno con un posible inversor que está interesado en el aserradero. Estaré fuera de Goodrow al menos un par de días.

—¿Vas a vender el aserradero? —le preguntó Vance arqueando las cejas.

—Tu puesto de trabajo no peligra, si es lo que te preocupa. Somos pocos, pero no sobra gente, y menos en esta época del año.

—No digo que me preocupe, solo pregunto si lo vas a vender. Tampoco es tan difícil de responder, joder.

Por lo visto, Vance trabajaba para Cooper en el aserradero. Seguramente por eso no había saltado contra él en ningún momento. Nadie quiere tener al jefe en contra, supongo.

—He dicho inversor, Vance, no comprador. Hay una ligera diferencia. Además, es una oportunidad para expandir el negocio.

—Inversor, comprador... Son el mismo perro con diferente collar —Vance oía solo lo que quería escuchar, el resto era como ruido para él—. Bah, en cualquier caso, me importa una mierda lo que hagas con tu negocio. Como si se lo dejas al lameculos de Noah Mason.

Por como habló de él, supuse que Noah Mason debía ser el encargado del aserradero. Cooper no hizo caso y dejó la conversación en punto muerto. No le interesaba la opinión de Vance y tampoco tenía por qué darle explicaciones. Aproveché el inciso para informar a Helen de mis planes:

—Yo tenía intención de marcharme también mañana, Helen. Solo vine porque me lo pediste, y no pensaba quedarme más de lo imprescindible. Si no es estrictamente necesario, me gustaría estar de regreso al mediodía como muy tarde.

Helen sopesó la idea. Por la expresión de su cara, no le hacía mucha gracia perdernos de vista a ninguno de los dos. Para ella, la muerte de Tom tenía algo que ver con todos nosotros, aunque los motivos no quedaban claros por alguna razón que no llegaba a comprender. Como me había pasado en la cafetería, volví a sentir que Helen —por no mencionar a los demás— ocultaba algo en especial. Al fin respondió.

—Si te es imposible anular el viaje, coge ese vuelo —le dijo a Cooper—. Pero sé precavido. Y tú, Markie, ¿me dijiste que te alojarías en el motel Green Woods? —Asentí y le dije mi número de habitación—. Está bien. Bueno, aunque no puedo obligarte a que te quedes en Goodrow, sí me gustaría que lo hicieras por precaución. En cualquier caso, decidas lo que decidas, tienes que pasar por comisaría para que te tomen las huellas. Y si puede ser ahora, mejor. Será solo un momento.

De inmediato me sentí señalado. Diciéndome aquello parecía que Helen desconfiaba de mí. Miré a mis antiguos amigos, que me devolvieron miradas suspicaces, como si hubieran encontrado al causante del problema que les importunaba. Pero Tom Parker había muerto antes de que yo recibiera la llamada de Helen dándome la noticia, así que sus sospechas estaban infundadas.

La propia Helen debió notar mi incomodidad, por lo que se apresuró a dejar claro que se trataba de un mero protocolo policial.

—No es nada personal, Markie. Disponemos de las huellas dactilares de todos los que estamos aquí menos de las tuyas. Tan solo las necesitamos porque estarán en la fotografía que recibiste, y habrá que cotejarlas por si encontramos alguna que no coincida.

—Vale, no hay problema, lo entiendo.

—Bien. ¿Recordáis desde dónde os enviaron las misivas? ¿Tenéis los sobres u os fijasteis en el matasellos? Antes de hablar con la oficina postal, sería bueno comprobar desde dónde se enviaron, por si hay que pedir una orden para revisar los registros.

—La que recibí provenía de Goodrow —expuse—. Aparte de mi dirección, era lo único que había escrito en el sobre; pero se quedó en mi piso, solo me traje la foto.

—Sí, la mía igual —secundó Carrie. Cooper y Jesse asintieron a la vez. El único que no se había fijado fue Vance, para variar.

—Tendré que mirar por la caravana —se quejó refunfuñando—, o en la basura. Da gracias de que abrí la carta, normalmente ni siquiera les presto atención. En el buzón solo dejan panfletos religiosos o facturas, y no me gusta ni lo uno ni lo otro. Pero lo miraré —claudicó para satisfacción de su exmujer.

—Está bien. Mándame un mensaje en cuanto lo hayas comprobado, pero creo que no me equivoco si me aventuro a decir que el matasellos también será de Goodrow.

—¿Y eso qué significa, Helen?

—Que quien os mandó las fotografías lo hizo desde aquí.

«Y que es muy probable que sea el mismo que asesinó a Tom», le faltó añadir.

16

Confesad

Cooper nos ofreció algo de beber y picoteo, pero el ambiente no motivaba para nada una distendida reunión social. Era difícil dejar a un lado la sospecha de que alguien del pueblo hubiese matado a Tom y —en opinión general— estuviera planeando hacernos daño.

Poco más podíamos hacer, excepto esperar a que llegaran los resultados de la prueba dactiloscópica de las fotografías. Helen insistió de nuevo en recordarme que no me fuera de Goodrow sin que me hubieran tomado las huellas, así que como no vi la necesidad de posponerlo más, me levanté y me marché el primero, despidiéndome incómodamente de los demás. Mientras caminaba bajo la aguanieve sentí una extraña presencia, como si hubiera alguien a mi espalda. Giré la cabeza un poco hacia la derecha y después me volví de golpe. Pero no había nadie, solo la luz del interior de la casa y el vaivén de una de las cortinas del comedor donde acababa de estar. Me sacudí esa sensación y seguí avanzando por el camino empedrado.

—¿Te ha visto? —le preguntó Jesse a Carrie en el interior de la casa. Ella acababa de soltar el viso de la cortina escondiéndose de Markie detrás de la pared de la ventana.

—Creo que no.

—¡Joder, pensaba que no se iba a ir nunca! —se quejó Vance, dejándose caer pesadamente en el sofá—. Supongo que ahora vamos a poder poner todas las cartas sobre la mesa, ¿no, Helen?

—No sé a qué te refieres con eso, Vance.

—Bueno —añadió Jesse—, todos sabemos que delante de Markie no podíamos hablar claro. Él no estuvo presente cuando... ocurrió lo de Steve. Y no sé a vosotros, pero a mí cada vez me daba más la sensación de que en la conversación se callaban más cosas de las que se hablaban.

—En eso estoy de acuerdo —secundó Cooper dejando unos posavasos de corcho sobre la mesa de cristal. Señaló a Carrie con una botella de vidrio—. ¿Agua?

Carrie asintió. Cooper le llenó un vaso, que se bebió de un trago, y le tendió otro a Helen, que lo sostuvo con ambas manos mientras se llenaba de agua.

—¿Entonces, qué, Helen? Dinos qué te has callado. Tú sabes algo más sobre este caso, pero no nos lo has dicho.

Helen dio un pequeño sorbo y dejó el vaso sobre el posavasos para no dañar el cristal de la mesa.

—No podía decirlo delante de Markie, pero sí, hay algo más, ya lo ha dicho Jesse —hizo una pausa buscando las palabras adecuadas—. Lo que ha ocurrido... no es un hecho aislado. Esto viene a raíz de lo que pasó con Steve.

—¿Qué? ¿Cómo lo sabes? —Se podía percibir el color de la desesperación reptando por la garganta y filtrándose en la voz de Carrie.

—Sí, ¿por qué le arrancaron los ojos a Tom? —inquirió Cooper—. ¿Y qué tiene que ver eso con Steve?

—No puedo deciros por qué le hicieron eso a Tom porque todavía no lo sé, pero sí puedo deciros una cosa: es una advertencia.

—¿De qué estás hablando?

—Lo que voy a deciros ahora no lo sabe nadie excepto los que formamos parte del cuerpo policial de Goodrow, así que, por nuestro bien, no debe salir de aquí. —Helen miró muy seria a todos. No estaba dispuesta a que pasaran por alto su autoridad—. Os lo pido por favor. ¿Lo habéis entendido?

Todos asintieron, expectantes. Jesse se aventuró a preguntar:

—¿Has... recibido una foto tú también? ¿Una carta?

Helen negó con la cabeza y tragó saliva. Le costaba encontrar las palabras porque ni ella misma se creía todavía lo que estaba pasando, lo que podía pasar.

—La «carta» la dejó escrita el asesino en la pared con la propia sangre de Tom.

Carrie se llevó una mano a la boca, Jesse apretó los puños y Cooper aguantó la respiración. Finalmente, Vance abrió la boca y, sintiendo cómo un sombrío temor le recorría por dentro, preguntó:

—¿Qué dejó escrito?

—Solo una palabra...

Helen se detuvo un instante y se mordió el labio inferior. Notaba su corazón yendo a mil por hora. Sabía que estaba a punto de pulsar un botón nuclear, de detonar las vidas de sus amigos, de hacerlos retroceder en el tiempo y devolverlos a la pesadilla de la que todos creían haber escapado hacía veinticinco años.

Vance se levantó del sofá y se arrodilló ante ella, como tantas otras veces lo había hecho. Su tono fue calmado, conciliador, casi cariñoso.

—¿Qué palabra, Helen?

Helen alzó la vista mirando a los ojos azules de Vance, como aquel día en el parque.

—«Confesad».

17

Lo que pretendo averiguar

Mientras iba de camino a la comisaría recordaba los días felices de cuando era un chaval y admiraba a aquellos chicos mayores que yo. Steve siempre se enfadaba cuando le decía que quería ser tan decidido como Vance, o fuerte como Cooper, o cuando me daba por imitar la forma despreocupada de ser de Jesse. Pero ver la clase de personas en las que se habían convertido me defraudó en lo más profundo, y entendí por qué a Steve no le gustaba nada que quisiera imitarles. Parecía que pudiera ver lo que les deparaba el futuro. Pero yo no, yo me emocionaba tan solo de estar con ellos. Tal vez era mejor que Steve no estuviera ahora con nosotros, o me diría sin miramientos que me lo había advertido desde el primer momento. Aun así, ¿quién no tiene héroes, ídolos de infancia y juventud? Tristemente, con el tiempo te das cuenta de que las ilusiones se desvanecen y hasta el más grande de los héroes tiene los pies de barro.

Ahora mismo solo tenía ganas de salir de Goodrow. Estaba convencido de que había sido un error venir. En cuanto me hubieran tomado las huellas en comisaría volvería al motel y recogería mis cosas. Encima estaba seguro de que Helen y los demás ocultaban algo. Pero si Tom había sido asesinado y nuestras vidas estaban en peligro, ¿qué era tan importante como para no poder contármelo?

No tardé demasiado en plantarme delante de la comisaría. Nada más entrar, me encontré cara a cara con el jefe Blunt.

—Señor Andrews —me saludó—. Supongo que viene a petición de mi hija.

—Así es.

—Bien. Puede esperar ahí mismo. —Me señaló una de las sillas de plástico dispuestas en hilera y pegadas a la pared—. En un momento estoy con usted.

Eché un vistazo alrededor. El yeso de las paredes necesitaba con urgencia una capa de pintura y la luminaria que contenía los fluorescentes del techo, una limpieza exhaustiva. El suelo de linóleo, en cambio, estaba limpio, pero había perdido el brillo de antaño.

Que yo recordase, solo había pisado la comisaría de Goodrow una vez, con quince años, cuando me llamaron para interrogarme acerca de la muerte de John Mercer y preguntarme si conocía el paradero de Steve. Estuve poco más de media hora bajo la fría y atenta mirada escrutadora de Blunt, pero no pude darle la información que esperaba obtener, principalmente porque no tenía ni idea de lo que había pasado con uno u otro. Al ser menor, mis padres estuvieron presentes, pero no tuvieron que insistirle demasiado al jefe para que se diera cuenta de que aquel interrogatorio era un sinsentido del que no iba a obtener nada, por mucho que alegara que de vez en cuando me juntaba con «los de siempre», como los llamaba él.

—Acompáñeme, le tomaré las huellas yo mismo —dijo en cuanto hubo regresado de donde fuera que había ido. Llevaba en la mano un aparato gris y negro que no pude identificar.

Lo seguí hasta la sala de interrogatorios y, después de abrirme la puerta y dejarme pasar, entró conmigo y la cerró tras de sí.

—Siéntate —me ordenó. Ahora ya me tuteaba, aunque no acertaba a descifrar si eso era bueno o malo.

De manera obediente, aparté una silla con las patas oxidadas y me senté a la fría mesa metálica. Después lo observé mientras depositaba encima de la mesa el objeto gris y negro, que resultó ser un sensor de huellas dactilares. A su lado dispuso una caja metálica plana y estrecha. Mientras preparaba una hoja de registro se dirigió a mí sin levantar la vista—: Supongo que mi hija os ha explicado a todos cómo está el asunto.

—Sí... Más o menos.

Se plantó a mi derecha y me indicó que pusiera cada dedo sobre el sensor durante unos segundos. Comencé con el índice.

—Vuelven a estar en el ojo del huracán —dijo secamente—. Queríamos mantener en privado que Tom Parker fue asesinado en aras de la gente del pueblo, pero a raíz de esas fotografías creo que va a ser difícil hacerlo. Fuiste tú quien recibió la que aparecía la víctima con los ojos arrancados, ¿no es así?

—Tachados —le corregí—. Pero sí, la recibí yo. Helen me dijo que comprobaríais desde dónde fueron remitidas, pero por lo menos la mía se envió desde Goodrow. Por lo que dijeron los demás, las de ellos también.

Blunt asintió sin mediar palabra. Estuve tentado de preguntarle por su huida apresurada del funeral, pero opté por no decir nada. Abrió la cajita metálica y me agarró la mano para humedecerme las yemas de los dedos en la esponja azulada y dejar marcadas mis huellas sobre la cartulina.

—Lo que estoy haciendo ahora es para el archivo del departamento policial de Goodrow Hill —me explicó—. Con uno de estos dos procedimientos de tomas digitales es suficiente, pero prefiero el sistema de toda la vida.

Me dio un trapo para que pudiera limpiarme la tinta de los dedos y se sentó enfrente de mí. Arrastró la silla hacia la mesa haciéndola chirriar.

—¿Sabes lo que pensamos de las fotografías que habéis recibido?

—Helen cree que podríamos estar en peligro. Nos explicó que a Tom le arrancaron los ojos, y en el resto de las fotografías los demás aparecen con alguna parte del cuerpo tachada... Supongo que no es muy difícil darse cuenta de lo que podría pasar.

—Veo que no eres tan tonto como el resto —dijo sin dejar de observarme. No sé si pretendía intimidarme o buscaba encontrar algo fuera de lo normal en mi forma de expresarme—. Pero como suponía, el mensaje que dejó el asesino en la escena del crimen indica claramente que hay algo que no sabemos.

—¿El mensaje? —La noticia me pilló a contrapié—. ¿Qué mensaje? Helen no mencionó que hubiera recibido nada...

Blunt sopesó mis palabras, alternando su mirada entre mis ojos como si fuese un péndulo, escrutándome como solo él sabía hacer. Soltó un ruido gutural que no entendí muy bien y entrelazó los dedos a la vez que se echaba hacia atrás en la silla, que crujió bajo su peso.

—Si no lo ha hecho es porque no sospecha de ti. Ella te llamó, ¿verdad? Para que vinieras. A Goodrow, me refiero, por la muerte de Parker.

—Sí. Recibí su llamada unos minutos después de que me entregaran la carta con la foto. ¿Qué tiene eso que ver con ese mensaje? ¿Qué decía?

—Lo encontramos escrito en la pared, enfrente del cuerpo sin vida de Tom Parker. «Confesad», decía. Estaba escrito con la sangre de la víctima. Pero creo que no se refería a ti, sino a ellos. Al mentecato de Vance Gallaway y al resto de los estúpidos amigos de mi hija. El asesino no solo la conoce, sino que también conoce a toda esa pandilla de mentirosos malcriados. Al principio me pregunté qué significaba el hecho de que le hubieran arrancado los ojos a Tom Parker... Pero después pensé: ¿qué clase de persona se lleva los ojos de otro hombre? ¿Será una señal? ¿Nos estará diciendo algo el asesino? Tal vez... ¿que Parker vio algo que no debía?

Mientras lo escuchaba, una sensación escalofriante me recorrió el cuerpo, pero no era por el frío que hacía en la sala, sino porque Helen me había omitido aquel escabroso —e importante— detalle. Pero ¿por qué? ¿Se lo habría contado a los demás? Si lo había hecho, era porque de verdad había una relación entre el asesinato de Tom y el grupo...

Blunt se cruzó de brazos, esperando que asimilara aquella información. Era un hombre inteligente, y había que reconocer que efectuaba bien su trabajo. Si había llegado a ser el jefe de la Policía de Goodrow no era por casualidad; su mente era una máquina llena de engranajes bien engrasados que funcionaban a pleno rendimiento. Por otro lado, me daba la sensación de que estaba realizando una investigación paralela a la oficial que compartía con su hija Helen. ¿Sería porque desconfiaba de ella como había hecho en el pasado? Por lo que parecía, ese recelo seguía presente.

El hombre sentado frente a mí prosiguió.

—¿Te has preguntado por qué no apareces señalado en ninguna de las fotografías, Andrews? —me preguntó doblando la espalda hacia delante. Negué con la cabeza.

—Ni yo ni Helen aparecemos marcados... Pero tampoco Steve —señalé.

Blunt me apuntó con el dedo y me obsequió con una media sonrisa de satisfacción.

—Ese. Ese es el nombre que quería oír. Steve. Steve Flannagan. El desaparecido. Hace veinticinco años que se esfumó, y nunca nadie ha sabido nada más de él. Pero creo que todo esto, este caso, el asesinato de Tom Parker y esas fotografías que habéis recibido, giran en torno a él.

—Si el mensaje que dejó el asesino en casa de Tom iba dirigido a los que conocían a Steve, ¿por qué Helen no recibió una fotografía como el resto del grupo?

—Quien acabó con su vida sabía que Helen conocía a Tom Parker y que ella acudiría a la escena del crimen. El mensaje en la pared estaba ahí para que Helen lo viera. Aunque siga negándomelo, yo sé que sabe algo más de lo que dice acerca de la desaparición de Steve Flannagan... y del asesinato de John Mercer —desvió la mirada de manera fugaz, como si el mero hecho de haber dicho eso le pesara como una losa—. Estoy seguro de que quien cometió el crimen sabía que les transmitiría ese mensaje a todos los de la foto.

—¿Y por qué recibí yo precisamente la de Tom? —pregunté. Todo lo que había dicho el jefe parecía tener lógica, pero esta pregunta continuaba sin respuesta alguna.

Blunt se frotó el mentón. Después se mesó el pelo y se rascó la nuca.

—Todavía no lo sé —reconoció; después cambió de tema—. ¿Conocías bien a Steve?

—Bastante bien. Sé que no tenía buena relación con Vance, por ejemplo; pero hasta cierto punto los apreciaba a todos, de eso estoy seguro.

El jefe asintió con un movimiento de cabeza sopesando mis palabras. Un pensamiento comenzó a pulular por mi subconsciente después de darle vueltas a lo que Blunt me acababa de contar. Debió notármelo, porque alzó la barbilla haciendo un gesto seco y preguntó:

—¿Qué ocurre?

—No es nada... Es una tontería.

—Cualquier cosa que pueda parecerte una estupidez puede no serlo. Dime en qué piensas.

—Pensaba en lo que ha dicho... En lo que ha creído siempre —confesé—. ¿Piensa que quizá Vance y los demás le hicieron algo a Steve? Que pudieron haberle hecho... ¿algo realmente malo?

El semblante de Blunt se ensombreció y su postura cambió. No tardó en ofrecerme una respuesta, decidido, sin el menor atisbo de duda:

—Estoy convencido de que no solo le hicieron algo a Steve Flannagan, sino que además tuvieron mucho que ver en la muerte de John Mercer. Es más, sé que llevan veinticinco años ocultándolo. La cuestión es qué ocurrió aquel verano. Eso es lo que pretendo averiguar.

18

Atrapado

Verano de 1995

—¡¿Se puede saber qué estáis haciendo?!

Fue como si John Mercer hubiese aparecido de la nada. Saltó los escalones del porche y salvó la distancia que lo separaba de Steve de la misma manera que lo haría un ágil gimnasta. Debía rondar la cincuentena y, dado su aspecto desgarbado y con algo de sobrepeso, costaba creer que se moviera con aquella gracilidad. En contrapunto, Steve parecía una gacela ante el ataque imprevisto de un león hambriento. Sin que el aterrorizado muchacho pudiera evitarlo, Mercer lo agarró por el cuello de la camiseta y lo levantó poniéndolo a su altura. Llevaba un enorme cuchillo en la mano que resplandeció cuando el sol se reflejó en su afilada hoja.

El chico no podía apartar los ojos de él.

—¡He hecho una pregunta! —insistió.

—No... No... —balbuceó Steve, tan asustado que no trataba siquiera de zafarse—. No hemos hecho nada, solo... ¡solo estábamos jugando!

—¡¿En mi jardín?!

—¡Eh, déjalo en paz, tío!

—¡Sí, que te den! ¿De qué vas, joder? ¡Suéltalo!

Jesse y Tom salieron en defensa de Steve, que estaba pálido y parecía a punto de desmayarse. Trató de girar la cabeza, pero sentía el cuello tan tenso que no podía moverlo. Oía los gritos de sus amigos, aunque no alcanzaba a escuchar lo que decían. Al menos habían hecho caso al plan de Vance: armar alboroto.

Mercer se volvió hacia los chavales y comenzó a caminar hacia ellos sin soltar a Steve, que lo seguía a trompicones agarrado por la camiseta, cuyas costuras comenzaban a deshilacharse. Cooper seguía escondido detrás de un árbol, y no había ni rastro de Carrie o Helen, que probablemente se ocultaban tras los setos a salvo de lo que estaba ocurriendo.

Tom le dio una última calada al cigarro y lo lanzó al césped del hombre que se dirigía decidido hacia ellos. Jesse, por su parte, se puso tenso al ver el cuchillo y adoptó una posición defensiva aunque listo para pelear cuando Mercer se plantó delante de ambos. Arrojó a Steve a sus pies como si fuese un pelele.

—Fuera de aquí —les ordenó—. Ahora.

—Que te jodan, viejo. ¿La calle es tuya? —lo desafió Jesse.

—No, la calle no. Pero estáis en mi jardín, no en la calle. Y vuestro amigo estaba delante de la puerta de mi casa. Así que largo o llamo a la policía.

—¿A la policía? ¡Ja! —se rio Tom—. Sí, creo que es buena idea, llamemos a la policía. Quizá puedas explicarles qué le ha pasado a Elliot Harrison, ¿no? Seguro que lo sabe el viejo, ¿verdad, Jesse?

—Eh, ¡sí, claro! Vamos a llamar al jefe Blunt. Le interesará mucho saber dónde está Elliot.

Tom había apostado fuerte sacando a relucir el secuestro de Elliot, y durante un momento pareció que la expresión de Mercer cambiaba dando la sensación de que pasaba de ser la amenaza a sentirse amenazado. Pero tal como vino, esa percepción desapareció extinguiéndose cualquier atisbo de inseguridad de su rostro. John Mercer dio un paso al frente blandiendo el cuchillo. No pensaba dejarse intimidar, y menos por unos mocosos insolentes; habían apostado, sí, pero lo habían hecho al caballo equivocado.

—No me conocéis —dijo apuntándolos con el cuchillo y haciéndose enorme a ojos de los chicos—. Y no sé si me tomáis por estúpido o si los estúpidos sois vosotros, pero os he visto en el parque, mirándome y cuchicheando como viejas chismosas. No sé qué hacéis aquí o qué pretendíais hacer en mi jardín; tampoco a qué viene acusarme de tener algo que ver con Elliot Harrison, pero os estáis equivocando. Así que, u os marcháis inmediatamente de mi propiedad, o me conoceréis, juro por Dios que llegaréis a conocerme de verdad.

Steve se puso en pie como pudo mientras John Mercer soltaba su advertencia. A pesar del miedo y la tensión, los chavales no movieron ni un músculo, no retrocedieron. «Serán estúpidos», pensó Mercer, «pero tienen agallas».

Antes de que ninguno de los chicos pudiera responder, Cooper salió de su escondite y se interpuso entre ellos y el hombre que sostenía el cuchillo. Hizo que retrocedieran. Tenía ambas manos alzadas, sobre todo para que Mercer los dejara en paz.

—Discúlpenos, señor. No... no queríamos importunarle —se excusó intentando que sus palabras no sonaran demasiado falsas—. Ya nos íbamos, ¿verdad, chicos?

Mercer los miró a los cuatro como quien mira a unas cucarachas a las que puede aplastar en cualquier momento.

—Claro, tío... Vámonos. No pintamos nada aquí. Además, huele mucho a mierda —dijo Jesse sin amedrentarse, y escupió al suelo.

Mercer dejó de escucharlos. Bajó la vista y vio la colilla, todavía humeante, que Tom había tirado en su jardín. Se agachó para recogerla. No había probado el tabaco en su vida, y se enorgullecía de ello. Para él, mantener su cuerpo y su mente limpios de agentes externos nocivos era una máxima que cumplía a rajatabla. Sin embargo, en aquel momento, sintiéndose victorioso, invulnerable, se llevó el cigarrillo a la boca y le dio una calada. El humo le entró en los pulmones y notó un sabor dulce en la garganta. Expulsó el aire tranquilamente, paladeándolo, como si llevase años haciéndolo, y después lanzó al centro de la carretera la colilla mientras seguía con la mirada a los chicos hasta que los perdió de vista calle abajo.

Transcurridos un par de minutos volvió a la casa y subió despacio los escalones de madera del porche, que crujieron bajo sus pies con cada paso. Al entrar, dejó el cuchillo encima de la cómoda de madera del recibidor como tenía por costumbre; uno nunca sabía cuándo iba a necesitarlo, y prefería tenerlo siempre bien a mano que lamentarlo.

Justo antes de cerrar la puerta tras de sí, volvió a mirar hacia la calle. Estaba vacía, tranquila, como debía ser. Pero algo lo inquietaba. Aquellos chicos lo habían tensionado, lo habían acusado de conocer el paradero del pequeño de los Harrison. ¿Por qué? ¿De dónde habían sacado esa suposición? A su mente acudieron sin previo aviso un alud de pensamientos negativos, pero impidió que se arraigaran, que florecieran. Los espantó como a una bandada de palomas. Ahora necesitaba relajarse, tranquilidad y, por encima de todo, necesitaba ver a su ángel.

Pero lo que Mercer no sabía era que no estaba solo.

No todos los chavales se habían marchado.

Vance había logrado justo lo que pretendía: entrar en la casa de John Mercer. Había aprovechado la cagada de Steve y la ausencia del dueño para colarse en su interior sin ser visto; lo malo es que Jesse y los demás no le habían conseguido el tiempo suficiente para registrarla entera. Su objetivo era encontrar alguna pista, cualquier indicio, que le llevara a confirmar que tenía razón; que Mercer tenía mucho que ver con el secuestro del pequeño Elliot. Para su desgracia, Mercer regresó antes de lo esperado.

Ahora, Vance se hallaba allí, sin posibilidad de escape, escondido en el sótano húmedo, agobiante y oscuro de aquel viejo, escuchando sobre su cabeza unos pasos cada vez más cercanos.

19

El regusto de la nostalgia

El jefe Blunt tomó y archivó mis huellas para cotejarlas más tarde con las de las fotografías que habíamos recibido. Después, escribió en un bloc que me alojaba en el Green Woods y anotó mi número de habitación. Me recomendó estar disponible las veinticuatro horas por si necesitaba localizarme.

Una vez nos hubimos despedido, decidí visitar un lugar al que no había regresado desde que me fui de Goodrow: la casa donde crecí.

Cuando llegué había dejado de lloviznar y el ambiente olía a tierra húmeda y árboles mojados.

Puede parecer extraño, pero mi antigua casa —mejor dicho, la antigua casa de mis padres— estaba llena de recuerdos que no generaban en mí ningún tipo de sentimiento de pertenencia. Mentiría si dijera que no había sido feliz allí, pero la melancolía que normalmente provoca encontrarte frente a frente con tu pasado se había transformado en un afecto que había ido disipándose con el paso de los años igual que lo hace una neblina matinal, hasta desaparecer casi por completo.

Me detuve delante de la casa —que, a excepción de un enorme abeto que no recordaba que tuviésemos en el jardín, seguía exactamente igual— y rememoré la última vez que estuve allí. Las maletas en la puerta, el motor de la camioneta encendido y mis padres en la puerta con lágrimas en los ojos. Había tomado la decisión de abandonar el nido y volar más allá de lo poco que podía ofrecerme Goodrow Hill. Mi padre —un hombre casi siempre frío y distante que aceptó a regañadientes los deseos de su mujer de tener un hijo— me dio un sobre lleno de billetes para que no tuviera que empezar de cero, me estrechó la mano y me deseó buena suerte. Pero mi madre, que era la más cariñosa de los tres, me abrazó tantas veces que casi hace que me planteara quedarme con ellos, al menos durante un poco más de tiempo. Por suerte, no llegó a convencerme y salí de allí sin volver la vista atrás.

Observando su familiar fachada, percibí una silueta a través de una de las ventanas y, al segundo, la puerta de la entrada se abrió.

Era una mujer.

—¿Puedo ayudarle en algo? —me preguntó.

Vi la cara de mi madre, sus ojos oscuros e inquisitivos y su ceño fruncido tratando de descubrir quién merodeaba delante de su casa.

Pero solo era una ilusión; aquella mujer no era mi madre.

—Oh, disculpe. No pretendía asustarla —le dije desde donde me encontraba—. Viví aquí. Hace años. Había pasado a ver si la casa seguía en pie.

Sonreí con amabilidad. La señora relajó su expresión y salió al jardín; dejó la puerta entornada para evitar que el calor huyera como un conejo asustado. Se tapó el pecho con la gruesa bata que llevaba. Rondaba los sesenta años, aunque tal vez me quedaba corto. Llevaba el pelo liso muy lacio y con la raíz llena de canas, muy distinto de los rizos y tirabuzones azabaches que lucía mamá. Tenía los párpados caídos y la mirada triste y lánguida, como si le hubieran arrebatado parte de la vida.

—¿Eres pariente de los Andrews? —Di un respingo al darme cuenta de que aquella mujer parecía conocer a mi familia. Cuando le dije que sí, su expresión se tornó un poco más alegre, pero apenas le ganó terreno a la evidente tristeza que desprendía—. ¡Ay, Dios mío! ¿Eres su hijo? ¡Les compramos la casa a tus padres! ¡Pasa, anda, pasa!

Estaba seguro de que no conocía de nada a aquella señora que movía la mano enérgicamente para que entrara dentro, pero, por lo que parecía, ella a mí sí. Yo sabía que mis padres habían puesto la casa en venta unos cuantos años después de que me fuera y que con el dinero que sacaron se mudaron a Virginia a cuidar de mi abuela, pero no tenía ni idea de quién se la compró; nunca les pregunté y ellos tampoco me lo dijeron.

Miré de soslayo el buzón; «Familia Harrison», rezaba. Fue entonces cuando caí en la cuenta de que estaba hablando con Janet Harrison y de quiénes ocupaban ahora mi casa: los padres de Elliot y Lucas Harrison, con quien me había cruzado en el funeral. Entendí que —muy probablemente movidos por el desasosiego y la sensación de vacío tras el secuestro de su hijo— tomaron la decisión de mudarse de su antiguo hogar. Sin su pequeño Elliot les resultaría insoportable continuar viviendo entre cuatro paredes donde los preciosos recuerdos de cada rincón se habían transformado en un tormento continuo en su memoria. «Hogar» era una palabra que había dejado de tener sentido.

A pesar de su insistencia —y de la empatía que afloraba en mí, que además era mayor que la incomodidad que al principio me embargó— eché mano de mi cordial sonrisa y, por segunda vez, con cortesía decliné su oferta.

—Se lo agradezco, señora Harrison, pero no hace falta. Solo

pasaba por aquí. Ahora que veo que la casa está en buenas manos, me voy más tranquilo —le dije amigablemente.

Justo en ese momento me sonó el móvil. Janet Harrison me dijo algo que no comprendí al estar pendiente de quién me llamaba. Era Randy. Le señalé el teléfono a la actual inquilina de mi antiguo hogar a modo de excusa.

—Dele saludos a su marido y a su hijo Lucas de mi parte —le dije a la vez que me despedía agitando la mano. Ella imitó el gesto, sonriendo afligida. Cuando volvió a la casa, vi la silueta de un hombre que se asomaba curioso a ver con quién hablaba su mujer; supuse que era su marido, Peter Harrison. Ella entró y cerró la puerta a la vez que yo descolgaba.

—¿Randy?

—¡Markie, colega! —saludó—. Qué pasa, ¿cómo va? ¿Ya ha terminado la reunión de Los Siete?

Randy hacía referencia a una serie de televisión llamada *The Boys*, que narraba las idas y venidas de un grupo de superhéroes que operaban bajo la supervisión de una corporación. Por lo visto, Randy y yo teníamos gustos de lo más parecidos y, pensándolo bien, había buscado un símil de lo más acertado.

—No éramos siete, sino seis, listillo.

—¿Te recuerdo lo que pasa al principio de la serie? Porque la has visto, ¿no?

—Sí, la he visto —suspiré. Él prosiguió:

—Bueno, deja de tenerme en ascuas. ¿Me vas a contar qué os ha dicho Helen o qué? Por cierto, ¿dónde estás?

Randy volvía a coger carrerilla, no había quien le parase. Te ametrallaba con una retahíla de preguntas hasta que lo cortabas o se las respondías.

—Mira que eres pesado, Randy. Lo poco que puedo decirte es que es muy probable que quien matara a Tom tenga motivos para no quedarse de brazos cruzados. Helen cree que podríamos estar en peligro. Bueno, los que estuvieron relacionados con el caso de Steve.

—Pero Steve desapareció el verano del 95, y nada más se supo... ni si está muerto ni si sigue con vida. Tal vez estuviera harto de esos capullos y decidiera largarse de un día para otro. Rehacer su vida, cambiar su identidad y adiós muy buenas, ¿sabes lo que te digo?

—¿Irse sin dar explicaciones? —dije con recelo—. Eso es muy extraño, ¿no crees? Ese no era el estilo de Steve. Además, también era mi amigo... Me habría dicho algo.

—No sé, Markie... Steve era buen tío, pero también un poco raro.

—En cualquier caso, el jefe Blunt cree que Vance, Cooper y los demás tuvieron algo que ver con su desaparición. Por lo que me ha dicho, sigue pensando que incluso Helen estuvo en el ajo.

—Pero ¿por qué hacerle nada a Steve? Si no era nadie; o sea, quiero decir que, aunque tenía sus cosas, era buen chaval. Con nosotros siempre se portó muy bien. No era como el imbécil de Vance o el fumeta de Tom Parker, sabes.

—Ya... Bueno, pues así está el tema. Están buscando pistas, pero no tienen nada todavía.

—¿Y qué vas a hacer? —me preguntó.

—¿Yo? Volverme a la ciudad. No tengo nada que hacer aquí. El jefe me ha dicho que esté disponible, pero en cuanto llegue al motel hago la maleta y me vuelvo.

—¿De verdad? ¿Y si el asesino te persigue hasta tu casa?

No pude adivinar si Randy lo decía en serio o en broma. No lo había pensado, y me hizo dudar.

—¿Tú crees...? Según Helen, los objetivos son Vance, Cooper, Carrie y Jesse... Pero...

—¡Tío, Markie, que es una broma! No me dirás que te he asustado. —Preferí no responder. Él se rio con ganas; estaba muy tranquilo sabiendo que podía haber un asesino suelto en Goodrow...—. ¡Oh, venga!

—No me hace gracia.

—Vale, vale, lo siento. Oye, escucha, una pregunta: Si el jefe Blunt sospecha de su hija, ¿ella también es un posible objetivo?

Sopesé aquel interrogante durante un instante. Helen me había ocultado lo del mensaje escrito con la sangre de Tom en la pared, pero su padre creía firmemente que aquella pintada era una especie de cebo que el asesino dejó ahí para advertir a la pandilla por medio de Helen. Además, si, como opinaba el policía, su hija guardaba el mismo secreto que el resto con respecto a la desaparición de Steve, tal vez ella también estuviese bajo la mirilla de la persona que mató a Tom Parker. Quizá el jefe Blunt tenía razón y todos ellos sabían lo que le sucedió a Steve. Partiendo de esa base, era evidente que el asesino estaba al tanto de lo que ocurrió, y de ahí que dejara aquel «confesad» ensangrentado en la pared.

—Puede ser —contesté al fin—. Lo que quiero decir es que nadie sabe nada, ni siquiera la policía sabe por dónde tirar. No quiero ser alarmista, pero andaos con cuidado, por favor —le rogué a Randy.

—Que yo sepa, no tuvimos nada que ver con Steve; pero descuida, Markie, que aunque me lo tome a broma, tengo dos hijos y una mujer de los que cuidar. Lo tendré en cuenta —me aseguró.

—Gracias.

—Por cierto, no me has dicho dónde estabas.

—He pasado por mi antigua casa —respondí con escaso entusiasmo.

—¿De verdad? ¿Y qué has visto?

Noté un sabor agridulce en mi garganta, tal vez fuera el regusto de aquella nostalgia que creía haber olvidado. Le contesté con cierto asomo de tristeza.

—Que ya no era mi casa.

20

Una rata en una jaula

Verano de 1995

Vance sudaba igual que cuando lo daba todo en los entrenamientos.

El entrenador Hawkins siempre decía que la cantidad de sudor equivalía proporcionalmente al esfuerzo realizado, y valoraba casi tanto la entrega de un jugador a la hora de entrenar como su calidad en el campo. Vance, como era de suponer, no estaba en absoluto de acuerdo con aquella filosofía. Al campo debían salir los mejores, siempre. El objetivo del equipo era ganar, no ofrecer oportunidades a gente como Wyatt «La Foca» Wilson, que no podía correr cincuenta metros seguidos sin parar a tomar aire y con subir un escalón ya terminaba exhausto. Pero sudar sudaba como un cerdo, eso había que reconocerlo. Por suerte para todos, el entrenador decidió cambiar su política cuando perdió tres partidos seguidos por alinear a tipos como Wyatt, y el director lo abroncó diciéndole que el equipo no era una ONG y que no estaba dispuesto a tolerar un nuevo ridículo deportivo.

Pero ahora no estaba en los entrenamientos ni en un partido oficial, aunque el sudor le cayera por las cejas escociéndole los ojos igual que cuando jugaba. Estaba atrapado en la casa de un tipo que no llevaba más de seis meses en el pueblo y que nadie conocía del todo. Un tío raro que se dedicaba a pulular por las afueras del colegio sin un propósito concreto... o eso quería hacerles creer. Encima, a Elliot Harrison lo habían secuestrado. Jesse dijo que Jimmy Holsen vio a Mercer merodeando por el colegio antes de que Elliot desapareciera... y Vance estaba seguro de que ese hombre tenía algo que ver. ¡Joder, si hasta participaba buscándolo junto a los demás! ¿Eso no les hacía sospechar? El imbécil de Steve Flannagan le había dicho que mucha gente del pueblo ayudaba en las labores de búsqueda, pero él tenía una corazonada. Y siempre hacía caso a sus corazonadas.

Se quedó quieto y prestó atención.

Ya no se oían los pasos de Mercer. Todo parecía estar en calma.

Se tomó un momento para secarse el sudor de la frente y se limpió la cara con la camiseta. Parpadeó un par de veces para acostumbrarse a la penumbra del sótano. Al final Steve había sido más útil de lo que esperaba. Fue una suerte que se quedase ahí parado en medio del jardín como un idiota; de alguna manera Mercer lo vio y salió hecho una furia. Al menos Jesse y Cooper no se cagaron como Steve y le plantaron cara, armando jaleo y entreteniéndolo el tiempo suficiente para que él pudiera colarse en la casa sin ser visto.

Por fortuna, la casa de Mercer era muy similar a la suya, distribuida en una única planta y con un amplio sótano exactamente igual de grande que toda la parte superior. Cuando entró a toda prisa atravesó el recibidor dejando atrás el baño, el comedor y la cocina a la izquierda, y tres habitaciones a la derecha. Estuvo tentado de esconderse en alguna, pero solo una de ellas tenía la puerta abierta, y no se iba a arriesgar a meterse debajo de la cama. Tampoco sabía qué había en las otras dos ni si podría ocultarse de Mercer en alguna de ellas.

Así que, mientras los oía discutir fuera, puso la directa hacia la puerta de madera entreabierta que daba al sótano. Sin embargo, lo primero que se encontró fue un candado colgando de un cerrojo atornillado al marco. Por suerte, estaba abierto y pudo acceder con facilidad. Echó un vistazo a su espalda antes de entrar y volvió a dejar la puerta tal como la había encontrado. Después bajó las escaleras de madera, agazapándose justo debajo.

En cuanto sus ojos se adaptaron a la penumbra atisbó algunas siluetas y sombras oscuras, pero no pudo identificar lo que estaba mirando. Cuando se incorporó despacio, con la espalda pegada a la pared y tratando de hacer el menor ruido posible, palpó algo que se despegaba. Supuso que se trataba de papel pintado, pero le pareció una estupidez que el viejo —o los anteriores dueños— hubieran decorado un lóbrego sótano de aquella manera.

—Así no voy a ver una mierda —susurró—. Ojalá hubiera traído mi...

¡Un momento!, pensó, mientras rebuscaba en los bolsillos de su pantalón. Al cabo de un segundo encontró lo que buscaba: el llavero linterna que había chorizado en la ferretería de Dugan mientras su padre compraba materiales para adecentar el cobertizo. Sonrió para sus adentros y pulsó el interruptor. El haz de luz iluminó los escalones y proyectó una serie de sombras alargadas y rectangulares en la pared de enfrente y en el techo. Era una linterna pequeña y poco potente, pero por lo menos daba luz suficiente para evitar golpearse con algo sin querer y alertar a Mercer de que tenía un intruso en casa.

Movió la linterna iluminando el techo, un entresijo de vigas de madera, tuberías y cables. Después enfocó a su alrededor. Las ventanas que daban a la calle estaban cubiertas con tablones tal como había visto desde fuera. Poco a poco, fue descubriendo estanterías llenas de trastos, cajas apiladas y hasta una desvencijada cortadora de césped bajo una arcaica caldera. Parecía que Mercer tenía de todo allí abajo, pero se le antojó que había menos cosas de las que esperaba. El viejo no llevaba mucho tiempo en Goodrow, así que Vance supuso que era normal; en comparación, el sótano de su casa estaba hasta los topes.

Salió de detrás de la escalera iluminando el suelo para no pisar algo que lo delatara. Estaba despejado. El corazón le palpitaba a la velocidad de una locomotora por culpa de la adrenalina (o por el miedo a ser descubierto), pero intentó mantener la calma, tratando incluso de seguir un ritmo regular cada vez que cogía aire. Avanzó sorteando unos sacos de abono orgánico y una caja de herramientas, iluminó una lavadora vieja que relució cuando el haz de luz la alcanzó, echó un vistazo dentro de un cesto lleno de ropa vieja y maloliente, y miró qué se escondía debajo de una sábana raída, pero solo era un maltrecho sofá al que se le veían los muelles bajo la espuma.

Siguió avanzando hasta que se dio cuenta de que allí abajo no iba a encontrar nada, mucho menos al pequeño Elliot Harrison. Suspiró frustrado. Quizá se había equivocado y Mercer no era el secuestrador de niños que creía, solo era otro tipo raro con un sótano asqueroso que había decidido empapelarlo con papel pin...

Vance no finalizó la frase. Un presentimiento le cortó la respiración, la suposición de que lo que había estado buscando se veía a simple vista. Apuntó con la linterna hacia la escalera, al hueco donde había estado agazapado, y se dio cuenta de que aquella esquina despegada no era papel decorativo, sino folios y folios enganchados casi del suelo al techo sin dejar un hueco libre. Recorrió cada pared, cada recoveco. No se había dado cuenta hasta aquel preciso momento de todas esas láminas que cubrían las paredes, retratos dibujados a lápiz y carbón con las caras de decenas, quizá cientos de niños. Todos con la firma de John Mercer, con fechas que se remontaban a años, décadas atrás. Vance sintió los ojos de todos esos niños sobre él, mirándolo, suplicando sin hablar, angustiándolo por dentro. Su mente formuló una pregunta que no quiso pronunciar en voz alta, aunque se agitaba en su interior como una rata en una jaula. Trató de volver a respirar, pero no podía hacerlo, algo invisible le atenazaba la garganta. Sin siquiera darse cuenta, como si su mano tuviera vida propia, pasó frenéticamente la luz de la linterna de un dibujo a otro, tocando aquellas caras con los dedos, buscando nervioso entre una y otra hasta detenerse, por fin, en el dibujo de una cara familiar.

Reconoció la mirada, los labios, el cabello alborotado... Había visto la foto de ese crío por todas partes, en los cartones de leche, pegadas en las farolas, en los escaparates de las tiendas... No había duda. El niño del retrato era Elliot Harrison.

Entonces la rata escapó de la jaula y se preguntó: «¿De verdad los ha matado a todos?». Era una pregunta a la que solo John Mercer podía dar respuesta. Vance continuó mirando los dibujos que rodeaban al de Elliot por la curiosidad de reconocer tal vez alguna cara más cuando la linterna comenzó a fallar. Le dio varios golpes mientras la bombilla parpadeaba sin parar.

—¡Joder! —susurró. Quería llevarse el retrato de Elliot, pero ahora no iba a saber cuál de ellos era.

Mientras maldecía al estúpido de Dugan por vender material de segunda en su basura de ferretería, comenzó a desmontar la linterna para comprobar que la pila estuviese bien colocada. O tal vez se hubiera gastado. Si era eso, quizá el truco que le enseñó Cooper una vez —mordiendo la pila para hacerle muescas— daba resultado y conseguía que volviera a funcionar. Bueno, al menos no había pagado por ella, pensó.

Desenroscó la parte posterior del llavero, pero la pila salió disparada sin previo aviso, dejándolo en total oscuridad.

—¡No! —gritó entre dientes.

La pila cayó al suelo haciendo un ruido seco y rodó hasta detenerse en algún punto del sótano. Fue un ruido leve, pero a Vance le pareció un enorme estruendo, como si hubiese explotado un cartucho de dinamita. Ya podía olvidarse de encontrarla, la pila podría estar en cualquier parte.

Se tomó un momento para tranquilizarse y pensar. Aguzó el oído por si había movimiento en la planta de arriba, pero no escuchó nada. Tal vez Mercer estaba dormido, o quizá estuviera enfrascado en el jardín, aunque no hubiera escuchado abrirse la puerta de la entrada de nuevo. Al menos el silencio era positivo. Lo negativo es que volvía a estar ciego, y no podía a arriesgarse a buscar algún interruptor y poder situarse. Así que esperó a que sus pupilas se acostumbraran de nuevo a la penumbra, y comenzó a dar pasos cortos e inseguros con los brazos estirados. Tras avanzar un par de metros vio unas rendijas por las que se colaba la luz, unos metros por delante y encima de su cabeza; era la puerta que daba al interior de la casa, por la que se había colado en el sótano. Bien, se dijo, la escalera estaba ahí, ahora solo tenía que conseguir salir sin que le viera el viejo. Después les contaría a los demás lo que había encontrado —todos esos dibujos de niños, incluido el del propio Elliot— y el jefe Blunt no tendría más remedio que venir y detener al viejo, apretarle las tuercas hasta que confesara donde estaba el crío.

Vance rodeó una caja llena de botes de pintura reseca y otra de libros viejos. Cuando estaba a punto de poner un pie en el primer escalón de la escalera, una voz amortiguada a su espalda le puso los pelos de punta.

—¿Hola? —escuchó—. ¿Hay alguien? ¡Por favor! ¡Por favor, no te vayas! ¡Por favor, sácame de aquí!

La angustia y la desesperación en la voz de Elliot rasgó la oscuridad del sótano.

21

Sin tregua

Me desperté tiritando. No recordaba haberme dejado abierta la ventana cuando llegué al motel y me acosté, pero mi cuerpo congelado bajo la sábana no opinaba lo mismo. La calefacción debía estar puesta, aunque por cómo me castañeteaban los dientes dudaba que así fuera.

Salí de la cama y puse los pies en el suelo, tan gélido que me erizó el vello de la nuca y me puso la piel de gallina. Toqué el radiador, que no estaba demasiado caliente pero sí templado. Debería haber estado ardiendo, pero la ventana también debería haber estado cerrada, y cuando aparté la tupida cortina me la encontré abierta de par en par.

Antes de cerrarla a cal y canto miré con curiosidad y recelo al exterior; la calle estaba vacía, y solo vi un par de patos rezagados volando hacia el sur, huyendo de un invierno cada vez más cercano.

Corrí la cortina y miré a mi alrededor. La habitación parecía en orden —dentro de mi propio desorden, claro—, aunque comprobé que no me faltara ningún objeto personal, en especial la cartera y el móvil. El teléfono estaba en la mesita y, después de rebuscar en los bolsillos de mis pantalones, encontré mi cartera, incluso con el dinero dentro. Si alguien hubiese entrado me habría dado cuenta... ¿no? Tal vez estaba demasiado dormido como para percatarme de que intentaban robarme, o quizá la ventana estaba mal cerrada y, en el transcurso de la noche, con el vaivén del viento, se había abierto poco a poco. Decidí no darle más importancia, pero aquel tipo de cosas no me ocurrían habitualmente, por lo que esa incómoda sensación de desasosiego que se queda contigo cuando percibes que algo está fuera de lugar me acompañó cuando subí de nuevo la calefacción y volví a la cama.

Cogí el móvil y miré la hora: las ocho menos cuarto. Era demasiado tarde para volverme a dormir, pero demasiado temprano para estar despierto un día de fiesta. Conecté los datos y eché un vistazo a los mensajes. Tenía uno nuevo, de Randy. Me lo envió a medianoche, pero no me di cuenta hasta ese momento. «Ha sido genial tenerte de vuelta, Markie. ¡No vuelvas a desaparecer! Llámame tan pronto como puedas y hacemos lo que sea para vernos, ¡que no estamos tan lejos, hombre!».

Tenía que reconocer que Randy era un buen tipo. Él ya sabía que después del funeral pensaba volver a la ciudad, pero cuando me llamó y le conté que había ido a ver mi antigua casa, que ahora ocupaban los padres de Elliot Harrison, debió notarme algo alicaído, así que insistió en vernos una última vez para prepararnos a ambos unas de sus hamburguesas especiales a modo de despedida. Como no podía ser de otra manera acepté sin pensármelo y, por una vez, no sacó el tema del asesinato de Tom. La hamburguesa —una aberración de casi medio kilo— estuvo deliciosa, y el abrazo de despedida de Randy fue un placer devolvérselo. Le contesté el mensaje de inmediato, prometiendo llamarle en cuanto llegara a mi piso y buscar otra fecha para vernos cuanto antes. Le di a enviar mientras pensaba en que la de Randy tenía toda la pinta de ser una amistad de verdad, de las que duran para siempre.

Las ocho y cuarto. Madre mía, el tiempo pasa volando cuando estás delante de la pantalla. Tenía un buen trozo de camino hasta casa y todavía estaba la maleta por hacer, así que salí de la cama y, para no perder la costumbre, me di una buena ducha antes de empezar a recogerlo todo.

Justo cuando terminé de cerrar la maleta alguien llamó a la puerta. Al abrirla me encontré con la cara de Frida, no la pintora sino la recepcionista, encargada y —supuse— también dueña del motel. La saludé con una mueca tempranera y ella me devolvió una sonrisa forzada.

—Buenos días. ¿Todo bien?

La pregunta de Frida Winters era de lo más normal, pero me di cuenta de que algo la inquietaba cuando miró con disimulo por encima de mi hombro mientras la formulaba. Era como si quisiera encontrar algo fuera de lo normal en la habitación.

—Pues... sí, la verdad —le respondí—. ¿Ocurre algo?

Frida me miró como si por primera vez se diera cuenta de que estaba delante de ella, sonrió con empalago y negó con la cabeza.

—Deja usted la habitación hoy, ¿cierto?

Parecía tener prisa por adecentarla, y eso que el motel estaba vacío. Su forma de actuar me resultó particularmente extraña. Afirmé con la cabeza.

—En cuanto haya terminado de recoger mis cosas le entrego las llaves —aseguré.

—Bien, querido, estaré abajo entonces. ¡No se olvide! —me apuntó con el dedo.

—Tranquila, que lo tengo en cuenta. —Antes de irse, y mientras yo entornaba la puerta, echó otra mirada furtiva al interior de la habitación. Se me ocurrió que tal vez ella supiera por qué la ventana de mi habitación estaba abierta. Decidí preguntarle.

—¡Disculpe, Frida! —la mujer se dio la vuelta—. ¿Por casualidad entró usted en mi habitación ayer noche, tal vez antes de que yo regresara?

La mujer se irguió como si le hubieran dado un pellizco en el trasero.

—Yo... Bueno, sí. Ayer noche entré en su habitación. ¡Pero no toqué nada! Solo quería asegurarme...

—¿Asegurarse? ¿Asegurarse de qué?

La mujer se quedó en silencio y yo empezaba a inquietarme. ¿Qué había querido decir? Se me puso la piel de gallina, pero no pude distinguir si era por el helor de la mañana o por el mutismo de Frida. Alcé los hombros y las cejas demandando una respuesta.

—De que usted estuviera bien.

—¿Yo? ¿Por qué lo dice? Ya ve que estoy bien, no me pasa nada. —No entendía nada—. Frida, no la comprendo. ¿Ha pasado algo?

La mujer miró hacia el aparcamiento vacío como si buscara a alguien... o asegurándose de que no hubiese nadie. Mi camioneta era la única testigo de nuestra conversación.

—Bueno, ya habrá oído lo del... asesinato de ese pobre chico. El hijo de los Parker.

—Sí, claro. Ayer estuve en su funeral. ¿Qué ocurre?

—Escuché ruidos —soltó bajando la voz—. Era tarde, y aquí, aparte del sonido del viento entre los árboles y algún que otro mochuelo, no se oye nada.

Me hablaba como si fuera un viajero más en vez de alguien que ha vivido media vida en Goodrow Hill, pero Frida tenía razón. Por la noche, Goodrow era un remanso de paz envuelto en un mar negro de estrellas brillantes y lejanas, solo roto por los aullidos lejanos de lobos cantándole sus penas a la luna, o búhos y lechuzas ululando invisibles entre las ramas oscuras de los abetos.

—Yo estaba abajo, viendo la televisión, pero subí en cuanto escuché algo en el piso de arriba. Pensé que pudiera haber sido un coyote aventurándose para buscar comida, porque los he visto, ¿sabe? A los coyotes. No es muy frecuente verlos por aquí, pero de cuando en cuando aparece alguno. Una vez tuve que atizarle a uno con la escoba para que dejara de rebuscar en los cubos de basura. A mi marido, que en paz descanse, no le hubiera temblado el pulso en dispararle al pobre animal, pero yo no soy así —la mujer enlazaba un tema con otro y temí que se perdiera definitivamente, pero aguanté paciente mientras relataba su historia de antaño—. Lo que quiero decirle es que cuando subí las escaleras vi a un hombre. Estaba delante de su puerta. Al principio creí que era usted, pero luego me di cuenta de que era otra persona, quizá un ladrón. Lancé un grito, ¿sabe? Dije «¡EH!», y aquel individuo se giró y salió corriendo en cuanto me vio. Corrió como un condenado. Bajó por las escaleras del otro lado y desapareció.

No daba crédito a lo que oía. ¿Quién era ese hombre? ¿Qué estaba buscando? ¿Qué quería? ¿Cómo sabía que me alojaba allí? Solo Blunt, Helen y Randy conocían esa información... No, me dije, el resto de la pandilla también lo sabía. ¿Habría sido alguno de ellos...? Las preguntas se agolpaban unas sobre otras como mendigos a las puertas de un mercado. Intenté recabar la mayor información posible.

—¿Pudo verle la cara? Cómo era, si dijo algo...

Para mi desgracia, Frida negó con la cabeza.

—Estaba muy oscuro —reconoció—. Las luces de la calle apenas alumbran, y como habrá visto, he de cambiar algunas bombillas que están fundidas en los rellanos... pero hasta que no venga mi hijo para las navidades no tengo a nadie que lo haga por mí. Así que no, no le vi la cara. Supe que me miró porque se giró cuando grité, pero no le puedo decir si era blanco, negro o amarillo. Eso sí, corría como el rayo.

—¿Está segura de que era un hombre? Si no pudo verlo...

Frida se quedó pensativa.

—No puedo asegurárselo, pero yo diría que sí. Tenía la complexión de un hombre, o eso me pareció. Además, se marchó en una motocicleta.

—¿De verdad? —Tomé nota del dato porque era algo a tener en cuenta, siempre que Frida estuviera en lo cierto y no se lo hubiera imaginado, claro—. ¿Lo vio marcharse en una moto? ¿No dice que estaba oscuro?

Frida se puso una mano en el pecho, como si la hubiera ofendido.

—¡Seré vieja, pero todavía sé diferenciar las motocicletas de los coches, joven! ¿O se piensa que no he tenido su edad? ¡Mi marido y yo nos recorrimos más veces de las que imagina los tres mil novecientos treinta y nueve kilómetros de la Ruta 66 antes de que se llenara de esnobs disfrazados de moteros en un penoso intento de aparentar lo que no son!

Me sorprendió que aquella mujer conociera siquiera el término esnob, pero pude dar por hecho que sabía perfectamente de lo que hablaba.

—¿Y entró usted en mi habitación?

—¡Pensé que podría haberle hecho daño! —alzó de nuevo la voz, molesta, y después hizo una pausa—: Mire, jovencito, he oído rumores... No saben quién mató al hijo de los Parker y, lo que es peor, dicen que su asesino pulula por el pueblo. ¡Entré con todo el miedo del mundo esperando no encontrarle muerto a usted también y tirado encima la cama! Puede que lo mejor hubiera sido llamar a la policía en ese momento, pero, sinceramente, no lo pensé.

—No pretendía ofenderla —le aseguré—, y le agradezco que tuviera el valor de asustar a aquel tipo, de verdad. Y bueno, de que entrara para comprobar que no me había pasado nada. ¿Encontró algo extraño... fuera de lugar?

—No. Creo que llegué antes de que ese hombre pudiese entrar en la habitación. La llave estaba echada, y a no ser que tuviera una llave, lo más probable era que le sorprendiera cuando intentaba forzarla. Cuando entré y vi que usted no estaba, respiré tranquila. Lo único que hice fue bajar la calefacción. Le recomiendo que cuando se vaya la ponga al mínimo; cuesta dinero, ¿sabe, joven?

Estuve a punto de replicarle y responderle que yo pagaba por la habitación —lo que incluía poner la calefacción a la temperatura que me diera la gana, estuviera o no en ella—, pero opté por darle la razón. Al menos entendí por qué la calefacción estaba tan baja esta mañana. Lo que no cuadraba era lo de la ventana. Me la había encontrado abierta al despertar. ¿Quería decir eso que el ladrón habría conseguido entrar en la habitación? Tal vez Frida lo pilló saliendo de la habitación, no tratando de entrar. Y eso explicaría que la puerta estuviera cerrada con llave, pero la ventana abierta. Probablemente, quien fuera que entró forzó la ventana y la dejó encajada para que no se notara... o no le dio tiempo a cerrarla desde fuera y durante la noche se abrió poco a poco y yo no me di cuenta. Para mí había dos preguntas importantes sin respuesta: ¿quién era ese hombre?, y ¿qué buscaba en la habitación?

Me despedí de Frida agradeciéndole su interés y le dije que en una hora dejaría vacía la habitación y le devolvería las llaves. Cuando cerré la puerta, volví a comprobar mis cosas, pero no eché nada en falta. Si el supuesto ladrón logró entrar, no se había llevado nada; entonces, ¿qué esperaba encontrar? Las cortinas tupidas apenas dejaban entrever desde fuera qué había tras ellas, pero tampoco podía asegurar si esa persona sabía que yo estaba cenando con Randy o no justo en aquel preciso momento.

La incertidumbre me atenazó por dentro, y tuve que deshacerme de la misma sensación que debió sentir Tom antes de morir. ¿Y si la persona que había intentado forzar la ventana no vino a robar sino a matarme?

Antes de que pudiera darle más vueltas al asunto, mi móvil vibró en la mesita. En la pantalla aparecía el nombre de Helen. Descolgué, pero no pude ni darle los buenos días.

—¡Markie! —gritó. Decir que parecía alterada era quedarse corto. Primero la ventana forzada, luego Frida y el ladrón, y ahora Helen gritando como una posesa. No necesitaba más noticias inesperadas, pero la mañana parecía no querer dar tregua y comenzaba a teñirse de un color sombrío que no me gustaba nada.

—¿¡Helen, qué pasa!?

—¡Es Cooper, Markie! —En cuanto oí su nombre supe lo próximo que iba a salir de la boca de Helen. No tardó ni un segundo en confirmar mis peores sospechas—: ¡¡Lo han asesinado!!

22

Por primera y última vez

Verano de 1995

Al principio, Vance pensó que eran imaginaciones suyas. Aunque ahora el sótano estaba completamente a oscuras, lo había bañado con la luz de su linterna hacía unos instantes y ahí no había visto a nadie. Pero cuando se detuvo delante de la escalera y prestó atención, escuchó de nuevo cómo alguien a su espalda pedía auxilio. La voz suplicante de un niño volvió a rogarle que no se fuera, que lo sacara de allí, que lo llevara con él.

Vance dio media vuelta echando una mirada de soslayo hacia la puerta del sótano. Era bastante difícil que Mercer hubiera oído la voz del niño, pero tampoco podía estar seguro al cien por cien, así que lo mejor sería no dejar de estar pendiente a cualquier ruido o movimiento que viniera de la casa, aunque hiciera ya un buen rato que no se oía nada en la planta de arriba.

—¿Hola? —Vance formuló la pregunta en un tímido susurro. Por supuesto, tenía miedo de alertar a John Mercer, pero quería que quien fuera que había en aquel sótano lo oyese.

No obtuvo respuesta, pero, a tientas, siguió avanzando y volvió a preguntar con un hilo de voz si había alguien ahí. Tampoco esta vez escuchó nada. ¿Se lo habría imaginado? Tal vez todos aquellos dibujos de niños pintados a lápiz que cubrían las paredes del sótano lo habían sugestionado. Tal vez su deseo de encontrar a Elliot en casa de Mercer era tan fuerte que le hacía creer que había alguien atrapado allí con él cuando en realidad estaba solo.

Transcurridos unos minutos se dio por vencido. Había avanzado por todo el sótano con cuidado de no tropezar, pero allí no había nadie. Elliot no estaba ahí; ni siquiera había una puerta, ni una habitación secreta ni nada de eso que salía en las películas donde el crío pudiera estar atrapado. «Se me está yendo la olla», pensó Vance, «aquí no hay más que trastos viejos y dibujos macabros de un viejo perturbado». Pero en el momento en que Vance decidió cejar en su empeño, la madera crujió bajo su peso y un golpe sonó bajo sus pies. Fue un golpe seco, seguido de otro más. Alguien estaba golpeando la madera que pisaba. Un ruido metálico repiqueteaba con cada golpe. Entonces, aquella tenue voz que había escuchado volvió a resonar en sus oídos.

—¡Socorro! ¡Por favor! ¡Estoy aquí! ¡Por favor!

—¿Elliot? ¿Elliot Harrison?

—¡Sí! ¡Soy yo! ¡¡Soy Elliot!! ¡Ayuda!

La desesperación en la voz del crío era tangible, y a Vance la adrenalina le recorría el cuerpo entero como una droga que lo alimentaba frenéticamente.

—Elliot, me llamo Vance. ¡Te voy a sacar de ahí, ¿me oyes?! ¡En un segundo estarás fuera, te lo juro!

Vance dedujo que, si Elliot estaba bajo el suelo, por fuerza tenía que haber un acceso oculto en alguna parte, una trampilla que lo llevara hasta él. Pero no había visto nada con la linterna. ¿Cómo era posible? Tal vez... Tal vez sí estaba a simple vista, pero cubierto con algo. En las pelis siempre había una alfombra ocultando la entrada a una estancia secreta. Pero no había visto ninguna alfombra, ni siquiera... A Vance se le encendió una bombilla en su cabeza. ¡El sofá! El sofá tapado con una sábana en medio del sótano. El corazón se le aceleró. No recordaba haber visto marcas de arrastre en el suelo, pero tampoco es que se hubiera fijado.

A tientas, Vance logró dar de nuevo con el sofá. Palpó la sábana y se agachó.

—¿Elliot? ¿Estás ahí?

No hubo más respuesta que el silencio. De nuevo, creyó que se lo había imaginado todo, pero unos golpes insistentes bajo sus pies le confirmaron que no estaba loco. Elliot estaba allí. Empujó el sofá con cuidado, midiendo sus fuerzas para hacer el mínimo ruido posible, y este se deslizó friccionando sus patas con el suelo de madera. Los golpes que Elliot daba comenzaron a ser cada vez más fuertes y Vance tuvo que pedirle al niño que dejara de golpear por temor a que Mercer se diera cuenta de que algo pasaba allí abajo. El sudor le resbalaba por la frente, el calor comenzaba a ser asfixiante y sentía que le oprimía el pecho, costándole respirar. Además, la oscuridad le abrumaba. Tener los ojos bien abiertos y no ver apenas nada era abrumador y claustrofóbico. Empujó de nuevo el sofá y se puso de rodillas tocando con las manos el suelo, buscando con desesperación una trampilla. ¡Tenía que haber algo!

Y lo encontró.

Notó que en cierto punto la madera era diferente; parecía más gruesa y tenía las lamas algo más separadas que el resto. Pasó los dedos verticalmente por su contorno hasta tocar algo metálico. Una bisagra. Siguió la misma dirección hasta dar con otra igual. No sabía si eran bisagras de hierro o de latón, pero le daba igual, que hubiera bisagras significaba que era una trampilla, y la esperanza brotó en su corazón con la ilusión del que encuentra un tesoro. Se apartó un poco.

—¡Empuja, Elliot! —le dijo al niño—. ¡Empuja hacia arriba!

Elliot obedeció. La trampilla se alzó un par de centímetros, pero volvió a caer emitiendo un ruido metálico.

—¡No se puede! ¡Está cerrada!

¿Qué demonios pasaba?, se preguntó Vance. ¿Tendría una cerradura? Se tiró de nuevo al suelo para comprobarlo. Pasó frenéticamente las manos por toda la superficie de la trampilla notando cómo se le clavaban algunas astillas en los dedos, y entonces tocó lo que impedía que la trampilla se abriera y Elliot pudiese salir: un candado. Vance lo examinó como lo haría un ciego. Había un pasador metálico con dos argollas y un candado con el arco cerrado pasando entre ellas. Tiró de él, pero el candado no cedió.

—¡Joder! —maldijo. En cualquier otra ocasión se hubiese puesto a gritar y a darle patadas hasta reventarlo, pero no podía, no mientras Mercer siguiera arriba.

Entonces recordó haber visto una caja de herramientas por ahí tirada. No creía que pudiera encontrar una copia de la llave, pero tal vez sí algo que le ayudase a romper ese candado. Un martillo, unas tenazas, o incluso un destornillador. Lo que fuera. Pero ¿y si no podía rescatarlo? ¿Y si era mejor que se fuera ahora y volviera con ayuda más tarde? Esa idea le pasó por la cabeza, pero luego concluyó que no podía arriesgarse, tenía que sacarlo de ahí ya. Así que buscó la caja de herramientas hasta que dio con ella en un santiamén. La suerte estaba de su parte, se dijo, incluso sus ojos parecían haberse acostumbrado por fin a la oscuridad. Cada vez veía con más claridad, era como si hubiera entrado luz en el sótano, como si...

Vance notó que alguien lo agarraba por detrás, inmovilizándolo y tapándole la nariz y la boca con un trapo. Sintió la suavidad, y un olor agradable y dulzón, que lo empujaba a la inconsciencia. ¿Cloroformo? Trató de zafarse con energía, pero Mercer le empujó la cabeza contra uno de los pilares del sótano. El golpe seco fue doloroso y lo mareó al instante. Antes de desvanecerse, supo que sus ojos no se habían acostumbrado a la oscuridad, sino que el ansia por liberar a

Elliot de su cautiverio le había hecho bajar la guardia. Ni siquiera había oído cómo la puerta se abría a su espalda, ni cómo Mercer bajaba las escaleras hasta llegar a él para pillarlo por sorpresa antes de que se diera cuenta.

Cuando Mercer dejó a Vance inconsciente en el suelo, vio que de la herida comenzaba a emanar un hilillo de sangre. Lo miró con asco. Ese mocoso y su pandilla de entrometidos habían ido a por el pez gordo, eso no se lo negaba, lo que no esperaban era morder más de lo que podían tragar.

Ahora tendría que cambiar sus planes, pensó; pero no le preocupaba, sabía que era más listo que ellos. Simplemente, tendría que actuar más rápido... y no dejar cabos sueltos.

Abajo, un esperanzado Elliot vio que se filtraba algo de luz entre las lamas de madera, pero no oía ya nada. Se acercó a la trampilla y trató de empujarla. Algo se lo impidió. Escuchó entonces cómo una llave se introducía en la cerradura del candado y giraba el mecanismo abriendo el aro con un clac. La trampilla se levantó y la poca luz le iluminó el rostro. Las pupilas se le contrajeron y vislumbró ante él la figura de una persona.

—¿Vance?

—Prueba otra vez, chico.

El pánico se apoderó de Elliot cuando John Mercer tiró de él y, por primera vez, el niño deseó volver a estar oculto bajo el sótano mugriento y oscuro de su secuestrador.

23

Una nueva oportunidad

Helen no quiso contarme nada más por teléfono acerca de la muerte de Cooper, pero concluí que la sombra del peligro que sobrevolaba por encima de nuestras cabezas la noche anterior se había convertido en una amenaza real en aquel mismo momento.

Al preguntarle qué me recomendaba hacer, me dijo dos cosas: primero, que si Cooper había muerto cualquiera de los que aparecíamos en las fotografías éramos víctimas más que potenciales de un asesinato, y segundo, que lo más seguro para mí era que no saliera de Goodrow. Personalmente, lo que en realidad haría cualquiera con dos dedos de frente sería salir corriendo cuanto más lejos, mejor, pero supuse que Helen quería tenernos a todos localizados. ¿O tal vez la palabra adecuada era «vigilados»?

—He contactado con Jesse y Carrie para darles la noticia y alertarles de lo ocurrido —me dijo—. Ella tiene turno completo en la clínica y Jesse no se ha movido de casa. Ambos están bien, pero me ha sido imposible dar con Vance. ¿Sabes algo de él?

—No tengo ni idea, Helen. No sé nada de él desde ayer por la tarde...

—¡Joder! —se enfadó—. ¿Dónde se habrá metido?

Escuché una voz al otro lado de la línea llamando a Helen e interrumpiendo nuestra conversación. Tapó el auricular con una mano y gritó un «¡Ya voy!». Luego se dirigió a mí:

—Markie, tengo que colgar; pero vente para acá, ¿entendido? Iremos a buscar a Vance. ¿Cuánto tardas?

—Nada, en quince minutos estoy ahí.

—Bien. Hasta ahora.

Cuando colgó, cerré la habitación con llave y bajé las escaleras para hablar con Frida.

La mujer —detrás del mostrador y para no perder la costumbre— miró por encima de la montura de sus gafas como si fuera la primera vez que me veía. Parecía mentira que acabáramos de hablar. Sin andarme con rodeos, le comenté que había surgido un imprevisto y que no dejaría la habitación esa mañana.

—¿Por la tarde entonces? —inquirió ella.

—No lo sé. He de pensarlo todavía

Frida resopló. Sinceramente, o aquella mujer pasaba tanto tiempo sola que le molestaba la compañía de cualquiera o tenía un grave problema de bipolaridad.

—Mire, le pago una noche más por si acaso; así está tranquila, ¿le parece?

La mención del dinero pareció apaciguar su inquietud, aunque no por ello dejó de ponerme cara de disgusto. Agarró el billete, lo guardó en una caja bajo llave y suavizó la expresión.

—Este cambio de planes no tendrá que ver con lo del hombre de la motocicleta, ¿verdad? Si quiere, puedo llamar al jefe Blunt.

—En principio no hace falta —le respondí—. Justo he quedado con su hija dentro de un rato, así que, si no tiene inconveniente, se lo comentaré yo mismo.

La mujer asintió y quiso añadir algo más, pero le vi la intención y me despedí apresuradamente, dejándola casi con la palabra en la boca.

Cuando llegué a casa de Cooper me encontré con un cordón policial rodeando el jardín y vetando la entrada a los curiosos que, sin duda, no se habían presentado todavía. A cambio, un voluminoso policía con un bigote más que poblado permanecía apostado a la altura del cordón. Aparqué la pick-up enfrente de la casa, entre un sedán de color azul oscuro y el único coche patrulla que parecía haber acudido al lugar de los hechos. Vi también una ambulancia con las puertas abiertas y alguien trajinando dentro. Al bajarme y encaminarme hacia él, el hombretón me miró suspicaz.

—Pr-pr-prohibido el paso, amigo —tartamudeó, y, al más puro estilo Harry el Sucio, me puso una mano a la altura de la cara—. Coja s-s-su vehículo y dé la v-vuelta. No se le ha perdido nada aquí.

—Estoy buscando a Helen Blunt. Soy Mark Andrews —le respondí.

—Co-co-como si es el papa d-de Roma. No se puede pasar.

El hombre me resultó algo cómico. Debían haberle ordenado que no podía revelar información de lo que ocurría —o había ocurrido—, pero lo más probable es que no le indicaran qué tenía que decir más allá de «no se puede pasar». Por suerte para ambos, Helen apareció en ese momento del interior de la casa y se dirigió al policía:

—Déjalo pasar, Charlie. Lo he llamado yo.

El hombretón movió el bigote y levantó el cordón policial

permitiéndome el paso con indiferencia. Caminé hacia Helen, que me esperaba bajo el umbral de la puerta con cara de preocupación.

—¿Cómo ha sido?

—Ven.

La seguí. Lo primero que vi fue que el marco estaba astillado y la puerta abierta, con la cerradura rota. Lo segundo no lo vi, lo noté: en comparación con la noche anterior, donde el fuego de la chimenea la llenaba de calor, ahora la casa estaba helada. Nos adentramos y la cruzamos por completo hasta el jardín trasero, donde los Summers organizaban sus famosas fiestas. El césped helado crujía y se hundía con cada paso que dábamos, lo que, unido al infinito cielo ceniza sobre nuestras cabezas, le confería a todo el paisaje un aura de tenebrismo que se acentuó cuando vi el cuerpo inerte de Cooper al lado de su enorme piscina.

Iba en pijama y el suelo bajo el cadáver parecía humedecido por el frío, pero era un charco de sangre. Tenía los ojos cerrados, como si durmiera, pero sus labios estaban separados y la boca se había quedado ligeramente abierta. También lo noté algo hinchado. En última instancia me percaté de un detalle específico: un corte profundo y ensangrentado a la altura de la oreja derecha. Cuando me fijé bien, confirmé que estaba equivocado: no era solo un corte, sino que la zona estaba en carne viva. Le habían cercenado ambas orejas, de ahí la sangre del suelo.

Helen se dio cuenta de lo que acababa de ver y se puso echa una furia. Yo miré hacia otro lado.

—¡Joder! ¿Por qué lo han dejado así? ¡Charlie! ¡Charlie!

A trompicones, Charlie se presentó ante Helen como si viniera de correr media maratón.

—¿Q-Qué pasa? —preguntó.

—¡¿Por qué coño han dejado el cuerpo al descubierto?! ¿No te he dicho que lo taparan de inmediato? —le gritó.

—Yo, eh... Creo... —Charlie balbuceó y me miró de soslayo, avergonzado—. C-creo que los de la amb-ambulancia han ido a por una bo-bo-bolsa. Deberían...

En ese instante aparecieron una pareja de paramédicos haciendo rodar una camilla con una bolsa para cadáveres encima. Helen les echó una mirada reprobatoria a la que no prestaron mucha atención. La depositaron en el suelo y a la de tres levantaron el cuerpo de Cooper y lo pusieron encima. El sonido de la cremallera cerrándose sobre la cabeza de Cooper se amplificó como si lo hubieran conectado a unos altavoces. Helen le ordenó tajante a Charlie que los acompañara. Cuando por fin se alejaron se volvió hacia mí.

—¿Estás bien? Siento que hayas tenido que verlo... Somos pocos y... no es que quiera excusarme, pero no estamos acostumbrados a lidiar con este tipo de sucesos por aquí...

—No... No importa, Helen. No me lo esperaba, solo eso... ¿Sabéis qué ha pasado?

Helen negó con la cabeza.

—Todavía no. Mi padre ha solicitado un equipo forense a la policía de Rushford; están de camino, pero como mínimo tardarán todavía un buen rato en llegar. Veremos si encuentran algo en la casa o en la piscina, pero dudo que lo hagan. Por lo que he podido comprobar, no hay cerraduras forzadas ni ventanas rotas ni nada por el estilo. El que entrara en casa de Cooper... o tenía una copia de la llave o lo conocía personalmente.

—¿Por qué dices eso?

—Porque la situación es la misma que cuando hallamos el cadáver de Tom Parker. O, mejor dicho, cuando su padre lo encontró. El *modus operandi* parece ser el mismo. No hay indicios de que entraran a la fuerza, ni en casa de Tom ni aquí. Allí no encontramos ninguna huella, ningún rastro que nos ofreciera una mínima pista de quién pudo haberlo asesinado.

Me temo que en esta ocasión vamos a darnos de bruces con la misma pared.

—Pero... he visto la cerradura forzada. La puerta de la entrada estaba rota. ¿Dices que no la han forzado?

—Lo hice yo. Tuve que reventarla para poder entrar.

Guardé silencio sopesando sus palabras. No terminaba de entenderlo.

—Entonces, ¿Cooper le abrió la puerta así como así a su asesino?

—Es lo que te digo, Markie; ambos debían conocerse, si no ¿qué sentido tiene? No creo que Cooper se dejara la puerta abierta, y hace demasiado frío en esta época como para que decidiera tener las ventanas abiertas, aunque fuera solo una. En cualquier caso, si fuera así, quien lo matara podría haberlas cerrado desde dentro antes de marcharse con toda tranquilidad por donde había venido. —Helen tenía razón, muy posiblemente Cooper debía conocer a su asesino—. Además, no sé si te has fijado en que Cooper iba en pijama...

—Sí, me he dado cuenta. ¿Qué significa?

—Que Cooper estaba a punto de acostarse. Eso nos da una franja horaria bastante fiable para concretar la hora de la muerte... O la hora a la que se presentó aquí la persona que lo mató.

—¿No crees que pudo matarlo mientras dormía? —pregunté de forma un tanto inocente. Helen de nuevo movió de lado a lado la cabeza.

—Todavía no se había acostado. La cama está hecha, y las luces de la piscina siguen encendidas, así que es probable que saliera al jardín tratando de huir...

Me quedé pensando en la tarde anterior. Habíamos estado todos juntos, pero yo me fui el primero dejando al resto allí con Cooper. Se me ocurrieron varios interrogantes: ¿A qué hora dieron por finalizada la reunión? ¿Quién fue la última persona que lo vio con vida? No podía saberlo, al igual que tampoco podía adivinar de qué hablaron cuando me marché, pero daba por hecho que serían cosas relacionadas con la muerte de Tom y, quien sabe, tal vez de Steve. El jefe Blunt me dejó claro que seguía sospechando de ellos, y estaba seguro de que el asesinato de Cooper iba a intensificar todavía más si cabe aquel sentimiento suspicaz que le atenazaba desde hacía más de dos décadas. Recordé también lo que el jefe me había dicho acerca del mensaje pintado con sangre que el asesino de Tom dejó escrito en la escena del crimen, aquel «confesad» tan explícito. ¿Habrían dejado también un mensaje similar en esta ocasión? ¿Lo sabrían los demás... o yo era el único al que se lo estaban ocultando? En ese caso, ¿por qué? ¿Y qué hacía Helen a primera hora de la mañana en casa de Cooper?

Debió notarse mucho que estaba dándole vueltas al asunto porque Helen se dirigió a mí muy seria:

—¿En qué estás pensando, Markie?

Siempre que alguien me hablaba como si estuviera leyéndome el pensamiento me sentía prácticamente desnudo. No me gustaba la sensación, era muy incómoda.

—Bueno, no es que esté acusando a nadie, pero ¿quién fue el último que se marchó ayer de casa de Cooper?

—¿Ayer? —Pareció ponerse a la defensiva de repente. Por mi parte, decidí poner toda la carne en el asador de manera tajante.

—Sí, ayer. Después de que me marchara. Os quedasteis todos aquí hablando de algo que parece que no queráis que sepa.

—¿De qué hablas, Markie?

La cara de Helen era un cuadro en descomposición. Intentaba mantener la compostura del que miente, pero ante alguien que sabe lo que esconde hacer eso es muy difícil. La miré con fijeza y dije, en un tono frío:

—Ya sabes de qué hablo Helen. Hablo de que estáis ocultándome algo y todavía no sé muy bien por qué.

—¡Estás loco, Markie! No te estamos ocultando nada. ¿De dónde sacas eso?

Para mí, la omisión de la verdad seguía siendo una mentira.

—Helen. Sé lo del mensaje.

Percibí en sus ojos azules un destello suspicaz, el mismo que había visto en Charlie cuando me dejó atravesar el cordón policial, pero más intenso, más amenazante. Me di cuenta de que, precavida y muy lentamente, acercaba una mano a la empuñadura de su arma.

—¿Qué coño sabes tú de ningún mensaje?

—Sé lo que me contó tu padre en la comisaría, mientras me tomaba las huellas. Me dijo que el asesino dejó una palabra escrita con la sangre de Tom en la pared. «Confesad». ¿Me lo vas a negar? —Helen bajó la cabeza durante un segundo, pero de nuevo la alzó y me sostuvo la mirada—. Por eso te pregunto quién fue el último en despedirse de Cooper. Porque tal vez...

—¡Fui yo! —respondió tajante—. Fui yo la última en marcharse.

—¿Estás segura?

Mi pregunta la hizo dudar, pero apenas un instante. Asintió de inmediato.

—Carrie se marchó con Jesse, fueron los primeros. Lo llevó a su casa porque con sus... limitaciones... no puede conducir. Vance y yo nos quedamos un rato más, pero poco. Apenas unos minutos más tarde, Vance cogió su chaqueta y se fue dejándonos a Cooper y a mí solos.

—¿Sobre qué hora sería?

—¿Sobre las nueve...? Más o menos. Cooper tenía que coger un avión a primera hora, ya lo sabes, y tampoco había mucho más que hablar.

Bueno, pensé, desde las cuatro de la tarde hasta las nueve de la noche son cinco horas. Si yo fui a la comisaría, pongamos, sobre las cinco y media, y todos abandonaron la casa a eso de las ocho y media o nueve, creo que hay tiempo suficiente como para hablar de casi todo lo que se te pase por la mente. Las —mínimo— tres horas que estuvieron sin mí dieron para una conversación bastante extensa entre los cinco, así que, sí, supongo que después de tantas horas probablemente no quedara nada en el tintero. Pero tema hubo, eso seguro.

—¿Hablasteis de Steve? —inquirí.

—¿A qué viene esa pregunta, Mark?

Me encogí de hombros.

—Quería saber si creéis que puede estar relacionado...

—¿Qué? ¿Por qué iban a estarlo?

—No lo sé. Esperaba que tú me lo dijeras. Tu padre piensa que lo que ocurrió en 1995 tiene algo que ver con todo esto, y ese mensaje en la pared lo corrobora.

—Mira, Mark —era la segunda vez que me llamaba por mi nombre y su semblante era frío y sombrío—, no sé qué te ha dicho mi padre, pero lo último que necesito es que me vengan con fantasmas o con paranoias conspiratorias. Mi padre lleva años así, ya lo sabes, dándole vueltas y más vueltas al tema, obsesionado con un caso que dejó de ser noticia hace veinticinco años. ¿Y ahora cree que lo que pasó con Steve Flannagan, que, por cierto, desapareció de Goodrow como juró más de una vez que haría, tiene que ver con esto? No, no —chasqueó la lengua varias veces—. Tenemos un caso, Mark, dos muertos, dos amigos míos que han sido asesinados. ¿Y me estás acusando de que la desaparición de Steve está relacionada con esto? No me vengas con fantasmas, joder.

—¿Y qué significa entonces el mensaje que dejaron en casa de Tom?

Helen hinchó las fosas nasales, cogía aire una y otra vez ante aquella especie de tercer grado al que la estaba sometiendo; mantenía la mandíbula apretada y parecía contra las cuerdas.

—Ese mensaje es obra de un perturbado y puede ir dirigido a cualquiera.

—¿Y qué dices entonces de las fotografías? No sé si lo estás obviando adrede o si hay una razón concreta por lo que no lo has mencionado, pero a Cooper le han cortado las orejas. ¡Lo he visto! ¡Y tú también! ¿Eso tampoco tiene nada que ver con el caso? —Helen guardó silencio, y una ráfaga de aire helado sopló entre ambos. Empezaba a sentirme desesperado e ignorado—. Tom y Cooper, ojos y orejas. Las fotografías, Helen, ¡las fotografías! ¡Y el mensaje! Tu padre cree que ese mensaje era para ti, Helen, para que avisaras a los demás. ¡Por eso no recibiste ninguna fotografía! Confesad... ¿Qué es lo que tenéis que confesar, Helen?

De nuevo, el silencio. Solo la mirada afilada y feroz de una mujer a la que no reconocía, que guardaba secretos, que mentía. ¿O era yo quien estaba equivocado? ¿Me habría dejado influir por el padre de Helen y su obsesión por un caso que no pudo resolver? Quería respuestas, pero por encima de todo saber por qué Helen se empeñaba en ocultar cierta información. ¿Qué ganaba con ello? ¿O es que tal vez tenía mucho que perder?

—Será mejor que te marches, Mark.

—¿Qué?

—Creo que he cometido un error permitiéndote venir aquí. Vuelve al Green Woods, o haz lo que te dé la gana mientras, y espera a que te llame.

—¿Y Vance? ¿No teníamos que ir a buscarlo?

—Que yo sepa, quien lleva la placa aquí soy yo, y ya hemos intercambiado suficiente los papeles. Así que ya me encargo yo.

Solté una carcajada de desdén, un resoplido de impotencia e

incredulidad. Por lo visto, había algo más importante que los asesinatos, y me daba la sensación de que para Helen y el resto del grupo no era descubrir quién los cometía, sino tratar de ocultar una verdad a toda costa.

Me marché sin despedirme deshaciendo mis pasos y volviendo por donde había venido. Ni siquiera tuve ocasión de contarle que alguien había tratado de entrar en mi habitación, lo que me enfureció todavía más, pero quizá era mejor así. Porque había conseguido que no me fiara de ella.

Pasé por al lado de Charlie, del que pasé olímpicamente, levanté el cordón policial con gesto airado y me metí en el coche.

Arranqué dejando atrás aquel sinsentido.

En el interior de la casa, Helen echaba chispas. No esperaba que Markie reaccionara de aquella manera, tampoco que su padre se hubiese tomado la libertad de contarle lo del mensaje en la pared. ¿Por qué diablos lo había hecho? ¿Qué pretendía conseguir, forzarla para que se sincerara con Markie y contarle lo que pasó el verano del 95?

Mientras subía las escaleras hacia el primer piso, reconoció que la relación entre ambos se había deteriorado desde aquel momento; era imposible negarlo. Él los acusaba —aunque fuera en privado— de la muerte de Mercer y de la desaparición de Steve. ¿Que no existían pruebas de una cosa u otra? Eso también era cierto. ¿Que ambos sucesos tuviesen relación? No se podía confirmar. Aun así, Markie tenía razón: Tom había muerto, Cooper había muerto y las fotografías confirmaban que no serían los únicos.

Entró en la habitación de Cooper y se sentó en el borde de la cama tratando de ahuyentar ese fantasma del pasado llamado Steve Flannagan, que parecía haber vuelto para atormentarlos.

Para vengarse.

Con las manos apretadas y los dedos entrelazados, haciendo acopio de fuerzas, alzó la cabeza y miró al frente.

En la pared frontal a la cama, la amenaza volvía a teñirse de rojo con la sangre de Cooper. De nuevo, el asesino les estaba dando el mismo aviso, aunque quizá debieran verlo desde otra perspectiva: como una nueva oportunidad. Tal vez les estaba diciendo que era hora de sacar a la luz la verdad, los secretos, sus pecados. Expiarlos.

La sangre apenas se había secado, y algunos chorretones se deslizaban hasta el suelo, pero el mensaje seguía siendo el mismo: «Confesad».

Sin embargo, Helen descartó por completo aquella idea. Para ella, confesar no era una opción:

—Voy a dar contigo, hijo de puta.

24

El mentiroso

Verano de 1995

—¿Te encuentras bien, chico?

—¡Vance, Vance! ¡Di algo por favor!

—¿Qué coño le has hecho, tío? ¿¡Has intentado matarle, hijo de puta!?

Vance escuchaba las voces como si estuviera debajo del agua. Por el tono, pudo identificar dos de ellas, la de Helen y la de Jesse. La otra no sabía a quién pertenecía. Intentó abrir los ojos, pero le pesaban una tonelada. Con mucho esfuerzo, ladeó la cabeza hacia el lado que menos le dolía y levantó la mano hasta tocarse el punto del que surgía todo aquel dolor. Solo el roce de sus dedos al pasar por la zona vendada de la herida le produjo una punzada intensa que hizo que se le saltaran las lágrimas.

—¿Qué ha... pasado? —articuló, mientras trataba de incorporarse.

—No te envalentones, chico. Te has dado un golpe muy fuerte. Y vosotros —le ordenó la misma voz a su grupo de amigos—, dejad espacio, que necesita un poco de oxígeno. ¡Apartaos, apartaos!

—¿Se pondrá bien?

A pesar del desconcierto inicial y de su desorientación, Vance identificó al momento quién había formulado esa pregunta. Era ese viejo cabrón, John Mercer. Su cuerpo reaccionó de inmediato, tratando de apartarse, y agarró por la chaqueta a Lenno, uno de los del servicio médico que habían acudido al lugar.

—¡Eh, eh, tranquilo! ¡No te levantes! ¡Tienes una grave contusión! ¡Con cuidado!

—Es... ¡es él! —balbuceó Vance como pudo. Le costaba pronunciar las palabras y seguía sin poder abrir bien los ojos. Las figuras a su alrededor eran siluetas amorfas de distintos colores. Por un momento vio un techo de color azul, pero al segundo se dio cuenta de que había mucha luz, por lo que debía ser el cielo. No sabía cómo, pero estaba fuera del sótano de Mercer—. Tiene... al niño... Elliot, Elliot... Harrison.

—¿Señor? —preguntó Lenno mirando al frente.

Una sombra corpulenta se inclinó sobre Vance. Era el jefe Blunt.

—¿De qué hablas, Vance? —Los ojos del chico por fin se abrieron de par en par. ¡El jefe estaba ahí! ¡Elliot estaría a salvo en un santiamén!

—Jefe... Blunt... Lo he visto... A Elliot —confesó con esfuerzo.

—¿Dónde? ¿Dónde lo has visto?

Vance señaló la casa de John Mercer. El policía alzó la vista y miró a Mercer. Este, con cara de incredulidad y alzando los hombros en señal de interrogación, le devolvió la mirada con una expresión de asombro.

—¿En mi casa? —preguntó el hombre.

—Hijo de... puta... Lo tienes en el... sótano.

Helen contuvo la respiración y Carrie dejó escapar un grito ahogado, pero Blunt alzó la mano para que contuvieran la histeria adolescente.

—Hijo —intervino Blunt—, hemos estado en el sótano. Es de donde te hemos sacado, y ahí no hay nadie. El señor Mercer nos ha llamado alertado de que había escuchado ruidos extraños en su sótano y un golpe fuerte. Te has golpeado la cabeza allí abajo, Vance —le dejó claro. Después le preguntó al técnico de ambulancia—: ¿Ha podido sufrir algún tipo de lesión?

—Bueno, después de examinarlo, parece ser un traumatismo leve, pero el impacto fue considerable, de ahí que el señor Mercer lo encontrara en el suelo —explicó este. Luego se dirigió a Vance—: Es posible que perdieras el conocimiento cuando te golpeaste con una de las columnas del sótano.

—¿Cuánto... tiempo...?

—¿... has estado inconsciente? Pues no lo sabemos con exactitud, suelen ser unos segundos, pero no podemos estar seguros. Quizá hayan sido varios minutos.

—Si es amigo de los chicos que merodeaban por mi jardín y entró en casa cuando salí a ahuyentarlos, habrá estado... más de una hora, allí escondido —expuso Mercer—. No me di cuenta de que uno de ellos se había colado... En cualquier caso, tardé un rato en decidirme a bajar al sótano una vez escuché el golpe. Eso sí, les llamé tan pronto vi al chico allí. No sé si puede tener algo que ver, pero hace mucho calor ahí abajo...

¡¿Más de una hora?! Eso era mucho tiempo, pensó Vance. No podía estar seguro de cuánto rato llevaba en aquel sótano, pero no debían ser más de quince minutos... al menos hasta que oyó los gritos de auxilio de Elliot. ¿Qué pasó entonces? Estuvo intentando encontrar una manera de liberar a Elliot, de abrir la trampilla de madera y... y luego nada; fundido a negro hasta ese momento. Entonces recordó todos aquellos dibujos, cientos de dibujos de críos pegados en las paredes.

—Los... dibujos. Había muchos. Dibujos de niños. En el sótano.

Por fin comenzaba a pronunciar correctamente. Le dolía la cabeza a rabiar, y sentía un mareo inmenso, como si estuviera drogado. Le entraron náuseas, pero contuvo las ganas de vomitar.

—Supongo que se referirá a mis cuadernos de dibujo —expuso

Mercer—. Es una de mis aficiones. Los guardo en el sótano, pero lo que dice el chico, dibujos en las paredes... ¿y de niños? Me resulta un tanto extraño.

—¡Te vimos en el parque, tío! —intercedió Jesse a favor de Vance—. ¡Estaba dibujando a los críos que había allí!

—¿Es eso cierto, Mercer?

Blunt había tenido diecisiete años. Sabía que los chavales de esa edad eran más que propensos a meterse en líos y, sobre todo, a mentir para evitar ser castigados, pero no le parecía que ahora mismo lo estuvieran haciendo. Habían pillado a Vance allanando una morada, de acuerdo, pero ¿qué ganaban acusando a Mercer mintiendo sobre aquello?

—La verdad es que sí —confesó—. He estado esta misma tarde dibujando un rato en el parque. Ya he dicho que me gusta plasmar paisajes en papel, entre otras disciplinas. Pero creo que están suponiendo algo que está fuera de lugar. Lo que sí debo decirle, jefe Blunt, es que estos chicos estuvieron acosándome en el parque.

—¿Que te acosamos? —preguntó Tom Parker.

—¿De qué vas, tío? —Jesse dio un paso amenazante hacia Mercer, pero Blunt se interpuso y le lanzó una mirada que lo detuvo en seco.

—Solo digo que os vi allí importunando. Jefe Blunt, no quiero que estos chicos se metan en más líos de los que ya están, pero he de decir que me siguieron hasta casa. Por lo que estoy deduciendo, por alguna razón querían robarme algo y me entretuvieron lo suficiente para que uno de ellos consiguiera entrar. ¡Ladrones! —los acusó.

—¡Eso no es así, papá!

—¡Silencio, Helen!

Mercer puso cara de sorpresa y movió los ojos alternando entre el policía y su hija. Luego la señaló dirigiéndose a su padre.

—¿Es su hija? —preguntó indignado—. ¡¿Permite que su propia hija frecuente este tipo de amistades?!

Blunt se sintió humillado, pero trató de no mostrar debilidad ante Mercer. En el fondo, el hombre tenía razón, y su hija lo había defraudado de nuevo. Le había advertido más de una vez que Vance Gallaway solo le iba a causar problemas, pero ella nunca le escuchaba, nunca le hacía caso. Helen miró a su padre angustiada, sabía lo que él estaba pensando, pero este ya le daba la espalda.

—Lo que le permita o no hacer a mi hija es cosa mía, señor Mercer. La cuestión es que aquí, los chicos, están acusándole gravemente.

—Acusaciones graves sin fundamento, se le ha olvidado añadir. Si tuviera escondido a Elliot Harrison en mi sótano, ¿no creen que lo hubieran visto cuando les llamé? ¿Y todos esos dibujos que alega este mentiroso que tenía colgados de las paredes? ¿Dónde están? ¿Vio usted alguno, jefe Blunt?

El policía dejó escapar el aire por la nariz. Él mismo había bajado al sótano, y no había nada de lo que Vance decía que debería haber allí. No había retratos, no había dibujos en las paredes y, por descontado, no estaba Elliot Harrison. Ante las preguntas de Mercer, Blunt solo pudo dar una respuesta negativa. Vance se puso en pie y, tratando de guardar el equilibrio como podía, lanzó una última acusación:

—Hay una trampilla oculta. Lo tiene bajo el sótano.

25

Raíces

Verano de 1995

—¿Nos permite?

—Por supuesto.

Cuando Mercer se hizo a un lado e invitó al jefe Blunt a entrar en su casa, Vance vislumbró por fin la oportunidad que estaba esperando: podía desenmascarar de una vez a aquel monstruo y demostrar que era un jodido secuestrador de niños, que tenía razón. Aunque no le importaba demasiado lo que los demás pensaran de él, estaba seguro de que con aquella acción se ganaría el respeto de todo el pueblo. Dejarían de verlo y de juzgarlo como lo habían hecho hasta ese momento. Podría cerrarles la boca a los que cuchicheaban, a los profesores que lo infravaloraban, a sus padres, que lo tachaban de irresponsable. Cómo lo disfrutaría. Y si ya era popular, no podía imaginar hasta dónde llegaría su hazaña; lo conocerían en todo el estado, quizá incluso en todo el país. Puede que incluso le llamaran para *The Late Show* u otro programa de entrevistas de esos que veían sus padres. Vance sonrió para sus adentros porque, aunque lo más importante era devolverle la libertad a Elliot Harrison y ver cómo Mercer recibía su merecido, por un momento su mente solo la ocupaba todo lo que aquello podía llegar a reportarle. Sin embargo, su egocentrismo hizo que no se fijara en un significativo detalle que le habría advertido que algo no cuadraba: la seguridad que mostraba John Mercer. El hombre no había dudado en abrirle las puertas de su cochambroso hogar al jefe Blunt, ni siquiera hizo el amago de negarse a que la registraran. Al contrario.

Cuando Blunt vio que toda la troupe comenzaba a seguirlos pretendiendo entrar en la casa se detuvo en seco.

—Esto no es un espectáculo —declaró—. Quedaos todos aquí; entraremos el señor Mercer, Vance y yo.

Todos acataron la orden de Blunt. Únicamente él como jefe de policía, Mercer como propietario de la casa y Vance como posible testigo comprobarían si las acusaciones de este tenían una base real.

En el último momento, cuando puso un pie en el primer escalón del porche, se lo pensó mejor. Una cosa era atender la llamada de un posible accidente doméstico (como le habían avisado por radio) y otra adentrarse en el sótano de una casa con un adolescente y un posible secuestrador sin ningún tipo de apoyo. En el caso de que Vance tuviera razón y Mercer fuera peligroso, necesitaba a su favor el factor numérico.

—Usted, acompáñenos.

El joven paramédico al que Blunt señaló se llamaba Dodge Mudd y era el más corpulento de los presentes. Pese a ello, dio un ligero respingo y miró con nerviosismo a su compañero, pero Lenno se encogió de hombros desentendiéndose del tema. Llevaba poco menos de cinco años ejerciendo aquella profesión y lo último que esperaba ese día (o cualquier otro) era hacer de escolta. El policía, percibiendo su indecisión, lo apremió con urgencia bajo el foco de una mirada amenazante. La silenciosa intimidación surtió efecto y Dodge los siguió sin rechistar. Serían tres contra uno; suficiente, pensó Blunt.

Además, Dodge podría ejercer como testigo adicional en caso de que descubrieran algo allí.

—¿Puede enseñárnoslo, señor Mercer? El lugar en el que encontró a Vance. —De inmediato se dirigió al chaval—. Es ahí donde dices que está Elliot, ¿no?

Vance movió afirmativamente la cabeza y Blunt le hizo un gesto de asentimiento a Mercer para que los guiara. Este no opuso resistencia a la orden.

—Síganme, por favor.

Caminaron en fila india por el pasillo que separaba las estancias principales de la casa. Mercer iba delante, seguido de Vance y Blunt, que iban casi pegados uno al lado del otro. En la retaguardia, Dodge avanzaba como si se adentrara en una especie de dimensión desconocida y se sentía como un pez fuera de su pecera.

En nada se plantaron delante de la puerta que llevaba al sótano. Mercer la abrió, pero el jefe le puso una mano en el hombro para que esperara antes de dar un paso más. El hombre se asomó al abismo de negrura que invadía los escalones, como si mirase a una boca oscura que llevaba al infierno. Notó en la garganta el aire húmedo y rancio que ascendía del lugar. Mercer se lo quedó mirando, no se atisbaba en su semblante ningún tipo de emoción.

—El conmutador no funciona —explicó señalando el interruptor a su derecha—. He de arreglarlo. Pero abajo hay otro. ¿Quiere bajar usted primero, jefe Blunt?

El policía estudió la situación un momento. Cada vez veía menos probable que Mercer fuera la amenaza que Vance insistía en demostrar. Se acomodó el cinturón, las esposas tintinearon y notó el peso de su arma en la cadera, lo que le proporcionaba un grado extra de seguridad en caso de que la cosa se torciera.

—Usted conoce mejor su propia casa, señor Mercer —lo alentó Blunt.

Mercer bajó el primero, seguido de los demás. Una vez abajo buscó a tientas el interruptor, que accionó con un rápido movimiento, y un par de bombillas chisporrotearon. Antes siquiera de que hubieran iluminado el sótano por completo, Vance señaló las paredes en las que Mercer había pegado las decenas de dibujos con las caras de aquellos niños. Estaba seguro de que todos ellos habían sido secuestrados por Mercer, igual que el pequeño Elliot Harrison.

—¿Lo ve, jefe? —expuso, adelantándose a sus propios ojos.

—¿Ver qué, Vance?

Vance paseó la mirada por el sótano, atónito. Las paredes estaban vacías. No había rastro de dibujos, los retratos habían desaparecido. No quedaba nada, apenas algunos restos del tipo de adhesivo que Mercer usó para pegarlos. El chico no daba crédito.

—Pero... ¡Pero si estaban aquí! ¡Todo estaba lleno de...! ¡Tú! —se dirigió de inmediato a Mercer, acusatoriamente—. ¡Has sido tú, cabronazo! ¡Lo has quitado todo antes de que viniera la poli!

—¿Quitar qué, hijo? —inquirió Mercer con cara de corderito, como si no supiera a qué se refería.

Vance volvió a insultarle, con la adrenalina burbujeándole en las sienes, que todavía le dolían del golpe que había recibido. A punto estuvo de saltar con toda su rabia contra Mercer y hundirle los nudillos en la cara, pero Blunt le puso una mano férrea en el hombro y el chico se detuvo. El jefe se vio obligado a ejercer presión para mantenerlo en su sitio, y Vance gimió entre dientes.

—Vance. Basta. —Las palabras del jefe fueron severas; su expresión denotaba recelo. Ante su insistencia le había dado un voto de confianza, pero comenzaba a dudar de que hubiera sido buena idea—. Creo que será mejor que vayamos directos a lo que hemos venido.

—¡Pero jefe...! ¡Tiene que creerme! ¡Le digo que estaba lleno de dibujos de niños! ¡Tiene que haber sido...!

—¡He dicho que basta, Gallaway!

La voz imperiosa de Blunt retumbó entre las cuatro paredes y se elevó hacia las vigas de madera del techo. No quería perder los nervios, pero su paciencia tenía límites, sobre todo cuando se trataba de Vance. El chico se tragó sus palabras y aguantó la respiración, rojo de impotencia, pero seguía convencido de que Mercer había arrancado a toda prisa aquellos retratos mientras él estaba inconsciente.

—¿Dónde dijiste que viste a Elliot, hijo?

Mercer le hizo la pregunta directamente a Vance mirándole con intensidad a los ojos. El chico se sintió insultado, no ya solo por el tono paternal que usó al formularla, sino porque además parecía desafiarle con cada palabra.

Vance miró más allá de Mercer hasta localizar el sofá cubierto con la sábana bajo el que encontró la trampilla. Salió hacia allá disparado dándole un empujón al hombre sin miramientos.

—¡Gallaway! —Blunt lo llamaba ya por su apellido. Era una forma de confirmar que comenzaba a cansarse de la impulsividad del chaval y de las mentiras que contaba y que solo él terminaba de creerse.

Lo alcanzaron cuando había apartado el sofá y, cabizbajo, miraba la trampilla bajo la que Elliot le pidió auxilio. Por un momento, al jefe Blunt se le aceleró el corazón.

—¿Qué le he dicho? Tiene al niño ahí abajo. ¡Elliot! ¡Elliot! ¡Ya estoy aquí! —le gritó.

Dodge miró a Mercer con sospecha, que a su vez observaba aquella portezuela cuadrada como si acabase de descubrirla. Blunt lo escudriñó tratando de vislumbrar en su expresión algo que lo delatara, que confirmara que tenía conocimiento de la existencia de esa trampilla oculta. Pero no percibió nada en ella.

—¿Qué es esto, señor Mercer?

—Es la primera vez que la veo —confesó—. La mayor parte de lo que hay en el sótano ya estaba aquí cuando llegué, y todavía tengo que hacer limpieza. El sofá es de los antiguos dueños, como muchas de las otras cosas. El de la inmobiliaria me dijo que vendrían para retirarlo, pero nunca vino nadie, y mi espalda está demasiado maltrecha como para poder subirlo yo solo por esas escaleras. No lo he tocado desde que me instalé.

A Blunt le pareció que Mercer no mentía, pero también se había fiado de que Vance decía la verdad y se había equivocado, así que no sabía qué creer.

—¿Puede abrirla?

—Está cerrada —expuso Vance. Se agachó, agarró el candado con una mano y tiró de él con brusquedad—. Con llave.

—¿Dónde está la llave?

—No lo sé —se encogió de hombros Mercer—. Ya le he dicho que no sabía siquiera que había esto bajo la casa.

—Necesitamos algo para romper el candado. Buscad algo que sirva. ¡Vamos!

Antes de que Vance señalara la caja de herramientas, Dodge ya había comenzado a rebuscar en ella. Encontró una maza y una escarpa robusta aunque algo oxidada y se la mostró al policía.

—¿Esto, señor?

Blunt pidió a Vance y a Mercer que se hicieran a un lado mientras Dodge colocaba la parte plana de la escarpa entre el suelo y la base de metal que soportaba el candado. Golpeó con efusividad varias veces hasta que la madera se astilló y los tornillos salieron de su sitio, retorcidos. Con cada golpe, el jefe Blunt sentía cómo crecía en su interior la expectación y el ansia por encontrar a Elliot allí abajo, en cómo podría cumplir su promesa y devolvérselo a sus padres sano y salvo. Rezó porque Vance no se lo hubiera inventado, porque el crío estuviera ahí. El corazón le latía con fuerza.

Dodge levantó con algo de esfuerzo el soporte de hierro e hizo que toda la base saliera despedida de una patada. Fue entonces cuando Blunt lo apartó y abrió la trampilla de golpe, que cayó a un lado con un sonido sordo levantando algo de polvo. Vance gritó el nombre de Elliot una y otra vez con insistencia, casi agónicamente. Pero no hubo respuesta.

Sin pensárselo demasiado, Blunt bajó de un salto por aquel hueco. Ni siquiera tuvo en cuenta que dejaba solos a Dodge y Vance con Mercer; la determinación y el afán que había puesto en encontrar al pequeño de los Harrison durante las últimas semanas lo empujó a no pensar en nada más que en dar con él de una vez por todas y terminar por fin con la pesadilla que estaba mortificándolos a todos; sobre todo a él en particular.

Notó cómo las botas se le hundieron en la tierra húmeda y encendió la linterna que llevaba encima para iluminar a su alrededor. Una serie de tuberías viejas y recovecos llenos de telarañas polvorientas le dieron la bienvenida.

Era un habitáculo pequeño, seguramente un acceso que los antiguos dueños habilitaron para cortar el agua en caso de fuga, aunque había espacio suficiente para que cupiera un niño.

Sin embargo, no había rastro de Elliot. Solo olor a rancio y suciedad.

Antes de subir, Blunt echó otro vistazo apuntando con la linterna. De súbito sintió una siniestra corazonada, así que se acuclilló y removió la tierra con sus manos. Dio varias pasadas, aumentando el alcance y la profundidad en cada una de ellas, hundiendo sus dedos y escarbando con ímpetu, como haría un perro en la arena de la playa. De repente, tocó algo. No era una piedra, de eso estaba seguro. Tenía forma... Era alargado, como si fuera un dedo, y notó pliegues, como las arrugas que se forman en los nudillos.

Con el corazón desbocado y los ojos a punto de estallar en lágrimas de desesperación, comenzó a apartar la tierra con violencia a uno y otro lado, mientras repetía una y otra vez:

—¡No, no, no, no...! ¡Elliot!

El grito alertó a los de arriba. Dodge se asustó y Vance, expectante, se temió lo peor. Mercer, por su parte, se abocó al interior, postrándose de rodillas y agarrándose con ambas manos para no caer por el hueco.

—¿Qué ocurre, jefe Blunt? ¡Díganos!

Blunt dejó de remover la tierra y se puso en pie. Aunque el sudor le caía por los ojos y un manto de calor lo abrasaba, un escalofrío le recorrió la espalda y le puso el vello de punta. Pero no fue el cuerpo muerto de Elliot lo que encontró.

Desde el suelo, una vieja raíz retorcida se reía de él muda y desdeñosamente, y lo devolvía de nuevo al punto de partida.

26

Confesar o morir

—¿Ya has vuelto? —Helen acababa de llegar a la comisaría y no tenía ningunas ganas de hablar, así que simplemente asintió ante la pregunta de su padre. Él la miró frunciendo el ceño—. ¿Y el cuerpo de Summers?

—Se lo han llevado para la autopsia. Jerry ya se ha puesto manos a la obra y nos informará en breve; veremos qué dice, aunque no creo que encuentre nada que no hayamos visto ya —se lamentó—. Charlie se ha quedado en casa de Cooper a la espera de los resultados del equipo forense. Me extrañaría que ese malnacido hubiera dejado alguna pista. Ya fue cuidadoso cuando mató a Tom, imagina ahora que sabe que le seguimos el rastro.

—Creo que eso nunca le ha importado —apostilló Blunt—. Las fotografías, los mensajes... Sabe que va un paso por delante de nosotros, y eso le da seguridad. Pero el exceso de confianza es un arma de doble filo y puede jugar en su contra. Por cierto, ¿qué sabes de Gallaway?

—Todavía no he hablado con él. Lo he llamado veinte veces, pero no hay manera de que me coja el teléfono.

—Tienes que encontrarlo. Es el único que no sabemos dónde está. ¿Has ido a su casa?

«Casa» era una palabra demasiado buena para describir dónde vivía Vance.

De cara a la galería, siendo un jovencito, parecía que lo tenía todo: educación, cariño, unos padres que lo querían, un hogar. Pero de puertas hacia dentro, las cosas no son siempre lo que parecen. Su padre bebía mucho más de lo que le costaba admitir, y las peleas entre él y su mujer fueron agravándose con el tiempo. Vance se volvió más arrogante y altanero cuanto más violento se volvía su padre. El señor Gallaway le propinaba palizas cuando regresaba borracho a casa después del trabajo, la mayoría por interponerse entre sus puños y su madre. Una madre que, todo sea dicho, sufría una exagerada dependencia de su marido a pesar de que este llenara de cardenales prácticamente la totalidad de su cuerpo.

Los gritos y las peleas empezaron a menguar cuando la madre de Vance dejó de criticar a su marido por venir como una cuba y porque Vance se volvió mucho más fuerte que su padre. Este ya no podía plantarle cara como antes. Vance no soportaba a su padre, no soportaba a su madre y no pensaba soportar ni un minuto más aquella situación. Si ellos querían seguir viviendo así no les iba a negar su derecho a hacerlo, pero aquello era una casa de locos, así que su objetivo siempre fue largarse. Dejó los estudios después del verano de la tragedia —en 1995— y encontró trabajo en el aserradero. Poco más de un año después ya había ahorrado lo suficiente como para independizarse, y, aunque su madre le rogó que no lo hiciera, no se lo pensó dos veces y se marchó sin mirar atrás.

Se compró una Indian Scout de segunda mano y una caravana vieja y se instaló en un descampado en tierra de nadie, aunque dentro de los límites de Goodrow. Pensó en irse de una vez por todas de aquel pueblo, pero temió aventurarse a dejar un trabajo en el que estaba relativamente asegurado y arriesgarse a no encontrar nada por no tener estudios suficientes. Además, aunque le costaba reconocerlo —y no tenía reparos en saltar con los ojos cerrados a cualquier cama caliente que oliera a mujer— no quería abandonar a Helen. A veces se maldecía por haber heredado de su madre esa dependencia, pero pocos meses después, sin proponérselo, también cogió el testigo de la botella que su padre le había legado.

Todo ocurrió en apenas unos días, cuando el jefe Blunt llamó a la puerta de su caravana antes de que se fuera a trabajar. Lo recibió en calzoncillos y con una sonrisa socarrona en la cara. Lo primero que pensó al ver al policía es que venía a decirle que allí no podía estar, que ya habían hecho la vista gorda demasiado tiempo; pero la noticia que le dio Blunt le borró la sonrisa de la cara: su madre había muerto; su padre la había matado en el transcurso de una pelea. Homicidio involuntario, le dijo.

«¿Involuntario?», pensó Vance, «¿sin querer?».

Esas cosas no ocurrían sin querer, aunque sabía que aquel desenlace estaba destinado a ocurrir tarde o temprano.

Cuando Vance le preguntó a Blunt dónde estaba su padre, este le dijo que lo tenía en una celda en comisaría a la espera de que llegara su abogado.

No tuvo reparos en pedirle si podía verlo —al fin y al cabo, era su hijo—, pero cuando llegaron allí la celda estaba encharcada de sangre; el hombre se había quitado la vida con una cuchilla que nadie supo de dónde había sacado. A Vance poco le importó, y no derramó ni una lágrima por ninguno de los dos. Tampoco acudió a sus respectivos funerales. Cada uno tenía lo que se merecía, lo que se había buscado. Así que se emborrachó para celebrarlo. Y volvió a hacerlo las dos noches siguientes, después a deshoras, luego todo el tiempo. La celebración se convirtió en una costumbre y el alcohol, en una constante. Se encontró en una espiral autodestructiva hasta que Helen se compadeció de él.

Se lo llevó a casa, lo cuidó, lo sacó del pozo, lo ayudó a superar aquella adicción. Incluso dieron el paso definitivo cuando ella salió de la academia. Sí, se casaron... aunque no duró mucho. Volvieron sus demonios, los que habitaban en su corazón y en su mismo ser, los que no podía controlar... Y el matrimonio se tornó insostenible antes de que pudiera darse cuenta. Al final, Helen no pudo más. Y admitió el error que había cometido abocándolo a un divorcio que lo devolvió a su caravana y a su ginebra.

—Iré ahora —le respondió Helen—. ¿Tienes los resultados de las huellas?

—Sí, pero tenemos un problema. En cada fotografía hemos encontrado huellas, pero todas son de los destinatarios... o tuyas, Helen.

Blunt miró muy seriamente a su hija y ella le leyó la mirada. No le gustó lo que vio en ella.

—¿Qué quieres decir con eso, papá?

— La única huella coincidente en todas las fotografías es la tuya.

—¿Y? Me las dieron en el funeral, papá. Es más, ¡me las echaron encima! Carrie, Cooper, Vance... Todos me las entregaron de golpe. No sé qué coño estás diciendo, pero espero que no me estés acusando de algo que no he hecho.

Blunt llenó los pulmones y soltó el aire poco a poco por la nariz mientras apretaba la mandíbula.

—Solo estoy diciéndote lo que hemos encontrado, Helen.

—Ya. Pues a mí no me parece que estés diciendo solo eso. Si

crees que he sido yo quien ha matado a Tom y a Cooper a sangre fría y los he desmembrado, sé valiente y dímelo a la cara.

Se hizo un denso silencio entre ambos, que se aguantaron la mirada durante un largo instante. Lo último que Blunt pretendía era acusarla de aquellos asesinatos, pero tenía la mente y el corazón divididos. No creía que su hija le mintiera en algo como eso, pero tampoco podía decir que no le hubiera mentido nunca. La desconfianza, sin embargo, ya había hecho acto de presencia.

—¿Nada? Bien —respondió finalmente Helen al ver que su padre no abría la boca—. Porque quisiera saber a santo de qué vas contando detalles del caso.

—¿Detalles del caso? No le he contado a nadie...

—¿Y a Markie? —atajó Helen—. ¿No le has contado nada? ¿Lo del mensaje en la pared, por ejemplo?

Blunt estudió la expresión de Helen durante un momento. Al final asintió, dándole la razón.

—Tienes razón, se lo dije. Supuse que tú lo habrías hecho, pero por lo que me dijo no estaba al tanto del asunto.

—¿Y por qué coño se lo contaste? ¡Es una investigación privada! ¡Siempre dices que las cosas de comisaría son privadas! Joder, papá, es que no te entiendo. ¿Por qué le dijiste lo del...?

Helen no acabó la frase. De inmediato supo la razón de aquel movimiento por parte de su padre: Markie solo había sido un peón para obligar al resto de piezas del tablero a moverse en la dirección que él quería. Había atusado unas aguas que se le antojaban estancadas para hacer salir a los peces a la superficie.

Bajó los párpados muy despacio hasta cerrarlos y se mordió el labio. Blunt era listo, pero Helen no era ni de lejos una estúpida.

—¿Lo has hecho para ver si hacíamos algo, papá? ¿Atizar un

poco los troncos, que salten las ascuas a ver si prende el fuego y alguien se quema?

Blunt negaba con la cabeza mientras la escuchaba hablar, como si su hija no hubiera entendido absolutamente nada.

—Te diré lo mismo que le dije a él, Helen, y es en lo que te tienes que centrar. Este caso no empezó con la muerte de Tom Parker. Tampoco con esos mensajes escritos en las paredes. Ni siquiera con las fotografías que habéis recibido. No, este caso empezó aquel verano... ya sabes a lo que me refiero. Y ha estado latente hasta ahora. Porque la verdad se puede negar, se puede ocultar, olvidar o incluso disfrazar. Pero la verdad siempre vuelve, Helen. Siempre. Y ha vuelto. ¿Qué espoloneé un poco a tu amigo Markie para hacértelo ver... a ti y a todos tus amigos? Sí, ¿para qué voy a negarlo? Pero lo he hecho porque yo no conozco la verdad de lo que ocurrió en 1995. Tú dices que tampoco, tus amigos lo han negado hasta ahora... Pero hay alguien que sí la conoce. No es casualidad que los que aparecéis en esas fotos seáis los mismos que estuvisteis involucrados en la muerte de Mercer... ni que todos las recibierais. El asesinato de Tom Parker no ha sido un hecho aislado, Helen. La muerte de Cooper Summers lo ha confirmado. Por el amor de Dios, ¡dejó escrito lo mismo en su casa! ¿Y ahora qué vas a hacer, Helen? Dime, ¿qué vas a hacer?

Una lengua de ácido reptó por la garganta de Helen y el estómago se le revolvió. Su padre no tenía ni idea de lo que pasó de verdad aquel verano, pero sentía que cada vez cerraba más el cerco. Tenía el mismo aspecto que un cazador acorralando a sus presas. Helen trató de mantener a raya las lágrimas que subían a sus ojos.

—¿Y tú, papá? —le dijo al fin—. ¿Qué vas a hacer tú? ¿Arriesgarte? ¿Arriesgarte a que nos asesinen como animales igual que han hecho con Tom y Cooper solo por confirmar que tus estúpidas teorías son ciertas? ¡¿Vas a arriesgarte a que maten a tu propia hija?!

Blunt sintió una punzada en el corazón, igual que la sintió veinticinco años antes, cuando ella misma le lloraba desconsolada y negaba cualquier implicación en la muerte de John Mercer y en la desaparición de Steve Flannagan. Pero esta vez, a diferencia de aquel día, no se levantó para abrazarla y consolarla. Por supuesto que no iba a dejar que mataran a su hija, pero si algo extraía de la respuesta que acababa de darle Helen era que no había afirmado ni negado nada de lo que él le había dicho. Y a veces eso evidenciaba más que cualquier confesión, aunque no pudiera demostrarlo.

—No voy a permitir que nadie te haga daño, Helen —le respondió dejando a un lado sus pensamientos—. Tampoco voy a permitir una sola muerte más en Goodrow Hill mientras yo esté al mando. Pretendía dejar este asunto en tus manos, pero he decidido que no voy a desvincularme hasta que todo esto termine. Vamos a descubrir quién está detrás de todo esto, Helen, lo vamos a detener y lo vamos a encerrar.

Helen se pasó las palmas de las manos por la cara y se apretó los ojos para enjugar un par de lágrimas rebeldes. Cuando las apartó, un color rojizo le había subido a las mejillas.

—Vale.

—Vale —repitió su padre.

—¿Qué quieres que haga?

—Ve a buscar a Vance Gallaway. No me gusta no saber dónde está, y quiero saber qué hizo ayer por la noche.

—¿Crees que Vance... pudo hacerle eso a Cooper? En las fotos aparece con las manos tachadas...

—Helen —dijo Blunt secamente—. Creo que Vance es capaz de cualquier cosa. Y sé que tú también lo sabes. —Helen tragó saliva, pero no dijo nada—. Así que quiero saber dónde está ahora y dónde estuvo anoche. Ve a su caravana y echa la puerta abajo si hace falta. Si no está allí, búscalo en los antros que suele frecuentar. Me da igual si tienes que mirar debajo de cada piedra de este pueblo; encuéntralo. Yo llamaré a Charlie y comprobaré si ha descubierto algo útil en casa de Cooper Summers. —Hizo una pausa—. Y, la verdad, me dan igual las fotografías. Todos sois posibles víctimas... o sospechosos. Te lo digo así porque quiero ser claro contigo... con vosotros. ¿Lo has entendido? Pero eres mi hija, —y repitió—: y siempre voy a protegerte.

Helen agachó la cabeza. Puede que en ciertas cosas no estuviera de acuerdo con él, pero entendía su postura.

—Está bien. Por cierto... ¿qué opinas de Markie? —quiso saber—. ¿Te dijo algo cuando estuvisteis juntos ayer?

—Ya te lo he dicho... Se sorprendió de que no le hubieras contado lo del mensaje en la pared. También se preguntaba por qué había recibido esa fotografía si no aparecía marcado como los demás.

—¿Y tú qué opinas?

—Como te he dicho, para mí todos los de la foto son víctimas a la vez que sospechosos. No creo que debamos descartarlo, pero dudo que tenga algo que ver con todo esto. Recibió la foto, pero tú le llamaste para que viniera. Ni siquiera estaría aquí de no ser porque tú se lo pediste.

Las palabras de Blunt dieron que pensar a ambos. Cooper y Tom habían muerto tal como pronosticaban las fotografías. A Jesse, Vance y Carrie se les podía calificar como los siguientes objetivos del asesino, pero, dejando de lado a Markie, solo Helen y Steve aparecían inmaculados en las fotos. Steve estaba muerto... o, por lo menos, se volatilizó sin dejar rastro en 1995. ¿Significaba eso que el asesino estaba apuntando directamente a Helen para que pareciera sospechosa...? ¿O es que Steve había regresado a Goodrow y se mantenía en las sombras vengándose por lo que pasó?

Helen se agitó ante aquella posibilidad, pero se le antojó una locura, algo de lo más descabellado... Pero todo le resultaba a la vez tan lejano como cercano, tan familiar como el eco de su propia voz... ¿Y si su padre tenía razón? ¿Y si «la verdad siempre vuelve»? ¿Y si Steve hubiera vuelto realmente? Pero ¿qué pasaría si no confesaban lo que había ocurrido realmente en 1995 con Mercer y con Steve? ¿Darían con el asesino a tiempo o morirían uno a uno por no contar la verdad?

Las entrañas de Helen se le retorcieron y un dolor agudo siguió a un pinchazo. Por un segundo creyó que le había bajado la regla, pero solo eran los nervios atacándole al estómago.

Antes de irse, se acercó a su padre y lo besó en la mejilla. Blunt se sorprendió ante aquel gesto de cariño inesperado y no supo reaccionar, pero agarró a su hija de la mano en un acto reflejo.

—Ten cuidado —le dijo.

—Lo tendré.

Helen salió de la comisaría y se metió en su coche patrulla, pero no encendió las luces ni la sirena. Enfiló en silencio por la carretera hacia la caravana de Vance.

Esperaba poder encontrarlo allí, porque todo aquel asunto se había vuelto demasiado extraño y peligroso y tenía que hablar con urgencia con él. Sabía que iba a ser difícil convencerle; que llevaban demasiados años guardando secretos y ninguno estaría dispuesto a revelarlos, pero había llegado el momento de poner las cartas sobre la mesa, de dar la cara. De confesar o morir.

Interludio

La mentira

Después de la tragedia, 1995

—¿Diga? —Helen descolgó el teléfono que había encima del despacho de su padre.

—¿Hola? —Alguien al otro lado del teléfono carraspeó—. Hola, soy el sargento Rogers, de la oficina del sheriff de Rushford Falls. ¿Estoy llamando a la policía de Goodrow Hill?

—Sí.

—Estoy buscando al jefe Oliver Blunt, ¿podría hablar con él?

—Hum... El jefe Blunt no está ahora mismo —dijo Helen—. Ha salido un momento. Soy su... ayudante —mintió. No sabía exactamente por qué lo había hecho, pero le salió de una manera casi natural. Le resultó emocionante hacerse pasar por una policía de verdad y solo se trataba de una mentirijilla inocente. Al fin y al cabo, pensaba informar a su padre de que le habían llamado y solo era cuestión de seguirle un poco la corriente al sargento. Era divertido, no tenía nada de malo—. Si quiere puedo dejarle un mensaje. ¿Cómo me ha dicho que se llamaba?

—Rogers. Sargento William Rogers. Comisaría de Rushford Falls —repitió.

—Bien. ¿Cuál es el recado que debo darle?

—Nos estamos poniendo en contacto con todas las comisarías de la zona porque hemos hallado un cuerpo en el río, pero no tenemos información alguna de quién puede ser. La policía de Goodrow dio aviso de una persona desaparecida y podría tratarse de la misma persona.

Helen dio un respingo de sorpresa y se le aceleró el corazón. ¡Habían hallado el cadáver del pequeño Elliot! Pero eso era imposible... ¿Y en Rushford Falls? Rushford estaba a más de treinta kilómetros de Goodrow, en dirección al mar. ¿Cómo había llegado a parar allí?

—¡Sí, sí, así es! —balbuceó—. Debe... debe tratarse de Elliot Harrison. Desapareció hará unos tres meses.

—¿Tiene una fotografía?

—No; bueno, debemos tener una por aquí, en alguna parte, pero puedo darle una descripción detallada: seis años, metro veinticinco, pelo rubio tirando a pelirrojo, ojos verdes, la última vez que se le vio llevaba una...

—Un momento, un momento —la interrumpió el sargento—. ¿Es un niño?

—Sí. De seis años. Desapareció al salir del colegio, de camino a su casa. Sus padres...

—No, no se trata del cuerpo de un niño —confirmó Rogers.

—¿Cómo? —la sorpresa de Helen se transformó de inmediato en una duda—. Pero si me ha dicho que...

—No es un niño —repitió imperativamente el policía—. A pesar del estado en el que lo hemos encontrado, los médicos han dictaminado que se trata de un joven de entre dieciséis y veinte años. Metro setenta y cinco, unos sesenta kilos, cabello oscuro, ojos marrones.

Helen se quedó petrificada. Sintió cómo se le escapaban las fuerzas y se mareaba. Se apoyó en la mesa y se dejó caer en la silla de su padre. El sargento no estaba hablando del pequeño Elliot... sino de Steve Flannagan. ¡Dios mío, habían encontrado el cadáver de Steve, y a más de treinta kilómetros de Goodrow! Le entraron ganas de vomitar cuando se imaginó el cuerpo hinchado y amoratado de Steve después de la pelea en la presa, y arrastrado por la corriente.

—¿Hola? ¿Está ahí? —preguntó el sargento arrancándola de sus sombríos pensamientos.

—S-sí.

—¿Sabe de quién puede tratarse? No lleva ningún tipo de identificación, y sus huellas no están registradas. Tiene la cara muy maltrecha y la mayor parte de los huesos del cuerpo rotos... Es imposible saber qué le ha pasado, pero estamos buscando a alguien que pueda darnos alguna información al respecto, aunque sea mínima.

—Pero... ¿el chico está...?

—El chico está en coma —informó el policía—, no se sabe todavía si sobrevivirá, los médicos no tienen muchas esperanzas.

Helen tragó sonoramente, creyó incluso que al otro lado de la línea el sargento Rogers habría oído con suficiente nitidez cómo la saliva descendía por su tráquea.

¿Steve estaba vivo?

Su corazón había pasado de casi detenerse a incrementar la frecuencia cardíaca en poco menos que un parpadeo. Notaba cómo le bombeaba con violencia la sangre como si fuese un caballo desbocado galopando a toda velocidad por todo su cuerpo, elevando su temperatura y activando toneladas de adrenalina. ¿Qué iba a hacer si Steve despertaba y sacaba a la luz lo que le habían hecho? Su vida estaría acabada. Cogió aire y trató de tranquilizarse. Habló con la voz tan calmada como le fue posible.

—Como le he dicho, sargento, en nuestros informes la única persona en condición de desaparecida es Elliot Harrison. Le transmitiré su mensaje al jefe Blunt, pero le confirmo que no tenemos constancia de ningún caso similar. ¿Se ha puesto en contacto con las comisarías más cercanas a su zona? Goodrow queda un poco lejos de Rushford.

—Ninguna ha notificado desapariciones o ausencias en los últimos días. Resulta muy extraño.

—Sí, la verdad es que es bastante raro que nadie haya puesto una denuncia. Si quiere, puede enviarnos el informe por fax por si nos enteramos de algo.

—Claro. Toda ayuda es poca. ¿A qué número se lo envío?

Helen miró el reloj de pared e hizo un rápido cálculo mental. Había llegado a comisaría antes de que finalizara el turno de su padre —él le había prometido ir a cenar y al cine—, pero una reunión de última hora trastocó los planes. Blunt le dijo que era una reunión muy importante y que estaría ocupado más o menos una hora, así que dejó que lo esperase en su despacho, después harían lo que ella quisiera. De eso hacía poco más de veinte minutos (por lo que aún le quedaba un buen rato), aunque con él nunca se sabía; aquel tipo de reuniones podían terminar tan abruptamente como extenderse más de lo previsto. Pensó en darle a Rogers el número del fax que su padre tenía en casa, pero, si la cosa se torcía, podían averiguar que el informe se había enviado a la dirección particular del jefe de la Policía de Goodrow, así que no era buena idea. Las preguntas sobre cómo y por qué se habría recibido aquel documento en su domicilio sin tener siquiera constancia de ello iban a ser complicadas de justificar.

Terminó por decidir que la mejor opción era siempre la más sencilla.

—Tome nota. ¿Me lo envía ahora mismo? Así podré informar de inmediato al jefe Blunt.

—Lo tengo en la mano.

Helen le dio el número de fax del despacho de su padre, en la comisaría; lo tenía justo al lado. Solo rezaba para que el sargento Rogers cumpliera su promesa y no se demorara en enviarlo. Mientras oía el sonido de un teclado a través del auricular, pensó en Steve. Llevaba casi tres semanas desaparecido y se preguntó cómo era posible que siguiera vivo... Aunque eso daba igual. El problema no era que hubiera sobrevivido a la pelea, a la caída, a la furia de la presa... sino que despertara del coma. «Los médicos no tienen muchas esperanzas», le había dicho el sargento. Tal vez debería sentirse mal por pensarlo, pero deseaba que esa esperanza se esfumara lo más pronto posible.

—Enviado. Debería llegarle en unos segundos. Avíseme si se entera de algo, por favor.

—Muchas gracias, sargento.

—Por cierto, su nombre...

Helen colgó. No pensaba decirle a aquel hombre cómo se llamaba, ni que en realidad no era la ayudante del jefe de policía sino su hija. Tampoco que conocía al chico que habían encontrado medio muerto en la orilla del río.

Mucho menos que estuvo presente cuando lo dejaron caer por el borde de la presa.

Por si fuera poco, el informe que ya empezaba a salir lentamente del aparato de fax provocando unos rítmicos e irritantes pitidos no iba a llegar a manos de su padre. Eso tampoco iba a saberlo nunca el sargento Rogers ni nadie más en Goodrow Hill. Tal vez Steve despertara, y los hechos salieran a la luz... pero tal vez no lo hicieran. Y la verdad de lo ocurrido no debía descubrirse por una fortuita llamada telefónica. Estaba dispuesta a cargar con el peso de ese secreto hasta el día de su muerte.

Pero ¿qué otra cosa podía hacer, pensó, excepto lo que estaba haciendo?

Cogió el informe que el sargento Rogers le había enviado y, en cuanto le hubo echado un vistazo, lo dobló, lo guardó en su mochila y cerró la cremallera. Después, se puso los cascos del walkman, apretó el botón de *play* y dejó que el tiempo corriera al ritmo del «All Apologies», de Nirvana.

SEGUNDA PARTE

1

El mayor de sus temores

—¿Qué cojones quieres?

Vance abrió la puerta de su caravana después de que Helen la aporreara durante más de cinco minutos seguidos. No se dio por vencida porque su exmarido tenía su apreciada Indian Scout aparcada a pocos metros y estaba demasiado alejado de cualquier parte como para ir andando a ningún sitio.

La recibió con cara de hastío, unas ojeras imposibles de disimular pintándole la cara y vestido con una camiseta de tirantes manchada y un pantalón de chándal raído y con agujeros allá donde miraba.

—¿Dónde coño estabas? —le espetó Helen.

—Qué se supone que eres ahora, ¿mi madre? Estaba aquí, joder. Durmiendo.

A simple vista, parecía que Vance no tenía ni idea de lo que le había pasado a Cooper, pero si Helen comenzaba a no fiarse de nadie, mucho menos de él.

—¿Y tu móvil? Llevo llamándote toda la mañana.

—Yo qué sé. Debe estar por ahí. ¿Qué quieres?

Helen soltó todo el aire por la nariz con indignación.

—¿Puedo pasar?

—Haz lo que quieras. Mientras no me ensucies nada...

Vance se dio la vuelta y se perdió dentro de la caravana. Helen apoyó los pies en el escalón metálico y frotó a conciencia las botas contra las rejillas para deshacerse del barro que se le había incrustado en las suelas. Cuando accedió al interior, se dio cuenta de que lo que Vance acababa de soltarle no era más que otro de sus sarcasmos habituales.

La caravana estaba de todo menos limpia. El insoportable olor a ropa sudada y leche agria se antojaba casi irrespirable. Aunque no hacía calor dentro, el ambiente estaba lo suficientemente cargado y la humedad del exterior se había adherido a las paredes tanto que traspasaba la ropa y se pegaba a la piel. El poco suelo que podía pisarse estaba mugriento, sucio de tierra y con marcas negras que podrían ser de grasa o de hollín. La pequeña cocina (que no era más que un fregadero con un par de fogones) se notaba grasienta y descuidada, con algunos platos y cubiertos usados sin lavar de comidas o cenas de días anteriores. Helen sintió un escalofrío recorriéndole todo el cuerpo al ver aquella dejadez, pero agradeció que al menos la puerta del diminuto aseo estuviera cerrada. No quería imaginarse el estado en el que se encontraría si el resto de la caravana estaba así.

Vance se dejó caer sobre la cama y se encendió un cigarrillo. Echó el humo gris por encima de su cabeza como si fuera un aspersor y arqueó las cejas ladeando la cabeza mientras alcanzaba un botellín al que le quedaba algo de cerveza de la noche anterior. Helen esperó con paciencia hasta que le hubo dado un trago.

—¿Has terminado? —le dijo irritada.

—Perdona, pero has sido tú la que ha venido a mi humilde

morada —le respondió con el cigarro colgando de sus labios y abriendo los brazos mostrando sus dominios.

—No sé cómo puedes vivir aquí, así, de esta manera.

Vance sonrió ante el reproche de su exmujer.

—Puede que si el gilipollas de mi padre no hubiera hipotecado la casa por segunda vez justo antes de matar a mi madre y cortarse las venas como un cobarde, o si mi exmujer no me hubiera echado a patadas de su casa tal vez no estaría aquí. Pero eh, no se lo digas, a ver si se va a enterar. ¡Oh, perdona, que eres tú! —Soltó al final llevándose una mano a la boca, como si hubiera estado pensando en voz alta.

—Eres imbécil, Vance. Pero me da igual. Cómo vivas es problema tuyo, no he venido por eso. He venido por Cooper.

—Qué le pasa a ese ahora. ¿Ya ha vendido el aserradero? ¿Vienes a traerme el finiquito de su parte?

—No, no vengo a traerte nada. —Helen hizo una pausa que no duró mucho. Sabiendo que tenía que afrontar la conversación de cara para ver la reacción de su exmarido, preguntó directamente—: ¿Dónde estuviste anoche, Vance?

Este hizo una mueca y frunció el ceño.

—¿A qué cojones viene esa pregunta?

—¿Vas a contestarme o no?

—¿Estás perdiendo la memoria? Pues en el mismo sitio que tú, joder. En casa de Cooper, contigo y los demás.

—¿Y después? ¿Dónde fuiste?

Vance dio otra calada mientras movía la cabeza de un lado a otro, como si Helen se hubiera vuelto loca.

—Esta conversación es surrealista...

—Contesta.

—Fui a tomarme una cerveza al Forbidden Wolf, ¿vale? —Antes de proseguir, Vance guardó silencio. Fue solo un segundo, pero a Helen le bastó para percibir que, después de abandonar la casa de Cooper, Vance había hecho algo más que ir a beber a aquel antro de mala muerte—. Y luego vine aquí, donde me tomé una o dos más. Oye, mira, no sé qué coño pasa, pero no tengo por qué darte explicaciones de lo que hago o dejo de hacer.

—Han asesinado a Cooper, Vance —soltó Helen cortante—. Hemos encontrado su cuerpo esta mañana.

—¿Qué? —El cigarrillo se le cayó de los labios a la colcha, pero lo cogió antes de que dejara otra china oscura y quemada en la tela amarillenta—. ¿Qué estás diciendo?

—Lo que acabas de oír.

—¡Pero si anoche estaba perfectamente! ¡Y se iba esta misma mañana de viaje! Cómo... ¿Cómo te has enterado?

Su reacción a la noticia parecía genuina. Puede que anoche hubiera hecho algo más que tomarse una cerveza, pero Helen intuyó que Vance de verdad podía no saber nada del asesinato de Cooper. De todos modos, los años le habían enseñado que lo mejor era no dar nunca nada por sentado con él. No podía fiarse.

—Ayer —explicó—, cuando todos os fuisteis de su casa, nos quedamos un rato hablando. Me confesó que estaba bastante nervioso por lo de Tom... y por lo de las fotografías. Le dije que no se preocupase, pero hasta yo sentí que mis palabras estaban vacías. ¿Cómo podía tranquilizarlo si yo misma no lo estaba? La cuestión es que esta mañana decidí llamarlo para ver qué tal había pasado la noche, desearle buen viaje y pedirle que me avisara cuando estuviera de regreso, pero no lo localicé. Después de llamarlo cuatro o cinco veces sin obtener respuesta me presenté en su casa. La puerta estaba cerrada y nadie respondía al timbre, pero su coche estaba fuera y, que yo supiera, Cooper no tenía otro medio para ir al aeropuerto. Así que reventé la puerta y entré. Lo busqué por toda la casa, pero no lo encontré... hasta que salí al jardín.

—Joder... —Vance guardó silencio durante un momento haciendo memoria—. Y... ¿qué le faltaba? —preguntó al fin.

—¿Qué le faltaba de qué?

—Joder, Helen. De qué. ¡Del cuerpo, hostia! ¿Qué le han arrancado?

—Ambas orejas.

Vance bajó la cabeza, tiró la colilla al suelo y la aplastó con el pie desnudo.

—Mierda. ¿Lo saben los demás?

—He hablado con Carrie y con Jesse... Están bien. Pero Carrie está aterrorizada; fue ella la que recibió la fotografía de Cooper... la que tenía las orejas tachadas. Ahora cree que es la siguiente.

—¿Y Jesse?

—Jesse no le ha dado más importancia. No me lo ha dicho, pero creo que está esperando su turno. Es más, ya viste lo que dijo en casa de Cooper anoche, que nos lo merecemos.

—Puto subnormal depresivo —lo insultó sin compasión—. ¿Y Markie?

—De él también quería hablarte. Sabe lo de Cooper porque esta mañana he estado con él, pero...

—Pero ¿qué?

—Ha preguntado por Steve. Por él y por lo que estuvimos haciendo ayer por la noche cuando se marchó de casa de Cooper. Bueno, más bien de lo que estuvimos hablando. Quiso saber si la desaparición de Steve en el 95 puede estar relacionada con las muertes de Tom y Cooper.

—¿Por qué te dijo eso? Markie no sabe lo del mensaje que dejó el asesino —expuso erróneamente Vance. Helen negó con la cabeza.

—Sí que lo sabe. Mi padre se lo contó.

Vance estiró el cuello.

—¿Por qué coño se le dijo?

—Cree que ese mensaje es para nosotros... para que confesemos lo que ocurrió con Steve y con Mercer —le explicó Helen—. Ha utilizado a Markie para presionarme.

—Será cabrón... Lleva toda la vida con eso entre ceja y ceja, ¿no va a parar nunca? —Helen se encogió de hombros—. Y Markie... ¿qué interés tendría en lo de Steve? —preguntó. Apoyó ambos pies en el suelo y dejó la botella de cerveza a un lado.

—Tiene miedo, como el resto.

—¿Miedo? ¿De qué va a tener miedo, Helen? Markie ni siquiera estuvo presente cuando pasó lo de Steve, y es el único que no sale marcado en la puta fotografía. ¿Estás segura de que no fue él quien mató a Cooper?

Helen sopesó aquella opción, pero la descartó de inmediato.

—No es el único que no aparece marcado, Vance. Yo tampoco, así que no podemos fiarnos de eso.

—¿Estás añadiéndote a la lista de sospechosos? ¿Eso te enseñaron en la academia? Porque desde mi punto de vista, no me parece que pueda considerarse de buen policía, que digamos.

—Lo que estoy diciendo es que, si nos basamos solo en la fotografía, los únicos sospechosos aquí somos Markie y yo. Además, llevábamos veinticinco años sin saber de él, y fui yo la que le avisé para que viniera. E igual que Cooper, Markie tenía pensado marcharse esta mañana. No tiene sentido que hubiera cometido el crimen; no solo el de Cooper, mucho menos el de Tom. Ni siquiera estuvo aquí cuando ocurrió. Además, si hubiera vuelto a casa como planeaba, ¿crees que Cooper no habría muerto?, ¿que las muertes se habrían detenido? ¿Que Carrie, Jesse y tú estaríais a salvo definitivamente? ¿Qué pasaría entonces con la amenaza, con el mensaje para que confesemos? Bueno, con los mensajes, porque quien lo hizo volvió a dejar el mismo recado en casa de Cooper. —Helen hizo una pausa para recalibrar sus pensamientos—. Mira, Vance, tú mismo has dicho que Markie no sabe nada de lo que pasó con Steve... ni con John Mercer. Lo que está ocurriendo es una venganza por aquello, tiene que serlo; pero ¿de qué querría vengarse Markie si no sabe qué sucedió aquel verano?

Vance agachó la cabeza y se miró los pies. Tenía las plantas negras y las uñas gruesas y largas. A Helen le dio bastante asco. Después de unos segundos, Vance asintió y respondió:

—Pues entonces ya puedes descartarlo como asesino potencial. Y Tom y Cooper ya están muertos, así que quedamos tres de los que salimos marcados en las fotos. Pero, a ver, me extrañaría que Carrie tuviera la suficiente sangre fría como para arrancarle los ojos a Tom... o matar a Cooper. Y Jesse está demasiado jodido como para hacerlo. A no ser que nos haya engañado y pueda levantarse de la silla y ponerse a caminar milagrosamente, tipo Lázaro, ¿no?

—No seas idiota, Vance. Jesse está paralítico, no podría hacerlo aunque quisiera.

—Bueno, viendo cómo se lanzó sobre mí en casa de Cooper, casi lo pondría en duda.

—Si Carrie y Jesse no lo hicieron...

—¿Qué? ¿Insinúas que lo hice yo? —Helen se quedó mirando los ojos azules de Vance con suspicacia—. Joder... Ya veo. Soy el único con suficientes huevos como para hacerlo, ¿verdad?

—Yo no he dicho eso.

—No hace falta que lo digas, Helen. Te lo veo en la mirada. Ahora entiendo el interrogatorio ese que me has hecho nada más llegar. Pues mira, me da igual. Si quieres, saca las esposas y llévame a comisaría; me importa tanto como una puta mierda. —Vance extendió los puños juntando las muñecas, pero Helen no quiso seguirle el juego. Sabía que su exmarido era más que capaz de matar a cualquiera, pero no lograba hallar una razón lógica para haber asesinado a sus amigos. Al fin y al cabo, en todo ese asunto él no tenía las manos del todo limpias. Como Helen no reaccionó, bajó los brazos y continuó hablando—: Pues si ninguno de los seis hemos sido, ¿quién lo ha hecho? ¿Quién conoce lo que pasó aquel año? —preguntó retóricamente—. Ya te lo digo yo, Helen: Nadie. Así que no hay nadie que conozca nuestro secreto. Para todo el mundo, Steve desapareció, y para nosotros... nosotros sabemos que está muerto. Fin de la historia.

Helen bajó la vista y se mordió el labio. Vance se dio cuenta de aquella reacción y frunció el ceño. Supo entonces que la muerte de Steve no fue el único secreto que guardaron aquel entonces; Helen se había guardado uno mayor, uno que ni siquiera le había contado a él.

—¿Qué ocurre, Helen? —se puso en pie y dio un paso hacia ella. Como no respondía, la cogió de ambos brazos—. Helen, dime que Steve está muerto. Dime que nadie supo nada él.

Pero Helen no podía darle la respuesta que quería oír, ni siquiera regalarle los oídos por enésima vez para que dejara de insistir y se olvidara del tema. Por una vez desde hacía demasiado tiempo fue sincera con Vance y consigo misma y expuso con claridad lo que llevaba años temiendo:

—Creo que Steve no está muerto, Vance. Creo que sobrevivió.

2

Como un avestruz

Vance golpeó con violencia la pequeña encimera con los puños. Helen acababa de contarle que, veinticinco años antes, esperando a su padre en comisaría, atendió una llamada de las autoridades de Rushford Falls demandando información sobre un cuerpo hallado en los bordes del río; un muchacho malherido, pero con vida.

—Por un momento pensé que se refería a Elliot Harrison, pero aquel sargento me confirmó que se trataba de un adolescente, no de un niño. Fue entonces cuando entendí que hablaba de Steve. Aunque insistió, no le hablé de él; le dije que debía ser una confusión, que en Goodrow Hill solo teníamos constancia de una desaparición, de un supuesto secuestro, el de Elliot. Le pedí al sargento que me enviara el informe y le prometí que se lo entregaría a mi padre, aunque en ningún momento le dije que no era con su secretaria con la que hablaba sino con su hija. Guardé el informe que me enviaron y, al llegar a casa, lo quemé y tiré las cenizas por el retrete. Después, tan solo traté de olvidarlo.

Vance no daba crédito. Estaba rojo de furia e incredulidad. Soltó un grito de impotencia que hizo que Helen se estremeciera y se dejó caer pesadamente sobre la cama. Se frotó la cabeza de tal manera que la piel del cuero cabelludo se enrojeció.

—Así que trataste de olvidarlo... ¡¿Steve estaba vivo y tú solo trataste de olvidarlo?!

—¡Estaba muerta de miedo, joder! ¡¿Es que no lo entiendes?! ¡Tenía diecisiete años!

—¡Me importa una mierda, Helen! ¡Se te fue la cabeza! ¡La puta cabeza! —gritó Vance poniéndose en pie de nuevo.

—¡¿A mí, Vance?! —Esta vez fue Helen la que se plantó delante de él, amenazante—. ¿A mí se me fue la cabeza? ¿Quién le dio una paliza a Steve? No fui yo, Vance. ¡Fuiste tú!

—¡Que te jodan, Helen! ¡No te atrevas a echarme la culpa de lo que pasó aquel día! ¡Todos estuvimos en la presa, todos sabíamos que era lo que había que hacer! Pero claro, fui yo quien se encargó de todo, ¿verdad? Al que ahora puedes acusar de mancharse las manos...

Helen apretaba los dientes tanto o más que Vance, mientras ambos se sostenían la mirada. Sus rostros estaban muy juntos, casi pegados. Helen podía notar el calor ardiente que brotaba de Vance y su aliento a alcohol y tabaco. Él percibió su perfume, femenino y afrutado, el mismo que desprendía su pelo cuando dormían sobre el mismo colchón, en los escasos días felices de los que disfrutó su matrimonio.

—Lo que tenías que haber hecho fue contármelo de inmediato —apuntó Vance al fin señalándola a la cara.

—Pero no lo hice, ¿vale?

—¡No, no lo hiciste, joder! ¡Metiste la cabeza en la arena como un puto avestruz!

A pesar de sus formas, Vance no se equivocaba. Después de la llamada del sargento Rogers, Helen cerró los ojos, se tapó los oídos y dejó de pensar en Steve como si con ello consiguiera que aquella pesadilla desapareciera, como si Steve no existiera. Pero las cosas no funcionaban así, y ella lo sabía.

—Steve estaba en coma —dijo a modo de excusa—. Los médicos dijeron que estaba muy grave, y pensé... Pensé que no podría sobrevivir... o que no se despertaría nunca más. Y como pasaron los días, las semanas, y no volvieron a llamar, pensé que habría muerto.

—¡Pensé, pensé, pensé! —repitió Vance, en una burda imitación de su exmujer—. ¡Joder!

—Crees que... ¿Crees que es Steve? Quien mató a Tom, a Cooper, quien envió las fotografías... ¿Crees que pudo ser él? Es el único que podría saber lo que... todos le hicimos. También lo que le hicimos a John Mercer. Si despertó del coma es posible que...

—Es una locura. ¡Una locura!

De repente, Vance apartó a Helen y salió de la caravana a trompicones. Bajó los dos escalones y se quedó parado de espaldas a la puerta, que se mecía con el vaivén del viento. Cerró los ojos, alzó la cabeza hacia el cielo y dejó que el aire helado de la montaña y los olores a madera y a pinaza del bosque lo inundaran. Notó bajo sus pies la tierra húmeda y a su espalda la presencia de Helen, que lo miraba sin decir nada, dándole tiempo y espacio.

Pasado un largo minuto formuló la pregunta que Vance llevaba rato haciéndose en silencio:

—¿Qué hacemos ahora?

Su exmarido se tomó otro momento antes de responder. Tenía todos los músculos del cuerpo tensos, así que trató de relajarlos, pero el frío se lo impidió. Se volvió con lentitud, girando sobre sí mismo, y sus ojos azules destellaron al encontrarse con los de Helen.

—Hay que averiguar si Steve está vivo. Si salió del coma, si sobrevivió. Tienes que ir a Rushford Falls, Helen.

Odiaba admitir que Vance tuviera razón, pero no podía hacer otra cosa que aceptarlo. Por muy insalvables que fueran las diferencias que los separaban tenía que dejarlas de lado; la prioridad ahora pasaba por averiguar qué había sido de Steve. No había vuelta de hoja, tenía que descubrir qué había pasado, así que asintió.

—Y tú, ¿qué vas a hacer? —le preguntó a Vance.

—Asegurarme de que nadie más nos miente —sentenció.

3

Amenazas vacías

Verano de 1995

Peter y Janet Harrison, los padres de Elliot, se presentaron inesperadamente en casa de John Mercer. Nada más salir al porche, descorazonado y bañado en sudor, Blunt los vio plantados en el jardín como dos árboles escuálidos y desprovistos de hojas agonizando en el apogeo de un verano que los estaba marchitando.

—¡¿Dónde está nuestro hijo, Blunt?! ¡¿Dónde está Elliot?! —gritó angustiado el padre.

—Peter, Janet... —los saludó tratando de no sonar demasiado sorprendido—. ¿Qué hacéis aquí?

Blunt ignoraba cómo era posible que se hubieran enterado de que Elliot podría estar retenido en casa de Mercer. Pero la verdad era que, en cuanto él, Vance y Dodge siguieron a Mercer al interior de la casa, a Cooper se le ocurrió la idea de alertar a los Harrison; ya no solo porque tuvieran derecho a reencontrarse con su hijo, sino porque esperaba que su mera presencia ejerciera una presión adicional sobre el supuesto secuestrador. Como no vivían muy lejos, mandó a Tom y

Jesse a buscarlos. Steve, cómo no, se opuso a aquella decisión, pero Cooper no le hizo ningún caso y los dos chavales corrieron a avisarles. Tal vez entre todos lograrían desenmascararlo, pensó. Y habían llegado justo a tiempo.

—¡¿Dónde está mi hijo?! —chilló Janet ansiosa repitiendo la pregunta de su marido y obviando al policía—. ¿Está ahí dentro? ¡Elliot! ¡Elliot!

Blunt bajó las escaleras del porche para cortarle el paso a la señora Harrison, que se había zafado de su marido y estaba dispuesta a entrar en la casa para recuperar a su hijo a toda costa. Era mucho más impulsiva que Peter, pero este, carcomido por la desesperación de no conocer el paradero de Elliot, se unió a su cruzada encarándose con Mercer, a quien pensaba destripar si se demostraba que había secuestrado a su pequeño. El hombre alzó las manos en señal de inocencia y retrocedió ante la amenaza que suponía el padre de Elliot.

—¡Janet, Peter! ¡Vuestro hijo no está aquí! ¡Parad!

Blunt detuvo con una mano a Janet mientras con la otra ejercía de barrera entre John Mercer y Peter Harrison.

—¡No sé qué les han contado, pero están muy equivocados! —les espetó Mercer—. ¡Yo no tengo a su hijo! —Después, miró a los chavales que aguardaban la salida de Vance y concluyó que habían sido ellos los que habían alertado a los padres del crío. Saliéndose de sus casillas, Mercer los señaló mientras echaba esputos a diestro y siniestro—. ¿Habéis sido vosotros, verdad, pequeños cabrones? ¡Sois todos unos mentirosos! ¿Qué creéis que estáis haciendo?

Peter Harrison tenía los ojos enrojecidos y la mandíbula tan apretada que le dolía, su cabello cobrizo fulguraba bajo el sol. Miraba a Mercer con furia, pero ahora dudaba de la veracidad de las palabras que aquellos chavales les habían contado. ¿Los habían engañado? Si era así, ¿con qué propósito? ¿Tan crueles eran de decirles que su hijo estaba vivo? ¿Qué clase de alma tenían —si es que acaso tenían una— para hacerles sufrir de esa manera? Pero, dadas las circunstancias,

¿qué padre haría oídos sordos a un atisbo de esperanza? Su hijo —su pequeño Elliot— llevaba semanas desaparecido, secuestrado. La policía no había encontrado ni siquiera una mínima pista de su paradero, y no hacían más que dar palos de ciego en la oscuridad. Esa era la primera vez que tenían algo, y, cuando su mujer abrió la puerta y oyó que esos chavales le ofrecían un clavo ardiendo al que aferrarse, no dudó en agarrarlo con todas sus fuerzas. Por eso ahora le parecía tan surrealista como cruel que se lo hubieran inventado. ¿A quién tenía que creer?

—¿Y dónde está mi hijo entonces? ¡¿Quién lo tiene?!

Blunt miró con compasión y tristeza a los ojos de Janet Harrison, anegados en lágrimas. La conocía bien, y le rompía el corazón verla completamente deshecha. Y es que antes de que las cosas cambiaran entre ellos, habían sido mucho más que amigos. Decir que estaban enamorados era quedarse corto; hubo un tiempo en que Blunt y Janet se amaban con locura, sabían que estaban hechos el uno para el otro. Pero el miedo de un joven Oliver Blunt al compromiso definitivo y su obsesión por convertirse en policía terminó por alejarlo de Janet. La relación languideció hasta llegar a un punto frío que Peter Harrison supo aprovechar en cuanto la conoció. Blunt lamentó sus obtusas decisiones durante mucho tiempo (y Janet también) porque el problema no era que el fuego de su relación se hubiera extinguido, sino que las brasas sobre las que se cimentaba su amor seguían incandescentes y no iban a apagarse con facilidad.

Janet lo miró como si tuviera algo importante que decirle, pero no supiera cómo hacerlo. El policía se dio cuenta de ello, pero lo achacó a la angustia de saber que, tal como acaba de comprobar, Elliot no estaba en el sótano de Mercer.

Blunt no estaba en la piel de Janet y no podía llegar a sentir lo que ella sentía ahora, pero sí podía compartir su dolor. Apretó los labios con pesar y meció la cabeza de un lado a otro, derrotado ante aquellos desesperados padres.

—No lo sabemos todavía, Janet. Seguimos en ello...

—¿Y qué hacéis aquí? —quiso saber—. ¿Por qué la policía está buscando a mi hijo en esta casa? ¿Qué tiene que ver este hombre en todo esto? —dijo apuntando a Mercer.

—Janet, el señor Mercer no tiene nada que ver... Hemos atendido un aviso de...

—¡Estos malcriados son los culpables! —Se defendió John Mercer interrumpiendo abruptamente las explicaciones de Blunt.

—¡Mentiroso de mierda! —Intervino Vance—. ¡Lo he oído! ¡Elliot estaba bajo la trampilla del sótano! ¡Jefe Blunt, por favor! ¡Le estoy diciendo la verdad!

—¡Déjalo ya, Gallaway! Has tenido tu momento, te has divertido todo lo que has querido, ¡ya puedes parar!

Vance se calló en seco y tragó saliva. Blunt no quería escuchar una palabra más de su boca. Le hizo caso, le concedió la oportunidad de demostrar que no mentía, pero, una vez más, lo había decepcionado. Sentía incluso que había traicionado su confianza jugando no solo con sus sentimientos sino con los sentimientos de los padres de Elliot, engañados ante una falsa esperanza. Pero Vance seguía convencido de que había escuchado al niño, de que Mercer lo retenía ahí abajo y de que, de alguna manera, lo había hecho desaparecer como por arte de magia.

No, la magia no tenía nada que ver. Mercer había noqueado a Vance y aprovechó el tiempo que estuvo inconsciente para trasladar a Elliot a otro lugar. ¿Dónde? No tenía ni idea, pero si Blunt no pensaba mover un dedo para encontrarlo, él no iba a quedarse de brazos cruzados, lo tenía decidido.

—¡Explíquenos qué está pasando, Blunt! —le exigió Peter Harrison—. Tenemos derecho a saber qué ocurre y por qué creían que Elliot estaba aquí.

Blunt se quitó el sombrero y se pasó una mano por la frente para quitarse las perlas de sudor. El calor aún apretaba a pesar de que comenzaba a caer la tarde.

—El señor Mercer aquí presente llamó a comisaría alertado por unos ruidos extraños en la casa. Encontró a Vance Gallaway en su sótano con un buen golpe en la cabeza. El chico, al recobrar el conocimiento, afirmó que Mercer tenía escondido allí a Elliot.

—¿Cómo es posible? —preguntó Janet.

—¡Y es verdad, lo oí! —recalcó Vance. Blunt alzó una mano para que no le interrumpiera.

—Decidimos bajar a comprobarlo y... —hizo una pausa—. Efectivamente, encontramos la trampilla bajo la tarima de madera del sótano, tal como Vance aseguró que haríamos; pero Elliot no estaba allí. Ni él ni ningún indicio de que hubiera estado ahí.

Los Harrison miraron a Vance escrutándolo con los ojos húmedos de ver sus esperanzas hechas añicos como un espejo roto en mil pedazos, y sin entender las razones de por qué les había mentido. Vance sintió la impotencia recorriéndole las venas; quería gritar, chillarles que Mercer los estaba engañando a todos en sus caras. Pero no tenía pruebas de nada, Mercer había sido más listo que todos ellos y ahora estaban quedando como unos mentirosos que se habían tomado el secuestro de Elliot como una diversión con la que entretenerse.

—No tenéis corazón —soltó Janet, mirando a los chavales a través del cristal de sus propias lágrimas—. ¡Ninguno! ¡Alguien se ha llevado a mi hijo, y ¿solo se os ocurre aprovechar esta desgracia para convertirla en un juego?!

—Deberíamos denunciarles, Blunt —sostuvo con convicción Peter Harrison—. A ellos y a sus padres.

Blunt se dio por aludido y echó una mirada furtiva a Helen, que agarraba de la mano a Carrie.

—Yo me encargaré de ellos, Peter, y de hacer lo que sea necesario para que este malentendido no vuelva a ocurrir.

—Esto no es un malentendido, Blunt. Es una crueldad.

—Y una desfachatez —añadió Mercer.

—Os entiendo. —Blunt trató de apaciguar los ánimos de la mejor manera posible—. Y lamento mucho este incidente, os aseguro que no se repetirá. Volved a casa con Lucas y... Sé que es difícil, pero... tratad de mantener la calma —solicitó a la pareja—. Pasaré a veros más tarde.

Los sollozos ahogados de Janet fueron lo único que los Harrison ofrecieron como respuesta. Después dieron media vuelta y regresaron por donde habían venido. Blunt vio cómo se alejaban, y su corazón se encogió un poco más.

Dodge y Lenno —el otro técnico de ambulancia— se despidieron del jefe de policía y se marcharon, no sin antes recomendarle a Vance que recordara cambiarse el vendaje y limpiarse la herida. Mercer, por su parte, avisó a Blunt de que no quería ver merodear de nuevo por su propiedad a ninguno de los chavales. Pasaría por alto lo que acababa de ocurrir, pero no estaba dispuesto a permitir que mancharan su reputación de aquella manera, acusándole de ser un secuestrador de niños. Este le dio su palabra y le tendió la mano a modo de disculpa. Cuando se la estrechó, la mantuvo aferrada durante un instante más largo de lo que el propio Mercer esperaba. En los ojos de Blunt pudo leer claramente que, si bien no desconfiaba de su palabra, lo tendría vigilado. Si en aquella mirada se escondía una amenaza, para Mercer era tan vacua como ineficaz; él no era un hombre que cediera al miedo o la intimidación.

Dándoles la espalda, subió los escalones y, desde el umbral de la puerta, se dirigió a Blunt por enésima vez.

—Encuentre a ese crío y acabe con esto de una vez por todas —le dijo.

Antes de que el policía pudiera responder, entró en su casa y cerró la puerta con llave.

4

La otra Carrie

No podía creer que Helen me hubiera ninguneado de aquella manera.

Estaba claro que no quería contarme nada, y mucho menos algo que tuviese relación con Steve y su misteriosa desaparición. Todo apuntaba a que la verdad tras lo ocurrido con él se circunscribía al cada vez más reducido grupo de personas que aparecían en aquellas antiguas fotografías que habíamos recibido por correo; una verdad que se parapetaba con descaro detrás de sus labios sellados.

Si Helen había rechazado de plano ofrecerme cualquier explicación y zanjó nuestra conversación de la manera en que lo hizo, con toda probabilidad el resto haría justo lo mismo; pero necesitaba que alguien me diera respuestas, que confirmara lo que otros afirmaban. Vance sería el primero en negarse a soltar prenda, eso estaba claro, pero con Jesse y Carrie no estaba tan seguro. Quizá si lograba convencerlos de alguna manera podría conseguir que se abrieran a mí y confesaran lo que pasó realmente con Steve. Como Blunt me dijo en la comisaría, el trasfondo de todo este asunto estaba relacionado con él y con la muerte de Mercer. Así que, por lo que parecía, me quedaban dos cartuchos con nombre propio por quemar: Jesse y Carrie.

Decidí que ella sería mi primera opción.

Helen me dijo que había conseguido hablar con Carrie a primera hora para informarle de la muerte de Cooper y, si había entendido bien, hoy tenía turno completo en la clínica veterinaria. Así que me dirigí hacia allá dispuesto a sacarle la verdad.

La clínica para animales en la que Carrie trabajaba era la única de Goodrow Hill. En ella atendían tanto a mascotas como a animales salvajes, y tenía una salita en la parte de atrás habilitada como quirófano para las intervenciones. Steve, Randy y yo trajimos más de una vez algún que otro bichejo atropellado cuando éramos pequeños, y era la señora Davis —la madre de Carrie— quien se encargaba de todo. Recordaba haber recibido noticias de la salud de los pobres animales —en su mayoría nada halagüeñas— en aquella misma sala. Otra de las estancias, llena de amplias jaulas ordenadamente dispuestas, servía para que los animales intervenidos pudieran descansar y reponerse con la mayor comodidad y rapidez posibles.

Dejé la camioneta aparcada junto a la verja de un pequeño trozo de tierra adoquinado y me encaminé a la entrada.

En el pequeño mostrador de la entrada vi que una mujer joven con el cabello lleno de rizos y una bata azul mataba el tiempo leyendo una revista del corazón.

—Hola, buenos días —saludé. Ella dejó la revista a un lado y miró a mis pies, buscando el paciente doméstico al que no veía por ningún lado.

—Buenos días, ¿qué necesita?

—Estoy buscando a Carrie Davis.

—Ah. ¿Es usted un familiar?

—¿Eh? No, no soy familiar suyo. Tampoco es el nombre de mi mascota —bromeé sonriendo—, es...

—Ya sé quién es Carrie Davis —espetó con desgana—; su nombre aparece en el cartel.

Quise darle una respuesta, pero daba la sensación de que el tiempo que había estado perdiendo leyendo, ahora valía más que el oro y no podía desperdiciarlo conmigo.

—¿Puede avisarla? Me gustaría...

—Ahora no está aquí —me cortó. Su descortesía parecía ir en aumento.

—¿No? Me han dicho que trabajaba todo el día.

—Ha salido un momento —expuso—. Con su novio.

La chica me lanzó una mirada directa y descarada, como si fuera un acosador deseando abalanzarme sobre Carrie en cuanto apareciera por la puerta.

—Me alegro —respondí con sarcasmo—. Soy amigo suyo. ¿Sabe cuándo volverá?

—No creo que tarde mucho —refunfuñó—, y tampoco que haya ido muy lejos; seguramente esté fuera. Si quiere puede esperarla ahí.

Me señaló con el bolígrafo unas tristes butacas detrás de mí. Supongo que esperaba que me sentara hasta que entrara Carrie con «su novio» y poder ser testigo de algún tipo de espectáculo que le amenizara la mañana. Una lástima que estuviera a punto de defraudarla.

—No hace falta, gracias.

Me di la vuelta y salí a la calle, dejándola con su revista de cotilleos y su cara lánguida. Eché un vistazo alrededor, pero no vi a Carrie. Ni a ella ni a su supuesto novio que, por cierto, no sabía que tuviera.

Esperé un par de minutos, hasta que el frío empezó a calarme los huesos, así que me metí en la camioneta y arranqué el motor para encender la calefacción y no morirme congelado. No sabía dónde podía haberse metido Carrie, pero según su compañera no debía tardar mucho. Quizá hubieran ido a comprar algo, o aprovecharon para darse el lote en cualquier rincón.

Cuando me disponía a marcharme, vi por el retrovisor una silueta familiar. Moví el espejo, y ahí estaba, era Carrie. Llevaba una bata similar a la de la chica con la que había hablado y unos pantalones blancos. Parecía discutir acalorada con alguien a quien yo no podía ver. Quienquiera que fuese, quedaba oculto tras la pared, a la vuelta de una de las esquinas de la clínica. Me quedé observando furtivamente desde mi asiento; pensé que si la cosa se ponía fea tendría que intervenir, pero esperaba no tener que hacerlo. Sobre todo, porque no sabía si me enfrentaría a un mequetrefe o a un gorila de barrio. Con mi suerte, ambos me darían para el pelo.

Pasaron un par de minutos cuando, para mi alivio, Carrie hizo los últimos aspavientos con los que dio por finalizada la conversación —una negativa tajante cruzando los brazos sobre su pecho—, y comenzó a volver de regreso al veterinario con el paso acelerado. Sin embargo, se volvió de súbito, como si su misterioso interlocutor la hubiera llamado. Por fin pude ver de quién se trataba. Vance apareció tras aquella esquina y le tendió la mano. Me sorprendió mucho la escena; para nada pensaba que podría ser él, pero ahí estaba.

Ya me resultó extraña la familiaridad con la que la trató en casa de Cooper, y mis sospechas se confirmaron cuando vi, en ese momento, que intentó besarla. Durante un segundo Carrie hizo un amago de resistencia, pero al final dejó que sus labios se tocaran. Se despidieron y Vance desapareció por detrás de la clínica. Carrie regresó por donde había venido.

Me pregunté por qué discutían, pero por encima de todo

sentía curiosidad —ya no por saber, sino por entender— cómo es que Carrie había caído tan bajo.

De todos modos, no importaba demasiado. Tampoco es que fuera tan relevante como para perder el tiempo preocupándome por ese tema. Sin embargo, sí lo era aprovechar esa oportunidad para pillar a Carrie antes de que volviera al trabajo. Si la dejaba escapar y tenía que volver a solicitarla a su compañera, puede que ya no me dejara verla, que la propia Carrie pusiera alguna excusa, o que de verdad tuviera trabajo que atender y no pudiera recibirme. Así que salí del coche y la intercepté justo cuando atravesaba las finas puertas de cristal. Dio un bote cuando la agarré del brazo.

—Carrie, perdona.

—¿Markie? ¡Joder, qué susto me has dado! Pensaba que eras... —se detuvo dejando inconclusa la frase—. Bueno, es igual. ¿Qué haces aquí?

—¿Estás bien?

—Sí, estoy bien —mintió. Sus enrojecidos ojos la delataban, pero no parecía dispuesta a decirme con quién había estado ahí fuera. Además, probablemente ni siquiera imaginase que la había visto enzarzada en una discusión con Vance, así que no iba a preguntarle para que me mintiera o, en su defecto, para que me dijera que no era asunto mío—. ¿Qué quieres?

—Helen te ha contado lo de Cooper, ¿no?

Ahora fue Carrie la que me agarró del brazo y me llevó un poco aparte, lo más lejos posible de aquella recepcionista que no nos quitaba ojo de encima y que, por si fuera poco, cada vez me caía peor.

—Sí. Me ha llamado antes. Joder, Markie, esto... esto es una pesadilla... —se lamentó—. ¿Sabes quién...?

Negué con la cabeza.

—He estado con Helen en casa de Cooper. He visto... su

cadáver. —Carrie se llevó una mano a la boca ahogando un grito de consternación—. Le han cercenado las orejas, Carrie. Como en la foto.

—Dios mío...

Sus ojos comenzaron a dejar caer lagrimones del tamaño de almendras. Lo que había dicho Helen en casa del propio Cooper parecía volverse más real, peligrosa y amenazadoramente real. Además, ella había recibido la foto de Cooper... así que es posible que pensara que podía ser la siguiente. Intenté que mi tono sonara lo más conciliador posible, pero necesitaba saber qué secreto del pasado estaban escondiendo.

—Carrie, la policía... el jefe Blunt cree que tenéis algo que ver. Que todo viene a raíz de lo de Steve. He hablado con Helen, pero se niega a decirme qué pasó. El mensaje... el mensaje que encontraron en casa de Tom... creo que iba dirigido a vosotros. A todos vosotros. Hay algo que tenéis que confesar. Tienes que decirme qué es, Carrie.

—No, Markie. Yo... no hay... no puedo...

—¿No puedes? ¿Qué es lo que no puedes, Carrie? ¿No puedes contarlo? ¡¿Por qué?!

Carrie se enjugó las lágrimas y se sorbió el agua de la nariz, pero no dijo nada. Tampoco parecía querer mirarme a la cara. Insistí de nuevo.

—Carrie, por favor, Tom y Cooper han muerto. ¡No sabemos quién será el siguiente! Puede que seas tú, Carrie. ¡O yo! ¿Y si el asesino mata a Helen? ¿O a Jesse? ¿Y si matara a Vance? —Hice una pausa antes de decirle lo que mi mente me advirtió que no dijera—. Te he visto con él ahí fuera. ¿Por qué discutíais?

Carrie abrió la boca y los ojos a la vez.

—¡¿Nos has estado espiando?! —gritó ofendida.

—No os estaba espiando —mentí—. Venía a hablar contigo, y simplemente os he visto ahí fuera. ¿Qué te ha dicho?

—¡Eso no es asunto tuyo! Te presentas aquí de cualquier manera y me pides que te explique lo que hablaba con un amigo en una conversación privada. ¿Tú de qué vas, Markie?

—¿Un amigo...? Vale, lo siento. Mira, me da igual lo que tengas con Vance. Me importa más bien poco, allá tú con él; no puedes decir que no lo conozcas ni que no sepas cómo es, pero no he venido aquí por eso. He venido porque tenemos que hacer algo. Creo... creo que esto puede pararse si alguien dice la verdad, Carrie.

Intenté sonar lo más cordial y correcto posible, pero ella rehuyó cualquier contacto visual y se dio la vuelta, como si no quisiera escuchar nada más, como si no le importara.

Aquello hizo que me burbujeara la sangre. Me hirvió la rabia y exploté como un volcán.

—¡Tal vez si alguno de vosotros confesáis lo que ocurrió hace veinticinco años, esto pueda pararse! ¡Puede que esté en tu mano, Carrie!

Mi voz resonó en la sala vacía. Carrie se detuvo en seco conteniendo la respiración. Luego se giró y abrió la boca para decir algo, pero el chirrido agudo del arrastre de las patas metálicas de una silla la interrumpió. Era la estúpida de su compañera, que se había puesto en pie, metiéndose donde no la llamaban.

—¿Está todo bien, Carrie? —la chica se dirigió a ella, pero me miraba a mí.

—Sí, Hanna, todo bien, no te preocupes —le contestó con una sonrisa. Después se acercó de nuevo a mí y me habló bajando el tono para que solo yo pudiera oírla—. Mira, Markie, no... no sé exactamente qué pretendes, pero no hay nada que contar. Steve se fue para no volver —dijo tajante—. Nosotros no tuvimos nada que ver entonces, como tampoco tenemos nada que ver con lo que está pasando ahora. Esto es obra de un maníaco, de un loco que quiere atemorizar al pueblo.

—¿Al pueblo? ¿O a vosotros? Que yo sepa nadie más en todo Goodrow ha recibido esas cartas.

—Que tú sepas —apuntó. Ante aquella evidencia no tenía respuesta, pero era bastante improbable que alguien aparte de nosotros hubiera recibido una fotografía idéntica—. Además, Helen no la recibió. Y tú sí. ¿Por qué? Si, según tú, Helen también estuvo implicada en lo de Steve, ¿no debería haber recibido una fotografía también? ¿Y por qué a ti sí que te llegó? Porque dime, Markie —la expresión de su cara había cambiado, se había hecho fuerte, valiente—, ¿sabes tú algo de Steve que nosotros no sepamos?

—¿De qué hablas, Carrie?

—¿Y si fuiste tú quien le hizo algo a Steve... y a Cooper, y a Tom? ¿Y si ese mensaje que dejaron en casa de Tom con su propia sangre no iba dirigido a nosotros, sino a ti y a Helen?

—Pero... ¿Estás loca?

No llegué a darme cuenta siquiera de que había agarrado a Carrie por las muñecas... y que lo hacía con más fuerza incluso de la que pretendía. Una gota de sudor deslizándose por mi espalda me erizó el vello de la nuca. Ella dio un tirón, y noté cómo mi uña le arañó el brazo sin querer cuando se zafó de mí.

—¡Suéltame, joder!

Me tomé un segundo para procesar lo que acababa de decirme antes de responder.

—¿Estás diciendo... que Helen y yo hemos orquestado todo esto? ¿Que estamos detrás de las muertes de Tom y de Cooper? —Me detuve para asimilarlo—. ¿Es que estás mal de la cabeza?

—Lárgate de aquí, Markie.

—Que te jodan, Carrie. Sois todos unos mentirosos. Unos putos mentirosos. ¡Dime qué pasó con Steve! ¡También era mi amigo, ¿vale?! ¡Dime qué le hicisteis! ¡Confesad, joder! ¡Confesad!

—¡Largo! ¡Fuera! ¡Fuera de aquí!

Los gritos de su compañera alertaron todavía más a Hanna que, teléfono en mano, amenazaba con llamar a la policía. Alcé los brazos y me aparté de Carrie sin quitarle ojo de encima.

Poco quedaba de la Carrie temerosa y asustada del día anterior... o de la que había comenzado a llorar al poco de verme. Se había convertido en otra persona, en una mujer diferente, mezquina, distante, fría y calculadora. En sus ojos pude leer la suficiencia y la falsedad igual que si leyera un libro abierto. Me había equivocado completamente con ella.

Estaba tan metida en el ajo como el resto.

5

«Love Is Stronger Than Justice»

Verano de 1995

Después de que John Mercer cerrase la puerta tras de sí, el jefe Blunt no dejó que Vance insistiera más sobre el tema. El chaval repetía sin descanso que Mercer escondía al pequeño Elliot en su sótano, pero la realidad era que allí abajo no encontraron a nadie. Blunt ya les había dado demasiada manga ancha a esos chavales, y no estaba dispuesto a perder más tiempo mareando una perdiz que ni siquiera estaba presente.

Cuando llegó a su despacho, llamó a los padres de cada uno de ellos y les contó lo que había pasado. Los padres de Carrie y los de Cooper —a quienes particularmente les preocupaban más que al resto las apariencias y habladurías de la gente a sus espaldas— fueron los que más decepcionados se sintieron. Aunque como castigo les prohibieron salir de casa hasta nuevo aviso, incidieron en que, si en alguien tenía que recaer la responsabilidad de instigar a sus hijos a ir por un mal derrotero, ese era Vance Gallaway.

El padre de Tom Parker tan solo le contestó a Blunt que tendría una conversación con él, y los de Jesse ni siquiera le agradecieron la llamada, como los de Vance, que bastante tenían con sus propios problemas matrimoniales y no podían controlar lo que hiciera o dejara de hacer su hijo con su vida. «Ya es mayorcito para saber lo que tiene o no que hacer», le dijo el señor Gallaway. Pero Blunt no estuvo de acuerdo con aquella afirmación; para él la madurez no era cuestión de edad, sino de crianza. Por otra parte, su hija también lo había avergonzado viéndose implicada en aquel asunto, así que tampoco podía ponerse como ejemplo de padre perfecto.

Ahora habían pasado ya siete días desde aquel incidente en casa de Mercer; siete días durante los cuales llovió casi sin cesar, y la presa alcanzó el límite de su capacidad.

Que se supiera, los chavales no habían vuelto a quedar —en parte por las tormentas, que no invitaban a salir de casa, pero principalmente por las restricciones que la mayoría de sus padres les habían impuesto en un arrebato de lúcido criterio—; sin embargo, lo ocurrido seguía patente en el ambiente.

Markie Andrews no era uno de los fijos habituales de la pandilla, pero muchas veces quedaba con ellos para ir a la balsa, a saltar cerca de la presa o ir a las recreativas. Le resultó extraño que ni siquiera Steve le hubiera llamado para ir a ver la nueva peli de Batman, y eso que ya hacía casi un mes que se había estrenado. Había escuchado que no molaba tanto como la anterior, pero eran fans absolutos del personaje y habían prometido verla juntos. Cada día que pasaba se ponía más nervioso porque era un día menos que seguiría en cartelera, y no quería perdérsela por nada del mundo.

Cuando llegó a casa de Steve y llamó al timbre, el propio Steve le abrió la puerta. Lo recibió con un delantal puesto, lleno de lamparones y secándose las manos con un trapo de cocina.

—¿Qué llevas puesto, mamá? —se rio Markie desde la verja de la entrada.

—Calla y pasa, idiota.

Markie entró y cerró la puerta. Steve le dijo que le diera un minuto, mientras se desanudaba el delantal y se encaminaba a la cocina.

Al escuchar el sonido de un programa en la televisión, asomó la cabeza por la puerta del comedor y vio a los padres de Steve sentados ante el televisor.

—Buenas tardes, señor Flannagan; hola, señora Flannagan.

El padre de Steve lo miró desde el sofá y lo deleitó con una sonrisa afable mientras alzaba la mano para saludarlo. La señora Flannagan hacía ya tiempo que había dejado de hablar. No es que no pudiera, sino que para hacerlo mal prefería estar callada. Igual que caminar; de un tiempo a esta parte se había autoconfinado a una silla de ruedas. Según le contó Steve, los médicos le habían recomendado dar paseos a diario para que la enfermedad que padecía no le atrofiara la musculatura con mayor celeridad, pero lamentablemente sus capacidades motoras habían menguado de forma considerable. Además, su sentido del ridículo siempre le había ganado la partida, y ahora, en su estado, se había acentuado todavía más.

Steve le puso una mano en el hombro a Markie, apareciendo por detrás.

—Estamos arriba, ¿vale? —les comunicó a sus padres. El señor Flannagan volvió a levantar la mano, dando su conformidad, y siguió viendo la tele.

—¿Cómo está tu madre? —le preguntó Markie a Steve mientras subían las escaleras—. No sé si se ha dado cuenta de que he venido...

—Cada vez peor. No quiere andar, no quiere hablar, le dan espasmos cada dos por tres... La esclerosis la está consumiendo. Visitan a un neurólogo, el doctor Boneville, una vez al mes; es joven, pero se ve que sabe mucho de este tipo de enfermedades, sobre todo de las degenerativas. Aunque poco se puede hacer. La ELA hoy en día es incurable, Markie. Cada vez le cuesta más hacer cualquier cosa... Bueno, ya la ves.

—¿No hay un tipo muy famoso que también la padece? Lleva un huevo de años aguantando.

—Supongo que te refieres a Stephen Hawking —dijo pensativo—. Si no recuerdo mal, se la diagnosticaron en el 63.

—¿De verdad? ¡Eso son treinta y dos años! ¿Estás seguro de que no te bailan las fechas?

—Tengo buena memoria, listillo, así que no, no me bailan. Pero bueno, no creo que dure mucho más... Stephen Hawking, quiero decir; aunque nunca se sabe.

—¿Y ella?

—Tampoco sabría decirte... El doctor Boneville dijo que la esperanza de vida era de poco más de un año, y ya lleva casi dos. Además, su estado emocional no es nada bueno. Dicen que la positividad influye en la recuperación cuando alguien padece una enfermedad... En el caso de que se pudiese recuperar, claro. Lo que quiero decir es que no tiene buen ánimo. Ni siquiera sé si tiene algo de ánimo, Markie. Bueno, ya has visto cómo están... Ella en su silla y él sin despegarse de su lado. Creo que ya ni siquiera yo les interesa. Aunque tampoco es que pueda decir que les haya interesado mucho antes de que enfermara, ya sabes. Pero bueno, que no pasa nada...

Markie frunció los labios lamentando la situación. Puede que la señora Flannagan fuera la enferma, pero ninguno de los tres debía estar pasándolo bien. Y es que uno sabe cuándo empieza la enfermedad, pero no cuándo acabará.

Ambos entraron en la habitación de Steve. Por la ventana abierta, la luz del sol y el azul del cielo se filtraban invadiéndola sin permiso y salvando la nula resistencia que presentaba el estor a medio bajar.

Markie se sentó en el borde de la cama y Steve se dejó caer sobre la silla de su escritorio, junto al ordenador. Era un cerebrito de los ordenadores. Le encantaban.

—¿Y cómo es que te ha dado por venir a casa, Markie? —le preguntó Steve.

—Hace días que no sé de ti. Y qué quieres que te diga, he oído que algo pasó en casa de John Mercer... —Markie abrió los ojos como el quinceañero que era, deseoso de conocer cualquier detalle de aquel cotilleo—. ¿Es verdad lo que dicen? ¿Que secuestró a Elliot Harrison? ¿Que lo tenía escondido en el sótano?

Sabía que Steve, Helen y los demás se habían metido en un buen lío entrando en casa de Mercer, pero no estaba al tanto de los pormenores. Steve giró sobre la silla y cogió uno de los libros que tenía encima de la mesa. Comenzó a hojearlo sin interés.

—Si hubiera sido así, ¿no estaría Elliot ahora mismo con sus padres?

La pregunta no necesitaba respuesta, pero Markie parecía impermeable a la retórica.

—Pero estuvisteis allí, ¿no? Tú y Vance entrasteis en su casa, él vio al niño.

—¿Quién te ha contado eso?

—Jesse.

—¿Jesse? ¿Cuándo has visto tú a Jesse Tannenberg?

—Me lo encontré en el supermercado —respondió Markie—. ¿Qué más da eso? Dime, ¿de verdad lo tenía secuestrado?

Steve suspiró.

—Vance dice que sí. Yo... no llegué a entrar en la casa, Mercer me pilló en medio de su jardín. Pero Vance sí lo hizo. Aprovechó ese momento y se coló dentro.

—¡Joder, qué tío! —gritó Markie entusiasmado. Steve puso cara de disgusto.

—Te he dicho mil veces que no son buena gente, Markie. No sé por qué los admiras tanto. ¿Qué ves en ellos?

—¿Te parece poco entrar con ese descaro en la casa de un secuestrador?

—Supuesto secuestrador —lo corrigió Steve—. Además, ¿qué mérito tiene eso?

—Tú no pudiste, a ti te pilló —expuso Markie encogiéndose de hombros.

A Steve no le importaba que Markie respetara a gente como Vance, Jesse o Tom —al fin y al cabo, todo el mundo era merecedor de cierto grado de respeto—, pero no le hacía ninguna gracia el sentimiento de admiración reverencial que profesaba por ellos.

—El jefe Blunt bajó en persona al sótano de Mercer y no encontró a nadie, Markie. No sé si eso te lo ha contado también Jesse, pero debería haberlo hecho, aunque supongo que su versión sensacionalista le parecería más morbosa que la simple verdad. Elliot no estaba allí.

—¿Vance mintió?

—Yo no he dicho eso, Markie. Solo digo, como confirmaron el jefe Blunt y el chico de la ambulancia que entró con él, que Mercer no tenía secuestrado a Elliot Harrison bajo su sótano. Es más, a diferencia de Vance, el jefe comprobó que allí no había nadie. Vance... Él solo dijo que había escuchado a Elliot. Le mostró al jefe el lugar en el que supuestamente estaba, pero de nuevo te repito: no sé qué vio Vance allí abajo, y tampoco sé si el golpe que se dio influyó en lo que creyó haber visto u oído; pero ese lugar estaba vacío, Markie.

Markie Andrews se quedó en silencio, pensando. Después de un corto instante se dejó caer de espaldas sobre la cama y suspiró.

—Pues Jesse y los demás están convencidos de que el niño estaba ahí. Creo que Vance quiere hacer algo al respecto.

Steve se puso en alerta de repente.

—¿A qué te refieres?

—¿Qué? Pues no lo sé... Jesse me dijo que Vance ha estado pensando cosas. Que tiene un plan.

—¿Cosas? ¿Qué cosas, Markie?

—¿Y yo qué sé? —Markie echó la cabeza hacia un lado e incorporó medio cuerpo apoyando los codos en el colchón—. ¿No te han dicho nada?

—No he vuelto a hablar con ellos desde ese día. Ni siquiera con Carrie o Helen. ¿Qué se supone que significa «que tiene un plan»?

—¿Qué más da? Será alguna tontería, Steve. Te preocupas demasiado...

—Si me preocupo es porque conozco a Vance mejor que tú. Sé de lo que es capaz. Y no voy a permitir que se enfrenten a Mercer de ninguna manera. No conocen de nada a ese hombre. No saben de lo que es capaz. No saben que... —clavó los ojos en los de Markie durante un instante fugaz, pero después apartó la mirada y dejó inconclusa la frase—. Van a cometer un error.

Markie se extrañó ante lo que acababa de escuchar. No solo por la pausa que precedió a la última frase, sino por la expresión de angustia que alcanzó a vislumbrar en los ojos de Steve durante el breve momento en que lo miró. Presintió que detrás de las palabras de Steve se ocultaba algo más que simple preocupación, pero, entre otras cosas, no entendía por qué se interponía de aquella manera. Tampoco quiso preguntárselo, aunque tal vez debería haberlo hecho. Optó por continuar con el hilo de la conversación.

—¿Y qué piensas hacer? —le preguntó.

—Hablar con ellos. Si no me han querido contar que van a hacer algo con Mercer es porque no quieren que me entere —expuso Steve indignado—. Pero ahora ya sé que se traen algo entre manos. Así que tendré que disuadirlos de alguna manera.

—Pero ¿cómo podemos estar seguros de que ese tipo realmente no secuestró a Elliot? A mí me da bastante grima. A decir verdad, no me gusta nada. Y su cara... no sé, me recuerda a alguien, ¿sabes? A alguien... malo. No sabría explicarte por qué, pero... Mira, hace poco me lo crucé —comenzó a explicar—. Iba por la calle de camino a casa de Phil a ver el partido cuando vi a Mercer justo delante de mí. Caminábamos el uno en dirección al otro. Estuve a punto de cambiarme de acera por... bueno, ya sabes, por lo que dicen de él, que es un tipo raro y eso, y por lo de Elliot, claro. Pero no lo hice. ¿Y sabes qué,

Steve? Cuando nos cruzamos y lo miré, pensé que lo conocía. ¿No has notado nunca esa sensación cuando ves a una persona y no sabes dónde ubicarla? ¿O cuando te encuentras con alguien al que no ves hace tiempo y no lo reconoces porque sus rasgos han cambiado? Pues me pasó lo mismo. ¿Y quieres oír lo más curioso de todo? —Markie hizo una pausa mientras Steve lo escuchaba atentamente con cara de preocupación. El chico prosiguió—: Que se detuvo. Cuando me vio, se paró y se quedó quieto mientras yo seguía caminando. Eché la vista atrás y vi cómo se giraba. Era como si hubiera sentido lo mismo que yo, que nos conocíamos de algo. Me recorrió un escalofrío. Fue muy raro.

Steve pareció contener la respiración, pero de inmediato se acercó a una de las estanterías y le dio la espalda.

—Eso es porque el imbécil de Jesse y los demás te han sugestionado —dijo mientras toqueteaba las viejas fundas de sus casetes—. Será mejor que no les hagas caso.

Markie se levantó y se acercó a Steve.

—Puede ser. Aun así, fue raro.

Steve le dio un golpe de hombro contra hombro.

—¡Tú sí que eres raro! —rio.

—Mira quién fue a hablar —le replicó Markie—. Por cierto, ¿tienes alguno nuevo? —dijo señalando los casetes.

Steve sacó una de las cajitas de plástico de la estantería, la abrió e introdujo la cinta en el radiocasete. Comenzó a sonar «Love Is Stronger Than Justice».

—¿Qué te parece el del maestro?

—Joder, Steve. ¿Otra vez con Sting? Tienes el peor gusto musical de la historia.

Steve rodeó con afecto el cuello de Markie con su brazo y le frotó la coronilla con los nudillos.

—Primero: en esta casa lo llamas Gordon Matthew Thomas Sumner, chaval, no Sting. Y segundo: ¡mi gusto musical es exquisito! Además, ¿tú no sabes que lo mejor de las canciones no es lo que dicen, sino las lecciones que podemos extraer de ellas?

—¿Ah, sí? —preguntó Markie, entre divertido y despreocupado—. ¿Y qué más?

—Que cada uno escucha las canciones que, involuntariamente, tienen que ver más con uno de lo que está dispuesto a reconocer.

Markie echó un vistazo a la estantería de Steve mientras este hablaba. Aunque Steve creyera que Markie no le hacía caso, siempre atesoraba lo que le decía, incluso si se le antojaba un sinsentido.

—Ya —reconoció al fin—. ¿Y qué se supone que tengo que extraer de esta canción, oh, gran sabio y entendido de la música?

—Por ejemplo, algo que tu amigo Vance y sus colegas no llegarán a entender nunca: que el amor siempre tiene que ser más fuerte que la justicia, Markie. ¿Lo recordarás?

El chico cogió una gorra de béisbol de Steve y se la enfundó. Le iba grande y la visera le cayó sobre los ojos. Sonrió y Steve hizo lo mismo, aunque Markie no lo veía.

—Lo recordaré.

6

El pasado no es cuestión de tiempo

Helen condujo más de treinta kilómetros hasta Rushford Falls, tal como Vance le había sugerido. Lo hizo en silencio, concentrada en la carretera, en lo que tenía delante. Pero era difícil hacerlo cuando la voz de su cabeza le gritaba de manera alarmante que se dirigía a un destino que hundía sus raíces en lo que un día dejó atrás. Aunque se escudaba en que cuando pasó lo de Steve solo era una cría joven e inmadura, en el fondo sabía que no era más que una pobre excusa para enterrar un pasado que prefería olvidar.

Al dejar la carretera de montaña a sus espaldas y entrar en la ciudad, percibió un ambiente diametralmente distinto al que se respiraba en Goodrow Hill. Aunque todavía faltaba más de un mes para que diera comienzo, la buena gente de Rushford Falls ya había empezado a prepararse para su feria de invierno adornando calles y plazas con carteles y guirnaldas. Hacía años que Helen no visitaba la feria, muy esperada por todos sus habitantes, y sintió una apabullante ráfaga de nostalgia de la última vez que lo hizo, yendo de la mano tanto de su padre como de su madre, y con una sonrisa y el brillo de la ilusión en sus ojos de niña. Su padre le dijo algo aquel día, justo cuando estaban en lo alto de la noria, pero había olvidado el qué.

Aparcó delante de la comisaría, junto a unos operarios que trabajaban azarosamente colocando el alumbrado festivo entre dos postes eléctricos, y bajó del coche cerrando la puerta muy despacio. El plan era sencillo: entrar y preguntarle al sargento Rogers qué ocurrió de verdad con Steve. Pero se quedó plantada ahí como si al dar un solo paso no hubiera vuelta atrás.

Pese a que había guardado con celo en secreto la conversación telefónica que mantuvo con el sargento veinticinco años atrás, recordaba irremediablemente cada detalle de la llamada. En aquel momento no fue del todo consciente de la suerte que tuvo de estar sola en el despacho de su padre cuando sonó el teléfono, pero ahora se le antojaba como una solapada maldición que había permanecido dormida, latente, esperando el momento propicio para despertar y caer sobre ella y sus amigos sin compasión.

La misma que no le mostraron a Steve cuando se lo suplicaba.

Más de una vez, durante todos estos años, Steve había hecho acto de presencia en sus más oscuros sueños. Sueños donde predominaban gritos, golpes y sangre; sueños que desembocaban en pesadillas. Pesadillas donde un torrente de agua lo inundaba todo y en las que Steve se ahogaba durante una eternidad, pugnando por salir a la superficie, hasta que de súbito no era Steve sino ella misma la que tenía anegados los pulmones y no podía respirar.

Se había despertado sobresaltada muchas más noches de las que recordaba dando bocanadas de aire mientras trataba que el oxígeno que en sus sueños se le negaba volviera a llenarle los pulmones de una vez. Aun hoy, en ese momento, notaba cómo le ardían con angustia. Y es que el pasado no es cuestión de tiempo, porque en cualquier momento es posible volver a él... o que él te alcance a ti. Y esto último era lo que parecía que estaba ocurriendo.

Mientras se encaminaba a la comisaría cerró los ojos y trató de quitarse de la mente esa asfixiante sensación, además de la angustiosa imagen que la acompañaba... la de la última vez que vieron a Steve Flannagan con vida.

Cuando entró se dirigió al mostrador, donde una agradable compañera mucho más joven que ella la atendió.

—Vaya —le dijo—, ¿Goodrow Hill?

Helen sintió una punzada nerviosa al sorprenderse de que la mujer supiera de dónde venía, pero de inmediato se tranquilizó al darse cuenta de que su uniforme la delataba; llevaba cosido al pecho y bajo los hombros el escudo del pueblo. La inquietud le estaba haciendo perder la concentración y la calma, un lujo que no podía permitirse.

Asintió con una sonrisa en los labios.

—Así es —dijo. Después se presentó tendiéndole la mano—. Agente Helen Blunt.

—Bienvenida a Rushford Falls, agente Blunt. Soy Emily —le estrechó la suya—. ¿En qué puedo ayudarla?

—Estoy buscando al sargento Rogers, Emily. Es un asunto oficial.

Helen esperaba que la sola mención de las palabras «asunto oficial» fueran lo bastante obvias para darle a entender a Emily que esperaba discreción al respecto. Pareció darse cuenta de ello, porque asintió quedamente.

—Entiendo... Lo que pasa es que no recuerdo que haya ningún sargento en este momento en servicio con ese nombre —le aseguró—. ¿Está segura de que es a quien busca?

Helen dudó un instante, creyendo que tal vez su memoria

no era tan buena como pensaba, pero tenía grabada a fuego en su mente aquella conversación. No tenía ninguna duda de que con quien habló aquel día fue el sargento Rogers.

—Sí, estoy segura; William Rogers. Tal vez... ¿pueda hablar con alguien que lo conozca? Sé que trabajó en esta comisaría hará unos veinte años...

—¿Veinte años? Dios mío, por aquel entonces ni siquiera yo había decidido todavía querer ser policía —expuso Emily despreocupada—. Deme un segundo, que puede que el teniente lo conozca.

Emily se marchó en dirección a lo que supuso era el despacho del teniente. Desapareció después de llamar a la puerta. Salió al cabo de unos segundos dejándola entreabierta.

—Puede pasar. El teniente Morales la atenderá.

Agradecida, Helen copió los pasos de Emily hasta el despacho del teniente. Golpeó el marco de la puerta con los nudillos un par de veces antes de escuchar una voz encomiándole a entrar.

—Adelante.

Helen hizo caso. Cerró la puerta tras ella y se plantó delante del escritorio del teniente. Este se levantó de su silla y le estrechó la mano.

—Soy el teniente Jorge Morales —le dijo a la vez que le señalaba una de las dos sillas frente a su mesa para que tomara asiento. Helen se acomodó y este hizo lo mismo. No tardó en hacerse notar—: Últimamente estoy haciéndole muchos favores a la policía de Goodrow. ¡Espero que no haya venido a quejarse de que el equipo forense que les he enviado no ha llegado completo!

Morales era un tipo de mediana edad y ascendencia hispana. No era mucho más alto que Helen, y tenía la piel morena, típica de la mayoría de los latinos. Padecía de un ligero sobrepeso que se evidenciaba en la papada que asomaba por el cuello de su camisa. Llevaba un bigote prominente y bien poblado bajo la nariz, pero la barba bien afeitada. Unas gafas propias de los setenta hacían que sus ojos parecieran más pequeños de lo que en realidad eran. Estaba completamente calvo, y su cabeza brillaba como una de esas bolas que coronan la pilastra de una barandilla. Aparentaba ser un hombre leal y devoto de su trabajo.

Helen mostró su cara más amigable antes de responder.

—El equipo ha llegado bien, teniente. Y ya que estoy, aprovecho para agradecerle su colaboración. Ya sabe que vamos algo cortos de personal y equipamiento... y tenemos un caso un tanto peliagudo entre manos.

Morales alzó ambas manos y cerró los ojos dándole a entender que estaba a su entera disposición.

—¿Y en qué puedo ayudarla?

—Busco al sargento William Rogers —indicó Helen—. Creemos que el caso que investigamos podría estar relacionado con la desaparición de una persona a la que es posible que vieran por última vez aquí, en Rushford Falls. Pensamos que el sargento podría tener cierta información relevante. Es probable que se encargara del asunto en su día.

Morales alzó las cejas extrañado.

—No me suena que se haya denunciado ninguna desaparición por estos lares en los últimos días —expuso el teniente—. Y si es algo que estuvo bajo la supervisión del sargento, entonces no estamos hablando de algo reciente, ¿me equivoco?

Helen no quería darle mucha más información. Morales no solo tenía pinta de ser un sabueso, sino que, además, lo era. Poca gracia le hacía a Helen que hubieran tenido que pedirles ayuda ya, como para mencionar que estaban tratando de esclarecer dos homicidios. Tarde o temprano iba a enterarse, pero no le interesaba en absoluto que el teniente metiera las narices donde no debía. Eso no le convenía en absoluto. A ninguno de los dos. Además, no era con Morales con quien quería hablar del asunto, sino con el sargento Rogers.

—¿Por qué lo dice?

—Bueno, si el sargento Rogers al que se refiere es el mismo que fue mi jefe durante mis primeros años en el cuerpo, estamos hablando de algo de hace, como mínimo, unos treinta años. —Helen guardó silencio a la espera de que el teniente continuara—. El sargento se retiró forzosamente hace mucho. Si no recuerdo mal, fue a finales del 95 o principios del 96... —sopesó, con una mano en la barbilla y la vista fija en un punto indeterminado del techo—. No. Miento. En el 96 ya estaba fuera de servicio. Mi hijo mayor nació a finales de noviembre, en el 95, y recuerdo que fui a su casa para presentárselo. En aquel momento ya llevaba como mínimo uno o dos meses fuera de servicio.

Si la memoria del teniente no fallaba, Helen calculó que el sargento se había retirado poco después de la conversación que mantuvo con él por teléfono.

—¿Ha dicho que se retiró forzosamente?

—No había cumplido los sesenta todavía.

¿Se habría retirado a consecuencia de algo relacionado con Steve? Parecía improbable, pero no podía darlo por sentado.

—¿Cómo es eso?

—Un atraco —explicó Morales mientras movía de un lado a otro la cabeza—. Dos chavales, un arma... Ya sabe cómo acaban estas cosas. —Helen hizo una mueca y el teniente chasqueó la lengua con lástima mientras relataba lo ocurrido—. El sargento volvía a casa después del trabajo y pasó por la estación de servicio de la calle Nueve para repostar y comprar un par de cosas. No esperaba lo que se encontró, pero ahí estaban, amenazando a la cajera a punta de pistola. Según nos explicó, aquellos dos eran un manojo de nervios... ¡Imagínese cuando vieron aparecer al sargento por la puerta! No quiero aburrirla con los detalles, así que seré breve con el resultado: una civil aterrorizada, un muerto, un detenido y un herido de gravedad. Supongo que tendrá una ligera idea de quiénes son los tres primeros y este último... y acierta de lleno. El sargento logró abatir a uno de los atracadores antes de que pudiera darse a la fuga y los refuerzos llegaron justo a tiempo para detener al otro cuando trataba de escapar. Por desgracia, un par de balas en el fuego cruzado alcanzaron al sargento. Una acertó en pleno pulmón y la otra se le alojó muy cerca de la columna. No soy médico, pero los que le operaron sí lo eran, y dijeron que las heridas fueron lo bastante graves como para recomendarle solicitar la baja indefinida. Desde mi punto de vista, tuvo suerte.

Helen asintió dándole la razón. Desde que era policía no había tenido que usar nunca su arma en acto de servicio. No había disparado a nadie y tampoco le habían disparado a ella. A pesar de que ese temor —la incertidumbre— era natural, no podía evitar estremecerse solo de pensar que pudiera pasarle. Las probabilidades no eran lo que se dice bajas, pero daba gracias de vivir en un pueblo relativamente tranquilo como Goodrow Hill y no en una ciudad como Los Ángeles, donde la tasa de criminalidad era muchísimo más alta. Aun así, no se dejaba controlar por esa inquietud.

—¿Vive todavía? —preguntó. Haciendo un cálculo rápido, Helen concluyó que el sargento Rogers tendría ya más de ochenta años. Eso suponiendo que estuviera vivo.

Morales sonrió de medio lado.

—Puede que no tenga la vitalidad que tenía antes, pero el sargento es fuerte como un roble y demasiado terco como para permitir que la muerte llame a su puerta. Y si esa vieja arpía lo ha intentado, le aseguro que la habrá mandado de vuelta al averno de una buena patada.

Helen sonrió con suavidad, suspiró aliviada y notó cómo su cuerpo se relajaba en la silla. Si Rogers seguía vivo, podría hablar con él para rellenar el hueco de información que había quedado en blanco desde la llamada en el despacho de su padre veinticinco años atrás hasta hoy.

—¿Podría darme su dirección?

7

El Chico sin Nombre

El teniente Morales se ofreció un par de veces a acompañarla, pero Helen insistió en que no hacía falta. Apeló a que probablemente era un hombre muy ocupado y no quería hacerle perder su valioso tiempo. Morales se dio por vencido, anotó la dirección del sargento en un papel que dobló por la mitad y se lo dio a Helen. Después de mostrarle un comedido agradecimiento, y sin querer entrar en más detalles para que no metiese mucho más el hocico en su caso, cogió el papel y se lo guardó en el bolsillo de la chaqueta.

—Tenga cuidado con el viejo sargento —bromeó Morales antes de que Helen se marchara—; no acostumbra a ladrar a la gente, pero hay días que gasta tal humor de perros que es mejor no molestarle demasiado. Dele recuerdos de mi parte.

Helen accedió a su petición y salió de la comisaría despidiéndose también de Emily, que ordenaba unos archivos.

En la calle, el GPS le marcaba poco más de cinco minutos hasta el domicilio del sargento. A medida que se acercaba a su destino se notaba cada vez más intranquila. ¿Quizá era porque temía que Rogers la reconociera después de tantos años? ¿O porque la asustaba descubrir que en realidad Steve no había muerto? Un escalofrío la sacudió por dentro como una corriente eléctrica.

—Cálmate, Helen —se dijo a sí misma—. Es imposible que Rogers pueda reconocerte; no te ha visto nunca. Ni siquiera es probable que asocie el tono de tu voz con el de la adolescente que atendió aquella lejana llamada.

De lo que no estaba tan segura era de lo que el sargento podría explicarle acerca de Steve. Del puto Steve Flannagan. Maldita sea, no servía de nada insultarlo, ¡pero es que lo había jodido todo! Si solo hubiera mantenido la boca cerrada... Pero no, no lo hizo. Y todo se salió de madre. Él mismo había repetido más de una vez que por cada acción hay una reacción y que toda causa tiene un efecto. El problema es que la mayoría de las veces, las reacciones, los efectos de nuestros actos nos explotan en la cara sin previo aviso, sin que podamos remediarlo. Puede que percibamos las consecuencias de lo que hemos hecho como un diminuto destello a lo lejos, pero no nos damos cuenta de lo que se nos avecinaba hasta que nos ha arrollado con la ferocidad e impasibilidad de un tráiler sin frenos dejándonos desparramados por el asfalto como las entrañas de un animal.

Igual que pasó aquel día.

La casa del sargento Rogers era la típica que habitaba la gente de bien en Rushford Falls, con un camino de cemento que unía la entrada con la acera flanqueado a ambos lados por un jardín pulcramente repasado con el cortacésped. Cuatro escalones de madera precedían una antepuerta de hierro ornamentado. En el porche, a la derecha, bajo un tejadillo inclinado del que colgaba un farolillo blanco, había un ventanal y un par de sillas de mimbre con evidentes marcas de uso.

Helen subió los escalones y llamó al timbre con algo de recelo e inquietud. Abrió la puerta una señora de ojos claros.

—¿Quién es? —preguntó desde detrás de la mosquitera. Helen advirtió que la miraba con extrañeza.

—Buenos días, señora. Me llamo Helen Blunt, soy de la Policía de Goodrow Hill. El teniente Morales me ha dado la dirección del sargento William Rogers. Bueno, exsargento. ¿Supongo que es su marido? —La mujer asintió, pero se quedó callada esperando algún tipo de explicación adicional por parte de Helen—. No sé si podría hablar con él —prosiguió ella—. Quisiera hacerle una... consulta acerca de un caso.

—Mi marido hace años que se retiró —comentó la señora—. No creo que pueda serle de mucha ayuda...

—Es importante, y no le robaré mucho tiempo, de verdad.

La señora Rogers suspiró y le pidió a Helen que esperase un momento. Cerró la puerta y, al cabo de un minuto escaso, corrió la cadena de seguridad y empujó con suavidad la antepuerta para que la agente pudiera entrar. Helen pudo ver la tez blanca que acompañaba a los ojos verdes de la mujer, así como su cabellera, muy corta y tan blanca como la nieve recién caída. Era mayor, pero tenía la piel muy bien cuidada, con algunas arrugas apenas imperceptibles surcando la comisura de sus labios y el contorno de sus ojos.

—Gracias —le dijo.

—Por aquí, por favor.

Helen la siguió en silencio a través de un pasillo enmoquetado lleno de cuadros y fotografías antiguas —momentos congelados de una vida feliz— hasta una sala de estar decorada con elegancia.

—Mi marido estará con usted enseguida. ¿Desea algo de beber? ¿Un poco de leche, un té caliente?

—Estoy bien, muchas gracias —declinó Helen.

La mujer se encaminó a la cocina dejándola sola. Mientras tanto, Helen echó un vistazo a su alrededor, y se sintió un poco fisgona cuando un carraspeo la alertó de que volvía a estar acompañada. Un hombre que empujaba un andador de aluminio la miró con suspicacia.

—Hacía mucho que no veía un uniforme como el suyo —dijo Rogers con una voz grave—, y de la última vez no tengo buenos recuerdos.

Helen se acomodó la chaqueta y sonrió sin acritud, aunque el tono del viejo sargento no le pareció muy amable.

Se lo había imaginado con un aspecto bastante distinto al de la persona que tenía delante. Aquel hombre mayor, calvo y desgarbado, vestido con una camisa amarillenta y un pantalón de pana holgados, no se perfilaba como el regio sargento que tenía en mente cuando habló con él veinticinco años atrás.

Antes de responderle concluyó que aquel hombre visiblemente limitado no podría haber cortado el césped de la entrada por mucho que lo hubiera intentado.

—Me alegro de conocerle, sargento. El teniente Morales me ha hablado muy bien de usted.

Rogers soltó el aire por la nariz con una media sonrisa en los labios al escuchar el nombre del que en su día fue su ayudante, mientras se dejaba caer en un sillón.

—También hacía mucho que nadie me llamaba sargento —expuso, y señaló el sofá a su lado—. No me importa en absoluto, pero si va a seguir haciéndolo, prefiero que lo haga estando cómoda. Tome asiento, por favor. —Helen obedeció mientras Rogers proseguía—: Mi mujer me ha dicho que se apellida Blunt. ¿Debo entender que tiene algún tipo de parentesco con el jefe de la Policía de Goodrow?

Aunque no era malintencionada, pudo percibir el cariz interrogativo que el exsargento le confirió a la pregunta.

—Es mi padre —reconoció Helen—. Todavía no ha colgado el sombrero, como a él le gusta decir. Pero poco le falta, la verdad. ¿Lo conoce?

—Trabajé con él en un caso menor cuando apenas era un novato. Unos paletos sin cerebro se dedicaban a robar coches para después desguazarlos. No tardamos mucho en cogerlos, sobre todo porque eran idiotas e iban vendiendo las piezas por los talleres de la zona. De ahí nuestra escueta colaboración. Después solo coincidimos dos o tres veces, en alguna que otra reunión y algún acto benéfico.

La señora Rogers apareció en ese momento con un vaso de agua y un par de pastillas en la mano. Se las tendió a su marido, y este se las metió en la boca y dio un buen trago para que pasaran. Después de devolverle el vaso a su mujer prosiguió con la conversación.

—Para los dolores —aclaró Rogers refiriéndose a lo que acababa de tomarse—. Hacerse mayor es lo peor que le puede pasar a uno, así que no se lo recomiendo, señorita Blunt. Bueno, hechas las presentaciones y roto el hielo, ¿qué necesita de un viejo retirado como yo?

—Estamos investigando un homicidio.

—¿Homicidio o asesinato? —preguntó Rogers sin tapujos ni previo aviso. No había duda de que sabía leer perfectamente entre líneas. Juntó las yemas del pulgar con el índice dejando un espacio minúsculo entre ambos y dijo—: Parece lo mismo, pero hay una diferencia más que sutil entre ambos.

—No puedo revelar muchos datos del caso —dijo Helen—, pero confío en que lo que le diga no saldrá de estas cuatro paredes.

Rogers asintió con solemnidad, como si con ese gesto le diera su palabra de honor.

—Puede estar segura.

—Llevamos un par de semanas con un caso... —expuso Helen sopesando cuánto debía contarle a Rogers para ganarse su confianza— de asesinato, sí. Tenemos pocas pistas que seguir, pero hay una que podría ser relevante para dar con el autor material de los hechos. Tiene que ver con una desaparición.

—No es que esté precisamente al día de lo que pasa en Rushford Falls, señorita Blunt, no digamos ya de lo que ocurre en Goodrow Hill. «Colgué el sombrero», como su padre dice, hace muchos años. ¿Por qué cree que puedo ayudarle con este tema?

—No es algo reciente, sargento. Sucedió hace veinticinco años. 1995 para ser exactos.

—Ese no fue un buen año para mí —reconoció Rogers con pesar.

—El teniente Morales me ha explicado lo que le ocurrió —Helen puso cara de consternación—, pero el tema del que le hablo fue anterior a su incidente. ¿Le suena de algo el nombre de Steve Flannagan?

Rogers echó mano de sus archivos mentales. No podía presumir de tener una memoria fotográfica, pero se enorgullecía de recordar caras, nombres y detalles específicos de personas, conversaciones y situaciones. Por desgracia, no dio con ese nombre en concreto.

—Lo cierto es que no. ¿Quién es?

Helen se descorazonó, pero no iba a darse por vencida. Tal vez Rogers no lo recordara y solo hacía falta refrescarle un poco la memoria.

—Steve Flannagan desapareció de Goodrow Hill ese verano. Tenía diecisiete años, cabello castaño oscuro, algo más de metro setenta...

—¿No desapareció en Goodrow ese mismo año un niño pequeño? —la interrumpió, dubitativo—. ¿No será ese?

Que el exsargento recordase justo aquel dato sorprendió so-
bremanera a Helen.

—Usted se refiere a Elliot Harrison... A Elliot lo secuestraron el mismo verano, pero Steve se esfumó sin dejar rastro poco
después. Son dos casos diferentes.

Rogers frunció el ceño y después alzó una de las cejas arrugando la frente.

—¿Está segura?

—¿Qué quiere decir?

—Bueno, me está diciendo que al niño lo secuestraron y que
el tal Flannagan desapareció. ¿No podría ser que los dos casos
estuviesen relacionados? —dudó Rogers. Helen se asombró de
la suspicacia del expolicía, y este continuó—: ¿Dieron con el
secuestrador del niño? Tal vez los secuestrara a ambos...

La conjetura de Rogers se acercaba con peligro a la realidad,
pero se tranquilizó diciéndose que no tenía nada que temer;
aunque Rogers pudiera relacionar el secuestro de Elliot con la
desaparición de Steve era imposible que encontrara un móvil que uniera ambos sucesos. Y menos sin conocer la información que ella poseía al respecto, así que movió negativa y taxati-
vamente la cabeza.

—Supongo que está pensando en si el secuestrador pudo
haber hecho desaparecer a Steve de la misma manera que hizo
con el pequeño Elliot. La respuesta es no —contestó, tajante—. El secuestrador murió antes de que Steve Flannagan desapareciera.

No era del todo verdad, pero Rogers desconocía aquel pequeño dato.

—¿Y qué espera que pueda aportar yo?

—Hace años usted llamó a la comisaría de Goodrow Hill
—expuso Helen, muy seria—. Informó que habían encontrado
el cuerpo de un joven a la orilla del río. Estaba vivo. Un chico de

algo menos de veinte años. Por lo que sé, no tenían la menor idea de quién podía ser.

El rostro de Rogers se iluminó; parecía una bombilla, casi fulgurando al recordar aquello a lo que Helen se refería.

—Ya sé de quién habla... —dijo—. El Chico sin Nombre. Lo encontró una pareja de jubilados que pasaba por la zona. Iban paseando al perro, vieron algo raro al lado del río y bajaron a inspeccionar. Su sorpresa fue mayúscula cuando descubrieron que se trataba de un muchacho. Estaba destrozado, irreconocible. Lo primero que pensamos al llegar allí fue que debían haberle dado una paliza tremenda o que podía haber sufrido un atropello, pero estábamos equivocados. Una vez en el hospital, los doctores dictaminaron que los huesos rotos, las contusiones... en definitiva, tal como lo encontramos, se debían a los golpes sufridos por el arrastre de la corriente del río. Intentamos averiguar desde dónde pudo haberlo arrastrado la corriente y, aunque no estábamos seguros, la presa de Goodrow era uno de los posibles lugares. Son muchos kilómetros, pero no podíamos descartarlo. Por eso llamé a vuestra comisaría. Recuerdo que me atendió una chica... No caigo en si me dijo su nombre o no... pero estuvimos hablando. —Helen contuvo el aliento esperando que no se le notara la impresión que le causaba el hecho de conocer a la perfección aquella conversación—. Cuando le dije que habíamos encontrado un cuerpo, de inmediato me describió a un niño pequeño.

—Elliot Harrison.

—Así es. Pero no se trataba de él sino de... ¿Flannagan, ha dicho?

—Steve Flannagan, sí.

—Les envié un informe, pero no contestaron. Supongo que por aquel entonces tenían suficientes problemas con el tema del secuestro de ese pobre niño... —hizo una pausa—. Sea como fuere, no obtuvimos más que nuevos interrogantes: ¿De dónde salió el chico del río? ¿Qué le ocurrió? ¿Fue un accidente, trató de suicidarse o había un responsable? ¿Por qué nadie lo echaba de menos? Pasamos las dos semanas siguientes tratando por todos los medios de dar con alguien que lo conociera, de descubrir quién era, pero sin éxito.

—¿Y por qué no se lo preguntaron a él directamente?

Cuando Helen formuló la pregunta sintió un *déjà vu*, y se retrotrajo a 1995, al despacho de su padre cuando el sargento la llamó. Ella sabía la respuesta a la pregunta, pero quería conocer más detalles de los que sabía. Rogers soltó un gruñido.

—¿Cómo iba a poder respondernos? ¡Fue un verdadero milagro que no se ahogase! Hubiera sido lo más probable; pero, desde donde fuera que la corriente lo arrastró, ni el agua ni el impacto contra las piedras del río, ni los traumatismos o los huesos resquebrajados pudieron acabar con su vida.

Las vívidas imágenes de Steve que Rogers le hacía ver en su mente provocaron que Helen se estremeciera como debería haberlo hecho el día que este llamó al despacho de su padre. Pero en aquel momento no podía dejarse llevar por ningún tipo de sentimiento ni culpabilidad, estaba demasiado ocupada tratando de ocultar la verdad. Ahora, en contra de lo que pudiera parecer, la cosa no difería en absoluto. La verdad tenía que seguir escondida y no había lugar para ningún tipo de arrepentimiento, lamento ni penitencia. Rogers prosiguió:

—Pero, aunque la muerte no logró echarle sus zarpas, las lesiones lo dejaron casi como un vegetal.

—¿Y qué pasó? ¿Dejaron de buscar?

Rogers se señaló con ambas manos.

—Esto pasó, señorita Blunt —se lamentó, resignado—. Tres semanas después de encontrar al chico en el río me dispararon. No era más que un burdo atraco en una gasolinera con dos idiotas de poca monta. Pero pasó. Pasó la vida, el destino, la mala suerte, llámelo como quiera. La cuestión es que, para mí, el mundo se detuvo en aquel momento. De repente, me vi postrado durante meses en una cama, obligado a mear en una cuña y... bueno, no le quiero aburrir, sufrir lo que conlleva pasar por dos delicadísimas operaciones y lo que sigue después. Así que todo mi trabajo en la comisaría, los casos que supervisaba, quedaron en punto muerto o fueron archivados hasta mi vuelta.

—Pero no volvió —intervino Helen, con cara de preocupación.

—Usted misma lo ha dicho. No volví a trabajar ni regresé jamás a la comisaría después de aquel día. Y tampoco tuve tiempo de pensar en lo que había quedado pendiente encima de mi mesa. Eso incluía el caso de Steve Flannagan, el Chico sin Nombre hasta hace cinco minutos.

—¿Se ocupó alguien de... sus casos pendientes? ¿En concreto del caso de Steve Flannagan?

Rogers se removió en su asiento y tosió mientras respondía.

—Que yo sepa no. Como le he dicho, nos encontrábamos con un vacío de información. El chaval estaba en coma, ninguna de las comisarías de los pueblos cercanos pudo ayudarnos, nadie sabía nada y no teníamos ninguna pista que pudiera sernos de utilidad. Como comprenderá, dadas las circunstancias, yo tuve que desentenderme del tema casi por obligación; probablemente fuera un error por mi parte, pero tenía suficiente con mis propios problemas. Pasó casi un año hasta que volví a saber algo de dicho asunto. —La expectación de Helen se acrecentó. Se mantuvo callada para que el viejo sargento continuara, cosa que no tardó en hacer—: Una mañana recibí una llamada del hospital. Pensé que era el típico seguimiento rutinario, pero no me buscaban como paciente sino como policía. El doctor que me llamó necesitaba mi autorización para trasladar a un paciente. Para serle sincero, aquello me pilló totalmente desprevenido. Supuse que, como los trámites de mi baja definitiva se habían retrasado, seguía ostentando el cargo de sargento en Rushford Falls, pero no entendía qué tenía que ver conmigo uno de sus pacientes. Cuando mencionó que se trataba del chico del río caí en la cuenta de que, sin saberlo, habíamos compartido hospital.

—Pero ¿seguía en coma o había despertado? ¿Por qué pretendían trasladarlo? —Para Helen, la conversación había dado un giro inesperado y tomaba ahora un cariz diferente. La posibilidad remota de que Steve siguiera vivo tras tantísimos años comenzaba a ser más plausible según Rogers iba arrojando luz sobre el asunto.

—Parece ser que el chico se iba recuperando bien de sus heridas, pero seguía sin despertarse. Como yo aparecía en los informes como responsable del caso, necesitaban mi consentimiento para que lo tratara la doctora... ¿cómo se llamaba...? McQueen. Shirley McQueen, sí. En definitiva, una reputada especialista que había tenido éxito con casos similares. Di el visto bueno al traslado. Fue la última de mis acciones como sargento de Rushford. A partir de ahí lo delegué todo en Morales, que comenzó a ejercer mis funciones. Poco después, dejé para siempre la policía y ya no supe más del chico... hasta hoy. Al menos ahora, gracias a usted, sé que tenía nombre. —Apretó los labios en una sonrisa apesadumbrada—. Lo que me escama es no saber por qué nadie lo buscó. ¿No tenía padres, amigos, hermanos? ¿Nadie lo esperaba de vuelta en casa?

Helen agachó la cabeza y se miró las manos, sudadas. Steve tenía padres y amigos. Pero estaba claro que a los primeros no les preocupaba su hijo en absoluto, y sus amigos no resultaron serlo tanto.

Eso la incluía a ella.

Podría haberle dicho a Rogers que, en Goodrow, todos pensaron que Steve se había marchado, que había huido dejando todo atrás sin decir nada a nadie, pero no lo hizo... porque no fue así como ocurrió. Dejó que las preguntas del exsargento flotaran en el aire hasta que se diluyeron en el silencio.

—¿Y a qué lugar lo trasladaron? —preguntó tras unos segundos—. ¿Dónde iban a tratarlo?

—Le habilitaron una consulta a la doctora en un centro de salud mental —contestó Rogers.

—¿Cuál?

—Es sorprendente que me lo pregunte, señorita Blunt. Lo llevaron al único centro que hay por aquí cerca. El Hospital Psiquiátrico de Goodrow.

Helen clavó las uñas en la tela del sofá conteniendo la respiración ante la mirada extrañada de Rogers. Steve no solo no murió en 1995: ¡durante veinticinco años estuvo en Goodrow Hill! Pero lo más preocupante no era eso, sino que Tom Parker trabajó durante más de dos décadas en el mismo psiquiátrico. A la fuerza tuvo que haber coincidido con él. Y si fue así, ¿por qué no les dijo nada? ¿Por qué lo mantuvo en secreto durante todo ese tiempo?

8

El paciente que llegó de Rushford Falls

1997, dos años después de la desaparición de Steve

Terminar trabajando en un psiquiátrico no era precisamente lo que Tom Parker esperaba tras acabar el instituto.

A él le gustaba la mecánica, y aunque el padre de su amigo Bob lo había contratado los dos últimos veranos como ayudante en su taller, la faena había bajado bastante en los últimos tiempos. Para su desgracia, no podía ofrecerle más que un contrato temporal a media jornada un par de días a la semana. Eso no representaba ni unos pocos cientos de dólares al mes. A punto estuvo de aceptarlo —al fin y al cabo, los coches eran máquinas que tarde o temprano se estropearían, necesitaban una revisión, un cambio de baterías o una limpieza de filtros—, pero su padre se enteró de que había una vacante en el Hospital Psiquiátrico de Goodrow. No hacía falta experiencia ni cualificación previa, así que lo instó a que probara suerte; no podía desaprovechar aquella ocasión excepcional.

—Puede ser una buena oportunidad —le dijo Joseph a su hijo—. Además, piensa que es otro tipo de mecánica; una alternativa y mucho más satisfactoria que esta. Has reparado motores de coches, Tom. Pero ¿te imaginas lo que representaría conseguir reparar la mente de una persona? Esa gente necesita reinsertarse en la sociedad, y tú puedes ayudarles a alcanzar ese propósito.

Por alguna razón inexplicable, las palabras de su padre calaron en él. Tanto que casi cada día de camino al trabajo las recordaba. Las tenía siempre presente, aunque todavía no hubiera visto a ninguno de los pacientes conseguir aquella hazaña.

Llevaba poco más de un año allí, y el ritual siempre era el mismo: llegar, fichar, cambiarse de ropa ante su taquilla, abotonarse la camisa blanca delante del espejo y mirar el cuadrante semanal en la pizarra para saber qué tareas le tocaba realizar.

La mayoría de los días tenía la responsabilidad de entregarles a los internos su dosis específica de pastillas y, lo más importante, asegurarse de que se la tomaban. Aunque él no preparaba los medicamentos —de eso se encargaba Dave, un tipo jovial que siempre tenía una sonrisa en los labios y no paraba quieto—, cumplía a conciencia con cualquiera de las tareas que le encomendaban.

No le parecía un trabajo tedioso ni complicado. A veces algún interno se enrabietaba, golpeaba la bandeja de la comida o escupía las pastillas desafiando a los celadores, pero nada había tan grave que un pinchacito de morfina no pudiera solventar. De todos modos, los enfermos más difíciles, violentos y problemáticos estaban en una de las alas específicamente habilitada para ellos a la que él no tenía acceso. Excepto una ocasión en la que tuvo que acompañar a Dave para unas gestiones, a Tom nunca lo habían asignado a aquella zona. «No te preocupes. Tarde o temprano a todos nos toca pasar una temporada en el Circo de los Horrores —le dijo Dave al percibir la curiosidad de Tom por los pacientes de aquel lugar, como lo llamaban entre ellos—. Así que no tengas prisa, no te pierdes nada».

La verdad es que tenía un trabajo tranquilo. A pesar de que los meses posteriores a lo que pasó con Steve en la presa fueron un calvario de inquietud e insomnio para él, estaba consiguiendo dejarlo todo atrás, reconducir su vida.

Pero eso cambió aquella mañana, cuando Dave se presentó de sopetón en el vestuario mientras Tom terminaba de cambiarse.

—¡Qué suerte tienes, novato! —exclamó con aire despreocupado. Dave siempre lo llamaba novato, aunque lo hacía con cariño. Por su forma de ser y de moverse, Tom sospechaba que a Dave le gustaban los hombres, pero no conocía mucho de su vida personal, así que no podía estar del todo seguro.

—¿Cuándo se supone que dejaré de ser novato, Dave? Llevo aquí bastante tiempo.

—¡No el suficiente! De todos modos, mientras tengas la suerte del novato, seguiré llamándote así.

Tom puso los ojos en blanco y se pasó una mano por el pelo.

—Está bien. ¿Y a qué se debe mi suerte esta vez? ¿Me toca limpiar de nuevo el vómito de Stewart?

—¡Casi, pero no tanta! —rio Dave—. ¿Recuerdas la nueva doctora?

—¿La doctora McQueen?

Dave chasqueó los dedos y le apuntó directamente a la cara.

—Esa misma.

—¿Qué le pasa?

—A ella nada. Pero vamos a tener un nuevo inquilino: Hoy trasladan a un paciente desde Rushford, y la doctora ha solicitado un ayudante. ¿Sabes a quién han asignado? —preguntó abriendo los brazos y sonriendo.

—¿A ti?

—¡Premio!

—¿Y eso qué tiene que ver conmigo?

—Pues todo, porque no puedo quedarme. Me han llamado de Chicago por un asunto familiar. No sé qué de unos trámites por la herencia de mi abuela.

—Vaya, lo siento mucho. No sabía que hubiera muerto.

Dave hizo un aspaviento con la mano.

—Estiró la pata hace un par de meses —dijo con frivolidad mientras se desabrochaba la camisa—, pero no te preocupes, apenas teníamos relación. Mi madre dice que no quiere nada de ella, no se llevaban muy bien y todo eso, así que lo que tenía pasa directo a sus nietos. Servidor es uno de ellos.

—¿Y soy yo el afortunado? No es a mí a quien le van a caer propiedades del cielo.

—Mejor que no me caigan del cielo, a ver si me van a aplastar. A lo sumo la abuela me habrá dejado un pequeño fajo de billetes.

—Mejor eso que nada, ¿no? ¡Ya me gustaría a mí! —se quejó Tom—. ¿Y ya te vas? ¿Así, de golpe? ¡Pero si acabamos de llegar!

—¡Tú acabas de llegar! Yo tuve que quedarme ayer noche por un cambio de turno del que me había olvidado, así que me voy para Chicago en un par de horas. La jefa ya lo sabe —se ajustó el cinturón del pantalón y alzó las cejas mirando a Tom—. Lo que nos lleva a tu nueva asignación: ¡Vas a tener el honor de sustituirme ante la doctora McQueen!

Tom se inquietó. Había oído hablar a los internos maravillas de la doctora, pero no se veía capacitado para asumir ese puesto de manera tan abrupta.

—No sé si es buena idea, Dave...

—Lo siento, novato, pero es lo que hay. Te he recomendado expresamente. Vas a ver de primera mano cómo trabaja. ¿Sabes lo que significa eso? ¿Lo que puedes aprender? ¡Más de uno mataría por un puesto así! Además, es una eminencia en su especialidad. Tiene un gran historial de recuperaciones en gente con daños cerebrales y cosas por el estilo. Tu trabajo consistirá en hacer todo lo que ella te diga y poco más. Vamos, que comparado con lo que haces ahora es coser y cantar. —Dave miró su reloj—. Y ya puedes espabilar porque el paciente debería llegar en diez minutos. Así que tira corriendo a su despacho para presentarte. Ah, y recuerda: Pórtate bien, hazle caso y no metas la pata. Sobre todo esto último, que te conozco.

—Idiota —lo insultó Tom sonriendo. Dave se colgó un macuto al hombro, dispuesto a marcharse—. ¿Cuándo vuelves?

—Antes del fin de semana estoy aquí, novato. Intenta sobrevivir sin mí. Nos vemos a mi vuelta.

Siguiendo las instrucciones de Dave, Tom se personó en el despacho de la doctora Shirley McQueen para presentarse. Se esperaba más un ogro que la mujer amable y simpática que aguardaba sentada tras su escritorio y que le hizo pasar. A su lado estaba Astrid, una de las enfermeras del centro. Tom se ruborizaba siempre que hablaba con ella.

—¿Eres Tom? —preguntó la doctora McQueen.

—Sí, señora.

—Pasa, por favor, no te quedes ahí —le encomió—. Dave te ha recomendado en su ausencia. Me ha hablado muy bien de ti, a pesar de tu evidente juventud. ¿Qué edad tienes?

—Diecinueve, señora —respondió Tom ruborizado.

La doctora McQueen sonrió. Tom no sabía exactamente los años que ella tenía y le pareció de mala educación preguntarle, pero estaba convencido de que le doblaba la edad, tirando a poco. De todos modos, era una mujer de rasgos atractivos, de piel muy morena y mirada inteligente.

—Con que me llames doctora está bien, Tom. O doctora McQueen, como te parezca mejor. Pero no me llames señora que me haces mayor —dijo mientras se quitaba las gafas y las dejaba colgando sobre su voluminoso pecho. Tom asintió, algo menos tenso—. Supongo que Dave te ha comentado que nos traen un paciente especial desde el Hospital de Rushford Falls. Un chico de tu edad, por lo que he leído. Lleva tiempo en coma, y nos vamos a encargar de él. Me ayudarás, ¿no?

—Para eso estoy aquí, doctora.

—Así me gusta —dijo poniéndose en pie y cogiendo varios documentos—. Yo voy a recibir al nuevo paciente, pero es importante que tengamos la habitación bien preparada. ¿Podrás hacerlo? —Tom asintió—. Bien. Supongo que ya conoces a Astrid; ella será tu compañera.

Astrid lo saludó con la mano y una sonrisa en los labios; como era de esperar, Tom se ruborizó.

—Bueno, creo que ya está todo. Astrid te dirá en qué habitación lo instalaremos, así que podéis empezar con los preparativos. —Hizo una pausa—. ¿Dudas?

—Ninguna, doctora McQueen.

—Estupendo. Esperadme en la habitación del paciente.

Los tres salieron del despacho de la doctora y en el pasillo se separaron. Tal y como Shirley McQueen les había encomendado, Tom y Astrid habilitaron la estancia para el nuevo paciente. Pocos minutos después apareció de nuevo la doctora, acompañada por otro celador que empujaba con destreza una cama con ruedas.

—Abrid las cortinas, por favor —ordenó McQueen.

Tom obedeció de inmediato. Le resultaba tan curioso como reconfortante que la habitación dispusiera de una ventana por la cual entrara luz natural. Por lo que había comprobado en el psiquiátrico, los ventanales —eso sí, enrejados— estaban circunscritos al salón principal. El resto de las estancias —al menos en las que él había estado— no disfrutaban de aquel sencillo lujo. Paredes de cemento o, en el peor de los casos, habitaciones completamente acolchadas, eran las estancias habituales del lugar. Desde el primer momento, Tom pensó que esa característica tenía que ser por fuerza contraproducente para los pacientes, pues se asemejaba más a una cárcel que a un sanatorio. Por supuesto, nunca dijo nada; él no era un experto. Pero la doctora Shirley McQueen sí, y si había decidido que la habitación del nuevo paciente debía tener ventana, significaba que tenía parte de razón.

Mientras la reconfortante luz matinal inundaba cada rincón, la doctora se inclinó sobre el paciente. Astrid anotaba las constantes vitales del joven que aparecían en un monitor a la espera de que la doctora acabara de auscultarlo.

—¿Qué le ocurrió? —preguntó Tom con timidez cuando vio que la doctora se quitaba de las orejas las ojivas del estetoscopio y se lo colgaba al cuello. McQueen tomó la carpeta que Astrid le tendió.

—Por lo visto, este joven ha sufrido mucho. Tanto su cuerpo como su mente han pasado por un trauma severo. Veremos si con paciencia, tiempo y algo de ciencia logramos que despierte. Podríamos aventurar qué le pasó, pero no sería lógico hacerlo porque tampoco obtendremos respuestas. Y aún con ellas, dudo que nos sirviera de algo —explicó—. Así que empezaremos desde ya su tratamiento para que sea él mismo quien nos lo diga, ¿os parece? —Ambos asintieron a la vez.

—¿Qué nombre ponemos en la ficha del paciente, doctora? —preguntó Astrid. La mujer torció el gesto.

—Nadie parece conocer al chico, y en el Hospital de Rushford no han tenido la decencia de ponerle un nombre, así que utilizaremos el que siempre se usa en estos casos. ¿Alguno sabe cuál es?

Astrid sonrió al conocer la respuesta, y movió afirmativamente la cabeza mientras enseñaba todos los dientes. La doctora valoraba esos pequeños detalles, y Astrid lo sabía.

—Pues ya sabéis...

McQueen salió de la habitación dejándola a ella y a Tom a solas con el nuevo paciente.

La chica se inclinó sobre el chico. Estaba muy quieto, inmóvil. Incluso su respiración era tan sutil que apenas se percibía. Tenía la cara llena de cicatrices, y las inflamaciones lo habían desfigurado un poco.

—Pobrecillo —dijo la enfermera con lástima. Luego, divertida, soltó—: Parece mono.

Tom aprovechó que Astrid se hizo a un lado para acercarse.

Cuando vio el rostro del muchacho no dio crédito. Se puso blanco. Las rodillas le temblaron y sus piernas se tornaron como gelatina. Era imposible. ¡Imposible!, se repitió Tom.

—¿Cómo crees que se llama en realidad?

Tom tragó saliva ante la pregunta de Astrid. La doctora McQueen les había ordenado ponerle nombre, pero no hacía falta, porque ya tenía uno. Y Tom sabía muy bien cuál era. Lo susurró sin darse cuenta:

—Steve...

Astrid aguzó el oído.

—¿Has dicho Steve? —repitió alzando las cejas—. No sé yo... No tiene cara de Steve. Yo iba a decir Will o algo así... Aunque ya has escuchado a la doctora, para estos casos...

La enfermera siguió hablando sobre el nombre que debían usar, pero Tom ya no le prestaba atención. Solo pensaba en que Steve tenía que estar muerto. Habían pasado dos años desde la última vez que lo vio. ¡Dos! ¡No podía ser él! Sin embargo, cuanto más lo miraba, menos podía negarlo. No, Steve no había muerto; estaba ahí mismo, con él, a solo unos centímetros. Por otra parte, puede que tal vez Dave tuviera razón y la suerte estuviera de su lado. A todas luces, nadie sabía que aquel vegetal postrado era Steve Flannagan; nadie excepto él. Y lo más probable fuera que nadie llegase a saberlo jamás. La madre de Steve murió poco tiempo después de su desaparición y su padre se desentendió misteriosamente de su hijo y de lo que pudo haberle pasado. Con todo, la alargada sombra del pasado volvía a extenderse con la aparición súbita de Steve, pero mientras no saliera del coma no habría problema. Él se encargaría de ello.

Pero si llegaba a despertar...

... si despertaba tendría que matarlo.

9

La pesadilla imparable

¿Cómo era posible que Tom se hubiese guardado durante tantos años que Steve no había muerto?

De entre todas las demás, esa era la pregunta que más se repetía en la cabeza de Helen mientras conducía de vuelta, en dirección al Hospital Psiquiátrico de Goodrow. No esperaba resolver por arte de magia las incógnitas con las que cargaba a las espaldas, pero tampoco que el sargento Rogers añadiera unas cuantas más a las que ya tenía.

Sí, ¿cómo era posible?

Veía bastante improbable dar con una respuesta satisfactoria a esa pregunta, sobre todo porque la persona que mejor podría responderla había muerto y le habían arrancado los ojos, pero también porque planteaba otras que la complementaban preocupantemente: ¿Despertó Steve del coma? ¿Le contó a alguien del hospital lo que le había pasado? Si no lo hizo, ¿llegó Tom a hablar con él? ¿Pudo Steve recordar lo que ocurrió en la presa tantos años atrás?

Era difícil —por no decir imposible— poder dar respuesta a

tanto interrogante sin indagar más, sin obtener información adicional, y lo único que conseguía al darle vueltas era un soberano dolor de cabeza. Además, estos últimos días habían sido extenuantes: el hallazgo del cuerpo de Tom, su funeral, las fotografías, la reunión con la vieja pandilla, la muerte de Cooper, los mensajes ensangrentados, la discusión con Markie, las recriminaciones de Vance, la desconfianza de su padre... Sintió que el peso de todo ello la aplastaba, como si el mundo se le desplomara encima. La tensión comenzaba a descoser las costuras de su entereza. Y, por si fuera poco, tenía la sensación de que la persona que había acabado sin miramientos con las vidas de Tom y Cooper estaba jugando con ellos. Haciéndolos sufrir.

¿Podría de verdad ser Steve quien estuviera detrás de todo ello? Si fuera así, su motivación estaría clara: la venganza por lo que pasó. Pero en caso de que no lo fuera... El asesino sabía que un delito como el que habían cometido ya había prescrito. Y que no habría castigo para ellos. Ni penal ni de ningún otro tipo.

Pero tampoco indulto, porque se estaba encargando de ajusticiarlos a su antojo.

De repente, Helen tuvo que frenar, las ruedas chirriaron debido al frenazo, y estacionó a un lado de la carretera. Siempre se había considerado una mujer fuerte, capaz de soportar en silencio el peso de sus actos, pero ahora —mientras agarraba con tanta fuerza el volante que hasta las manos le dolían— comenzaba a sentirse superada, inquieta y vulnerable. Era como si se encontrase aprisionada en el interior de un reloj de arena, que inexorablemente iba llenándose de la presión de todo lo que rodeaba a aquel caso sin disponer de una salida, por pequeña que fuera.

Apagó el motor y decidió salir del coche y respirar, dejar que el aire llenara sus pulmones al máximo de su capacidad.

El frío la envolvió como un abrigo, humedeciendo sus lagrimales. Alzó la cabeza al cielo, cerró los ojos y dejó que los sonidos del bosque la bañaran para recuperar la calma perdida. Poco a poco se fue tranquilizando y recobrando el control que creía haber perdido, pero aquel intento de evasión casi espiritual se vio interrumpido por algo tan terrenal como una llamada de teléfono.

Descolgó.

—¿Papá? ¿Qué ocurre?

—Esperaba que me llamases tú. ¿Dónde estabas?

—Buscando a Vance, como habíamos quedado —respondió. En parte no mentía, solo que apenas tuvo que invertir unos minutos para dar con él. Del resto del tiempo, el que pasó en Rushford con el teniente Morales y el sargento Rogers, no tenía intención de contarle nada. Esperó que su padre no advirtiera la media verdad—. Estaba en su caravana, dormido como un tronco. Parece ser que estuvo bebiendo anoche, para variar.

El jefe Blunt resolló al otro lado de la línea, el resquemor hacia Vance era evidente cuando hablaban de él. Helen imaginó la expresión de indignación de su padre.

—Todavía no puedo creer que te casaras con él, hija —soltó de repente.

—Papá, no empieces.

—No empiezo. Solo doy gracias por que te dieras cuenta de dónde te metías. Aunque fuera un poco tarde...

—Ya. Bueno, a veces tener los ojos abiertos no significa que estés viendo lo que tienes delante. Y, como se dice, mejor tarde que nunca, ¿no?

Blunt asintió emitiendo un sonido seco y áspero con la garganta. Nunca aprobó el matrimonio de su hija con Vance Gallaway, y nunca aprobaría nada que tuviera que ver con él.

—¿Y qué te ha dicho?

—Parecía no saber nada de lo de Cooper. Según él, estuvo tomándose algo en el Forbidden. Luego continuó la fiesta en la caravana él solo.

—¿Has hablado con Frank para comprobarlo?

Frank era el dueño del Forbidden Wolf. Un tipo rudo, tatuado y barbudo como él solo. Helen lo conocía porque más de una vez había tenido que acudir a su local con Charlie para evitar que algunos de los clientes se partieran la crisma mutuamente por alguna estupidez, y otras para impedir que Frank se adelantara y lo hiciera antes que ellos mismos.

—Todavía no, pero voy a ello ahora mismo. Si Vance no me ha mentido, Frank podrá confirmármelo.

—No te preocupes, yo me encargo. Hace días que quiero hablar con Frank.

—Como quieras. ¿El forense te ha dicho algo?

—Acaba de enviarme el informe. Lo más relevante es el hallazgo de un corte profundo en el lado derecho del cuello —expuso Blunt. Helen se sorprendió de no haberse dado cuenta de ello. El jefe advirtió la extrañeza de su hija al respecto—. Es posible que no lo vieras porque la sangre que brotó cuando le cortaron las orejas camufló la herida. Según parece, el asesino utilizó un cuchillo o un puñal mientras la víctima estaba de espaldas. Le alcanzó la carótida. Fue directo y efectivo... Hemos intentado reproducir cómo pudo haber sido y, por lo visto, después de recibir la puñalada, trató de huir hacia el jardín. No llegó muy lejos; se desplomó donde lo encontramos... y se desangró en poco tiempo. Después, el asesino usó su sangre para...

Helen dejó de escuchar. Se puso una mano en la frente, cerró los ojos y se apoyó en su coche patrulla. Jamás hubiera adivinado que su sueño de ser policía se convertiría en una pesadilla. Una pesadilla que hacía tiempo se había vuelto real, aunque ahora era más tangible que antes. Casi podía tocar el peligro con ambas manos, saborearlo en el paladar, en el cielo de la boca. De repente, abrió los ojos y miró a su alrededor a través de los frondosos árboles, buscando a quien parecía conocer sus secretos como si pudiera estar observándola, vigilando sus acciones.

—Helen, ¿estás ahí?

Antes de responder, oteó una vez más la carretera yerma y vacía y el grueso del bosque.

—Sí, aquí estoy.

—Te decía que el mensaje que dejaron en la habitación de Summers es el mismo que encontramos en casa de Tom Parker: un «confesad» escrito a mano con la sangre de la víctima... pero sin nada que pueda identificar al autor.

El estómago se le revolvió.

—Vale... ¿Han encontrado algo más?

—Aparte de cientos de huellas vuestras esparcidas por el comedor que no nos sirven, no hay mucho que añadir.

—¡¿Y cómo es posible que escribiera ese mensaje con sus propias manos sin dejar ni una puta huella dactilar?!

Blunt odiaba escuchar a su hija hablar de aquella manera, pero estaba alterada; se lo pasó por alto.

—Está claro que usó guantes para hacerlo —explicó—. Pero si hay algo que con certeza sabemos es que, aparte de los asesinatos, el solo acto de pintar con sus propias manos ese mensaje denota rabia y determinación. El que lo haya hecho está convencido de sus motivaciones y parece indicar que no va a detenerse hasta obtener lo que quiere.

«¿Y qué quiere obtener?», estuvo a punto de preguntar Helen. Pero ya sabía lo que el asesino buscaba, y lo había dejado bien claro: que confesaran lo que le habían hecho a Steve Flannagan. Y si no lo hacían, si permanecían callándose la verdad, estaba dispuesto a matarlos a todos, uno a uno, sin compasión, sin miramientos. Con todo, Helen se había jurado pararle los pies, dar con él antes de que hubiera más víctimas. Y para ello tenía que encontrar respuestas antes de que Jesse, Vance, Carrie o Markie aparecieran asesinados. Porque sabía que tarde o temprano aparecerían muertos por sus pecados del pasado. Incluso su propia vida corría peligro. Solo tenía que asegurarse de que conseguiría atraparlo antes de que se derramara una nueva sangre. Pero ¿podía confiar en sus amigos? ¿Podía estar segura de que ninguno de ellos estuviera detrás de aquellas muertes? Ese debate interno la agitó por dentro, pero se recompuso al cabo de unos segundos. Lo primero que tenía que averiguar era si Steve seguía vivo, si era él quien se ocultaba en la sombra, si de verdad era el ejecutor.

Volvió a la conversación con su padre.

—Resumiendo: no tenemos nada todavía —le dijo Helen.

—Tenemos los mensajes que el asesino dejó en las escenas de ambos crímenes, tenemos las fotografías, tenemos...

—Aparte de eso no hay nada, papá.

Blunt tuvo que morderse la lengua. Primero, porque para él aquellas dos cosas eran señales que apuntaban sin ninguna duda en una misma dirección: hacia su hija y sus amigos. Y segundo, porque el que ella no quisiera verlo —o se negara a aceptarlo— provocaba en él un sentimiento de extrema desconfianza. Por no mencionar que representaba un serio problema; un problema que les afectaba directamente a ambos, porque se suponía que los dos estaban ahí para solucionar aquel caso... pero no lo parecía. Era como si estuviera con su hija en un mismo bote tratando de alcanzar orillas opuestas. El policía no solo sentía que no remaban en la misma dirección, sino que además el bote estaba lleno de agujeros que lo inundaban con rapidez.

En su corazón no quería dudar de ella, pero su instinto le insistía sin descanso: su hija estaba ocultándole algo una vez más.

Los agujeros que llenaban el bote con aguas de oscuros secretos los provocaba su propia hija.

De todos modos, Helen y sus amigos habían estado juntos, reunidos en la misma casa donde horas después había muerto uno de ellos. Y estaba seguro de que no era casualidad. Por eso no podía —ni debía— pasarlo por alto.

—Cuando haya hablado con Frank, quiero que nos reunamos —ordenó Blunt quedamente.

—Está bien, papá. Después nos vemos en comisaría y hablamos.

—No me refiero solo a nosotros, Helen. Hubo seis personas en casa de Cooper horas antes de que este apareciera asesinado.

Helen guardó silencio al otro extremo de la conversación.

—¿Y qué? —dijo al fin.

Blunt esperaba que su hija se pusiera a la defensiva, era una reacción natural en ella a la que por desgracia se había acostumbrado, pero le resultó una falta de respeto y un sinsentido, sobre todo en aquel preciso momento porque ya no era una cría adolescente.

—¿Cómo que «y qué», Helen? ¿Cómo que «y qué»? ¡Han asesinado a un amigo tuyo, maldita sea! ¡A dos, si contamos a Tom Parker! ¿Te parece que tenemos poco, Helen, que no tenemos nada? ¡Tenemos dos malditos cadáveres, por el amor de Dios! Así que quiero verlos a todos en una hora en la comisaría. Vance, Carrie, Mark, Jesse... Hay que interrogarlos de nuevo. Llámalos, tráelos a rastras, hazlo como te dé la gana. ¡Pero los quiero a todos allí! ¿Me has oído? —Su hija no contestó—. ¡¿Me has oído?!

—Te he oído —respondió con frialdad.

—Bien.

Helen colgó furiosa, subió al coche y arrancó; su visita al psiquiátrico de Goodrow en busca de respuestas tendría que esperar. Blunt, por su parte, cerró la tapa de su móvil y soltó la tensión acumulada en un sonoro suspiro. Empezaba a percibir cómo ese abismo que durante años había intentado salvar volvía a abrir sus fauces negras ante él y a alejarle un poco más de su querida hija.

10

No soy como él

El Forbidden Wolf era un bar que se había ganado su mala fama solo por la reputación de la gente que lo frecuentaba, en su mayoría tipos a los que no era recomendable molestar o con un pasado demasiado oscuro que se resistía a desaparecer por mucho que trataran de ahogarlo a base de alcohol y silencio.

Frank Goodwin —el tipo detrás de la barra— era un armario ropero con una barba larga, frondosa y gris que siempre llevaba camisetas negras y chalecos con tachuelas puntiagudas. Muchos asociaban su aspecto y su habitual silencio a una limitada inteligencia, pero nada más lejos de la realidad. Pocas personas en Goodrow Hill se acercaban, siquiera de lejos, al coeficiente intelectual de Frank. Si no acostumbraba a dar conversación a sus clientes era, simplemente, porque sabía que no merecía la pena; no conseguiría solucionarles los problemas y tampoco necesitaba cargarse con las penas de los demás. Ya tenía bastante con las suyas. Así que se limitaba a preguntarles qué querían tomar cuando llegaban y a cobrarles la cuenta antes de que se fueran. Entre una cosa y la otra, ocupaba el tiempo detrás de la barra, de lunes a domingo, manteniéndola limpia. Aunque su vida era simple y monótona hacía mucho que dejó de evaluar la clase de vida que tenía, ni si podía —o quería— aspirar a algo más. No le gustaban los cambios. Ni las sorpresas.

Por eso, cuando el jefe Blunt entró en el bar, Frank puso mala cara.

El policía avanzó hasta la barra y se sentó en uno de los taburetes vacíos. Al dejar su sombrero a un lado, se fijó en que su visita no había pasado desapercibida para los cuatro gatos que ocupaban el local. La autoridad nunca era bienvenida en sitios como aquel, fuera cual fuera la razón de su presencia.

—¿Qué te pongo, jefe? —le preguntó el barman apoyando las manos en la barra.

—No vengo a beber, Frank. Estoy de servicio.

—Aquí todo el mundo viene a beber, Blunt. Si no bebes, no eres bienvenido.

Blunt alzó los ojos para encontrar los de Frank. Por mucha placa que llevara, el Forbidden era su territorio y no valía la pena empezar con mal pie llevándole la contraria.

—Ponme un bourbon.

Frank golpeó con los nudillos la barra y se dio la vuelta para alcanzar una botella de Jim Bean. Apostó un vaso delante de Blunt y se lo sirvió.

—Tienes pinta de necesitar algo más fuerte, pero no voy a presionarte.

—Mejor, no vaya a ser que acepte —ironizó Blunt llevándose el vaso a la boca. Frank aprovechó para pasar la bayeta sin quitarle ojo.

—¿Qué te trae por aquí, Blunt? Hace tiempo que no te dejabas caer por estos lares.

—He estado ocupado. ¿Cómo va el negocio?

—No he tenido que bajar la persiana, así que supongo que no va del todo mal. Sobrevivo, como aquel que dice.

—¿Y cómo llevas lo de tu hermano?

El corazón de Frank se le encogió durante un segundo. Tras su frondosa barba, apretó la mandíbula conteniendo el dolor. Aunque pudiera resultar sorprendente, lo que peor llevaba era que hubiesen acusado a su hermano Barry del asesinato de una chiquilla. Cuando se enteró de lo ocurrido y acudió a Stoneheaven, a punto estuvo de llegar a las manos con el sheriff Hole. Frank podía soportar muchas cosas, pero no que dudaran de la honestidad de su familia. Mucho menos de su hermano mayor. Barry había demostrado ser un hombre con una integridad fuera de toda duda y leal a los suyos, al que, por desgracia, la vida le había despojado demasiado pronto de aquello que más amaba. Puede que llevaran demasiado tiempo sin hablar, puede que sus caminos no debieran haberse separado tanto como lo hicieron, pero Barry seguía siendo su hermano y no soportaba que hubieran manchado su nombre.

—Lo llevo, pero no te negaré que sigo dolido e indignado —reconoció—. De todos modos, trato de no pensar en ello. Al fin y al cabo, no se puede cambiar el pasado y tampoco sirve de nada lamentarse. De lo único que me alegro es de que por fin Clarisse y él estén juntos de nuevo; era lo que siempre había deseado, la echaba mucho de menos. —Blunt asintió, pero Frank cambió de tercio de inmediato—. ¿Y vosotros? Creo que tenéis un problemón entre manos, ¿no? O eso es lo que se escucha últimamente...

—Lo que tendría que hacer la gente de este pueblo es dejarse de habladurías y meterse en sus asuntos.

—Se dice que el hijo de los Parker no se suicidó. ¿Es verdad? —Blunt guardó silencio y le dio otro sorbo al bourbon. Frank se apoyó en la barra, frente a él—. Vamos, Oliver, deja de hacerte el duro, que nos conocemos.

—Es un caso de homicidio —apuntó Blunt—. Pero tenemos pocas pistas, por no decir ninguna.

—¿Otro caso John Mercer?

—Esperemos que no.

—No le vendría muy bien a Goodrow más publicidad negativa —opinó Frank—. O puede que sí; tal como está la economía, cualquier publicidad es buena. Al fin y al cabo, he conocido a unos cuantos turistas que han decidido visitarnos solo por el morbo de lo que ocurrió hace... ¿cuánto? ¿Veintitantos años? —Negó con la cabeza—. En fin, espero que descubráis pronto lo que ha pasado.

—Yo también lo espero.

—Pero no has venido a saludarme. Por lo que me has dicho, ni siquiera has venido a beber, aunque te haya convencido para hacerlo. ¿Qué estás buscando?

Estaba claro que, a diferencia de lo que muchos creían, Frank no era un estúpido. Blunt no se anduvo con rodeos:

—¿Estuvo Vance Gallaway aquí ayer noche?

Frank no se lo pensó mucho antes de mover la cabeza afirmativamente.

—Se pasó a última hora de la tarde. Se tomó unas cervezas y uno o dos whiskies.

—¿A qué hora se marchó?

—¿Y estas preguntas? ¿Le ha pasado algo? —Ante la muda respuesta del jefe Blunt, Frank cayó en la cuenta de que si el policía preguntaba por Vance era por algo relacionado con el caso de Tom Parker—. No me jodas. ¿Ha sido él?

Blunt negó con la cabeza.

—No estamos seguros. Con Gallaway uno nunca puede estarlo.

—¿Y dices que no se trata de un nuevo caso Mercer? ¡Ja! No quiero sonar repetitivo, pero ya te digo yo que tienes un nuevo problemón entre manos, amigo. Más todavía si ese cabrón engreído está implicado.

—No te preocupes por eso. Solo quiero saber a qué hora se fue.

—Joder, yo qué sé... Estaría un par de horas, quizá algo más, pero no te puedo decir la hora exacta. Puede que a las nueve o las diez de la noche. No me fijo en el reloj hasta que no es hora de cerrar. Ahora no se te ocurra preguntarme si estuvo aquí la noche que mataron al hijo de los Parker, porque ni lo sé ni me acuerdo.

—No te preocupes. ¿Recuerdas si dijo algo?

—Ya lo conoces. Como siempre, llegó quejándose y se fue quejándose. Despotricaba por lo bajini, pero no te puedo decir de quién, porque era ininteligible, sobre todo después de haber bebido. Eso sí, se fue hecho una furia, diciendo que no se creía nada, o algo así. Pagó la cuenta y se largó con la moto.

—¿Sabes dónde fue?

—Ni idea. Todavía no he aprendido a leer mentes, aunque tengo una amiga que dice que es vidente, si quieres le pregunto.

La longeva amistad entre Frank Goodwin y Oliver Blunt le permitía tomarse licencias humorísticas como aquella. Al jefe no le importaba, y en el fondo tenía que reconocer que las agradecía entre tanta noticia negativa.

—No hace falta.

—¿Estás seguro? Dado su historial, tal vez te vendría bien su ayuda, jefe.

No fue Frank quien respondió, sino uno de los clientes que, oculto en la penumbra de una esquina del bar, había permanecido callado pero atento a la conversación. Blunt se giró para ver de quién se trataba. El hombre cogió su vaso, se puso en pie y se acercó a ellos. La luz le iluminó los rasgos cansados de la cara y el cada vez menos denso y cobrizo cabello.

Era Peter Harrison, el padre de Elliot; el último habitante de Goodrow Hill que Blunt esperaba encontrarse allí.

—¿Peter? ¿Qué haces aquí?

—¿No puede un hombre salir y evadirse del mundo por un momento? —argumentó Harrison con grandilocuencia, como si fuese un filósofo en plena teorización—. ¿Disfrutar de tiempo para él?

Dejó su vaso junto al del jefe y le hizo un gesto a Frank para que le sirviera otra copa.

—¿No lo habías dejado? —le preguntó el agente.

—Claro... Infinidad de veces. Las mismas que me prometiste que encontrarías a mi hijo—. Blunt apretó los dientes y se contuvo de responderle, pero Harrison siguió desafiándole y supurando rencor y alcohol por los poros de su cuerpo—. Promesas, promesas vacías del jefe de policía de Goodrow... En quien pusimos todas nuestras esperanzas. Esperanzas que poco tardaron en oxidarse, como era de esperar.

—Peter...

—Estuve en el funeral de Tom Parker —explicó Peter Harrison como si contara una historia obviando a Blunt—, ¿lo sabías? Janet no quería ir, pero la convencí por la amistad que nos unía con Joseph. Ella ya nunca quiere salir de casa. Y yo voy y la obligo a ir a un funeral... —suspiró—. No me van a dar el premio a marido del año, no... Mi pobre Janet... ¿Sabías que sigue de luto por Elliot? Veinticinco años después. Y continúa sumida en el dolor, ¿te lo puedes creer? Pero ¿cómo no hacerlo? Era nuestro hijo. Y ni siquiera le hicimos un mísero entierro. ¿Cómo podíamos, si no teníamos un cuerpo que enterrar?

Peter inclinó el cuello hacia delante y sacudió la cabeza. Frank le había llenado el vaso, y este se lo bebió de un trago. Se secó los labios con la manga y prosiguió:

—Doy por hecho que no me viste, ni a mí ni a mi mujer. Es

probable que estuvieras demasiado ocupado huyendo con el rabo entre las piernas cuando Joseph te pidió que encontraras al que le había hecho eso a su hijo. —Sonrió mezclando sarcasmo y tristeza—. Me recordó a mí cuando te suplicaba que me trajeras de vuelta a mi pequeño Elliot. Al menos esta vez tuviste la decencia de salir corriendo. Espero que no le hayas dado las mismas esperanzas que me diste a mí, porque ya ves en qué se quedan —abrió los brazos—: En nada. —Señaló el vaso vacío de nuevo—. Ponme otra, Frank.

—No creo que sea buena idea, Peter —replicó este.

—¡Que me pongas otra puta copa!

Frank obedeció de mala gana mientras Blunt estudiaba cómo abordar aquella conversación.

Aunque removió cielo y tierra para encontrar al hijo de Peter y Janet, Blunt no podía evitar sentirse mal. Tristemente, Peter Harrison tenía parte de razón; les había ofrecido una esperanza a la que aferrarse que se evaporó sin que pudiera evitarlo. El tiempo no significaba nada para unos padres que habían visto como su mundo se hacía pedazos cuando secuestraron a su hijo y que terminó de hacerse añicos en el momento en que Blunt les informó de que se suspendía la búsqueda. No había cuerpo, no había pistas, y a la única persona que podía saber algo, John Mercer, le habían atravesado el corazón con un cuchillo.

Decidió no discutir con un hombre que seguía desesperado, roto y vacío.

—Lo siento mucho, Peter. Siento de corazón lo que le pasó a vuestro hijo.

—¡Que te jodan, Blunt! ¡No tienes ni puta idea de lo que le pasó a Elliot! Si al menos lo supiéramos, podríamos tener un poco de paz. ¡Alguien a quien velar! ¡Alguien a quien llevar flores al puto cementerio! Pero no tenemos ni eso. ¡Ni eso! Así que no lamentes algo que no sabes.

Blunt asintió. Tal vez no llegaba a comprender a la perfección lo que Peter Harrison sentía, pero sí podía empatizar con él, y era algo que siempre trataba de hacer.

—Tienes razón. Ojalá supiera qué le pasó. Llevo veinticinco años martirizándome, pensando en él, en si pude haber hecho algo más o en si pasé algo por alto. He repasado un millón de veces los informes, las conversaciones, preguntando y volviendo a preguntar a quienes creyeron verlo. ¿Y sabes qué he sacado de todo esto, Peter? Que hice todo lo que pude. Cumplí con mi deber. Solo quería encontrar a tu hijo, maldita sea. Pero no pude hacerlo. ¡No pude!

Los tres hombres se quedaron en silencio. El resto de los tipos que había en el bar no se atrevían a toser siquiera.

—¿Sabes lo peor de todo? —preguntó al fin Peter Harrison mientras le daba vueltas a su vaso como si de una peonza se tratase—. Que creo que aquellos chicos tenían razón. Que John Mercer secuestró a Elliot y que lo tuvo en el sótano de su casa.

Blunt recordaba a la perfección aquel día, cuando bajó al sótano de Mercer acompañado por un Vance convencido de que había encontrado al crío allá abajo. Revivió la decepción que sintió cuando levantó la trampilla de madera que había en el suelo y no encontró más que tierra y raíces secas, y ni rastro del pequeño Elliot. Le dolió casi tanto descubrir que Vance no decía la verdad como que una parte de él le creyera.

—Nadie lo vio allí, Peter... Nadie vio a Elliot en aquel sótano —expuso Blunt calmadamente.

—Vance Gallaway dijo que estaba allí. Que habló con él.

—Vance Gallaway era un mentiroso, Peter. Y lo sigue siendo. Tal vez algo peor. No se puede confiar en él ni en ninguno de los que contaba como amigos. —El policía pensó en su hija y cerró los ojos mientras apretaba los labios—. El único que se salvaba era Steve Flannagan, pero desapareció justo después de que asesinaran a Mercer. Todavía sigo pensando que su desaparición tuvo que ver con la muerte de John Mercer... y con el secuestro de tu hijo. Puede que supiera algo... En fin, lo que ocurrió con Elliot, Mercer y Steve son tres enigmas de un acertijo por resolver.

Peter percibió el pesar de Blunt en sus palabras; seguía guardándole rencor porque no hubiera podido recuperar a su hijo, pero tal vez fuera cierto que hizo todo lo que pudo. Apuró las dos gotas que quedaban en su vaso. Se pasó la lengua por el paladar y se mesó el poco cabello cobrizo que le quedaba, el mismo que su hijo Lucas había heredado de él.

—Recuerdo bien a ese chico... a Steve Flannagan —dijo Peter Harrison—. Poco antes de desaparecer, se presentó en mi casa.

Blunt se puso alerta, no tenía constancia de aquella información.

—¿Cuándo fue? —quiso saber el policía. Harrison hizo memoria.

—Puede que uno o dos días antes de que encontrarais muerto a John Mercer, no estoy seguro.

—¿Te dijo algo? ¿Algo sobre sus amigos?

—No. Solo se presentó allí, llamó al timbre... y se me quedó mirando. Lloraba casi como un niño pequeño. Me dijo... cosas sin sentido. Cosas que no comprendí. Balbuceaba. Primero me dijo que lo sentía, que sentía mucho lo de Elliot y que tenía que perdonarlo. Que no podía evitar hacer lo que hacía, pero que él era diferente. No soy como él, dijo antes de marcharse corriendo, no soy como mi padre.

Blunt se quedó mudo tratando de asimilar la locura sin sentido que acababa de escuchar. ¿Acaso Dominic Flannagan, el padre de Steve, tenía algo que ver con el secuestro de Elliot o la muerte de Mercer? No, era imposible que estuviera involucrado... No tenía ninguna lógica. Entonces se le ocurrió algo que jamás se había planteado; algo que jamás hubiera imaginado:

—Peter, cuando Steve te dijo que era diferente a su padre, que tenías que perdonarlo... ¿de quién estaba hablando?

—Al principio creí que hablaba de sí mismo... —dijo Peter frunciendo el ceño. Luego dudó—. Pero nunca he estado seguro.

El policía se lo quedó mirando con los ojos muy abiertos. Fue como si una verdad se le hubiera revelado de repente.

Tal vez Peter Harrison no captó en aquel momento a quién hacía alusión Steve, pero Blunt tuvo la certeza de saberlo:

—Cuando Steve te dijo eso... Cuando mencionó que perdonaras a su padre, que no era como él... No se estaba refiriendo a Dominic Flannagan. Creo... creo que en realidad hablaba de John Mercer.

11

Como si lo hubiera perdido todo

Blunt salió del Forbidden Wolf mientras Peter Harrison le pedía por enésima vez a Frank que le pusiera otra copa. La pérdida de Elliot fue tan grande para él que, por muchos años que pasaran, era imposible de olvidar; aunque tratara de ahogar la pena a base de alcohol, después de la resaca siempre iba a salir a flote. ¿Era el tormento que sufría en vida aquel hombre peor que cualquier condena imaginable? Es probable. Si Dante hubiese podido añadir un décimo círculo a su infierno, Blunt estaba seguro de que lo habría dedicado a aquel dolor, y Peter Harrison sería su primer residente.

No pudo por menos de pensar en Janet Harrison. Aunque era una mujer fuerte, la imaginó sufriendo en silencio por su hijo pequeño tal como había dicho su marido, y a eso debía añadirle la carga que seguramente Peter representaba. Poco quedaba de aquel galán atento que la había conquistado mientras Blunt perdía el tiempo dejándola escapar entre obligaciones e indecisiones... pero que cuarenta años después siguieran juntos —y tras golpes tan duros como lo de Elliot— decía mucho del compromiso de ambos. Un compromiso que Janet y Blunt estuvieron a punto de romper en un momento de debilidad más de treinta años atrás.

Miró el reloj y calculó que le daba tiempo a hacerle a Janet una visita rápida antes de una última parada de camino a la comisaría. Hacía tiempo que no hablaba con ella, y aunque tenía ganas de saber cómo estaba, sopesó si era buena idea hacerlo. No encontró ningún pretexto. Y, a decir verdad, la echaba de menos.

Es extraordinario cómo los sentimientos, de dolor, de culpa o de cariño, quedan arraigados en el interior de uno durante tanto tiempo. Puede ser imposible desprenderse de ellos incluso a lo largo de toda una vida, y Blunt anidaba en su corazón exactamente aquellos tres. Siempre que Janet hacía acto de presencia en su cabeza le brillaban los ojos, pero su corazón le acusaba por el dolor de haberla perdido, por la culpa de haberla dejado en segundo plano y por el cariño que siempre le tendría. Aunque ambos rehicieron sus vidas, nada de lo que vivieron desapareció con el paso de los años.

Condujo rememorando la última vez que sintió el calor de su cuerpo, y cómo al hacerlo traicionó su propia integridad, la que todo el mundo alabada, de la que tan orgulloso estaba. Cerró los ojos y, por segunda vez, lamentó haber cometido esos errores con Janet. Sobre todo el último y definitivo, el que mantuvieron en secreto y bajo llave para que el daño no le salpicase a nadie más, y guardárselo para ellos solos.

Pero todo sale. De una u otra manera, nada permanece oculto mucho tiempo.

Aparcó el coche patrulla a escasos metros de la casa de los Harrison y se detuvo un segundo al lado del buzón. Llenó sus pulmones de frío oxígeno y soltó una exhalación que mezclaba valentía e indecisión. El primer paso siempre era el más difícil.

Anduvo el camino empedrado hasta la puerta principal, llamó al timbre y esperó. A punto estuvo de darse la vuelta cuando la puerta se abrió con delicadeza. Janet se asomó tras ella.

—Hola, Janet.

—¡Oliver!

Janet tenía los ojos tristes, pero recibió a Blunt con una sonrisa que le iluminó el rostro y le maquilló de arrugas la expresión. Pero él ni siquiera se fijó en las imperfecciones de las que ella tanto se quejaba cada vez que se plantaba delante del espejo. Janet seguía siendo la chica perfecta de la que se enamoró, aunque hubiera pasado medio siglo. O aunque pasase medio más.

Blunt se inclinó y ella le rodeó el cuello en un sentido abrazo. Lo besó en la mejilla.

—¿Qué haces aquí? —le preguntó.

—Acabo de estar con Peter —le explicó Blunt—. E inevitablemente hemos hablado de ti, así que he venido a ver qué tal estás.

—Espero que no me hayáis puesto a caer de un burro, que os conozco.

—Si no te han pitado los oídos es buena señal —siguió bromeando el policía.

—Pasa, anda. ¿Quieres un café?

—Un poco de agua no me vendría mal, si no te importa.

Blunt recordaba la distribución de la casa de cuando los Andrews vivían allí, antes de vendérsela a Peter y Janet tiempo después de que se cerrara el caso de Elliot como un secuestro sin resolver. Habían pintado las paredes y la habían redecorado de arriba a abajo con un gusto exquisito. Olía a leña del hogar y era muy acogedora, pero carecía de vida. Algo le faltaba. Era una sensación poco más que imperceptible, aunque la esencia de ese algo faltante se percibía nada más entrar.

—Estás en tu casa, Oliver. Siéntate, voy a por un vaso de agua.

Janet desapareció en dirección a la cocina, y Blunt dejó su sombrero encima de una mesa de madera con un centro de flores silvestres. Parecían recién cortadas.

Paseó por la sala de estar echándole un vistazo a los cuadros y a las fotografías que colgaban de las paredes. La mayoría eran del matrimonio, imágenes de escenas idílicas en vacaciones, en lugares verdes y paradisíacos como Hawái, o apabullantes, marrones y llenos de especias como la India. Siempre les había gustado viajar. Se fijó en las que aparecía Lucas, su hijo mayor. En el momento en que se tomaron debía contar la edad que Elliot tenía cuando desapareció. Lucas parecía frágil y apagado, pese a que estuviera sonriendo a la cámara. Era muy introvertido, aunque recordaba que Helen se llevaba muy bien con él cuando tenía su edad. Él venía a casa y ella se quedaba a dormir en la suya; jugaban juntos, y Helen, mellada de dientes, siempre hablaba maravillas de lo bien que se lo pasaban. No supo adivinar el momento en que dejaron de ser amigos, pero probablemente tuvo algo que ver con que Lisa decidiera abandonarlos.

Fue una época muy dura, tanto para él como para su hija. Su mujer se fue casi sin mediar palabra; apenas se enzarzaron en una acalorada discusión en la que Blunt le pidió explicaciones por aquella inesperada decisión. Pero ella no le dio una razón concreta; mientras hacía las maletas, solo le dijo que podría llegar a perdonar una infidelidad, pero no hasta ese grado. Blunt no entendió a qué se estaba refiriendo. Si el secreto de su infidelidad con Janet había salido a la luz y ella estaba dispuesta a perdonar algo tan grave, ¿por qué no lo hacía? Lisa no le dio respuesta alguna. Tan solo se marchó dejándole con el enigma y dando un portazo que rebotó en sus sienes como un signo de interrogación.

Por aquella época Helen contaba trece años y, como todas las niñas, era muy avanzada y madura para su edad. Pese a ello, no llegó a entender del todo por qué su madre no regresó jamás a casa, y se dio cuenta de que su padre había hecho algo tan grave que no podía perdonarse. Poco después, Helen entraría de lleno en la turbulenta adolescencia y comenzó a distanciarse de él. Blunt, por su parte, se encargó desde un primer momento de que la custodia de la niña fuera compartida y de que Lisa pudiera verla siempre que quisiera. El policía sabía que recuperar a su mujer se había convertido en algo más que una quimera, pero permitir a su hija estar con su madre era lo mínimo que podía hacer por ambas. Fue un divorcio doloroso, pero sin condiciones ni letra pequeña.

—Aquí tiene su agua, oficial —bromeó amablemente Janet. Blunt se giró, cogió el vaso y le dio un sorbo. Janet bebió un poco de té caliente de su taza—. ¿Curioseando un poco por aquí?

—Son fotos muy bonitas —reconoció Blunt, señalando uno de los marcos en la pared.

—Son los recuerdos los que les confieren su verdadera belleza —puntualizó Janet—. Sin ellos, las fotografías son solo imágenes estáticas.

Blunt la miró a sus ojos tristes.

—No he... visto ninguna de Elliot. —Janet puso una mueca y se sentó en el sofá dejando que el silencio hablara por ella. Blunt se sentó a su lado y se disculpó de inmediato por haberla importunado—: Perdona, Janet. No quería molestarte...

—Ya sabes que nunca me molestas, Oliver. Y tienes razón, no hay ninguna fotografía de Elliot por aquí... Peter decidió meterlas en una caja. Supongo que se hartó de verme llorar delante de cada una de ellas, y pensó que corazón que no ve es corazón que no siente. Por supuesto, eso no es así. Al menos, no en nuestro caso. Y a la vista está que él sigue pensando en Elliot, aunque haya quitado de la casa todo lo que le recuerde a él. —Janet agachó la cabeza entristecida, pero al levantarla de nuevo tenía una sonrisa templada en la cara—. Eso no quiere decir que se haya deshecho de ellas, solo que... están en otra parte. Como Elliot, supongo.

Blunt puso una mano sobre la de Janet y la mujer sonrió un poco más cerrando los párpados con suavidad.

—Me alegro de verte, Janet —soltó el policía con sinceridad—. Y de ver que estás bien.

—¡Bien vieja, querrás decir! Estoy hecha un desastre, Oliver. Encima me pillas así, con una bata, sin peinar... Parezco una abuela.

Blunt soltó una carcajada.

—Estás magnífica y preciosa, no seas modesta.

—Pues tú has engordado —se burló Janet echándole una miradita reveladora a la barriguilla de Blunt.

—Será la camisa, que encoge con los lavados.

—Claro, será eso... —Ambos rieron relajados. Era como si no hubiera pasado el tiempo por ellos. Se sentían a gusto uno en compañía del otro—. Bueno, ¿vas a contarme qué has hablado con Peter o voy a tener que imaginármelo? ¿Es algo relacionado con lo del pobre chico de los Parker? El funeral fue de lo más... curioso, por decir algo.

—Creo que «curioso» no es el adjetivo que yo hubiera usado para describirlo...

—Ni tú ni el alcalde. Cuando Joseph dijo aquello desde el atril... —Janet alzó las cejas y ladeó la cabeza—, no veas la cara que te puso. Pero bueno, tú no te quedaste corto, tendrías que haberte visto.

Blunt se llevó una mano a la frente y movió la cabeza de un lado para otro, avergonzado de que aquello hubiera pasado realmente. No se habría imaginado ni por un momento que Joseph Parker lo iba a dejar en evidencia delante de casi todo el pueblo, y con el alcalde White ahí presente. Por no mencionar que dejó al descubierto los pormenores de una investigación confidencial en desarrollo, con lo que puso en alerta a todos los habitantes de la zona y convirtió sus palabras en nidos de rumores y cotilleos.

—No me lo recuerdes. Cuando vi que todos me miraban tuve que salir de allí. Ni por asomo pensaba subir a dar una rueda de prensa en ese momento para confirmar o desmentir lo que Joseph acababa de decir; y, si me quedaba, todos estarían esperando que lo hiciera. Así que creí que lo mejor era marcharme. Si he de dar explicaciones, será a quien deba dárselas; ya sabes lo chismosos que son algunos en este pueblo.

—Bueno, queriendo o sin querer, ya eres la comidilla de la gente —dijo Janet removiendo el té con una cucharilla.

—Mientras no afecte a la investigación, que hablen lo que quieran.

—Pues sí. Al menos, tuviste suerte de que Helen interviniera de inmediato. Supo manejar la situación a la perfección, la verdad. Todavía la recuerdo correteando por casa con Lucas. Hacían muy buenas migas, ¿verdad? Qué lástima que dejaran de juntarse... Eran muy graciosos los dos. El pobre Lucas se quedó muy solo... Por cierto, ¿qué tal está Helen? Y... entre vosotros, ¿qué tal estáis? Me enteré de que se casó con ese pieza de Vance Gallaway. Estoy segura de que no debió de sentarte muy bien...

A Janet no se le escapaba ningún detalle. Blunt se encogió de hombros y suspiró con resignación.

—Gallaway siempre fue el típico malote que traía de cabeza a las chicas. Helen era de las más populares de la escuela; guapa, inteligente... Fue la reina del baile más veces de las que me atrevo a adivinar. Así que solo era cuestión de tiempo. Y ya sabes cómo son las chicas a esa edad... impresionables y enamoradizas sin remedio. Así que, como era de esperar, y a pesar de todos mis esfuerzos por evitar lo inevitable, se dejó embaucar como una tonta. No puedes imaginarte la de veces que intenté razonar con ella, las noches que pasé sin dormir tratando de convencerla de que Gallaway no era el hombre de su vida. Supongo que en el fondo lo sabía, pero era más testaruda que...

—... que su padre —concluyó Janet.

—Tal vez —supuso Blunt haciéndose el distraído—. Y lo sigue siendo. Así que sí, al final se casó con ese idiota. Por suerte enmendó su error, pero tuvo que cometerlo para darse cuenta de que se había equivocado.

—¿Y quién no se equivoca? La vida es una sucesión de errores que nos enseñan el camino correcto. Si no los cometiéramos no podríamos decir que somos sabios. Y uno solo se hace sabio a través de la experiencia, que se adquiere según los errores cometidos.

Blunt asintió, de acuerdo con cada una de las palabras de Janet.

—Aunque nos parezcamos en algunos aspectos, Helen y yo somos muy distintos, y por tanto tenemos nuestras diferencias. ¿Que me gustaría estar... más unido a ella? No te lo niego. Pero qué le voy a hacer. Helen es una gran policía, es buena profesional y se toma en serio su trabajo, aunque Goodrow sea un lugar más bien tranquilo.

—Bueno, según a quién preguntes... —apuntilló Janet.

—Cierto. Últimamente no es que lo sea... pero espero que pronto cerremos este caso y podamos dormir todos más tranquilos.

Reinó el silencio durante unos segundos. Janet apuró su té y lo dejó encima de la mesita de cristal.

—Y entonces... ¿has ido a hablar con Peter por tu investigación?

—En realidad no —confesó Blunt—. Fui a hablar con Frank, pero tu marido estaba allí.

Janet movió de lado a lado la cabeza y suspiró pesadamente hundiéndose un poco más en el sofá. Ya no se preguntaba qué estaría haciendo su marido por ahí, porque lo sabía muy bien. Antes habría discutido con él, pero ya se había cansado de hacerlo. Cada uno afrontaba sus momentos de tristeza a su manera, ella mirando las fotos de su hijo pequeño en el desván y él buscando consuelo en el fondo de una botella.

—¿Es sospechoso de algo?

—Quién, ¿Frank? No, por Dios... Pregunté justo por el paradero de Gallaway.

Janet dio un respingo y se llevó una mano a la boca para ocultar su expresión de sorpresa.

—¿De verdad? ¡Ese siempre aparece en todos los fregados, como dicen ahora! Todavía sueño con aquel día en casa de John Mercer... De verdad, nunca entendí... —Blunt vio cómo Janet arrugaba con impotencia la manta de lana sobre la que estaba sentada—. Es igual... mejor olvidarlo —hizo una pausa—. ¿Sospecháis entonces que ese impresentable tiene algo que ver con lo que le ha pasado al hijo de Joseph Parker?

Blunt se pasó una mano por el pelo y asintió con lentitud.

—El problema es que Tom Parker no es el único cadáver que tenemos ahora mismo encima de la mesa, Janet. —Ahora sí, la mujer abrió de par en par los ojos y se le escapó un grito que no pudo contener—. Te lo cuento en confianza porque espero en que no saldrá de aquí...

—Lo sabes de sobra.

—... pero Gallaway se está convirtiendo en uno de los principales sospechosos.

—¿«Uno» de los sospechosos? ¿Qué quieres decir con eso, que hay más? —La mirada reveladora del policía le dio a Janet toda la información que necesitaba. Abrió la boca de nuevo y frunció con gravedad el ceño—. No me digas que los sospechosos son los mismos que...

—Los mismos. Todos y cada uno de ellos.

—Pero... ¿estás seguro? ¿Cómo es posible que...? —Janet interrumpió su pregunta y caviló un segundo—. Pero ¿el hijo de los Parker no formaba parte de su grupo de amigos? ¿Estás diciendo que lo han matado ellos...? ¿Y... que hay otra víctima? ¿Quién?

La cabeza de Janet iba a cien por hora y había convertido su lengua en una ametralladora. Blunt sabía, de hecho, que aun así podía fiarse plenamente de ella. Siempre había podido hacerlo.

—Cooper Summers.

—Dios mío... ¿Estás seguro de que ha sido uno de ellos? ¿Por qué?

—No estoy seguro, pero... —Blunt dudó antes de reconocerle a la mujer que lo miraba expectante— creo que todo esto tiene algo que ver con lo que pasó aquel verano.

—Te refieres a lo de... ¿Elliot?

—Elliot, John Mercer, Steve Flannagan... Todo ha girado siempre en torno a ellos. Creo que estos asesinatos también.

—Pero ¿cómo es posible? Ha pasado mucho tiempo.

—No el suficiente, por lo que parece. Al menos no el suficiente para alguien que sufrió tanto con lo que ocurrió aquel verano que se está tomando la justicia por su mano. Si es que es justicia lo que busca, que lo dudo. Más bien parece una venganza en toda regla. Y es probable que Parker y Summers sean solo las primeras víctimas.

—No... no sé qué decirte, Oliver. Me has dejado... pasmada. Y aterrorizada.

—Si estoy en lo cierto y quien está detrás de esto lo hace por lo que pasó aquel verano, no tienes nada que temer. Nadie en este pueblo tiene nada que temer... a menos que estuviera implicado de alguna manera.

—Pero ¿implicado en qué? ¿En el secuestro de mi hijo? ¿En el asesinato de John Mercer? También has nombrado al hijo de los Flannagan. ¿No se marchó de Goodrow poco después?

—Tal vez no. No dejó ninguna nota, no dijo nada a nadie y, desde luego, nadie lo vio marcharse del pueblo. Lo he comprobado muchas veces durante los últimos veinte años, y no hay ningún Steve Flannagan que coincida con su descripción. No hay dirección ni pistas que seguir. Nunca se ha vuelto a saber nada de él. En definitiva, Steve Flannagan no existe. Pero sigo pensando que Gallaway y los demás están implicados en lo que pasó. Y con lo que está pasando ahora, por supuesto.

Janet se llevó las manos a la cabeza. Fue entonces cuando a Blunt se le ocurrió algo que no había valorado y que podía poner patas arriba el mundo de Janet Harrison.

—Janet... ¿Cómo ves a Peter?

—¿Eh? ¿Qué quieres decir? —preguntó ella alzando la cabeza con lentitud.

—Quiero decir... ¿Lo has visto diferente estas últimas semanas? ¿Inquieto, preocupado o... no sé, más irascible que de costumbre?

Janet no era tonta, sabía que Blunt le estaba preguntando si había detectado algún comportamiento sospechoso en su marido. En un primer momento le sorprendió que Oliver creyera que Peter pudiera estar implicado de alguna manera en los asesinatos; pero, por otra parte, parecía una conclusión lógica. Sin embargo, Janet confiaba ciegamente en su marido.

—Peter es inocente, Oliver. Jamás le haría daño a nadie. Solo es un padre atormentado por el dolor, no un asesino.

—John Mercer también fue asesinado, Janet. Y Peter...

—Peter tampoco mató a John Mercer —dijo Janet desafiante, en su defensa—, y ya nos interrogaste lo suficiente en su día para volver ahora sobre ese asunto. Puede que en su momento a Peter y a mí nos entraran dudas sobre la implicación de Mercer en el secuestro de Elliot, pero fue porque aquellos chavales, entre los que se encontraba tu hija, nos lo hicieron creer alegando que lo tenía escondido en el sótano.

A Blunt le molestó que sacara a colación a Helen, pero no dijo nada. Comprendía que pudiera estar dolida al poner en entredicho la inocencia de su marido, pero la postura de Janet y su implicación sentimental no tenían nada que ver con la de Blunt. Su mente pensaba como la de un policía, y no podía hacer descartes.

—Peter era el padre de un niño al que secuestraron y del que no volvisteis a saber nada. John Mercer fue acusado delante de vuestros mismos ojos por unos chavales como el responsable de dicho secuestro... y después fue asesinado. Si alguien tuvo una razón para matar a Mercer, ese es Peter.

—Peter no le tocó un pelo de la cabeza a ese hombre, Oliver. Y aunque lo hubiera hecho, ¿no habría consumado ya su venganza por el secuestro de Elliot? ¿Por qué iba a matar ahora a nadie más? ¡Lo que dices no tiene ningún sentido! Además ¿qué tiene que ver Steve Flannagan con mi marido?

—¿No se presentó Steve en vuestra casa un día para hablar con Peter?

Janet se quedó callada e hizo memoria. Luego dijo que sí con la cabeza.

—Llamaron al timbre y Peter fue a ver quién era. Yo estaba en la cocina, pero me asomé al escuchar un sollozo. Oí que le decía que lo perdonara y que sentía lo de Elliot. Cosas así, algunas incoherencias. Cuando me acerqué a la puerta ya se había marchado. Peter se quedó muy extrañado, y no supimos a qué había venido eso. —Janet respiró y miró acusatoriamente a

Blunt—. Eso es todo lo que tuvimos que ver con Steve Flannagan, Oliver. De nuevo, el silencio. En la chimenea crepitó un
tronco y una llama centelleó.

—He de valorar cualquier posibilidad, Janet... —dijo Blunt
al fin, con pesar. Las conversaciones de ese tipo nunca eran fáciles de llevar, y menos si había cariño de por medio.

—Lo sé. Pero Peter no hizo nada entonces, y no deberías
acusarlo de lo que está ocurriendo ahora. Es... es un buen hombre, Oliver.

Janet miró a los ojos a Blunt y este asintió dando por zanjado el asunto. Entonces la tomó de las manos. Por un momento,
mientras se miraban, volvieron a su adolescencia, a cuando no
existía nada ni nadie en el mundo excepto el uno para el otro. Se
encontraron de nuevo en aquella burbuja invisible e impenetrable llena de amor e ilusiones.

—Te echo de menos, Janet —reconoció Blunt vertiendo sinceridad y cariño en cada sílaba. A Janet se le llenaron los ojos de
lágrimas.

—Yo... yo también, Oliver.

—Ojalá no te hubiera dejado escapar. Ojalá no hubiera sido
tan estúpido...

—Dicen que hay trenes que pasan solo una vez en la vida
—comenzó a explicar Janet—. Puede que nuestro tren llegara a
la estación antes de que estuviéramos preparados.

—Tú sí lo estabas; fui yo quien no quiso subirse—se lamentó el policía—. Al final, solo pude ver cómo te alejabas, y cuando quise darme cuenta, solo quedaban unas vías vacías.

Se abrazaron durante largo rato. Dos personas que ya peina-
ban canas, que se habían despedido décadas atrás, pero que todavía seguían sintiéndose tan cerca. La dulzura del momento los
embriagó. Blunt intentó besarla y Janet se dejó llevar, pero de
inmediato se apartó de él.

—Lo... lo siento, Janet. No quería... —Le dejó espacio moviéndose a un lado.

—No pasa nada, Oliver. No pasa nada, no te preocupes. Es solo que... ya sabes qué pasó la última vez. Y no... no quiero... no puedo hacerle esto a Peter. Él... él me quiere, Oliver. A su manera, pero sé que me quiere de verdad. No puedo volver a hacerle esto, volver a hacérmelo a mí.

—Janet, aquello que pasó... Estabais mal, a punto de separaros. No puedes seguir atormentándote por ello. Yo... me he sentido culpable durante tantos años...

—Por eso mismo, Oliver. Esto... esto no está bien. Peter y yo arreglamos nuestras diferencias. Al quedarme embarazada de Elliot, tuve que tomar una decisión. Una decisión muy difícil, Oliver. Elliot pudo haber destrozado nuestro matrimonio, pero lo salvó cuando comenzó a crecer en mi interior. Y luego... cuando... lo secuestraron... pudo haberse roto de nuevo. Pero Peter y yo lo superamos, Oliver. Lo superamos... Y le quiero. Quiero a Peter. Lo quiero tanto como te quise a ti.

Blunt tragó saliva y se le humedecieron los ojos cuando Janet rompió a llorar desconsolada. La apoyó contra su pecho y dejó que se desahogara. Al cabo de un par de minutos, cuando estuvo más calmada, le preguntó algo que durante años le había rondado en la cabeza.

—¿Le... le contaste lo que pasó entre nosotros aquel día?

Janet movió enérgicamente la cabeza.

—No. Nunca le dije nada. Fue un desliz; un error que cometimos, pero que prometimos que jamás volvería a pasar, te acuerdas, ¿verdad? —preguntó Janet. Blunt dijo que sí—. Además, ¿cómo le iba a contar que...? —la mujer volvió a llorar de nuevo, no podía continuar. Las lágrimas empapaban la chaqueta del policía y se deslizaban por ella sin remedio.

—¿Sabes, Janet? Me arrepiento de muchas cosas... Pero de lo

que más me arrepiento es de haber perdido la oportunidad de haber pasado la vida contigo. Jamás podré estar lo suficientemente agradecido de haber tenido a Helen, pero verte a ti, primero con Lucas y luego con Elliot, siempre al lado de Peter... Podría haber sido yo. Y aunque te enfades por lo que te voy a decir, cuando estuvimos juntos la última vez, antes de que Elliot naciera, llegué a pensar que dejarías a Peter por mí. Lo creí y lo deseé. Pero cuando poco después me enteré de que estabas embarazada, supe que valías mucho más que yo. Porque mantuviste unida a tu familia por encima de todo, cosa que yo no pude hacer. Y eso te honró a mis ojos, y me hizo sentir miserable. Cuando después de un tiempo te vi una vez, paseando con Peter y Elliot de la mano, se me rompió el corazón. Porque había perdido esa oportunidad años atrás, la oportunidad de ser yo quien fuera de tu mano y de ser el padre de aquellos niños.

Blunt no se estaba guardando nada. Llevaba mucho queriendo decirle a Janet todo lo que sentía, y quizá esta fuera la última ocasión que tuviera para hacerlo. Pero Janet no paraba de llorar.

—No... no lo entiendes —dijo ella entre sollozos—. Lo que hicimos se lo oculté a Peter, Oliver. Pero no soy la mujer que crees que soy. No merezco nada de lo que me estás diciendo. No merezco tu cariño ni el de nadie. No soy fuerte, Oliver, ni honrada... No lo fui con Peter, pero contigo tampoco.

—¿Qué? ¿Por qué dices eso? Sé muy bien cómo eres, Janet.

—No, no lo sabes, Oliver... Oculté mi infidelidad para salvar mi matrimonio... y el resultado, lo que hicimos... fue lo que lo salvó de verdad.

—No... no entiendo qué quieres decir, Janet...

—Elliot no era hijo de Peter, Oliver —dijo Janet temblando como gelatina, con los ojos hinchados, enrojecidos—. Elliot era tu hijo.

Blunt dejó de respirar. Se apartó de Janet como quien se

aparta de un desconocido, sin saber qué decir, qué pensar. Apenas podía reaccionar; todo le daba vueltas, el estómago se le había revuelto y las rodillas se le doblaron.

Cayó al suelo y rompió a llorar. Lloró como nunca había llorado, tan amargamente como un hombre que, aun sin haber tenido nada, lo hubiera perdido todo.

12

De penitencias e imposibles

Después de mi desafortunada e infructífera conversación con Carrie, decidí acercarme a casa de Jesse para hablar con él. Por descarte, era el único en el que depositaba cierta esperanza de conseguir respuestas.

Cuando al cabo de un buen rato me abrió la puerta vi que tenía pinta de haber pasado la noche en vela. No me saludó, tan solo se me quedó mirando, y después, con una expresión vacía y ni un ápice de emoción en la cara, se dirigió a mí en un tono impersonal:

—¿Has venido a rematar la faena?

Extraje las manos frías de los bolsillos de mi chaqueta y me bajé la capucha.

—¿Qué dices, Jesse?

—Tom, Cooper... supongo que me toca a mí. A no ser que hayas ido a por Vance o Carrie primero. —Movió ágilmente las manos impulsando las ruedas de la silla para darse la vuelta y regresar hacia el interior de la casa con indiferencia. Cuando hubo avanzado algunos metros, prosiguió—: Te diría que no tengo todo el día, pero no sería verdad. De todos modos, ya me había hecho a la idea, así que lo que hayas venido a hacer, hazlo y lárgate; yo ya estoy cansado.

Me quedé un momento en el umbral. Concluí que Jesse no iba a volver a dirigirse a mí.

—Tienes razón —dije mientras entraba en su casa—: He estado hablando con Carrie. Me ha acusado de haberles hecho algo a Cooper y a Tom, igual que acabas de hacer tú... y también de haber tenido algo que ver con la desaparición de Steve. —Jesse detuvo su silla de ruedas, soltó el aire por la nariz a modo de risa, y se dio la vuelta—. ¿Por qué te ríes?

—¿Entonces no están muertos? ¿Vance, Carrie... Helen?

—Que yo sepa no, Jesse. Y tampoco veo por qué tendría que saberlo.

—Helen me ha llamado esta mañana —explicó Jesse cambiando de tema y pasando al comedor—. Me ha dicho que anoche mataron a Cooper en su casa, después de que nos fuéramos.

—Sí, lo sé. He estado allí esta mañana. Le han cortado las orejas, tal como aparecía en la fotografía que recibió Carrie.

Jesse no parecía sorprendido ni asustado, ni siquiera daba la sensación de que estuviera algo afectado por la noticia de la muerte de Cooper. Se acercó al sofá y, saliendo con mucha habilidad de su silla de ruedas, se dejó caer en él como un peso muerto. A pesar de estar acostumbrado a desenvolverse por sí mismo pese a sus limitaciones físicas, continuaba haciéndosele un mundo salir de la silla para sentarse en cualquier otro lado, fuera el sofá, la cama o el inodoro. Después de tantos años, sus piernas eran ya dos miembros inertes y atrofiados, que de no usarlas habían perdido su musculatura y tenía que trasladarlas azarosamente cada vez que tenía que moverse.

—¿Para qué has venido entonces, Markie? —preguntó cerrando los ojos con fuerza y apretándose el puente de la nariz—. ¿Qué te puede ofrecer un humilde paralítico como yo?

—Solo he venido a preguntarte por Steve.

—¿En serio, Markie? Joder...

—En casa de Cooper, antes de pelearte con Vance, dijiste que merecíais morir. ¿Por qué dijiste eso? ¿Qué hicisteis, Jesse? ¿Qué pasó aquel verano?

Echó el cuello hacia atrás y levantó la barbilla hacia el techo. Apenas había podido conciliar el sueño después de comer lo poco que podía ofrecerle una nevera medio vacía y, viéndolo ahí estirado, me recordó al paciente de un psicólogo en su diván decidiendo si contarle lo que le atormentaba —si es que a Jesse le atormentaba algo— o guardárselo para él.

Haciendo un esfuerzo, abrió los ojos y se incorporó. Pero el mero hecho de hacerlo pareció provocarle un leve dolor de cabeza que le obligó a cerrarlos de nuevo.

—¿Acaso importa?

—A alguien le importa —expuse con claridad—. Y están matando a tus amigos de toda la vida por ello, Jesse.

—Hace tiempo que dejaron de serlo, Markie. Después de aquel fatídico verano todo cambió para todos. Además, ¿cómo puedes estar tan seguro de que las muertes de Tom y Cooper sean consecuencia de lo que pasó con Steve?

Negué con la cabeza varias veces.

—Jesse, estoy cansado de mentiras y evasivas. Sé lo del mensaje en la pared. Si he venido aquí es porque eres el único que creo que puede arrojar algo de luz sobre este asunto. Doy por hecho que, sea lo que sea, Vance no va a soltar prenda. Y después de hablar con Helen y Carrie... —me quedé en silencio.

—No te han dicho nada, ¿eh? Ni te lo dirán —confirmó Jesse.

—Pues dímelo tú, Jesse. El que los ha matado quiere que

confeséis. Se lo dije a Helen, y te lo voy a decir a ti también: creo que esto puede pararse si alguien cuenta lo que ocurrió con Steve... y con John Mercer.

Jesse me miró muy serio, sin levantar la cabeza, y se inclinó hacia delante.

—A John Mercer le pasó lo que se merecía...

—¿Y a Steve?

Jesse bajó la mirada y se frotó la cara con ambas manos. Suspiró.

—El pasado no se puede cambiar, Markie. Somos sus esclavos.

—Somos esclavos de nosotros mismos, Jesse, no del pasado. Sí, no te lo niego, el pasado no podemos cambiarlo, pero ¿y el futuro?

—Puede que el futuro ya esté escrito —dijo, como si estuviera totalmente derrotado y resignado a lo que pudiera pasar—. Y aunque pudiéramos cambiarlo, ¿por qué iba a querer hacerlo?

—¿Estás diciendo que te da igual morir? ¿Que no te importa que alguien se presente en tu casa hoy o mañana, o dentro de un año, y acabe con tu vida como ha hecho con Tom y Cooper?

Jesse, después de guardar silencio durante un par de segundos, abrió los brazos e inclinó la cabeza para que lo mirara de arriba abajo.

—¡Mírame! ¿Crees que me importa lo que me pase? Cuando te he visto, he pensado que venías a matarme, que eras el asesino de Cooper y de Tom, y que yo era el siguiente... ¿Y has visto que acaso me importase lo más mínimo? —Hizo una pausa para coger aire—. Traté de suicidarme, Markie. Me levanté un día de buena mañana, me tomé un vaso de agua y me fui directo al puente de las Viudas desde donde salté sin pensármelo dos veces. Lo hice porque no quería pensar más. Porque lo que comenzó siendo un juego, perseguir a un viejo loco por el pueblo con mis amigos, se convirtió en algo que no paraba de darme vueltas en la cabeza. —Yo prestaba atención a cada palabra que salía de su boca, y era como escuchar a un hombre que no tenía nada por lo que valiera la pena vivir. A pesar de que en su día llegó a ser uña y carne con Vance, no tenía nada que ver con él; su personalidad, su sentido de la justicia, eran distintos de los suyos. A diferencia de Vance, a Jesse, lo que ocurrió aquel verano terminó por superarle, desgastó su mente hasta el punto de tratar de quitarse la vida. Se tomó un momento para pensar, después continuó—: Tú tendrás tus motivos para querer saber qué pasó con Steve y con Mercer, Markie. Pero yo tengo los míos para no querer confesar nada. Yo hace años que estoy muerto, solo que todavía respiro.

—¿No te importa lo que les pase a los demás? Tal vez si hablas con el jefe Blunt, si le cuentas lo que pasó y sale a la luz la verdad, todo esto termine.

Jesse chasqueó la lengua y movió la cabeza de un lado a otro.

—¿Sabes? Vance ha venido aquí antes que tú. Se ha presentado de improviso y me ha soltado su perorata. Así que te voy a decir lo mismo que le he dicho a él: no me importa lo que les pase porque yo no les he importado nunca —expuso con claridad—. Y tampoco sabemos si el asesino se detendrá, hagamos lo que hagamos.

—Eso no lo sabes.

—Mira, Markie, muchos años antes de todo esto, de toda esta mierda, después de que a Mercer lo cosieran a cuchilladas como a un cerdo, hablé con Vance; bueno, en realidad con todo el grupo. Les dije que teníamos que hablar con alguien, contar lo que había pasado... —Aguanté la respiración y no moví ni un músculo. Jesse estaba abriéndose a mí y no quería que nada impidiera que continuase—. Pero no quisieron hacerlo. Vance dijo que Mercer se lo merecía, que Steve se lo merecía... y probablemente fuera cierto, así que los demás estuvieron de acuerdo con él. Decidieron olvidarlo por completo, darle carpetazo al asunto. Pensé que no podrían hacerlo, que no podrían enterrarlo como yo tampoco pude, pero me equivocaba... Lo hicieron. Y yo quedé apartado como un leproso inmundo y apestado. Ninguno quería volver a hablar conmigo, prestarme atención ni hacerme caso. Insistí, pero Vance dijo que tenía que cerrar el pico... que acabaríamos en la cárcel si hablaba. Y me lo guardé para mí... tanto tiempo que llegó un día en que no pude más con ello. Por eso salté del puente. Y desde entonces, ya no volví a hablar de ello porque esto —se tocó las piernas— se convirtió en mi penitencia.

Su tristeza lo estaba rompiendo en pedazos, pero entre los trozos rotos de su alma intuía emergente la rabia de la impotencia y el rencor hacia los que habían sido sus amigos. No llegué a compadecerme de él porque hubiera sido una pérdida de tiempo. Además, acababa de confirmarme que, en efecto, hicieron algo tan grave como para temer ir a la cárcel. Sin embargo, ocurriera lo que ocurriese en 1995, todos eran culpables de algo, desde John Mercer a Steve pasando por Helen y los demás.

Me empezaba a impacientar, tenía un nudo en el estómago y no sabía muy bien qué decir; además, la visita que Vance le había hecho a Jesse antes de que yo llegara me inquietaba. ¿Querría acallarlo, convencerle de que no dijera nada? Seguro que había hecho lo mismo con Carrie, de ahí aquel encuentro fugaz en la clínica donde ella trabajaba. Aunque no era probable que ninguno de los dos me explicara los pormenores de su conversación, yo, por mi parte, tenía que evitar que Jesse se quedara callado. Intuía que lo que estaba diciendo era de capital importancia para descubrir la verdad.

—¿Tan grave fue lo que pasó? —pregunté. Jesse suspiró mientras rememoraba con amargura lo que en silencio callaba.

Después de unos instantes, al ver que no iba a obtener respuesta alguna, regresé sobre una afirmación que había mencionado—: Aunque no llegó a probarse nunca, se supone que Mercer secuestró a Elliot... y por lo que parece su muerte fue consecuencia de sus actos, pero... ¿por qué dices que Steve se lo merecía? ¿Qué tenía que ver Steve con Elliot o con Mercer?

Jesse sopesó su respuesta antes de dármela, seguro que pensaba que ya me había contado demasiado, mucho más de lo que debería, de lo que yo necesitaba saber. Vi asomarse una sonrisa de sus labios antes de que hablara de nuevo.

—Veo que Helen y Carrie no han querido decirte nada, ¿eh? —repitió.

—No, Jesse. No me han dicho nada. Y si hablo con Vance, conseguiré todavía menos. Por eso he querido hablar contigo. Porque, por lo que parece, eres el único con algo de conciencia y remordimientos; porque creo que puedes aclarar esto y zanjar el tema de una vez.

—No creo que debas preocuparte por si te puede pasar algo, Markie; no estuviste allí y no salías marcado en las fotos como los demás... Aunque Helen tampoco, y eso me hace sospechar.

—¿Sospechar de qué, Jesse? —Este hizo una pausa antes de darme una respuesta.

—De todo. Tal vez Helen sea la hija de Blunt, la que siempre ha sido la niña buena, la que luce la placa en el pecho, pero con ella uno debería llevar siempre un chaleco antibalas y una grabadora. No te puedes fiar de ella, Markie. Nunca te fíes de Helen.

Ya lo daba por hecho, pensé. Después de lo que estaba sucediendo, de comprobar fehacientemente que ocultaban lo que pasó aquel maldito verano, era imposible confiar en ninguno de ellos. Volví a formular la pregunta que Jesse había obviado:

—¿Y qué tenía que ver Steve con Elliot o Mercer?

—Desde el primer día, Steve defendió a Mercer —respondió. Después se detuvo y buscó entre sus recuerdos. Casi pude oír los engranajes funcionando en su cabeza—. Puso en duda que fuera el secuestrador de niños que todo el mundo pensaba que era. Pero estaba equivocado; Mercer era lo que creíamos. Nadie pudo probarlo porque nunca encontraron a Elliot. Vance aseguró que ese pobre crío estaba en casa de Mercer cuando se coló en su sótano.

—¿Creísteis a Vance?

—¿Cómo no hacerlo? Vance es un capullo gilipollas, pero era imposible que se hubiera inventado algo así. Todos le creímos, pero como te he dicho, no hubo pruebas que incriminaran a Mercer... Y el jefe Blunt decidió que cuatro niñatos problemáticos acusándole a dedo no era motivo suficiente como para pedir una orden de registro contra él.

—¿Y Steve? ¿Dónde encajaba él? ¿Por qué desapareció?

—Pocos días después de que Vance se colara en casa de ese viejo buscando a Elliot, pasé por allí. Iba en la camioneta con mi abuelo. No recuerdo a dónde íbamos, pero lo que sí recuerdo es ver a Steve de nuevo allí hablando con Mercer en el jardín, justo donde lo había levantado dos palmos del suelo cuchillo en mano.

Me extrañó mucho imaginarme aquella escena. ¿Mercer y Steve conversando juntos? No tenía ninguna lógica.

—¿Qué hacía Steve allí? ¿De qué hablaban?

—No lo sé; no puedo decirte de qué estaban hablando porque no tengo ni puta idea. Yo iba de copiloto y cuando miré por la ventanilla los vi de casualidad. Fue solo un segundo, pero parecía que discutían por algo.

—¿Estás seguro de que era Steve? Podría haber sido cualquiera.

—Joder, como si no reconociera a Steve... ¡Claro que estoy seguro! Mira, puede que Steve no fuera mal tío, ¿vale?, pero tenía algún tipo de relación... o de trato con Mercer, te lo aseguro.

Agaché la cabeza y me pellizqué el puente de la nariz mientras negaba en silencio que Steve y Mercer pudieran estar compinchados en el secuestro de Elliot. Desde luego, Jesse debía estar totalmente confundido; no podía ser Steve quien hablaba con Mercer aquel día, mucho menos ser su cómplice.

—No sé qué creer, Jesse... Nadie parece estar diciendo la verdad...

Jesse dejó escapar una bocanada de aire y habló en un tono conciliador que poco a poco se tornó más frío.

—Markie, tío... Sé que Steve también era tu amigo, pero no te miento si te digo que tenía algo con Mercer.

—Eso es imposible —reiteré.

—¡Me cago en la puta, Markie, no lo es! —gritó Jesse sobrepasado—. ¡Steve sabía dónde estaba Elliot, joder! Antes de morir, John Mercer nos lo confesó... nos dijo a todos que Steve sabía dónde estaba el niño.

13

Te he echado de menos

Verano de 1995

«Vance tiene un plan».

Eso es lo que Markie le había dicho a Steve. Y este bien podría haberlo dejado correr si estuviera convencido de que Vance era solo otro perro ladrador. Pero no, no lo era, ni por asomo. No se había ganado la reputación que lo precedía por ser una persona que se limitase a hablar por hablar dejando que sus palabras cayeran en saco roto. Vance siempre actuaba. Y si Jesse le había contado a Markie que Vance estaba dispuesto a hacer algo por desenmascarar a Mercer es que pretendía llevarlo a cabo con total seguridad. Sin embargo, Steve tenía presentes dos inconvenientes: primero, que los métodos de Vance no eran habitualmente —por no decir nunca— del todo ortodoxos, y segundo, que sabía que John Mercer jamás confesaría nada.

Y lo sabía porque lo conocía bien. Por desgracia, mucho mejor que a Vance. Ninguno de los dos le daba miedo, pero tenía que reconocer que le costaba desprenderse de esa molesta sensación de picazón que le punzaba tras la nuca y se contraía bajo su pecho; de ese temor incipiente que amenazaba con descontrolarse y dominarle, de esa pregunta que empezaba como muchas de las sospechas que terminan por fundamentar una duda que al final se confirma: «¿Y si...?».

«¿... y si Mercer hubiera secuestrado realmente a Elliot?».

Con todo, en su nato optimismo, Steve trataba de confiar siempre en las personas, apelaba a la parte bondadosa de los demás, creía en el arrepentimiento y la redención, en que cualquiera podía reformarse y desechar su antigua personalidad. En las segundas oportunidades.

Por eso nunca perdía la esperanza en que las cosas hubieran cambiado, aunque fuera casi una utopía. Por eso decidió tomar cartas en el asunto después de que Markie le dijera que la pandilla estaba planeando algo contra Mercer; tenía que intentarlo aun sabiendo que no sería bien recibido por ninguna de las dos partes. Pero, por encima de todo, lo hacía porque no podía dejar que ese «¿Y si...?» lo asfixiara una vez más, como lo había hecho casi desde que tenía uso de memoria.

Así que decidió que era el momento de hablar con John Mercer. Debía averiguar si lo que decían sus amigos de él era verdad... o si solo era una maldita y desafortunada coincidencia. Y la única persona que podía confirmárselo era el propio Mercer.

Poco tardó en reunir las fuerzas y el valor necesarios para plantarse en su casa, aunque nada más poner un pie en el jardín, sus piernas se paralizaron y la garganta se le secó como un charco en el desierto.

John Mercer estaba arrodillado de espaldas a él, apartando tierra de un seto chamuscado por el sol. El hombre, vestido con unos pantalones de jardinero y una camisa que se le adhería al cuerpo a causa del sudor y abrochada hasta el último botón, no oyó cómo Steve apoyaba su bicicleta en la cancela, pero percibió la presencia de alguien detrás de él. Así que giró la cabeza. Y al hacerlo clavó sus ojos grises en Steve antes de volver a sus labores de jardinería.

—Creo que te has equivocado de casa, chico —expuso Mercer hablando al suelo y removiendo de nuevo la tierra.

Steve, que logró dar un paso al frente rompiendo su momentánea parálisis, tomó aire y lo soltó en una pregunta que era mucho más que una declaración de intenciones; era exponerse para siempre ante un individuo que lo atormentaba en sus sueños más oscuros. Era afrontar la realidad, regresar al pasado.

—¿Qué has hecho con el niño, John? —le exigió Steve.

Mercer clavó la pala en el suelo. Nadie le llamaba John. Al menos nadie lo hacía desde hacía una década... Y eso le hizo darse cuenta de quién era en realidad el chico que se había presentado en su jardín. Steve no pudo verla, pero una sonrisa de autosuficiencia y satisfacción se dibujó en la cara de Mercer antes de ponerse en pie y darse la vuelta. El hombre se sacudió la tierra de las manos en los pantalones y se acercó al chico. Lo miró de pies a cabeza.

—Así que eres tú... después de tanto tiempo. —Mercer, esta vez sí, sonreía enseñando toscamente los dientes. Era una sonrisa aterradora, y a Steve le provocó tal repulsión que se le revolvió el estómago y le puso la piel de gallina. Pero no había vuelta atrás—. Si te soy sincero, chico, la primera vez que puse un pie en Goodrow lo hice sin ningún tipo de expectativa. Pero es curioso la de vueltas que da la vida, ¿no crees? Las coincidencias. Dicen que cuando buscas algo no lo encuentras, pero cuando dejas de buscar, te das de bruces con ello. He de decir que después de diez años buscándote sin suerte, yendo de pueblo en pueblo y de ciudad en ciudad, tenía pocas esperanzas de hallarte en un sitio como este. Me alegro de haberme equivocado.

Steve seguía conteniendo la respiración cuando Mercer lo aferró por los hombros y dejó de sonreír.

—Te he echado de menos, hijo.

14

Alana

Verano de 1995

Con la ventanilla bajada, Jesse sentía el aire caliente en la cara y el traqueteo de la camioneta de su abuelo bajo sus pies. A pesar de que aún le quedaban muchos días al verano para terminar, el invierno en Goodrow empezaba temprano y se alargaba siempre más de lo habitual acortando el otoño, restándole protagonismo a la primavera y empalmando prácticamente de nuevo con el siguiente verano. De ello era muy consciente el abuelo Tannenberg y, como cada año desde hacía ya unos cuantos, siendo previsor y acompañado de su único nieto, encargaba al aserradero de la familia Summers una buena tonelada de leña.

Por estas fechas se la tenían siempre preparada, pero la parte trasera de su camioneta no era suficiente para cargar tantísima madera, por lo que era indispensable añadirle un remolque y hacer más de un viaje. Otro de los problemas recurrentes de cada año era que su casa no disponía del espacio necesario para almacenarla. Por suerte, el abuelo de Jesse tenía una parcela de tierra con un viejo cobertizo a las afueras de Goodrow donde preservarla hasta la caída de las primeras nieves, y siempre contaba con las manos jóvenes de su nieto que le ayudaban en la carga y la descarga de aquel combustible indispensable.

Hacia el cobertizo se dirigían entonces, cargados con dos montones enormes de madera cortada en la camioneta y en el remolque, en el momento en que John Mercer agarraba por los hombros a Steve en su jardín.

Jesse los vio durante un par de segundos; lo suficiente para que reconociera la figura de Steve y se aturdiera ante aquel inesperado encuentro.

—Pero ¿qué coj...?

La pregunta quedó inconclusa. Su abuelo, ajeno a cualquier otra cosa que no fuera la carretera, no aminoró la velocidad y la imagen de Steve y Mercer desapareció detrás de los setos del jardín quedando grabada únicamente en la retina y la memoria de Jesse.

Ni Steve, que se encontraba de espaldas a la carretera, ni John Mercer prestaron atención al vehículo que cruzó la calle; tampoco al pasajero que fue testigo de su encuentro. Ambos estaban pendientes solo el uno del otro, de un reencuentro que se había concretado de manera súbita y abrupta casi para cada uno de ellos.

Steve se zafó de la presa de Mercer haciendo un brusco movimiento de los brazos.

—Yo no soy tu hijo —le respondió, en un tono asqueado—. No te atrevas a llamarme así. No tengo nada que ver contigo.

Una ola de furia subió a las fosas nasales de Mercer, pero consiguió dominarla desfrunciendo el ceño y suavizando su expresión para que pareciera lo más calmada posible. Le contestó a Steve de la manera más conciliadora que pudo.

—Llevas mi sangre. Así que eres mi hijo, digas lo que digas. —Se aguantaron la mirada. Luego continuó, con una sonrisa autosuficiente en la boca—: Te sigues llamando Steve, ¿verdad? Creía que te lo habrías cambiado. Ya sabes, por si os encontraba. —Se quedó callado un segundo y lo observó con detenimiento—. Reconozco que has cambiado mucho con el paso de los años, pero tus rasgos... Te pareces mucho a mí cuando yo tenía tu edad, ¿lo sabías? Bueno, probablemente no lo sepas. En casa no teníamos fotografías de cuando yo era joven, no sé si lo recuerdas. Pero eres como yo. Aunque hayas crecido, los genes son inevitables, hijo.

—Deja de llamarme hijo. Tú no eres mi padre, solo un hombre que llegaba a casa cada día a tiempo para darle una paliza a mi madre mientras mi hermano y yo la oíamos llorar encerrados en la otra habitación a la espera de que llegara nuestro turno.

¡Bam! Steve ni siquiera vio el movimiento del brazo de Mercer cuando le volvió la cara con la mano abierta. La bofetada hizo que se le hinchara la mejilla, le temblara la mandíbula y se le saltaran las lágrimas.

—Vuestra madre era una puta que no pudo darme lo que debía. Y por si fuera poco tampoco sabía mantener la boca cerrada. Como tú, por lo que parece.

Contra todo pronóstico, Steve se mantuvo de pie y giró el cuello mientras la cara le ardía.

—¿Por eso le dabas palizas de muerte? ¿Por eso nos pegabas a todos? Mamá nos quería. Nos cuidaba más de lo que tú jamás hiciste. Ella sí fue mi madre. Solo ella tendría el derecho de llamarme hijo.

—Pequeño bastardo hijo de...

Mercer se abalanzó hacia Steve con la intención de agarrarlo por el cuello, pero en el momento en que sus dedos apenas rozaban la carne caliente de su hijo, sintió en el abdomen el filo de un cuchillo. Steve lo sostenía con firmeza, dispuesto a clavárselo al más mínimo movimiento. Al notar la presión de la hoja afilada, Mercer dio un paso atrás y cejó en su intento por estrangular a Steve.

—¿Qué es esto? —inquirió sorprendido—. ¿De dónde has sacado el valor? Cuando estuviste aquí hace unos días con tus amiguitos jugando a los detectives no eras más que un conejo asustado a punto de mearse encima.

Steve aferraba el cuchillo con tanta fuerza que le dolían los dedos. La tensión que estaba sintiendo la transmitía al mango de plástico, que comenzaba a humedecerse debido al sudor de sus manos.

—Ya no soy el niño que conociste —dejó claro Steve.

—Bueno, eso está por ver, ¿no crees?

—¿De qué estás hablando?

Mercer miró por encima de Steve, a la calle vacía, y después le echó un ojo de soslayo al cuchillo valorando la posibilidad de que su hijo decidiera utilizarlo en cuanto escuchase lo que iba a decirle.

—La cobarde de tu madre murió —confesó bajando la voz, casi susurrando—. Murió por vuestra culpa el día que os abandonó.

La declaración de Mercer era una provocación en toda regla con la que pretendía desestabilizarlo y que golpeó a Steve como un yunque. Los recuerdos que tenía de su madre no eran nítidos, pero, a pesar de lo que decía el hombre que tenía delante, sabía que jamás fue una cobarde, que no los había abandonado. Ciertamente, el último recuerdo que conservaba de ella era de cuando los escondió en aquel húmedo tronco vacío en plena noche y se marchó apresurada y con lágrimas en los ojos. Pero no los estaba abandonando como aseguraba Mercer... los estaba salvando. Los estaba salvando de ese monstruo que los tenía encerrados día tras día y noche tras noche. Los estaba salvando al alejarlos de una muerte en vida, de un destino que solo podía acabar en tragedia, como parece ser que al final le ocurrió a ella.

Y es que aquella triste noche de otoño, dos lustros atrás, Alana —que así se llamaba su madre— aprovechó la ausencia momentánea de John Mercer para romper la cerradura de la casa y huir con sus dos pequeños, de tres y seis años.

Aunque sus hijos no llegaron a saberlo nunca, no era la primera vez que su madre trataba de escapar de aquella prisión de cuatro paredes, pero sí era la primera que lo conseguía. La convivencia —si es que podía llamarse de esa manera— no solo era insoportable, sino que se había vuelto peligrosa, demencial, arriesgada. Y ya no aguantaba más.

La pesadilla, sin embargo, comenzó mucho antes, cuando Mercer la llevó por vez primera a visitar la que le aseguró era la casa de sus padres, una bonita cabaña apartada de cualquier lugar, rodeada de bosque y montañas.

Hacía algunos meses que Alana conocía a John; se había convertido en un cliente habitual del bar de carretera en el que ella trabajaba. Alana, una muchacha joven que desde hacía mucho había dejado su hogar, falta de cariño y sin grandes expectativas en la vida, comenzó a fijarse en él porque parecía un buen hombre. Es cierto que le sacaba varios años, pero sus intenciones parecían honorables y siempre iba provisto de una bolsa llena de halagos y buenas promesas con las que la agasajaba.

Y ese fue su mayor error, confiar en alguien que en el fondo no era más que un desconocido.

El día que John Mercer la llevó a aquella casa disfrazando de amor el engaño fue la última vez que volvió a pisar la calle. Aquel día, en apenas un parpadeo, su vida dio un giro de ciento ochenta grados y comenzó su pesadilla particular. Mercer la encadenó, tapió todas las ventanas y reforzó las cerraduras. Nadie podía salir, nadie podía entrar, nadie sabía que estaba allí. No tenía manera de escapar. Y entonces comenzó a violarla vez tras vez.

Los días se hicieron eternos, las noches tiñeron de sangre sus muslos.

Hasta que se quedó embarazada.

Y cuando tuvo al niño, cuando Steve nació y creyó que su pesadilla había acabado, volvió de nuevo a hacerlo. Y con el paso del tiempo, empezaron las palizas. Alana no sabía por qué lo hacía, pero no se privaba de ello. Violación, paliza, violación, paliza. Dos años. Era como una ruleta rusa carnal, a vida o muerte... hasta que la bala se encajó en el tambor, y el disparo resultante la dejó embarazada de nuevo. Las palizas y las violaciones se detuvieron, y al cabo de nueve meses la casa se llenó de más llantos, pero no solo de ella o del pequeño Steve, sino de su benjamín, el segundo hijo de Mercer, a quien él mismo bautizó con su propio nombre: John. Y la rueda comenzó a rodar de nuevo... y estuvo rodando en la misma espiral durante otros tres años más, solo que ya no iba a poder detenerse... porque, de las palizas, Alana se había quedado estéril. No tenía pruebas de ello, pero lo sentía en sus entrañas con la misma certeza con la que uno sabe si es hombre o mujer. Definitivamente, no iba a poder darle nueva descendencia a aquel hombre que la había engañado, secuestrado, y al que le había dado dos hijos bajo un paraguas de violencia y sin su consentimiento.

Alana, haciendo de tripas corazón, decidió decirle a Mercer que su matriz había muerto, que se había marchitado de forma prematura. Aun a riesgo de que la reacción de este fuese matarla por no poderle dar más retoños, el hombre tan solo la miró, se dio la vuelta y se marchó. Pero el alivio se tornó en angustia cuando, sin previo aviso, Mercer le entregó al cabo de unos días un niño de la edad de Steve. Alana le preguntó quién era, de dónde había salido, pero la única respuesta que obtuvo de John Mercer fue «si no me los das tú, tendré que traerlos yo».

Aterrorizada casi tanto como el niño secuestrado, Alana le rogó que lo librara de aquel horror, de aquella vida, que lo devolviera a su hogar con sus verdaderos padres. Mercer le respondió con un puñetazo que la dejó inconsciente hasta el día siguiente... cuando deseó no haber vivido nunca. Porque cuando despertó y se dirigió a la cocina, se encontró con una visión que la acompañó hasta el instante en que dejó de respirar: el cuerpo de aquel niño, blanco como un bloque de mármol, muerto sobre la encimera.

Intentó no gritar, contener los alaridos para no despertar a sus hijos. El hombre con el que vivía ya no era solo un secuestrador, ni un violador, sino un asesino, un psicópata sin escrúpulos ni corazón.

Arrodillada en el frío suelo de la cocina, solo podía preguntarse por qué, por qué, por qué, una y otra vez. Y solo una voz gutural, profunda y desprovista de emociones interrumpió ese mantra frenético; era la voz del hombre que había acabado con la vida de aquel inocente y que ahora, bajo el marco de la puerta, con su hijo pequeño en brazos y agarrando al mayor de la mano, decía sin compasión: «Porque, aunque quisiera, ese nunca sería mi hijo».

Alana pensó que Mercer quería darle una lección, que la estaba avisando, pero quiso autoconvencerse repitiéndose que había sido un caso aislado, que no iba a volver a pasar.

No pudo estar más equivocada.

Aquel niño solo fue el primero. Después llegó otro, y luego otro, y luego otro más... Y todos acababan igual... muertos sobre la encimera de la cocina. Muertos como la esperanza de Alana, como su propia alma.

Un año más duró aquel suplicio que se le antojaba interminable, doce meses en los que doce niños llegaron a aquella casa. Mercer se ausentaba, durante días o incluso semanas, y regresaba con una pobre criatura atemorizada.

Ningún niño salió vivo. Ninguno volvió con su familia. De ellos solo quedaron unos macabros retratos que Mercer dibujaba con sus propias manos. Retratos que colgaba por toda la casa como trofeos.

O recordatorios.

Alana no podía soportarlo más. Intentó de todo para que parase... imploró, lloró, suplicó... Pero John Mercer no hacía caso... y lo que es peor, no perdía la oportunidad de que sus hijos presenciaran los cadáveres antes de hacerlos desaparecer. La única solución a aquel infierno pasaba por quedarse embarazada. Pero eso, por mucho que lo desease, era una empresa imposible.

El tiempo siguió pasando, y aunque Mercer no había amenazado nunca a sus hijos, Alana se percató de que este —habitualmente poco interesado en nada que tuviera que ver con ellos— comenzó a pasar tiempo con John, el más pequeño. No le ofrecía muestras de afecto como tales, más bien parecía evaluarlo. El mayor, Steve, a pesar de haber guardado siempre las distancias con su padre y de no entender por qué nunca hacía cosas con él, quiso también probar un acercamiento, tal vez algo celoso de su hermano. Sin embargo, el rechazo fue inmediato, y terminó con Steve tirado en el suelo, con los dedos de su padre marcados en la cara y llorando a lágrima viva.

Fue a partir de ese momento que Alana no solo temió por las vidas de tantos y tantos niños inocentes que podrían ser apartados de sus familias para siempre, sino también por sus hijos, por que llegaran a convertirse en las nuevas víctimas de su padre.

Así que mientras Mercer arreglaba el desagüe del baño de la cocina, Alana logró hacerse con el martillo de la caja de herramientas con mucho cuidado y ocultarlo bajo el delantal. Fue lo más arriesgado que había intentado hasta la fecha, y pensó que en cualquier momento el corazón se le saldría por la boca. Valoró la posibilidad de utilizarlo de inmediato para atacar al hombre que la había violado tantas veces que había perdido ya la cuenta, pero concluyó que era una mala idea; si no ejecutaba aquel golpe de manera precisa y mortal, no solo perdería su oportunidad de escapar, sino que su plan, su vida y la de sus hijos ya no valdrían para nada. Y como sabía que tarde o temprano ese monstruo se marcharía a quién sabe dónde, aprovecharía para romper la cerradura de la puerta y escapar con Steve y el pequeño John.

Y así lo hizo.

En el mismo momento en que Mercer se marchó, cerró la puerta y echó la llave, Alana habló con sus hijos.

—Stevie, Johnny, nos vamos a marchar —les dijo con celeridad—. Vais a tener que ser muy valientes pero, sobre todo, tenéis que hacer lo que yo os diga. En cuanto os avise, saldremos corriendo. Hay que correr muy rápido, lo más rápido que podamos. ¿Lo habéis entendido?

Los dos niños asintieron. Steve era muy inteligente, pero el pequeño John le seguía a la zaga, y a Alana casi se le saltaron las lágrimas. Aunque fueran fruto del dolor, estaba orgullosa de ellos y confiaba plenamente en que seguirían a rajatabla sus indicaciones.

Se llenó de esperanza: iban a salir de allí.

Así que, sin perder un segundo más, tomó el martillo, se dirigió a la puerta trasera que daba a la cocina y reventó el candado. Un segundo después, sus hijos la vieron golpear la cerradura de la puerta con todas sus fuerzas, pero apenas se movía. Desesperada, Alana comenzó a aporrear sin descanso la madera. Las astillas saltaban y después de varios minutos el marco cedió y la cerradura con ella. La puerta se abrió a la oscuridad de la noche y la brisa fría de la libertad acarició sus rostros.

La mujer soltó el martillo que cayó al suelo con un ruido seco, cogió en brazos a John y agarró de la mano a Steve. Salieron corriendo, sin mirar atrás, a la negra espesura del bosque.

Pero no lo hicieron solos.

John Mercer regresó a la vivienda apenas unos minutos después de que Alana consiguiera reventar la puerta de atrás de aquella casa de ventanas tapiadas. Cuando vio lo que había ocurrido, cuando se dio cuenta de que Alana había escapado —y sus hijos con ella—, cogió una linterna, agarró el martillo del suelo y arrancó hecho una furia en una carrera desesperada para dar con ellos. Gritaba sus nombres con desesperación.

No hubo pasado mucho tiempo cuando Alana percibió el haz de luz de la linterna de Mercer y la angustia se apropió de ella mucho antes de que Mercer lo hiciera. Apretó el paso, pero sus piernas cansadas y magulladas por los helechos y las ramas de los arbustos apenas daban más de sí. Desesperada, se arrodilló ante los pequeños, también agotados, y los miró a los ojos. Estaban tan asustados como dos cachorros y le partieron el corazón a su madre sin ni siquiera saberlo.

Los abrazó con todas sus fuerzas.

—Tenéis que seguir sin mí.

—¡No, mamá, no! —imploró el pequeño John aferrándose a su madre.

—Tenéis que ser fuertes, hijos. ¡Fuertes y valientes! Sé que lo sois, pero no podéis quedaros aquí. Tenéis que seguir corriendo... Encontrad ayuda. Sobrevivid.

Steve aguantaba las lágrimas, pero el pequeño John no pudo hacerlo y comenzó a llorar desconsolado. Alana, en un acto reflejo, le tapó la boca, pero el llanto ya había alertado a Mercer de la dirección a seguir. Los alcanzaría de un momento a otro.

Y cuando lo hiciera... Alana no quería pensar en ello. Porque no tenía miedo de lo que aquel desgraciado pudiera hacerle... Temía lo que pudiera hacerles a sus hijos si la mataba a ella.

El haz de luz estaba cada vez más cerca, podían verlo moverse entre los árboles, lo tenían prácticamente encima. No les daría tiempo a huir sin que los viera.

Fue entonces cuando Alana tuvo la suerte de ver lo que podía salvarles la vida a sus hijos: un árbol con el tronco hueco. Era lo bastante grande para que cupieran los dos niños, así que se apresuró a decirles:

—¡Meteos allí! ¡Deprisa!

Ambos obedecieron; se quedaron en su interior, agazapados y en silencio, tal como su madre les había pedido.

—Quedaos aquí, hijos. Oigáis lo que oigáis, no hagáis ruido —les susurró—. Yo lo despistaré y volveré a por vosotros. Pero si no vuelvo... —ahora sí, los ojos de Alana se llenaron de lágrimas que le inundaron la cara— no tengáis miedo. Cerrad los ojitos y quedaos el tiempo que haga falta.

—Pero mamá... —la interrumpió Steve.

—Mi primogénito... Cuida de tu hermano, no dejes nunca que tu padre lo encuentre. Sé que lo harás bien, eres un buen chico. Ahora he de irme. Os quiero hijos. Os quiero mucho.

Los besó con ternura pero a toda prisa. Fue un beso único e irrepetible, un beso fugaz.

Y Alana desapareció. Y gritó para atraer a Mercer hacia sí y alejarlo de los niños. Y después...

Después no se oyó nada.

Solo el bosque meciéndose y murmurando, testigo mudo de la muerte de Alana... y de los sollozos de dos niños que se durmieron en el tronco de un árbol que se convirtió en su salvación.

15

Por encima del bien y del mal

Verano de 1995

La abrumadora y dolorosa cantidad de recuerdos que se agolparon en la memoria de Steve duraron solo un segundo. Sin embargo, antes de que pudiera responder a Mercer, todavía tuvo tiempo de revivir las últimas horas que pasó de niño en aquel tronco vacío, junto a su hermano, y cómo decidió ser la persona valiente que su madre le había pedido que fuera: con los primeros rayos de sol, al despuntar el alba, él y el pequeño John abandonaron su escondite y caminaron perdidos, hambrientos y sedientos, llorando a su mamá y sin saber exactamente qué hacer, excepto caminar.

Todo era nuevo para sus ojos, jamás habían contemplado nada que no fueran las cuatro paredes de madera de la casa donde habían nacido. El sol, el cielo, las nubes, los olores y colores que veían eran desconocidos para ellos.

Con el transcurso del día, Steve tuvo que cargar con su hermanito a la espalda cuando este ya no pudo más, pero no se detuvo en ningún momento, ni siquiera cuando el pequeño John se durmió encima de él, víctima del agotamiento.

Mientras esquivaba ortigas y evitaba piedras resbaladizas llenas de musgo verde y traicionero, veía en su mente las imágenes, pintadas y macabras, de los niños que su padre trajo a casa. Niños que no se movían, inertes como el ratoncito que una vez encontró bajo su cama. Nunca supo qué le pasó al pobre roedor, solo sabía que no quería cerrar los ojos y quedarse quieto como él... o como los niños que su padre dejaba en la cocina.

Cuando ya apenas se aguantaba de pie, cuando las fuerzas estaban a punto de fallarle, vio que el bosque terminaba abruptamente. Dejó a su hermano en el suelo con cuidado y tocó el extraño suelo negro y endurecido de la carretera. Miró hacia un lado y hacia el otro. No sabía con exactitud lo que era, pero sí lo que parecía: un camino como los que su madre les describía que había más allá de la casa, más allá del bosque, donde máquinas con ruedas que llevaban a personas iban muy rápido de un lado para otro.

Decidió que seguirían por ahí, pero estaba muy cansado y tenía mucha sed, la misma que su hermanito, que seguía en la cuneta, muy quieto. Se acercó al pequeño John justo cuando oyó un sonido extraño. Era un bocinazo, el claxon de un vehículo que venía directo hacia él. Intentó correr y apartarse, pero las piernas apenas le respondieron. Tropezó y cayó al suelo cuando el coche se detuvo con un frenazo. El conductor, un hombre mayor de pelo cano y gesto horrorizado, salió de inmediato para ver al niño. Cuando llegó a su lado, se dio cuenta de que había otro tirado en la cuneta. El corazón se le encogió, pero no dudó en atender con celeridad a ambos. No encontraba una razón plausible por la que dos niños pequeños se encontraran en medio de la nada en ese estado. Solo le pedía a Dios que no fuera demasiado tarde para ellos.

Desde aquel día, y hasta ese mismo momento, John Mercer había desaparecido de su vida. Pero ahora, doce años después, tenía que enfrentarse cara a cara con él. Esta vez, huir bosque a través no era una opción, tampoco esconderse en el tronco de un viejo árbol; había demasiado en juego para seguir actuando como un niño... o como un cobarde. Por primera vez, dejó atrás la compasión y el voto de confianza que siempre ofrecía y que le caracterizaban desde que era pequeño, pese a todo lo que había vivido. A decir verdad, una parte de él incluso podría haber llegado a perdonar a Mercer si su madre hubiera estado viva, pero no había duda de que aquel hombre no merecía ningún tipo de perdón, ni siquiera una oportunidad para la redención.

—Mi madre fue la mujer más valiente que he conocido, y tú eres un hijo de puta sin escrúpulos —lo insultó finalmente Steve—. Tienes que pagar por lo que le hiciste a mi madre. Por lo que les hiciste a esos niños. Por lo que nos hiciste al pequeño John y a mí. Mereces ir a la cárcel por todo eso, John. Pero, por una vez, haz algo bueno en tu vida: dime dónde tienes a Elliot Harrison. Dímelo y deja que vuelva con su familia.

Mercer relajó los hombros y los alzó haciendo a la vez una mueca con la boca.

—No sé de qué hablas, Stevie.

—¡No me llames Stevie, joder! ¡Y sabes muy bien de qué hablo, no juegues conmigo! ¡Vance dijo que Elliot estaba en tu sótano, así que dime dónde está!

A pesar del cuchillo que los separaba, Mercer se acercó de nuevo a Steve. El chico no era tan alto como él y encima estaba mucho más delgado, pero no se dejó intimidar cuando sus rostros quedaron a escasos centímetros. Pudo olerle el aliento rancio y ver las gotas perladas de su frente cayéndole por la sien, sucia de tierra húmeda.

—He venido a recuperar lo que es mío —soltó Mercer con tono amenazante.

—Bien. Pues ya me tienes aquí —respondió Steve alzando el cuchillo hasta el mentón de Mercer. Luego lo bajó y abrió los brazos—. Haz conmigo lo que te plazca, pero no destroces las vidas de los demás. Dime dónde tienes a Elliot, deja que vuelva a casa y llévame contigo. No me resistiré, te lo prometo. Cambia su vida por la mía, es lo único que te pido.

Mercer se tomó un momento para reflexionar, como si estuviera valorando la propuesta de su hijo. Luego soltó una risotada y meneó la cabeza cerrando los ojos con solemnidad.

—Me parece que no lo has entendido, chico... Tú me importas una mierda.

La expresión de Steve se ensombreció.

—Aquí no hay nada que te pertenezca...

—Ya lo creo que sí. Tú me perteneces... —Mercer se acercó un poco más todavía a su hijo, hasta que apenas hubo espacio entre ambos—. Y tu hermano también.

Steve tragó saliva y contuvo como pudo las lágrimas que pugnaban por salir a flote.

—¿Por eso has secuestrado a Elliot? ¿Para que ocupe el puesto de John?

Mercer chasqueó la lengua.

—He tardado más de una década en dar contigo, y después de seis meses en este pueblo de mierda no has venido a hablar conmigo aun sabiendo que estaba aquí.

Steve no quiso llevarle la contraria, pero lo que Mercer decía no era verdad. Después de tantos años, Steve ya no recordaba el rostro de su padre y, evidentemente, la apariencia de Mercer había cambiado. Además, de pequeño solo conoció el nombre de pila de su padre, no su apellido. Su madre, si acaso lo llamaba, lo hacía siempre por su nombre: John. Y él se acostumbró a hacerlo de la misma manera. Cuando Elliot desapareció y los del pueblo comenzaron a decir que había sido un secuestro, empezó a tener sus dudas, sospechas sobre ese tipo retraído que pintaba en el parque. La confirmación de que ese hombre y su padre eran la misma persona llegó cuando Vance salió del sótano diciendo que había visto decenas de retratos de niños. Ese detalle reafirmó lo que sospechaba. Desde entonces, había tardado una semana en reunir las fuerzas necesarias para enfrentarse a su pasado, pero al final consiguió hacerlo.

Dejó que continuara.

—De todos modos, eso no importa. Lo que importa es que sé que nunca te separabas de tu hermano, de mi pequeño John, así que no debe de andar lejos. Vas a decirme dónde está y vas a decírmelo ya.

A Steve se le revolvió el estómago. Más allá de las pupilas dilatadas de su padre pudo ver que, para Mercer, John significaba mucho más de lo que jamás significó él. Por la forma en que lo nombró, tal como sonó en su boca la expresión «mi pequeño John», le dio a entender que era más que su hijo... era su proyecto. Steve supo sin lugar a dudas que lo que su padre pretendía era convertir a su hermano pequeño en una extensión de sí mismo, en alguien como él.

Si tuviera la ocasión, ¿podría conseguirlo?, se preguntó Steve. ¿Podría lograr hacer de su hermano un reflejo de su propio padre, transformarlo a su imagen y semejanza? «Llevas mi sangre», le había dicho Mercer, «los genes son inevitables».

Sin embargo, un alivio interior casi indescriptible invadió a Steve. Puede que Mercer hubiera conseguido localizarle... pero no sabía qué había pasado con su hijo menor. Y, a pesar de todo, esa era la mejor noticia que podía salir de los labios pálidos y cuarteados de su malvado padre.

—John murió —le dijo Steve con la fuerza de un cañón—. Murió el mismo día que tú mataste a nuestra madre.

Mercer quedó aturdido. Su expresión de estupor se transformó en la de una grotesca gárgola. Se le desencajó la mandíbula y los ojos se le salieron de las órbitas.

—¡No! ¡Eso es mentira! ¡Mientes!

Pero Steve lo ignoró. Le devolvió los gritos a Mercer con rabia descargando las palabras como ráfagas de metralleta.

—¡Murió por tu culpa, tirado en la cuneta como un perro! ¡Murió triste y desahuciado! ¡Por tu culpa, maldito desalmado!

Mercer se dio la vuelta. Con las manos se tapó las orejas y después se las llevó a la cabeza. ¡Su hijo había muerto, su hijo pequeño...!

La mente enferma de John Mercer intentó elaborar un plan para recuperarle, pero se dio cuenta de que era imposible. Alana ya no estaba, la había matado con sus propias manos la noche que trató de huir y robarles a sus hijos. Así que no podía darle un nuevo John. Ninguna otra mujer sería tan perfecta como ella para que de la mezcla de sus cuerpos naciera un niño igual a su hijo. Y Steve... Steve era diferente. No servía. Luego pensó en los otros niños... los que secuestraba... pero ninguno podría ocupar el lugar del pequeño John, ninguno de ellos podría ser como él, por mucho que lo deseara. Ninguno llevaba su misma sangre.

Steve, viendo la desesperación de su padre, se envalentonó y prosiguió apretando los dientes:

—No me alegro de lo que le pasó. Era mi hermano, y lo recordaré... lo amaré toda mi vida. Pero de lo que sí me alegro es de que no puedas ponerle tus asquerosas manos encima. De que no puedas manipularlo para que sea como tú.

—Cállate, pequeño hijo de puta... ¡¡Cállate, cállate, cállate, cállate, CÁLLATE!!

El grito de Mercer cumplió con su cometido y Steve cerró la boca. Mercer respiraba agitadamente y en la comisura de sus labios se acumulaba saliva blanca y densa.

Transcurridos unos segundos, Mercer pareció calmarse, aunque seguía trastornado por la noticia. Steve, de nuevo, intentó apelar a la parte bondadosa del corazón de su padre, si es que había alguna zona de aquel negro y podrido corazón que pudiera salvarse.

—Todo el mundo está buscando a Elliot —dijo—. Dime por favor que está vivo... y dime dónde lo tienes escondido.

Mercer continuaba mudo; estaba como ido, en *shock*. Steve prosiguió:

—Si no me lo dices... pasará algo malo. Pasará algo realmente malo, John.

Mercer echó la cabeza hacia un lado y entrecerró los ojos. Steve sintió como si estuviera leyéndole los pensamientos, y en parte así era. Una de las cosas que sin duda mejor se le daban a Mercer era extraer información de lo que no se decía, de lo que la gente callaba en sus silencios. Aunque supuso que la incursión de los amiguetes de su hijo el otro día en su casa no se quedaría en una gamberrada aislada, por sus palabras adivinó que planeaban una nueva intentona por recuperar al crío de los Harrison.

Miró a su hijo con asco antes de responder. Cuando lo hizo, fue de manera desafiante, como si estuviera por encima del bien y del mal.

—¿Quieres que te diga dónde está el niño? Muy bien. Hagamos un trato —expuso, conciliador—. Si tus amigos vuelven a intentar entrar en mi casa, mataré a Elliot. Si los veo siquiera acercarse por aquí o dirigirme una simple mirada, mataré a Elliot. Y si se os ocurre acudir de nuevo a la policía para acusarme, cosa que dudo porque está visto que el jefe Blunt no os va a creer, mataré a Elliot. Y te aseguro que nunca encontrarán su cuerpo... O tal vez sí. Tal vez lo hagan, cuando lo deje sobre la encimera de la cocina de una de estas bonitas casas —las señaló—. ¿Cuál de las familias de este adorable pueblo será la afortunada que despierte una mañana y se encuentre frío y muerto al pobre Elliot Harrison a los pies de su cama? ¿Tal vez la tuya? ¡O mejor! Quizá lo descuartice y reparta sus miembros. Un pedazo de Elliot para cada uno de esos amigos tuyos. Y no te preocupes, jamás sabrán que he sido yo, porque tú serás el siguiente. Y luego habrá más. Más niños desaparecidos, más niños muertos. Así que, si quieres volver a ver vivo a ese niño, te recomendaría que primero fueras a hablar con esos amigos tuyos y los convenzas para que me dejen tranquilo. ¿Lo has entendido?

16

Las casualidades no existen

No me lo podía creer.

Jesse aseguraba que Steve conocía el paradero de Elliot. ¿Cómo podía ser eso posible? ¿Sería cierto que tenía algún tipo de acuerdo con Mercer? No, era imposible... Steve siempre había sido buena persona, no podía estar implicado en algo así, era inconcebible que fuera cómplice de un secuestrador, de un asesino de niños. Jesse no podía estar diciendo la verdad.

Seguía impactado con aquella declaración cuando aporrearon tan fuerte la puerta que ambos nos sobresaltamos.

—¿Esperas a alguien? —le pregunté.

Jesse negó con la cabeza y me pidió que abriera. Cuando lo hice me encontré con Helen y Carrie frente a mí. Antes de que me diera cuenta, antes de que pudiera pronunciar una sola sílaba a modo de saludo, vi reflejados el estupor, la duda y el temor en las pupilas de Helen, y me encontré con el cañón de su Glock reglamentaria apuntándome al pecho. Desenfundó con una soltura que no me dio tiempo a percibir, y recordé que la noche anterior ya había amenazado a Vance con hacer precisamente lo que estaba haciendo ahora. De repente, la fría respuesta que Helen le dio a Vance cuando este le preguntó si estaba dispuesta a dispararle invadieron mi mente: «No creas que no lo estoy deseando, así que no me tientes», había dicho. No le temblaría el pulso si tuviera que hacerlo.

—¿Qué haces aquí, Markie? —me interrogó—. ¿Dónde está Jesse?

Me quedé absorto ante la boca del arma imaginando por un instante el dolor que sentiría si Helen apretaba el gatillo y la bala me alcanzaba y atravesaba mi piel, mis tendones y mis huesos. El estremecimiento me hizo reaccionar provocando que levantara las manos a modo de rendición.

—E-está dentro —balbuceé—. En el sofá. ¿Qué demonios está pasando?

Carrie se agazapó detrás de Helen, que me obligó a apartarme a un lado gesticulando con la pistola. Sin quitarme ojo de encima, dio un par de pasos con cautela al interior de la casa.

—¿Jesse? ¡Jesse, ¿estás ahí?!

Se oyó un leve chirrido metálico y después el siseo de unas gomas rodando contra el suelo. Jesse rodeó el sofá y alzó la vista hacia Helen.

—¿Qué cojones se supone que estás haciendo, Helen? Aparta eso de mi cara, joder.

—¿Estás bien?

—Tan bien como podría estar cualquiera con una pistola apuntándole a los sesos. ¿Qué coño haces?

—Yo... —Helen bajó el arma y la devolvió a su funda, todavía dubitativa—. Pensé que podrías estar en peligro.

Jesse levantó las cejas y la frente se le arrugó como un acordeón.

—Lo que pensabas es que Markie había venido aquí a matarme —dijo desde su silla de ruedas. Helen sintió una punzada de vergüenza y a punto estuvo de pedir perdón, pero no pensaba disculparse por ser precavida. Jesse prosiguió mientras se encogía de hombros—: Bueno, no te culpo, reconozco que a mí también se me ha pasado por la cabeza. Por lo que veo, vamos cortos de sospechosos, ¿no?

Se volvió para hacerle un gesto a Carrie, que se había quedado bajo el umbral, y esta entró en la casa. Cerró la puerta tras ella.

—¿Qué hacéis los dos aquí? —quiso saber la policía.

—Eso mismo podría preguntarte yo. Vance ha...

—¿Muerto? No. Vance está bien —confirmó Helen—. O al menos lo estaba la última vez que hablé con él hace unas horas. ¿Y vosotros?

—Estamos bien, Helen —le dije—. He venido a hablar con Jesse.

—¿Otra vez metiéndote donde no te llaman? —me increpó Carrie cortante—. ¿Por qué no nos dejas en paz, Markie? ¡Deja de acosarnos!

—¡No os estoy acosando, joder! ¡Trato de averiguar por qué está ocurriendo lo que está ocurriendo! ¡Al menos estoy intentando hacer algo, Carrie! Qué mierda estás haciendo tú, ¿eh?

Carrie apretó los labios con enfado. Estaba claro que quería que dejara de hacer preguntas por una simple razón: para que no descubriera qué había pasado con Steve, para que no descubriera qué le hicieron el día en que desapareció. Tanto ella como Helen se habían mostrado totalmente herméticas; por suerte, había conseguido que Jesse se abriera un poco y arrojara algo de luz al asunto, aunque fuera a cuentagotas. La conversación podría haber dado más de sí si ellas no nos hubieran interrumpido.

—Mira, es igual, Carrie. Déjalo...

—Vale, ya está bien, vamos a calmarnos —intervino Helen—. Todos estamos muy tensos con lo que está pasando, pero no hemos venido a pelearnos. Mi... mi padre quiere veros. A todos.

—Y tú eres su chica de los recados, ¿no? ¿Nuestra niñera?

Si le hubieran dado a Helen un dólar por cada vez que intentaban provocarla, tendría ya un tarro a rebosar. Por suerte, la paciencia era una de sus virtudes, e ignorar aquel tipo de comentarios una habilidad que tenía bien curtida.

—Habría venido él en persona, pero tenía que atender un asunto importante. Nos estará esperando en la comisaría, así que hay que ir para allá.

—¿A nosotros? ¿Vance no va a venir?

—Vendrá, no te preocupes por eso. Venga, subid al coche.

—Yo puedo llevar a Jesse —me ofrecí—. Hay sitio en la parte de atrás de la pick-up para llevar su silla de ruedas.

Helen lo sopesó durante un segundo, pero de inmediato dio el visto bueno. Mi intención no era tanto que Jesse me acompañara sino intentar retomar la conversación que se nos había quedado a medias; aunque el trayecto hasta la comisaría iba a ser más bien corto, no quería desaprovechar la oportunidad de poder sacarle a Jesse más información.

Después de ayudarle a subir a la camioneta, Helen y Carrie entraron en el coche patrulla y arrancaron. Cuando puse en marcha el motor, me pregunté por qué Helen no me había llamado para recogerme a mí primero. Pensé que lo habría hecho porque todavía seguía ofendida después de que la acusara de ocultar información cuando discutimos en casa de Cooper. Pero luego se me antojó la posibilidad de que quizá quisiera hablar con Jesse y Carrie antes que conmigo para poder consensuar una coartada. Tal vez para ponerse de acuerdo al respecto de lo que le iban a contar al jefe Blunt antes de que hablara con ellos. A decir verdad, no podía estar seguro. A lo mejor fue solo casualidad. Pero empezaba a creer, como decía Steve, que las casualidades no existen. Las casualidades las forzamos nosotros mismos.

17

El buzón azul

Blunt tuvo que hacer de tripas corazón para recomponerse. Nunca pensó que Janet pudiera hacerle daño de ninguna de las maneras. El dolor que sintió cuando le confesó que Elliot era en realidad su hijo y no el de Peter Harrison fue tan intenso como indescriptible. Siempre la había amado, incluso desde la distancia que implicaba que estuviera casada, pero ahora sentía que no podría seguir haciéndolo. Tal vez incluso nunca pudiera llegar a perdonarla.

Aquel desliz que treinta años atrás habían jurado no repetir —ni mencionar— para que cada uno pudiera seguir con sus vidas no fue sino el principio de una nueva: la de Elliot.

Pero Janet decidió que no iba a pagar con su matrimonio las consecuencias de su error. Como le había dicho a Blunt, volvió con Peter de inmediato no solo porque era su marido, sino también porque lo quería. Poco después de la reconciliación, Janet le dijo a Peter que estaba embarazada. Y la ilusión volvió a sus vidas, y su felicidad resurgió, aunque solo durara unos pocos años, los que pudieron disfrutar de Elliot antes de que lo secuestraran.

—Todos estos años —le dijo Janet a Blunt entre graves sollozos— he vivido con esa carga... Con el dolor de no habértelo dicho y la culpa de estar mintiéndole a mi marido. Que Elliot desapareciera no hizo sino agravar esos sentimientos. Puede que no me creas, Oliver, pero he vivido soportando una condena que no se la deseo a nadie.

—Tuvimos un hijo, Janet... ¡Un hijo! ¡Y ni siquiera lo supe! Puede que fuera fruto de un error, pero... era mi hijo. No tenías derecho...

—¡No me hables de derechos, Oliver! —le gritó—. ¡Te presentaste en el momento en que peor estaba con mi marido solo para...!

—¿Para qué, Janet? ¡Yo también estaba casado! ¡El error fue de ambos!

—¡Y decidimos mantenerlo oculto!

—¡Pero es muy diferente a lo que hiciste, Janet! ¡Elliot también era mi hijo! Y... y ni siquiera pude encontrarlo...

Ambos lloraban aplastados por el peso de sus propias decisiones, pero Blunt se secó las lágrimas y trató de calmarse para recuperar la compostura.

—¿Cómo lo supo? —quiso saber.

—¿Cómo lo supo quién? —Janet no sabía a qué se refería.

—Mi mujer. Lisa. ¿Cómo supo lo nuestro? ¿Cómo supo que Elliot era mi hijo? ¿Se lo dijiste?

—¡Nunca le dije nada a nadie! —juró Janet.

—Lisa me dijo que podría llegar a perdonarme la traición, pero no lo hizo... Solo se me ocurre que supiera lo de tu embarazo. ¡Es la única explicación! ¡Alguien tuvo que decírselo!

—No fui yo, Oliver. ¡Tienes que creerme, por favor! ¡Juramos que aquello quedaría entre nosotros! No se lo dije ni a Peter, por el amor de Dios... ¡¿cómo iba a decírselo a Lisa?!

—Mira, es... es igual, Janet. Tengo... tengo que irme.

—Oliver, por favor... Tenemos que hablar de esto, tenemos...
—suplicó ella.

—No tenemos que hablar de nada, Janet. Creo que ya hemos dicho suficiente los dos... Será mejor que me vaya. Si llego a saber que ocurriría esto, ni siquiera habría venido a verte.

Antes de que Blunt llegara a la puerta de entrada, una llave giró la cerradura. El policía se puso en alerta esperando que Peter Harrison abriera y Janet se secó las lágrimas de los ojos como pudo, pero cualquiera habría adivinado sin fijarse demasiado que había estado llorando.

La puerta por fin se abrió, pero no fue Peter Harrison quien entró en la casa sino su hijo Lucas. Se topó prácticamente con Blunt cara a cara y dio un respingo.

—¿Jefe Blunt? ¿Qué hace usted aquí?

—Hola, muchacho —lo saludó Blunt con una sonrisa disimulada—. He venido a hablar con tu madre. Ya me marchaba. Saluda a Peter de mi parte, Janet.

Blunt ni siquiera la miró. Se colocó el sombrero y salió a la calle.

Lucas cerró la puerta cuando vio que se alejaba y se volvió hacia su madre.

—¿Todo bien, mamá?

—Sí, hijo, todo bien —mintió—, el jefe solo quería hacerme unas preguntas. ¿Qué tal en el trabajo?

Lucas la miró desconfiado y emitió un sonido gutural por toda respuesta.

—Me voy arriba —dijo a continuación.

Janet se quedó en la planta baja mientras su hijo mayor cerraba la puerta de su habitación y echaba el cerrojo. Se había sentido sola muchas veces, pero nunca tanto como ahora.

A pesar del revoltijo de emociones que se debatían dolorosamente entre sus entrañas y su cabeza, Blunt sabía que no podía dejarse dominar por ellas. Tenía un caso abierto y dos cadáveres que, aunque pareciera lo contrario, eran más importantes que lo que Janet acababa de revelarle.

Antes de dirigirse hacia la comisaría, se detuvo en la oficina postal. Mientras alzaba las solapas de su chaqueta para protegerse el cuello del frío, apartó con dificultad a Elliot y Janet de sus pensamientos y los redirigió a la conversación que había mantenido con Peter Harrison en el bar de Frank.

No podía decir que hubiera sido del todo infructífera, pero lo cierto era que apenas había arrojado respuestas sobre el caso. A decir verdad, había planteado un interrogante que tal vez fuera importante para la investigación: ¿Por qué Steve le dijo a Peter Harrison que no era igual que su padre? Blunt sospechaba que Steve se estaba refiriendo a Mercer, pero ¿de verdad era Steve hijo de John Mercer?

Blunt sabía —como la mayoría de los habitantes en Goodrow— que Steve no era hijo biológico de Dominic y Harriet Flannagan.

Ella siempre había deseado tener un bebé, pero su marido, acomodado a la tranquilidad de su casa, era poco partidario de que un niño correteara de acá para allá porque creía que el simple hecho de tenerlo le exigiría ciertas responsabilidades y dedicación que repercutirían proporcionalmente en detrimento de su libertad. Cuando Harriet quiso darse cuenta, el tiempo ya se le había echado encima, y su médico de cabecera le aconsejó que quedarse embarazada a su edad supondría un elevado riesgo tanto para su salud como para la del bebé (en el hipotético caso de que lo tuviera, claro). Cuando Dominic Flannagan escuchó aquel nefasto augurio de boca del doctor vio el cielo abierto, y su negativa fue todavía más tajante ante la sola idea de la concepción.

Sin embargo, si algo se le daba particularmente bien a Dominic Flannagan era querer a su mujer. A pesar de que ella no le insistió más sobre el asunto, era inevitable escucharla llorar día tras día y noche tras noche por culpa de aquella noticia. Un llanto de tristeza que era una oda a lo que jamás tendría y que salía de lo más profundo de su corazón haciendo añicos sin piedad el de Dominic con cada sollozo.

Por eso, contra todo pronóstico, su marido le propuso cumplir su sueño adoptando un niño. La única condición que le puso fue que no llevara pañales, estuviera crecidito y, a ser posible, bien educado. Ah, y que ella se encargara de todo. Harriet, que conocía a su marido mejor que él mismo y comprendía todo lo que escondían sus palabras, el esfuerzo que aquello representaba para él, se echó a sus brazos llorando manantiales, aunque esta vez de felicidad. ¡Iba a tener un hijo, iba a ser mamá! ¿Y qué más daba si no procedía de sus entrañas o si no era un recién nacido? Conocía parejas que se habían decantado por la adopción, ¡incluso una amiga que hacía poco se había mudado a Goodrow le había confesado hacía unas semanas que su pequeño era adoptado!, y a sus ojos formaban una familia entrañable... Como la que ella había imaginado tener desde que era pequeña. ¿Cómo negarse, pues, el sueño de ser madre? ¿Cómo negarle el privilegio de darle unos padres a un niño necesitado?

Harriet llamó de inmediato a esa amiga para informarse de los trámites a realizar. ¿Qué había que hacer? ¿Dónde tenía que llamar? ¿Con quién tenía que hablar? Su amiga la aconsejó de forma excelente, incluso le recomendó un orfanato en un pueblecito de Maine llamado Millow.

Tras semanas de llamadas, entrevistas y papeleo, por fin conoció al que sería su hijo.

El pequeño Steve cumplía de sobra con todos los requisitos marcados por su marido, así que fue el afortunado. Harriet se enamoró de él nada más verlo, un amor maternal inquebrantable.

El chavalín, de apenas siete años, entró en la vida de los Flannagan para iluminar los diez últimos años de la vida de Harriet... ensombrecidos por una enfermedad que la transformó hasta el punto de dejar de ser quien era.

Dominic Flannagan, como era de esperar, siguió queriendo a Harriet hasta el último día, tanto de la vida de su mujer como de la suya propia. Pero, aunque Harriet amó a Steve como si hubiera nacido de su vientre, Dominic Flannagan no compartió los mismos sentimientos.

Cuando la enfermedad la sorprendió, lo dejó todo por atender a su mujer y ni siquiera cuando su hijastro desapareció perdió un minuto preocupándose por él. Harriet apenas acusó la ausencia de Steve, pues cada vez sufría con mayor agudeza pérdidas de memoria y le costaba procesar la información. Cuando ella preguntaba por él, Dominic le decía que estaba por ahí con sus amigos o que se había demorado al volver del colegio.

Poco después, Harriet murió con una sonrisa en los labios y una mano en su vientre pensando en Steve y agradecida porque su marido le hubiera hecho el mayor regalo de su vida. Pero Dominic Flannagan no solo sufrió la pérdida de su esposa, sino que se sintió ultrajado porque aquel chaval al que le había abierto las puertas de su casa ni siquiera tuvo la decencia de despedirse de su madre antes de desaparecer de Goodrow Hill.

El jefe Blunt recordó el momento preciso en que se presentó en su casa para preguntarle por el paradero de su hijo y la respuesta que Flannagan le dio sin tapujos: «Yo no tengo hijo». Dominic Flannagan tenía la certeza de que, debajo de esa fachada de chico bueno y agradable que les había mostrado, Steve siempre había sido un aprovechado que a la mínima mordería la mano que lo había alimentado tantos años. Y para él, así había sido.

La desaparición de Steve reafirmó su convicción al respecto. Fue una traición que esperaba ocurriese tarde o temprano y que no era merecedora ni siquiera de un segundo de preocupación por su parte. Tanto si le había pasado algo como si había decidido irse por su propio pie, a Dominic Flannagan le dio exactamente igual. Su prioridad era cuidar de su esposa, y así se lo hizo saber a Blunt aquel día.

«Y le agradecería que no nos molestara más», fueron sus últimas palabras antes de cerrarle la puerta en las narices.

Así que como los Flannagan no podían ya decirle si Steve era el hijo biológico de John Mercer o no, tendría que averiguar en qué orfanato habían realizado los trámites de adopción. Iba a ser una tarea muy complicada, primero porque orfanatos había unos cuantos, pero sobre todo porque esa información era confidencial. De todas maneras, aunque pareciera una coincidencia de lo más rocambolesca, con cosas más extrañas se había topado. Así que no perdía nada por intentarlo.

Pero no lo haría de inmediato. Todos los que componían la antigua panda de amigos de su hija habían recibido cartas... cartas con fotografías marcadas de cada uno de ellos. Y estas habían sido enviadas desde la única oficina postal que había en Goodrow Hill. Por eso decidió hacer un alto en el camino, porque cualquier pista podía resultar beneficiosa para la investigación. Comprobaría si de verdad se habían enviado aquellas fotografías desde Goodrow tal como parecía, y con algo de suerte averiguaría quién lo había hecho... o a eso se aferraba.

El jefe entró en la oficina de correos y se acercó al mostrador donde dos mujeres de mediana edad se pusieron tensas nada más verlo, como si no les hubiera dado tiempo a cerrar el cajón de sus trapos sucios. Blunt preguntó por Emma Hopkins, la encargada, que no tardó en aparecer de detrás de un gran armario con estantes llenos de paquetes.

Blunt y Emma se conocían del pueblo, como pasaba con muchos otros residentes. Las pocas veces que llegaron a coincidir por las calles de Goodrow intercambiaron unos saludos cordiales y poco más, aunque solo bastaron esos encuentros fortuitos para que Emma lo considerara un hombre muy atractivo. Además, siempre le habían gustado los hombres de uniforme.

La última vez que se vieron, un año atrás, fue bajo una intensa tormenta. Emma, de camino al trabajo, se encontró con un cordón policial que le cortaba el paso. Blunt la obligó educadamente a desviarse tras explicarle que la calle estaba intransitable por culpa de un rayo que había partido en dos el tronco de un abeto, dejándolo tirado en medio de la carretera.

Esta vez, las circunstancias eran del todo diferentes, pero eso no quitaba que Emma siguiera notando un cosquilleo nervioso cuando lo miraba a los ojos, aunque los tuviera algo más tristes que de costumbre.

—Jefe Blunt, ¿qué le trae por aquí? —preguntó con una sonrisa.

—Busco cierta información, creo que tal vez puedan ayudarme —respondió Blunt. Las mujeres prestaron atención—. Hace unas semanas algunos vecinos recibieron unas cartas. Por lo que hemos podido averiguar se enviaron desde aquí. Necesitaría saber quién las envió.

—¿Eran cartas certificadas? —preguntó Emma—. Quizá podamos realizar un rastreo y darle los datos del remitente.

Blunt negó con la cabeza.

—El matasellos es de Goodrow, pero aparte del nombre y la dirección de los destinatarios, los sobres no contenían más información.

Emma torció el gesto.

—Me temo que dar con la persona que envió esas cartas va a resultar complicado —expuso con sinceridad—. Aunque no lo parezca, atendemos a mucha gente que viene a enviar cartas, paquetes o incluso dinero. Claro, el caso es que si al menos supiéramos que dichas cartas se hubieran certificado tal vez podríamos hacer algo, pero... No sé, ¿a vosotras os suena haber atendido a alguien que solicitara realizar un envío postal básico?

Emma miró a sus compañeras; una se encogió de hombros y la otra movió la cabeza de un lado para otro. Por sus gestos, Blunt percibió que no iba a obtener lo que buscaba.

—¿Fueron muchas cartas?

El policía hizo la cuenta rápidamente. A todos les llegaron las fotografías por correo, a excepción de Helen, que no recibió ninguna. No podía confirmar que Tom Parker hubiera recibido también una antes de morir, pero a no ser que se les hubiera pasado por alto en el registro de su casa cuando hallaron su cuerpo (algo que dudaba), solo les habían llegado a Markie, Jesse, Carrie, Cooper y Vance.

—Cinco —dijo.

—No me suena que nadie enviara cinco cartas —respondió una de las mujeres del mostrador dándose toquecitos con el dedo en la barbilla.

—A mí tampoco —secundó la otra, algo mayor que la primera—. Pero... lo más probable es que, si esa persona no necesitaba certificarlas, haya usado el buzón de la calle. Ya casi está en desuso, pero aún hay quien lo prefiere. No haces cola y es lo más sencillo. Además, es el único que queda en todo el pueblo.

Blunt miró a sus espaldas y localizó el buzón azul justo en la acera, frente a la oficina. La mujer que acababa de hablar podría tener razón, era lo más lógico. Eso le daba poco margen de maniobra para descubrir quién había mandado aquellas macabras y premonitorias cartas, pero cuando se giró de nuevo para agradecerles su colaboración y alzó la mirada sintió una punzada de esperanza.

Había una cámara de seguridad.

El policía la señaló.

—¿Funciona?

Las mujeres miraron hacia arriba y, nada más verla, Emma asintió; quizá podría serle de ayuda al jefe, después de todo.

Tras pedirles a sus compañeras que siguieran con sus labores, que consistían básicamente en no hacer nada hasta que alguien se personara en la oficina para realizar un envío o comprar un bono de lotería, que también vendían, hizo que el jefe la acompañara a una diminuta salita en la que había un pequeño ordenador sobre una mesa.

—Si no recuerdo mal —explicó Emma—, las grabaciones de la cámara de seguridad se guardan en un disco duro que... debería estar conectado al sistema de la cámara. Me parece que se borran los datos una vez a la semana o cada quince días... Creo que es por algo relacionado con la capacidad de almacenaje... Además, de vez en cuando viene el informático y nos pone al día los ordenadores. Creo que a veces comprueba el disco duro y no sé si borra las grabaciones si lo ve lleno... —Las mejillas de la mujer se ruborizaron como si de una quinceañera se tratase resaltando sus mofletes. Se disculpó—: Va a tener que perdonarme, agente Blunt, porque no soy una experta en estos temas...

Avergonzada, le dio la espalda al policía mientras rebuscaba en un cajón.

—Deme un segundo, a ver si encuentro el cable que es...

—No se preocupe —le dijo Blunt.

Pero él sí estaba preocupado. Si se habían borrado los vídeos de seguridad grabados durante las últimas semanas, no habría nada que hacer; perdería una oportunidad de oro para dar con una pista del posible asesino de Tom Parker y Cooper Summer.

Cruzó los dedos encomiándose a su suerte.

—¿Hace mucho que vino el informático para hacer las comprobaciones?

—Pues ahora que lo dice, hace tiempo que no lo vemos, pero debería estar al caer.

Blunt se sintió optimista, era una buena noticia. Puede que diera con algo relevante.

—¡Ah! ¡Aquí está! —exclamó Emma sosteniendo entre sus manos un cable largo, parecido al de una impresora—. Si no me equivoco, hay que conectarlo a la base del disco duro y de ahí al ordenador. Creo que...

Quiso conectarlo, pero lo estaba haciendo en el puerto que no era. El policía la ayudó antes de que lo forzara donde no debía. Con un poco de maña y algo de paciencia, pronto se vio una imagen bastante nítida en la pantalla.

—¿Está buscando al que mató al hijo de los Parker? —preguntó Emma con un hilillo de voz. Por lo general no era entrometida, pero la gente del pueblo hablaba cada vez más del tema, sobre todo de lo que ocurrió en el funeral de Tom, y sentía curiosidad... aunque nada más formularla también se sintió culpable, como si no tuviese el derecho de haberla pronunciado. Como Blunt no respondió de inmediato, la mujer se incomodó—. Disculpe, no quería parecer...

—Sí —reconoció Blunt. Por primera vez, ni siquiera trató de ocultarlo. Emma le parecía una mujer agradable, no la típica chismosa, y sabía perfectamente que el asunto era la comidilla del pueblo, así que ya no valía la pena hacer como si no pasara nada. Eso sí, los detalles no tenía por qué dárselos.

—¿Lo hizo la misma persona que envió esas cartas?

—Es probable, pero no puedo asegurarlo. Esperemos que

las grabaciones de la cámara nos ayuden a esclarecerlo... o al menos nos den alguna pista.

Emma notó cómo un gusanillo nervioso le recorría la espalda y le hacía cosquillas bajo el jersey. Era como estar dentro de aquella serie policiaca de Bill Pullman que veía por las noches antes de irse a dormir. ¡Era muy emocionante! Y ahora que se fijaba, el jefe Blunt tenía un aire al actor que le resultó atractivamente peculiar.

La pantalla emitió un pitido y, de pronto, se iluminó mostrando los archivos de vídeo guardados. Estaban registrados por fecha y las grabaciones aparecían ordenadas por días. El jefe de policía movió el puntero del ratón entre los archivos. Había muchos. Ahora solo necesitaba que el ángulo de grabación fuera lo bastante amplio como para que englobara no solo el interior de la oficina, sino también el buzón de la calle.

—Pues parece que vamos a tener suerte —dijo.

—¿Sabe con exactitud qué día pudo enviarlas? —inquirió Emma.

Como de tantas otras cosas, Blunt no estaba seguro. De todas maneras, podía hacer una aproximación para acotar fechas. Tom Parker fue asesinado hacía aproximadamente una semana, pero las fotos las habían recibido un par de días atrás, antes del funeral. La recepción dependía del tiempo en que tardaba el envío en llegar a su destino.

—¿Cuánto tardan en llegar las cartas desde que se envían? —preguntó Blunt ignorando la pregunta de Emma.

—Unos tres días. Cinco como mucho. Depende del lugar al que vayan... o si hay alguna demora en el transporte. También hay que tener en cuenta que no es lo mismo enviarla urgente que echarla en el buzón y esperar a que la recojamos. Es evidente que una se gestiona con mayor celeridad que la otra. —El policía la escuchaba con atención—. En cualquier caso, nosotras recogemos lo que hayan echado en el buzón a primera hora, nada más abrir la oficina.

—Así que, si la dejó en el buzón antes de que ustedes abrieran, se enviaría ese mismo día, pero si lo hizo después, no la recogerían hasta el día siguiente, ¿cierto?

—Mmm... —rumió Emma—. Sí, básicamente es así.

Eso le daba a Blunt un margen aproximado de entre cuatro y seis días desde que alguien envió las fotografías hasta que los muchachos las recibieron. (Bueno, en absoluto eran ya unos muchachos, pero el policía seguía viéndolos a todos de aquella manera).

Dejó escapar el aire en un suspiro. El sospechoso solo podía haber enviado las cartas depositándolas allí, pero ahora faltaba dar con el momento exacto en que lo hizo. Había muchas horas de vídeo que visualizar y podría llevarle todo el día, aunque por suerte solo tenía que focalizarse en un punto concreto de la imagen: el solitario buzón azul.

Concluyó que lo mejor era llevarse el disco duro con las grabaciones a comisaría y así se lo hizo saber a Emma. Ella, dispuesta a colaborar con Blunt en lo que hiciera falta, no le discutió una sola palabra. Aprovechó la oportunidad para anotarle su número de teléfono en un papel, por si necesitaba cualquier cosa, y el policía le agradeció el gesto diciéndole que la llamaría en cuanto hubiera terminado.

Después de despedirse de las dos mujeres que seguían tras el mostrador, Emma lo observó marcharse con decisión. Deseaba con todas sus fuerzas que el jefe encontrara al escurridizo criminal que los había puesto en jaque, pero deseaba todavía más que su teléfono sonase y encontrarle al otro lado de la línea.

18

Dos cadáveres y un asesino

Cuando llegamos a comisaría había empezado a llover. Era más que un simple chaparrón y no tenía visos de detenerse en breve. Más pronto que tarde, las empedradas calles de Goodrow terminarían por convertirse en caudalosas rieras anegadas e impracticables.

A través de los ventanales podía ver los regueros de la lluvia que corrían copiosamente por el cristal y que se iban intensificando a cada minuto que pasaba.

Vance todavía no había llegado, y mientras Helen atendía una llamada, Carrie, Jesse y yo esperábamos al jefe Blunt sentados unos frente al otro.

Desde su puesto, Charlie —con su barriga y su bigote— nos lanzaba de soslayo miradas fugaces que se debatían entre controladoras y desconfiadas. Jesse y Carrie le daban la espalda, así que era en mí en quien más fijaba la vista. Si de alguna manera pretendía intimidarme, pensé que tendría que intentarlo de otra forma.

Jesse jugueteaba con sus guantes de dedos cortados, no parecía inquieto en absoluto por el inminente interrogatorio al que Blunt nos iba a someter. Carrie, por su parte, no me había dirigido todavía la palabra —supongo que intencionadamente—, pero la vi estremecerse por culpa del frío. Los tobillos se le habían empapado, y aunque llevaba una cazadora de piel, la blusa era demasiado fina como para mantenerse en calor. Le tendí mi abrigo.

—Póntelo, Carrie. Estás tiritando.

—No hace falta, gracias —me respondió tajante. Yo no era psicólogo, pero había fotografiado a gente suficiente como para reconocer las emociones en sus caras con un simple vistazo. La suya, junto al tono de sus palabras, no dejaba lugar a dudas: nuestra última conversación se le había antojado más un enfrentamiento que otra cosa... y seguía recelosa, como si no se fiara de nadie... Mucho menos de mí. Chasqueé la lengua.

—Como quieras.

Me levanté y dejé el abrigo en la silla. Charlie me observó mientras me acercaba al ventanal que daba a la calle. A través del goteo incesante de la lluvia, la luz de los rayos partiendo el cielo y el ruido enérgico de los truenos de colofón vi una motocicleta atravesando la calle. Era una de esas Custom, toda negra, pero no podía distinguir la marca. Las luces de sus faros iluminaban el suelo y el motor rugía pugnando por hacerse oír en medio de la tormenta. En ese instante me acordé de lo que Frida, en el Green Woods, me había contado esa misma mañana delante de la puerta de mi habitación:

«Cuando subí las escaleras vi a un hombre. Estaba delante de su puerta. Al principio creí que era usted, pero luego me di cuenta de que era otra persona, quizá un ladrón. Además, se marchó en una motocicleta. ¡Seré vieja, pero todavía sé diferenciar las motocicletas de los coches!».

Una motocicleta. Eso me había dicho.

Y que por la complexión tenía toda la pinta de ser un hombre.

Igual que la que podía advertir ahora mismo a través del cristal.

El piloto desapareció de mi vista y de inmediato estuve tentado de salir a la calle para ver quién podía ser, para, no sé, intentar anotar su matrícula. Pero luego me detuve al darme cuenta de que por mucho que corriera y me plantara en medio de la calle, el motorista estaría ya muy lejos. Ni siquiera oía el motor revolucionado y era más que improbable que pudiera ver siquiera la marca, la matrícula o quién la conducía.

Pero la puerta de la comisaría se abrió. Y entró una persona con un casco de motorista colgado del codo. El agua le chorreaba por la chaqueta negra y los pantalones. Si había dejado de escuchar el motor no era porque el piloto hubiera seguido su camino y estuviera fuera de todo alcance sino porque su destino era este, y había aparcado justo delante del edificio, donde no podía verlo desde mi posición.

Pero ahora, mientras caminaba hacia nosotros sin ningún tipo de prisa, lo vi con total claridad. Y supe que si alguien había intentado allanar mi habitación por el motivo que fuera, no podía ser otro que Vance Gallaway.

—El día mejora por momentos, ¿eh? —fue lo que dijo.

Pero no. El día no mejoraba por momentos.

El despreocupado sarcasmo de Vance al que ya nos tenía habituados no solo me resultaba inapropiado, sino vergonzoso y denigrante. Steve siempre decía que Vance tenía dos caras, una era una fachada, lo que aparentaba ser, y otra era la real. ¿Cuál era peor? Era difícil de asegurar. Ambas se confundían con la otra, y ninguna era agradable.

Dejó un reguero de agua y huellas desde la entrada hasta nosotros. Ni siquiera miró a Charlie cuando pasó por su lado, y se sentó en la silla de plástico que estaba junto a la mía. Dejó el casco en el suelo, que se bamboleó como un huevo que no se aguanta de pie.

—Qué recuerdos, ¿eh? —dijo dirigiéndose a Carrie y a Jesse—. Todavía me acuerdo de la última vez que estuvimos todos aquí... Aunque éramos más, la verdad. Y ahora mismo... uno sobra.

Vance hablaba de cuando el jefe Blunt los había interrogado veinticinco años atrás. Aunque a mí me interrogaron poco después que a ellos, sabía que la policía nos había hecho preguntas similares. Preguntas sobre el secuestro del pequeño Elliot, sobre el asesinato de John Mercer y sobre la desaparición súbita de Steve. En aquel momento estaba la pandilla al completo, incluyendo a Tom y Cooper que ahora ya no estaban presentes (ni lo estarían nunca más).

Cuando soltó esa última frase no me miraba, pero era evidente que se estaba refiriendo a mí, y ya me estaba cansando de tolerar sus gilipolleces. Puede que en otro momento me lo hubiera tomado como otra de sus bromas de mal gusto, pero esta vez no me dio la gana pasarlo por alto, así que no me quedé callado.

—¿Te parece divertido? —le dije.

—No estaba hablando contigo —me respondió, sin dignarse a mirarme a los ojos.

—Quizá no, pero era de mí de quien estabas hablando.

Ni siquiera se inmutó a pesar del evidente tono de enfado en mi contestación. Como si nada, comenzó a quitarse los guantes húmedos con parsimonia.

—¿Por qué no te largas de una puta vez, Markie? —me preguntó desafiante; ahora sí, levantó una ceja y movió levemente la cabeza para encontrarse con mis ojos—. Todavía no sé qué coño haces aquí.

—¿Que no sabes...? Resulta que recibí una jodida fotografía de nosotros en la que Tom aparecía con los ojos tachados —le expliqué, como si no lo supiera ya—. ¡La misma que recibisteis cada uno de vosotros! Si estoy aquí es porque quiero que esto se solucione, joder. ¡Porque quiero saber la verdad!

Vance rio.

—¿La verdad? La verdad no la vas a saber nunca.

—¿Ah, no? ¿Y eso por qué, gran hombre?

Vance se puso en pie. No estaba acostumbrado a que nadie le desafiara, mucho menos alguien como yo. Se acercó a mí y nos quedamos cara a cara. Escuché a Carrie nombrar a Vance, seguramente para rogarle que lo dejara estar. Jesse murmuró algo inaudible.

—¿Te han salido agallas, enano? —me soltó.

—¿Y tú? ¿Sigues colándote en casas ajenas? —repliqué.

Vance se quedó callado un momento. Fue un silencio muy revelador porque en sus pupilas atisbé el temor que uno siente al ser descubierto. El párpado le tembló durante un segundo, tiempo suficiente para confirmar que mis sospechas eran ciertas.

—No sé de qué coño estás hablando —mintió.

—Ya lo creo que lo sabes. ¿Encontraste algo en mi habitación, o no te dio tiempo a entrar antes de que la dueña del motel te descubriera?

—¿De qué cojones está hablando, Vance? —inquirió Jesse aferrando las ruedas de su silla.

—No tengo ni puta idea.

—Y una mierda, Vance —me encaré. Después, puse toda la carne en el asador echándome un farol con fundamento—: Te vieron allí. Te vieron forzando la ventana de mi apartamento y te vieron huir con el rabo entre las piernas.

—Estás loco. Hace años que no piso el puto Green Woods.

—¡Mentiroso de mierda! —Lo empujé con ambas manos.

Fue un error, pero no pude contenerme—. ¿A qué fuiste? ¿A robar? ¿A incriminarme? ¿A matarme? ¡Contesta! ¡Va, contesta, cobarde!

No me dio tiempo a detener el golpe. Vance soltó su puño como un mazazo sobre mi cara y caí de espaldas. Cuando abrí los ojos de nuevo, ya lo tenía encima cargando los puños para una segunda ronda. Escuché un chillido agudo emergiendo de la garganta de Carrie y otra voz algo más grave gritando que parásemos, debía ser Charlie.

Lancé una patada que alcanzó algo blando y escuché un grito ahogado, como los que sueltas cuando te quedas sin respiración. Supuse que le había alcanzado en el estómago a Vance, lo que no solo me alegró, sino que me dio un par de segundos para despejarme y prepararme para el segundo asalto.

Sin embargo, Charlie ya había agarrado a Vance y lo había apartado de mí. Es cierto que las apariencias engañan, porque en un abrir y cerrar de ojos lo había reducido y le estaba poniendo las esposas. Helen también había aparecido de repente, alertada por el griterío. De pronto, la encontré a horcajadas sobre mí mirándome la cara con preocupación. Había sido un golpe fuerte y seco; por su expresión no tenía buena pinta.

—¡¿Os habéis vuelto locos?! —exclamó Helen.

—Pregúntaselo a Vance —contesté doliéndome del mentón—. Y de paso pregúntale también qué hacía husmeando en mi habitación ayer noche.

—¿Qué? ¿Vance, es eso cierto?

Desde que nos reunimos en casa de Cooper después del funeral de Tom, me di cuenta de que todos estaban dispuestos a guardar celosamente la verdad de los hechos tras lo ocurrido con Mercer y Steve, pero de todos ellos, Helen y Vance parecían además formar una sociedad independiente con sus propias confidencias a expensas del resto. Daba igual que no se llevaran bien, daba igual que no pudieran ser más diferentes o que estuvieran divorciados, situaciones desesperadas requerirían alianzas desesperadas, y estaba seguro de que ellos definitivamente la formaban.

Sin embargo, la sorpresa en el rostro de Helen era genuina; no sabía nada del intento de allanamiento de su exmarido.

Charlie agarró del brazo a Vance, que apretaba la mandíbula con rabia.

—¿Q-Qué hago con él, He-Helen?

—Eso mismo me pregunto yo —dijo para sí la policía entre dientes—. Tráele un poco de hielo a Markie, ya me encargo yo de este.

Charlie obedeció a su compañera mientras esta se llevaba a Vance a una sala aparte.

Me senté en mi silla y me toqué la cara. Me ardía como el infierno y se me estaba empezando a hinchar de mala manera. Jesse se me acercó y soltó un silbido.

—Menudo gilipollas—apuntó refiriéndose a Vance—. ¿Te duele mucho?

—No es nada —dije, aunque para ser sincero, me dolía bastante.

Carrie también se acercó a mí. Seguía temblando, pero esta vez no era por el frío, sino por los nervios del momento. Puede que no le cayera bien, que mi presencia en Goodrow se le antojara como una invasión de su privacidad y la de sus amigos, o como una amenaza incluso, pero descubrir que Vance se había intentado colar en mi habitación parecía haberle quitado una venda de los ojos. En cualquier caso, la empatía no era lo suyo y lo dejó patente de inmediato.

—¿Es verdad lo que dices? ¿Vance se coló en tu apartamento? —preguntó.

—Alguien lo intentó —reconocí—, pero hasta ahora no sabía quién podía haber sido.

—¿Para qué? ¿Qué buscaba?

Carrie estaba totalmente desconcertada, no entendía la razón por la que Vance había hecho aquello.

—No lo sé —me encogí de hombros—. Pero buscara lo que buscase no habría encontrado nada. Solo sé que... Bueno, es igual.

—¡No! ¿Qué? ¡Di lo que ibas a decir! —pidió Carrie.

—No importa, Carrie, es una tontería que...

—¿Quieres dejar de hacerte de rogar, Markie? —insistió Jesse—. Todos sabemos de lo que Vance es capaz. Colarse en casa ajena... bueno, ya sabemos que no es la primera vez que lo hace, así que no creas que nos va a sorprender nada de lo que digas sobre él.

En ese momento apareció Charlie con una bolsa llena de hielo envuelta en un trapo. Los tres nos quedamos callados mientras me la daba. Me la pegué a la cara, donde Vance me había golpeado.

—Ma-ma-mantenla ahí para q-que baje la inf-inflamación —me recomendó.

Asentí y le di las gracias. Cuando volvió a su puesto miré a Jesse y a Carrie, que seguían expectantes por conocer mis pensamientos, pero pendientes de que Charlie no nos oyera.

—¿Y bien? —inquirió Jesse.

Decidí explicar lo que pensaba.

—Cuando Vance se presentó en el Green Woods, yo no estaba allí. Después de que nos juntáramos en casa de Cooper me llamó Randy para que cenara con él.

—¿Randy Bendis? —preguntó Jesse—. ¿El del bar?

Asentí.

—Sí, ese Randy. Somos buenos amigos desde pequeños y... Bueno, la cuestión es que mi intención era volver al motel, hacer las maletas y marcharme de Goodrow, pero Randy me telefoneó y cenamos juntos. Al día siguiente, Helen me llamó... nos llamó a todos... para decirme que Cooper había muerto. —Hice una pausa y me acomodé la bolsa de hielo.

—¿Y qué tiene que ver eso con el hecho de que Vance intentara entrar en tu habitación? —quiso saber Carrie quien, a diferencia de Jesse, todavía no había llegado a la conclusión a la que se abocaba mi relato.

—No he dejado de preguntarme —proseguí— qué hubiera pasado si yo hubiese estado en esa habitación, si la gerente del motel no se hubiera alertado por los ruidos que hizo Vance al forzar la ventana y él se hubiera escondido allí hasta que yo llegase. ¿Hubiera sido yo la víctima en vez de Cooper? ¿Murió Cooper porque Vance no me encontró en el Green Woods cuando estuvo allí... y decidió asesinar a Cooper simplemente porque no me localizó?

Jesse tragó saliva. A Carrie se le humedecieron los ojos mientras negaba con la cabeza, como si quisiera sacudirse la evidencia de lo que acababa de salir de mi boca.

—Eso no puede ser... Lo que estás diciendo...

—Lo que estoy diciendo es lo que pasó, Carrie. La dueña del motel puede confirmarlo, ve y pregúntale si no te lo crees. Vance estuvo allí y huyó a toda prisa cuando le descubrieron. Y luego... luego Cooper apareció muerto.

—Pero eso significa... que Vance fue allí para asesinarte y... como no pudo hacerlo, fue a por Cooper... y lo... lo...

Me despegué el hielo de la cara y dejé que mi rostro hablara por mí. En ese instante Carrie parecía un cachorro desvalido al que le hubieran arrebatado la seguridad que ofrece el amparo de una madre. Su miedo era palpable. Y a juzgar por su expresión, era un miedo distinto. Y se me ocurrió que el peor miedo que podía imaginar era el de no poder confiar en alguien en quien lo hacías... O en alguien a quien amas.

Las piezas encajaron en mi mente a la perfección. La familiaridad con la que Vance trataba a Carrie, la discusión que mantuvieron en la clínica, el beso furtivo entre ambos que presencié... Quedó patente que mantenían una relación.

En parte, a la vez me sorprendía y fascinaba la capacidad tan voluble y cambiante de la personalidad de Carrie. Tan pronto pasaba de parecer estar muerta de miedo a no dejarse amedrentar por nada ni nadie, y de ahí a sentirse totalmente expuesta e indefensa.

Me pregunté si padecería algún tipo de trastorno; según tenía entendido, algunos comenzaban en la adolescencia por causas que podían ser muy dispares y te marcaban en lo más profundo. Y su adolescencia, como la del resto, estaba marcada por ciertos acontecimientos que no se habían superado, solo ocultado. Y aunque habían logrado mantenerlo así durante veinticinco años, ahora había dos cadáveres y un más que posible asesino entre ellos.

¿Tendrían la fortaleza necesaria para ocultarlo mucho más tiempo?

19

El beneficio de la duda

—¡Dime que no es verdad! —Helen le gritaba a Vance en el interior de la pequeña sala de interrogatorios—. ¡Dime que no hiciste lo que Markie está diciendo!

Vance resopló.

—¿Puedes quitarme las esposas? —preguntó, como si la cosa no fuera con él.

—¡No pienso quitarte las putas esposas hasta que no me expliques qué coño hacías en el motel de Markie ayer noche! ¿Para qué fuiste? ¿Qué se supone que habías ido a hacer allí? ¡Contesta!

—Ese capullo se lo está inventando, Helen.

—¡No me vengas con esas, Vance, maldita sea! —Golpeó la mesa de metal haciendo que se tambaleara e hizo una pausa. Entretanto, Vance la miraba como quien mira a una pared, con absoluta indiferencia—. Dime, ¿fuiste tú? ¿Asesinaste a Tom? ¿Asesinaste a Cooper?

—Sí, y a JFK —bromeó Vance, pero Helen no mostró una mínima sonrisa. El asunto no solo era serio, sino grave, y tenía que hacérselo entender a su exmarido de alguna manera, pero se le adelantó—: ¿Por qué iba a querer yo matar a Tom?

Sin duda, aquella era una incógnita irresoluble, al menos de momento. Y si se viera obligada a inculpar a Vance por dicho crimen, no tendría base alguna para hacerlo. No había pruebas, no existía móvil... y todavía tenía pendiente comprobar un cabo suelto con respecto a Tom que lo más seguro es que no tendría nada que ver con Vance: el tiempo que pasó trabajando en el Centro Psiquiátrico de Goodrow... donde Steve estuvo ingresado.

Sin embargo, de repente se dio cuenta de que sí había algo que conectaba a Vance, no con el asesinato de Tom, sino con el de Cooper.

—Está bien, pongamos que dices la verdad y no tuviste nada que ver con la muerte de Tom. Centrémonos en Cooper. ¿Sabes quién tenía una razón para matarlo? —Formuló la pregunta sin esperar respuesta alguna, era una pregunta retórica y ambos lo sabían, pero Helen no apartó la vista de los ojos del hombre con el que había compartido matrimonio. Este no se inmutó; esperó a que Helen prosiguiera con su sentencia—. Tú.

—Y una mierda.

—Cállate —le ordenó—. ¿Quién de los que estábamos ayer en casa de Cooper trabajaba para él, Vance? Ni Carrie, ni Jesse, ni yo... por no hablar de Markie. Ninguno trabajábamos para Cooper. Pero tú sí. Tú trabajas en el aserradero. ¿Y qué fue lo último que dijo Cooper al respecto? ¿A dónde tenía que marcharse esta misma mañana? —Vance palideció, comenzaba a comprender hacia dónde se dirigía Helen—. Pretendía reunirse con unos inversores. Seguramente su idea era deshacerse del aserradero... y con él, de algunos de los trabajadores. Eso te incluye a ti, sabes que tenías todas las papeletas.

—Lo que estás diciendo es una gilipollez de suposición que no tiene ni pies ni cabeza.

—¿Eso crees? Deja que te diga una cosa, Vance: Hay cuatro testigos que podrían confirmar que la misma noche en que asesinaron a Cooper discutiste con él acaloradamente cuando mencionó que tenía la intención de vender el aserradero.

—Yo no discutí acaloradamente con...

Helen ignoró la defensiva de Vance y continuó hablando:

—Él era tu jefe, y tú, uno de los trabajadores que tenía en nómina. Uno al que si le despedían del trabajo le hubiera costado Dios y ayuda encontrar otro. Porque, quieras o no, estás fichado por la policía. Porque eres un tío problemático. Y porque no eres de fiar.

Cada palabra que articulaba su exmujer era como una estocada para Vance, que hinchaba las narices como un toro desesperado por embestir al torero que lo provoca una y otra vez.

—No hay pruebas de que yo me cargara al puto Cooper Summers —alegó con rabia—. Son mierdas circunstanciales o como coño sea que lo llaméis. Además, está el mensaje en la pared, el que dejó el asesino. Eso...

—Eso no significa nada. Tal vez te aprovechaste de lo que le hicieron a Tom y de la información que tenías al respecto, de lo de las fotografías, del mensaje... Todo para aparentar que a ambos los había matado la misma persona... pero en realidad fuiste tú, porque no querías perder el único trabajo al que podías aspirar en tu vida. Era tu oportunidad. Con Cooper muerto, la venta del aserradero se paralizaría. Habrías conseguido tu objetivo aprovechando las circunstancias, ¿quién podría sospechar de ti? Hasta un abogado recién salido de la facultad podría convencer a un jurado de que tenías motivos suficientes para hacerlo, así que déjate de gilipolleces, Vance.

Vance guardó silencio e inclinó la espalda hacia delante llegando casi a tocar la mesa de metal con la cara. Parecía que Helen había conseguido doblegar su integridad, pero solo era un espejismo:

—¡No, Helen, déjate tú de gilipolleces! Si crees que fui yo quien los mató, denúnciame. ¡Venga, léeme mis derechos y detenme, joder!

Helen golpeó de nuevo la mesa con fuerza, Vance la estaba llevando al límite, como cuando estaban casados. Ya había pasado por eso, no le apetecía hacerlo de nuevo.

—Mira, Vance, no tenemos tiempo para jueguecitos. O me cuentas qué fuiste a hacer al apartamento de Markie, o lo averiguaremos nosotros mismos. —Vance sonrió ahora lacónicamente, cosa que no le hizo ni pizca de gracia a Helen—. ¿De qué te ríes? Si seguro que has sido tan estúpido como para tratar de forzar una puerta o una ventana sin ni siquiera tomar precauciones, ¿verdad? —De golpe el rostro de Vance se puso serio. Helen sonrió para sus adentros—. Ya me parecía a mí... Debes haber dejado tantísimas huellas que no será complicado identificarlas en cuanto las cotejemos con las tuyas.

—Que te follen.

Helen, hastiada pero revitalizada por sentirse ganadora de ese asalto, le agarró la cara con una mano y le apretó las mejillas con fuerza.

—Tal vez lo hagan, pero no serás tú —le soltó apuntando con acierto a su orgullo de exmarido—. Ahora, dime qué coño hacías ayer por la noche en el motel... y por qué horas después Cooper apareció muerto.

Vance, todavía con las manos a la espalda, sacudió la cabeza para soltarse de la presa de su exmujer. La sangre hizo que se le enrojeciera la cara y rechinó los dientes antes de contestar.

—¡Te dije que me aseguraría de que nadie nos mintiera!

—¡¿Y ese era tu plan?! ¡¿Cargarte a Markie?! —Helen formuló las preguntas en un susurro intenso, con los labios casi pegados a la oreja de Vance—. ¿Matarlos a todos uno por uno?

—¡Que no he matado a nadie, joder!

Helen se llevó la mano a la frente y se la pasó por su cabello rubio. En sus ojos azules comenzaban a aflorar destellos de desesperación. La conversación se estaba alargando demasiado.

—Lo de que te ibas a asegurar de que nadie nos mintiera me lo has dicho esta mañana, Vance. Y fue ayer noche cuando intentaste colarte en la habitación de Markie... y cuando mataron a Cooper.

—¿Y? ¡No tenía ni idea de que hubieran asesinado a Cooper! ¡Si me he enterado es porque tú has venido a verme y me lo has contado, joder!

El suspiro que Helen soltó resonó en toda la sala. Vance la sacaba de quicio; estaba harta de sus mentiras y sus medias verdades. Por la mañana, cuando le dijo que habían hallado el cuerpo sin vida de Cooper, pareció sorprendido, sincero. Ahora también lo parecía; sin embargo, no sabía si creerle.

—¿Fuiste tú quien envió esas fotografías?

—¡Pero me cago en la puta, Helen! ¿Estás escuchando algo de lo que estoy diciendo?

—¡Llevamos diez minutos aquí y todavía no has dicho una sola palabra que aclare nada, maldita sea!

Helen trató de calmarse, no podía seguir gritándole así. Al final Charlie entraría para preguntar si todo iba bien y no quería que los interrumpieran. Tampoco conseguiría que Vance hablase si seguía por ese camino. Sus estrategias no parecían conseguir resultados positivos, tenía que probar otra cosa. Miró su reloj de muñeca y luego a Vance, que sudaba la gota gorda y se le marcaban las venas en el cuello y las sienes.

—Mi padre está a punto de llegar —dijo al fin con voz apaciguada—. O me convences de que eres inocente o él irá a por ti.

Sabes que es lo que lleva dos décadas deseando. Cazarte con las manos en la masa, encerrarte de por vida. Sabes tan bien como yo que a estas alturas le da igual si lo logra por lo de Steve, por lo de Mercer o por no poner cinco centavos en el parquímetro. Estás en su punto de mira.

—Todos lo estamos —replicó él.

—Tú más que el resto, lo sabes muy bien.

Se hizo el silencio, pero no duró demasiado.

—¡Está bien, joder! Fui al maldito motel, ¿vale? —reconoció al fin. Helen se irguió y cruzó los brazos.

—Continúa.

—Después de salir de casa de Cooper quería despejarme, así que fui a tomarme unas copas al Forbidden Wolf. Iba de camino cuando vi la camioneta de Markie. Estaba aparcada delante de la casa del puto Randy don Perfecto Bendis, seguramente alardeando de su vida perfecta y echando pestes de nosotros. Como si no lo supiera...

A pesar de que Helen no tenía constancia de que Vance hubiera tenido rifirrafes con Randy Bendis, estaba acostumbrada a las críticas de su exmarido. Sobre todo las dirigidas a personas que tenían todo lo que él deseaba —o podría haber tenido— y que habían logrado —mediante esfuerzo o incluso por suerte— alcanzar la estabilidad económica y emocional de la que él carecía.

—¿Y qué hiciste luego?

—Decidí echar un vistazo. Y los vi ahí, Markie, Randy y su mujer... comiendo hamburguesas y riéndose de alguna pijería de mierda.

Si Vance estaba siendo sincero, y parecía que lo era, Helen concluyó que Markie podría tener una coartada para la noche del asesinato de Cooper, y no solo eso, sino que además había testigos suficientes que corroboraran dónde había estado. Vance incluido, aunque de forma involuntaria.

A decir verdad, después de discutir con él en casa de Cooper esa misma mañana, tuvo sus dudas sobre Markie. Y aunque no llegó a considerarlo como sospechoso del homicidio de Tom, seguía teniendo sus reservas al respecto de la muerte de Cooper. Ahora, gracias a Vance, podía descartarlo. Pero entonces, ¿quién lo asesinó? ¿Quién le arrancó las orejas como predecía la fotografía que recibió Carrie? Mientras Vance aprovechaba para coger aire antes de continuar, Helen siguió haciéndose preguntas: ¿Podría haber sido la misma Carrie? No... Cooper era demasiado grande y fuerte para ella. Aunque lo golpease por detrás, como hicieron también con Tom Parker, no tenía tanta fuerza. Y no la veía capaz de clavarle un cuchillo en el cuello a sangre fría. Luego estaba Jesse, pero... ¿cómo habría podido hacerlo si no se sostenía en pie? A no ser... que los hubiera engañado, que no fuera paralítico y que sus piernas funcionaran tan bien como las suyas.

No. Era más inverosímil incluso que lo de Carrie. De todas formas, a ellos también iban a interrogarlos, así que ya volvería sobre el tema llegado el momento. Entonces, ¿qué le quedaba?

Solo una opción: Steve.

Era descabellado, lo sabía perfectamente, pero todavía no podía descartar que siguiera vivo. Tenía que comprobarlo. Por eso se enfadó consigo misma, pero más incluso se enfadó con su padre, por citarlos a todos e impedirle obtener ya las respuestas que le atenazaban el pecho. Steve era el único que conocía sus secretos, a quien habían dado por muerto durante años... aunque el sargento Rogers le había asegurado que era posible que no lo estuviera. Encima había estado en Goodrow Hill todo este tiempo sin que ellos lo supieran.

Antes de proseguir con su relato, Vance le dio la espalda a Helen y señaló las esposas con un gesto de la cabeza.

—¿Puedes quitarme esto ya? Me estáis tratando como a un

puto delincuente, y el gilipollas de Charlie me las ha apretado demasiado. Estoy colaborando, ¿no? Dame un respiro, anda.

Helen no se inmutó ante la petición, aunque era evidente que el tono amigable —casi cariñoso— con el que Vance impregnó la última frase pretendía debilitar su compostura. A pesar de todo el daño que le había hecho, seguía usando el poder de sus palabras y su victimismo calculado para tratar de manipular a su exmujer a su antojo. Por suerte para ella, había pasado el tiempo en que podía sorprenderla con la guardia baja; ya estaba vacunada contra sus rastreras sutilezas. Además, aunque tarde, había aprendido que, por muchas veces que mudara la piel, una serpiente seguía siendo una serpiente.

—Ya decidiré yo si estás colaborando o no —y levantó la barbilla animándole a seguir hablando.

Vance resopló con desgana, pero obedeció.

—Dijera lo que dijese, seguía sin fiarme de Markie. ¿Qué esperabas? Llevamos más de veinte años sin verlo. Y recibió una foto en la que ni siquiera estaba marcado como los demás... Y yo me pregunto —hizo un inciso—: si todo esto es por lo de Steve, ¿por qué coño recibió él una de las fotos? No estuvo presente cuando pasó lo que pasó. Ni con lo del jodido Flannagan ni con el hijo de puta de Mercer. Bueno, es igual. Tú ni siquiera la recibiste, así que tampoco sirve como argumento. Da igual —repitió, y prosiguió—: Así que aproveché y fui directo al motel Green Woods. Cuando llegué, estaba todo oscuro. Dejé la moto oculta detrás de los contenedores que hay junto al aparcamiento y esperé unos minutos. No había moros en la costa y la vieja del motel estaba distraída viendo la tele. Pude pasar sin que me viera y me planté delante de la habitación de Markie —dijo orgulloso, como si hubiera logrado una proeza—. Intenté abrir la puerta pero estaba cerrada, así que opté por forzar la ventana. Tiene uno de esos cerrojos fáciles de desbloquear, ya sabes.

Conseguí abrirla, pero al hacerlo la abuela subió y se plantó allí como una aparición.

—¿Te identificó?

Vance negó rotundamente con la cabeza.

—Es imposible que pudiera verme. Es una vieja tan agarrada que ni siquiera cambia las bombillas fundidas que dan a las habitaciones. Estaba más oscuro que el culo de un negro a medianoche. —A pesar de la seriedad del asunto, a Helen casi se le escapa una sonrisa al escuchar la comparación. Logró contenerla no sin esfuerzo—. Me largué, y de allí me fui directo al Forbidden Wolf. No te miento. Hay testigos. Pregúntale al puto Frank Goodwin si no me crees. —Hizo una última pausa antes de dar por finalizadas sus explicaciones repitiendo de nuevo—: Créeme cuando te digo que yo no me cargué a Cooper, Helen. Por favor.

Tras unos segundos, y sin mediar palabra, Helen se situó detrás de Vance y sacó una llavecita de su bolsillo. Abrió las esposas y se las colgó del cinturón. Con aquel gesto no estaba reconociendo que creyera cada una de las palabras que habían salido de boca de Vance, pero sí que le confería el beneficio de la duda.

20

Tres minutos

Al cabo de tres minutos, el jefe Blunt abrió la puerta de la sala de interrogatorios. Dos minutos antes había cruzado la puerta de la comisaría prácticamente empapado y, sesenta segundos después, dejó el disco duro de la oficina postal encima de la mesa de su despacho decidido a descubrir quién estaba detrás de las muertes de Tom Parker y Cooper Summers.

Durante esos tres minutos, Vance le contó a Helen que estuvo hablando con Carrie en su clínica sobre los asesinatos de sus amigos. Le aseguró que confiaba en ella y estaba convencido de que no contaría nada acerca de la muerte de Mercer o de Steve, aunque no le dio detalles de la pequeña discusión que habían tenido. Es más, no le dijo que habían discutido siquiera.

Con Jesse la cosa había sido distinta por completo. Cuando fue a hablar con él se mostró indiferente ante la situación. Este tan solo le dijo que no temía a la muerte, y que si su destino era el mismo que el de Tom y Cooper, no tenía intención alguna de impedirlo. Para él, lo que estaba sucediendo no era sino una consecuencia de las malas decisiones que todos habían tomado en el pasado y el precio justo a pagar por sus pecados. Antes de que Vance lo insultara, le gritara diciéndole que había perdido la chaveta y abandonara su casa, Jesse manifestó con satisfacción que lo peor que podía hacer ahora era confesar lo ocurrido aquel verano. Porque si hablaba, tal vez los asesinatos se detendrían, así que no pensaba hacerlo. Era como estar ante la espada y la pared, solo que esta vez la pared era otra espada igual de afilada.

Cuando Vance terminó de explicarle todo lo que había estado haciendo esa mañana, Helen seguía desconcertada. La complejidad del caso y las pocas —por no decir nulas— pistas que tenía para identificar al autor de los asesinatos hacían que se sintiera maniatada e indefensa ante alguien que parecía saberlo todo de ellos. Además, la desconfianza que la situación había generado no favorecía en nada el desarrollo de la investigación. Ya no confiaba en sus amigos, aunque algunos estuvieran muertos de miedo, como parecía estarlo Carrie. Jesse había dejado claro que no le importaban ni su vida ni la de ellos, él solo quería conseguir lo que había dejado a medias y que no se atrevía a intentar por sí mismo una segunda vez. Y Vance... Le era inevitable dudar de él, aunque siguiera tratando por todos los medios de que el pasado continuara enterrado. El problema es que ya había emergido a la superficie como... como evidentemente lo había hecho Steve más de veinte años atrás.

A todo ello había que añadir que se sentía como una traidora. Una traidora a su padre y a su oficio, encubriendo un delito de la que ella misma se sabía cómplice y poniendo en peligro con su silencio la vida de quienes la rodeaban.

Pero ¿qué podía hacer?

Podía confesar.

Pero ¿eso le aseguraba que los asesinatos se detendrían? No. Nada podía asegurarle que aquella pesadilla fuera a detenerse.

Se hallaban en una encrucijada. Si confesaban, era probable que fueran a la cárcel, y si no lo hacían... acabarían muertos.

No, confesar no era una opción, pero dar con quien se había propuesto destrozarles la vida, sí. Y tenía que encontrarlo antes de que lo hiciera su padre. Y en ese momento tendría que tomar de nuevo una decisión vital para todos: silenciarlo para siempre. Como creían haber silenciado a Steve.

La rueda volvería a girar. Y tendría que cargar con ese lastre otra vez, pero al menos estaría viva para poder hacerlo, tal como lo había hecho hasta ahora. Era fuerte. Psicológicamente estaba preparada. Lo conseguiría, como lo consiguió cuando recibió la llamada del sargento Rogers aquel día en el despacho de su padre. Estaba segura y no temía en absoluto el peso de la culpabilidad que conllevara; más temprano que tarde esa carga desaparecería.

—¿Qué estás pensando? —quiso saber Vance.

Helen sacudió la cabeza.

—Nada.

—Entonces, ¿qué te pasa?

—Ya te he dicho que nada, Vance.

—Seguro...

De nuevo, la desconfianza hacía acto de presencia. Uno, que no creía lo que le decían, y la otra, que no se atrevía a contar nada por temor a confiar en la persona equivocada. Suspiró cansada y, antes de que su padre se presentara en la sala, le explicó a su ex lo que había descubierto en Rushford Falls, todo lo que el viejo sargento Rogers le relató al respecto de lo sucedido con Steve los días posteriores a su último encuentro con él en la presa.

Vance movía la cabeza de un lado para otro sin dar crédito y cada vez se enfurecía más al pensar que aquella situación era culpa de Helen.

—¡Si me hubieras dicho que Steve apareció moribundo en Rushford, no estaríamos como estamos ahora, joder!

—¿Otra vez vas a volver con eso? ¡Ya te dije que el sargento me llamó porque no tenían ni idea de quién era ese chaval que rescataron del río! ¡Hice lo que creí conveniente! —Alzó la voz, pero intentó contener los gritos—. ¡Estaba en coma, maldita sea! ¡Lo más probable era que hubiera muerto! ¿Quién iba a suponer que sobreviviría?

—¡Pues lo hizo, maldita sea!

—¿Y qué habrías hecho si llego a decírtelo? ¿Habrías ido a Rushford a rematarlo? No conocían su identidad, y eso era una ventaja para nosotros. Ahora dime, Vance: ¿qué habrías hecho? —Vance la miró mordiéndose el labio. Helen tenía razón, no podría haber hecho nada, así que no respondió.

Helen también guardó silencio y comenzó a dar vueltas por la habitación. Vance la observó y adivinó entonces que no estaba todo dicho: podía percibir en los sombríos ojos azules de Helen que solo le había dado parte de la información.

—¿Qué más, Helen?

Antes de continuar, Helen meditó si era mejor callarse y no dejar que Vance supiera que Steve había recalado de nuevo en Goodrow y que lo ingresaron en el psiquiátrico donde Tom trabajaba.

Cuando finalmente optó por soltarle aquella bomba, Vance se quedó en *shock*.

—¿Por qué Tom no nos lo contó? ¿Por qué no nos dijo que Steve era uno de los pacientes de su hospital?

—¿Por miedo? ¿Quizá para protegernos? Todavía no lo sé.

—¿Lo sabe tu padre?

—No. No le he dicho nada... y no creo que lo haga. Si queremos solucionar esto a nuestra manera, he de averiguarlo por mí misma.

—Pues buena suerte, porque Tom es un puto fiambre. No sé cómo vas a averiguar una mierda sin él. Al menos confío en que si no nos lo contó a nosotros, tampoco dijo nada a nadie más.

Helen asintió. Era probable que Vance estuviera en lo cierto, y ella esperaba que tuviera razón. Aun así, no iba a dejar de tirar de ese hilo porque aparentemente fuera imposible llegar al origen.

En ese justo momento, el jefe Blunt entró en la sala. Los encontró a ambos en silencio, Vance sentado en la silla y su hija de pie, con los brazos cruzados.

—¿Qué ha pasado ahí fuera? —preguntó.

—Ha habido un pequeño altercado entre Vance y Markie —aclaró Helen—. He creído conveniente separarlos para que la situación no se agravara. Estamos... todos bastante tensos, pero no ha sido nada, ya está arreglado.

—La cara hinchada de Andrews no dice lo mismo.

—Está solucionado, papá —zanjó su hija de una vez por todas. Su padre emitió un sonido con la garganta y se sentó frente a Vance haciendo chirriar las patas de la silla libre que quedaba y poniéndoles la piel de gallina a los presentes.

—Empecemos por el principio, Gallaway.

21

Nada a lo que apelar

—Llevan mucho rato ahí dentro, ¿no? —expuso Carrie, con razón.

Ya había pasado casi media hora desde que Helen se había llevado a Vance, y otro tanto desde que el jefe Blunt preguntó el motivo por el que yo tenía una bolsa de hielo pegada a la cara.

—Le estarán apretando las tuercas —opinó Jesse—. No me gustaría estar en una sala a solas con Blunt y Helen, cosa que me va a tocar en breve, pero menos me gustaría si yo fuera Vance. No quiero imaginármelo.

—¿Y si ha sido él? —preguntó Carrie en un susurro, temerosa de sus propios pensamientos—. ¿Y si los mató Vance y ahora mismo está confesando?

Yo miraba al suelo; la bolsa húmeda y fría llena de cubitos de hielo me ocultaba el rostro, pero percibí cómo Jesse le respondió con un «no» silencioso.

—¿Cómo puedes estar tan seguro de ello? —insistió ella.

Me adelanté a la contestación de Jesse.

—La mejor noticia que podrían darnos ahora mismo sería que Vance es el responsable de las muertes de Cooper y Tom. Que confesara todos sus crímenes y acabara esta locura. Eso significaría que no habría que seguir buscando y el trabajo de la policía habría terminado. Todos podríamos irnos a casa y dormir tranquilos —concluí—. Pero eso no va a pasar. Y no va a pasar porque su confesión conllevaría también decir la verdad sobre el asesinato de John Mercer, de lo que ocurrió con Steve... y quién sabe si probablemente también tenga algo oculto respecto al secuestro de Elliot Harrison.

—¿Qué tonterías dices, Markie? Vance no tuvo nada que ver con el secuestro de Elliot —saltó Carrie en defensa de Vance—. ¡Fue John Mercer quien lo secuestró!

—¿Estás segura? No puedes saberlo. Puede que Tom y Cooper estuvieran al tanto de ello y Vance los mató para silenciarlos.

—Tío, ¿de qué cojones hablas? —se metió Jesse—. Me jode mucho tener que defender a un gilipollas como Vance, pero estás meando fuera del tiesto, tío. Vance estuvo en casa de Mercer, ¡el crío estaba allí, en el sótano de ese cabrón!

—Eso dijo. Pero...

—Nada de peros, tío. En aquella época todos éramos uña y carne. Decir que Vance secuestró al crío de los Harrison es acusarnos a todos de ser sus cómplices.

—Lo que tú digas, Jesse.

Bajé la mirada. Los fluorescentes del techo se reflejaban en el suelo de linóleo provocándome dolor de cabeza, aunque algo tenía que ver también el puñetazo que Vance me acababa de soltar. Cuando levanté la vista, me percaté de que Carrie me miraba, pensativa. Era como si estuviera sopesando la posibilidad de que hubiera algo de cierto en lo que acababa de sugerir, por mucho que Jesse dictaminara lo contrario. Tenía dudas. Y tenía miedo. Y el miedo es un hervidero que solo genera incertidumbres, tanto ajenas como propias, y se convertía en un círculo vicioso e infinito del que era difícil escapar.

Carrie acababa de entrar en ese círculo. Se preguntaba si yo tendría razón y dudaba tanto de Vance como de su propio criterio, lo que provocaba que recelase directamente de él. Yo, por mi parte, me quedé con un detalle: ambos evitaron hablar de Steve.

Dimos un respingo cuando escuchamos un portazo y después unos pasos. Apareció Vance, seguido de Helen. Ninguno tenía buena cara.

Vance vino derecho hacia mí, y yo me puse tenso, preparado para enfrentarme a puñetazo limpio de nuevo, aunque no creía que fuera a aguantar mucho contra él. Estaba claro que partía en desventaja. Cuando alargó el brazo erguí la espalda y apreté con fuerza la bolsa de hielo para usarla como defensa, pero no hizo falta porque agarró su casco y se encaminó a la salida.

No quiso dirigirnos una sola palabra y nosotros tampoco abrimos la boca. Solo lo observamos marcharse libre hacia la oscuridad del exterior, donde todavía arreciaba la lluvia. Supongo que eso significaba que no era culpable de nada... o que no había confesado su culpabilidad, que no es lo mismo. En ese momento me sonó el móvil. Lo saqué del bolsillo y lo silencié. Era Randy. Tenía el don de la inoportunidad, y yo no podía atenderle en ese momento.

—Markie, ¿puedes venir? —me encomió Helen.

Me puse en pie y la acompañé a la sala de interrogatorios, donde el jefe Blunt esperaba de brazos cruzados en una esquina. Se había quitado la chaqueta y me pareció ver que sudaba.

—Siéntate, por favor —me invitó mientras se pasaba una mano por la frente.

Obedecí sin dilación y apoyé las manos en la fría mesa de

metal. Entrelacé los dedos y esperé a que padre o hija dijeran algo, pero seguían en silencio. No entendí si se trataba de algún tipo de estrategia o una medida de presión para tensionarme que desconocía, así que al cabo de casi un minuto de silencio roto tan solo por las respiraciones forzadas de Blunt, me dirigí a él:

—Usted dirá.

Blunt se acercó a la mesa y apoyó ambas manos en ella; quedó frente a mí. Confirmé que, en efecto, era sudor lo que bañaba su frente.

—Gallaway nos ha dicho que intentó colarse en la habitación que tienes alquilada en el Green Woods. ¿Tienes alguna idea de por qué lo hizo?

A decir verdad, la pregunta me sorprendió. Pensaba que empezarían preguntándome por el asesinato de Cooper, si había visto algo, si algo me había llamado la atención en la reunión previa a su muerte que mantuvimos los seis en su casa... Pero no.

—¿Se lo han preguntado a él? —espeté.

—Te estamos preguntando a ti, Markie —dijo Helen con calma, a mi espalda; ella debía estar ejerciendo el papel de poli bueno—. Contesta la pregunta, por favor.

Me encogí de hombros.

—¿Sinceramente? No lo sé. Creo que le molesta mi presencia.

—¿Por qué iba a molestarle?

—Eso pregúnteselo a él, ¿no? ¡Mire lo que me ha hecho en la cara! —Ambos policías se quedaron en silencio y clavaron sus ojos en mí, muy serios. Entendí que aquella no era la respuesta que esperaban, pero al darme cuenta, rectifiqué antes de que se enfadasen—. Hum, supongo que ha pasado mucho tiempo desde que nos vimos por última vez, y las circunstancias para nuestro reencuentro no son, que digamos, las idóneas.

Blunt caminó a mi alrededor. Helen seguía a mi espalda, y, cuando los perdí de vista a ambos, no me atreví a girarme.

—¿Cómo supiste que fue Vance quien intentó entrar en el apartamento?

—La encargada del motel... Frida... me aseguró que vio a un hombre forzando la ventana. Y cuando huyó, escuchó un motor. Lo identificó con el de una motocicleta. Por lo que me dijo, las conoce bien.

—Frida.

—Sí.

—La dueña del motel.

—Sí, la dueña del motel —repetí—. Oiga, jefe Blunt, ¿qué se supone que quiere saber?

—Conozco a Frida Winters. Hablaré con ella.

—Ella se lo confirmará.

—Esperemos —alegó, suspicaz.

—¿Qué crees que pretendía encontrar en tu habitación? —preguntó otra vez Helen.

—No tengo ni idea. Puede que crea que tengo algo que ver con lo que está pasando y querría comprobarlo. De todos modos, si hubiera conseguido colarse solo habría encontrado una habitación vacía con la cama por hacer. Puede que también algo de ropa interior usada —bromeé, pero ninguno se rio.

Blunt dio entonces un giro radical.

—¿Qué opinas de Jesse Tannenberg?

—¿A qué se refiere?

—A lo que opinas de él.

—Si me está preguntando si creo que Jesse es el responsable de la muerte de Cooper, lo veo bastante difícil —confesé—. Si me pregunta cómo lo veo en general... Le diría que está emocionalmente desequilibrado, aunque Carrie también. Quizá Jesse haya llegado a un punto de no retorno... al que le da igual todo, la verdad. Pero bueno, ninguno parece estar del todo bien, aunque no les culpo...

—¿Por qué dices eso?

—¿Cómo no estarlo? Creo que llevan demasiado tiempo ocultando secretos.

—¿Te refieres a lo que pasó el verano del 95?

Asentí.

—Steve no desaparecería como lo hizo, sin decir nada a nadie —expuse claramente, luego hice una pausa—. Sin decirme nada a mí.

—¿Por qué tendría que haberte informado de lo que iba a hacer? ¿Qué clase de relación tenías con Steve Flannagan? —quiso saber Blunt. Esa misma pregunta me la hizo la última vez que me interrogó. En su día concluí que aquel hombre sospechaba que pudiéramos tener una especie de... relación homosexual. Nada más lejos de la realidad.

—Éramos amigos. Muy amigos. Steve era una gran persona y un buen amigo. Por si tiene dudas le diré que no, no éramos novios o amantes o algo por el estilo. No me van los hombres. —Miré a Helen, que había intercambiado posiciones con su padre. Permanecía impasible—. Por eso le digo que Steve no se marcharía sin decirme por qué.

—¿Qué crees que le pasó?

—Ojalá lo supiera —dije con tristeza—. Pero pondría la mano en el fuego a que no se marchó de Goodrow por su propio pie. Le hicieron algo.

—¿Quiénes?

Guardé silencio. Y contesté como sabía que a Blunt no le gustaría.

—Los mismos de los que usted lleva sospechando veinticinco años.

Vi el pecho de Helen elevarse al inflar sus pulmones y después contener el aliento. Blunt se acercó a mí de nuevo y me radiografió con la mirada. Sabía que estábamos de acuerdo, sobre todo porque en el funeral de Tom me lo había dejado bien claro.

—Helen me ha dicho que estuviste en casa de Randy Bendis después de marcharte de casa de Cooper Summers.

—Así es.

—¿Confías en él?

—¿En quién, en Randy? ¿Me está diciendo que Randy...? Oh, venga ya, jefe. ¿Está valorando a Randy como posible sospechoso?

—No estoy diciendo eso. Estoy preguntando si confías en él.

—Lo suficiente como para poner mi vida en sus manos —sentencié—. Randy tiene un corazón de oro. Ojalá todos los que estamos ahora mismo aquí fuéramos la mitad de buenos que Randy.

—Lo hemos llamado —me informó Helen—. Nos ha confirmado que estuviste con él la noche que asesinaron a Cooper.

Ahora entendí la llamada de Randy hacía unos minutos. Seguramente me llamaba alertado porque la policía se hubiera puesto en contacto con él.

—Vale. ¿Y ahora qué? —quise saber.

—Interrogaremos a Jesse y a Carrie —indicó Helen—, y proseguiremos con la investigación. Si necesitamos algo más de tu parte te avisaremos.

—¿Y ya está? ¿Eso mismo le habéis dicho a Vance? —me quejé—. ¿No le habéis presionado para que os contara qué pasó con Steve? ¡Todo esto tiene que ver con él! —apunté—. Jefe, usted dijo... ¿Qué me dice de los mensajes que hallaron en casa de Tom Parker? ¡El asesino quiere que confiesen!

—Si es tal como propones, Markie, Vance es inocente —expuso Helen—. Si está implicado en la desaparición de Steve o en la muerte de John Mercer, como también me has comentado en otra ocasión, el mensaje que dejó el asesino tanto en casa de Tom como en la de Cooper también va dirigido a él.

Era la primera vez que alguien mencionaba que el mensaje que encontraron pintado en casa de Tom no era el único, y que también lo hallaron en la de Cooper cuando descubrieron su cadáver. Observé a Blunt, que miraba gélidamente y de soslayo a su hija, aunque permanecía impertérrito mientras hablaba.

—Pues entonces descubrid de una puñetera vez qué ocurrió aquel verano, ¿no? ¡Han pasado veinticinco años, no sé a qué coño esperáis!

Descargué la impotencia que se adueñó de mí dando un golpe seco sobre la mesa. En realidad, era una falta de respeto hacia Blunt acusarle de no haberlo intentado; aquel hombre se obsesionó desde el primer momento con el secuestro de Elliot. Se dejó la piel, las energías, el tiempo y el alma tratando de encontrarlo. Y más tarde, con el asesinato de Mercer y la consiguiente desaparición de Steve, trató de descubrir el nexo de unión entre los tres sucesos.

Mis palabras no le molestaron; el jefe era un hombre que sabía diferenciar la irritación del señalamiento. Pero la desidia e indiferencia que Helen mostraba al respecto hacía que me hirviera la sangre, porque dejaba claro que no le interesaba remover aquel asunto y haría lo que fuera para correr un tupido velo como si de una pésima obra de teatro se tratase.

Sin mediar palabra, me levanté. La mejilla volvía a dolerme; el efecto calmante del hielo se estaba evaporando.

—¿Puedo irme?

Blunt se acercó a la puerta y giró el pomo. La abrió del todo e hizo un gesto levantando la barbilla en dirección a su hija para que me acompañara.

Me dejé caer en mi silla mientras Carrie se levantaba. Era la siguiente en ser interrogada. Cuando se hubieron marchado, Jesse se dirigió a mí.

—Eh, Markie. ¿Qué te han dicho?

—Tonterías —resoplé.

—No tienen una mierda, ¿verdad? —Asentí. Él se apretó en su silla de ruedas—. Ya me parecía a mí. Has estado poco rato ahí dentro. Y si han dejado que Vance se fuera tan campante es que poco han podido rascar. Así que no creo que Carrie vaya a aportar nada útil a la investigación.

—Esto es una farsa —concluí.

—¿De qué hablas?

—De todo. De esto. De Helen. ¿Qué pasó aquel verano, Jesse? Fue algo tan grave como para que quisieras suicidarte... ¡como para no importarte morir a manos de un desconocido! ¿Por qué? ¿Por qué no confesáis lo que pasó? ¿Por qué no lo cuentas y detienes toda esta pantomima?

Jesse agachó la cabeza.

—Te lo dije en mi casa, Markie: merecemos lo que nos pase. Y el que está haciendo esto también lo sabe. Tal vez pensaba que dejando esos mensajes tan alarmantes y amenazantes pintados con sangre iba a conseguir su cometido, que alguno confesara, pero se equivoca. No va a conseguir nada. Y no lo hará porque está apelando a cualidades que no tenemos. Está apelando a conciencias, está apelando a corazones y a arrepentimientos. Nadie moverá un dedo, Markie. Nadie lo hará porque ninguno tiene ya conciencia a la que apelar, ni sentimientos en el corazón ni arrepentimientos que superen el silencio. ¿Que han muerto dos personas? Son dos personas que no hablarán más de lo que ocurrió. Así de sencillo. Las amenazas no le van a servir de nada. Ni que pintara las paredes de la casa de arriba abajo con la sangre de todo Goodrow serviría para lo más mínimo. Y yo tampoco voy a decir nada. Porque no me importa lo que me pase; pero

Carrie, Vance, Helen... merecen lo mismo que han recibido Tom y Cooper.

Mientras Jesse hablaba, yo aferraba con tanta fuerza la bolsa de hielo que comenzó a salirse el agua y a gotear hasta el suelo. Al final, Steve tenía razón sobre ellos. No eran buenas personas. No les preocupaba nada excepto ellos mismos. Había tardado tantos años en darme cuenta... Incluso hasta ese momento, creía que no podían ser tal como los describía el bueno de Steve. Pero me equivocaba. Y Steve, como siempre, terminaba teniendo la razón.

22

Tan cerca que casi podía tocarla

Como bien había predicho Jesse, Carrie apenas tardó en salir del interrogatorio. Lo hizo con una cara larga y sin entusiasmo, y se sentó de nuevo enfrente de mí arrastrando los pies.

El turno era ahora de Jesse, que hizo rodar su silla siguiendo la dirección del brazo estirado de Helen.

Afuera seguía lloviendo sin descanso. Miré a Carrie, cabizbaja, mientras separaba la bolsa de hielo de mi mejilla y la dejaba colgando entre mis rodillas. A cuenta y riesgo de recibir un bufido como respuesta (o no obtener ninguna), decidí preguntarle cómo había ido. Para mi sorpresa, fue insólitamente amable.

—Supongo que igual que a ti, Markie —dijo descorazonada alzando los hombros y mirándose los zapatos húmedos.

—Ya —respondí incómodo.

Ambos sentíamos que hablar de cualquier cosa que hubiera surgido en el transcurso de nuestros interrogatorios podía no ser buena idea. Quizá no queríamos decir algo que pudiera malinterpretarse, o tal vez no lo hacíamos tan solo por miedo a estar contándole algo importante a la persona equivocada. Esto era, en resumen, lo que germinaba de la semilla de la desconfianza: escamas de aprensión infranqueables.

Nos quedamos en silencio un buen rato, cada uno sumido en sus propios pensamientos.

Volví a pegarme el trapo de hielo a la cara. Había pasado de estar poco más que húmedo a gotear a diestro y siniestro; los cubitos bailaban incómodos en el interior como pececillos en una bolsa.

Me levanté y me acerqué adonde estaba Charlie, que me miró con atención.

—¿Dónde te dejo esto? —pregunté alzando el trapo y la bolsa en su interior—. Comienza a chorrear y creo que ya me ha bajado suficiente la inflamación.

—¿E-está s-seguro? —me tanteó el grueso policía.

Moví la cabeza en sentido afirmativo mientras Charlie me acercaba un cubo donde depositarlo. Pasé aquel húmedo conglomerado por encima del mostrador y lo dejé caer pesadamente en su interior.

—Gracias —respondí.

El ayudante del jefe lo escondió bajo la mesa y yo volví a mi asiento situándome de nuevo frente a Carrie. Tras unos segundos dubitativos, comenzó a hablar.

—Crees... ¿Crees de verdad que Vance los mató? A Tom y Cooper. ¿Crees que fue él, Markie?

Alcé los ojos pero no encontré los suyos; Carrie seguía cabizbaja, como si le diera vergüenza mirarme. Solté un suspiro.

—No pondría la mano en el fuego por él, pero si te soy sincero, tampoco la pondría por ninguno de vosotros.

—Eso es muy injusto, Markie —contestó dolida—. Hace muchos años que no nos vemos. No puedes juzgarnos de esa manera, tan a la ligera, solo por nuestras reacciones... a algo tan gordo como lo que está pasando.

—Por eso mismo, Carrie. Con todo lo que está pasando, ¿y ninguno se atreve a dar la cara? ¿Ninguno se atreve a confesar?

—¡Nosotros no hemos matado a Tom! ¡Ni a Cooper! —exclamó mirando de reojo a Charlie, que seguía enfrascado en sus cosas.

La observé y puse cara de circunstancias, como la de un padre al que su hijo trata de convencer con explicaciones vacías e intentando negar una más que clara evidencia.

—No me refiero a eso, Carrie.

La atractiva mujer que tenía frente a mí frunció el ceño y apretó los labios. Se le formaron arruguitas en las comisuras y en las orillas de los ojos. No hacía falta que le explicara a qué me estaba refiriendo. Estaba claro que la finalidad de los mensajes pintados con la sangre de Tom y de Cooper no era que uno de nosotros confesara la autoría de los crímenes, sino advertirles para que sacaran a la luz lo que pasó el verano del 95. Ella lo sabía de sobra, aunque no se diera por aludida. Por desgracia, la oscuridad de todos ellos era tan densa que impedía que ningún tipo de luz pudiera atravesarla.

Guardamos silencio de nuevo, pero lo rompí casi de inmediato.

—No les he dicho que os vi discutir —dije quedamente—. A Helen y a Blunt. —Hice una pausa—. No les he dicho que os vi discutir a ti y a Vance a la salida de tu trabajo.

Percibí un sutil cambio en la expresión de Carrie.

—¿Por qué?

—No lo sé... Lo he pensado ahora. Sea lo que sea que te dijera, sería lo mismo que luego le dijo a Jesse. Fue a su casa, ¿lo sabías? —Ella negó con la cabeza—. Mira, no quiero que parezca que señalo a Vance cada vez que abro la boca, pero creo que está tratando de manipularos.

—No... no lo entiendes, Markie.

—¿Qué es lo que no entiendo, Carrie?

—Nada, es igual, déjalo...

La miré de arriba abajo. Parecía sentirse culpable, pero no por ello me iba a callar lo que pensaba.

—Tienes una relación con Vance, ¿no es cierto?

Carrie tragó saliva y se removió en su asiento antes de susurrar un seco monosílabo:

—Sí.

—Me lo imaginaba. ¿Lo saben los demás? ¿Lo sabe Helen?

Carrie negó con la cabeza. Luego prosiguió en voz baja:

—Pero no es lo que crees... Es algo... esporádico. Solo ha ocurrido un par de veces, de verdad.

—Eso no importa, Carrie. No importa si han sido dos o dos millones de veces. Eres adulta y puedes hacer lo que quieras, pero lo que no puedes consentir es que te manipule por ello.

—¡No me manipula!

—¿De verdad? Vance lleva la manipulación en las venas. Forma parte de su naturaleza. Si está utilizando vuestra relación, o lo que sea que tengáis, para obligarte a no hacer lo que tienes que hacer... o a evitar que digas algo importante... no debes permitirlo.

—Vance no me obliga a hacer nada, Markie —dijo, poniéndose cada vez más seria—. Y no tengo nada importante que decir.

De nuevo, estaba visto que convencer a Carrie para que confesara en nombre de todos era como intentar atravesar un muro de hormigón a puñetazos: completamente inútil. Aquella sentencia dejaba claro que Carrie no estaba dispuesta a hablar. No solo acerca de su relación, sino sobre su implicación —la suya y la de los demás— en la muerte de Mercer y en la desaparición de Steve. Ambas tan enigmáticas como lejanas.

Bajé la cabeza y me rendí. Ella chasqueó la lengua de manera casi imperceptible.

—En la clínica... Vance y yo discutíamos porque... no quiere que lo dejemos. Lo que hay entre nosotros, quiero decir. Puede que lo hayamos pasado bien, pero sé que no vamos a ninguna parte con ello. Vance es Vance y siempre lo será. Fíjate cómo le fue con Helen... No cambiará por estar conmigo, y sé que es imposible que yo logre cambiarlo.

La miré y asentí. No esperaba aquel arrebato de sinceridad, pero me alegró que decidiera contármelo.

—Está bien, Carrie. Perdona. No quería meterme en tu vida privada... Es solo que... Todavía no sé qué pretendía Vance intentando entrar en mi habitación. Y temo que él...

Dejé la frase inconclusa, pero Carrie entendió muy bien a qué me refería. Que ella no quisiera hablar del pasado no quitaba que tuviera dudas cada vez más crecientes con respecto a Vance, y hacía unos minutos me lo había dejado bien claro cuando me preguntó si creía que el asesino de Tom y Cooper era él. Bueno, ahí tenía mi respuesta.

Carrie arrugó la frente y se mordió los carrillos. Era un gesto que hacía desde que era pequeña. Una reacción que me devolvió por un instante a cuando tenía quince años.

—Yo también tengo miedo —reconoció—. Pero confío en que Helen encontrará al que esté haciendo esto.

—Esperemos que lo haga —secundé.

Una ráfaga de viento golpeó las ventanas y el cielo se iluminó. Apenas un par de segundos después, un trueno furioso hizo que retumbara toda la comisaría. Los fluorescentes parpadearon; teníamos la tormenta prácticamente encima. Carrie echó un vistazo a su alrededor.

—¿No te vas? —me preguntó.

—He de esperar a Jesse.

—Es verdad. No me acordaba.

—¿Tú te vuelves con Helen?

—Bueno, supongo que sí, pero no hemos quedado en nada. Cuando termine de interrogar a Jesse le preguntaré si puede acercarme a casa.

—Si quieres puedo llevarte yo —le propuse—. No me cuesta nada. Y cabemos tres en la camioneta. Es una Chevrolet —apunté, como si aquel dato fuera relevante para algo. En sus labios se asomó una sutil sonrisa.

—Lo tendré en cuenta.

Escuchamos unas voces que se escapaban del interior de la comisaría. Charlie volvió la cabeza y nosotros con él. Jesse apareció haciendo rodar su silla hasta nosotros.

—¿Y Helen? —le pregunté. Jesse apuntó con el pulgar señalando a su espalda.

—El jefe se ha quedado hablando con ella. Me ha dicho que esperemos aquí. Ahora saldrá, supongo.

Jesse no parecía preocupado en absoluto. Teniendo en cuenta lo que pensaba, no era difícil adivinar que había permanecido inmutable en su postura con respecto a los recientes acontecimientos. Tenía muy clara su resolución y era difícil que Helen o su padre (por muy jefe de policía que fuera) hubieran conseguido hacerle cambiar de parecer.

Todavía en la fría sala de interrogatorios, donde los fluorescentes del techo le conferían un aspecto mortecino, Blunt y Helen repasaban los pormenores de las tensas conversaciones que acababan de mantener con Markie, Carrie, Jesse y Vance. No estaban dispuestos a reconocer en voz alta que ninguno había aportado apenas nada a la investigación, y lo único a lo que podían aferrarse con algo de sustancia era el dato que Markie les había proporcionado acerca del intento de allanamiento de Vance en su motel. Aunque Frida Winters ni siquiera le había visto la cara, la reacción de Vance cuando Helen argumentó que darían con sus huellas sin dificultad en el Green Woods fue demasiado evidente, y al final tuvo que reconocer —también delante del jefe Blunt— que había sido él. Sin embargo, por una vez, Blunt comenzaba a darse cuenta de que Vance perdía fuerza como posible homicida.

—¿Por qué dices eso? —quiso saber Helen, apoyada en la mesa y muy sorprendida ante el comentario de su padre.

—Ni en casa de Parker ni en la de Summers hemos encontrado una sola huella —alegó el policía mientras se frotaba el mentón—. Puede parecer que hubo ensañamiento con los cuerpos, pero opino que tanto los ojos arrancados de Tom Parker como las orejas mutiladas de Cooper Summers esconden más de lo que parecen. Además, la meticulosidad con la que se llevaron a cabo ambos asesinatos contrasta enormemente con la ingenuidad que Vance ha demostrado en su intento por colarse en la habitación de Andrews en el Green Woods.

—¿Así que lo descartamos de manera definitiva como posible sospechoso?

Blunt chasqueó la lengua de corrido varias veces en claro desacuerdo.

—Todavía no.

—¿Y los demás? ¿Qué me dices de Carrie o de Markie? Porque poner el foco en Jesse lo veo algo más que descabellado...

Blunt se pasó dos dedos por el bigote y la barba rasposa trazando pensativo la silueta de su perilla. Helen permaneció en silencio mientras su padre reflexionaba, pero ella misma comenzó a creer que tal vez su mira era demasiado corta. Quizá se estaban centrando demasiado en Vance, Carrie y los demás, y estaban dejando de considerar otras posibles opciones. Pero ¿cuáles? Aunque quisiera negarlo, aunque no lo dijera en voz alta (y mucho menos delante de su padre), sabía muy bien que las muertes tenían relación con ellos, con ella misma y con lo que pasó el último verano que todos pasaron juntos en Goodrow Hill. Así que por fuerza el asesino tenía que ser uno de ellos... o alguien que los odiara con toda su alma.

Basándose en esa suposición, su principal sospechoso en ese mismo momento no era otro que el propio Steve. El que acabó por gracia divina en el Hospital Psiquiátrico de Goodrow sin que ninguno de ellos —exceptuando a Tom Parker— lo supiera.

Sí, no iba a dejar ese asunto sin comprobar, era un fleco demasiado importante como para desecharlo. Puede que gracias a ello pudiera descubrir quién estaba detrás de los asesinatos y de esas enfermas amenazas ensangrentadas. Sin embargo, un pensamiento fugaz y sombrío cruzó como una musa tenebrosa por su mente. Un pensamiento inquietante que la atemorizó tanto o más que cualquier otro. Porque se dio cuenta de que no solo alguien que los odiara podría ser la mano ejecutora, sino también alguien que se hubiera cansado de que no se hubiera hecho justicia después de tantos años.

Y a esa persona la tenía cerca. Tan cerca que si hubiera estirado la mano habría podido tocarla.

Porque la tenía delante.

Porque era su propio padre.

23

Allí no había nadie

Era como si el frío se hubiera apoderado de Helen.

Podía notarlo en su piel, en las yemas de sus dedos, extendiéndose a través de sus entrañas como un reptil silencioso. Era un frío intenso que se clavaba en su carne llegando a tocar hasta la parte más ignota de sus huesos.

Un revoltijo de inquietudes y desazón luchaba en su cerebro contra su propia cordura. La negación trataba de ganarle un terreno cada vez más escaso a la evidencia de que tal vez hubiera descubierto una terrible verdad: que su padre, su propio padre, fuera el asesino de Tom. El asesino de Cooper. La mano que dejaba mensajes como rastros de sangre para hacerlos confesar. La figura real e invisible que se ocultaba a plena vista tras el espectro de venganza de Steve Flannagan.

Su padre. Su padre era quien los estaba masacrando.

¿En qué momento había ocurrido? ¿Cuándo había cambiado tan radicalmente? ¿De qué manera tomó la decisión de convertirse en un asesino? ¿Todo esto era porque creía que fueron los culpables de la muerte de John Mercer? ¿De que Steve desapareciera?

Estaba aturdida, paralizada. ¿De verdad había estado tan ciega?

—¿Te encuentras bien, Helen? —le preguntó Blunt interrumpiendo su sombría reflexión—. Parece que hayas visto un fantasma.

Helen recuperó la compostura y trató de simular una sonrisa, pero apenas consiguió una tímida mueca que no evitó que su padre frunciera el ceño de manera suspicaz.

—Sí, sí. Solo pensaba... —De pronto, sintió la imperiosa necesidad de salir de ahí, alejarse de su padre para despejarse y aclararse las ideas. Se excusó como buenamente pudo—: Carrie debe estar fuera esperándome. Si no te importa, la acercaré a su casa.

—Puedes pedirle a Charlie que se encargue —concluyó cortante el jefe Blunt. Y entornando los ojos, antes de que su hija pudiera replicarle, sentenció—: Te necesito aquí.

Helen tragó saliva. ¿Para qué la necesitaba? ¿Pensaba hacerle algo? Pero era su hija... Él la quería, ¿no es así? No se atrevería a hacerle nada... ¿O sí? No, no lo haría... ¡Era su padre! Y su padre era un hombre íntegro, siempre lo había sido. Estaba segura de ello.

¿Lo estaba? ¿Lo conocía hasta tal punto? ¿Y si había cruzado la línea? ¿Y si se había dejado llevar por la impotencia de un caso que lo llevaba atormentando veinticinco años?

No sabía qué pensar. Tampoco qué decir. Y Blunt se dio cuenta de ello.

—Me tienes que ayudar —prosiguió su padre—. Hemos de comprobar unas grabaciones.

—¿Qué grabaciones? —preguntó Helen, extrañada.

—He estado hablando con la encargada de la oficina de correos —explicó Blunt—. Me ha proporcionado las grabaciones de sus cámaras de seguridad. Tenemos que repasar varias horas de vídeo. Puede que consigamos información relevante. Quizá nos lleve toda la noche, pero hay una posibilidad de que descubramos quién envió esas fotografías. Y quiero que lo hagamos los dos, Helen. No estoy dispuesto a que se nos escape nada. Ya sabes que cuatro ojos son siempre mejor que dos, y ya va siendo hora de que trabajemos codo con codo, ¿no crees?

Helen suspiró aliviada. Por un momento creyó que su padre estaba confabulando para hacerle daño, ahí mismo, en la comisaría. Pero nada más lejos de la realidad. Su padre no conspiraba contra ella, solo quería su ayuda. Se sintió apenada y avergonzada, ¿cómo podía haber pensado tan mal de él? Sí, había metido la pata en el pasado, su madre se había marchado por su culpa, pero la había criado, dado un hogar, cariño, afecto, amor. No podía ser un asesino. No debía tenerle miedo ni dudar de él.

Pero ¿podía darse ese lujo? ¿Se lo podía dar con cualquiera?

No hacía falta que pronunciara la respuesta en voz alta porque la misma rezumaba por todos sus poros como pus viscoso. La respuesta era que no. Un no rotundo e incontestable. No podía fiarse de nadie. Un paso en falso, un simple descuido, podía resultar fatal. Incluso yendo con pies de plomo, como lo había hecho hasta ese momento. Incluso si las palabras del hombre que la miraba a los ojos en aquel instante —y al que creía conocer muy bien— sonaran como si provinieran de alguien que era inocente. No, no podía darse el lujo.

Helen asintió, aceptando sin rechistar la solicitud de su padre.

—Le pediré a Charlie que la lleve a casa, entonces.

—Yo aprovecharé para hacer una llamada al Green Woods —le informó Blunt a su hija—. Aunque nos basta con la declaración de Gallaway, me gustaría hablar con Frida Winters para confirmar que Vance no se ha guardado información. Ya sabemos que es todo un artista de la omisión, con o sin intención, así que nunca está de más asegurarse.

Helen le indicó con un gesto de la cabeza que estaba de acuerdo con él, aunque por su parte no podía dejar de sentirse identificada con lo que su padre acababa de decir. Igual que Vance, ella también había jugado muchas veces el juego de la mentira por omisión. A decir verdad, llevaba mucho tiempo haciéndolo.

Ambos salieron de la sala de interrogatorios, dejándola una vez más, fría y vacía.

Vimos a Blunt dirigirse a su despacho sin mediar palabra, mientras que Helen vino derecha hacia nosotros. Carrie y yo nos pusimos en pie nada más verla, y Jesse la miró desde su asiento perenne. Nos sonrió levemente antes de hablar, pero su sonrisa solo consiguió parchearle el rostro fatigado por el agotamiento.

—No voy a poder acercarte a casa, Carrie —se lamentó—. Tenemos que comprobar algunas cosas que no pueden esperar. Si no te importa, Charlie puede acompañarte. ¿Charlie? ¿Me harías el favor?

Este asintió con la cabeza.

—Yo he de llevar a Jesse a su casa —intervine de forma cortés antes de que Carrie respondiera—. Ya le he dicho que no me cuesta nada dejarla en la suya antes de regresar al motel. Bueno, si ella quiere claro.

Helen miró a Carrie para ver qué decisión tomaba, y esta me miró a mí.

—Sí, está bien. Puedo ir con Markie.

—¿Estás segura? —se cercioró Helen.

—Sí, no hay problema. Le pilla de camino.

—De acuerdo entonces —concluyó Helen—. Cuando tenga novedades, ya os aviso. Por favor, tened cuidado, y cualquier cosa me llamáis, ¿entendido?

Los tres dijimos que sí y, sin perder tiempo, nos despedimos de Helen.

Afuera, la tormenta no amainaba y el cielo estaba tan oscuro que parecía que estuviéramos dentro de una cueva. Salí corriendo hasta la camioneta y la acerqué a la entrada de la comisaría. Carrie bajó las escaleras y se metió en la pick-up a toda prisa. Yo ayudé a Jesse a subir al asiento, al lado de Carrie, y después doblé a trompicones su silla de ruedas para dejarla en la parte trasera de la camioneta. Cuando por fin cerré la puerta, estaba chorreando.

—Esta noche no hace falta que te duches —bromeó Jesse.

Sonreí y arranqué. Conduje hasta casa de Jesse sin que ninguno de los tres dijera una sola palabra más. Los únicos sonidos que nos acompañaban eran los de la lluvia golpeando con violencia la carrocería de la Chevrolet, los limpiaparabrisas deslizándose contra el cristal frenéticamente y las ruedas aferrándose al asfalto mientras atravesaban los charcos de la carretera. Había poca visibilidad, así que reduje la velocidad. Era fácil que en Goodrow se te cruzase un ciervo en mitad de la carretera, y tanta agua no ayudaba ni a la maniobrabilidad ni a la estabilidad de la camioneta. Una vuelta mal dada del volante podía hacer que los neumáticos se deslizaran y te salieras de la carretera. No me apetecía encontrarme en esa situación, y menos una noche como aquella.

Al llegar a su casa, Jesse y yo repetimos el proceso pero a la inversa. Descargué su silla de ruedas, que se me escurrió de entre las manos cuando ya tocaba el suelo, y después ayudé a Jesse a bajar para sentarlo en ella. Las piernas le colgaban como dos palillos chinos de plastilina.

—¿Te acompaño a la puerta? —le pregunté a gritos por encima del ruido de la tormenta.

—No hace falta —rugió él—. Me las apaño.

Hizo rodar las monturas metálicas y las ruedas de la silla comenzaron a girar como las agujas de un reloj. Tapándome la cabeza con la chaqueta como buenamente pude, me subí de nuevo a la camioneta. Carrie, que durante el trayecto había ido sentada entre Jesse y yo, se había movido y ocupaba el hueco vacío dejado por él. Estaba abrochándose el cinturón.

Esperamos un segundo mientras Jesse entraba en su casa y cerraba la puerta. Una vez vimos cómo se encendían unas luces en su interior al cabo de un segundo, pregunté:

—¿Vamos?

Carrie asintió y me indicó por dónde tenía que ir. La Chevrolet traqueteaba en cada bache por el que pasábamos. De pronto, el cielo se iluminó.

Y vi un reflejo de luz en el retrovisor.

—Pero ¿qué...? —Fruncí el ceño y moví el espejo con la mano. Carrie se percató de que algo iba mal.

—¿Qué pasa, Markie? —Me miró preocupada. No respondí. Entorné los ojos sin dejar de mirar por el retrovisor interior y después la miré a ella.

—Me ha parecido ver algo.

—¿Algo? ¿Qué quieres decir? ¿Qué has visto?

Carrie se giró, pero estaba muy oscuro y la lluvia dificultaba ver nada. Apenas se podían distinguir en aquella oscuridad las luces rojas traseras de mi camioneta.

—No lo sé. Cuando ese rayo ha iluminado el cielo... Creo que he visto un coche que nos seguía.

—¿Qué? ¿Un coche? ¿Qué coche? ¡Yo no he visto nada! —gritó, cada vez más alarmada. Intentó forzar la vista, pero no pudo ver el otro vehículo.

—No llevaba luces —dije inquieto—. He podido verlo por casualidad. El rayo se ha reflejado en su carrocería. Pero estaba ahí, estoy seguro.

—¿Un coche sin luces con este tiempo? ¡No puede ser verdad, Markie! ¡Dime que es una broma!

—¡No estoy bromeando, Carrie, joder! Tal vez se haya dado cuenta de que hemos advertido su presencia y ha reducido la velocidad. Ahora no lo veo... pero lo he visto, Carrie. Estaba justo detrás de nosotros. A unos cincuenta metros.

—¡¿Y qué hacemos?! ¡Hay que llamar a Helen!

—¿Y qué le decimos? —quise saber.

—¡¿Que hemos visto un coche sin luces que nos seguía?! —chilló Carrie, histérica.

—¡No podemos darle ni siquiera una descripción! ¡A lo mejor no nos seguía a nosotros, y ya no lo veo siquiera!

—¡Joder, Markie! ¡Acabas de decir que lo has visto! ¡El coche estaba detrás de nosotros!

—¡Ya lo sé! ¡Joder, Carrie, no quería asustarte! ¡Si lo sé no te digo nada!

—¡Pues lo has hecho!

Gritábamos los dos, y cada vez más fuerte. Así que, antes de que se convirtiera en un toma y dale de acusaciones sin pausa, cerré el pico durante unos segundos para recuperar la calma y no continuar con aquel griterío que solo nos ponía más nerviosos. Carrie seguía con el cuello vuelto oteando cualquier atisbo de un vehículo sin luces a nuestras espaldas.

—¿Ves algo? —pregunté alternando la mirada entre la carretera y el retrovisor.

—No se ve nada —contestó exasperada. Chasqueé la lengua y solté un suspiro.

—A lo mejor me lo he imaginado —concluí.

—¡Venga ya, Markie! ¿Intentas que me calme diciéndome

eso? ¡Has visto el coche! ¡No me digas ahora que no solo para que me calle!

—No lo digo para que te...

—¡Estaba ahí! —me interrumpió—. ¡Hay que decírselo a Helen!

—¿Y qué le vamos a decir? —repetí—. ¿Que hemos visto un coche sin luces que puede ser que nos siguiera? ¿Que se ponga a buscar un vehículo del que no hemos visto la matrícula, ni la marca, ni al conductor, ni siquiera el color? ¡No va a poder hacer nada!

—¡Pues algo hay que hacer, Markie!

Sin previo aviso, me aparté a un lado, apagué las luces y detuve el motor. El aguacero golpeando el techo sobre nuestras cabezas era lo único que rompía nuestro silencio.

—¿Qué haces? —murmuró Carrie. Había pasado de los gritos a los susurros. Levanté un dedo para que se callara y me quedé mirando por el retrovisor. No ocurrió nada. No apareció nadie. No nos adelantó ningún coche, ni con luces ni sin ellas.

—Ya nos tendría que haber adelantado —expuse con seriedad—. O al menos tendríamos que ver si...

Un relámpago rasgó el cielo como si fuera una tela densa y negra dejando jirones de luz a su paso. Ambos guardamos silencio de golpe y abrimos los ojos como si fuéramos dos búhos hambrientos en busca de una presa. Pero no hallamos nada. Ni rastro de nuestro perseguidor. Solo lluvia, oscuridad y una carretera lóbrega y vacía que desaparecía tras una cortina de agua.

—Creo que tienes razón —dije cuando la oscuridad nos envolvió de nuevo—. En cuanto te deje en casa llamaré a Helen.

Mi intención era principalmente tranquilizar a Carrie, pero mis palabras parecieron inquietarla casi tanto como si hubiéramos visto el coche que nos seguía. De todos modos, pareció conforme.

—Vale.

Después se aseguró de llevar bien abrochado el cinturón y se acurrucó en su asiento. Encendí de nuevo el motor, puse las luces y subí la calefacción para desempañar el parabrisas entelado. Pisé el acelerador a fondo.

—Cuando llegues al cruce, gira a la izquierda —me indicó al cabo de un par de minutos—. Después de la parada de autobús gira otra vez a la derecha y ya estaremos.

Obedecí sin dilación y reduje la marcha cuando me señaló su casa. Detuve la camioneta prácticamente en su puerta. Antes de que se bajara miré una vez más por el retrovisor interior. Después hice lo propio con los dos exteriores. Me fijé en que Carrie temblaba.

—¿Estás bien? —me interesé.

—Sí. Solo estoy un poco nerviosa. Quiero meterme en casa de una vez y que mañana sea otro día.

—Doy la vuelta y espero a que entres, ¿de acuerdo? —sugerí. Ella asintió y salió del coche.

Al ver que cruzaba el pequeño jardín y se encaminaba a la puerta de su pequeña casa, puse primera y di un giro de ciento ochenta grados quedándome al otro lado de la calzada. Saqué el móvil para llamar a Helen y la pantalla me iluminó la cara. Soltando el embrague despacio, avancé unos metros y, poco a poco, comencé a alejarme.

Carrie, al otro lado de la acera y empapándose sin remedio, rebuscaba con nerviosismo las llaves en su bolso. Echó la vista atrás para ver cómo Markie arrancaba la camioneta y daba media vuelta para volver por donde habían venido. El susto del coche que los había seguido la había dejado con mal cuerpo y los nervios a flor de piel. Temblaba como un flan y sus manos parecían de gelatina. Escuchaba el sonido de las llaves en su bolso, pero no lograba dar con ellas. ¿Cómo era posible que se escabulleran siempre de aquella manera? Parecía que no quisieran que las encontrara, y siempre le pasaba cuando más prisa tenía.

Volvió la cabeza fugazmente y vio la luz de una pantalla dentro de la pick-up. Markie debía estar llamando a Helen, menos mal. Tocó por fin el familiar acero de sus llaves mientras la camioneta se alejaba. Sacó el llavero y lo manoseó hasta dar con la llave correcta, pero cuando fue a encajarla en la cerradura se le escurrieron y cayeron al suelo.

—¡Joder! —gritó desesperada.

Los nervios la dominaban. Necesitaba tranquilizarse. O un trago. Eso es, pensó, mientras recogía las llaves. En cuanto entrara en casa se prepararía una tila y un baño caliente. Y tal vez una copa, o quizá dos. Para calmarse. O no iba a poder dormir, de eso estaba segura. Y necesitaba descansar. Porque mañana, quisiera o no, tenía que abrir la clínica. Era la única veterinaria del pueblo y no tenía apenas jornadas de descanso. Siempre había un animal con una pata rota, o un ala dislocada, o intoxicado por haber comido bayas venenosas. Y así, al menos, desconectaría de toda la locura que la rodeaba. O lo intentaría.

Introdujo por fin la llave en la cerradura y dio dos vueltas para poder abrir la puerta. Por fin estaba en casa, por fin estaba segura.

Pero cuando abrió la puerta, cuando las bisagras chirriaron y miró al frente, a la oscuridad insondable del interior de su casa, sintió una punzada de temor. Quizá no estaba sola. Y parecía haber una figura a pocos metros de ella. Así que con un gesto rápido golpeó el interruptor que había pegado al marco de la puerta y las bombillas de la lámpara del techo iluminaron el recibidor. Y vio...

Vio que allí no había nadie.

Y suspiró aliviada.

Pero fue su último suspiro.

Porque unas manos enguantadas la agarraron por detrás inmovilizándola y tapándole la boca. Y el miedo le impidió gritar. Y las llaves cayeron de nuevo al suelo. Y la puerta se cerró tras ella de golpe. Y su casa se sumió en la oscuridad.

Y Carrie lo hizo con ella.

24

Se lo enseñaré

Eran las dos de la mañana cuando Helen se levantó de la butaca.

Hacía cuatro horas que Markie, Jesse y Carrie se habían marchado. Cuatro horas que había pasado con su padre repasando los vídeos de seguridad de la oficina de correos.

Sus sentidos estaban ya embotados. Tenía los ojos rojos, los músculos entumecidos y un sueño que amenazaba con vencerla de súbito y por nocaut. Estiró la espalda, y esta crujió al ponerse recta.

La sucesión de imágenes que la cámara había captado eran siempre las mismas: grabaciones del interior de la oficina que captaban un buzón solitario en la calle. Era ese buzón donde, supuestamente, el asesino había depositado los sobres que contenían las fotografías que sus amigos recibieron. Fotografías que resultaron ser precursoras de sus muertes.

Blunt pausó el vídeo y miró a su hija, que bostezaba tapándose la boca.

—¿Hago más café? —sugirió. Antes de poner el televisor en marcha y darle al *play* por primera vez había hecho una cafetera y los dos se habían servido una taza. Ahora, sin embargo, ya estaba frío, y ambos comenzaban a sentirse agotados. El día había sido muy largo, y los vídeos muy monótonos.

Helen negó con la cabeza.

—Creo que ni toda la cafeína del mundo me mantendría despierta ahora —reconoció.

Blunt dejó escapar un suspiro pasivo, más de cansancio que de irritación. El sueño también estaba afectándole a él, no solo a su hija. Sopesó la situación y decidió que continuaría el visionado de las grabaciones sin ella.

—Vete a casa, anda —le encomió—. Duerme un poco; puedo continuar yo solo.

—No, es igual. No me importa quedarme un rato más si es necesario.

—Vete a casa —repitió—. Si encuentro algo relevante te aviso.

—¿Seguro?

El jefe Blunt asintió y volvió a fijar la mirada en la pantalla. La imagen congelada del vídeo se reactivó cuando pulsó el botón de inicio y la aceleró un poco para que el tiempo avanzara más rápido.

Helen se abrochó la chaqueta y abrió la puerta con el nombre de su padre rotulado en el cristal. Antes de irse, se dio la vuelta y lo observó con el cuello estirado, muy atento a lo que ocurría en la pantalla. Le recordó a cuando era pequeña, a la época en la que veían juntos los partidos del mundial de fútbol americano. Siempre atento a las jugadas, a los pases y las estrategias en la misma postura que estaba ahora. Casi esperaba que de un momento a otro saltara de emoción para celebrar un *touchdown*. Pero sabía que eso no iba a pasar. El tiempo de ver el mundial juntos había pasado hacía mucho.

—Intenta descansar un poco, papá —le recomendó Helen—. Es muy tarde.

Blunt levantó la mano hacia su hija y entornó los ojos ante una persona que se situaba frente al buzón azul, pero perdió el interés cuando se percató de que era una mujer mayor que solo se había parado para cambiar de mano una bolsa de la compra. De todos modos, como había hecho con otras dos personas que también se habían detenido ante el buzón, añadió en una hoja la fecha y hora exactas en la que habían pasado por allí. Ninguno parecía sospechoso. Una vez terminó de anotar los datos descriptivos de la mujer miró su reloj y giró la cabeza para dirigirse a su hija:

—No te preocupes, Helen. Estaré bien. Intentaré avanzar un poco más, pero si no encuentro nada seguiré mañana.

A Helen no le preocupaba si su padre iba a estar bien o no, sabía por descontado que lo estaría, la comisaría se había convertido en su segundo hogar. Pero también sabía —y a ciencia cierta— que «avanzar un poco más» bien podía significar que aguantaría despierto toda la noche.

Se despidió con un «nos vemos mañana» y lo dejó solo en su despacho. Blunt sorbió el poso de café frío que quedaba en su taza y siguió acelerando y rebobinando fotogramas durante casi una hora más, hasta que los ojos comenzaron a escocerle y los párpados se le cerraron como si pesaran toneladas. Se los frotó varias veces a causa del picor y decidió que descansaría la vista un momento. Pausó el vídeo, arqueó el cuello hacia atrás para acomodar la cabeza y cerró los ojos. La piel cuarteada de su sillón lo acurrucó como a un recién nacido, la lluvia ejerció de canción de cuna y un fundido a negro lo envolvió pacíficamente en cuanto relajó todo su cuerpo. Lo que debía ser una pausa de un breve momento se transformó en un colchón de varias horas que transcurrieron en apenas un chasquido. Despertó de golpe alrededor de las nueve de la mañana. El cielo seguía encapotado, pero la lluvia había desaparecido y un tímido sol trataba de filtrar sus rayos mañaneros con tensa agonía entre las densas nubes que cubrían el valle de Goodrow Hill.

Al desperezarse se sintió realmente descansado y con energías renovadas. A pesar de haber dormido en su vieja butaca de piel —y casi incorporado—, pensó que hacía tiempo que no disfrutaba de un sueño tan profundo y reparador, sin sobresaltos ni pesadillas. Sin pastillas. Pero se sintió culpable por haber desperdiciado unas horas valiosas.

Miró la pantalla apagada de su ordenador; el disco duro que le había dado Emma Hopkins seguía funcionando. Se levantó, estiró las piernas, se preparó una cafetera y, después de tomárselo casi hirviendo, encendió la pantalla y siguió visualizando la grabación desde donde la había dejado.

Dos horas antes de que Blunt despertase, justo cuando el cielo decretó su tregua unilateral, Helen salió de su casa.

De haber conseguido dormir, habrían sido poco menos de cinco horas, pero bien invertidas. Por desgracia para ella, no pudo pegar ojo. Estuvo dando vueltas en la cama, enredada entre las sábanas y el edredón. Por mucho que lo intentó, no logró encontrar ni rastro de aquella pesada somnolencia que la obligó a marcharse de comisaría para caer rendida en brazos de Morfeo. Era como si este le hubiera gastado una broma pesada. Se lo imaginaba disfrutando, viéndola sufrir por conciliar un sueño que le negaba. Así que mucho antes de que amaneciera se puso en pie y se dio una ducha. No pudo hacer que sus ojeras desaparecieran, pero al menos el agua caliente despejó sus ideas e hizo que se sintiera preparada para tirar de un hilo que empezó en Rushford Falls y parecía terminar en el Hospital Psiquiátrico de Goodrow Hill.

Condujo hasta allí y aparcó el coche patrulla en una zona habilitada para visitantes. Unos jardines de césped oscuro y bien cuidados precedían al complejo, que a Helen se le antojó más grande de lo que esperaba.

Entró en el primero de los edificios, que tenía en la fachada una cristalera circular similar a la de una iglesia. Tuvo que llamar al timbre y esperar a que alguien le abriera desde dentro. Se fijó en que no había cámaras, solo un interfono, y tampoco le preguntaron quién era o qué quería antes de que la puerta se abriera con un chasquido metálico.

Avanzó a través de las puertas de cristal enrejadas y se paró delante de un mostrador. Una mujer de bata blanca la miró fijándose con especial interés en su placa policial.

—Buenos días, ¿en qué puedo ayudarla? —se ofreció tras saludarla.

—Buenos días. Me llamo Helen Blunt —le enseñó la placa que la confirmaba como policía de Goodrow—. Estoy buscando a la doctora Shirley McQueen. Tengo entendido que trabaja aquí.

—La doctora McQueen está ahora mismo con una visita. ¿Sobre qué tema se trata?

—Es un asunto oficial —respondió cortante, esperando que no hubiera motivo a réplica—. Creemos que puede ayudarnos con una investigación. ¿Puede avisarla? Es importante.

La mujer frunció el ceño y le pidió a Helen que esperase un minuto. Estiró el brazo hasta un teléfono y de mala gana hizo una llamada. A la doctora McQueen no le gustaba que la molestasen cuando estaba ocupada —que era prácticamente a cualquier hora—, pero menos todavía si estaba con un paciente o una visita, como era el caso. Desde el otro lado de la línea, la doctora colgó. La mujer de la bata blanca miró a Helen de reojo y tragó saliva. Volvió a marcar el número del despacho de la doctora McQueen. Esta vez descolgó al momento y respondió de inmediato:

—Estoy reunida. ¿Qué pasa?

—Lo sé, doctora McQueen, disculpe... Es que tengo aquí a una mujer de la policía. —Se apartó el auricular de la boca y lo tapó con la mano antes de preguntarle en voz baja a Helen cuál era su nombre—. ¿Cómo me ha dicho que se llamaba?

—Helen Blunt.

—Dice que se llama Helen Blunt, doctora. Parece que es importante. Es sobre una investigación... Sí... Ajá... Está bien —concluyó. Inmediatamente colgó y se dirigió a Helen—: La doctora la atenderá en unos minutos. Si no le importa, necesitaría que me rellenase aquí sus datos.

La mujer dispuso un libro de registro y un bolígrafo encima del mostrador. Lo abrió por una de las páginas centrales y le señaló una línea en blanco, debajo del último nombre anotado.

—Indique también que viene a visitar a la doctora McQueen y la fecha de hoy en este recuadro, por favor.

Helen así lo hizo y la recepcionista de la bata blanca le entregó un pequeño mapa y una tarjeta plastificada que la anunciaba como VISITANTE. Se la colgó al cuello mientras la mujer le marcaba en el mapa el camino desde la recepción al edificio donde la doctora McQueen tenía su despacho. Estaba en el último módulo, el más apartado.

Después de agradecerle las indicaciones, avanzó por un pasillo y salió por otra puerta de nuevo al exterior, aunque ahora se encontraba de hecho en el interior del complejo. Siguió el camino marcado, una senda asfaltada que comunicaba los cuatro edificios que componían el centro hospitalario rodeada de jardines llenos de árboles, flores silvestres y bancos de madera. Era como un parque delimitado por muros de hormigón pintados del blanco del algodón. Se parecía mucho a una cárcel, pero más agradable.

Un par de pacientes que caminaban cogidos del brazo la saludaron entre risas cómplices. Ella, cordial, les devolvió el saludo cuando pasaron a su lado. Estuvo tentada de girarse, pero no estaba segura de si era buena idea. No parecían peligrosos, y no les habrían dejado campar a sus anchas si lo fueran, de eso no había duda, pero tampoco estaba dispuesta a comprobarlo.

Un poco más allá vio a un hombre sentado en uno de los bancos. Tenía las piernas cruzadas, casi retorcidas, y los brazos entrelazados. El hombre, de cabello lacio y gris, la miró desde lejos con una mirada inexpresiva, de esas que solo podía encontrarse en las personas a las que la cordura las había abandonado hacía tiempo, como un pájaro que echa a volar dejando el nido vacío para siempre. Helen apenas le sostuvo la mirada y siguió su camino.

En pocos minutos llegó al último edificio del psiquiátrico, un módulo de paredes blanquecinas y ventanas alargadas. Pegado a la puerta, otro interfono esperaba a ser pulsado. Sin embargo, justo antes de tener que llamar al timbre vio que una pareja se disponía a salir. Se detuvieron en la puerta hasta que un timbrazo agudo la abrió eléctricamente. Helen se hizo a un lado permitiéndoles el paso. Primero salió una chica. Estaba bastante demacrada, con unas ojeras que rivalizaban con las suyas, pero más profundas, y una delgadez que a ojos de cualquier experto podría considerarse como preocupante. Pasó por su lado con brusquedad y a paso ligero, con la frente arrugada y el cabello alborotado. Helen se dio cuenta de que iba vestida igual que los pacientes que había visto en los jardines, con una camisa y unos pantalones grises que le iban anchos. Podría haber pasado sin duda por una mujer de unos treinta, pero se dio cuenta de que era poco más que una adolescente. Es probable que no llegara a la veintena. La joven casi la golpeó al salir.

Un hombre mucho mayor que ella iba siguiéndola con la desesperación pintada en el rostro. Llevaba una chaqueta larga sobre una camisa negra con alzacuellos. Parecía un sacerdote, pero por la forma en que nombraba a la muchacha, daba la sensación de que también era su padre.

—¡Mary Anne! —la llamó, después de disculparse con Helen por la brusquedad de su hija—. ¡Mary Anne, espera!

Helen mantuvo la puerta abierta mientras observaba cómo el reverendo alcanzaba a su hija y dos celadores se acercaban a ellos. El sacerdote la intentó calmar con palabras y con gestos, aunque a la agente se le antojó que iba a resultarle una tarea complicada. Por suerte tendría la ayuda de los celadores, pero esos tenían más pinta de usar la fuerza y las agujas antes que las palabras. Helen entró en el edificio cuando los celadores se decidieron a intervenir. La muchacha había empezado a gritarles cosas ininteligibles, y antes de que la puerta se cerrara definitivamente tras su espalda, Helen escuchó que decía algo sobre su bebé. ¿Qué diablos le había ocurrido a esa chiquilla?, se preguntó Helen, ¿y qué le había pasado a su bebé?

Se deshizo de esos deprimentes pensamientos cuando se encontró con la figura de una mujer delante de ella. Llevaba una bata blanca sin abotonar sobre una blusa de flores otoñales y una falda a la altura de la rodilla que parecía de piel. Iba con el cabello recogido en un moño alto impecable y la miraba como si fuera portadora de malas noticias. Debía rondar la edad de su padre. Helen supo al instante que se trataba de Shirley McQueen. Extendió la mano y la doctora se la estrechó.

—La agente Blunt, supongo. Me han dicho que preguntaba por mí.

—Prefiero Helen a secas si no le importa, doctora. ¿Podemos hablar un momento en privado?

McQueen obvió la pregunta.

—Si su visita se debe al suicidio de Tom Parker, le aseguro que le dimos toda la información de la que disponíamos a su padre, el jefe de la Policía, hace unos días. ¿Ocurre algo?

Ahora fue Helen quien se desentendió de la cuestión de la doctora e insistió con sequedad:

—Me gustaría poder hablar con usted a solas.

La doctora McQueen la llevó enseguida a su despacho.

La sala era sencilla, como las de los médicos que te atienden cuando vas a urgencias, con una mesa, un par de sillas y un ordenador portátil.

Tomaron asiento.

—Usted dirá —dijo la mujer, con los dedos entrelazados apoyados en la mesa.

Antes incluso de que Helen empezara a hablar, se dio cuenta de que la doctora ya la había analizado. No dejaba de observar sus movimientos, sus gestos, se fijó en cómo se sentaba, la postura que adoptaba, le miró las manos, la boca, las orejas, si llevaba o no pendientes, si sudaba... Helen intuyó que aquella no solo era una costumbre que ponía en práctica debido a su trabajo, sino que formaba parte de su propia personalidad.

—Antes de nada, me gustaría que supiera que estoy aquí por un asunto oficial de la policía. Lo que hablemos a partir de ahora debería ser confidencial, ya que podría resultar de vital importancia para la resolución del caso —puntualizó Helen, mientras sacaba un bolígrafo y un bloc de notas del bolsillo interior de la chaqueta.

—Nuestra postura con respecto a la privacidad es una de nuestras máximas, señorita Helen. Se la debemos a nuestros pacientes, cierto, y no sé por qué debería ser distinto tratándose de un asunto policial. Puede estar segura de que lo que hable conmigo quedará en la más estricta confidencialidad. Sin embargo, comprenderá que puedo hablar única y exclusivamente por mí misma. No puedo responder por el resto del personal o los pacientes en caso de que decida hablar con ellos.

—Sí, por supuesto —estuvo de acuerdo Helen. Después de

una breve pausa, fue directa al grano y le preguntó lo mismo que al exsargento William Rogers cuando fue a su casa—: ¿Le suena de algo el nombre de Steve Flannagan?

La doctora frunció el ceño, entrecerró los ojos y los movió hacia un lado, intentaba ponerle cara a ese nombre. Arqueó los labios hacia abajo y al fin negó con la cabeza.

—Es un apellido poco frecuente —apreció—. ¿Debería resultarme familiar?

—Lo más probable es que no. Pero estamos recabando información sobre un posible homicidio que puede tener relación con una desaparición... y ese desaparecido es Steve Flannagan.

—Lamento no poder ayudarla. Me temo que no conozco a nadie con ese nombre.

Helen esperaba que, en efecto, el nombre de Steve no significara nada para ella. A fin de cuentas, el chico que apareció en Rushford Falls maltrecho en el río no fue identificado por las autoridades.

—Antes de venir aquí estuve hablando con la policía de Rushford Falls —explicó Helen y echó un vistazo a su bloc como si consultase algo escrito—. Me dijeron que se realizó el traslado de un paciente en coma profundo desde el Hospital de Rushford directamente a su manicomio.

McQueen torció el gesto y lo acentuó con gravedad.

—En primer lugar, no es mi manicomio. Formo parte del personal médico, señorita Helen. Y, en segundo lugar, prefiero que se nos considere una institución mental y de ayuda psicológica para personas enfermas —dijo molesta la doctora—. Creo que la palabra «manicomio» tiene connotaciones negativas que además no representan de ninguna manera el minucioso trabajo que llevamos a cabo a diario con nuestros pacientes. Puede que en el caso de algunos de ellos su psique esté tan fracturada que la sociedad actual los califique sencillamente de locos, pero la mente tiene muchas capas, y etiquetarlos de manera tan básica no les hace bien a ellos, a nuestra institución o a los que los tildan de manera tan superflua.

Shirley McQueen se hizo enorme a los ojos de Helen, pero no dejó que sus palabras la empequeñecieran. No pretendía ofenderla, y aunque a todas luces su institución era un manicomio, prefirió no provocar un enfrentamiento innecesario por aquella tontería y mantenerse en silencio mientras ella continuaba:

—En cuanto a su afirmación al respecto de ese paciente que al parecer han trasladado desde Rushford Falls... ¿Está segura de que su información es correcta? No tengo constancia de ello. Y le aseguro que tengo controlados todos los ingresos y altas de mis pacientes.

—A decir verdad, no se trata de un ingreso reciente —aclaró Helen—. Para ser más exactos, el paciente en concreto fue trasladado aquí en 1995.

—¿1995? Eso fue hace mucho tiempo.

—Lo sé. Pero también sé que le asignaron su caso a usted. Se trataba de un chico de unos diecisiete años. Lo hallaron muy maltrecho en el río... Y usted era una experta en casos similares, así que...

—¡Ah, por supuesto! —exclamó la doctora cayendo en la cuenta de a quién se refería—. El chico del río. John Doe.

—¿John Doe? —repitió Helen, extrañada.

—Oh, sí, disculpe. John Doe es el nombre que se les da a las personas cuya identidad desconocemos. Es habitual encontrarse algún John o Jane Doe en más de un hospital. El protocolo fue el mismo en este caso. Al fin y al cabo, todos tenemos un nombre, aunque los demás no sepan cuál es. Y creo que es mejor eso que ponerles números a nuestros pacientes, ¿no cree? En cualquier caso, me parece que efectivamente tuvimos a su «chico del río» aquí, con nosotros.

El corazón de Helen saltó en su pecho. Ya tenía la confirmación: aquel John Doe era en realidad Steve Flannagan, no había ninguna duda.

—¿Se encargó usted de él?

—Por supuesto. Su traslado desde el Hospital de Rushford fue una recomendación expresa de los médicos que lo atendieron. El chico se hallaba en un estado profundo de inconsciencia. Sus heridas físicas eran muy graves y el proceso de recuperación fue muy lento; sin embargo, con el tiempo se dieron cuenta de que el mayor daño parecía ser neurológico. De ahí la resolución de trasladarlo a Goodrow Hill. Yo apenas llevaba un año aquí instalada, pero los doctores conocían de sobra mi trabajo. Mi precocidad en el campo de la medicina psiquiátrica promovió que se reconocieran mis investigaciones relacionadas con la neurología en base a sus resultados científicos en todo el país, así que los médicos de John Doe tomaron la decisión más conveniente para él cuando lo derivaron a mi consulta.

Helen asintió. Aquella mujer sería una experta, pero también era presuntuosa y petulante. Si alguna vez fue amable y simpática, dejó de serlo hacía mucho. No le caía bien. Anotó un par de cosas para no tener que soportar el escudriño de aquellos ojos altivos, aunque, por otra parte, no le quedaba otro remedio que enfrentarse a ellos.

Se tomó un momento antes de formular la pregunta que le aceleraba el corazón. Respiró hondo y la soltó de forma abrupta:

—¿John Doe sigue aquí?

La doctora McQueen cogió aire y luego lo dejó escapar sonoramente por la nariz.

—Se lo enseñaré.

25

El último visitante

La doctora McQueen se levantó y Helen hizo lo mismo. Pensaba que la conduciría hasta John Doe (o lo que es lo mismo, hasta Steve) en su propia habitación. Pero se equivocaba.

La mujer de la bata blanca, blusa estampada y falda de piel le hizo un gesto con la mano para que no se moviera de su asiento y se dirigió a un archivador metálico de cinco cajones que casi era más alto que ella.

Abrió el segundo cajón y rebuscó con destreza entre las carpetitas colgantes el nombre del paciente desconocido. Aquel que respondía al nombre de Steve Flannagan, pero al que habían bautizado con un apodo por el que nadie preguntó en veinticinco años.

—Aquí está —indicó en voz alta.

Sacó la carpetita y volvió a su mesa. La abrió delante de una Helen ansiosa por ver qué quería mostrarle la doctora.

—Este es John Doe —indicó McQueen tendiéndole una fotografía.

Helen la sostuvo entre sus manos. Era una fotografía con el

color desgastado. Se le notaba el paso del tiempo. En ella se veía a un chico en una cama, con los ojos cerrados y conectado a un respirador. Era Steve. Un Steve demacrado y destrozado que parecía debatirse entre la vida y la muerte. Tenía cicatrices por toda la cara y parte del cabello afeitado. Helen sintió una punzada en la boca del estómago y se estremeció.

La doctora observó cómo Helen escudriñaba detenidamente la fotografía. Se dio cuenta de que reconocía al chico que aparecía en ella.

—Lo conoce, ¿verdad?

Era más una afirmación que una pregunta, y a Helen no le hubiera hecho falta contestar porque la mujer que tenía delante ya sabía la respuesta. De todos modos, Helen asintió.

—Sí. Es Steve Flannagan.

—¿El desaparecido?

—Así es. —Helen le devolvió la fotografía a la doctora—. No hay duda, es él.

—Ya le he dicho que todos tenemos un nombre. Después de tanto tiempo, por fin conozco el suyo —se alegró la doctora. Pero en su semblante solo se reflejaba la tristeza. Antes de guardarla de nuevo en la carpetita marrón, se dirigió al muchacho de la imagen—: Hola, Steve. Encantada de conocerte.

Helen se sintió incómoda. No, más que incómoda estaba inquieta. La reacción de la doctora parecía indicar que Steve ya no estaba en aquel manicomio —«institución, señorita Helen, institución»—, puede que ni siquiera en Goodrow Hill. Casi no se atrevía a preguntarle, pero tenía que saberlo. Shirley McQueen no le caía bien, pero cuanta más información obtuviera, mucho mejor, así que optó por hacerlo con delicadeza y dando un sutil rodeo.

—¿De cuándo es esa foto? —preguntó.

—La tomamos un par de días después de que ingresara en el

centro. Nuestro protocolo exige incluir en el informe de cada paciente una fotografía. Esta fue la que le hicimos después de que lo trasladaran. ¿Sabe? Todavía recuerdo aquel día... Soy muy reticente en cuanto a los traslados de pacientes con lesiones y traumatismos. Los médicos del Hospital de Rushford me aseguraron que no existía riesgo para su salud, pero apenas llegó aquí sufrió un paro cardíaco. Me enfadé muchísimo, pero no pude reclamarle a nadie; el chico ya estaba en nuestro centro, por lo tanto, era responsabilidad nuestra. Ellos se desentendieron. Luego se las dan de filántropos, pero son unos caraduras. En fin, que el pobre casi no lo cuenta. Nos costó, pero logramos estabilizarlo. Ya ha visto que lo teníamos intubado.

—Sí, me he dado cuenta. ¿Cuánto tiempo permaneció así?

—Intubado, poco tiempo. A pesar de todo lo que había sufrido y de su aparente fragilidad, era un chico fuerte. Al cabo de unos días comprobamos que no era necesario que una máquina siguiera respirando por él. Como le he comentado, el problema resultó ser su cerebro, no su cuerpo. No quería despertarse.

—¿Y qué ocurrió? ¿Logró curarle?

La doctora sonrió de lado y negó con la cabeza.

—Yo no curo a la gente, señorita Helen. La ayudo a despertar e incorporarse a la sociedad. Sin embargo, cada paciente es un mundo, y las lesiones cerebrales habitualmente necesitan más tiempo para sanar. Y no quiero hablarle de la neurorrehabilitación. La reparación neuronal es compleja, pero como usted misma ha dicho, es un campo en el que soy experta. —A la doctora parecía encantarle el sonido de su propia voz. No es que a Helen le importara conocer los detalles, pero solo quería que le dijera si Steve estaba vivo o no. Shirley percibió la expectación en el rostro de Helen. Ahora ella fue directa al grano—: Steve despertó —dijo—. Hace unos tres meses.

Helen se quedó de piedra. La sangre se le congeló en las venas y la respiración se le cortó. Dicha declaración, aunque era una posibilidad que ya había valorado con anterioridad, la golpeó sin misericordia, como el puño de un boxeador. Lo sabía. Steve estaba vivo.

—¿Dónde está? —preguntó ansiosa—. ¿Puedo verlo? Tengo que hablar con él. ¡Es muy importante!

La doctora McQueen rebuscó entre los papeles de la carpetita con solemnidad. Pasó unas cuantas hojas hasta dar con lo que buscaba. Su parsimonia puso de los nervios a Helen. Le tendió otra fotografía.

—¿Qué es esto? —inquirió la policía.

En ella se veía un grupo de personas. La instantánea se había tomado en lo que parecía un comedor. Se habían reunido alrededor de mesas llenas de platos y vasos de plástico, algunos llevaban batas blancas, otros uniformes grises —como los de los celadores que aparecieron para calmar a la tal Mary Anne— y el resto parecían pacientes del psiquiátrico. Entre ellos, Helen reconoció a Tom Parker, pero a nadie más.

—¿Qué estoy viendo?

—Una semana después de que John Doe, es decir, Steve, despertara, celebramos una pequeña fiesta en su honor. Aunque el ala en la que trabajo, como ha podido ver, es un edificio independiente del resto, todo el mundo lo conocía. Algunos lo llamaban el caballero durmiente, pero tenía apodos de todo tipo. Lo crea o no, nuestros pacientes son de lo más ocurrentes.

McQueen señaló entonces a un hombre en silla de ruedas, en el centro de la foto. Helen se inclinó sobre ella y lo observó con detenimiento. El pelo largo y la barba sin afeitar le cubrían el rostro casi en su totalidad, pero la mirada era inconfundible. Eran los ojos de Steve. Unos ojos que la miraban como un frío acero, como si supiera que algún día sería ella quien estuviera al otro lado de la fotografía, sosteniéndola entre sus manos y clavando sus ojos en los suyos.

—Tras más de veinte años, mi trabajo dio sus frutos. Ese chico... ese chico que se transformó en un hombre postrado en una cama se convirtió en mi mayor desafío... y en mi mayor logro.

—¿Por qué dice eso?

—Sufrí mucho con ese muchacho. No sabe lo que es pasar días, meses, años... cuidando de alguien, poniendo esperanzas, trabajo y energías en una persona que no responde a los estímulos... Hasta que por fin un día lo hizo. —La mujer se tomó un momento para abrir de nuevo el expediente de Steve y volver a coger la primera fotografía que le hicieron. La puso sobre la mesa—: Más de dos décadas separan estas dos imágenes. Y solo estuvo con nosotros unos pocos meses desde que despertó.

—Qué... ¿Qué ocurrió? ¿No estaba recuperado?

La doctora se encogió de hombros.

—Un día estaba bien, pero al otro se había ido. Fue de súbito. Todavía no me lo explico, pero una mañana Tom se lo encontró muerto en su cama. Fue tan inesperado...

—Se refiere a Tom Parker, ¿verdad? —Helen la interrumpió al escuchar el nombre de su amigo. La mujer asintió apesadumbrada.

—Sí... Había sido mi ayudante desde el mismo día en que trasladaron a Steve desde Rushford. Y murió poco después —hizo una pausa—. Suicidio, nos dijo su padre. ¿Qué le parece? Veinticinco años trabajando con la misma persona, el mismo paciente y, en cuestión de días, perdimos a ambos. No le parece que...

La doctora dejó de hablar y miró suspicazmente a Helen. Los ojos abiertos como los de un búho oteando la oscuridad.

—¿Tienen relación? La muerte de Steve y la de mi ayudante, Tom... ¿tienen algo que ver la una con la otra?

Helen le devolvió la última fotografía que le hicieron a Steve. La doctora guardó ambas en el interior de la carpetita, como quien atesora con añoranza unas pertenencias de valor sentimental en una caja que planea dejar en el desván.

—Es algo que estamos investigando —le confió la hija de Blunt.

—¡Dios mío! —se horrorizó la doctora.

—Pero puede que no tenga relación una cosa con la otra —le mintió, para tranquilizarla. La mujer asintió creyéndola—. De todos modos, ¿qué puede contarme de Tom Parker?

—No hay mucho que contar que no le explicáramos a su padre cuando se personó preguntando por él —explicó poniéndose en pie y devolviendo el expediente de Steve al archivador metálico. Las guías chirriaron cuando cerró el cajón—. Tom era un buen chico y un excelente celador. Comprometido, trabajador... Hacía todo lo que le mandaba y lo hacía bien. Mejor que bien. Su pérdida ha sido dolorosa y muy grande para todos. —Hizo un inciso—. Nunca tuve queja de él. Pero sí he de reconocerle, señorita Helen, que a veces su preocupación por Steve llegó a resultarme excesiva. No digo que estuviera mal, su comportamiento siempre fue intachable; simplemente... me pareció curioso. Pensé que había conectado con él por alguna razón, que sentía un grado de responsabilidad especial tal vez porque tenían más o menos la misma edad. A veces ocurre; las relaciones entre un paciente y su cuidador, o entre un médico y su paciente, pueden volverse tan estrechas que pueden llegar a desarrollar un vínculo... incluso afectivo. Sin embargo, Tom jamás sobrepasó los límites entre médico y paciente... De ser así yo habría sido la primera en tomar cartas en el asunto.

Helen trató de imaginarse esa clase de relación entre Tom y Steve, pero concluyó que era como intentar mezclar agua con aceite.

—Tal como lo explica, parece que desconfiaba de las atenciones que Tom le prestaba a Steve Flannagan.

—Bueno, lo que acabo de contarle transcurrió mientras su Steve seguía en coma. Y no es que desconfiara de Tom. Como le he dicho, su profesionalidad lo avalaba, y Steve no era el único paciente a su cargo. Pero debo decir que, después de que advirtiéramos en John Doe... —McQueen se detuvo y chascó la lengua—. Disculpe, tengo que acostumbrarme a llamarlo por su verdadero nombre. Tantos años llamándole así... —Helen hizo un aspaviento con la mano restándole importancia. Solo quería que la doctora prosiguiera—. Lo que quería decir es que desde que Steve Flannagan comenzó a mostrar señales de mejora... movimientos de los dedos, leves parpadeos... percibí también cierto cambio en Tom.

—¿En qué sentido?

—No sabría decirle con exactitud... Puede que estuviera más estresado, más nervioso —apuntó quedamente la doctora.

—Es extraño —secundó Helen.

Pero sabía muy bien que el comportamiento de Tom no tenía nada de extraño. Habían dado por muerto a Steve, y resulta que, después de veinticinco años casi como un vegetal, se había recuperado de manera insólita. Desde ese momento, el riesgo de que toda la verdad saliera a la luz se había vuelto una posibilidad real.

Procuró quitarle hierro al asunto, al fin y al cabo, aquellos sucesos estaban relacionados, y aunque le había dicho que lo estaba investigando, no quería que la doctora encontrase una grieta donde meter las narices. Se dirigió a ella en un tono tranquilizador.

—Puede que a Tom le preocupase algo personal. Algún asunto familiar del que no le hubiese contado nada. O puede que sus nervios se debieran a la ilusión de ver a Steve despierto.

La doctora sopesó aquella posibilidad. Sin embargo, la primera opción le pareció más plausible.

—A lo mejor tiene razón. Tom siempre había sido una persona reservada. Y yo prefiero no preguntar por asuntos personales. Tal vez solo fuera una percepción propia equivocada. Pero lo que sí puedo asegurarle es que Tom prácticamente se ocupó de todas y cada una de las necesidades de Steve en cuanto este abrió los ojos. Una recuperación de ese calibre no es fácil. Y si se ha fijado, en la fotografía que acabo de mostrarle aparece en silla de ruedas. La rehabilitación de un cuerpo que ha estado inmóvil durante tanto tiempo conlleva muchísimo trabajo. Las secuelas psicológicas pueden resultar tan dañinas como difíciles de superar. —Se detuvo un segundo y miró a Helen con atención a sus ojos azul mar—. Imagínese que se duerme usted ahora mismo y despierta al cabo de veinticinco años con, pongamos, unos sesenta. ¿Cómo se sentiría? Ahora piense cómo debe sentirse un chico que vio la luz del sol por última vez con diecisiete años. Y vuelve a verla con cuarenta y dos. Y se da cuenta de que ha perdido su adolescencia. Su madurez. Sus años más vigorosos. Ha perdido la mejor parte de su vida. Y no solo eso... Porque cuando abre los ojos, lo primero que ve es que su cuerpo está atrofiado. Apenas puede moverse, ni hablar, ni pensar... Ha perdido un tiempo irrecuperable. ¿Qué pensaría usted? ¿Cómo se sentiría?

Helen no pudo evitar que por un momento sus ojos se anegaran de lágrimas. Steve había perdido todo lo que la doctora había enumerado... y muchas cosas más. Una infinidad. Y ellos eran los culpables.

«Pero fue por su propia culpa», se dijo a sí misma. «Era él o nosotros», se convenció en silencio.

Y ya no tuvo que contener las lágrimas. Porque su corazón endurecido las evaporó como gotas de agua caídas sobre asfalto ardiente, dejando solo la sombra oscura de lo que ella misma habría sentido si hubiera estado en el lugar de Steve al despertar. El sentimiento amargo y feroz de la venganza. El mismo que surgió en el propio Steve casi en el mismo instante en que abrió los ojos de nuevo a la vida, a una realidad que no reconocía. Ni que lo reconocía a él.

—¿Entonces, dice que Tom se encargó de cuidar a Steve?

—Casi las veinticuatro horas del día —confirmó Shirley McQueen—. Doblaba turno, trabajaba fines de semana... Cuanto más se recuperaba Steve, más tiempo le dedicaba Tom. Aunque su comportamiento pueda parecerle un tanto obsesivo, le aseguro que lo ayudó mucho. Pero aquel lazo afectivo se hizo añicos de manera abrupta cuando Tom encontró a Steve inerte en su cama.

—¿Cree que el impacto inesperado del fallecimiento de Steve provocó que Tom decidiera suicidarse? —Tom, por supuesto, no se había quitado la vida, pero Helen trataba de manipular a la doctora con su pregunta.

—Eso mismo es lo que le planteé a su padre cuando vino aquí, señorita Blunt. —La doctora se quedó callada en un silencio solemne. Helen aguardó con paciencia a que continuara porque sintió que no había acabado todavía. En efecto, la mujer prosiguió—: Durante los días que siguieron a la muerte de Steve, percibí un importante bajón anímico en Tom. Se le veía hundido, tanto física como mentalmente. Me preocupaba, así que le recomendé que descansara unos días. Quería que se recuperara de aquel golpe inesperado. No podía permitir que se arrastrase por aquí como un alma en pena; no le hubiera hecho ningún bien a nadie. Al principio se negó, pero luego vino a verme y me pidió un permiso de dos días. No podía hacer otra cosa que concedérselo. Era evidente que necesitaba desconectar, sufrir el duelo, curar las heridas de aquel lazo roto. Cinco días después, seguíamos sin noticias suyas. ¿Cómo íbamos a tenerlas, si había decidido quitarse la vida?

La doctora se puso una mano delante de los labios y la apretó contra ellos, compungida. Helen podría haberle dicho que Tom no se suicidó porque la muerte de Steve lo hubiera sumido en una especie de depresión insoportable, pero se calló. Tom y Steve no eran amigos; la relación que la doctora creía que existía entre ambos no era más que una ilusión. Pero eso tampoco se lo dijo, porque no le preocupaba. Lo que le preocupaba es que Steve hubiera hablado con alguien de lo que pasó aquel fatídico verano.

—Y Steve... ¿Le dijo algo alguna vez? A Tom, a usted... ¿A algún otro paciente?

La doctora negó con la cabeza; su moño seguía impecable a pesar de los vaivenes.

—Sus funciones cerebrales mejoraron de manera notable. Mucho más que las motoras. Y los escáneres mostraban una curva de progresión esperanzadora. —Helen la miraba con atención. La doctora siguió explicando dicho proceso—: Los pacientes que han padecido daños severos como los que sufrió Steve necesitan estímulos físicos y psicológicos para volver a coger el ritmo cotidiano del que disfrutaban antes. Y a pesar de que su cuerpo necesitaba más tiempo para volver a ser el que era, los días previos a su muerte su mente parecía haberse recuperado de manera magistral. Parte de nuestro trabajo consiste en lograr que nuestros pacientes ejerciten su cerebro como cualquier otro músculo. Y una manera de conseguirlo es desafiándolos con problemas sencillos. Puede que sean puzles, operaciones matemáticas básicas o conjugar frases en un papel. Y aunque también es cierto que tardaba más en resolverlos de lo que tardaríamos en hacerlo usted o yo, los terminaba ejecutando de manera satisfactoria. Incluso se desenvolvía con relativa soltura en algo tan novedoso para él como era un ordenador. A veces se pasaba horas delante de la pantalla descubriendo lo que se había perdido durante una cuarta parte de su vida. Pero, lamentablemente, nunca dijo una palabra.

Helen se sorprendió mucho al escuchar eso. Hubiera querido saber si lo que la doctora decía era verdad, confirmarlo de primerísima mano, de la persona que había pasado las veinticuatro horas de los últimos veinticinco años pegado a Steve. Pero Tom Parker había muerto. Solo le quedaba la palabra de Shirley McQueen.

—¿Entonces nunca llegó a hablar con nadie?

—Ni una sola vez —rubricó la doctora—. Y me resultó tan insólito como frustrante. Todo parecía estar bien. Su falta de habla solo podía deberse a un daño interno en el área cerebral relacionada con el lenguaje. Pero las pruebas que le hice no mostraron defectos en el hemisferio izquierdo de su cerebro. El área de Broca era normal, el lóbulo frontal estaba bien. Pero aquel chico de diecisiete años atrapado en un cuerpo de cuarenta y dos y afianzado a una silla de ruedas no articulaba palabra.

Helen estaba de lo más desconcertada. Steve no había hablado, Tom no había dicho nada... ¿Qué demonios había pasado? Había tantas preguntas sin respuesta arremolinándose en su cabeza que le provocaron una fuerte y molesta migraña. Se sobrepuso a ese punzante dolor entre los ojos.

—No lo entiendo... Me ha dicho que Steve se recuperó... pero murió tres meses después de que despertara. ¿Cuál fue la razón de su fallecimiento?

—Como le he comentado, ocurrió de manera repentina. Ninguno nos lo esperábamos. Y menos después de tanto tiempo —se lamentó, apesadumbrada—. Por desgracia, hay pacientes que sufren lo que se conoce como «la mejoría de la muerte». En el caso de Steve, en el que sus facultades mentales fueron las más afectadas, podría calificarse como «lucidez temporal» o «lucidez terminal». Es un fenómeno que la ciencia no ha podido comprender todavía, pero es un hecho que ciertos pacientes terminales disfrutan de momentos de lucidez y recuperación momentánea de su salud que no son sino la antesala del punto final de su vida. El problema —prosiguió la doctora— es que Steve no era un enfermo terminal. Ni siquiera su salud parecía estar en riesgo. No sufrió ninguna merma en sus facultades desde su despertar, al contrario, su evolución era excelente. Sus chequeos semanales eran correctos y llevaba meses realizando actividades de todo tipo. Con sus limitaciones, es cierto, pero... Lo que quiero decir es que «la mejoría de la muerte» no es común en pacientes como Steve... y menos después de tantos meses. Steve Flannagan era una persona sana. Solo que una mañana dejó de respirar, y se había ido.

Helen se quedó meditativa, y un pensamiento sombrío cruzó su mente. Si bien para la doctora McQueen la muerte de Steve le resultaba excepcional, para ella no era del todo inexplicable. Valoró la explicación más probable para aquel suceso, una explicación que tenía nombre y apellidos: Tom Parker. Él lo había matado. ¿La razón? No estaba segura. Pero algo pasó durante los meses que Steve regresó al mundo de los vivos. Algo entre él y Tom. Y no tenía modo de averiguar qué había sido.

Lo que sí podía descartar era que Steve cometiera los asesinatos del propio Tom y de Cooper. También que fuera él quien enviara las fotografías o dejara los mensajes pintados en la pared invitándolos a confesar. Steve estaba muerto antes de que todo eso ocurriera. Porque de verdad lo estaba, ¿no?

—¿Qué hicieron con el cuerpo, doctora McQueen?

—Se incineró.

—¿No se le realizó ninguna autopsia? —preguntó Helen

tratando de que su voz no mostrara que comenzaba a estar alterada.

—Las autopsias valen dinero —expuso McQueen—. Y nuestros recursos son limitados. Además, en aquel momento Steve Flannagan era un paciente sin pasado. No tenía parientes conocidos que reclamasen información relativa a la muerte. Y, a todas luces, no había signos que indicaran que no se tratase de un infarto. Valoré que su autopsia era innecesaria. Así que lo trasladamos al depósito de la funeraria, donde fue incinerado.

—Joder —maldijo Helen entre dientes.

Ambas se quedaron en silencio durante un buen rato. Helen sintió que había tirado de un hilo que no tenía nada en su otro extremo. Había llegado a un callejón sin salida. De repente, se le ocurrió algo. Era descabellado, pero tenía que intentarlo.

—Doctora —dijo fríamente—, ¿alguien visitó a Steve Flannagan alguna vez?

La mujer se la quedó mirando y entornó los ojos.

—No estoy segura —reconoció—. Diría que no, pero no puedo confirmarlo al cien por cien. De todos modos, supongo que al entrar le han entregado un libro de visitas donde registrarse. Todavía no nos hemos informatizado tanto como quisiéramos, así que es el único registro de visitas del que disponemos. Si alguien vino a verlo, aparecerá en el libro.

Helen le agradeció a la doctora su tiempo, le estrechó de nuevo la mano y salió de su despacho.

Su instinto le decía que había una posibilidad de encontrar al culpable de todo lo que estaba pasando. Sintió esa intuición en el estómago como un millón de alfileres clavándose sin compasión mientras atravesaba los jardines de vuelta al edificio de la entrada.

Cuando llegó, se plantó delante del mostrador y le pidió de nuevo a la enfermera el libro de visitas. Pasó el dedo índice por cada nombre. Caligrafías de todo tipo ascendían y descendían bajo su dedo. Paso una página, luego otra. Y entonces vio un nombre: Steve Flannagan. Alguien había anotado el nombre real de Steve en aquel libro. No habían escrito John Doe, que era como lo conocían ahí. Habían puesto Steve Flannagan. Alguien sabía que aquel tal Doe era Steve. Pero ¿quién?

Contuvo el aliento mientras deslizaba el dedo por la línea azul para ver la firma del visitante, ese que conocía la verdadera identidad del chico que había pasado dos décadas y media inconsciente.

Cuando su dedo se posó sobre el nombre, un terror le recorrió la espalda. El vello se le erizó y la boca se le quedó seca.

La letra era grotesca. El trazo, sucio y apresurado. Pero estaba claro lo que ponía:

John Mercer.

26

El premio de consolación

Poco antes de las dos de la tarde, el jefe Blunt detuvo la reproducción del vídeo. Era la quinta vez que lo hacía prácticamente en el mismo punto tan solo para rebobinarlo de nuevo y volver a darle al *play*.

Creía haber encontrado lo que buscaba.

El reloj del vídeo marcaba las siete de la mañana. Faltaba poco menos de una hora para que abrieran la oficina de correos. El día era justo el anterior al descubrimiento del cadáver de Tom Parker. Así que las fechas entre el envío y la recepción de las fotografías —según le había indicado Emma Hopkins— parecían coincidir.

Una figura enfundada en una gabardina negra apareció a la derecha de la imagen, se detenía delante del buzón de correos unos segundos y se marchaba por donde había venido. Llevaba guantes y se trataba de un hombre, pero a Blunt nada de eso le servía para identificarlo.

Rebobinó una vez más para calcular cuánto rato estuvo aquel sujeto ahí parado, delante del buzón azul. Ni treinta segundos se mantuvo en pantalla desde que entraba en el ángulo de visión de la cámara hasta que salía de él.

Comprobó sus gestos. Era evidente que echaba algo en el buzón. Bueno, algo no. Varios algos. Cartas. Sobres. Correspondencia. En ese instante supo que se trataba del asesino. No tuvo una corazonada, tuvo la certeza de que así era. Ahí lo tenía, justo delante. Pero no lo podía detener, no podía ponerle unas esposas ni llevarlo ante la justicia. Estaba en el pasado y era intocable. Al menos por ahora, pensó el policía.

Detuvo el vídeo tratando de verle la cara. Amplió la imagen, aguzó la vista y se acercó a la pantalla hasta que le dolieron los ojos, pero no pudo vérsela. La cámara estaba demasiado lejos y se deformaba al ampliarla. Lo que sí pudo ver es que llevaba un pañuelo o una braga de cuello cubriéndole el rostro. Y gafas de sol.

—Sabías que había una cámara de seguridad en la oficina postal, ¿verdad que sí? —se dirigió a la pantalla—. Fuiste preparado; así que es probable que ya hubieras estado allí antes. Pero ¿cuándo? ¿El día anterior a que enviaras esas cartas? ¿La semana pasada? ¿Hacía dos semanas, tres? ¿Seis meses, un año? ¡¿Cuánto tiempo llevabas planeándolo todo, maldito asesino?!

Era imposible saberlo. Hasta en el caso de que hubiera tenido las grabaciones de la cámara del último año habría sido como buscar una aguja en un pajar. Y tal vez hubiera decidido revisarlas todas, pero solo disponía de las del último mes.

Así que esta era la imagen del sujeto que buscaban. Y sería esta con la que tendría que trabajar, pero estaba claro que poco más podría rascar de ella. Ni siquiera ampliándola pudo ver de quién se trataba. Ese cabrón había ido bien preparado para la ocasión. Podría ser cualquiera.

Sin embargo, algo llamó poderosamente su atención. Apretó el botón para congelar la imagen un minuto después de que ese hombre desapareciera, justo cuando un borrón familiar cruzaba la carretera tras el buzón. Era un borrón que solo se veía durante poco más de dos segundos. Un borrón que le hizo fruncir el ceño. Podía no ser el premio gordo, pero podría ser el premio de consolación. O tal vez fuera el premio gordo poniendo pies en polvorosa.

Rebobinó por enésima vez la cinta, hasta varios minutos antes de la aparición de la figura en el buzón, y después hizo lo mismo hasta unos cuantos minutos después. Curiosamente, la carretera permaneció vacía todo el tiempo, a excepción de ese vehículo emborronado y familiar que apareció al fondo de la imagen.

Una Indian Scout negra.

Blunt sintió una punzada cuando de nuevo congeló la imagen. No hacía falta adivinar quién la conducía.

Su perfil era inconfundible, y llevaba el casco colgado del codo, como siempre había hecho, desafiando al frío, la muerte y la autoridad. ¿Era mucha casualidad que Vance Gallaway hubiera pasado justo por allí pocos minutos después de que el sospechoso echara las cartas en el buzón? Pero ahí estaba. Congelado en el tiempo y sobre su moto de toda la vida. No podía ser una coincidencia. Era increíble el contraste entre lo difícil que podía haberle resultado identificar al tipo de la gabardina y lo fácil que había reconocido a Vance.

—¡Sabía que tenías que ser tú, Gallaway! Por mucho que lo negaras, tendría que haberte detenido en comisaría. Maldito embustero... Puede que lograras convencer a Helen y que incluso me hubieras hecho dudar por una vez... —Blunt se sintió estúpido por haberle ofrecido el beneficio de la duda—. Pero te conozco, Gallaway. Sabía que estabas detrás de todo esto. Te han durado poco el disfraz y las mentiras, hijo de perra.

Pero entonces algo lo desconcertó.

¿Dónde estaba la gabardina?

Vance llevaba su chupa de motero y guantes, eso el policía lo veía claro como el agua. Pero no localizaba la gabardina por ningún lado. ¿La llevaría bajo la chaqueta? No, abultaría demasiado. Ah, qué listo, pensó Blunt. Tal vez la había tirado en algún contenedor; pero conociéndolo, lo más probable era que la llevara en una de esas apestosas alforjas. Blunt se apostó lo que fuera a que la tendría escondida todavía allí y, si no, la encontraría en su apestosa caravana.

—Casi te sale la jugada, campeón —se mofó—. Lo hiciste bien delante de la cámara, pero tienes un problema, Vance Gallaway: te crees muy listo, pero sigues siendo un idiota.

Oliver Blunt llamó de inmediato a Charlie y le dio la orden de localizar y detener a Vance como principal sospechoso de los asesinatos de Tom Parker y Cooper Summers. Era prioridad absoluta dar con él. Después marcó el número de su hija, pero se detuvo antes de pulsar el botón verde de llamada. ¿Podía confiar en ella? ¿Qué pasaría si Helen, en vez de seguir sus órdenes, alertaba a Gallaway? ¿Y si lo ayudaba a escapar? Quería quitarse de la mente aquellos pensamientos que le nublaban el juicio, que le impedían actuar con claridad... pero no podía. Y tenía que tomar una decisión de inmediato: confiar o no en su hija.

Pulsó el botón verde y la llamó.

27

Ella tenía razón

Era el enésimo cigarrillo que Vance encendía durante la jornada.

Las normas en el aserradero eran claras al respecto: estaba terminantemente prohibido fumar, había carteles por todos lados. Pero a él le daba igual. ¿Quién se lo iba a recriminar? ¿El gilipollas de Noah Mason? Por mucho que se las diera de capataz siempre que Cooper se ausentaba, a él se la refanfinflaba. No le había hecho ni puñetero caso en su vida y no tenía la intención de empezar ahora. ¿Qué iba a hacerle? ¿Despedirle? ¡Ja! No podía. Y en el caso de que hubiese podido, el aserradero tenía los días contados. Así que a la mierda. Ah, ¿que se lo diría a Cooper? Ya quisiera... Cooper era un fiambre. Y lo más probable es que en ese mismo instante estuviera más tieso que un palo en la jodida mesa de autopsias, abierto en canal como una rana en clase de ciencias con un tipo pesándole el cerebro en una báscula.

Sí... Y nadie en el aserradero lo sabía. Todos se pensaban que Cooper estaba de viaje de negocios, y la verdad es que el viaje lo había hecho, pero al otro barrio. Los mamarrachos forrados que lo esperaban en Nueva York se habrían quedado con un palmo de narices. Pues ya podían esperar sentados. No tardarían en enterarse, pero por ahora, él era el único que conocía esa información.

Vance sacó su móvil, también por enésima vez, y miró la hora. La pantalla indicaba que eran las 13.15, le quedaba poco menos de una hora para terminar su turno. Se dijo que era un idiota por haberse levantado a las cinco y media de la mañana para ir a trabajar. Su jefe estaba muerto, no sabía qué diablos iba a ocurrir con el maldito aserradero y encima la jornada se le estaba haciendo eterna. Le dio una calada nerviosa al cigarrillo y pensó que podría haberse quedado en la caravana durmiendo la mona.

Pero lo peor de todo era que apenas podía dormir. Y no dormía porque alguien conocía sus secretos. El suyo y el de toda la maldita banda. Y ya estaba harto. ¿Ese cabrón quería jugar con ellos? Vale, muy bien, tal vez se había cargado a ese pusilánime de Tom o al capullo de Cooper, pero no iba a hacerle lo mismo a él. No iba a pillarle con la guardia baja. Era Vance Gallaway. Ese tipo no sabía con quién se estaba metiendo. O tal vez sí, por eso no se atrevía a ir a por él. Que viniera, si era un hombre. Que se atreviera. Pero no. Iba a por los débiles. Y estaba seguro de que a él lo estaba dejando para el final. Pues se iba a llevar una sorpresa, porque cuando Helen les dijo que alguien iba a por ellos, echó mano de un arma que escondía en la caravana. Una de esas imposibles de rastrear, con el número de serie borrado. La llevaba encima desde entonces y esperaba impaciente el momento en que ese cabrón se presentase ante él para volarle la tapa de los sesos.

A decir verdad, no estaba nervioso por eso. No temía a la muerte, no le tenía miedo a nadie. Pero había alguien que sí: Carrie. Desde que se enteró —igual que todos— que el supuesto suicidio de Tom fue en realidad un asesinato, estaba totalmente aterrada. Y puede que el haberse acostado juntos un par de veces no pudiera considerarse una auténtica relación, pero Carrie, cuando él la llamaba, siempre respondía. Aunque fuese para decirle que la dejara en paz, o para mandarlo a la mierda. Daba igual si era una llamada de un minuto o un escueto mensaje de texto con un simple OK.

Siempre lo hacía. Excepto hoy.

Y había intentado localizarla varias veces, pero no había conseguido hablar con ella. Su teléfono daba tono, así que lo tenía encendido. ¿Sería que no querría hablar con él? Bueno, podría ser. Pero incluso cuando quería que la dejara en paz, se lo decía.

Siempre lo hacía. Excepto hoy.

A lo mejor estaba liada en la clínica, curando algún jodido gato que se había metido bajo el capó de un coche con la intención de calentarse en el motor, vete a saber. Pero siempre tenía un hueco para responder. Por eso le extrañaba que no lo hiciera, y más tal como estaban las cosas.

Así que decidió que llamaría de inmediato a su clínica. Ambos habían acordado que no lo haría, pero esto era algo excepcional. Seguro que lo perdonaría... porque estaba preocupado. Y eso eran palabras mayores, viniendo de él.

Marcó el número del trabajo de Carrie. A los dos tonos le atendió la voz de Hanna.

—Clínica veterinaria de Goodrow Hill, dígame.

—Hanna, pásame con Carrie —ordenó Vance sin perder un segundo.

—¿Quién...? O venga, ¿Vance? ¿Eres tú? —no respondió—. ¿Es que no te ha dicho Carrie un millón de veces que no la llames al teléfono del trabajo?

Vance dejó escapar con violencia el humo del cigarro por la nariz como lo haría un búfalo furioso.

—¡Me importa una mierda lo que diga, joder! ¡Pásame con Carrie de una puta vez, coño!

Se hizo un silencio mortuorio que duró varios segundos. Vance creyó por un momento que Hanna le había colgado, pero seguía al otro lado.

—Carrie no ha venido hoy a trabajar —confesó.

—¿Cómo que no ha...? —El corazón de Vance se aceleró—. ¿Dónde está, Hanna? ¿Dónde está Carrie?

—¿Y cómo quieres que lo sepa? La he llamado varias veces pero no contesta. Pensé que podría estar enferma, pero me habría mandado un mensaje para avisarme. Llevo toda la mañana sola.

—¡Joder!

—¿Qué coño pasa, Vance? ¡Me estás asustando! ¿Qué...?

Hanna se quedó con cara de idiota y el molesto pitido intermitente del teléfono comunicando pegado a su oreja. Vance ya había colgado dejándola con la palabra en la boca y una sensación de malestar general de la que no iba a poder desprenderse durante mucho tiempo.

Si Hanna no sabía dónde estaba su jefa, si Carrie no había ido a trabajar y si encima no cogía el teléfono, es que le había pasado algo. Vance habría puesto la mano en el fuego por ello. Así que, aunque su turno no había acabado, decidió darlo por terminado. Tiró la colilla al suelo, no se molestó en apagarla, y salió echando chispas hacia su taquilla. Se puso su chaqueta, agarró el casco y se montó en su moto.

Noah Mason lo vio ir a por sus cosas y fue tras él. Gritó su nombre mientras agitaba una carpeta de color azul oscuro para evitar que se fuera, pero, igual que Hanna, se quedó con la palabra en la boca, porque la moto arrancó con un estruendo y se perdió dejando una polvareda tras de sí. Noah Mason ya estaba harto de Vance Gallaway. De él y de que hiciera siempre lo que le salía de las narices, de que no cumpliera las normas y lo ninguneara día tras día. Pero se juró que eso se iba a acabar. ¡Era el encargado, por el amor de Dios! ¡Era el jefe del aserradero cuando Cooper se ausentaba! Pero el problema tenía fácil solución: en cuanto Cooper regresara de Nueva York le entregaría un informe detallado sobre Gallaway con sus faltas de respeto, sus ausencias y su incompetencia. Le argumentaría por qué no merecía seguir trabajando en el aserradero y le recomendaría enérgicamente que lo despidiera. Sí, eso es lo que haría. Y Vance sabía que el lameculos de Noah Mason lo habría hecho si a Cooper no lo hubieran asesinado la noche anterior. Pues se iba a quedar con las ganas. Y él tenía asuntos más importantes que atender. Tenía que asegurarse de que Carrie estaba bien, y debía hacerlo de inmediato, no podía perder tiempo con el capullo de Noah Mason y su irritante voz de sabelotodo.

Así que condujo a toda velocidad la Indian Scout por el único acceso al aserradero que existía, un sendero de tierra que acababa en la carretera. Los camiones que llegaban vacíos y se marchaban hasta los topes de madera marcaban el camino a diario, pero necesitaba ser asfaltado con urgencia. Sin embargo, el ayuntamiento no estaba por la labor (el alcalde White alegaba que era responsabilidad de la propiedad, y la propiedad señalaba a la alcaldía), así que, sin consenso, no parecía que se fuera a llegar a un acuerdo con facilidad.

Pero Vance solo tenía en mente llegar hasta Carrie y comprobar que estaba bien. Hanna no tenía ni la más remota idea de por qué no había acudido al trabajo; a ella tampoco le contestaba las llamadas. ¿Dónde demonios estaba?

En cuanto alcanzó la bifurcación y las ruedas tocaron el asfalto, dobló a la izquierda y dio gas a fondo. Los árboles se convirtieron en un borrón marrón verdoso en un santiamén y el aire frío le cortó la piel. En poco más de dos kilómetros, pasó de largo el Forbidden Wolf. En otras circunstancias hubiera sido para él una parada obligatoria, pero por una vez el canto de sirena del alcohol no llegó a sus oídos. Hasta Frank, que lo vio pasar sin detenerse, se sorprendió de que no lo hiciera.

«Como le hayas tocado un pelo a Carrie puedes darte por muerto, cabrón».

Ese era el único pensamiento que ocupaba la mente de Vance en aquel momento.

Y en parte no sabía por qué. O tal vez sí, pero no quería reconocerlo. Porque era un sentimiento que le debilitaba. Que le obligaba a preocuparse por alguien que no fuera él mismo y le impedía dejar de pensar en ella. Ni siquiera le había pasado con Helen. Ni antes ni después de que se casaran. Pero esta vez era diferente. Esta vez era...

«Amor», le dijo una vez su madre. «Ese sentimiento es el amor».

Pero Vance odiaba el amor. El amor de su padre siempre había estado condicionado proporcionalmente a la cantidad de alcohol que había en una botella. Aquel «amor» nunca le trajo nada bueno a su madre y él solo podía relacionarlo con sentimientos negativos y dolorosos, con heridas que no quería tocar por temor a que se abrieran, sin importar lo cauterizadas que pareciesen estar. Por eso se hizo insensible a lo que ocurría a su alrededor y por eso se largó en cuanto tuvo oportunidad. Para no sentir el dolor que ese supuesto amor le había causado a su familia.

En contrapunto, sabía qué diría su madre si hubiera estado ahí: «No importa como haya sido tu padre, tú eres el resultado del amor. La prueba indiscutible de que, a pesar de todo, sí que trae consigo cosas buenas».

—Gilipolleces —dijo en voz alta, sin pensar. Su madre solo decía gilipolleces.

Pero, fuese o no amor lo que sentía por Carrie, ese senti-miento que le comprimía el pecho seguía estando presente. Y le obligaba a acelerar. Y a temer que le hubiera pasado algo.

«No le ha pasado nada», se dijo a sí mismo. «Debe estar en-ferma. Por eso no ha ido a trabajar. Y estará dormida, así que es normal que no responda a las llamadas. Seguro que después del interrogatorio se puso mala... dejó el teléfono en silencio anoche y no se habrá enterado. Estará en su casa y me mandará a tomar por saco en cuanto me vea», trató de autoconvencerse.

Pronto lo comprobaría.

Se bajó de la moto y detuvo el motor justo delante de la casa de Carrie. Miró a ambos lados de la calle, pero las aceras esta-ban desiertas y tranquilas, como casi siempre lo estaban en Goodrow por aquella época. La gente salía poco de sus hogares y no era de extrañar, con aquel imprevisible tiempo otoñal dis-frazado de invierno y que cambiaba a su propio antojo. Pero a Vance le importaba poco qué tiempo hiciera.

Fue directo a la puerta de entrada y llamó al timbre. Sonó, pero Carrie no acudió a abrirle. Se apartó de la puerta y miró a través de la ventana haciendo pantalla con las manos. El interior estaba oscuro, no podía ver nada más que su reflejo en el cristal. Así que insistió, pero seguir llamando al timbre resultó ser una pérdida de tiempo. ¿Y si no estaba en casa?, se preguntó. Pero ¿dónde iba a estar si no? Golpeó la puerta con los puños una y otra vez. Una. Y otra. Vez.

Nada.

Maldijo en voz alta y sacó su móvil para intentar localizarla de nuevo, pero se le cayó al suelo.

—¡Joder! —gritó irritado. Los guantes de motero tal vez sir-vieran para proteger sus manos en caso de caída, pero ahora le re-sultaban un engorro. Se los quitó y los tiró al suelo con rabia. In-mediatamente recogió el teléfono y pulsó el botón de rellamada.

Se quedó pegado a la puerta mientras esperaba escuchar algo al otro lado de la línea. El teléfono de Carrie seguía funcionando, daba tono. Pero no respondía. En ese momento sintió un picor extraño en la nuca, una comezón que no podía aliviar rascándose la piel. Provenía de su interior. Era un mal presentimiento, desagradable y punzante, que le estremeció de pies a cabeza. Si le hubiesen pedido que describiera aquella sensación con un color, sin duda habría sido el rojo que inunda la cabina de un submarino antes del impacto de un misil. Aquel rojo intenso y alarmante era el mismo que le advertía que se marchara.

«No abras la puerta. ¡No la abras!».

Pero no hizo caso. Ni siquiera a la voz en su cabeza que bien podía ser el sentido común. Porque su conciencia seguro que no era; en caso de buscarla, es probable que jamás la hubiera encontrado.

Porque si la hubiera tenido no le habría robado a Carrie una copia de la llave de su casa, la que guardaba en el segundo cajón del mueblecito de la entrada, la que ella no quiso darle. Pero, por otra parte, si no lo hubiese hecho, ahora no estaría buscándola en su llavero. No habría dado con ella y no estaría introduciéndola en la cerradura.

Pero la robó. Y la voz en su cabeza y la alarma acuciante de color rojo quedaron completamente mudas cuando las bisagras rechinaron al abrirse.

—¿Carrie?

Le respondió un silencio absoluto, el mismo que él guardó esperando oír la voz enferma de Carrie desde su habitación. O desde el baño. O desde el salón.

No la oyó. A decir verdad, no oyó nada. Y cuando cerró la puerta tras de sí, la oscuridad lo cegó. Aquella negra densidad lo cubrió todo mientras sus ojos trataban de adaptarse a la penumbra. De nuevo, prestó atención, pero el silencio era ensordecedor. Tanto que creyó haberse quedado sordo. Dio un paso al frente con cautela. Luego otro. Y otro más. Volvió a llamar a Carrie. Pero daba la sensación de que no estaba en casa.

Suspiró aliviado. Tal vez era cierto que Carrie no estaba allí. A lo mejor había decidido largarse de una vez de aquel maldito pueblo de mierda. Empezar de cero en otro sitio. Sola.

Sin él.

«¿Qué creías, que si hubiera decidido marcharse iba a hacerlo contigo? Ni en un millón de realidades alternativas se hubiera dado el caso, imbécil». Esa voz le recordó a la de su padre. Sabía que era la suya, pero el tono era tan parecido... Sacudió la cabeza. No, Carrie no se había marchado. Simplemente... no la encontraba. Así que volvió a marcar su número y esperó.

Fue entonces cuando escuchó una melodía. Muy tenue. En la planta de arriba. Se apartó el móvil de la oreja y empuñó el arma que sacó del cinturón.

Caminó hacia la escalera. Se plantó en el primer escalón y prestó atención. Tenía los ojos muy abiertos, como si esperase ver la música descender por los peldaños. Por supuesto, no la vio. Pero la melodía invisible le atravesó los huesos y comenzó a subir los escalones de dos en dos, como un poseso.

Fue directo a la habitación apuntando con la pistola, pero la bajó al ver a Carrie recostada contra la almohada en un lado de la cama. La tenue luz que se filtraba por las cortinas la iluminaba con una luz anaranjada. Tenía los brazos extendidos con las palmas de las manos mirando al techo y la cabeza agachada y ladeada, como si se hubiese quedado dormida mientras rezaba.

—¡¿Carrie?!

El grito de Vance rebotó en las cuatro paredes de la habitación, pero ni el eco quiso repetir aquel angustioso alarido. Era demasiado profundo. Demasiado triste. Demasiado trágico.

Dejó caer la pistola y rodeó la cama corriendo hacia ella febrilmente.

«¡No está muerta, no puede estarlo!», repetía en su cabeza.

De repente, resbaló. Trató de agarrarse a la cama, pero solo consiguió tirar de la colcha haciendo que el cuerpo inerte de Carrie se desplomara hacia un lado. Vance cayó al suelo con un estruendo y se golpeó la cadera. Notó un punzante y agudo dolor en la cintura, pero no fue eso lo que le preocupó. Le preocupó el líquido viscoso que empapaba todo el suelo. El que pisó e hizo que resbalase y que ahora le cubría las manos y la ropa. Sangre que no se había secado todavía. Sangre de...

—¿Carrie...?

Desde que había puesto un pie en aquella casa solo había repetido su nombre. Y no le había servido de nada. Porque Carrie ya no iba a contestar.

Se apoyó con ambas manos en la cama y la manchó de su propia sangre. Hincó una rodilla en el colchón para acercarse a ella y dejó un rodal ennegrecido y rojizo, pero no le importó. Solo quería verle los ojos, aliviarse al descubrir que estaba viva, que tan solo estaba dormida o inconsciente por culpa de algún estúpido calmante para conciliar el sueño.

Pero cuando puso sus manos ensangrentadas bajo su barbilla y la giró para verle la cara, la realidad lo sacudió como si fuera su saco de boxeo. Una sacudida que le embistió hacia atrás y le obligó a agarrar con fuerza la cortina, por donde entró una luz reveladora que dejó al descubierto la última obra de aquel fantasma que los perseguía por sus pecados.

Una obra pintada con sangre en la pared titulada «Confesad», como rezaba sobre el cabezal de la cama. Una obra de muerte que se extendía al rostro frío e inexpresivo de Carrie, a sus labios cosidos y muertos, llenos de puntadas de hilo negro. Fue entonces cuando Vance se percató de dónde estaba... de cómo estaba. Se miró las manos y las vio llenas de sangre. De la sangre de Carrie. Era su sangre la que cubría la colcha. La que manchaba la sábana y sus pantalones. La que tenía pegada a la suela de sus botas y caía a chorretones por la pared.

Abrió los ojos y miró de nuevo a Carrie. Las huellas de sus manos estaban grabadas como a fuego en su rostro.

Sus huellas.

Sus manos.

Como si la hubiera matado él.

¡¿Cómo había sido tan estúpido?! Le había pasado lo mismo que en el puto motel, cuando quiso colarse en el apartamento de Markie. Y aunque en aquel momento no creía que jamás llegaran a creerlo, su intención al entrar en casa de Carrie era diametralmente distinta: solo quería comprobar que estuviera bien, en ningún momento se imaginó la dantesca escena que se encontraría.

Pero nada de eso importaba. Ahora lo que tenía que hacer era salir de allí.

Y solucionar todo aquello de algún modo. Decirle a Helen la verdad: que él era inocente. Que no le había hecho daño a Carrie. Que no la había matado. Ni a ella ni a Tom ni a Cooper. Pero...

¿Quién le iba a creer? Nadie. Nadie lo haría. Estaba jodido. ¡Estaba bien jodido! A no ser... A no ser que lo arreglara. Que cubriera de alguna forma sus malditas huellas. Que les hiciera creer que no era cosa suya. Y solo había una manera de hacerlo: quemándolo todo. Quemando la cama, la colcha, las cortinas, la escalera y la casa entera. Y a Carrie también. Tenía que reducirlo todo a cenizas.

Y cuando encontraran el cuerpo carbonizado de Carrie, cuando la casa se hubiera derrumbado y solo quedasen ruinas de lo que fue, estaría a salvo. Porque no habría nada que pudiera relacionarlo con lo que había pasado. Nada.

Así que Vance corrió escaleras abajo. Cogió un trapo para evitar dejar más huellas por la casa y lo usó a modo de guante. Se puso a buscar frenéticamente algo con lo que incendiar la casa de Carrie. Abrió cajones y armarios de manera febril.

Encontró una botella de alcohol. Después hurgó en sus pantalones hasta localizar su mechero. Tenía lo necesario para que la planta de arriba se convirtiera en un infierno en cuestión de minutos.

Subió las escaleras a la velocidad del rayo, mientras el sudor le caía por la frente y le irritaba los ojos. Vació la botella de alcohol sobre el cadáver de Carrie, por las cortinas y por toda la habitación. El corazón le iba a mil por hora, pero no porque creyera que lo que hacía estuviera mal. Todo lo contrario: aquello lo salvaría.

Se agachó y encendió el mechero. Lo acercó a una esquina del edredón y, justo antes de que la llama tocara la tela, alzó la mirada. Carrie yacía en la misma postura, como una muñeca rota. Pronto no quedaría más que su recuerdo.

La cama empezó a arder.

El fuego comenzó a extenderse por la habitación ante la atenta mirada de Vance. Las llamas se reflejaban en sus ojos y en su rostro percibió el calor cada vez más intenso del incendio. No se despidió. No le dedicó un solo pensamiento a Carrie. No creyó que aquel sentimiento bajo su pecho hubiera sido amor. Como siempre hizo a lo largo de su vida, su madre se equivocaba una vez más. El amor le hubiera obligado a derramar una lágrima, a sentirse culpable, a sentir lástima por Carrie. Pero no lloró ni sintió pizca alguna de culpabilidad, y tampoco le dio pena ver cómo el fuego empezaba a recorrer el cuerpo de Carrie. Porque era necesario para su supervivencia. Porque era lo que tenía que hacer.

Cuando el humo ascendió manchando el techo de la habitación salió de allí. Bajó por las escaleras y se detuvo ante la puerta. Se miró las manos y la ropa; todo estaba impregnado de sangre. Abrió la puerta con el codo y salió el exterior. En las ventanas superiores se distinguían los colores anaranjados y violentos de un fuego que cada vez era más intenso.

Por fin estaba a salvo. Por fin podría... Se detuvo.

Y palpó toda su ropa. No... ¡no la tenía! ¡La pistola! ¡No la tenía encima! ¡¿Dónde cojones había dejado la pistola?!· Se volvió y miró a la casa. La llevaba al entrar en la habitación de Carrie... Tenía que recuperarla. Cuando dio un paso para volver a por ella escuchó el chirriar de unas ruedas, un frenazo y un grito histérico:

—¡VANCE! ¡¡QUIETO!!

Aquel chillido grave lo confundió. Por un momento pensó que se trataba de Carrie, que no estaba muerta, solo dormida. Que había despertado y le gritaba para preguntarle por qué la había llamado al trabajo. Y por qué coño le había quemado la casa.

Pero no era la voz de Carrie. Quien le gritaba era Oliver Blunt. ¿Qué cojones hacía el jefe allí? ¡¿Qué cojones hacía Blunt allí?!

Vance dejó de pensar, echó a correr y saltó sobre su Indian Scout. Ni siquiera se detuvo a recoger sus guantes del suelo. ¿Qué importaban? Lo iban a culpar igualmente. Encontrarían la pistola a los pies de la cama de Carrie. Y el puto Blunt lo había visto salir de la mismísima escena del crimen. Así que no iba a creerle por mucho que le insistiera en que Carrie ya estaba muerta cuando él llegó. No iba a creerle si le decía que no había sido él quien acababa de prenderle fuego a la casa, aunque esa afirmación sí fuera mentira. Blunt creía en lo que veía, y a él lo había visto salir de la casa empapado de sangre. Además, Vance sabía de sobra que llevaba años queriendo pillarle con las manos en la masa. Y si lo atrapaba antes de que pudiera hablar con Helen, antes de que pudiese convencerla de que era inocente de aquel y de los otros asesinatos, no lo iba a dejar escapar.

Así que arrancó y dio gas a fondo. La rueda trasera de la Indian derrapó y salió flechado hacia delante. Giró la cabeza y vio a Blunt con su arma en la mano, debatiéndose entre dispararle o entrar en la casa en llamas. Como no escuchó ningún disparo, concluyó que el policía había tomado la decisión más acertada. Al fin y al cabo, la vida de los civiles era siempre la prioridad, aunque en este caso no hubiera ninguna vida que salvar.

Vance cambió de marcha y la moto dio un acelerón. Sin previo aviso otro coche se cruzó en su camino cortándole el paso. Trató de esquivarlo, pero no lo consiguió. Iba demasiado rápido. Apretó los frenos con la misma fuerza con la que apretó los dientes. La moto derrapó e impactó con violencia en el lateral del coche. A Vance no le dio tiempo siquiera de gritar, apenas de contener el aliento. Salió despedido por encima del coche patrulla y cayó a plomo sobre el duro asfalto. Se escuchó un crac estremecedor.

Desde el interior del vehículo, Helen vio cómo Vance volaba por encima del capó y caía en la carretera. Solo pretendía cortarle el paso, no provocar aquel accidente. Pero no era culpa suya; si Vance no hubiese estado mirando a su espalda habría tenido el tiempo suficiente para frenar. Ahora, sin embargo, yacía en el pavimento en una grotesca postura antinatural. Y no se movía.

Helen salió con urgencia mientras pedía por radio una ambulancia. Se acercó a Vance mientras gritaba su nombre con angustia.

—¡Vance! ¡¿Qué has hecho?! ¡¿Qué has hecho, por el amor de Dios?!

En realidad, Helen no buscaba una respuesta. Simplemente había unido las palabras en una interrogación retórica. Vance, antes de exhalar su último aliento, buscó a Helen con el único ojo que todavía podía abrir. Entre dientes rotos, gorjeos y burbujas rojas de sangre caliente balbuceó algo casi inaudible:

—Te... quiero...

Vance ya no sentía nada.

Nada excepto amor.

Al final, su madre no estuvo tan equivocada.

28

Mala hierba

Tal como había previsto Vance, el jefe Blunt tomó la decisión correcta. Por desgracia, que fuera la correcta no significaba que acertase con ella.

Dejó que Vance escapara para socorrer a su posible víctima, pero en aquel preciso momento desconocía que la mujer que encontraría en una de las habitaciones superiores de la casa había dejado de respirar hacía mucho. La muerte de Carrie no la causó el incendio, tampoco el humo la asfixió. Alguien se había encargado de arrebatarle la vida.

Blunt articuló entre sus dientes el nombre de Vance con un desprecio creciente justo cuando atravesó el umbral de la puerta. Le supo a bilis y a odio latente, pero ese amargo regusto desapareció en cuanto notó el calor abrasador descendiendo del piso de arriba. El humo ya había inundado todas las estancias de la casa como las aguas del Atlántico inundaron sin remedio los camarotes del Titanic. La sensación no debía ser ni remotamente parecida, pero la percepción de que la muerte flotaba en aquel ambiente irrespirable era evidente.

Los ojos comenzaron a escocerle.

—¡¿Hola?! ¡¿Hay alguien?!

Nadie le respondió. Pero no sabía si se debía a que la casa estaba vacía o a que quien hubiera dentro no podía hacerlo. Se tapó la boca ahuecando el codo y subió las escaleras, directo al origen de las llamas.

La puerta de la habitación estaba abierta; un cubículo anaranjado, rojizo y llameante. Era como si se encontrase a la entrada principal del infierno, si es que tal cosa existía. El fuego lamía las paredes y se arrastraba por el suelo y hasta el techo como una víbora devorándolo todo.

En cuanto dio un paso al interior vio el cuerpo de Carrie tendido en la cama, rodeado de llamas. Su ropa había comenzado a arder, de su blusa emergían lenguas de fuego. Si no la sacaba de allí de inmediato, pronto se abrasaría por completo. Sin pensárselo, se cubrió los ojos irritados con el brazo para evitar las llamaradas y corrió hacia la cama. Tiró de Carrie hacia él y le arrancó la blusa como pudo para evitar que el fuego se extendiera hasta su carne. La levantó en brazos.

Fue en ese momento cuando vio tras las llamas un nuevo mensaje de la pared. Las letras ennegrecidas y los chorretones de sangre pintaban una palabra que reconocía de sobra. Fueron solo dos segundos, pero duraron una eternidad. Blunt comprendió entonces que el cuerpo que sostenía entre sus brazos todavía tenía nombre, pero ya no tenía alma. Ahora sí parecía estar en el infierno. Con todo, su resolución no cambió. El pesimismo no le había ganado la partida jamás y no iba a dejar que le venciera ahora. Aun si finalmente resultaba estar equivocado, era el momento de confiar en que la mujer que sostenía entre sus brazos estaba viva. Que Carrie solo estaba inconsciente y que podía estar a tiempo de salvarla. Ya se lamentaría más tarde si no estaba en lo cierto. Ahora debía sacarla de allí.

Cargó con el cuerpo de Carrie haciendo acopio de todas sus fuerzas y evitando como pudo las llamaradas que se abalanzaban violentamente sobre ellos. Pocos segundos después, el cielo gris y el aire fresco del exterior les dieron la bienvenida. Blunt jadeaba como si hubiera corrido una maratón.

Los equipos de emergencia llegaron en ese mismo instante al lugar de los hechos. La ambulancia y los bomberos aparecieron cada uno por un extremo de la calle precedidos por el sonido agudo de las sirenas; sus ocupantes salieron con celeridad de los vehículos, unos para atender a los heridos sobre el asfalto, los otros para internarse sin pensárselo dos veces en la casa que ardía para apagar el incendio. La densa humareda escapaba por la puerta y se filtraba de las ventanas al exterior como culebras negras tratando de alcanzar el cielo. Podía verse la calamidad a lo lejos.

Blunt dejó el cuerpo de Carrie con mucho cuidado en el suelo frío de la calle y pidió a gritos la ayuda de los técnicos de la ambulancia. Uno de ellos corrió como pudo hacia el jefe de policía cargando con un botiquín mientras el otro atendía a Vance tras su accidente. La mole de cien kilos que Blunt vio acercarse con dificultad no era otro que Dodge Mudd. El policía todavía recordaba el día que se conocieron, el mismo que lo obligó a adentrarse con él en el sótano de John Mercer. Dodge era corpulento como un oso, pero en aquella ocasión llamaban más la atención sus ojos despavoridos de cervatillo que su descomunal tamaño.

Blunt se quitó el sombrero y se secó el sudor de la frente mientras Dodge se arrodillaba ante el cuerpo de Carrie. Entornó los ojos y frunció el ceño. No había llegado a presenciar el brutal choque entre la motocicleta de Vance y el coche patrulla de su hija, así que no entendió qué hacía el otro paramédico con Helen unos metros más adelante.

—¿Qué ha pasado ahí, Dodge? —le preguntó señalando con la barbilla hacia allá.

—Accidente. Lenno está con él —dijo escueto.

La prioridad de Dodge ahora no era responder preguntas sino atender a los heridos. El tiempo de reacción era vital para, tal vez, lograr salvar una vida. En su rostro no había ni rastro de aquella mirada de cervatillo asustadizo que Blunt recordaba. Solo determinación.

Se acuclilló para examinar más de cerca el cuerpo, absolutamente concentrado. El estado general de Carrie no era muy halagüeño, y lo primero que hizo fue buscarle el pulso. Por supuesto, no lo encontró. Le giró la cabeza para comprobar que las vías respiratorias no estuvieran obstruidas y hacerle la maniobra de respiración artificial, pero de inmediato se percató de que el rigor mortis ya había empezado a hacer acto de presencia. Cuando movió el cuerpo y el semblante de Carrie fue visible del todo, quedó patente que no había nada que salvar. La imagen de los labios de Carrie cosidos como si fuera una muñeca de trapo revolvió el estómago de Dodge y le hizo retroceder.

—¡Joder!

Blunt clavó la vista en el rostro inerte de Carrie, y su corazón botó en el interior de su pecho como un pez fuera del agua. No se había dado cuenta de aquel detalle antes. Se puso en pie sin dejar de mirar tal aberración. En las puntadas negras que atravesaban de arriba abajo los labios de Carrie y unían carne con carne en zigzag solo veía maldad.

—¿Puedes hacer algo por ella? —preguntó angustiado el policía.

—¿Hacer? ¿Qué espera que haga por ella? —contestó Dodge impotente, la pregunta ahogaba cualquier tipo de esperanza—. Esta mujer lleva muerta horas. Y lo que le han hecho... Dios...

Le entró una arcada. Dodge se llevó una mano a la boca tratando de contener el vómito... y a duras penas lo consiguió. La vida no lo había preparado para muchas situaciones, pero para atender aquel tipo de eventualidades, menos todavía. Porque en Goodrow no pasaban ese tipo de cosas. Al menos hasta hacía dos semanas... Ahora cada aviso que recibían por parte de la policía era más macabro que el anterior. Ojos arrancados, orejas cortadas, labios cosidos... ¿En qué momento Goodrow Hill se había convertido en una película de terror?

—Qué... ¿Qué es esto, jefe? —logró articular Dodge tras recuperarse del impacto—. Llevamos tres cuerpos mutilados en cuánto, ¿quince días? Dos han sido casi en veinticuatro horas... ¿Qué demonios está pasando?

La reacción de Dodge era normal. Desde que empezaron los asesinatos había acudido a cada escena del crimen casi exclusivamente para certificar la muerte de las víctimas. Primero fue Tom Parker, luego Cooper Summers y ahora Carrie Davis. Tres defunciones casi de corrido y ninguna por causas naturales. Sin embargo, aun a pesar del corto intervalo de tiempo entre unos y otros, le resultaba imposible acostumbrarse a algo así. Mucho menos a ese grado de crueldad. Pero ¿quién podría hacerlo? Por mucho que tengamos la certeza de que la muerte nos rodea, nadie, jamás, se acostumbrará a ella. Da igual en qué forma se presente. Ni siquiera el jefe Blunt, que cargaba con la desdicha de haber presenciado en la guerra mucha más muerte y maldad de la que Dodge vería en su vida, se había habituado a ello.

Sin embargo, más allá de los labios cosidos de Carrie, de las cuencas vacías de Tom o de las orejas cercenadas de Cooper, había algo más que la muerte. Había venganza. Pura y llana venganza.

—Lo que está pasando va a terminarse de inmediato —sentenció Blunt. Después, le ordenó a Dodge que tapara el cuerpo sin vida de Carrie—. ¡Y no toques nada! —le gritó antes de correr hacia donde estaba su hija.

Cuando rodeó el coche patrulla de Helen vio la abolladura en el lateral de la carrocería. Debido al golpe, la pintura había saltado como la cáscara de un huevo. Después se percató de la Indian Scout de Vance tirada en el suelo. Uno de los retrovisores se había partido y el manillar estaba doblado. Había una mancha negra de aceite formándose en el asfalto. A pocos metros se encontraba su hija, de pie, caminando nerviosa de un lado a otro delante de un cuerpo inmóvil.

—¡Helen! —Se acercó a ella, agarrándola del brazo—. ¿Qué ha ocurrido?

Los ojos de Helen estaban hinchados y le temblaba el labio inferior. Siempre había creído que, después de todo lo que Vance la había hecho sufrir, jamás podría perdonarlo. Que lo mejor que le podría pasar era que desapareciera; no volver a verlo nunca más. Pero en cuanto se dio cuenta de que aquel deseo rabioso que albergó en su corazón en multitud de ocasiones podría estar a escasos segundos de cumplirse, se arrepintió de haberlo siquiera imaginado. Ahora no quería perderle. No después de escuchar las dos últimas palabras que se evaporaron de su boca.

Tragó saliva antes de hablar.

—No... No lo vi. Vance... A-apareció de la nada. Iba muy deprisa. Yo solo... frené. No me dio tiempo a esquivarlo. Chocó con el coche y... saltó por encima del capó. Papá, yo... No quiero que se muera —rompió a llorar—. Por favor, haz algo. ¡Por favor, que no se muera!

Helen se echó al pecho de su padre como una niña. Blunt dudó un momento antes de abrazarla. Él también había deseado librarse de Vance más veces de las que podía recordar. Desde el primer momento que Helen le habló de él en la escuela, desde la primera vez que los vio juntos, sabía que aquel muchacho les traería problemas. Su intuición no le defraudó entonces.

Pero su hija sí. Y Vance también.

Sobre todo cuando decidió confiar por una vez en su palabra, cuando le juró que el pequeño Elliot Harrison estaba atrapado en el sótano de Mercer. Ese día, Vance destruyó la copa de la confianza que Blunt le había brindado. Un estallido en mil pedazos afilados que nunca volvió a recomponerse y que además terminó por agrietar para siempre la frágil relación que hasta ese momento tenía con su única hija.

Pero eso no quitaba que aún la quisiese. Y que sintiera su dolor, aunque no llegara a comprender por qué tras tantos años, tras padecer tantos sufrimientos, siguiera llorando por alguien como Vance Gallaway. Alguien que se había convertido en un asesino sin escrúpulos. No, Vance no lo merecía; ese innombrable no merecía las lágrimas que derramaba su hija por él.

Pero la abrazó. E intentó reconfortarla, aunque el único consuelo que pudo ofrecerle fue su silencio.

Unos instantes después se separó de ella para acercarse con cautela al compañero de Dodge, Lenno. Este llevaba como sanitario en Goodrow Hill unos cuantos años más que Dodge, y cuando los veía juntos, siempre le recordaban a una versión moderna del Gordo y el Flaco.

Lenno estaba preparando una camilla, y ya le había colocado a Vance un collarín cervical.

—¿Cómo está Gallaway, Lenno?

—No está muerto de milagro, jefe —declaró el paramédico—. Lo habíamos perdido, pero ya lo sabe... mala hierba nunca muere. He tenido que usar el desfibrilador y administrarle adrenalina, pero la intervención de su hija mientras acudíamos a la llamada ha sido decisiva. La reanimación cardiopulmonar que le ha practicado puede que sea lo que le ha salvado la vida. Lo he sedado, y ahora mismo está inconsciente. El golpe ha sido fuerte, tiene huesos rotos... La pierna no tiene buena pinta, y la cadera... No sé si habrá hemorragia interna, pero por lo menos ahora mismo está estable. De todas formas, habrá que hacerle pruebas y unas placas, y probablemente operarlo de urgencia... Lo trasladaremos al Hospital de Rushford Falls de inmediato para que se encarguen de todo.

Blunt asintió.

—Hablaré con la policía de Rushford. Quiero que Gallaway esté vigilado las veinticuatro horas del día. Y en cuanto pongáis un pie en el hospital decidles a los médicos que me llamen. Quiero estar al tanto de todo lo que le pase. Y si despierta de camino y dice algo, me informáis sin demora.

—No creo que vaya a despertar, jefe. El sedante es...

—Me llamáis —repitió Blunt muy serio. Lenno guardó silencio y asintió con la cabeza. Después le silbó a Dodge para que le ayudara a subir a Vance a la ambulancia.

Mientras lo hacían, Blunt miró a su hija. Aunque parecía un poco más aliviada tras escuchar el pronóstico de Lenno sobre Vance, la angustia se aferró de nuevo a sus ojos azules cuando los dirigió a la lona dorada que cubría el cuerpo inerte de Carrie.

—¡Carrie! —gritó y salió corriendo hacia allá. Pero su padre la detuvo.

—No hay nada que hacer Helen. Carrie ha muerto...

—¡No! ¡Carrie no!

—Helen, Vance no era la persona que creías...

Helen se apartó con brusquedad de su padre y lo miró con los ojos fuera de órbita.

—¡No ha sido él! ¡Vance no ha podido matar a Carrie! ¡Él no...!

Blunt agarró a Helen por las muñecas y alzó la voz por encima de los gritos de su hija.

—¡HELEN, BASTA! ¡Lo he visto salir de su casa! ¡Lo he visto con mis propios ojos, maldita sea! ¡Por eso huía cuando ha chocado contigo! ¡Ha dejado el mismo mensaje en la pared, por el amor de Dios!

—¡Suéltame!

—¡¿Es que estás ciega?! ¡Vance la ha asesinado! —soltó Blunt bruscamente—. ¡La ha matado y le ha cosido la boca, joder!

Su intención no era que el dolor de su hija aumentara, pero no iba a impedir que supiera la verdad. Vance había matado a Carrie. Era su tercera víctima. Puede que ahora Vance tuviera que debatirse entre la vida y la muerte, pero ya no segaría más vidas; ya no habría más cadáveres.

A Helen se le cayó el mundo encima y se derrumbó de rodillas sobre el asfalto. No lograba entender por qué Vance había matado a Carrie. A Tom. A Cooper. Por qué le había mentido.

No... algo estaba mal. Algo no cuadraba. Y no había más pruebas que la palabra de su padre, del hombre que siempre había odiado a Vance desde que lo conoció, a quien durante veinticinco años deseó atrapar, encerrar, hacer confesar a toda costa. Y parecía haberlo conseguido.

Ya no se fiaba de su padre. Desde luego, no podía seguir haciéndolo.

Brotó de nuevo la misma inseguridad que la atenazó en comisaría y se planteó una vez más las preguntas que tanto miedo le daba responder: ¿Y si lo había orquestado todo él de alguna manera? ¿Y si su padre había matado a Carrie... y a los demás... para inculpar a Vance? La confianza se había roto del todo, y Blunt pudo darse cuenta de ello en los ojos de su hija. Unos ojos que lo penetraron como una lanza azul y lacerante. Pero antes de que pudiera arrancársela del corazón, el teléfono sonó en su bolsillo.

—Aquí Blunt.

—J-j-jefe, soy Charlie —espetó acelerado el oficial—. Estoy en la c-c-caravana de G-G-Gallaway...

—Ya lo tenemos, Charlie. Vente para acá.

Charlie carraspeó y repitió con gravedad casi las mismas palabras que el día que encontró muerto a Tom Parker en su casa de la ladera:

—Será mejor que venga usted aquí, jefe... Ti-ti-ti-tiene que ver esto.

29

Un trozo de carne sin masticar

Una de las ventajas de vivir en un pueblo tan pequeño como Goodrow Hill es que no era necesario disponer de muchos agentes locales para mantener la paz en el lugar. Nunca habían sido más de cinco, y ese puñado de policías siempre había sido suficiente. Además, históricamente, las probabilidades de que pasara algo tan grave que superase la capacidad más allá de esos pocos agentes eran mínimas. Y ni siquiera el secuestro de Elliot Harrison y la posterior muerte de John Mercer fueron razones suficientes para que se valorara la ampliación de la brigada policial. Al fin y al cabo, aquello fueron hechos aislados; Goodrow no era una gran ciudad, y pocas veces se contemplaba que pudiera ocurrir algo tan grave que llegase a desbordar a los agentes. Sin embargo, la desventaja era que, si llegaba a ocurrir, sus recursos limitados no les permitirían atender todas las urgencias a la vez. Y tenían dos agentes de baja desde hacía tiempo, así que era en esa tesitura en la que la policía de Goodrow Hill (con solo tres efectivos disponibles) se encontraba en ese momento.

Lenno y Dodge acababan de poner rumbo al Hospital de

Rushford Falls para que atendieran a Vance tras su aparatosa colisión. Blunt habría ido con ellos para interrogarlo apenas recuperase la consciencia, pero debía quedarse mientras los bomberos extinguían los últimos coletazos del incendio, así que llamó a la comisaría de Rushford y habló directamente con el teniente Morales para que un par de agentes se encargaran de vigilar a Vance en el hospital. Él iría más tarde.

Blunt hubiera querido dividirse para estar en ambos sitios a la vez. Además, no creía que Helen pudiera hacer su trabajo como es debido si la enviaba con Vance. Primero, porque la veía muy afectada a nivel emocional, y segundo, porque seguía dudando de su honestidad. Aunque Helen lo negase, aquel caso giraba en torno a ella y los demás. Y eso era lo que de verdad le angustiaba: tener a alguien en su equipo de quien no podía fiarse y a quien no podía permitir estar cerca de un sospechoso por temor a que fuera su cómplice. Esa preocupación le agitaba por dentro, pero trataba de autoconvencerse de que solo era una sensación, de que se equivocaba con su hija.

Por otra parte, los de la funeraria ya estaban de camino. Blunt los había llamado de inmediato, el cadáver de Carrie no podía permanecer mucho más tiempo sobre el asfalto. A él no le hacían falta más pruebas que le confirmasen quién la había matado, pero veía necesario que Jerry le practicara la autopsia. Aunque había visto a Gallaway huir de la escena del crimen con sus propios ojos, debía seguir el protocolo y, antes de presentarle al juez todas las pruebas, quería cerciorarse de que no había fisuras en el caso por las que la culpabilidad de Gallaway pudiera encontrar escapatoria. Era hora de que pagara por sus crímenes. Y si tenía razones para desear que los médicos le salvaran la vida, esa era una de ellas.

Ahora bien, debía quedarse allí... o dejar a Helen al cargo mientras él atendía la llamada urgente de Charlie.

Cuando le dijo por teléfono que había encontrado algo importante en la caravana de Vance, que tenía que ir para allá con urgencia, Blunt le pidió que acordonara la zona y que esperara allí mientras decidía si era él o su hija quien acudiría. Pero la desconfianza era mutua. Ambos sospechaban que el otro había tenido algo que ver en todo ese asunto.

—Si no puedo acompañar a Lenno y Dodge al hospital, ¿qué quieres que haga? —quiso saber Helen, molesta.

—Ve con Charlie —decidió Blunt finalmente—. Yo me quedaré aquí. Esperaré a que se lleven el cuerpo de Carrie. Y en cuanto los bomberos me confirmen que no hay peligro de acceder al interior de la vivienda intentaré averiguar qué ha pasado ahí dentro... Aunque creo que está bien claro.

Helen lo miró, entre resignada y furiosa, pero no dijo nada.

—Sea lo que sea, quiero que me informes de inmediato de lo que Charlie haya encontrado —concluyó Blunt, mientras Helen se dirigía ya a su coche abollado. El policía esperó, pero no parecía que fuera a responderle. Antes de que entrara en el coche patrulla, Blunt alzó la voz para que su hija lo escuchara—: No me falles, Helen.

Ella mantuvo la puerta abierta del coche durante unos segundos y lo observó antes de entrar. Cerró, dio marcha atrás y después enfiló hacia las montañas. Desde el retrovisor vio la silueta de su padre haciéndose cada vez más y más pequeña.

De camino, Helen no paraba de darle vueltas a todo. No podía creerse que Carrie hubiera muerto, pero menos sentido tenía que Vance hubiera sido el responsable. Quería encontrar una explicación, daba igual que no fuera del todo convincente, se conformaba con algo superficial, pero no la encontraba. No tenía lógica. Como tampoco la tenía que John Mercer hubiera visitado a Steve hacía poco más de un mes, tal como descubrió en los registros del psiquiátrico. Maldita sea, John Mercer estaba muerto. ¡Estuvo delante de su cadáver! ¿Qué hacía su firma entonces en el libro de visitas?

Pero igual que ella vio el cuerpo sin vida de Mercer con sus propios ojos, su padre también vio salir a Vance de casa de Carrie antes de hallarla muerta en su interior. Y por regla general los inocentes no huyen. Son los sospechosos los que lo hacen, los culpables. ¿Por qué lo haría Vance si acaso no lo fuera? Además, no era solo eso... Si su padre la había alertado de que Vance podía estar detrás de los asesinatos fue porque lo vio en las grabaciones de la cámara de seguridad de la oficina de correos. Le dijo que había visto a un hombre con una gabardina enviar las cartas... poco antes de que Vance apareciera también en la pantalla.

¿Era una coincidencia? ¿Lo era que justo después de que su padre la pusiera sobre aviso localizaran a Vance saliendo de casa de Carrie?

Por mucho que quisiera, no podía descartar nada. Renunciar a la inocencia de Vance era confirmar que le había estado mintiendo, pero señalarlo como culpable le había parecido hasta ahora un sinsentido. La cabeza le iba a estallar. Y todavía le faltaba ver qué demonios había descubierto Charlie en la caravana de Vance. No quería ponerse en lo peor, pero no tenía buena pinta. ¿Y si era cierto que Vance sí era culpable? ¿Y si Charlie había descubierto otro cadáver allí? ¿Y si...?

Helen abrió los ojos y soltó un grito ahogado. Desde anoche no sabía nada de Jesse ni de Markie. Joder, ¡Markie había acompañado a Carrie y a Jesse a casa! ¡Podría haberles pasado algo a ellos también!

Rebuscó el móvil en su chaqueta con dificultad. Inconscientemente aceleró, pero lo último que quería era salirse de la carretera y darse de frente con un algún maldito arce, así que levantó el pie del pedal. Encontró por fin el teléfono y buscó el listado de últimas llamadas. Localizó el nombre de Markie y pulsó con fuerza el botón de llamada. Esperó y esperó, pero no daba tono. Miró el móvil. Dos rayas de cobertura. Era poca, pero debería permitirle conectar. Colgó y lo intentó de nuevo. Esta vez escuchó el tono al otro lado de la línea. Hubiera suspirado de alivio, pero los nervios se lo impedían. Estaba frenética.

—¡Vamos, Markie, joder! ¿Dónde estás? —gritó. La respuesta fue un tut-tut-tut seguido de un silencio insultante—. ¡Mierda!

Probó con Jesse. Daba señal.

—Por favor, por favor, Jesse, cógelo. Por favor...

—¿Diga?

—¡Jesse!

—Sí. Eh, ¿Helen? ¿Qué pasa?

—¿Estás bien? ¿Está Markie contigo? —preguntó apresuradamente.

—¿Qué? Joder, Helen, ¿a qué viene tanta prisa? Markie no está aquí. ¿Qué coño pasa?

—¿Estás bien? —repitió.

—¡Que sí, joder! ¡Estoy bien! ¿Ahora puedes explicarme por qué no paras de gritar?

—Le han hecho daño a Carrie, Jesse. Y Markie no me coge el teléfono. ¡No sé si le habrá pasado algo!

—Eh, para el carro, Helen. ¿Qué dices que le ha pasado a Carrie? ¿Está bien?

—¡No, mierda, Jesse! ¡Carrie no está bien! ¡Está muerta!

—¿Qué? Oh, vaya... ¿Ha sido Markie? ¿Ha sido él?

—¿Markie? ¡Ha sido Vance, Jesse! Vance ha matado a Carrie... ¡Los ha matado a todos!

Se hizo un silencio sepulcral al otro lado de la línea. Jesse asimilaba la noticia como quien trata de engullir un trozo de carne sin masticar.

—¿Por qué iba a hacer Vance algo así? —inquirió Jesse. Era lo mismo que Helen se preguntaba, pero por ahora no sabía la respuesta.

—No lo sé, Jesse... Todavía no lo sé. Pero... él envió las cartas. Aparece en unas grabaciones... Y mi padre lo ha sorprendido saliendo de casa de Carrie antes de encontrarla muerta.

—¿Dónde está Vance ahora? —preguntó muy serio. Helen guardó silencio una milésima de segundo. ¿Era simple interés o le estaba sonsacando información? Además, no parecía que la noticia de la muerte de Carrie le hubiera afectado en absoluto. ¿Era buena idea ponerle al corriente? Dudó por un momento (se estaba habituando a esa incómoda sensación), pero finalmente respondió:

—De camino a Rushford Falls. Lo he... atropellado mientras trataba de huir de la escena del crimen. Casi no lo cuenta... Está grave, pero creo que sobrevivirá. Cuando despierte tendremos que interrogarlo.

Jesse chasqueó la lengua.

—Sigo sin entenderlo, Helen.

Tal vez ella se había convencido de la culpabilidad de su exmarido en todo este asunto, pero Jesse no entendía los motivos que Vance podía haber tenido para cometer los asesinatos. Al fin y al cabo, él fue quien incitó a los demás cuando se enfrentaron a Steve por lo de Mercer. ¿Por qué asesinar a sus amigos cuando todo parecía ya olvidado? En veinticinco años apenas había vuelto a surgir el tema. Además, si los mensajes que el asesino había dejado en las paredes se dirigen a ellos, sin duda Vance era uno de los principales destinatarios. ¿Por qué iba Vance a desenterrar el asunto, y de aquella manera? No tenía lógica ninguna.

—Hay muchas cosas que yo tampoco entiendo, Jesse —dijo Helen, resignada.

—¿Qué vas a hacer entonces?

—Intentar aclararlas. Ahora mismo voy de camino a la caravana de Vance, Charlie ha descubierto algo importante. Luego te llamo. Seguiré tratando de localizar a Markie, pero te agradecería que tú también lo hicieras. Avísame si das con él, quiero asegurarme de que está bien. Temo que Vance haya podido hacerle algo a él también.

Jesse asintió y colgó. La verdad, no tenía claro que Vance fuera realmente el responsable de los asesinatos, pero, en el fondo, poco le importaba. Lo único que lamentaba era que, si de verdad lo era, lo hubieran atrapado antes de que terminara el trabajo. Y aunque Helen no aparecía marcada en las fotografías, sabía que ambos merecían el mismo castigo que los que ya estaban muertos.

30

Negro sobre blanco

Charlie delimitó con cinta policial un perímetro alrededor de la caravana de Vance tal como le había ordenado Blunt.

Se había sacudido el barro de las botas antes de entrar en el vehículo, pero se le volvieron a ensuciar de nuevo nada más salir. La zona se convertía en un lodazal siempre que llovía y, a pesar de lo avanzado del día, el lugar seguía húmedo tras el temporal diluviano de la noche anterior. Charlie estaba harto del tiempo que hacía en Goodrow y de tener que limpiarse las botas cada dos por tres, pero le gustaba el olor que desprendían las montañas a diario. Ese aire puro compensaba la habitual y cansina lluvia, y todo lo demás.

Cuando hubo acabado, se encaminó a su coche avanzando pesadamente. A pesar de lo que había visto en el interior de la *roulotte*, su apetito seguía intacto. Así que estaba decidido a abrir y devorar la caja de dónuts que había comprado mientras esperaba nuevas órdenes. Pero en cuanto se llevó el primero de los dónuts a la boca se acordó de su mujer. Y es que lo había amenazado ya tres veces esa semana para que cambiara sus malos hábitos alimenticios por otros más saludables. Charlie tenía sobrepeso, odiaba hacer deporte y le encantaba comer dulces y porquerías. A sus cincuenta y largos ya no tenía fuerza de voluntad ni para apuntarse al gimnasio. Pero su queridísima e insistente mujer no iba a cejar en su empeño, al menos hasta que viera que había perdido unos cuantos kilos. Charlie, por supuesto, no quería defraudarla... pero tampoco privarse de lo que le gustaba. Aunque hoy se sentía especialmente mal, porque se había olvidado la fiambrera con la fruta y el medio sándwich de pavo sin sal que ella le había preparado para comer. Por una vez, no lo había hecho adrede. Se lo juraría en cuanto llegase a casa, pero no le iba a creer. Nunca le creía. Así que, haciendo un esfuerzo sobrehumano, devolvió el delicioso bollo circular de chocolate a su caja y decidió compensar su mala cabeza dando varias vueltas alrededor del perímetro que había marcado. Total, las botas ya estaban sucias... y aquello era como hacer deporte, ¿no? Como mínimo debía contar como ejercicio.

A la cuarta vuelta sudaba como un pollo y le faltaba el aliento. Su mujer tenía razón, necesitaba un cambio en su vida. Pero para una tipa delgada como ella era fácil decirlo. A ver qué pasaría si los gordos fueran los sanos del mundo y tuvieran que aleccionar a los flacuchos para ponerse como ellos... Le habría gustado verlo.

Mientras dejaba caer sus posaderas sobre un viejo tocón de gruesas raíces frente a su coche y observaba sus sucias botas embarradas, se prometió que hoy no comería más dónuts. Pero al levantar la vista vio la caja dulce del pecado llamándole sobre el asiento de su coche patrulla. No iba a transigir, no iba a transigir, no iba a transigir...

Le cayó una gota de sudor por la sien. Bueno, tal vez solo comería un trocito. O medio. Solo uno, va. El último, de verdad. Al fin y al cabo, esa noche tendría que cenar la fruta y el insípido medio sándwich de pavo sin sal que le había preparado su mujer para comer... Y había hecho deporte, ¿no?

Cuando estaba a punto de darse por vencido y abandonarse a la tentación, vio aparecer el coche patrulla de Helen por el camino. Se puso en pie de un salto nada más verla, olvidándose de los dónuts. Lo primero que le llamó la atención fue la abolladura que la Indian Scout de Vance le había provocado en la carrocería.

—¿Qué... qué le ha pasado a tu c-c-c-coche? —preguntó curioso.

—Nada. Un golpe —respondió Helen, sin entrar en detalles—. ¿Qué has encontrado, Charlie?

Charlie la guio hacia la caravana.

—¿No vi-viene el jefe?

—Hemos dado con Vance —explicó Helen, mientras avanzaba hacia la cinta policial—. Ha tratado de huir y ha provocado una gorda en el pueblo. El jefe se ha quedado con los bomberos.

—Jod-joder, ¿q-q-qué narices ha hecho?

—No tengo ganas de hablar de eso ahora mismo. ¿Ha venido por aquí alguien después de que llegaras?

Charlie negó con la cabeza mientras alzaba la cinta negra y amarilla para que Helen la cruzara. ¿Quién se suponía que iba a venir?

—Eres la pri-pri-primera —indicó. Después cogió carrerilla—. En cuanto el jefe ha dado la a-a-alarma de que Gallaway era so-so-sospechoso de los asesinatos, hemos lla-llamado al aserradero. Noah Mason me ha dicho que había acudido a t-t-trabajar, pero que se había largado sin venir a... a cuento antes de acabar su j-jornada. A decir verdad, creí que... lo encontraría aquí. No he v-v-visto su m-moto por ninguna p-p-parte, así que me he imaginado que la... caravana estaría vacía. De todos modos, antes de e-entrar he pegado cu-cu-cuatro gritos para que s-saliera con las manos en alto. Después he entrado a echar un vi-vi-vistazo.

¿Vance había ido a trabajar solo para marcharse antes de que terminara su turno?, se preguntó Helen. ¿Tanta prisa tenía para matar a Carrie? Eso no tenía lógica. O, como poco, resultaba de lo más extraño. A no ser... A no ser que Carrie hubiera descubierto algo. Algo que comprometiera a Vance y que le obligase a actuar de inmediato. Como, por ejemplo, que era él quien estaba detrás de los asesinatos. ¿Podría estar esa suposición próxima a la verdad? No podía estar segura, pero cabía la posibilidad. Cabían muchísimas posibilidades, por desgracia.

Antes de abrir la puerta de la caravana, Charlie le tendió a Helen unos guantes de látex. Ella lo miró frunciendo el ceño.

—Los n-n-necesitarás —le dijo el policía, mientras se enfundaba los suyos.

Ambos accedieron a su interior.

Helen esperaba encontrarse una escena espantosa, pero todo estaba casi igual que cuando visitó a Vance la mañana de la muerte de Cooper. El desorden permanecía inalterable, el olor a ropa sudada y leche agría seguía flotando en el ambiente... Contó algunas colillas más en el suelo que las de la última vez, pero nada parecía fuera de lugar porque, en fin, todo estaba fuera de lugar.

—No veo nada raro —expuso Helen, en parte aliviada.

Charlie se acercó a la nevera y agarró el tirador.

—Que conste que la he abierto de manera p-puramente instintiva —dijo alzando las cejas. En realidad solo era un pretexto. Y de los malos. Charlie siempre curioseaba neveras en casas ajenas, pero esa manía vergonzosa y embarazosa que tenía no se la iba a confesar a su compañera. Aunque después de haberlo dicho pensó que debería haber buscado una justificación que no sonara como la pésima excusa que era.

Abrió la puerta.

Las paredes del interior de la nevera no estaban tan sucias como las bandejas de rejilla. Hacía años que nadie las limpiaba, si es que alguien se dignó hacerlo alguna vez. Sobre la bandeja superior había dos recipientes de plástico cerrados con tapa. Helen arrugó la frente y frunció el ceño. Miró a Charlie, que le tendió un par de guantes de látex mientras se los señalaba con un gesto de la cabeza.

Inclinándose sobre la bandeja, miró detenidamente cada recipiente antes de tocarlos. Uno contenía lo que supuso que era agua con dos esferas flotando en su interior, el otro lo que parecían sobras de la noche anterior. Cuando se acercó todavía más, descubrió que lo que flotaba en el primero eran unos ojos. El segundo no eran sobras, y no le hizo falta abrir la tapa para confirmar de qué se trataba. Ni el detective más inexperto podría haber fallado en su deducción. Sin embargo, sacó los recipientes con cuidado, los dejó en el fregadero y los destapó.

Y ahí estaban.

Los ojos de Tom. Las orejas de Cooper.

Helen agachó la cabeza y cerró los ojos en un claro signo de resignación. Su padre tenía razón, Vance había estado jugando con ellos. Pero aquello no era un juego, nadie se reía. La muerte no tenía nada de divertido.

—En c-cuanto he visto lo que c-contenía ese de ahí —dijo Charlie señalando el recipiente de los ojos— he llamado al j-j-jefe. No he q-querido seguir mi-mirando hasta que no lo viera él en p-p-persona, pero ya que estás a-aquí, p-podemos llevar a c-cabo un re-registro de la ca-caravana. Puede que ese cabrón t-t-tenga escondido algún m-maldito souvenir más entre toda esta b-b-basura.

Helen no creía probable que encontraran pruebas adicionales. Lo que les faltaba a Tom y Cooper lo tenía justo delante.

Y excepto Carrie, no había más víctimas. Solo con eso, era suficiente para acusar y condenar a Vance por los asesinatos. Y el testimonio de su padre cuando lo descubrió huyendo de casa de Carrie sería crucial en el juicio. Sin embargo, no estaba de más adelantar faena. Helen aprobó la propuesta de su compañero.

—Está bien, trae algunas bolsas de evidencias. Haremos un registro antes de que llegue mi padre.

Charlie salió de la caravana mientras Helen tapaba de nuevo los recipientes con cuidado. Echó un vistazo a su alrededor. Estaba decepcionada y se sentía tremendamente traicionada. En su mente resonaba todavía el «te quiero» de Vance antes de que este perdiera el conocimiento y mantuviera un peligroso escarceo con la muerte del que salió indemne por gracia divina.

¿Por qué le había dicho eso? ¿Por qué, después de asesinar a Carrie a sangre fría?

No lo entendía, igual que no entendía por qué guardaba en su nevera los ojos y las orejas que les había arrancado a sus víctimas... a sus amigos.

Si los médicos no lograban que se recuperase, es posible que no lo averiguara nunca. El problema era que, aunque todo apuntaba con claridad a Vance, algo no terminaba de encajarle. Su corazón le decía que algo estaba mal. Pero esa corazonada se antojaba insostenible ante las evidencias. Las pruebas estaban ahí, infalibles, podía verlas y tocarlas. Era negro sobre blanco, incuestionable.

En ese momento le sonó el móvil. En la pantalla vio el nombre de Markie. Un alivio invadió todo su ser cuando descolgó y lo escuchó al otro lado del auricular.

31

La mariposa

Cuando miré el móvil, vi una llamada perdida de Helen. Esperaba que tarde o temprano volviera a telefonearme, pero fue bastante antes de lo que imaginé.

Le devolví la llamada y lo primero que hice fue disculparme.

—Hola, Helen. Me has llamado, ¿verdad? Estaba con Randy y no me he dado cuenta... Lo tenía en silencio, perdona.

—Markie, gracias a Dios que estás bien...

Lo dijo en una exhalación, como si se hubiera quitado un peso de encima. Tuve la seguridad de que iba a revelarme el motivo de inmediato, pero la interrumpí.

—Helen, tengo que contarte una cosa que nos pasó ayer a Carrie y a mí de camino a su casa —me apresuré a decirle con nerviosismo—. Creo... creo que alguien nos siguió anoche... O eso nos pareció. Vimos una luz en la carretera y... Bueno, fue solo un momento, pero... Estuve a punto de llamarte. Carrie me dijo que lo hiciera, pero pensé que eran imaginaciones nuestras. Además, estaba lloviendo a cántaros y...

—Espera, ¿qué? ¿Me estás diciendo que alguien os siguió anoche?

—Sí, yo...

—¡Maldita sea, Markie! —me increpó Helen—. ¿Por qué no lo hiciste? ¡¿Por qué no me llamaste?!

Su tono de voz no solo denotaba enfado sino indignación y derrota, como si no haberla llamado hubiera provocado una hecatombe, como si fuera una mariposa que por batir sus alas hubiera desencadenado el más destructivo huracán.

—Bueno, pensé que...

—¡Deberías haberme llamado, Markie! —me interrumpió ahora ella a mí—. ¡Vance ha asesinado a Carrie...! ¡Y tal vez si hubieras cogido el maldito teléfono y le hubieras hecho caso podríamos haberlo evitado! ¡Tal vez no estaría muerta...! ¡Tal vez... ¡Joder! ¡Joder, Markie, joder!

Me quedé en silencio soportando sus gritos estoicamente. Helen también guardó silencio mientras recuperaba el aliento, pero estaba claro que me culpaba de la muerte de Carrie. Tras unos segundos (supongo que tras concluir que por mucho que me gritara no iba a poder devolverle la vida a su amiga) volvió a hablarme, esta vez algo más sosegada:

—Es... es igual, Markie. Lo siento. No quería tratarte así, de verdad... Todo este asunto...

—No pasa nada... —le dije—. Lo entiendo. Pero ¿lo que me cuentas es verdad? ¿Ha sido Vance?

—Sí —respondió apenada en lo más profundo—. Pero ya ha acabado. Lo hemos pillado con las manos en la masa como quien dice... Intentó huir, pero... lo detuvimos.

—¿Y qué pasa con Tom y Cooper? ¿También fue él el responsable?

—Estoy en su jodida caravana, Markie —respondió enfurecida—. Si no teníamos pruebas de que Vance los hubiera asesinado, ahora ya las tenemos. El muy cabrón guardaba los ojos de Tom y las orejas de Cooper en su maldita nevera como si fueran... las sobras de sus actos, o yo qué sé. Dios, uno tiene que estar muy enfermo para hacer algo así —se lamentó, incrédula tras ratificar en persona el plan que su exmarido había ejecutado—. Todavía no puedo creer que haya hecho esto, Markie... Es... es monstruoso.

Chasqueé la lengua e intenté ponerme en su lugar. Pensar que la persona que una vez habías amado hubiera llegado a ese punto debía ser un golpe difícil de encajar, y pasar ese trago sin ningún tipo de apoyo podía aplastarte irremediablemente como el peso de una losa de hierro.

—¿Quieres que nos veamos? Sé que eres una mujer fuerte, pero creo que lo mejor es que no pases por esto sola. No quiero obligarte, claro, solo digo que...

—No es necesario, Markie —me rechazó de pleno—. Tengo que informar de esto a mi padre... Tenemos mucho que hacer aquí.

—¿Seguro que estarás bien?

—Estaré bien cuando todo esto termine —apuntó—. Tengo que colgar.

Helen no se despidió.

Yo tampoco lo hice.

El jefe Blunt estaba de camino cuando Helen lo llamó para informarle de las novedades.

Blunt se sintió satisfecho; ahora sí, por fin, disponían de las pruebas necesarias para imputarle a Vance los tres asesinatos. Ni siquiera su confesión haría falta. Después de tantos años, iba a terminar donde debería haber recalado muchísimo antes: entre rejas. Lo único que lamentaba era no poder añadir a su listado de crímenes el asesinato de John Mercer, pero tal vez cuando despertase de la operación —si despertaba— conseguiría una confesión al respecto. Puede que incluso lograra sonsacarle el paradero de Steve Flannagan.

Aparcó junto a los coches de Charlie y de su hija, y ambos lo acompañaron para que viera lo que habían encontrado. No se sorprendió cuando le enseñaron los ojos y las orejas arrancados de los cadáveres en el interior de sus respectivos recipientes. Siempre había sabido que Vance Gallaway era capaz de eso y mucho más. Ahora, tan solo se estaba demostrando.

—Habrá que hacer algunas pruebas de ADN para confirmar a quién pertenecen —expuso Blunt—, pero creo que está bastante claro... Así que el caso está, me atrevo a decir, cerrado.

—¿Tienes noticias de Vance? —quiso saber Helen.

—Dodge y Lenno me han llamado; Gallaway ya está en el Hospital de Rushford y lo van a operar de urgencia. Les han confirmado que efectivamente tiene una hemorragia interna, como creían. Si no está ya en el quirófano, poco debe faltarle.

—¿Q-q-qué ha pasado, j-jefe? —preguntó Charlie. Por lo visto, Helen no le había contado lo sucedido. Blunt lo puso al día y Charlie respiró aliviado; se acabaron los dolores de cabeza. Después se dirigió a su hija:

—¿Has podido hablar con Andrews y con Tannenberg? —Helen asintió, cabizbaja.

—Están bien.

—¿Qué te pasa? —quiso saber Blunt. Ella movió la cabeza de un lado a otro.

—¿Sabes que alguien siguió a Markie y a Carrie cuando se fueron ayer noche de comisaría? —Su padre frunció el ceño, no sabía nada de aquello—. Acaba de decírmelo; vieron una luz, supongo que era un vehículo... Pero llovía mucho, no pudieron identificarlo.

Blunt lo meditó un instante.

—Tuvo que ser Gallaway —resolvió.

—No llegaron a verlo... —Helen se encogió de hombros, y su padre se percató de que algo la angustiaba—. Pero supongo que sí.

—¿Cuál es el problema, hija?

—No lo sé... Puede que no haya ninguno. Solo me pregunto si hubiéramos podido salvar a Carrie, si tan solo hubieran decidido llamarme para avisarme. Si lo hubieran hecho tal vez Vance no habría...

—Si eso es lo que te preocupa, será mejor que lo apartes de tu cabeza, Helen —le recomendó su padre—. Si le sigues dando vueltas, te estarás preocupando por algo que no tiene remedio. Y ya sabes que eso no lleva a ningún sitio. A ninguno bueno, al menos.

Helen volvió a asentir.

—Estoy mentalmente agotada —reconoció al fin bajando los hombros—. Nada más...

Su padre la escudriñó. Estaba pálida y las ojeras cada vez se le marcaban más. Era evidente que estaba muy afectada.

—Charlie y yo podemos ocuparnos de todo, Helen. Vete a casa y descansa. Si necesitamos algo, ya te llamaremos.

—Puedo quedarme un rato más. Has estado toda la noche en vela.

—No es necesario —atajó Blunt—. Creo que podemos encargarnos nosotros, ¿verdad, Charlie?

—Sin problema —dijo Charlie del tirón alzando el pulgar.

Blunt se acercó a su hija y le apretó el hombro para alentarla.

—Se ha acabado, Helen. Por fin se ha acabado.

Ella puso su mano sobre la de él. La calidez que desprendía la piel de su padre contrastaba con la suya, fría como el bosque que los rodeaba. Ambos se miraron, pero no se dijeron nada más. Aquella vía silenciosa de comunicación estaba convirtiéndose en una costumbre; a ninguno terminaba de gustarle, pero sus escasos esfuerzos por mejorarla apenas daban resultados.

Helen subió al coche patrulla y se marchó. Una ráfaga de viento meció los árboles, y las gotas de lluvia que descansaban sobre las ramas de los abedules se precipitaron suicidas al suelo una tras otra.

Blunt no podía diferenciar si era por los altibajos de su hija o por algo que había dicho, pero notó un extraño malestar en el pecho mientras veía cómo el coche desaparecía por el camino. Después de darle instrucciones a Charlie, él también se subió al suyo y partió hacia Rushford Falls.

32

Claro como el agua

La feria de invierno de Rushford Falls estaba ya presente incluso en los pasillos del hospital. Los preparativos eran un golpe de efecto en el ánimo de la gente y el ambiente festivo promovía la ilusión. Los comerciantes se frotaban las manos optimistas con la espléndida previsión de visitantes que se acercarían para disfrutar del festival, aunque todavía faltaban semanas para que diera inicio oficialmente. Iba a ser una semana grande.

Las sonrisas risueñas de los transeúntes brillaban bajo las luces ya encendidas que iluminaban sus caras y trajeron a la memoria del jefe Blunt recuerdos antaño felices, de cuando disfrutó de un día espléndido paseando por esas mismas calles de la mano de Helen y de su mujer. Nunca olvidaría la ilusión en los ojos de Helen ni la sonrisa sincera de Lisa mientras la miraba. Pasaron un día estupendo comiendo algodón de azúcar y manzanas bañadas en caramelo caliente, parándose en cada puestecito de artesanías y dejando que Helen correteara de un lado a otro señalando ansiosa cada atracción iluminada.

Blunt sonrió al recordar el colofón de aquel día, los tres subidos en la cesta metálica en lo alto de la noria. La atracción se detuvo allí durante un par de minutos dándoles la oportunidad de observar el negro horizonte y las montañas a su espalda.

—¡Creo que veo nuestra casa, papá! —gritó Helen convencida señalando un punto indeterminado.

—Estamos muy lejos de Goodrow, cariño. ¡Y, además, está justo a nuestra espalda!

Helen frunció el ceño, enfurruñada, mientras Lisa se aferraba a él como si de no hacerlo fuera a elevarse como un globo lleno de helio. Blunt deslizó una mano por el hombro de su mujer y la apretó hacia su pecho.

—¿Podemos subir otra vez, papá? ¿Podemos?

—Disfruta de este momento, hija —le dijo su padre—. Aunque volvamos a subir, no se repetirá.

Aquel instante fue uno de los más felices, pero cuánto le dolió haber tenido razón. Porque no se repitió.

Poco después perdió todo y más de lo que nunca hubiera imaginado al dejarse llevar por lo que sentía por Janet Harrison... quien además terminó mintiéndole y ocultándole que Elliot era su propio hijo. Con todo lo que él la había querido... y con el amor tan profundo que ella aseguraba sentir por él... ¿cómo podía habérselo callado tanto tiempo? ¿Solo por no hacerle daño? ¿Por no hacerle daño, a su vez, a su marido? ¿Para cargar sola, por ellos, con el sufrimiento de esa pesada carga? Tanto decirle a Blunt que Elliot era hijo suyo como revelarle a Peter Harrison que no era su padre biológico habría sido una decisión difícil de tomar, sin duda alguna. Pero que se decantara por la única opción que él jamás hubiera contemplado tomar... No podía diferenciar entre si había sido una estupidez o una locura. Aunque no quisiera, tarde o temprano tendría que hablar con Janet de nuevo. ¿Cuándo? Todavía no lo sabía, pero no sería pronto.

Mientras pensaba en si Helen recordaría o no lo que le había dicho en lo más alto de la noria, Blunt avanzó por el pasillo principal del Hospital de Rushford Falls en busca de una enfermera que pudiera darle información sobre el estado de Vance Gallaway.

—Todavía lo están operando —le informó una de ellas—. Si quiere, puede esperar en la salita. Le avisaremos cuando salga.

—¿Podré hablar con él? —quiso saber el policía—. Es importante.

—Creo que no... Después de la intervención pasará a traumatología, por lo que, a no ser que el doctor opine lo contrario, será imposible. Además, probablemente lo mantengan sedado si deben operarlo de nuevo.

—¿Puedo hablar con el doctor? —preguntó Blunt, cada vez más irritado. La doctora negó con la cabeza.

—No está disponible ahora mismo. Pero le avisaré de que lo espera en la salita, ¿le parece? En cuanto tenga un hueco podrá hablar con él, tranquilo.

Blunt resopló, fastidiado. Estaba tranquilo, no hacía falta que esa enfermera se lo pidiera, solo quería poder hablar con Gallaway lo antes posible. Su intención no era otra que sonsacarle de una vez toda la verdad, leerle los derechos y decirle que estaba arrestado por los asesinatos de Tom Parker, Cooper Summers y Carrie Davis. Pero no podía exigirle a esa mujer algo que estaba fuera de sus competencias; esperaría sentado en la sala de espera a que apareciera el doctor con noticias tras la operación.

Fue entonces cuando se dio cuenta de que no había ningún agente de la policía de Rushford allí. Había llamado a la comisaría y hablado con el propio teniente Morales, que le aseguró que mandaría a uno de sus chicos para allá de inmediato por precaución hasta que él llegase para interrogar a Gallaway. Pero allí no había nadie.

Antes de que su mente pudiera señalarlos como incompetentes, un hombre de frondoso bigote, piel morena y gafas setenteras entró en la sala fijándose en el uniforme de Blunt. El hombre sonrió cuando este lo miró y le tendió la mano.

—Jefe Blunt, soy el teniente Morales. Me han dicho que le encontraría aquí.

Morales vestía de paisano, y Blunt no lo hubiera reconocido si no le hubiera dicho nada. Se estrecharon las manos y Morales se sentó a su lado. Blunt decidió reservar el adjetivo de incompetente para más adelante.

—Habíamos quedado que enviaría un par de agentes al hospital, teniente —expuso con sequedad. Morales meneó la cabeza.

—Si le soy sincero, la oficina del alcalde nos tiene absorbidos con el dichoso festival de invierno. Estamos muy ocupados, por eso he tenido que venir yo. No quiero darle la sensación de que me estoy justificando, pero justo hoy hemos tenido que cortar la mitad de las calles del centro y desviar el tráfico en otras cuantas. Cuando he enviado a uno de mis chicos para acá, inmediatamente ha tenido que dar media vuelta porque una de las quitanieves se ha quedado atravesada en el puerto de la salida este, ¿se lo puede creer? No me extrañaría nada que en el circo que están montando para el festival los enanos les crecieran. Con la suerte que estamos teniendo este año, hasta la carpa saldrá volando como una cometa —Morales cruzó los dedos. Después dijo—: Y hablando de circos, ¿qué está pasando en Goodrow Hill?

—Muchas cosas —decretó Blunt—; todas ellas malas.

—El tipo que han traído malherido... ¿quién es?

—Se llama Vance Gallaway. Es un don nadie que de corazón espero salga vivo del quirófano, porque si no lo hace, se librará de una condena que lleva años mereciéndose.

—Veo que mucho aprecio no le tiene...

—Ha matado a tres personas a sangre fría en las últimas dos semanas —explicó Blunt ante la sorprendida mirada de Morales, que alzó las cejas tras sus anticuadas gafas. Aunque sus ojos se abrieron, seguían pareciendo dos pasas diminutas tras las gruesas lentes.

—¡La virgen! Entonces, ¿lo de la desaparición sí estaba relacionado?

La pregunta pilló desprevenido a Blunt y le descolocó completamente. No entendía de qué hablaba el teniente.

—¿A qué desaparición se refiere?

—Eh... —Morales frunció el ceño y se puso una mano en la barbilla, como si estuviera confundido—. Su hija me comentó que tenían un caso entre manos que podría tener relación con una desaparición.

—Ah, ¿mi hija Helen?

Blunt intentó disimular, como si hubiera tenido un pequeño lapsus de memoria, pero percibió una mirada suspicaz en los ojos oscuros de Morales. Pudo darse cuenta de que el teniente intuyó que Blunt no estaba al tanto de las pesquisas de su hija. Y acertaba de lleno. Helen había actuado a sus espaldas, habló con el teniente Morales sin su conocimiento ni consentimiento. ¿Cuándo? ¿Y por qué? No lo sabía. Lo que sí sabía era que le estaba ocultando algo que él desconocía. Algo importante. Procuró no centrarse en la indignación que le brotaba del pecho, sino en lo que Helen le había dicho a Morales, la supuesta relación del caso con una desaparición. Se mantuvo atento a lo que el teniente le dijo a continuación:

—Sí. Vino preguntando por el sargento Rogers. Creía que podía darle algún tipo de información que pudiera ayudarla en la investigación.

Blunt recordaba al sargento, de sus años jóvenes. Era peculiar, todo hay que decirlo, pero también un buen tipo, sin duda. Le vino a la mente el caso que compartieron, a caballo entre Goodrow y Rushford, de unos ladronzuelos de poca monta aficionados a apropiarse de coches ajenos. ¿Cuándo fue eso? Antes, mucho antes de que el pequeño Elliot fuera secuestrado, eso seguro. Por un momento se dio cuenta de que aquel penoso acontecimiento marcó un impás en su carrera y en su vida. Sus recuerdos se dividían entre un antes y un después del secuestro de Elliot. Lo lamentó profundamente, pero aquello le hizo pensar. Le hizo pensar no solo en Elliot, sino en Steve Flannagan.

Helen había venido de forma expresa a Rushford Falls en busca de alguien desaparecido. Pero nadie había desaparecido en Goodrow Hill las últimas semanas. El último que lo hizo fue Steve, veinticinco años atrás. Así que Blunt decidió arriesgarse sacando a colación el nombre de Steve. Tenía que confirmar que estaba en lo cierto, que todo aquel caso giraba en torno a él. Si era así, tendría que empezar a investigar desde otra perspectiva, lo que a su vez conllevaría retroceder a un nuevo punto de partida.

—¿Mencionó que el desaparecido era un tal Steve Flannagan?

—No, que yo recuerde —apuntilló Morales e intensificó aquella mirada suspicaz de sabueso—, pero puede que se lo mencionara al sargento Rogers. Le di su dirección. ¿No le ha dicho nada su hija?

—Oh, sí —mintió Blunt, para no quedar en la evidencia de saberse engañado por Helen—. Pero estuvimos barajando algunos nombres antes de atrapar a Gallaway, y el de Flannagan estaba entre ellos —siguió mintiendo—. Me gustaría hablar a mí también con el sargento. ¿Dónde puedo encontrarle?

—Puedo darle su teléfono.

Un par de minutos después, Blunt salía de nuevo a la calle

con el teléfono pegado a la oreja. Morales se quedó en la sala de espera por si había noticias de Vance Gallaway, pero lo hizo acompañado de la sensación de que había algo entre Blunt y Helen que no iba bien. Aunque el policía lo hubiera tratado de disimular, él lo tuvo tan claro como el agua de la botella que sostenía entre sus manos. Se levantó y caminó hasta una de las ventanas del pasillo. Desde allí, pudo ver a Blunt caminando de un lado a otro con nerviosismo.

Morales destapó la botella y le dio un buen trago sin dejar de mirarlo.

33

Punto de inflexión

Durante el transcurso de la conversación con William Rogers, Blunt confirmó lo que sospechaba desde un primer momento: que el caso entero estaba relacionado con Steve Flannagan. Y este, a su vez, conectaba de alguna manera con John Mercer y con Elliot Harrison.

Con su Elliot Harrison.

O con Elliot Blunt, debería decir. Porque era su hijo.

Pero no lo dijo. Como tampoco dijo que Helen le había engañado.

Ella sabía desde un primer momento que los mensajes que encontraron en las casas de las víctimas iban dirigidos a ese grupo de amiguetes que decidieron guardar sus secretos décadas atrás. Unos secretos que alguien conocía y que decidió que llevaban demasiado tiempo escondidos en la oscuridad y debían salir por fin a la luz.

«Confesad. Confesad. Confesad».

Tres mensajes. Tres muertes.

Pero Blunt sabía que los mensajes representaban algo más: oportunidades. Oportunidades para decir la verdad.

Y es que nadie puede ocultar algo para siempre. Los secretos, como las mentiras y las infidelidades, siempre salen a flote. Y da igual cuánto tiempo tarden en aparecer, lo hagan cuando lo hagan, serán tan repugnantes como cuando se callaron.

Su hija y los demás habían jugado a esconder la bolita de la verdad como trileros, pero la bolita era ahora más grande que los cubiletes con los que pretendían ocultarla. Ya no podían estafar a nadie.

Rogers le relató al completo la conversación que mantuvo con Helen cuando fue a visitarlo preguntando por un tal Steve Flannagan. Un nombre que no le dijo nada en absoluto al expolicía... hasta que Helen se lo describió.

Blunt supo entonces con toda certeza que Steve no se marchó de Goodrow, no huyó ni abandonó a sus padres como Dominic Flannagan creía que había hecho. No, a Steve lo hallaron medio muerto en el río que bajaba desde Goodrow hasta Rushford Falls.

El Chico sin Nombre, así fue como William Rogers le explicó a Blunt que lo llamaron.

El exsargento le confesó a Blunt que a Steve nadie lo identificó, nadie preguntó por él y nadie le dio pista alguna de quién era realmente y por qué había aparecido malherido a orillas del río.

Lo peor para Blunt no fue descubrir que Steve estaba vivo (y que lo trasladaron al Hospital Psiquiátrico de Goodrow Hill tras su «accidente» sin tener conocimiento de ello), sino que Rogers le dijera que llamó él mismo a su comisaría —tal como también le había reconocido a Helen— preguntando por él.

Le contó que le atendió una joven que le aseguró que nadie excepto Elliot Harrison había desaparecido en la zona, y que en realidad no se trataba de una desaparición, sino de un secuestro.

Envió incluso un informe por fax, pero este jamás llegó a manos de Blunt. Fue en ese momento cuando supo con toda certeza que tanto la llamada como el fax fueron atendidos por Helen. Y lo supo porque, en aquella época, no había ninguna joven trabajando en su comisaría. Es más, no había siquiera una mujer policía por aquel entonces en Goodrow, por lo que nadie excepto Helen pudo haberle atendido aquel día. Y si jamás le llegó aquel informe a él, si jamás llegó a saber que William Rogers, desde la comisaría de Rushford Falls, lo había llamado, fue porque Helen se encargó de callárselo. Quién sabe, hasta es posible que destruyera aquel informe, la prueba de que Steve Flannagan estaba vivo. ¿Por qué? Porque tenía razones para hacerlo, se dijo Blunt. Porque, como él pensaba, tanto ella como los demás tenían algo que ocultar con respecto a Steve. Porque le habían hecho algo, probablemente cerca de la presa. Por eso hallaron a Steve en Rushford Falls, al borde del río y de la muerte. Porque de una u otra manera, Steve sabía algo que no podían permitir que se supiera. Pero... ¿el qué? ¿Qué sabía Steve de ellos como para terminar medio muerto en el río? ¿O qué sabían ellos de Steve?

En realidad, ¿qué sabía nadie de Steve Flannagan?

—Pero ese muchacho debía tener padres —expuso con voz cansada el exsargento desde el otro lado de la línea—, alguien que se preocupase por él.

Y en realidad los tenía, pensó Blunt, mientras atesoraba como oro en paño cada palabra que salía de la boca de Rogers. Solo que Dominic Flannagan no quiso saber nada de él. Y Harriet estaba tan enferma que apenas lo recordaba. Por eso no lo buscaron.

Pero los Flannagan no eran los padres biológicos de Steve. Ellos solo lo adoptaron, lo cuidaron y le dieron un hogar.

Así que la pregunta apareció de súbito por segunda vez en la mente de Blunt como un barco fantasma a través de la densa niebla: ¿qué sabía con certeza de Steve Flannagan? ¿Qué hizo, y quién era en verdad ese muchacho para ganarse la antipatía de sus propios amigos?

«No soy como él... no soy como mi padre».

De pronto, aquellas palabras que Steve le dijo a Peter Harrison rebotaron en su cerebro. Y si Steve no quería que pudieran relacionarlo con su padre, si quería que lo consideraran alguien totalmente distinto, es que su padre no era lo que se dice un *boy scout*. Todo lo contrario. Debía ser alguien horrible. O alguien capaz de hacer cosas horribles. Cosas como... secuestrar a un niño. Cosas como las que acusaban a John Mercer de hacer.

Blunt ya había barajado la posibilidad de que Steve pudiera ser hijo de Mercer; lo pensó por vez primera cuando habló con Peter Harrison en el Forbidden, y le dio una vuelta más tras su conversación con Janet, cuando valoró buscar en qué orfanato lo adoptaron y si de verdad tenía relación consanguínea con Mercer. Pero fue al hablar con Rogers cuando el asunto cobró una nueva dimensión. Cuando sintió esa descarga eléctrica en el estómago que lo avisaba de que eso era importante, mucho más importante que cualquier otra cosa. Así que tenía que tirar de ese hilo.

Pero ¿y Gallaway? ¿Por qué había matado a sus amigos, entonces? Lo vio salir de casa de Carrie Davis tras asesinarla y prenderle fuego a la vivienda, pero... ¿de verdad había sido él? ¿O le habían tendido una trampa? Los ojos de Tom Parker y las orejas de Cooper Summers estaban en su caravana, pero no comprendía por qué había sido tan meticuloso al asesinarlos a ellos y tan poco con Carrie. No cuadraba. Ni siquiera el grado de meticulosidad era acorde con la forma de ser de Vance. ¡Si casi se lo hizo en los pantalones al darse cuenta de que habría dejado sus huellas por todos lados tratando de allanar la habitación de Mark Andrews la otra noche...! No, no tenía sentido en absoluto.

Blunt decidió que se preocuparía de dar respuesta a esas preguntas más tarde. Su corazón le decía que tenía que centrarse en Steve, en quién era realmente. Si lo descubría, tal vez pudiera encontrar la relación entre él y Mercer, entre Mercer y Elliot, o entre Elliot y Steve. Y puede que diera con lo que de verdad pasó en 1995, lo que le pasó a cada uno de ellos, y por qué su hija y los de su pandilla trataban de esconderlo todo. Con toda probabilidad, eso también le llevaría a descubrir quién estaba detrás de los asesinatos, y la duda que ahora pendía sobre Vance lo convertiría en inocente. Inocente, al menos, de las últimas muertes.

Ante la ausencia de respuesta, Rogers carraspeó para aclararse la garganta y sacar a Blunt de sus cavilaciones. Supuso con acierto que el policía estaba inmerso en sus propios pensamientos. Sabía qué era eso, lo había vivido en sus propias carnes, aunque de tanto tiempo transcurrido ahora estuvieran arrugadas y flácidas.

—¿Necesita ayuda? —le preguntó Rogers—. Me parece que se encuentra usted en un punto de inflexión en la investigación, jefe Blunt.

El exsargento no se equivocaba, y Blunt miró hacia el hospital tratando de decidir su siguiente paso. Podía hacer dos cosas: aceptar la ayuda del viejo sargento y hurgar en busca de una verdad disuelta en el pasado, o dejarlo todo tal cual estaba y permitir que Vance cargara con unos asesinatos que tal vez no cometió.

La segunda era una opción bastante tentadora. Pero él no era de los que cierran los ojos y dan carpetazo a un asunto, aunque tuviera la posibilidad real de meter entre rejas al maldito Vance Gallaway. Creía fehacientemente que, como bien apuntó Rogers, su decisión iba a resultar clave en la resolución de aquel caso, pero más todavía en descubrir la verdad de lo que pasó aquel último verano en Goodrow Hill, cuando todo cambió.

—La necesito —dijo el policía finalmente.

Blunt no tuvo que pronunciar una palabra más para que Rogers se pusiera a su entera disposición. Pese a sus limitaciones, sintió de nuevo aquel vigor revitalizante en su interior, el que antaño lo empujaba a vestirse cada día de uniforme y salir a la calle a hacer del mundo un lugar mejor.

Blunt sopesó qué habría hecho si hubiera sido él quien visitó al exsargento en vez de Helen. Rogers le había informado de que Steve no estaba muerto, sino que poco después fue trasladado al centro psiquiátrico para que lo trataran, pero ni su hija ni el sargento parecían tener conocimiento de un posible lazo familiar entre Steve y Mercer. Desconociendo esta posible conexión, el paso que él, como policía, hubiera dado habría sido comprobar si Steve seguía vivo, si todavía estaba internado o qué demonios había sido de él. Pero poniéndolo en una balanza, ese paso era tan importante como averiguar si Steve y Mercer se conocían antes.

Así que Blunt le pidió un favor a Rogers:

—¿Tiene algún contacto de confianza en Servicios Sociales?

—Tendré que desempolvar mi vieja agenda rotativa, pero... sí; tengo un amigo que trabaja allí desde hace años —confirmó Rogers—. ¿A quién tenemos que buscar?

—Al Chico sin Nombre, Steve Flannagan.

—Pero ya le he dicho que sobrevivió —dijo Rogers, extrañado ante aquella petición—. Lo trasladaron a Goodrow, a cargo de la doctora McQueen...

—Lo sé, pero para llegar a saber quién es de verdad una persona, debes conocer también quién fue. Y Flannagan no era su verdadero apellido. Steve fue adoptado por Dominic y Harriet

Flannagan. Creo que si hay una posibilidad de resolver adecuadamente este caso es descubriendo no solo qué fue de Steve, sino quién fue. —Blunt hizo una pausa—. Dígale a su contacto que busque en los archivos esos nombres, Dominic, Harriet y Steve Flannagan. Que investigue también el de John Mercer.

—¿Quién es ese tal Mercer? Su hija no me lo mencionó.

Por supuesto, pensó Blunt.

—Murió asesinado el verano que encontraron a Steve Flannagan aquí, en el río.

Rogers guardó silencio. Cuando la hija de Blunt se presentó en su casa y le explicó lo ocurrido, él pensó que ambos casos estaban relacionados, pero Helen descartó la idea de que hubiera sido así. Le dijo que el supuesto secuestrador de Elliot Harrison murió poco antes de que Steve Flannagan desapareciera. Con la información que Blunt acababa de darle, de inmediato supo que se trataba de ese tal John Mercer. Y se dio cuenta de que Blunt había llegado a la misma conclusión.

—Haré esa llamada de inmediato.

—Necesito saber cuándo y dónde lo adoptaron. Sobre todo dónde. ¿Podrá su amigo conseguirlo?

—Eso me lo tendrá que decir él. Esa clase de datos no son sencillos de encontrar. Hay mucho celo por guardar la privacidad de los menores, pero intentaré convencerle de que es un asunto de vida o muerte. Además, me debe un par de favores. Creo que es hora de que me los cobre, porque no sé si desde el otro barrio podré hacerlo. Deme una hora. Le volveré a llamar.

Blunt le dio las gracias y colgó.

Mientras Rogers trataba de contactar con su amigo de los Servicios Sociales creyó oportuno seguir los pasos de su hija y comprobar qué había sido de Steve en el psiquiátrico de Goodrow. Él ya había estado allí, justo después de la muerte de Tom Parker, e interrogó a la doctora McQueen, pero en ningún momento le dijo que Steve Flannagan hubiese sido paciente suyo. A decir verdad, tampoco se lo preguntó, principalmente porque en aquel momento Steve no era ni siquiera una pieza en el tablero de ese caso. Pero las cosas habían cambiado por completo, y Steve no solo tenía que ver con el caso, el caso giraba ahora en torno a él.

Volvió a mirar hacia el hospital mientras devolvía el teléfono a su bolsillo. Desde una de las ventanas del tercer piso pudo ver que el teniente Morales lo observaba como un francotirador, y también que le hacía una seña con la mano, como si lo animara a marcharse. Morales era consciente de que Blunt tenía cosas muy importantes que hacer; él ya se encargaría de informarle si había novedades con respecto a Gallaway. Oliver Blunt comprendió de inmediato el gesto y asintió en dirección al teniente.

Se marchó a toda prisa.

34

Como el doctor

1985

Ernest Thaddeus Cook conducía tranquilamente de camino al trabajo como cada mañana desde hacía cuarenta años. Después de mucho tiempo y esfuerzo, por fin le habían ofrecido el puesto de director que tanto anhelaba en el Banco Nacional de Millow, en Maine. Por supuesto, lo había aceptado, y a pesar de la responsabilidad que el cargo conllevaba sentía que era un hombre bastante feliz. Hoy era su primer día.

Antes de salir de casa, como siempre, se tomó una buena taza de café, una tostada y un gran vaso de agua. Le dio un beso en la frente a su mujer, que dormitaba acurrucada en un lado de la cama, y apartó la cortina para mirar al cielo. Las nubes, templadas y grises, se paseaban con la tranquilidad de un jubilado por el parque, pero no parecía que fuera a llover ese día. Aunque claro, en Maine eso nunca se sabía. Agarró su paraguas del paragüero, se pasó una mano por el cabello encanecido y cogió las llaves de su Buick Electra color burdeos recién estrenado del plato de cobre sobre el aparador del recibidor.

Estaba amaneciendo cuando, por encima del volante, en la lejanía, vio una silueta avanzar hacia el centro de la carretera. Le pareció que se trataba de un animal, tal vez un zorro o un perro. Pero a medida que se acercaba, se dio cuenta de que eso no era un zorro ni un perro. Ni siquiera un animal. Era un niño. Un niño pequeño.

Sobresaltado, apretó el claxon y dio un frenazo que hizo chirriar las ruedas sobre el asfalto. El bocinazo resonó entre los árboles y se elevó hacia el cielo. Si Ernest Thaddeus Cook hubiera tenido tiempo para hacerlo, habría gritado o rezado una plegaria para que alguien desde arriba le impidiera atropellar aquel crío. Pero no lo tenía, y tampoco creía que alguien pudiera responder a su petición. Solo contuvo el aliento y apretó el freno con todas sus fuerzas hasta que el coche se detuvo a pocos metros del chiquillo.

Por un momento, creyó que escucharía un golpe: el de la carrocería de su Buick chocando con ese pequeño cuerpo lleno de huesos frágiles. Sorprendentemente, no oyó nada, solo el palpitar de su corazón desbocado como un caballo salvaje en el interior de su pecho. Tampoco veía al niño desde su asiento. Tragó saliva con dificultad y abrió la puerta del coche. Le dolían las manos y las piernas de la tensión, incluso la espalda se le había agarrotado.

Ernest se apostó aterrorizado cuando echó un vistazo delante de su coche.

Las luces iluminaban al pequeño Steve tirado en el suelo, pero no había sangre ni huesos rotos ni la escena espantosa que imaginó encontrarse.

¿De dónde había salido ese crío?, se preguntó Ernest, ¿qué hacía en medio de la nada? Estaba a kilómetros de cualquier parte.

El chiquillo se movió y balbuceó algo con dificultad.

—Yo... Mi hermano...

—Tranquilo, hijo, tranquilo. ¿Te encuentras bien? ¿Estás herido?
—Steve negó con la cabeza. Ernest, hecho un manojo de nervios, lo ayudó a ponerse de pie, pero parecía muy débil y asustado. Soste-

niéndolo por los hombros, se arrodilló para ponerse a su altura—. ¿Qué haces aquí solo, hijo? ¿Qué te ha pasado?

Steve trató de zafarse de él y estiró el brazo como si intentara alcanzar algo al borde de la carretera. Las lágrimas se le acumulaban en sus pequeños ojos marrones. Cuando Ernest miró en dirección adonde el chiquillo señalaba, el horror le subió por la garganta. Abrió la boca y torció el gesto, lo que hizo que le cambiase la expresión de la cara.

Había otro niño allí, en la cuneta, inmóvil. Parecía muerto.

—¡Dios del cielo!

Ernest dejó al pequeño Steve apoyado en el capó de su coche y corrió hacia el otro niño.

Le apartó el pelo de la cara y al hacerlo se dio cuenta de que estaba caliente. ¡Gracias a Dios!, no estaba muerto. De todos modos, para asegurarse, le buscó el pulso con dos dedos en el cuello. Nunca antes lo había hecho, pero mientras lo palpaba el niño reaccionó, como si despertara de un sueño.

—S... ¿Stevie...? —preguntó, apenas audiblemente.

—Hola, pequeño —lo saludó el banquero, aliviado pero empapado en sudor por la tensión del momento—. Me llamo Ernest. Está todo bien, hijo. Tu hermano está bien. Os voy a llevar a un hospital.

Ernest cogió al chiquillo en brazos; era ligero como una pluma. No le echaba más de dos o tres años, apurando mucho. De nuevo, se preguntó qué hacían allí. ¿Por qué no estaban en la escuela? ¿Se habrían perdido? ¿Se habrían fugado de casa? Los interrogantes hacían cola como en un supermercado.

Corrió de vuelta al coche y abrió la puerta de atrás, donde acomodó con cuidado al pequeño John. Steve se sentó a su lado, con gesto espantado. Miraba asustado alrededor, a través de las ventanillas, como si esperase ver a alguien de un momento a otro. Alguien a quien temía.

Ernest se sentó frente al volante y miró a los dos niños a través del retrovisor antes de ponerse en marcha. Los encontró extenuados y preocupantemente pálidos, como si los hubieran privado de la luz del sol durante meses.

—¿Y vuestros padres? ¿Dónde están?

Ninguno respondió. El más pequeño estaba agotado, los ojos se le habían vuelto a cerrar y dormitaba con la cabeza apoyada en el pecho de su hermano. El de más edad lo miró con la intensidad de quien quiere decir algo, pero no puede; y apretó los labios.

Ernest suspiró con angustia. Esperaba estar actuando bien, no quería meterse en ningún lío. Pero no podía dejar a dos niños pequeños ahí, en medio de la nada y con el frío que ya hacía. De las respuestas a esas preguntas tendría que encargarse la policía. Él, como le había dicho al chiquitín que dormía inquieto en el asiento trasero de su coche, tenía que llevarlos con urgencia a un hospital.

Nada más llegar al Hospital General de Millow, Ernest explicó con pelos y señales dónde y cómo encontró a los dos niños que había traído consigo. Sabía que hacía lo correcto, pero aun así tuvo que aguantar las miradas desconfiadas y de sospecha de cierta parte del personal del hospital. ¡Como si tuviese algo que ver con todo aquello! El doctor Stanford lo tranquilizó y, sin perder un segundo, llamó a la policía para informar de que habían ingresado dos niños de cuyos padres se desconocía el paradero. Creyó conveniente que fuera la policía quien pusiera sobre aviso a los de Servicios Sociales.

Mientras esperaba que los agentes se presentaran en el hospital, Stanford los llevó a una sala aparte, junto con una enfermera.

—Bueno, bueno, bueno... ¿Quiénes son este par de hombrecitos? —Ninguno respondió, así que se presentó él primero—. Yo soy el doctor Stanford y ella es mi ayudante, la enfermera Pipper. ¿Vosotros cómo os llamáis? —les preguntó en un tono amistoso.

Steve, que de entrada no parecía fiarse mucho de aquel hombre, leyó su nombre completo bordado en letras azules sobre el bolsillo de su bata blanca. Guardó silencio unos instantes valorando si era seguro darle sus nombres. Aparte de su padre, su madre y del señor que los había recogido en aquel camino largo y gris al salir del bosque, no había conocido a nadie más en toda su vida. Pero su madre le había explicado que, en el mundo, más allá de la casa en la que vivían, había muchas personas buenas. Como lo era ella. Y que a veces nuestra vida depende de que nos dejemos ayudar por los demás. También le había hablado de los médicos, gente como el doctor Stanford, que su trabajo consistía justo en eso: en ayudar a otros. Y tanto él como su hermano pequeño, si algo necesitaban ahora, era ayuda.

—Yo soy Steve. Y él es mi hermano... —Stanford esperó a que continuara, pero Steve guardó silencio. Miró al pequeño John, que también esperaba que su hermano mayor continuase, pero este mantuvo la boca cerrada y movió la cabeza de un lado a otro, de manera apenas perceptible. Steve quería protegerlo, y el pequeño John entendió a la perfección aquel gesto. No tenía que decirle nada a nadie. Ni siquiera su nombre.

—¿Cómo dices que se llama? —lo encomió amablemente el doctor.

Pero Steve siguió mudo. La enfermera, con una sonrisa sincera, maternal y cariñosa iluminándole el rostro, acarició el cabello del pequeño John, lleno de rizos.

—¿Cómo te llamas, chiquitín? Yo me llamo Susan Pipper. —El niño se ruborizó, pero no dijo nada, solo apretó la mano de su hermano mayor con fuerza.

—Parece que se les ha comido la lengua el gato —dijo Stanford—. Bueno, no pasa nada. ¿Me dejáis que os haga un pequeño examen? Los médicos como yo se lo hacemos a los niños buenos como vosotros. Supongo que sois buenos, ¿no?

John miró al doctor, que le sonrió con afabilidad, y después a su hermano. Asintieron. Su madre siempre les decía lo buenos que eran y cuánto los quería por eso.

—¡Estupendo! —se alegró Stanford—. Será un momentito de nada, ya lo veréis.

Stanford se dispuso a auscultar con minuciosidad —y una sonrisa de disimulada preocupación en la cara— a los dos pequeños. Mientras, tanto Steve como su hermanito John (del que el doctor seguía ignorando su nombre) miraban a su alrededor con alucinada solemnidad. Era como si cualquier cosa en la que posaban sus ojos fuera novedosa, descubierta por primera vez. Stanford se percató de su timidez. ¿O estaba confundiendo timidez con cautela?

Primero examinó al mayor, ante el escrutinio observador del pequeño. Cualquier movimiento brusco por parte del doctor o la enfermera hacía que contuvieran el aliento y se pusieran en guardia. Stanford dedujo que algo malo les había pasado, algo traumático. Quizá el pequeño no era tan consciente, pero el mayor, Steve, sí lo era. Y parecía mucho más maduro para la edad que tenía.

En cuanto el médico hubo terminado de auscultarlos, se sentaron de nuevo uno al lado del otro, sobre la camilla. No parecían querer separarse ni aunque fuera un momento. La enfermera Susan Pipper se acercó a ellos sonriente con un caramelo en cada mano.

—Esto es para vosotros, por ser tan valientes. —Los niños miraron los brillantes envoltorios con indecisión, como si no supieran qué les ofrecía. Susan arrugó la nariz y puso morritos. —Son dulces. ¡Están muy buenos!

Steve cogió el de limón y John hizo lo propio con el del envoltorio naranja. Le quitaron el papel y se lo llevaron a la boca. Se les iluminó el rostro. La enfermera tenía razón, estaban riquísimos.

Susan miró al doctor Stanford mientras los chiquillos saboreaban los caramelos con fascinación. Un mismo pensamiento cruzó su mente: ¿cómo era posible que esos niños no supieran lo que era un caramelo?

No transcurrió mucho tiempo antes de que dos agentes llegaran al hospital y preguntaran por el doctor Stanford. Recibieron el aviso de que habían encontrado dos niños en la carretera secundaria que conectaba Burrows con Millow. Desde la recepción del hospital, una de las administrativas solicitó por el altavoz la presencia del médico. Nada más oír su nombre, este dejó a los niños a cargo de la enfermera y pasó por la salita en la que esperaba Ernest Thaddeus Cook.

—Ya está aquí la policía —le anunció. Juntos salieron a recibirlos.

Mientras el doctor hacía las presentaciones y les explicaba calmadamente a los agentes que los niños se encontraban bastante bien, Ernest se mantuvo en un segundo plano esperando su turno. Le sudaban las manos y la frente, y se le veía muy preocupado, no tanto por los niños sino porque pudieran acusarlo de algo que no hubiera hecho. Sabía que pensar de esa manera era una soberana estupidez, pero no podía evitarlo, y se juró que dejaría de ver esos programas «basados en hechos reales» donde encarcelaban a los inocentes por estar en el lugar y el momento equivocados. Se pasó un pañuelo de algodón por la cara cuando vio que uno de los agentes tomaba apuntes en un pequeño bloc; el otro, algo mayor, se dirigió por fin a él:

—Señor Cook, le agradeceríamos que nos explicara en detalle dónde y cómo ha encontrado usted a los niños.

Ernest obedeció a pies juntillas. Se esmeró en proporcionarles toda la información que requirieron de manera fidedigna y detallada, desde que apagó su radiodespertador antes de que saliera el sol, hasta que llegó al hospital con dos pasajeros inesperados en los asientos traseros de su Buick Electra color burdeos.

Mientras tanto, en la consulta del doctor Stanford, los pequeños Steve y John esperaban guardando un silencio inquieto como si estuvieran, efectivamente, fuera de lugar. La enfermera Pipper acababa de decirles que tenía que ir un momento al baño y les pidió que, por favor, no se movieran. Steve asintió y vieron como cerraba la puerta tras de sí.

Todo aquello era nuevo para ellos y no sabían en absoluto qué iba a ocurrir a continuación, pero el regusto delicioso y azucarado del caramelo que les había dado aquella agradable mujer les había hecho sentir mejor.

John se acurrucó junto a su hermano y le tiró de la manga; su ropa todavía tenía adheridos restos de bardana de haber estado caminando entre la maleza del bosque. Con un profundo sentimiento de tristeza, preguntó:

—¿Dónde está mamá, Stevie?

Steve deseó que su hermanito no hubiera formulado esa pregunta. Porque, ¿qué iba a decirle? Él tampoco sabía dónde estaba su madre. Sí, todavía podía sentir el cálido beso que le había dado justo antes de esconderlos en el tronco hueco de aquel oscuro y húmedo árbol, pero no podía siquiera adivinar dónde estaría o qué le habría pasado.

Lo que por desgracia sí sabía era que John, su padre —aunque ya odiaba llamarlo así—, iba tras ella la última vez que la vio.

No podía darle una respuesta fidedigna a su hermano, así que negó con la cabeza.

—No lo sé, Johnny...

—¿Y qué vamos a hacer? ¿Nos encontrará mamá aquí? —preguntó de forma inocente, con su vocecita.

—Mamá nos dijo que no tuviéramos miedo, ¿te acuerdas? —El pequeño John asintió—. ¿Y sabes cómo son las personas que no tienen miedo? —Su hermanito lo miró con ojos expectantes—. Valientes. Y eso es lo que mamá quería que fuéramos: valientes. ¿Tú eres valiente, Johnny?

El pequeño John movió afirmativa y efusivamente la cabeza con convicción.

—¡Sí!

—Así me gusta —le removió el pelo—. Pero a veces, los valientes tienen que esconderse de los malos. Y eso es lo que vamos a hacer.

—Pero, ¿y John? —quiso saber refiriéndose a Mercer. Steve se puso muy serio.

—Olvídate de él, Johnny. Olvídate de que ese hombre existe, ¿me has oído? ¡No quiero escuchar ni siquiera su nombre!

El pequeño se sobrecogió dando un respingo. Miró a su hermano, a quien admiraba con devoción, con los ojos humedecidos por las lágrimas.

—Pero Stevie... Yo... me llamo como él... Y yo no soy malo... ¿verdad?

Steve, enternecido por la pena que brotaba de los labios de su hermano, lo abrazó con ternura.

—¡Claro que no lo eres, Johnny! ¡Eres muy bueno! Y, además, eres mi hermano. Y no te voy a dejar nunca. —El pequeño John, con sus diminutas manos, le devolvió el abrazo a su hermano mayor tratando de rodearlo tanto como podía. Lo quería con locura. Estuvieron así un largo rato, hasta que Steve lo apartó de sí con cuidado—. Y ¿sabes qué se me ha ocurrido?

—¿Qué?

—Que vas a tener un nombre nuevo. ¡Un nombre tan chulo y bonito como el que más! ¡Y puedes elegirlo tú mismo!

—¡¿De verdad?! —preguntó Johnny ilusionado, casi eufórico por disponer de aquella increíble oportunidad.

—Claro que sí... ¿Cómo te gustaría llamarte?

El pequeño John arrugó la nariz y se puso un dedito en la barbilla, bajo el hoyuelo. Lo rumió un momento y, después de pensarlo, dijo:

—Quiero llamarme como alguien bueno. El doctor Stranfold parece bueno, ¿no? ¿Es bueno, Stevie?

Steve soltó una carcajada

—¡Es Stanford! —rio—. Y sí, parece bueno... Yo creo que es bueno. Y la enfermera también.

—¡Pero ella es como mamá! ¡No es un chico! —rio divertido el pequeño John—. Y yo soy un chico. No me quiero llamar Susan...

Aunque Doctor Stranfold tampoco me gusta mucho... pero si él es bueno...

De nuevo, Steve rio con ganas ante su pésima pronunciación. El pequeño John juntó las cejas e hizo un puchero, no entendía de qué se reía su hermano.

—¡Staaanford! —lo corrigió Steve por segunda vez—. Pero no se llama Doctor Stanford, tonto. ¡Él es un doctor! Y Stanford es su apellido. En su bata he leído su nombre, y creo que te va a gustar.

—¿Sí? ¿De verdad? ¡¿Y cómo me voy a llamar ahora?!

Steve sonrió.

En cuanto Ernest hubo terminado de relatar los pormenores de su malogrado día, los agentes hablaron con los niños. El doctor Stanford ejerció de testigo mientras los avasallaban a preguntas: «¿Cómo os llamáis? ¿Cuántos años tiene cada uno? ¿Quiénes son vuestros padres? ¿Dónde están? ¿Qué hacíais solos en el bosque? ¿Cómo habéis llegado hasta la carretera?».

Steve respondía a la mayoría de las preguntas como buenamente podía. A veces se encogía de hombros porque no conocía la respuesta (como, por ejemplo, al preguntarle por el apellido de sus padres), y otras trataba de ser lo más meticuloso posible al contestar. Detalló al máximo la casa donde él y su hermanito habían nacido, también explicó que jamás habían salido de ella, describió a la perfección cómo era su madre y los rasgos duros de su padre. No se olvidó de relatar su apresurada huida a través del bosque la noche anterior, y cómo su madre los escondió en el hueco de un árbol. Ah, y lo de los otros niños. Los que John Mercer traía a casa, los que acababan muy quietos y con los ojos cerrados sobre la encimera de la cocina. Los policías, blancos de la impresión, al darse cuenta de que aquella historia era tan increíble que no podía ser menos que cierta, llamaron de inmediato a su superior, que llamó al departamento de Servicios Sociales y este a un juez de menores. La cadena al completo se congregó en comisaría, donde volvieron a interrogar a los chiquillos y elaboraron un retrato robot tanto de Alana, la madre de los niños, como de John, su supuesto padre.

Varias horas después, el juez dictaminó que los pequeños serían destinados a un centro de protección de menores a la espera de que se les asignara una familia de acogida. La policía, por su parte, encontró una coincidencia entre el nombre y la descripción de Alana que el pequeño Steve había hecho de su madre: ocho años antes, se denunció la desaparición de una chica que coincidía con dicha descripción. Se trataba de Alana Brahms, de veintiún años. Nunca la encontraron, no había pistas; solo sabían que, un día, al salir de trabajar, nadie la volvió a ver. Concluyeron que podría ser ella.

Ernest, quien encontró a los niños en la carretera, condujo a un equipo policial hasta el lugar exacto donde se topó con ellos. Tras horas y horas de rastrear el bosque, y con esfuerzo y algo de suerte, dieron al fin con la cabaña donde Mercer tuvo a «su familia» retenida.

Por desgracia, no encontraron rastro alguno de Alana ni del hombre llamado John, que supuestamente la había secuestrado. Por descontado, tampoco hallaron restos de cadáveres, de esos niños que Steve aseguró que su padre traía a casa. La vivienda estaba completamente vacía. Se encontraron, como años más tarde se encontraría el jefe Blunt, en un callejón sin salida.

Lo único positivo fue que, si todo lo que dijo el pequeño Steve era verdad —y tuvieron la certeza de que así era— su madre les había salvado la vida y tenían ahora la oportunidad de empezarla de cero.

35

El otro hijo

—Supongo que comprenderá que no puedo desatender las responsabilidades que tengo con mis pacientes siempre que se les antoje, agente Blunt —se quejó Shirley McQueen muy seria en cuanto vio aparecer al jefe Blunt por la puerta de su despacho—. Ya es la tercera vez que interrumpen mis quehaceres, y me roban un valioso tiempo que es probable que no vaya a poder recuperar. ¿Es que no le bastó a su hija toda la información que le di? ¿Qué quieren ahora?

Como acertadamente Blunt suponía, Helen visitó a la doctora McQueen tras hablar con el exsargento Rogers. Sentía como si su hija le llevara varios pasos de ventaja, pero confiaba en poder descubrir antes que ella quién estaba en verdad detrás de los asesinatos.

—Lamento hacerle perder el tiempo —se disculpó Blunt por mera cortesía—, pero lo que usted considera tiempo perdido puede ser muy valioso para nosotros y para la investigación en curso.

La doctora se tomó un segundo para despacharle una mirada de irritación que de inmediato sustituyó por una de resignación.

—¿Qué necesita saber?

Shirley McQueen le explicó a Blunt todo lo que había hablado con Helen: desde la llegada de Steve al centro psiquiátrico hasta el día de su muerte, pasando por el traslado desde Rushford Falls, el tiempo que permaneció en coma, los tratamientos médicos, la atención casi obsesiva de Tom Parker y el momento en que despertó, tras veinticinco años postrado en una cama.

Blunt escuchaba con absorta atención cada detalle explicativo de la doctora y prestó más del acostumbrado interés a partir de que descubrió que Steve Flannagan recuperó la consciencia y que, según McQueen, su recuperación parecía haber sido casi un completo éxito. El chico, que en realidad se había convertido ya en un hombre, estaba perfectamente. Lo único que no entendía —le repitió la doctora a Blunt— es que Steve nunca articuló una palabra, y no llegaba a comprenderlo porque no parecía siquiera querer intentar hablar. Era como si se negase a hacerlo, porque leer, leía, le dijo McQueen.

—¿Qué leía? ¿Libros? —quiso saber Blunt. Le pareció curioso, pero concluyó que tal vez encontrara una pista en ello.

—No recuerdo haberle visto leer libros —expuso la doctora—, pero sí páginas web. Puede parecerle raro, pero ya se lo dije a su hija, agente Blunt; Steve convaleció en una cama durante más de dos décadas, y mientras él permanecía quieto, ajeno a lo que ocurría a su alrededor, el mundo seguía girando sin descanso. Se perdió grandes acontecimientos, como el final de siglo, los atentados del World Trade Center, la guerra de Irak, los desplomes económicos que nos han azotado los últimos años, o la crisis de los refugiados. Por no hablar de la urgencia del cambio climático, o las pandemias mundiales que sufrimos y que cada año van a más. Y solo estoy mencionando una infinitésima parte de lo que ese muchacho dejó de presenciar, no quiero aludir a la globalización digital, los más recientes descubrimientos científicos o los avances médicos sobre el desciframiento del genoma humano o en la cirugía sin sangre.

Blunt pensó en ello. Steve no solo había perdido su vida, sino todo lo que la vida podía haberle ofrecido. Cosas buenas y cosas malas, por supuesto, pero eran cosas a las que tenía tanto derecho como cualquiera. Sin embargo, por las razones que fueran, le privaron de ello. Vance y los demás, por supuesto; estaba convencido hasta la médula.

De pronto, se le ocurrió algo. ¿Y si Steve no solo hubiera usado el ordenador para obtener información?

—¿Contactó Steve con alguien a través de alguna página web o por correo electrónico?

—¿Qué? —preguntó McQueen, extrañada—. No, que yo sepa, pero... ¿por qué iba a hacerlo?

—¿Lo visitó alguien alguna vez?

—Esa misma pregunta me la ha hecho su hija esta mañana. Y, sinceramente, cuando me lo ha preguntado, no he sabido decirle. La he derivado al registro de visitas de la recepción.

—¿Puedo verlo?

—No hace falta —indicó la doctora—. Después de la conversación con su hija he sentido curiosidad y he ido a comprobarlo yo misma. Steve recibió una única visita. Fue poco antes de que halláramos su cuerpo sin vida... y poco antes también de que Tom Parker falleciera. Pero al ver el nombre, me pareció chocante. No hacía mucho que yo vivía en Goodrow cuando pasó, pero la noticia corrió por cada rincón del pueblo. La persona que visitó a Steve debía llevar años muerta. Su nombre era John Mercer.

Blunt cerró los ojos con amargura y contuvo la respiración.

Era imposible que el verdadero John Mercer hubiera visitado a Steve. Como bien había dicho la doctora, Mercer llevaba años muerto. Los mismos que Steve pasó en coma en aquel hospital. Pero que ese supuesto John Mercer se hubiese visto con Steve justo después de que recuperase la consciencia le indicaba a Blunt que Steve debió haber contactado con alguien a través del ordenador. ¿Era difícil? Lo era. Pero no había otra explicación. Y tenía que descubrir quién había firmado con el nombre de John Mercer, quién se ocultaba detrás de la identidad de aquel hombre que hallaron asesinado en su casa veinticinco años atrás.

—Necesito ver el ordenador que usó Steve cuando estuvo aquí —ordenó Blunt.

—Me parece que eso va a ser del todo imposible —le informó McQueen—. Sustituimos los ordenadores antiguos hace cosa de dos semanas.

El desánimo dejó a Blunt por los suelos, pero no se iba a rendir. Tratando de quemar todos los cartuchos a su disposición, el policía le pidió a Shirley McQueen que llamara a la empresa informática que les había instalado los nuevos ordenadores. Le informaron de que no disponían de los antiguos. Como era habitual, los habían desechado en una planta de reciclaje de aparatos electrónicos. Además, le confirmaron que, en caso de que pudiera recuperarlos, no había servidores de los que echar mano, ni archivos o discos duros a los que acudir. Así que seguir esa línea de investigación no iba a servirle de nada. Descorazonado, decidió despedirse de la doctora y agradecerle de nuevo su tiempo y su colaboración.

Una vez que hubo salido del psiquiátrico, mientras se dirigía cabizbajo a su coche pensando que tenía que hablar con Helen y poner de una vez las cartas sobre la mesa, sonó su teléfono.

—Aquí Blunt.

—Blunt, soy Rogers. Mi contacto de los Servicios Sociales ha encontrado lo que buscaba. —El policía sintió una punzada en el estómago. Sin quererlo, el exsargento se había convertido en una de las pocas bazas que le quedaban antes de tener que hablar con Helen. Si Rogers no le daba alguna pista que seguir referente al pasado de Steve Flannagan y su posible relación con Mercer, solo le quedaba enfrentarse a su hija cara a cara para obligarla a confesar la verdad de lo ocurrido aquel verano. Esperó ansioso a que Rogers continuase—: Como ya sabe, Steve fue adoptado a los siete años por la familia Flannagan. Antes de eso, estuvo poco más de un año en el Orfanato de Menores de Millow, en Maine. ¿Le suena?

—No —respondió categóricamente Blunt. En efecto, sabía de sobra que los Flannagan habían adoptado a Steve, pero desconocía dónde lo hicieron. Tampoco había estado nunca en ese orfanato (ni siquiera en Millow), pero sí en Maine. Con Lisa, antes de casarse.

—Según el informe, Steve recaló en dicho orfanato a finales de 1985. Menos de un año después, los Flannagan recibieron el visto bueno para adoptarlo y se lo trajeron a Goodrow Hill. Fue una adopción exprés, aunque claro, aquellos tiempos no eran los de ahora... —indicó Rogers ojeando los documentos que le había enviado su contacto por e-mail.

—¿Qué dice el informe acerca de los padres biológicos de Steve? ¿Lo abandonaron en el orfanato? ¿Lo entregaron en adopción? ¿Qué pasó con ellos?

—El informe policial señala que es probable que su madre fuera Alana Brahms, desaparecida en 1977. Por cierto, nunca la encontraron. El chico aportó una descripción bastante detallada de ella y de otro sujeto que sería su padre biológico, un tal John.

—John Mercer —apuntó Blunt. Al otro lado de la línea, Rogers se encogió de hombros mientras leía el informe.

—Puede ser. No hay apellido, aquí indica que el niño no lo sabía, pero según lo que me ha estado contando, lo más probable es que usted tenga razón y ese tal John que Steve Flannagan describió a la policía de Millow fuera Mercer. Hay adjunta una copia de su retrato robot.

Blunt se animó al oír aquello.

—¿Sabría enviarme una foto?

—¡Por los clavos de Cristo, Blunt! Sé manejarme con las nuevas tecnologías. ¿Por qué todos se empeñan en creerme un inútil? —Se indignó Rogers—. Reconozco que estoy algo decrépito, pero no soy de esos viejos que no saben ni silenciar su teléfono cuando suena. —Blunt lo oyó suspirar—. Deme un segundo, que le envío la foto del retrato a su móvil.

Blunt recibió en pocos segundos el archivo en su teléfono. El boceto de un hombre de duras facciones lo miró sin expresión a través de la pantalla. Lo reconoció de inmediato: era John Mercer. O al menos, alguien que se le parecía bastante. Caviló durante un momento.

—Si Alana Brahms desapareció, probablemente fuera Mercer quien la secuestró —dijo.

—Si fue así, la retuvo durante ocho años —añadió Rogers—. Quién sabe si durante el tiempo que estuvo cautiva pudo...

—... haberla violado —concluyó Blunt—. Pero si fue así, si Alana Brahms era la madre biológica de Steve, su padre por fuerza debía ser John Mercer.

Sin embargo, aquella información no le servía de nada. Si Steve murió en el psiquiátrico... Si John Mercer murió en el 95... ¿quién había asesinado a Tom Parker, a Carrie Davis y a Cooper Summers?

¿Alana Brahms, la madre de Steve?

Parecía imposible. Pero ¿quién le quedaba? Ya no creía que hubiera sido Vance. Entonces, ¿quién demonios buscaba venganza? No tenía respuesta para ello.

—Gracias por la ayuda, Rogers —dijo Blunt, derrotado—. La información es buena, pero no aporta nada nuevo al caso. Quizá si...

—Un momento, un momento... —lo interrumpió Rogers, mientras repasaba aceleradamente el informe en su ordenador—. Según parece, Steve no fue el único que acabó en el Orfanato de Menores de Millow ese día.

—¿Qué? ¿Qué quiere decir?

—El informe declara que un tal Ernest Thaddeus Cook encontró a ¡dos! niños en la carretera secundaria que conecta Burrows con Millow. Uno de ellos era Steve, el otro, según aseguró el propio Steve, era su hermano pequeño.

—¡¿Cómo?! ¡¿Steve tenía un hermano?! Pero... Los Flannagan solo adoptaron a Steve, ¿no es cierto? ¿Cómo es posible entonces que el informe mencione...?

—El informe de la adopción de Steve dice la verdad, agente Blunt. Los Flannagan adoptaron a Steve, pero Ernest Cook recogió a dos niños. Solo que al más pequeño lo adoptaron varios meses antes que a Steve. Una pareja que... espere un momento...

Rogers guardó silencio mientras terminaba de leer. Los nervios de Blunt lo devoraban por dentro como pirañas hambrientas.

—¡¿Qué pasa?!

—Blunt, no se lo va a creer, pero tengo los datos de los tutores del hermano pequeño de Steve Flannagan... La pareja que lo adoptó...

Oliver Blunt tragó saliva. Jamás había oído que Steve Flannagan tuviera un hermano pequeño. Jamás escuchó a los Flannagan mencionar algo parecido. ¿Pudiera ser que ni ellos mismos lo supieran? Lo más probable era que lo desconocieran por completo.

Pero ahora se revelaba ante él una nueva verdad: porque si Steve era el hijo mayor de John Mercer... ese hermano menor, ese otro niño... también era hijo de John Mercer. Y ese pequeño, ahora ya adulto, podía haber considerado que tenía como mínimo dos razones de peso para reclamar venganza: lo que fuera que le pasó a Steve cuando desapareció (o incluso su reciente muerte) y el asesinato de John Mercer, su propio padre.

—La dirección de la familia de adopción... es de Goodrow Hill, Blunt —informó Rogers.

Blunt inspiró hondo. Sus pulmones se hincharon solo para contraerse al expulsar el aire gélido convertido en vaho caliente. Por alguna razón, sintió una punzada de temor. Pero quería descubrir la verdad. Quería conocer el nombre de ese crío adoptado, del hermano pequeño de Steve Flannagan. Del otro hijo de John Mercer.

—Dígame el nombre de esa familia, Rogers.

La voz del viejo sargento se escuchó aterradoramente nítida al otro lado del teléfono:

—Andrews. Elmer y Norah Andrews. Y el nombre del niño es...

—Mark —se adelantó Blunt, con el corazón en un puño—. Pero le llaman Markie... Markie Andrews.

36

A quien veían los demás

Mientras cerraba la puerta de mi camioneta, la conversación que aquel día tuve con Steve siendo unos críos lucía entre mis recuerdos con una nitidez pasmosa.

Era 1985, y estábamos en la consulta del doctor Stanford minutos antes de que un vehículo policial nos llevara directo al Orfanato de Menores de Millow por cuenta y orden de un juez.

—A ver, vamos a practicar —me propuso Steve, antes de que todos entraran en tropel—. ¿Estás preparado?

—¡Sí, sí! —respondí, dando brincos de emoción.

—Muy bien... —hizo una pausa e imitó burdamente la voz de un adulto—: ¡Hola, chiquitín! ¿Cómo te llamas? —preguntó con la voz más grave que su garganta pudo articular. Era como si estuviera actuando en una obra de teatro.

—Markie —dije.

—¿Markie? ¿Estás seguro?

—Sí. Me lo puso mi mamá —actué con despreocupada inocencia al responder, como si lo hubiera hecho un millón de veces antes—. Me llamo Markie.

Steve me miró con satisfacción, con ojos de quien ama a su hermano pequeño. Era un hecho que me quería con todas sus fuerzas. Y si de esa mirada se hubiera podido extraer el amor de la misma manera en que se extrae petróleo, en ese mismo instante nos hubiéramos convertido en unos niños abrumadoramente ricos.

—Lo has hecho superbién, Johnny.

—¡Que me llamo Markie! —contesté, con disimulado enfado.

—¡Es cierto, es cierto! Te llamas Markie, tienes toda la razón. Ya podemos olvidarnos de ese nombre tan feo que tenías antes. Entonces, ¿te gusta tu nuevo nombre?

—¡¡Sííí, mucho!! ¡Mucho, mucho, mucho hasta el techo! —salté tanto como pude, pequeñín como era entonces, tratando de alcanzar el techo de la consulta con mis manos. Después de un par de intentos, me di por vencido y miré a Steve, pensativo. La pregunta que le formulé entonces resonó en mi mente como si la pronunciase a voz en cuello—: Oye, Stevie, ¿y tú por qué no te cambias también el nombre? Así podrías tener uno nuevo tú también. Yo me he puesto el del doctor Stranfold, pero seguro que hay otro doctor que tiene un nombre chulo como el suyo, y si te gusta, te lo puedes quedar.

Steve no corrigió mi error gramatical esa vez. Si para mí era el doctor Stranfold, pues era el doctor Stranfold y punto. ¿Qué más daba? Además, a través de la puerta escuchábamos a los mayores (el propio doctor y otras personas, a las que mi memoria borró sus rostros como tiza bajo un paño húmedo). Decían que nos iban a llevar a un sitio donde había otros niños como nosotros, así que lo más probable era que no fuéramos a ver nunca más al doctor Stanford ni a ningún otro allí presente, como así ocurrió.

Por otro lado, a mí me encantó la idea que tuvo mi hermano de llamarme como Stanford, y el propio Steve se alegró de haberla tenido al leer el nombre de pila del doctor en su bata de médico. Su intención no era sino procurar que nadie supiera quién era yo. Sobre todo John Mercer... nuestro padre.

Steve estaba seguro de que nos estaba buscando. De que si nos encontraba nos llevaría de vuelta a casa como a tantos otros niños se llevó del lado de sus padres. Y sabía de sobra que su padre (¡cómo odiaba Steve esa palabra!, ¡cómo odiaba tener nada que ver con su padre y que yo compartiera su mismo nombre!) era un hombre severo, que no iba a dejar sin castigo la sublevación de su madre... ni tampoco la nuestra.

Aunque solo fuéramos niños.

Steve no quería terminar en la encimera de la cocina como los otros, ni que yo terminara pálido e inmóvil allí también. Porque esa era una posibilidad muy real. Cambiarme el nombre, de John a Markie, era lo mínimo que podía hacer para protegerme. Al menos, de momento.

—Yo no puedo cambiarme el nombre —me explicó—. Se lo dijiste al hombre que nos recogió, ¿recuerdas? Y, además, ya le he dicho al doctor Stanford y a la enfermera Pipper cómo me llamo. —Me revolvió el pelo entre sus dedos—. Pero no te preocupes, que me gusta mi nombre. A mamá le gustaba mucho, ¡por eso me lo puso! Y me encanta que me llames «Stevie». ¡Creo que no hay nombre mejor! —Le miré arrugando la nariz y juntando las cejas, enfurruñado—. ¡Excepto el tuyo, claro! ¡El tuyo es el más chulo! ¿A que sí, Markie?

—¡Pues claro! —clamé alzando las cejas, orgulloso de mi nuevo nombre. Me sonaba increíble.

—¡Pues díselo a todos!, que sepan cuál es tu nombre: eres Markie. ¡Markie, Markie, Markie! —Steve me apuntó con el dedo—: ¡Ahora tú! ¿Cómo te llamas?

—¡Markie, Markie, Markie! —canturreé, exaltado.

De los meses posteriores a ese día apenas recuerdo nada. Solo sé que había pasado casi un año (desde que Ernest Cook nos encontró recién salidos del bosque y tirados en la carretera) cuando la vida me cambió de nuevo.

Por aquel entonces vivíamos en el Orfanato de Menores de Millow, y si bien la mayoría de los días eran monótonos y agotadoramente parecidos, ese fue uno por completo diferente al resto.

Los Andrews, una pareja que ya había visitado el centro en busca de un niño que adoptar, se presentaron extasiados en el despacho de la directora. Tras largo tiempo lidiando con las vicisitudes que conlleva solicitar al Estado la adopción de una criatura, por fin tenían «todos los papeles en regla». Recibieron la confirmación que tanto ansiaban cuando a punto estaban de perder toda esperanza. Pero la carta que les entregó el cartero resumía su felicidad en dos palabras: podían adoptar.

Yo los conocía del primer momento que pisaron el orfanato. La directora les enseñó el centro, las aulas y los dormitorios, y después hizo que me trajeran a su despacho. Allí me saludaron los dos, con una sonrisa en los labios, y me estrecharon la mano. Me parecieron simpáticos. Unas semanas después, regresaron de nuevo. Y me volvieron a saludar. La tercera vez que los vi estuvieron conmigo en la habitación que compartía con Steve. Mientras el señor Andrews ojeaba el cuarto y hablaba con él, la señora Andrews observaba mis garabatos.

—¿Sabes que dibujas muy bien? —me dijo acariciándome el cabello. Yo le di las gracias con orgullo.

Poco a poco, sus visitas se hicieron más frecuentes, y siempre que venían, lo hacían con renovadas ganas de verme. Acompañados de la directora, pasábamos un rato juntos; a veces quince minutos, otras, media hora, e incluso una o dos veces echamos toda la tarde. Al principio Steve estaba conmigo, todos juntos, pero luego la directora lo mandaba a hacer alguna tarea para que pudieran quedarse a solas conmigo. La directora decía que era para que me conocieran mejor, y yo a ellos, claro. Al principio me parecía un poco raro, pero con cada visita, me fui acostumbrando. A decir verdad, en aquel momento no entendía por qué querían verme a mí y no a Steve o a cualquiera de los otros chicos... ¡había un montón de niños en el orfanato! Pero mamá —que en aquel momento solo era la señora Andrews— siempre decía que yo era su favorito. Se portaban bien conmigo y de vez en cuando me traían regalos. Les cogí cariño. Sin embargo, no tenía ni idea de que no lo hacían solo para pasar un rato agradable conmigo de vez en cuando, sino porque pretendían adoptarme.

Y un buen día, otro que en mis recuerdos sigue tan claro como el cielo en una mañana de verano, fue el que trajeron por fin la documentación aprobada para legalizar y cerrar mi adopción.

Y llevarme con ellos, por supuesto.

En mi ignorancia, desconocía que tan solo unas horas después me encontraría en casa de los Andrews observando anonadado una habitación enorme —mi habitación enorme— repleta de luz y juguetes.

Pero Steve sí lo sabía; él sabía que aquel día llegaría. A decir verdad, siempre sabía muchas cosas; aún hoy me asombro de que, siendo tan pequeño, se diera cuenta de todo lo que pasaba a su alrededor, mucho más que el resto de los niños que conocía.

Desde que llegamos al orfanato, Steve ya me advirtió que aquel lugar no iba a ser nuestro hogar para siempre.

Yo me había dado cuenta de que, a veces, venían adultos de visita, y que alguno de los niños con los que jugaba en el patio del orfanato se marchaba con ellos y no volvía, pero no le daba muchas vueltas. Sin embargo, Steve comprendió rápidamente que, si estábamos allí, era justo por esa razón: porque el objetivo de aquel lugar era encontrarnos una familia.

Más de una vez trató de hacerme entender que llegaría un día en que nos separarían, que tenía que ser fuerte y estar preparado. Tampoco a eso le di mucha importancia... Hasta que llegó el día que los Andrews se presentaron en el orfanato por enésima vez.

Steve, que en ese momento estaba sentado en el alféizar de su ventana, los vio atravesar la verja de la entrada mostrando evidentes signos de felicidad y nerviosismo. Supo de inmediato que venían a buscarme. Brincó de la cama y corrió hacia mí, mientras yo dibujaba algo sobre un papel, como de costumbre. Se lo enseñé, pero Steve lo apartó de su cara sin mirarlo, poniendo una mueca de preocupación.

—¿Qué te pasa? —le pregunté.

—¿Te acuerdas de que te dije que un día vivirías en una casa muy chula? —me dijo. Yo asentí—. ¡Pues hoy es el día!

—¿Qué? ¿Cómo lo sabes?

Steve parecía contento, pero por dentro debía estar muy muy apenado. Supongo que por eso esperó unos segundos para responder; tal vez se estuviera esforzando por no soltar una lágrima y contagiarme las ganas de llorar. Pretendía que su hermanito fuera fuerte, pero ¿cómo iba a serlo si veía que él no lo era? Con algo de esfuerzo, logró contenerse. Al fin y al cabo, sabía que era lo mejor para mí. Y probablemente tenía la certeza de que nuestro padre estuviera tratando de localizarnos... Por lo que al alejarme de allí le resultaría todavía más complicado encontrarme.

—Lo sé porque he visto a los Andrews desde la ventana. ¡Creo que vienen a buscarte!

Por un momento me entusiasmé; como he dicho, les había cogido cariño, y era evidente que ellos a mí también. Ya no eran unos simples desconocidos. Y no podía negar que me encantaba pasar tiempo con ellos.

Recuerdo perfectamente estar dando pequeños saltitos de emoción con los puños apretados y una sonrisa brillándome en la cara. Steve sonrió al ver mi reacción, pero calmó los ánimos. Lo que de verdad le preocupaba no era separase de mí o que una familia me adoptara... sino que nuestro padre me localizara y que él no pudiera estar allí para impedirlo. Además, el orfanato de Millow no estaba muy lejos de donde Ernest nos encontró, así que no era muy difícil que nuestro padre sospechara que estábamos ahí. Por eso, que los Andrews hubieran decidido adoptarme era buena noticia. Sobre todo, si vivían lejos.

Antes de que la directora abriera la puerta de nuestra habitación, antes de que apareciera buscándome para decirme que los Andrews iban a ser mis nuevos papás y que tenía que recoger mis cosas e irme con ellos, Steve aprovechó el tiempo que tenía. Me aferró por los hombros y dijo:

—Pero antes de que te vayas —prosiguió Steve—, hemos de practicar. Como cuando lo hicimos en la consulta del doctor Stanford, ¿te acuerdas?

—¿De verdad...? —me quejé.

Steve asintió con solemnidad.

—Siempre seré tu hermano, pero a partir de hoy no voy a estar a tu lado... Y tienes que recordar lo que hemos hablado: que sepan cómo te llamas.

Steve irguió la espalda y coreó como si estuviera animando en un partido de béisbol:

—¡Markie, Markie, Markie!

—¡Markie, Markie, Markie! —repetí imitando a Steve, con la misma melodía.

—¡Markie, Markie, Markie!

    ¡Markie,

          Markie,

               Markie!

            ¡Markie,

       Markie,

   Markie...!

El nombre que Steve eligió para mí reverberó en mi cerebro igual que un eco en el interior de una cueva. Se escuchaba amortiguado, como si estuviera bajo el agua.

Pero tan rápido como surgió, se desvaneció.

Porque no me llamo Markie.

Markie es solo el nombre que me puso mi hermano muerto. Un nombre que pretendía ocultar quién soy en realidad. Un nombre que hasta ahora tal vez tuviera un propósito, pero que ya no tenía sentido.

Me llamo John.

Y no soy un Andrews, soy un Mercer.

Aunque la cuestión ahora no es cómo me llame. Sino quién soy realmente.

—Soy John... —anuncié en voz alta como si mi difunto hermano pudiera oírme—. John Mercer.

En ese momento llamé al timbre.

Y al abrir la puerta, apareció Helen.

—¿Markie? ¿Qué haces aquí...?

Pero no me veía; no veía quién era yo en realidad. No veía a John Mercer.

Al mirarme, solo veía a Markie Andrews.

Interludio

La verdad

De entre la oscuridad surgieron los primeros destellos. Helen intentó abrir los ojos, pero se encontraba desorientada y tan débil que parecía no tener fuerzas suficientes para levantar los párpados.

—¿Q-Qué...?

Su balbuceo se perdió entre el ruido ensordecedor de la presa. Antes de saber siquiera dónde estaba, se imaginó que el estruendo formaba parte de un trueno infinito que resonaba sin cesar en sus oídos. Se asustó, pues para ella solo hacía unos segundos que estaba en su casa.

Pero estaba claro que ya no se hallaba allí.

Notaba el frío del atardecer en los huesos y gotas minúsculas de agua golpeándole la cara y empapándole el cabello. Eran como una bruma incesante. Y estaban heladas.

Cuando abrió por fin los ojos, se encontró tirada en el suelo, atada de pies y manos. El ruido que oía distaba mucho de ser el de un trueno, no había ninguna tormenta sobre su cabeza ni lluvia que la empapara. Estaba en la presa. Habían abierto las compuertas para descargar las aguas acumuladas tras los diluvios de las últimas semanas, y el suelo parecía temblar bajo sus pies. Intentó soltarse, pero le fue imposible hacerlo.

—Yo de ti no haría eso, Helen. A no ser que quieras terminar como lo hizo Steve.

Helen giró la cabeza hacia un lado al escuchar aquella voz. Al darse cuenta de que estaba prácticamente al borde del acantilado, soltó un grito ahogado y trató de apartarse arrastrándose hacia un lado como un gusano. Identificó el preciso lugar en el que se encontraba: donde saltaban de pequeños cuando las aguas de la presa permanecían en calma. Notó cómo la tierra crujía con cada uno de sus movimientos, y se le clavaron algunas piedras en el costado. Recuperando el aliento, buscó la procedencia de la voz con la mirada y localizó por fin a quién le estaba hablando.

Halló a Markie sentado sobre el tronco partido de un abeto.

—¿Qué me has hecho...? —intentó articular Helen, con estupor y miedo en los ojos. Notaba la frente caliente, febril, y le dolía la cabeza—. ¿Me has drogado?

—Podría decirse que sí —respondió Markie con naturalidad. Después le enseñó un pequeño botecito de cristal que sacó del bolsillo—. ¿Sabías que Carrie tenía en su casa un buen arsenal de sedantes? Supongo que ser la propietaria de una clínica veterinaria tiene sus ventajas. Lo que no logro entender es por qué tenía tantos... A lo mejor puedes ayudarme tú a descubrirlo. ¿Serían de uso particular? Pero ¿para qué? ¿Para calmar sus nervios? ¿Para poder dormir sin que la conciencia la martilleara por las noches? —La miró con especial dureza—. ¿Tú qué opinas? ¿Te duele la conciencia a ti también, Helen?

Helen seguía aturdida, pero despabiló de golpe. ¿Carrie tenía sedantes en su casa...? Un momento; Carrie estaba muerta. Pero si Markie sabía lo que ella guardaba en casa era porque...

De súbito, lo tuvo claro. No llegaba a comprenderlo todavía, pero supo sin lugar a dudas que Vance no había matado a Carrie. Fue Markie.

—¡Asesino! —le chilló, reconociendo lo que había detrás de sus palabras. Luego intentó desatarse de nuevo, pero no pudo—. ¡Suéltame! ¡Suéltame, maldición!

—¿Me llamas asesino y ahora pretendes que te libere? —Markie la miraba con insultante indiferencia—. Qué facilidad tienes para acusar y dar órdenes, Helen... Aunque no me sorprende, la verdad.

Helen no quería prestarle atención, pero el corazón le latía muy deprisa. Ojalá no supiera lo que estaba pasando, pero lo entendía a la perfección.

Con un gran esfuerzo, consiguió ponerse de rodillas y recuperó el aliento con dificultad. Mientras lo hacía, intentó recordar cómo había llegado hasta ahí.

Los últimos recuerdos que tenía estaban algo borrosos, pero trató de hacer memoria y comenzaron a aclararse. Le había dicho a su padre que se iba para casa. Estaba saturada y se sentía culpable por lo que había pasado con Vance y con Carrie. Estaba a punto de desnudarse para darse una ducha y aclararse las ideas cuando sonó el timbre. Abrió la puerta y vio a Markie en el umbral. Él le había propuesto por teléfono si querían verse, y ella denegó su invitación... pero se había presentado igualmente. Desde ese momento no recordaba nada más. La debía haber sedado. Y la había traído aquí. No le hacía falta preguntarse por qué, acababa de descubrir la respuesta. Que estuviera al borde de un acantilado al lado de la presa le confirmaba el peor de sus temores: Markie había descubierto la verdad. Y había matado a sus amigos por ello.

Ella iba a convertirse en la siguiente si no lograba evitarlo.

—¡Desátame ahora mismo! —exigió de nuevo la policía. La

histeria de Helen se mezclaba con la rabia que usa el miedo como escudo.

Pero Markie solo respondió con un ladeo de la cabeza negándole cualquier tipo de ayuda mientras chasqueaba de continuo su lengua contra el paladar. Una sonrisa sombría y desdeñosa asomó en sus labios cuando se puso de pie y caminó hacia ella.

Helen se fijó en que Markie empuñaba un arma. Su arma.

—Deja de forcejear, Helen. Lo único que vas a conseguir es causarte más dolor todavía. —Se agachó hasta ponerse a su altura y la apuntó con el cañón a la cara. Helen sintió el frío acero de la pistola en la piel—. Y no te equivoques, Helen: llamarme asesino es un error.

—¿Equivocarme? Sí. Tienes razón. Me he equivocado. Me he equivocado contigo. ¡Todos nos hemos equivocado al confiar en ti! Has sido tú quien ha matado a Carrie, ¿verdad, Markie? Mataste también a Tom y a Cooper...

La gélida mirada de Markie atravesó a Helen. Por un momento, pensó que no conocía a aquel hombre que la observaba sin compasión. Esa mirada no era la de su amigo. Era... era otra persona. Tragó saliva y cambió el tono imperativo por otro más sereno, suplicante.

—Por favor, Markie; ya está bien de juegos... Suéltame, por favor te lo pido...

Markie puso el cañón del arma bajo la barbilla de Helen y se la levantó con calma. La miró fríamente a sus ojos azules, que se habían oscurecido mimetizándose con el color apagado del cielo.

—¿Qué estoy oyendo? —dijo ahuecando la mano y colocándosela detrás de una oreja como si estuviera sordo—. ¿Súplicas? ¿Estás suplicando que te suelte, Helen? ¡Dime!

Helen tragó saliva y sintió un escalofrío. Pero el frío no era lo que se lo había provocado, sino el tono de voz de Markie. Su rostro. Su forma de hablar. Sus gestos. De nuevo, algo en su interior la advirtió que aquel no era el Markie que conocía. Era alguien diametralmente distinto.

Y eso le dio mucho, mucho miedo. Lo que le hizo entender que debía proceder con sumo cuidado.

Asintió y respondió con cautela:

—Sí. Por favor.

—¡Ja! —Markie soltó una carcajada de indignación—. ¿Va en serio?

—Mira, Markie, no... no sé de qué va esto, pero si me desatas lo podemos hablar... y buscar una solución...

—¿Una solución? Eso sí que es gracioso... ¡Resulta que quieres buscar una solución! ¿Crees que tu problema es que estás aquí atada? No, Helen, no... No sabes cuál es tu problema. ¡No tienes ni idea de cuál es! Y me parece increíble.

Markie se había puesto de nuevo en pie gritándole desde su posición elevada. Helen, arrodillada y con la cabeza gacha, parecía un feligrés rezando ante un dios inmisericorde.

—Mírame, Markie. Soy yo, soy Helen...

—¡Ya sé quién eres, Helen! —Aulló Markie por encima del ruido ensordecedor de la presa—. ¡Pero tú no sabes quién soy yo! ¿A que no? No... De nuevo, no lo sabes. Y encima suplicas... Suplicas como suplicó mi hermano. Pero ¡¿le hiciste caso?! ¡¿Alguno le hizo caso, o le mostró un mínimo de compasión?!

—¿De... de qué demonios estás hablando, Markie? Tú... tú no tuviste hermanos. Eras hijo único. Los Andrews no...

—No soy hijo de los Andrews —dijo Markie sin ningún tipo de sentimiento en su voz.

La sorpresa dejó muda a Helen. ¿Cómo que Markie no era hijo de los Andrews? Eso... eso era imposible.

Markie puso una mueca de asco mientras proseguía.

—Ellos no eran mis padres —le reveló—. Mi madre se llamaba Alana y mi padre se llamaba John. Como yo. Y mi hermano... mi hermano mayor se llamaba Steve.

—¿Steve? No, Markie... Un momento, ¿te refieres a Steve? ¿A nuestro Steve? Eso... eso es imposible. Steve no...

—Steve sí —respondió secamente Markie, mientras tiraba de ella hacia arriba y la ponía en pie—. Steve era mi hermano, Helen. Y lo matasteis. Igual que a mi padre.

—Markie, por favor. No entiendo nada de lo que estás diciendo. No sé a qué te refieres...

—Por supuesto que no lo sabes. Pero no te preocupes, te lo voy a decir: Markie es solo el nombre que Steve decidió que yo tendría. Me lo puso porque no quería que tuviera el mismo nombre que tenía mi padre. Porque no lo soportaba. —Un rayo iluminó el cielo a lo lejos y las gotas de agua brillaron como luciérnagas durante un segundo. Ambos guardaron silencio—. Mi nombre, mi nombre real, es John, Helen. Y mi apellido es Mercer. Igual que el de Steve. Sí, Helen... El mismo John Mercer al que asesinasteis era mi padre. Nuestro padre.

El *shock* la aturdió como una bofetada inesperada. ¿Cómo no se había dado cuenta jamás de que Steve y Markie eran hermanos? Debían... debían haberlo ocultado. Nunca los había visto hablar de ello. Nunca lo hubiera sospechado. Pero ahora que lo sabía, no le resultó difícil adivinar en qué momento Steve pudo haberle contado la verdad a su hermano pequeño. Le vino a la mente la firma grotesca que descubrió en el registro de visitas del Hospital Psiquiátrico de Goodrow. El nombre de John Mercer garabateado en el papel no mentía, solo que no pertenecía al Mercer que ella conocía, el que había muerto en 1995. Aquella firma pertenecía a su hijo, al hijo de John Mercer: a Markie. De alguna manera, Steve contactó con Markie después de recuperar la consciencia. Y lo que le contó lo llevó a cometer esos crímenes. A vengarse de todos ellos.

Tardó un momento en procesar la información y poder recuperarse de la noticia. De inmediato, quiso defenderse de cualquier implicación.

—Suéltame, Markie. Te estás equivocando, nosotros no matamos a Mercer...

—¿Que me estoy equivocando? ¡¿Que me estoy equivocando?! ¡Deja de mentir de una vez, Helen! —le gritó con ferocidad—. ¿Es que no te cansas? ¿No vas a dejar de hacerlo nunca? ¡Basta de excusas y mentiras! ¡Sé lo que ocurrió aquel verano, Helen! ¡Steve me lo contó!

Markie la miró con intensidad. Las venas del cuello se le habían hinchado como lombrices. Helen le sostuvo la mirada buscando algún tipo de escapatoria mientras Markie decidía qué hacer a continuación. Tras unos angustiosos segundos de incertidumbre, prosiguió:

—¿Sabes qué, Helen? Puede que Steve me contara su versión, pero voy a darte la oportunidad de contar la tuya. La oportunidad de confesar. ¿Te suena ese mensaje? Os lo dejé bien claro cuando visité a Tom, a Cooper, a Carrie... pero no hicisteis caso. Ninguno se lo hicisteis. —Markie le quitó el seguro al arma y la amartilló. Helen tensó todos sus músculos—. Pero como te he dicho, voy a darte una última oportunidad. Cuéntame lo que pasó. Quiero oír tu versión. Y sé sincera. Recuerda que lo sé todo, toda la verdad. Pero quiero escucharla de tu propia boca. Así que no intentes mentirme o dispararé. Te lo juro por Dios. Ahora empieza; y luego tú misma decidirás si mereces vivir o no.

De los ojos azules de Helen comenzaron a escapar lágrimas como presidiarios huirían de la cárcel para no cumplir su perpetua condena. Pero no parecían lágrimas de arrepentimiento, sino de rabia e impotencia. Markie se dio cuenta de ello, aunque actuó con total indiferencia. Solo clavó sus ojos en la mujer que tenía delante.

Y entonces Helen comenzó a hablar.

TERCERA PARTE

1

Su misma suerte

Verano de 1995

Steve pedaleaba a toda velocidad en su bicicleta calle abajo.

Si hubiera querido calificar la conversación que acababa de tener con Mercer de alguna manera, no habría encontrado palabras para hacerlo. Sin embargo, sí que podía explicar cómo se sentía: muerto de miedo.

Mercer tenía oculto a Elliot en alguna parte. Por lo que le había dicho, el niño seguía vivo, y tenía la oportunidad de salvarlo, pero nunca le revelaría su paradero si Vance y los demás seguían empeñados en hacerle confesar; es más, Mercer no dudaría en cumplir su promesa y acabar con su vida como había hecho con la de tantos otros niños.

Así que se encontraba ante la empresa más difícil de su vida: convencer a sus amigos de que dejaran a Mercer en paz para que este le dijera dónde tenía a Elliot. No sería tarea fácil, sobre todo porque Vance no solo insistía en que el chiquillo estaba encerrado bajo el suelo de la casa de Mercer, sino porque ya tenía un plan con el que hacerle hablar. Un plan que a Steve —aún sin conocer los detalles— ya se le antojaba arriesgado... y, probablemente, mortal.

Dejándose llevar por la inercia de la pendiente y ante la atenta mirada del sol templado del final de la tarde, iba cogiendo velocidad.

A cualquier otro se le podría haber hecho difícil saber dónde encontrar al resto de la pandilla, pero el ritual solía ser el mismo para ellos cada sábado de verano: pasar la mañana en la piscina pública de Goodrow o en el embalse a pie de la presa, a media tarde quedada en el parque, sesión de recreativas y, por último, dejarse caer por la heladería de Tinny hasta la cena. Si la mayoría podía estirar la hora de llegada a casa y había consenso, cenarían unos perritos y Coca-Cola al fresco (aunque lo más seguro es que Vance o Jesse consiguieran cervezas) y acabarían la noche tirados en la hierba, colocados entre risas y humo de algún que otro canuto.

Así que Steve probó primero en la sala de recreativos.

Cuando llegó, vio a Tom y Cooper sentados sobre dos cajas de plástico. Estaban relajados, con la espalda curvada hacia delante y fumándose un cigarrillo mientras se reían de alguna tontería. Apretó el freno y detuvo la bicicleta delante de ellos.

Entre los chavales de Goodrow Hill había una norma no escrita que todo el mundo respetaba: cada uno tenía su bici, y nadie tenía derecho a llevarse la de otro. Da igual si era nueva, vieja, valía mucho o era una chatarra. Era algo así como un código de honor aplicable solo a las bicicletas. Si le robabas la novia a alguien, con toda probabilidad te llevarías una paliza y el asunto quedaría zanjado, pero si robabas una bici no tenías perdón; de eso nadie se olvidaría. De modo que, con toda la confianza del mundo, Steve la dejó en el suelo, junto al resto.

—Vaya, vaya... ¡Mira qué pajarito se ha dejado caer por aquí! ¿Has salido ya de debajo de la cama? —se burló Tom—. ¡Pensábamos que después de que Mercer te pillara en su jardín te pasarías una buena temporada sin salir!

Steve estuvo a punto de ignorarlo, pero decidió que ya se había mordido la lengua demasiado tiempo con sus supuestos amigos.

—Pues sí, ya he salido de debajo de la cama. Y te lo recomiendo, para cuando quieras salir tú del armario.

Tom irguió la espalda de golpe, nervioso, y se separó unos centímetros de Cooper mientras se ponía de pie, como si el simple hecho de estar sentado junto a él evidenciara lo que Steve acababa de exponer.

—¿Qué coño estás insinuando, capullo? —se enfureció, ruborizado.

—Nada que no se vea a seis leguas, «capullo».

Tom estampó el cigarrillo contra el suelo y lo aplastó, dispuesto a encararse con Steve, pero antes de que diera un paso más, Cooper se interpuso ante ambos extendiendo un brazo y poniéndolo delante del pecho agitado de Tom.

—Déjalo, Tom —dijo Cooper con tranquilidad—. ¿Qué quieres, Steve?

—Hablar con Vance.

—¿Y qué te hace suponer que Vance quiere hablar contigo? —Volvió a intervenir Tom Parker.

—¿Qué sois ahora, sus guardaespaldas? Bueno, al menos habéis conseguido subir de categoría, de perritos falderos a gorilas. O chimpancés, mejor dicho. De todos modos, mi más sincera enhorabuena.

El sarcasmo de Steve irritó un poco más a Tom, que apretó la mandíbula conteniendo las ganas que no le faltaban de darle un puñetazo; pero Cooper, con su calma habitual, le dijo lo que ya se imaginaba:

—Vance está dentro, con Helen y Carrie. Si has venido a buscarlo expresamente para hablar con él, debe ser algo importante. ¿Qué quieres decirle?

Steve estuvo a punto de obviar la pregunta y pasar entre ambos para no perder un tiempo que se le antojaba valioso, pero algo en su interior hervía como magma incandescente, y le era imposible callarse.

—Sé que Vance pretende hacer que John Mercer confiese el secuestro de Elliot Harrison —dijo mirándolos a ambos. Después sentenció—: Pero va a cometer un error. Vais a cometerlo todos.

—¿Qué sabrás tú de nada, Flannagan? —escuchó Steve. Al mirar hacia la entrada del salón recreativo, vio salir a Vance. Lo seguían Carrie y Helen.

—Deja a John Mercer en paz, Vance. Sea lo que sea lo que pretendes, olvídate.

—¿Qué tal si te olvidas tú de nosotros, mequetrefe? —repicó Vance al tiempo que le ponía un dedo en el pecho y le desafiaba con la mirada—. Ese cabronazo tiene a Elliot. Lo vi con mis propios ojos, joder. Estaba allí, aunque el puto Blunt no quiera creerme.

Carrie le soltó un codazo con tintes de reproche. Vance hablaba del padre de Helen como si ella no estuviera justo a su lado. El chico la miró de reojo y movió la cabeza, como si el insulto fuera solo una manera de hablar.

Steve intentó no empequeñecerse ante Vance y se mantuvo firme en su postura.

—No estoy diciendo que no lo vieras, solo te pido que dejes a Mercer tranquilo. O nunca encontraremos a Elliot con vida.

Vance abrió los ojos y alzó las cejas con asombro. No podía decidir qué le causaba más estupor, la solicitud de Steve respecto a John Mercer, o su insólita advertencia. Ninguna de las dos le gustaba lo más mínimo.

—¿Exactamente qué cojones me quieres decir con eso, Flannagan?

La figura de Vance se le hizo enorme por un momento. Steve quiso dar un paso atrás, pero se encontró con una pared formada por Tom y Cooper. Se sintió como la fina loncha de jamón en medio de un sándwich a punto de ser engullido. Tragó saliva.

—Solo digo que tiene que haber otra manera.

—¿Sabes dónde está Elliot, Steve? —quiso saber Carrie.

La pregunta lo pilló desprevenido. Por supuesto que no sabía dónde escondía Mercer a Elliot (ni siquiera si era verdad que el crío siguiera todavía con vida), pero la expresión de su cara debió haberles hecho creer a todos lo contrario. No le dio tiempo a reaccionar, Vance ya lo había agarrado por la pechera con ambas manos.

—No me jodas, Flannagan —le avisó—. Te lo digo muy en serio, no me jodas. Como sepas dónde está el niño y no me lo digas ahora mismo te voy a reventar la cara hasta que no te quede ni un diente, ¿me oyes? ¡Ni un puto diente te va a quedar!

—¡Habla o vas a comer sopa el resto de tu vida, gilipollas! —añadió Tom Parker.

Steve vio cómo Helen y Carrie lo miraban. Una, con curiosidad, la otra, con temor.

Agarró a Vance por las muñecas e intentó zafarse de su presa mientras gritaba.

—¡No lo sé, maldita sea! ¡No sé dónde está Elliot! ¿Te crees que, si lo supiera, habría venido aquí? ¡Ya habría ido a buscarlo yo, orangután sin sesos!

—¿Qué me has llamado?

Steve apretó la mandíbula y le sostuvo la mirada. Cualquiera hubiera dicho que estaba armado de plena confianza, pero la realidad era distinta: el corazón bombeaba sangre en el interior de su pecho sin control, y los nervios le recorrían vertiginosamente las extremidades.

Vance empujó a Steve, que no cayó de espaldas gracias a que Cooper y Tom lo sujetaron. Antes de que pudiera reaccionar, Vance le soltó un puñetazo en el estómago que lo dobló hacia delante.

—¡Vance, no...!

El grito de Carrie quedó silenciado cuando notó la mano de Helen aferrándole el brazo. Era un gesto simple, pero resultó de lo más efectivo. Carrie miró a su amiga, que movió con levedad la cabeza a ambos lados. «Déjale hacer», le decía Helen sin articular palabra.

Steve se quedó sin aliento y un par de lágrimas saltaron de sus ojos. Trató de incorporarse y llenar de nuevo los pulmones, pero apenas podía dar una mísera bocanada. Vance lo agarró por el pelo y tiró de él para levantarle la cabeza.

—Me tienes muy cansado, Flannagan; muy muy cansado —le susurró al oído.

—Mercer... no nos dirá dónde está Elliot si no... lo dejáis en paz... —informó Steve respirando con dificultad.

—¿Cómo sabes tú eso, eh? —quiso saber Tom.

—¿Es que acaso lo conoces? —preguntó también Cooper.

«¡Claro que lo conozco! ¡Es mi padre!», hubiera querido gritar Steve. Pero se contuvo y no lo hizo. Porque si lo hubiera dicho, habría firmado su sentencia. Y probablemente también la de Elliot. Si revelaba que John Mercer era su padre, estaba seguro de que habrían creído que estaba compinchado con él, que era su cómplice. Y le obligarían a confesar el paradero de Elliot por todos los medios... Un lugar que él desconocía por completo. Y que solo John Mercer podía desvelar.

A cambio de que lo dejaran en paz, por supuesto.

Por eso Steve se quedó mudo y negó con la cabeza ante las preguntas de sus amigos.

—¿Entonces por qué mierdas dices que si no lo dejamos en paz no sabremos dónde esconde al crío? —Lo zarandeó Vance, bajo las miradas inquietas e inquisitivas de Carrie y Helen—. ¡Responde!

Unos chicos salieron de las recreativas, pero al suponer que estaban zurrándole a alguien recularon y se perdieron de nuevo en el interior de la sala de juegos. Todos sabían que no había que meterse en medio de una pelea, menos todavía si Vance Gallaway estaba de por medio. Steve aprovechó ese instante para recuperar el aliento.

—No... No lo conozco —mintió, y buscó la manera de convencerlos sin decirles la verdad—: Pero creo que dijiste la verdad al salir de casa de Mercer... Es imposible que Elliot no estuviera ahí abajo. De alguna manera, Mercer lo ocultó en alguna parte mientras estabas inconsciente.

Aquella afirmación resultó toda una sorpresa para el grupo. Las chicas se miraron dubitativas, mientras que el desconcierto reinó por un segundo entre los chicos. No era habitual en Steve darles la razón, mucho menos a Vance. A decir verdad, desde el día en que siguieron a Mercer hasta su vieja casa, Steve no se había pronunciado al respecto. Que lo hiciera ahora, y de aquella forma, era de lo más inesperado. Tanto que Cooper y Tom aflojaron su presa. Pero Vance no se fiaba. Se acercó a él de nuevo.

—¿A qué estás jugando, Flannagan? —quiso saber, desconfiado—. ¿Vienes a decirnos que dejemos a Mercer en paz, pero crees que secuestró al crío de los Harrison? —Miró a Cooper y Tom, que volvieron a inmovilizarlo—. Aquí hay algo que no me cuadra.

—Lo único que os estoy diciendo es que, si queremos encontrar a Elliot, hay que hacerlo de otra manera —repitió.

Vance soltó una sonora carcajada.

—No hay otra manera, Flannagan; no seas tan estúpido.

—La haya o no, haciéndolo a tu manera no conseguirás nada.

—Ah... Ya tenemos de vuelta al Steve de siempre... Ya lo echábamos de menos, ¿eh, chicos? Pues veamos... ¿de qué manera crees que vamos a hacerlo? —preguntó Vance levantando las palmas hacia delante—. No, espera, no me lo digas... Mejor te lo digo yo: no lo sabes. Y si no lo sabes es porque no tienes agallas para hacer lo que hay que hacer. Nunca las tienes.

—Sí, joder. Las gallinas de mi abuela tienen más huevos que tú —añadió Tom Parker, como un estúpido. Pero a Vance le hizo gracia y se rio con gusto.

—Ya lo ves. Eres un cobarde. Y me importa bien poco cómo creas que hay que hacer las cosas, porque si te paras a pensar con esa cabecita de la que tanto alardeas —le dio unos golpecitos lo suficientemente fuertes en la frente con los nudillos como para que doliera—, te darás cuenta de que soy el único que proporcionó una pista real sobre el paradero de Elliot. Es más, no les di una pista, ¡Elliot estaba allí! —Vance comenzaba a ofuscarse—. El problema es que ese cabrón de Mercer me golpeó y me drogó, o vete tú a saber qué mierda hizo para dejarme inconsciente durante más de una hora en aquel maldito sótano... El mismo sótano en el que escondía a Elliot. Una hora que utilizó para esconder al crío en otro sitio. Puto psicópata... Sí, reconozco que fue más listo que nosotros. Y gracias a eso la poli no me creyó. Pero ya verás, Flannagan... Verás como pronto me van a creer. Porque voy a hacer cantar a ese cabrón como si estuviera en el puto coro de la iglesia. Y va a decirnos dónde tiene al niño, ¿me has oído? Me lo va a decir.

De pronto, Vance sacó de su chaqueta una navaja automática. La hoja afilada salió como un resorte con un ruido seco al deslizarse hacia fuera. Steve se tensó al verla, y tanto Helen como Carrie dieron un respingo cuando la acercó al cuello del joven. Tom y Cooper apenas se inmutaron, aunque sí ejercieron más presión sobre los brazos de Steve para que no se moviera. Vance le acarició el mentón con el filo de la navaja y susurró:

—Así que quítate de en medio. O correrás su misma suerte.

—¡EH!

Todos se giraron para ver quién les gritaba. La última persona que Steve esperaba que se erigiera como su salvador se presentó a ojos de todos como una aparición.

2

A nuestra manera

Verano de 1995

—Dejadlo en paz.

Lucas Harrison sorprendió a todos cuando salió en defensa de Steve. Ninguno esperaba que alguien estuviese dispuesto a dar la cara por él, pero jamás podrían haber imaginado que quien lo hiciese fuera el propio Lucas.

Todos se volvieron hacia él mirándolo con incredulidad. A diferencia del resto de sus amigos, Helen sintió una punzada en el corazón que le recordó el dolor que sintió la última vez que cruzaron una palabra. El día que supo la verdad. El día que Lucas le rompió en pedazos el mismo corazón que ahora se le encogía en el pecho. Pero no fue por amor que se lo destrozó.

—Será mejor que sigas tu camino, Harrison —le advirtió Tom Parker. En cualquier otro momento lo hubiera llamado rarito, pero, por una vez, mostró algo de empatía—. Esto no tiene nada que ver contigo.

—¡Al contrario! —expuso Vance, alzando ambas manos—. Esto tiene mucho que ver con él. Ven, Lucas, ven. Acércate.

Lucas observó a todos uno por uno con semblante serio. La última persona en quien posó sus ojos fue Helen, que inspiró el aire por la nariz y lo aguantó en los pulmones hasta que Lucas los apartó de ella. Dio un paso en dirección a Vance, pero se detuvo; no se fiaba en absoluto de ellos.

—Primero soltad a Steve. Sea lo que sea lo que haya hecho, estoy seguro de que no merece lo que estáis haciéndole.

—No vamos a soltarlo, sobre todo porque en cuanto sepas por qué no lo hacemos, querrás tomar parte en este asunto.

Las palabras de Vance fueron como un anzuelo bien lanzado que voló para situarse justo delante de Lucas. Lo mordió de inmediato.

—¿Qué quieres decir?

—Lo que quiero decir es que tu amiguito Steve, aquí presente, cree que no hace falta seguir buscando a tu hermanito...

—¡Yo no he dicho eso! ¡Es mentira!

—... y que no le importa que ese viejo asqueroso secuestrador de niños se salga con la suya.

Lucas prestaba atención a las melosas palabras de Vance, que hablaba como la serpiente del Edén aterciopelando cada sílaba para engatusarle.

Le echó una mirada de indiferencia a Steve, que negaba con la cabeza ante tanta teatralidad, y después levantó la barbilla hacia Vance. Preguntó sin sentimiento alguno:

—¿Es verdad que viste a mi hermano en el sótano de Mercer?
—La pandilla al completo guardó silencio un momento esperando que Vance contestara.

—Lo vi.

—No lo viste —lo interrumpió Steve llevándole la contraria. Inmediatamente se dirigió a Lucas—: Ninguno lo vimos.

—¿Qué sabrás tú, Flannagan? —respondió enfadado Vance—. ¡Elliot estaba allí! Puede que no lo viera con mis propios ojos, pero lo encontré. ¡Hablé con él! Ese cabrón lo tenía encerrado.

—Mi madre dice que os lo inventasteis. Que solo decís eso para hacernos daño.

Vance se acercó a Lucas. El muchacho era un poco más alto que Vance, apenas unos centímetros, pero era muy delgado y estaba pálido. Parecía que el sol no hubiese tocado su piel en todo el verano, y su cabello rojo y apelmazado contrastaba con la cabellera rubia de Vance. Se plantó frente a él, pero no lo tocó. Solo quería estar bastante cerca para que lo oyera con claridad.

—Nadie quiere haceros daño, Lucas. Escucha: tu madre no estuvo allí dentro. Flannagan no estuvo allí dentro. Ninguno de los aquí presentes lo estuvo. Pero ¿sabes quién sí estuvo en aquel sótano apestoso, Lucas? Yo. Y te aseguro que tu hermano estaba allí. Ese hijo de puta de Mercer lo tenía escondido bajo una trampilla. Pero me descubrió y me golpeó tan fuerte que perdí el conocimiento. Mientras estuve inconsciente debió llevárselo, esconderlo en otra parte de la casa... Puede que el jefe Blunt no me crea, pero mis amigos sí lo hacen. —Los miró, y todos, menos Steve, asintieron—. Y si estamos aquí es porque hemos decidido sacarle la verdad a Mercer. Como sea. —Hizo una pausa y movió la navaja. Lucas se percató de sus intenciones. A continuación añadió—: Porque queremos traer de vuelta a tu hermano con vida.

Lucas sopesó lo que Vance le iba diciendo. Él deseaba con todas sus fuerzas recuperar a su hermano pequeño. Quizá no pasaba tanto tiempo con él como debería haberlo hecho, pero eso no evitaba que lo quisiera. Era su hermano.

Antes de responder, miró de nuevo a Steve. El chico ya se había cansado de intentar zafarse de la presa de Tom y Cooper, y estaba inmóvil escuchando la conversación.

—¿Por qué dice Vance que no quieres encontrar a Elliot?

—¡Yo no he dicho eso, Lucas! —Se defendió Steve. Cooper y Tom por fin lo soltaron mientras gritaba—. ¡Quiero encontrar a tu hermano tanto como todos en Goodrow Hill! Pero no como Vance tiene planeado hacerlo. Lo he dicho y lo repito: es un error. No conseguiremos nada amenazando a Mercer.

—Pareces saber mucho de él, Flannagan —lo señaló Vance, con las cejas y la mandíbula apretadas—. ¿Por qué me da la sensación de que no estás contando todo lo que sabes?

—¡Está compinchado con el viejo! —Lo acusó Tom.

—¡No! ¡Solo digo que esa no es la manera!

Steve no sabía ya qué decir para no confesar que había llegado a un acuerdo con John Mercer. No estaba cien por cien seguro de que Elliot siguiera con vida, ni si el trato con su padre daría resultado, pero si ellos llegaban a hacerle algo a Mercer —como claramente era su intención—, entonces Elliot no tendría ninguna posibilidad. Por otra parte, si descubrían que había hablado con Mercer no habría nada que les quitase de la cabeza la idea de que era su cómplice en el secuestro del niño, y no tendría defensa ninguna... A menos que les contara que Markie era su hermano, y que tenía que evitar a toda costa que Mercer descubriera que su hijo pequeño no había muerto en la cuneta de aquella carretera diez años atrás. Porque si llegaba a saber que seguía con vida, Markie correría serio peligro. John Mercer no estaría dispuesto a detenerse ante nada ni nadie con tal de recuperar lo que le pertenecía. Y el pequeño John, según él, era de su pertenencia.

—Entonces, ¿creéis de verdad que John Mercer tiene escondido a Elliot en alguna parte? —quiso saber Lucas.

—Sí —respondió con rotundidad Vance. Los demás asintieron dándole la razón. Pero a Lucas le interesaba la opinión de una persona en concreto.

—¿Y tú, Helen?

Helen se quedó de piedra. Hacía años que no hablaba con Lucas, y desde el día en que dejaron de dirigirse la palabra había tratado de evitar siquiera cruzar con él una simple mirada. Que se dirigiera a ella con aquella naturalidad, como si todos los años de silencio que los habían separado no hubieran transcurrido, la pilló desprevenida. Lucas volvió a preguntar:

—¿Crees que Mercer secuestró a Elliot?

—Si Vance dice que Elliot estaba en el sótano de Mercer, es que estaba allí. —Miró a Vance—. Puede que no le viéramos, pero Vance no mentiría en algo así, Lucas. Y si mi padre no está dispuesto a creernos, o prefiere llevar la investigación a su manera, nosotros lo haremos a la nuestra. Queremos encontrar a tu hermano. —Hizo una pausa solemne y enfatizó—: Quiero encontrarlo.

Lucas asintió.

—Yo también —dijo.

—No lo hagas, Lucas. No sabemos de lo que es capaz ese hombre. Por favor...

El ruego de Steve era sincero. Hubo una época en que Lucas y él habían sido buenos amigos —aunque sin llegar a ser tan íntimos como lo había sido Helen de Lucas—, y no quería que se involucrara en algo que podía hacer peligrar su propia vida. No deseaba presenciar más muertes, ya había visto suficientes cadáveres sobre la encimera.

El gesto angustioso de preocupación en la cara de Steve hizo que Lucas dudara de su decisión de respaldar el plan de Vance respecto a Mercer. Además, sus padres lo matarían si se enteraban de que iba con ellos. Pero, por otro lado, deseaba descubrir la verdad, saber si Vance tenía razón, si John Mercer había secuestrado a su hermano pequeño.

Vance se percató de la indecisión de Lucas, así que lo aferró por los hombros y lo zarandeó con ímpetu para que le prestara la máxima atención.

—¡Olvídate de Flannagan, Lucas! Es un maldito cobarde. Tú solo piensa en qué es lo que quieres. ¿Quieres recuperar a tu hermano? ¿Quieres que vuelva a casa? Entonces hay que ir a por Mercer, hacerle confesar, que nos diga dónde lo tiene. Porque si no lo hacemos nosotros, te aseguro que nadie más en este pueblo va a mover un dedo por él. La policía ha suspendido las labores de búsqueda, ya no hacen batidas; la gente ha dejado de buscarlo y ha vuelto a sus trabajos, Lucas, se han dado por vencidos. Pero nosotros no vamos a hacerlo. Solo hay que apretarle las tuercas a Mercer. ¡Él nos dirá dónde está!

—¿Estás seguro?

—Te lo prometo.

Lucas tragó saliva. Vance estaba decidido, pero él tenía miedo. Miedo de sus padres, miedo de Mercer, de que el plan de Vance saliera mal, de que estuviera equivocado, miedo de no encontrar a Elliot... o de que ya estuviera muerto cuando lo hicieran.

—¿Cuándo pensáis...?

—No podemos dejar pasar más días, Lucas. Elliot lleva demasiado tiempo desaparecido, y ese cabrón de Mercer no va a salirse con la suya. —Vance miró de reojo a Steve y bajó un poco la voz—. Esta misma noche iremos a por él.

3

Riesgo con gusto

Verano de 1995

Cuando lo dejaron en paz, Steve agarró su bicicleta y se subió a ella. Antes de marcharse, echó un vistazo a su espalda, a la entrada del salón recreativo.

Vance seguía tratando de convencer a Lucas para que se uniera a ellos en su cruzada personal contra John Mercer, mientras el resto lo apoyaba moviendo afirmativamente la cabeza, siempre de acuerdo con lo que argumentaba su cabecilla.

En ese momento, apartado de ellos, Steve se sintió como un paria; pero se enfadó consigo mismo porque en realidad ese sentimiento no provenía de su interior sino de afuera, de cómo querían hacer que se sintiera. Él quería rescatar a Elliot tanto como los demás, así que a aquel sentimiento intrusivo no debía siquiera cederle un mínimo espacio.

Además, su enfoque de la situación era mucho más amplio que el que tenían sus amigos. Steve sabía muy bien de qué era capaz John Mercer, lo había visto y vivido en sus propias carnes, pero ellos no. No sabían a quién se enfrentaban, y no quería ni imaginar lo que Mercer podría hacerles si el plan de Vance se torcía. Ya no solo porque no pudieran encontrar a Elliot —vivo o muerto— sino por lo que podría venir después, por la reacción de Mercer.

Y es que Steve sabía de sobra que no era buena idea provocar a su padre. Su madre lo había hecho con tal de salvarle la vida a sus hijos, pero aquel acto fue el último que llevó a cabo. ¿Quién podía asegurarles que Mercer estuviera dispuesto a dejarlos en paz después de aquello? ¿Acaso creían que podían infundirle algo de miedo con sus amenazas? ¿Que no estaba dispuesto a asesinarlos como hizo con su madre diez años atrás?

Steve no dudaba de que Mercer fuera capaz de hacerlo. Sin embargo, lo que más temía Steve no era morir a manos de su padre. No, a lo que más miedo tenía era a que, de alguna manera, Mercer se enterase de que el pequeño John no había muerto al alba tras la huida desesperada junto a su madre aquel fatídico día, sino que seguía vivo, que estaba allí mismo, en Goodrow, y que ahora respondía al nombre de Markie Andrews.

Eso era lo que de verdad le aterraba.

Pero ¿qué podía hacer? ¿Resignarse y decirle a Mercer que los chavales de su pandilla habían decidido de una vez por todas sonsacarle la verdad? ¿Que estaban dispuestos a descubrir lo que había hecho con el pequeño Elliot costase lo que costase?

No... No podía hacerlo. Eso solo aceleraría más las cosas. Elliot podía darse por muerto si le contaba a su padre lo que sus amigos pretendían. Entonces, ¿qué podía hacer?

Justo cuando comenzó a pedalear y a dejar atrás a Lucas y los demás, se le ocurrió una idea. Proponerle un cambio a su padre. Darle algo a cambio de la vida de Elliot.

En realidad, ya le había ofrecido la suya para recuperar al niño, pero Mercer ni siquiera había querido considerarlo. Lo rechazó de plano. Pero había algo que no rechazaría jamás: volver a ver a su hijo menor. Al que creía muerto. A Markie, el pequeño John.

Ofrecerle a Markie a cambio de Elliot era lo único que podría salvarle la vida al hermano de Lucas, pero condenaría irremediablemente a Markie. Quién sabe qué pretendía hacerle Mercer... ¿Asesinarlo como venganza por haber huido junto a él y su madre? ¿Encerrarlo? ¿Hacer que se volviera como él?

Plantearse cada una de esas preguntas le dolía a Steve tanto como arrancarse una parte de sí mismo. Tanto que, sin darse cuenta, había empezado a llorar. Lloraba por Markie. Por Elliot. Por verse en aquella situación extrema y angustiosa sin ayuda ninguna. Estaba solo.

Y entre lágrimas se planteó la cuestión más importante: ¿Estaba dispuesto a hacer ese sacrificio?

Detuvo la bicicleta para recuperar el aliento. Sollozaba sin remedio, y el sudor y las lágrimas le escocían los ojos. Se los secó mientras apretaba los dientes de impotencia. Cuando miró a su alrededor vio que se había parado a pocos metros del hogar de los Harrison, una bonita casa de madera blanca y tejas grises.

Se bajó de la bici, la dejó en la acera y caminó hasta plantarse delante de la cancela de madera. Empujó la portezuela y avanzó por el jardín hasta el porche. No estaba seguro de qué hacía allí, pero sentía que le debía algo a los padres de Elliot. Justo antes de llamar al timbre, pensó en confesarles que Mercer era el responsable del secuestro de su hijo, decirles que todo era culpa suya, que nada de esto habría pasado si hubiera decidido no obedecer a su madre cuando les pidió que huyeran bosque a través dejando a su padre atrás.

Pero no podía hacerlo. Ni siquiera podía decirles que sus amigos, encabezados por Vance Gallaway, pretendían arriesgar el cuello para descubrir dónde estaba Elliot. No podía perder a su propio hermano.

El timbre sonó, y Steve oyó unas voces dentro de la casa. Tras unos segundos, Peter Harrison abrió la puerta.

—Hola... —lo saludó, pero de inmediato se sobresaltó al ver la cara compungida y llena de lágrimas de Steve. El chaval lo miraba fijamente, lleno de tristeza y amargura—. ¿Te... te encuentras bien?

Steve rompió a llorar como un niño pequeño, como el niño que tuvo que dejar de ser diez años antes al salir de aquel húmedo tronco donde los escondió su madre.

—Señor Harrison, yo... Su... su hijo... Siento... yo...

—Chico, ¿estás bien...?

Steve se sorbió la nariz, y asintió con la cabeza.

—Lo siento... Siento mucho lo de Elliot... Yo... tiene que perdonarlo. Mi padre... él... no puede evitar... Hacer lo que hace. Pero yo no soy como él... Se lo prometo. No soy como él, soy diferente... No soy... no soy como mi padre.

Peter Harrison apenas entendió lo que Steve quiso decirle entre balbuceos y sollozos. Y antes de que pudiera preguntarle a qué había venido, Steve se dio la vuelta y se marchó corriendo en dirección a su bicicleta. Se subió en ella y se alejó pedaleando con todas sus fuerzas.

Steve concluyó entonces que no podía sentenciar a su hermano pequeño entregándoselo en bandeja a su padre. Tampoco evitar que Vance, Helen y los otros ejecutaran su plan. Pero lo que sí podía hacer era intentar salvar a Elliot antes de que sus amigos se presentaran en casa de Mercer. Si tenía que mentirle a su padre de nuevo, asumiría ese riesgo. Y lo haría con gusto, aunque le fuera la vida en ello.

Peter siguió la silueta de Steve pedaleando con ahínco calle abajo.

—¿Era el hijo de los Flannagan? —preguntó Janet Harrison asomándose a la puerta mientras se secaba las manos en un trapo.

—¿Eh? Sí. Sí, eso creo...

—¿Dónde ha ido? —Peter señaló una figura a lo lejos, y Janet entornó los ojos, extrañada—. ¿Qué te ha dicho?

—No... No estoy seguro. Que sentía lo de Elliot... y luego... No sé, Janet. El pobre chico no paraba de llorar; no le he entendido muy bien.

Peter Harrison entró de nuevo en casa taciturno, sin darle más vueltas al asunto, pero Janet frunció el ceño y se quedó durante unos instantes mirando al horizonte. Tras un largo suspiro apesadumbrado, siguió los pasos de su marido con los hombros alicaídos, como si soportase todo el peso del mundo sobre ellos y no existiera nada que la ayudara a sostenerlo.

4

La verdad más allá del cristal

Verano de 1995

Lucas caminaba cabizbajo de regreso a su casa sin saber qué hacer. Estaba seguro de que Helen, Carrie y los chavales creían haberlo reclutado para su causa, como si fuese un vulgar guerrillero. Pero se equivocaban. No le habían convencido en absoluto.

Su padre todavía mantenía la firme convicción de que recuperarían a Elliot, que el jefe Blunt lograría dar con él, pero con el paso de los días esa confianza parecía estar oxidándose y haciéndose más débil. Su madre apenas opinaba nada al respecto... bastante trabajo tenía con intentar no llorar. Lucas la escuchaba de día y de noche, tirada sobre la cama o arrodillada en el pasillo, sentada en una de las sillas del salón o encerrada en el cuarto de baño.

Era un suplicio.

A veces deseaba que Elliot apareciera, le daba igual que lo encontrasen vivo o muerto, con tal de que la incertidumbre que resquebrajaba a su madre cesara, pero luego se sentía miserable por pensar de manera tan egoísta. ¿Y si fuera él a quien hubieran secuestrado?

No le habría gustado que su hermano hubiera deseado eso de él. Además, el sufrimiento de su madre solo acabaría cuando estrechara a su hijo de nuevo entre sus brazos, lleno de la vida y el calor reconfortante que solo un niño puede desprender. No con ella delante de su ataúd.

Pero ¿cuál sería el desenlace? No lo sabía. Ojalá tuviera una de esas bolas de cristal como la que vio en aquel programa de madrugada una noche que no podía dormir. Su padre decía que eso solo eran paparruchadas y engañabobos, pero la mujer que hablaba en televisión aseguraba que la verdad está siempre más allá del cristal. Sentía curiosidad, pero le dio miedo seguir escuchándola. No solo por lo que decía o por su aspecto (tenía toda la pinta de ser una bruja), sino por los susurros y la oscuridad nocturnos a los que no estaba acostumbrado.

A lo mejor él también era un bobo, pensó. Y esperar que su hermano pequeño siguiera con vida como le había dicho Vance era una paparruchada.

No... Simplemente estaba indeciso. Y tenía que tomar una decisión. Solo necesitaba algo que le empujara a tomarla, en uno u otro sentido.

Fue en ese momento cuando escuchó la sirena a su espalda. Sobresaltado, se hizo a un lado. Sumido en sus pensamientos, no se había dado cuenta de que caminaba por el medio de la calzada.

—Chico, las aceras son para los peatones —dijo el conductor, mientras regulaba la velocidad para ponerse a su lado.

—Disculpe, jefe Blunt. Estaba distraído.

—¡Ah, Lucas! No te había reconocido de espaldas... ¿Necesitas que te lleve? Estoy haciendo la ronda.

—No se moleste. Puedo caminar hasta casa, solo son un par de manzanas...

—No es molestia. Anda, sube. No me gusta ver a nadie caminando solo por la calle cuando cae la tarde.

Lucas dejó escapar un suspiro y abrió la puerta del coche patrulla.

—Sube delante, chico. Los asientos traseros los tengo reservados para los malos. No encuentro razón alguna por la que tengas que ocupar uno de ellos.

Lucas obedeció, rodeó el vehículo y se acomodó en el asiento del copiloto. No hizo falta que Blunt le recomendara ponerse el cinturón, él siempre lo hacía. El policía arrancó.

—¿Cómo lo llevas, Lucas? —se interesó. El muchacho se encogió de hombros, cabizbajo. Blunt apretó los labios con pesar—. Debéis estar pasándolo mal... Pero no bajéis los brazos. La esperanza es lo último que hay que perder.

Blunt intentaba ser positivo, darle un empujón anímico a Lucas, pero este lo miró de manera despectiva.

—¿Cómo vamos a tener esperanza de recuperar a Elliot si lo han dejado de buscar? —espetó. Blunt se removió en su asiento.

—No hemos dejado de buscar a tu hermano. Estamos... estoy haciendo todo lo posible por...

—No tengo cinco años, no hace falta que me mienta.

Blunt frunció el ceño y puso cara de circunstancias. No le estaba mintiendo, pero la realidad era que la investigación no había dado resultados. Tampoco tenían personal ni recursos suficientes para invertir en la búsqueda del pequeño. Y después de tanto tiempo, había pocas probabilidades de encontrar a Elliot con vida. Blunt lo sabía, pero no iba a decírselo a Lucas.

—Entiendo cómo te sientes, Lucas... Lo entiendo perfectamente. Pero hay cosas que escapan de mi control.

—¿Y eso qué quiere decir? ¿Que les da igual si Elliot aparece o no? ¿Les da igual que John Mercer se salga con la suya?

—¿Qué diablos estás diciendo, chico? —Blunt clavó su mirada en Lucas con evidente enfado—. Hemos investigado a Mercer y no parece tener nada que ver con el secuestro de Elliot, por mucho que Vance Gallaway y los suyos quieran señalarlo como culpable.

El joven se encogió en su asiento y bajó la mirada. Blunt se percató de que había dado justo en el clavo.

—Así que es eso, ¿eh? ¡Gallaway y su pandilla de amiguitos te han lavado el cerebro para que les sigas el juego!

—No me han lavado nada —respondió Lucas avergonzado.

—Ya. Eso cuéntaselo a otro. Un día de estos voy a pillar a Gallaway y lo voy a meter en vereda. Esto está pasando de castaño oscuro. Qué poca decencia... Y tú, regalándole los oídos. ¿Es que no hay un adolescente en este pueblo que tenga un poco de madurez? Por Dios, Lucas, con lo que debe estar sufriendo tu madre...

—¿Eso es lo que le importa, verdad? ¡Mi madre!

—¿Qué? ¿De qué hablas, chico?

Blunt no entendía por qué Lucas se alteraba de aquella manera, pero pudo ver en sus ojos la indignación y el enfado que precedían a cada palabra. El policía frenó en seco cuando Lucas intentó abrir la puerta.

—Déjeme salir.

—Pero Lucas, no entiendo qué...

—¿No entiende? ¿Qué es lo que no entiende? Deje en paz a mi madre. Déjenos en paz y dedíquese a buscar a mi hermano. ¡Alguien lo secuestró! ¡Y no están haciendo nada!

Lágrimas saladas comenzaron a subir a sus ojos como la marea hasta anegarlos. Blunt supo que Lucas no hablaba por hablar. Sabía algo. Sabía algo de lo que había entre Janet y él.

O lo que hubo.

Lucas consiguió quitarle el cerrojo a la puerta y la abrió. Se arrancó el cinturón y se apeó del coche patrulla. Cerró con furia mientras Blunt lo miraba estupefacto.

—Lucas, hijo, no sé qué te han contado, pero no hagas caso de...

—No lo sabe, ¿verdad? —Lucas guardó silencio; aguardó hasta que Blunt reaccionara. Sin embargo, el desconcierto en el rostro del policía era genuino. Vio cómo el hombre lo escudriñaba sin comprender a qué se refería.

—¿Qué... qué quieres decir, Lucas? ¿Qué es lo que no sé?

Efectivamente, Blunt no tenía ni la más remota idea de lo que Lucas estaba hablando. En el fondo, quería gritarle y decirle lo que hacía tiempo había descubierto: que Elliot no era en realidad su hermano, sino su hermanastro, que no compartían el mismo padre, que el hombre que lo miraba confundido portaba en las venas la misma sangre que corría por las de Elliot.

Pero no le gritó. Por su padre. Por... por su madre también, aunque hacerlo le atormentara por dentro... como llevaba años ocurriéndole.

Apretó la mandíbula. Sus brazos colgaban a ambos lados de su cuerpo, temblorosos y tensionados, y las uñas se le clavaban en los puños apretados causándole un dolor físico que no sentía en ese instante y que apenas era comparable al emocional.

—No importa —optó por contestar—. Solo quiero que encuentre a mi hermano.

—¡Espera, Lucas! ¡Espera!

Lucas dejó de escucharle y comenzó a alejarse hacia su casa. No tenía ganas de hablar. En realidad, hacía tiempo que apenas se comunicaba con nadie; lo de hoy había sido la excepción que confirmaba la regla.

Blunt aceleró tras él, pero Lucas apretó el paso y entró en su casa sin volverse atrás. Por poco se dio de bruces con su madre cuando cerró la puerta.

—¡Lucas! —se sobresaltó Janet—. ¿De dónde vienes?

Su hijo no le contestó, pero sí la obsequió con una gélida mirada que la perforó como un taladro.

—¿Por qué me miras así, Lucas?

No obtuvo respuesta alguna. El chico salvó de dos en dos los escalones hasta su habitación, en la planta superior. Dio un portazo y echó el cerrojo para que no le molestaran.

A Janet se le aceleró el corazón. Algo había pasado para que Lucas la mirara de aquella manera tan dura, despreciativa. Fue entonces cuando abrió la puerta y miró a la calle buscando la razón de su comportamiento.

La encontró al ver el coche patrulla avanzando lentamente por delante de su puerta. Blunt y ella cruzaron una fugaz mirada. Ambos sintieron un escalofrío y una punzada en el pecho. Cada uno hubiera querido decirle algo al otro, pero solo habrían sido excusas o reproches.

Janet cerró los ojos y bajó la cabeza con tristeza. Después entornó la puerta y la cerró con suavidad. Le entraron ganas de llorar cuando escuchó el chasquido metálico de la cerradura. Aguantó las lágrimas un par de segundos, pero luego se derrumbó sobre sus rodillas y no se privó de hacerlo.

5

El punto de mira

Blunt conducía desesperadamente de regreso a Goodrow Hill. Las ruedas del coche patrulla chirriaban y se deslizaban por el asfalto con peligrosa temeridad. No había parado de maldecirse y soltar improperios a diestro y siniestro desde que hubo terminado de hablar con Rogers.

¿Cómo había sido tan estúpido? El culpable de los asesinatos estuvo todo el tiempo delante de sus narices. Hasta un ciego se habría reído de él por no verlo.

Era el maldito Markie Andrews... Todo el tiempo había sido él. ¿Cómo no se había dado cuenta antes? Pero ¿cómo hacerlo, si parecía haberse enterado de lo sucedido por casualidad? Helen lo llamó por teléfono para informarle de la muerte de Tom Parker, ni siquiera se habría enterado de lo ocurrido si no hubiera sido por ella... Aunque esa suposición era del todo irrelevante. Sobre todo porque fue Markie quien lo asesinó. Igual que al resto.

Blunt pensó en las fotografías que los amigos de su hija habían recibido por correo, el propio Markie Andrews incluido.

Pero ese hecho tampoco significaba ya nada. Markie las envió, Blunt estaba seguro de ello. Incluirse entre los destinatarios solo había sido un paripé, una coartada, una excusa para terminar el trabajo de ajusticiamiento que empezó con Tom Parker sin levantar sospechas, para estar más cerca de sus víctimas. Incluso si Helen no se hubiera puesto en contacto con él, podría haber usado dicha fotografía como pretexto para regresar a Goodrow. ¿Quién iba a sospechar de él si Vance, Cooper, Jesse y Carrie recibieron la misma instantánea? De una u otra manera, Markie se habría presentado aquí, pero tuvo la suerte de que Helen se le adelantara y se pusiera en contacto con él. Fue un golpe de suerte que supo aprovechar a la perfección.

Ahora bien, había algo con lo que nadie contaba: que Markie fuera hermano de Steve Flannagan. Un descubrimiento inesperado, y probablemente la verdadera razón de su presencia en Goodrow; la razón de que Carrie, Cooper y Tom estuvieran muertos. Porque, de alguna manera, Markie supo lo que le pasó a Steve veinticinco años atrás. Lo que le hicieron. Y había decidido vengarse.

Pero ¿quién, aparte de él, quedaba en pie de aquella época que supiera con seguridad lo que le había sucedido a Steve? Solo tres: Jesse, Helen y Vance, que estaba en el hospital. ¿Quién sería su siguiente víctima? Recordaba muy bien que las manos de Vance habían sido tachadas, igual que las piernas de Jesse. Todavía no sabía qué significaba —si es que eso significaba algo en realidad o solo formaba parte del macabro juego de Markie—, pero tenía claro que la única persona que le importaba de esa imagen era su hija.

Llamó apresurado a Helen con el móvil. Daba señal, pero no respondía nadie.

—¡Joder!

Lo intentó por segunda vez, pero el resultado fue el mismo.

Así que contactó con Morales. Le contó lo que había averiguado sobre Markie y le solicitó refuerzos, además de pedirle encarecidamente que se asegurase de que nadie que no fuera personal médico autorizado pudiera acceder a la habitación de Vance. El teniente le dio su palabra y de inmediato informó al personal de seguridad del hospital. También envió una patrulla a Goodrow, con el beneplácito de Blunt. Toda precaución era poca.

En cuanto colgó, llamó a Charlie, que descolgó al momento:

—Hola, je-jefe...

—¡Charlie, ve directo a casa de Jesse Tannenberg! —le ordenó sin dejar continuar—. ¡Comprueba que esté bien y quédate allí hasta que vuelva a llamarte! ¿Lo has entendido?

—S-sí, jefe. Pe-pero ¿qué p-pasa?

—¡Es Andrews, Charlie! ¡Mark Andrews es nuestro hombre!

—¡¿M-M-Markie?! —preguntó con incredulidad.

—Puede que no sepa que lo sabemos, así que hemos de adelantarnos. He hablado con el teniente Morales de Rushford Falls para que vigile a Vance, pero Tannenberg es otra de sus posibles víctimas. Ve a su casa con él y, si Markie se presenta, arréstalo. ¡No dudes en apretar el gatillo si hace falta, porque está comprobado que no tiene compasión! ¿Me has oído?

Charlie asintió mientras tartamudeaba unos siseos afirmativos.

—¿Y us-usted? ¿Q-qué va a hacer usted?

Pero Blunt ya había colgado. Con Vance en el hospital, y si tal vez Markie había decidido encargarse de Jesse en otro momento, solo quedaba una persona en su punto de mira.

Helen.

6

Pensárselo dos veces

Verano de 1995

Los sollozos que Janet trataba de retener emergían de su garganta como si tuvieran vida propia y llegaban, amortiguados desde la planta baja, a oídos de Lucas.

Al escuchar el motor del coche patrulla de Blunt alejándose de su casa, el chico entendió que, a diferencia de lo que era habitual, el motivo de sus gemidos no era Elliot, sino el propio Blunt.

Le pareció algo repulsivo.

Igual que el tacto de la cubierta del cuaderno que sostenía entre sus manos.

Era un diario. Y no era suyo, por cierto. Pertenecía a su madre. Solo que, desde hacía algunos años, lo custodiaba él.

Janet lo usaba por recomendación de su psicólogo. Le había dicho que poner por escrito sus pensamientos y sentimientos podía ayudarla a superar ciertos miedos, ciertos traumas, era una forma de liberación. Sin embargo, un buen día no lo encontró donde siempre lo dejaba. Puso la casa patas arriba buscándolo frenéticamente por cada rincón.

Al final se dio por vencida creyendo que lo había extraviado, olvidado en un lugar que su memoria no conseguía recordar. Pero la verdad era que su hijo mayor se lo había robado. En realidad, no fue un robo malintencionado, él solo sentía curiosidad por descubrir qué escribía su madre con tanto afán y por qué escondía ese libreto con tanto celo de la vista de todos. Con poco más de trece años, Lucas era un chico curioso —siempre lo había sido— y, para él, hacerse con el diario de su madre empezó siendo un simple juego. Pretendía devolvérselo, por supuesto, hasta que leyó lo que había escrito en él. Entonces el juego concluyó.

A día de hoy, seguía sin avergonzarse de haberle robado el diario en aquella ocasión; pero lamentaba haber descubierto lo que contenía.

Deslizó los dedos sobre la rugosa superficie del cuaderno y olió las cubiertas de cuero, oscurecidas por el tiempo. Lo abrió por la primera página y releyó por enésima vez lo que su madre había escrito en él:

> No sé por dónde empezar. El doctor Abercrombie dice que poner por escrito lo que uno siente puede ayudarme a controlar mis emociones, a desprenderme de mis cargas, pero no estoy muy segura de que vaya a funcionar conmigo. Está por ver si plasmar en el papel mis sentimientos tiene el efecto terapéutico que asevera, pero tengo que intentarlo o voy a ponerme enferma. Enferma de verdad.

La caligrafía de su madre siempre había sido exquisita, muy bonita, pero de ninguna manera brillaba en aquellas páginas. Escribía las letras con desgana, con culpabilidad y dejadez, como si le pesara realizar cada trazo.

Lucas avanzó unas cuantas páginas y se detuvo en una en concreto, la que cuando leyó por vez primera hizo tambalear los cimientos de su vida y provocó cambios que perdurarían, sin que él lo supiese todavía, veinticinco años después. Leyó en silencio:

Amo a mi marido. Amo a mi hijo Lucas. Amo a mi familia. Ellos son lo más importante para mí. También amo al niño que llevo dentro. ¿Cómo podría no hacerlo? Pero vivo rota de dolor. Porque le he fallado a Peter, y me he fallado a mí misma.

Lucas suspiró. Todavía le costaba concebir que su madre hubiera podido traicionarlos de aquella manera. Que fuera una mentirosa. Obvió algunos tachones y pasó a la siguiente oración. Estaba escrita con tinta negra, muy distinta de la azul del párrafo anterior. Probablemente la escribiera algún tiempo después.

Peter quiere ponerle Elliot a nuestro hijo. Es un nombre precioso, siempre me ha gustado. Es un nombre dulce, pero con carácter. Elliot. No lo he visto todavía y ya lo quiero con todas mis fuerzas. Pero Peter se equivoca. Porque no es nuestro hijo... No es suyo. Soy una idiota, asquerosa, y me odio. Aún no puedo creer que me esté pasando esto a mí. Y Oliver tampoco sabe nada. No sabe que llevo a su hijo en mi vientre. Que Elliot lleva su sangre.

Los lamentos de su madre quedaron grabados a fuego en aquel papel reflejando la misma oscuridad que manchaba la luz impoluta que siempre le había atribuido. No odiaba a su madre, pero el sentimiento era demasiado parecido; un sentimiento de rechazo y repulsión que a veces le daba miedo.

Cerró el diario de golpe, enfurecido, y el cuero y el polvo desprendieron a la vez un aroma dulzón del que Lucas renegó tirándolo sobre la cama. Lo que su madre había escrito en esas páginas —cada letra plasmada en el papel— era asqueroso. Debería apestar. Como los actos que había cometido.

Pero la había perdonado (o eso se decía mientras cerraba los ojos y trataba de calmarse). Aunque eso no evitó que el perdón se cobrara su propio precio dinamitando el matrimonio del jefe Blunt y salpicando a Helen al perder a su madre para siempre. Helen seguía guardándole rencor, cierto, pero Lucas hizo lo que tenía que hacer, contarle la verdad a quien la ignoraba: a Lisa Blunt.

Se dejó caer en la cama y miró al techo moteado de manchas grises, recordando aquellos días.

Al principio no tenía claro qué debía hacer, cómo actuar. No podía decírselo a su padre y romperle el corazón. Pero Helen era su mejor amiga, y sabía que mostrarle lo que había descubierto en el diario iba a causarle un profundo dolor. ¿Qué debía hacer? ¡No podía guardarse ese secreto para sí mismo!

Así que consultó con Steve qué era lo correcto.

Steve también era su amigo —no el mejor, ese honor todavía le pertenecía a Helen—, pero sí el único a quien podía llamar de esa manera. Y Steve siempre tomaba buenas decisiones. Por eso acudió a él.

Lucas cerró los ojos y se dejó arrastrar por la suave marea de recuerdos que lo llevaron a aquel preciso momento:

—Eres tú quien tiene que tomar esa decisión.

Lucas rememoró las palabras que Steve pronunció cuando le confesó lo que había descubierto a propósito de su madre y el jefe Blunt.

—¡Si te pregunto es para que me ayudes, Steve! ¡Necesito que me digas qué debo hacer!

—Pero ¿qué quieres que te diga? ¡No puedo tomar esta decisión por ti! ¿Has hablado con tu madre de ello? ¿Le has dicho que lo sabes?, ¿que has leído su diario?

—¡Claro que no!

—¿Y a tu padre?

—¡¿Estás loco?! ¡No puedo hacerle eso!

Steve se quedó pensativo mirando con gravedad a su amigo. Eran dos chavales a los que empezaba a llenársele la cara de granos por la pubertad, pero que tenían un dilema moral entre manos que superaba sus capacidades. Para Lucas, representaba una carga de índole adulta demasiado pesada como para lidiar con ella en solitario. Para Steve, la curtida fortaleza mental que había desarrollado desde tierna edad podría servirle para afrontarla, pero en absoluto le correspondía resolver.

—¿Entonces qué quieres hacer, hablar con el jefe Blunt? —Lucas negó con la cabeza. Por la cara de asco que puso, lo último que quería era tener una conversación con él. Steve se encogió de hombros y valoró otra opción—: ¿Decírselo a Helen?

—Si Helen tiene que saberlo, no quiero que sea por mí.

—Entonces solo queda una persona a la que puedes acudir: la madre de Helen. Aunque creo que esa era tu intención desde el principio, ¿no es así? —Lucas apretó la mandíbula y bajó la mirada—. Entonces, si lo tenías decidido, ¿solo has venido a que yo te dé el visto bueno?

—¡He venido para que me des tu opinión!

—Mi opinión no creo que importe mucho, Lucas, y tampoco creo que deba influir en tu decisión. Si crees que lo mejor que puedes hacer es decir la verdad, dila. Pero en ningún caso tu intención debería ser la de hacer daño. Si la es, piénsatelo dos veces antes de actuar como pretendes.

Lucas abrió los ojos volviendo de súbito al presente; las manchas del techo seguían ahí, igual que el diario, que rozó con su mano cuando se incorporó en la cama.

Su intención nunca fue la de hacer daño, se dijo en silencio. Tampoco lo era actuar con malicia, ni venganza lo que buscaba, sino quitarse de encima el peso insoportable de guardar un secreto que no le pertenecía y que le desgarraba la piel como un anzuelo echado al mar por pescadores despreocupados. Solo que no era un anzuelo sino una red que alcanzaba a más de un pez, aunque en aquel preciso momento el único que se sintiera atrapado en ella fuera él.

Cuando se presentó en casa de Helen, lo hizo con decisión, pero sintiéndose un cobarde traicionero. Lucas había pasado muchos días siendo uno más en casa de los Blunt y conocía bien sus rutinas. Por eso, aprovechó una mañana que Helen había quedado con Carrie y que el jefe estaba de servicio para presentarse allí y hablar con Lisa.

A ella le encantaba disfrutar del aire libre, y no perdonaba un día sin salir a correr, aunque fuera dar un par de vueltas a la manzana. Lucas la vio salir y regresar al cabo de una hora, agotada pero feliz, como solo las endorfinas pueden hacernos sentir. Esperó un buen rato a cierta distancia, prácticamente agazapado en la acera de enfrente tras el tronco de un árbol con el diario de su madre en las manos, calculando el tiempo prudencial que supuso duraría la ducha de Lisa.

Cuando por fin llamó al timbre, Lisa le abrió la puerta con una sonrisa en la cara.

—¡Hola, Lucas! Helen no ha llegado todavía.

—No vengo a ver a Helen, sino a usted. Tengo algo importante que contarle.

La sonrisa de Lisa fue sustituida por una mueca de extrañeza. Intrigada, lanzó una mirada suspicaz sobre el libreto que el chico traía consigo bajo el brazo. Después de hacerle pasar, Lucas dejó que Lisa leyera el diario. Su expresión cambió como cambia un cielo azul y despejado que, de repente, se llena de nubes negras que no anuncian nada bueno.

Las palabras que Janet Harrison había escrito se iban clavando en Lisa Blunt y la desangraban a medida que avanzaba. No podía creérselo, no quería creérselo. Pero ahí estaba, de su puño y letra.

El rubor de sus mejillas tras el ejercicio y la ducha reconfortante desapareció, y sus ojos parecieron hundirse en la tristeza. De pronto, surgieron unas profundas ojeras grises y el brillo de su mirada se esfumó. Lucas creyó que Lisa había envejecido diez años en diez segundos. Puede que eso fuera lo que pasaba cuando te rompían el corazón y se destruían los cimientos de una vida que creías estable. Y por un momento, se sintió culpable. Quizá no debería habérselo contado, se dijo. Quizá tendría que haber dejado las cosas como estaban, hacerse el loco, olvidarse de todo. Pero Lisa lo miró, le devolvió el cuaderno y le dijo solo tres palabras:

—Gracias por contármelo.

No hubo más conversación. Lisa acompañó a Lucas hasta la puerta. Cuando bajó los escalones del porche de los Blunt, el muchacho todavía se aguantaba las ganas de llorar, pero, al poner un pie en la acera, cuando escuchó que alguien gritaba su nombre a lo lejos y volvió la cabeza para ver quién era, no pudo contenerse más. Helen lo saludaba sonriendo con alegría. Una alegría que Lucas sabía a la perfección que terminaría en cuanto entrara en su casa y viera a su madre. Una felicidad que él había roto, aunque en realidad solo fuera el mensajero.

Se marchó corriendo y llorando a lágrima viva, y Helen supo entonces que algo malo había pasado.

Poco después, Lisa se había marchado. El jefe Blunt intentó convencerla, pero los oídos de su mujer se habían cerrado igual que su corazón. Helen no entendió las razones de la marcha de su madre, pero fue a buscar a quien sí podía dárselas. Solo que Lucas no quiso hablar con ella ni contarle la verdad. Helen sabía que le estaba ocultando la razón por la que su madre hacía las maletas cuando llegó a casa con Carrie, de por qué se fue sin dar explicaciones, de por qué los abandonaba. Pero el que había sido su mejor amigo no podía enfrentarse a ella, no para hacerle más daño. Así que se alejó, y dejó que el silencio y la distancia hablaran por él. El resentimiento y el rencor fueron la tierra que Helen puso de por medio entre los dos, no sin antes recriminarle a voz en cuello que le explicara qué le había contado a su madre ese día para que decidiera abandonarlos. Lucas, como había resuelto, se mantuvo mudo con pesar. Días más tarde, le escribiría una carta explicándole la verdad: que los dos compartían la misma sangre con Elliot, que era el hermano pequeño de ambos... pero jamás tuvo el valor que hacía falta para entregársela, y quedó exiliada en un cajón; y olvidó haberla escrito.

Los gritos de Helen todavía resonaban en su cabeza desde entonces, pero tal vez ahora, con su intervención para mediar entre Vance y Steve, y su posible participación en el intento de encontrar a Elliot, podría congraciarse de nuevo con ella.

Puede que hasta ahora no hubiera tenido otra opción que resignarse; los errores no se podían corregir ni el pasado podía deshacerse, pero ya había quedado atrás. Además, siempre se había centrado en un detalle importante: su hermano nunca tuvo la culpa. No, no era culpable de que su madre y el jefe Blunt se hubieran acostado ni de que la hubiera dejado embarazada; tampoco de que su padre viviera en la ignorancia de aquella traición, o de que él hubiera descubierto sus pecados. Elliot era ajeno e inocente a cualquier acción desafortunada que hubieran cometido los demás. Y, por supuesto, tampoco era culpa de Helen, ella también era una víctima.

Así que esta vez no tenía que pensárselo dos veces, lo tenía decidido: se uniría a la cruzada contra Mercer. Recuperaría a Helen. Recuperaría a su hermano.

Y todo volvería a ser como antes.

7

Rabia helada

Verano de 1995

La oscuridad cayó sobre Goodrow Hill como un velo negro lo hace sobre el rostro de una viuda.

Después de hablar con Peter Harrison —o más bien intentarlo—, Steve pedaleó hasta casa de John Mercer. Mientras lo hacía, imaginó más de mil veces qué le iba a decir y la reacción que este tendría. Valorando todas las opciones, que lo matase era una de las más probables, pero también la que menos miedo le infundía.

Lo que no esperaba era no encontrarlo en casa.

Aporreó la puerta de la entrada una y otra vez, se asomó para ver el interior a través de las ventanas y rodeó la casa, pero estaba vacía y cerrada a cal y canto. ¿Dónde se había metido?

Se quedó esperando en el porche, sentado como un niño que se ha olvidado las llaves. Una brisa nocturna, más fría de lo habitual, jugueteó con su pelo y viajó entre las costuras de su ropa veraniega. Un escalofrío le recorrió la piel como si de una escurridiza lagartija se tratase y le puso la carne de gallina. No le gustó, así que se frotó los brazos y las piernas con ahínco. Después consultó la hora en su reloj. Eran poco menos de las nueve de la noche, y la luna a duras penas conseguía iluminar el cielo tras las densas nubes que la cubrían. Calculó que Vance y los demás no tardarían en aparecer, como supuso acertadamente. Fue entonces cuando un temor invadió sus pensamientos: ¿qué pasaría si le encontraban allí antes de que pudiera hablar con Mercer? Siempre podía decir que había cambiado de opinión, que había decidido unirse a ellos y que los estaba esperando, pero era probable que no le creyeran.

No, no le creerían de ninguna de las maneras.

De un salto se puso en pie y volvió a golpear la puerta con insistencia. ¿Dónde diablos se había metido su padre? O... ¿es que los de la pandilla se habían «encargado» ya de él?

Antes de que pudiera formular una respuesta a cualquiera de las dos preguntas, un ruido de pasos lo alertó, pero no le dio tiempo siquiera a girarse, porque una poderosa mano lo apresó con firmeza por la nuca.

—Deja de hacer ruido, estúpido —le susurró John Mercer—. Alertarás a los vecinos.

Steve, cogido por sorpresa, soltó un grito ahogado que fue silenciado cuando su padre le tapó la boca con la otra mano.

John Mercer miró a su espalda, pero la calle estaba vacía, y las casas contiguas parecían no haberse percatado de la presencia de Steve ni de su alarmante insistencia.

Con un ágil movimiento introdujo la llave en la cerradura y abrió la puerta sin soltar a Steve, que no opuso resistencia ni profirió grito alguno en busca de auxilio.

Mercer empujó a Steve al interior y, por el resquicio de la puerta, lanzó un último vistazo afuera. Un instante después, la cerró tras de sí con sumo cuidado, como si el insignificante chasquido del resbalón al encajarse en el marco fuera a sonar como una detonación.

—¿Qué haces aquí? —quiso saber, mientras dejaba las llaves sobre el viejo aparador de madera. No se dignó a encender las luces, toda la casa estaba en penumbra.

—¿Dónde está Elliot, John? —Steve respondió con otra pregunta, directo al grano.

—¿Otra vez con la misma cantinela, hijo? —dijo Mercer, hastiado—. ¿Ni siquiera vas a obsequiarme con un «buenas noches, papá, he pensado en lo que hablamos»? Qué maleducado eres. Pensé que te habrían criado mejor... los Flannagan, ¿verdad? Una pareja adorable. Aunque tu «madre» —soltó esa palabra de manera burlona y despectiva— parece que tiene las horas contadas, ¿no es así? Una pena, muchacho... Sobre todo por ese hombre al que llamas padre. Al fin y al cabo, él no tiene la culpa. La culpa es tuya; está visto que te cuesta conservar las madres...

Mercer era cruel por naturaleza. Su intención no era otra que provocar a Steve, y hacerlo le resultaba tan innato como respirar.

El muchacho aguantó el dolor lacerante que le causaba escuchar a Mercer hablar de su madre —de las dos, la que le había dado a luz y la que lo había criado tras acogerlo en su casa— aunque fuera indirectamente. No quiso entrar al trapo, no le iba a dar esa satisfacción.

—He hablado con el grupo —expuso Steve con sequedad—. Han decidido dejarte en paz.

—Oh, no me digas. ¿De verdad? No puedo creerlo.

—Pues créetelo, porque es cierto —mintió.

Mercer golpeó el interruptor y la bombilla amarillenta sobre sus cabezas los iluminó. Observó con detenimiento al chico.

—Dame pruebas —solicitó el hombre desconfiando de su hijo sin reservas.

—¿Qué pruebas quieres que te dé? ¡No tengo un documento firmado por mis amigos!

—Entonces no tienes nada.

—¡Tienes mi palabra, maldita sea!

—Tu palabra no vale nada, chico.

—Más que la tuya —contestó Steve.

Mercer le giró la cara de un bofetón. Steve tuvo que apoyarse en el aparador para mantener el equilibrio. Una lágrima rodó por su mejilla, y notó el metálico sabor de la sangre en la comisura de sus labios, pero recobró la compostura, irguió la espalda y alzó la barbilla. Mercer frunció el ceño y escrutó el rostro de Steve como si pudiera leerlo como un mapa. No encontró el menor atisbo de terror en sus ojos, y supo entonces que su hijo no le tenía miedo.

Y eso no le gustó nada en absoluto.

Porque una persona sin miedo era alguien que no tenía nada que perder, o a quien no le importaba perder lo que tenía. ¿Y qué tenía Steve? Steve no tenía nada, concluyó Mercer. Su madre había muerto, su hermano había muerto, no le quedaba nada. Y eso lo convertía en alguien distinto al que había sido. En alguien peligroso. Alguien a quien temer. Sobre todo, si no conseguía lo que quería. Y en su mirada, vio que estaba decidido a recuperar a Elliot. Pero Mercer no estaba dispuesto a que lo hiciera. Todavía no había terminado con el niño.

Por eso se abalanzó sin previo aviso sobre Steve con las manos por delante, como las garras de un león. Lo apresó por el gaznate y empezó a apretar con todas sus fuerzas. Tan de súbito e inesperada fue la reacción de John Mercer, que Steve apenas pudo dar una bocanada para coger aire.

Su padre, con los ojos inyectados en sangre y una sonrisa demencial de satisfacción en la cara, disfrutaba genuinamente del placer que le invadía mientras estrangulaba a su primogénito. La excitación de ver cómo se apagaba una vida le producía una sensación estimulante, inigualable, casi erótica. Poco le importaba acabar con la única descendencia que creía tener. Aquella vorágine de poder y excitación lo poseía, lo cegaba. Y Steve nunca había mostrado ser un digno sucesor de su apellido. Y nunca lo sería.

Por un segundo la imagen del pequeño John, tirado y muerto en la cuneta, atravesó los pensamientos de Mercer como si le hubieran clavado una astilla en el cerebro.

No aflojó la presión sobre el cuello de Steve; al contrario, visualizar el cuerpo sin vida de su benjamín —en quien había puesto toda esperanza de que fuera como él— intensificó el furor de su cólera. No había sustituto para su pequeño, y el pusilánime de Steve era como la zorra de Alana, jamás estaría a su altura.

Por eso tenía que morir.

Mercer cerró los párpados y echó la cabeza hacia atrás con una mueca de satisfacción, como el amante que llega al éxtasis a horcajadas sobre el cuerpo de una mujer, sus dedos hundiéndose en el cuello de Steve y robándole el aliento.

De pronto, un dolor súbito y punzante obligó a John a abrir los ojos mientras profería un grito agudo. Perdiendo el equilibrio, torció la rodilla y cayó al suelo. Al soltar la presión sobre el cuello de su hijo, Steve dio una bocanada de aire que le llenó los pulmones de vida. Al toser notó cómo le ardían, igual que le ardía el cuello, y las sienes le palpitaban como tambores de guerra.

Se apartó de su padre mientras este se palpaba incrédulo la herida de la que brotaba un manantial de sangre caliente y espesa, justo a la altura del muslo.

—Pero qué...

La sangre se extendía en una mancha oscura que empapaba la pernera de su pantalón. Mercer buscó con la mirada qué diablos había pasado mientras intentaba sobreponerse a la agudeza del dolor. Fue entonces cuando vio a su hijo empuñando un cuchillo ensangrentado. Debería haberlo previsto... Si su hijo se presentó armado la primera vez que decidió plantarle cara mientras sembraba en el jardín, no debería extrañarle que esta vez se hubiera preparado de antemano con la misma estratagema. Lo que no esperaba era que el error lo hubiera cometido él, porque el cuchillo que había usado Steve para apuñalarle era suyo, el que dejaba siempre por si acaso sobre el aparador de la entrada.

Ese crío insolente debía haberlo cogido cuando entró, sin que él se diera cuenta. Mercer apretó los dientes y se culpó por haber sido tan descuidado.

—Pequeño hijo de perra...

Steve alzó la hoja de acero y le apuntó directamente a la cara cuando Mercer trató de incorporarse.

—Ni lo intentes —le advirtió.

—¿O qué? ¿Vas a matarme? —replicó con sorna.

—Si es lo que hace falta para que me digas dónde escondes a Elliot, puedes estar seguro de que lo haré.

Steve no mostró ningún atisbo de duda. Cada palabra que pronunciaba tenía fuerza, más aún, contenía la verdad.

Mercer estudió la situación. Aunque estaba herido, podía moverse. Caminar quizá le costara, pero estaba seguro de que podría hacerlo. Sin embargo, no le convenía que su hijo lo supiera. Quizá eso le sirviera de ventaja.

—¡Habla! —le gritó Steve como pudo. La garganta le dolía horrores, y su voz emergió áspera, dolorida y quebrada. Había descartado por completo la opción del supuesto intercambio con Markie. Nunca, nunca le entregaría a su hermano.

El cuchillo le temblaba en la mano, decidido a usarlo por segunda vez.

Mercer meneó la cabeza. No estaba dispuesto a revelarle el paradero del crío, Elliot era solo para él. Por supuesto, iba a matarlo, pero todavía no había decidido cuándo. Además, desde el pequeño John, ningún niño le había gustado tanto como ese. Y quizá podría cambiarle. Endurecerle. Conseguir lo que no pudo hacer con el pequeño John, lo que no podría hacer con Steve. Convertirlo en un Mercer.

Así que no iba a permitir que Elliot volviera con su familia. Y lo conseguiría haciendo algo muy simple: seguirle la corriente a Steve como ya lo había hecho antes y prometerle que le confesaría el paradero del crío si conseguía que su maldita pandilla de imbéciles lo dejara en paz. Qué idiota era su hijo; un bendito crédulo y estúpidamente confiado. Era como su madre, como cuando la engatusó en aquel bar de carretera de mala muerte. ¿Qué se pensaba? ¿Que no se iba a encargar de él y de sus amigos? Tenía que controlarse o se le iba a escapar la risa. De verdad... qué inocente.

Mercer dejó escapar un falso suspiro de resignación.

—En la presa —dijo, como si no tuviera más opción. Steve abrió los ojos con expectación y se le aceleró el pulso.

—¿Qué quieres decir? ¿Elliot está en la presa? ¿En qué sitio?

Al hombre le hubiera gustado haber guardado silencio, insuflarle algo de tensión al momento, hacer sufrir a Steve, pero su hijo podría haberlo interpretado como una señal de que estaba mintiendo. Sin embargo, a pesar de su falacia, había dos cosas ciertas: la primera, que durante un tiempo valoró esconder a Elliot en la presa; la segunda, que en cuanto Steve saliera por la puerta iría tras él y le daría su merecido.

Y no hay mejor manera de contar una mentira que enmascararla con ciertas dosis de verdad.

—Hay un tubo de alcantarillado —indicó Mercer—, uno de esos de hormigón que utilizan como desagüe.

—Eso es imposible. La brigada de búsqueda lo hubiera visto cuando se hicieron las batidas.

—Ni siquiera buscaron a conciencia en esa zona —expuso Mercer meneando la cabeza y, para darle más coherencia al asunto, añadió—: Yo me encargué de que no fisgonearan demasiado por allí. Además, aunque lo hubieran hecho, probablemente no lo habrían visto. El cilindro está escondido tras unos matorrales lo bastante densos como para que sea invisible a quien no conoce su existencia. Lo encontrarás en el camino que bordea la presa, cerca de la bifurcación que hay antes de llegar a la estructura principal, la que se adentra en el bosque.

Steve tomaba buena nota de la información que Mercer le proporcionaba. El hombre, dolorido —aunque fingiendo que se encontraba más malherido de lo que en realidad estaba—, se incorporó y arrastró los pies hacia su hijo. La madera crujió al apoyar el peso de su cuerpo.

—Puedo guiarte, si quieres —se ofreció.

—No necesito que me acompañes. Sé llegar yo solito.

—¿Y qué piensas hacer después? ¿Denunciarme a la policía? No tienes pruebas de que yo secuestrara al niño.

Steve se secó el sudor de la frente con el dorso de la mano. En eso, Mercer tenía razón. No había pruebas de que hubiera sido él, pero tampoco tenía dudas de su culpabilidad. De todos modos, el jefe Blunt tenía que saber quién era Mercer, de qué era capaz, aunque primero debía dar con Elliot. Tenía que hacerlo él. Se lo debía. Se lo debía a todos los niños que nunca pudo salvar y que su padre asesinó.

El propio Mercer vio cómo Steve titubeaba. Así que prosiguió:

—Y si llamas a Blunt diré que has intentado matarme; que te has presentado en mi casa con un cuchillo para asesinarme. A las pruebas me remito. —Lo señaló con la barbilla—. Pero, hagas lo que hagas, hazlo ya. Porque al pobre Elliot no le debe quedar mucho de vida.

—¿Por qué? —preguntó Steve con evidente nerviosismo—. ¡¿Qué le has hecho?!

—Yo, nada... Pero puedo escuchar desde aquí cómo ruge la presa. No es habitual que abran las compuertas para drenar el agua en esta época del año, pero ha llovido mucho esta semana. Y los desagües se inundan con facilidad cuando abren las compuertas. Elliot no sobrevivirá, lo tengo atado de pies y manos, se ahogará en cuanto el agua comience a llenar el tubo.

Steve notó su corazón encogiéndose como un trozo de carne en una bolsa de vacío. No conocía con exactitud la ubicación de aquel tubo de hormigón, pero con las indicaciones de Mercer tenía una idea más que aproximada. Tenía que ir a buscarlo de inmediato, no podía perder más tiempo con Mercer... ni para llamar a la policía. Después ya se preocuparía por eso; ahora solo importaba Elliot, no podía dejarlo morir.

Haciéndole aspavientos con el cuchillo, Steve ordenó a su padre que se alejara de la puerta. Mercer, lleno de furia pero también de seguridad y satisfacción por haberle hecho tragarse sus mentiras, obedeció. Renqueando, y con una mano apoyándose en la pared y cojeando levemente, pasó junto a Steve.

De nuevo quedaron uno enfrente del otro, pero ahora era Steve quien estaba de espaldas a la puerta. Sin quitarle ojo de encima, giró el pomo y la abrió. Las bisagras de hojalata chirriaron con suavidad, y una brisa fresca le acarició la espalda bañada en sudor, sin saber que sería la última cosa agradable que sentiría aquella noche. Mientras, John lo miraba de manera implacable.

—No llegarás a tiempo. —Lo desafió, con una sonrisa diabólica pintada en su cara—. Estará muerto cuando llegues. Igual que tu madre. Igual que tu hermano. Igual que todos esos críos.

La cólera floreció en el interior de Steve y subió por su garganta como lava hirviendo. Arrojó el cuchillo con todo su odio hacia él, a la vez que profería un grito de furia candente.

Mercer se protegió la cara con las manos, pero el cuchillo rebotó en una esquina y se perdió en algún punto del comedor. Poco le importaba que Mercer lo acusara de allanamiento de morada, de agresión, o de lo que quisiera contarle a la policía si se atrevía a hacerlo; tampoco que sus huellas se hubieran quedado grabadas en el mango, es más, esto ni siquiera lo pensó en aquel momento. Solo agradeció que Markie estuviera a salvo de aquel demente sin corazón ni compasión, a salvo de su influencia malvada.

Steve cerró de un fuerte portazo y atravesó corriendo el jardín en dirección a la presa. El tiempo era vital.

John Mercer escuchó el portazo y se apartó las manos del rostro poco a poco. Su treta había surtido efecto. El imbécil de su hijo iba en busca de una ilusión. El pequeño Elliot no estaba escondido en esa tubería de hormigón, jamás estuvo allí. Ahora solo era cuestión de alcanzar a Steve antes de que se diera cuenta de su ardid, y matarlo antes de que acudiera a la policía. Solo había un camino para llegar allí, así que no le iba a resultar difícil dar con él.

Se incorporó con dificultad y dio un par de pasos. Los músculos del muslo le palpitaban, y sentía un dolor húmedo que le recorría la pierna entera hasta la cadera, pero podía caminar. El corte era más aparatoso que profundo.

Se dio la vuelta y encendió la luz del comedor dejando el interruptor manchado de sangre. Buscó con la mirada alrededor hasta dar con el cuchillo con el que Steve le había atravesado la piel. Lo recogió del suelo y se encaminó hacia la entrada, dispuesto a perseguir a su hijo y clavarle esa misma hoja de acero directa en sus pulmones. Una y otra vez, hasta que respirara su propia sangre.

Imaginando la escena con evidente felicidad, Mercer abrió la puerta. Por un momento esperaba ver a Steve al otro lado corriendo desesperado en dirección a la presa. Pero su hijo ya se había marchado, y apenas pudo advertir quién le descargaba con todas sus fuerzas un brutal golpe en la cara con un bate de béisbol. La madera impactó entre el pómulo y la nariz, que no se le rompió de puro milagro.

Noqueado, Mercer se tambaleó y perdió el conocimiento cayendo de espaldas a peso muerto.

Carrie, Helen, Tom, Cooper y Jesse se asomaron por detrás de Vance, que lo observó con una rabia helada reflejada en su mirada.

—Han cambiado las tornas, viejo.

8

Mantener a raya el rencor

Verano de 1995

La inconsciencia de John Mercer apenas duró unos minutos. Cuando abrió los ojos con pesada dificultad, se descubrió en una de las sillas del comedor, atado de pies y manos. Un hilo de saliva le caía por la comisura de los labios.

Forzó la postura agitándose en un espasmo, solo para confirmar que las cuerdas que rodeaban sus piernas y brazos estaban fuertemente asidas entre ellas y la silla. Notó la aspereza de las sogas rozándole las muñecas. Y en la cara, sobre el pómulo y a la altura de los ojos, una quemazón intensa le abrasaba por dentro.

No le hizo falta escuchar la irritante voz de Vance Gallaway perforándole los tímpanos para saber que aquellos malditos críos lo habían sorprendido con la guardia baja igual que había hecho Steve al apuñalarle con su propio cuchillo. Todavía con la cabeza agachada, contó como mínimo tres personas; una delante de él, y dos a ambos lados de la silla. Después, vislumbró a unos pocos metros el cuchillo que Steve había utilizado contra él, pero estaba demasiado lejos como para tener oportunidad de usarlo para desatarse. Murmuró una maldición mientras Vance le alzaba la barbilla con el extremo del bate de béisbol.

—¿Qué mascullas, cacho de mierda?

Mercer le escupió, y Vance tiró de reflejos para evitar que el reguero de saliva pringosa y sangre le diera de lleno. La mueca de asco y sorpresa de Vance contrastaba con la sonrisa repulsiva de Mercer.

—¿Te parece gracioso, gilipollas?

—Hilarante —matizó Mercer, exento de emoción.

Sin mediar palabra, Vance bateó el brazo de John Mercer como si fuera la última bola del partido, esa con la que puedes ganar el campeonato. El golpe le convirtió el músculo en gelatina y le astilló el húmero, pero no llegó a partirle el hueso. El asesino de niños soltó un alarido agudo y se tambaleó hacia un lado; de no ser por Cooper y Tom hubiera caído al suelo, pero estos sujetaban el respaldo de la silla con firmeza.

Mercer recuperó el aliento y apretó la mandíbula conteniendo el intenso dolor. Levantó la cabeza y miró a su agresor.

—Ya no te ríes, ¿eh, campeón? El jarabe de palo tiene esos efectos —dijo Vance dándole unos golpecitos suaves al bate. Pero contra todo pronóstico, Mercer soltó una carcajada y lo miró con fijeza. Masculló algo entre dientes.

—¿Qué dices, viejo? Habla más alto, que todavía no te he arrancado la lengua.

Mercer enseñó los dientes, amarillentos. El brazo izquierdo le palpitaba y la cara se le estaba inflamando.

—He dicho que voy a matarte —anunció Mercer—. Voy a mataros a todos como no me soltéis, pequeños tocapelotas metomentodo.

La furia de Vance no tardó en hacerse visible en su rostro, que se puso rojo y tenso. Levantó el bate para descargarlo de nuevo sobre aquel hombre indefenso, pero Helen lo detuvo.

—¡Vance, para! ¡No hemos venido aquí para esto!

—¡Que te den, Helen! ¡Precisamente estamos aquí para esto! Este cabrón no va a soltar prenda si no le convencemos de que estamos dispuestos a hacer lo que haga falta para que nos diga dónde tiene a Elliot.

Helen apartó a Vance con decisión y se plantó delante de Mercer.

—No queremos hacerle daño —expuso Helen.

—Un poco tarde para eso, ¿no crees, bonita? —replicó Mercer.

Helen no le hizo caso, aunque era evidente que tenía razón; desde que abrió la puerta, daño es lo único que le habían hecho.

—Solo queremos que nos diga dónde está Elliot. Necesitamos que nos lo diga.

—¿Y por qué debo ser yo quien conozca su paradero?

Mercer notó que le agarraban por el cabello de la nuca y tiraban de él hacia atrás. Soltó un pequeño grito.

—Porque tú lo secuestraste, puto mentiroso —le recordó Tom.

Cooper seguía agarrándolo como si Mercer tuviera alguna opción de escapar, mientras Jesse y Carrie lo observaban guardando las distancias.

—¡Yo no...!

Vance le dio un puñetazo en la mandíbula. Mercer notó el sabor a óxido de su propia sangre en el paladar, que le cayó por el labio. Helen no tuvo tiempo de reaccionar para evitar que lo golpeara.

—Dinos. Dónde. Está.

Mercer guardó silencio. No iba a hablar; se había obsesionado hasta tal punto con Elliot que no le importaba lo que le hicieran. El niño era suyo ahora, y por mucho que le amenazaran y le hicieran daño, no lo iba a entregar. Ni por las buenas ni por las malas. Y si él o Elliot tenían que morir, pues morirían. Al fin y al cabo, todos morimos, solo que algunos lo hacen antes y otros después. Pero ¿decirles dónde lo había ocultado? Ni loco. No se lo había dicho a Steve, se lo iba a decir a ellos...

Entonces se le ocurrió algo.

Una idea brillante. Arriesgada, pero brillante.

—Steve ha ido a por él —dijo con claridad.

Las palabras de John Mercer provocaron una sacudida en los presentes. Ese hombre despiadado había usado seis simples palabras que produjeron de inmediato en la pandilla síntomas de alerta ante un peligro inminente, como si se tratara de un *shock* anafiláctico.

—¿Qué... quieres decir? —preguntó Carrie.

—Joder, Vance tenía razón —expuso Jesse—. El puto Steve es su cómplice. ¡Está en el ajo con él!

—Mierda, no puede ser. Steve no...

—¡Callaos, joder! —ordenó Vance, golpeando el suelo con el bate de béisbol. Cooper no pudo terminar la frase, y los demás enmudecieron como un enjambre de grillos asustados. Se acercó a Mercer—. ¿Dónde? ¡¿Dónde lo tiene?!

Mercer no sonrió, aunque lo habría hecho con gusto. Aquella declaración no solo había surtido efecto, sino que además lo había hecho con un éxito arrollador.

Desde que aquellos chavales se atrevieron a husmear en su casa, se percató de que Steve no contaba con el beneplácito del grupo. Lo que no sospechaba era que la simpatía que le tenían a su hijo era tan irrisoria que bastara con alegar que le había ayudado para que se creyeran la mentira tan rápidamente. Ni siquiera se les ocurrió preguntar de qué se conocían o cómo habían llegado a colaborar en aquel turbio asunto. Así de cegados estaban. ¡Y qué ventaja suponía para él!

—En la presa. Tenemos a Elliot... oculto en uno de los canales de desagüe. Habíamos quedado en encontrarnos allí —mintió con descaro. Un hilo de sangre le cayó por la comisura de los labios, pero se relamió, saboreándola—. Estaba a punto de salir para reunirme con él, pero os habéis adelantado.

Un escalofrío recorrió el cuerpo de los muchachos. Solo Helen, que observaba con detalle y el ceño fruncido cada gesto de John

Mercer parecía dudar de que dijera la verdad. Aun así, no intervino. Porque algo llamó su atención; un detalle del que los demás no se habían dado cuenta.

—Hijos de puta... ¡¿Qué ibais a hacerle a Elliot, cabrones desalmados?! —Vance estaba rojo de furia, le perdían las ganas de reventarle el cráneo a Mercer.

—¿Qué crees tú? —lo desafió—. Matarlo.

—Steve no se atrevería a hacer algo así... —dijo Cooper, a su espalda, con un tono más de duda que de afirmación.

Ahora Mercer sí dejó escapar una sonrisa y chasqueó la lengua. Girándose hacia Cooper, con la intención de sembrar más dudas, preguntó:

—¿Acaso lo conoces? ¿Acaso sabéis que ha estado ayudándome desde el primer minuto? No... Por supuesto que no lo sabéis. Steve puede parecer un estúpido, pero ahora me doy cuenta de que él tenía razón: los estúpidos sois vosotros.

Mercer comenzó a reír, pero Vance descargó el bate sobre la rodilla de Mercer. Algo crujió; era difícil identificar si había sido la robusta madera del bate o la rótula del hombre. Probablemente fuera lo segundo; el grito de John Mercer lo confirmó.

—¡Yaaaaaarg!

—¡Basta de charla, puto cabrón! ¡Vamos a ir a salvar a Elliot y después vendremos a por ti! ¡Dime en qué zona de la presa está!

«Que os jodan», le hubiera gustado decirles. Pero John sabía que esa no era la respuesta que debía darles. Quería hacerles creer que lo tenían sometido, controlado, muerto de miedo. Así que actuó como haría un artista cuando sube el telón.

—¡Está bien, está bien! Os lo diré... ¡Os lo diré todo! ¡Pero, por favor, para de golpearme!

—¡Deja de lloriquear y empieza a hablar, joder!

Mercer les dijo lo que querían oír, lo mismo que Steve quiso creerse: el supuesto paradero de Elliot. Fue igual de fácil engañarlos a ellos como a su hijo. Ahora solo tenía que esperar a que estos idiotas se encargaran de Steve.

Vance ordenó a todos salir afuera. Tenían que alcanzar a Steve antes de que llegara hasta Elliot, antes de que le hiciera daño. Fue entonces cuando Helen, por fin, decidió intervenir.

Ella tenía sus propios planes.

—Alguien tiene que quedarse aquí, Vance —argumentó—. No podemos dejarlo sin vigilancia. Podría escapar... avisar a la policía. No podemos permitirlo... No cuando estamos tan cerca de rescatar a Elliot. Siendo la hija del jefe creo... creo que soy la más adecuada para vigilarlo.

Vance sopesó la propuesta de Helen, pero antes de que pudiera mostrarse en desacuerdo, ella le apremió con urgencia.

—¡¿A qué esperas?! ¡¡Detén a Steve!!

Vance no se lo pensó dos veces. Espoleó al resto, que salieron disparados tras él corriendo por el camino que minutos antes había recorrido Steve y dejando la puerta de casa de John Mercer abierta de par en par.

Helen la cerró con cuidado de no tocar nada. Era algo que les había repetido a los demás en varias ocasiones, sobre todo cuando Vance decidió que irían a por Mercer. Miró con detenimiento unas manchas rojizas en el suelo, y después se acercó al cuerpo maltrecho de Mercer. El hombre respiraba con dificultad y temblaba levemente. No hacía frío, por lo que debía estar sufriendo alguna especie de *shock*, con toda probabilidad a causa de los golpes sufridos y por la pérdida de sangre de la herida que parecía tener en el muslo.

Cuando se plantó delante de él, se acuclilló y le miró las botas. Pasó el dedo por la suela manchándoselo de tierra rojiza. Era un tipo de tierra que conocía bien y que solo se encontraba en un lugar de Goodrow Hill.

Notó el aliento de Mercer sobre su cabeza.

—¿Qué... haces?

Helen se incorporó y frotó la tierra rojiza entre las yemas de sus dedos.

—Elliot no está en la presa, ¿verdad? —soltó de súbito. Mercer se puso en alerta—. No soy tan estúpida como se cree. Dígame la verdad.

—Ya os lo he dicho, niña. Ahora suéltame...

—No voy a soltarle —se acercó a él—. Puede que haya dicho la verdad, que Elliot siga vivo, pero de lo que estoy segura es de que no está donde le ha dicho a Vance. Elliot no está en la presa, ni cerca de ella. Y alguien le ha herido en la pierna —señaló—. ¿Ha sido Steve?

Mercer le sostuvo la mirada, pero no dijo nada. Estaba al corriente de que era la hija del jefe de policía, y aunque no le sorprendía su presencia allí —junto al resto de sus amigos—, sí lo hacía algo en su manera de mirarlo, de estudiarlo, en el modo en que le hablaba. Podía percibir la frialdad en su expresión.

Al ver que no respondía, Helen le mostró la mano; la situó delante de sus ojos para que la viera con total claridad. Cuando Mercer vio la tierra rojiza que tenía bajo las botas manchando los dedos de Helen, fue cuando entendió que la joven que tenía frente a él era la más inteligente de ese grupo de papanatas con el que se juntaba.

—Esta tierra es de la vieja mina —supuso acertadamente—. Elliot está allí, ¿verdad, señor Mercer?

Por primera vez, John se sintió desnudo, vulnerable y desprotegido.

No fue por la insolencia con la que Helen le habló, tampoco porque hubiera descubierto que había mentido con total descaro sobre el paradero de Elliot, sino por cómo pronunció cada sílaba mientras lo miraba directo a los ojos. Era como si pudiera ver a través de él, a través de sus mentiras. Pero de la misma manera en que ella miraba al abismo de su alma, él pudo ver dentro de ella. Era como estar dentro de un túnel. Pero no había luz en los extremos, solo oscuridad. Y John Mercer vio la oscuridad que la propia Helen albergaba en su interior; una oscuridad diferente a la suya pero de todos modos muy similar. Y le sorprendió descubrir en alguien tan joven el sentimiento que reconoció allí dentro, uno que le resultaba familiar y que sobresalía de la negrura: el rencor.

Helen apartó la vista de Mercer y señaló el pequeño rastro de tierra en el suelo.

—Ha ido a la mina —le indicó Helen—. Y nadie va a la mina. Es un lugar vacío y peligroso; no queda oro ni nada de valor allí dentro. Los Caminantes Rojos se marcharon de Goodrow hace décadas. ¿Sabe que llamaban así a los mineros por el rastro que dejaban a su paso tras salir de la mina? —Helen hizo una pausa y comprobó que, tal como suponía, Mercer desconocía aquel dato. Por su parte, Mercer trataba de controlar su respiración y mantener la calma, pero le resultaba imposible. Tuvo que morderse la lengua para mantenerla quieta dentro de la boca. Helen apuntó de nuevo al suelo—: El mismo que ha dejado usted.

—Estás loca, niña.

—No, no lo estoy. Tiene oculto a Elliot en el interior de la mina. Y si no quiere reconocerlo, no importa. Llamaré a mi padre, le diré dónde buscar y lo encontrarán allí. —Mercer parecía estar recuperando las fuerzas. Intentaba liberarse dando tirones y agitándose en la silla, pero Helen no dejaba de amenazarlo—. A usted lo meterán en la cárcel, jamás saldrá. Y Elliot volverá con su familia.

Por fin, Helen dio con lo que más temía Mercer: perder a Elliot para siempre. Perder la posibilidad de convertirlo en su hijo, en su proyecto, en él.

Y el hombre estalló.

—¡No! —chilló, en un grito de locura desquiciada—. ¡Elliot es mío! ¡Mío, ¿me oyes?! ¡No me lo vais a arrebatar! ¡¡Es mío!!

Mercer se revolvía ante los ojos de Helen con fiereza y lanzaba esputos como un animal contagiado de rabia mientras gritaba. Poco quedaba del hombre colaborador y dispuesto que le había abierto las puertas de su hogar al jefe Blunt para demostrar que no era el secuestrador que le acusaban de ser.

—¡Maldita zorra! ¡Suéltame! ¡¡Suéltame de una puta vez!!

La desesperación de Mercer lo hizo abalanzarse sobre Helen, pero el impulso y la inestabilidad de la silla hicieron que cayera de espaldas con estrépito. Cuando el respaldo se rompió, Mercer se golpeó el cráneo con el suelo y varias astillas de madera le atravesaron la camisa hundiéndose en su piel. Un destello blanco cegó sus ojos y un pitido agudo le perforó los oídos haciendo que perdiera de nuevo el conocimiento; la pérdida de sangre y el dolor le hacían estar cada vez más débil.

Helen estuvo tentada de socorrerlo, pero no lo hizo. Tan solo comprobó que siguiera bien atado para que no pudiera escapar y salió de la casa.

Tenía que ir a por Elliot.

Y mantener a raya el rencor.

9

La verdad siempre sale a la luz

Oliver Blunt entró en casa de Helen apuntando con su arma a un enemigo invisible. No tuvo que forzar la cerradura ni reventar la puerta a patadas, estaba abierta.

—¡¿Helen?! ¡Helen, ¿estás aquí?!

Revisó la casa de arriba abajo con desespero; temía encontrarse con un reguero de sangre cayendo por la pared del dormitorio, como los que encontró en casa de Tom Parker, Cooper Summers o Carrie Davis. Encendió todas las luces y sintió algo de alivio al no ver aquel macabro mensaje ensangrentado por ninguna parte. Sin embargo, no le generó consuelo alguno que la casa estuviera vacía, ni que las brasas de la pequeña chimenea estuvieran todavía candentes.

Salió a la calle y comprobó que, efectivamente, el coche patrulla de su hija estaba aparcado a la entrada. Pero ella no estaba allí; ni ella ni Markie Andrews. Por fuerza tenía que habérsela llevado. Pero ¿adónde?

Enfundó su arma y sacó de nuevo su móvil. Marcó el número de Helen y se mantuvo expectante. Su esperanza se esfumó cuando escuchó una voz robótica anunciándole que estaba apagado o fuera de cobertura.

—¡Maldición! —se quejó con amargura—. Está bien, Oliver, está bien. Detente un segundo y piensa. ¡Piensa! ¿Adónde puede haberse llevado Andrews a Helen? Piensa, piensa... Él quiere vengarse. Quiere vengarse por lo que le hicieron a Steve. Adónde...

Entonces escuchó el rugido y alzó la vista.

Sus ojos alcanzaron la presa. El lugar desde donde los médicos de Rushford Falls creyeron que Steve podría haberse caído veinticinco años atrás.

¿Podría ser que...?

No había tiempo para hacerse más preguntas. Tenía que arriesgarse.

El corazón de Blunt saltó en el interior de su pecho al ver la camioneta de Markie entre los árboles, cerca del camino que ascendía hacia la presa. Con las luces apagadas, detuvo su coche a escasos metros de ella.

Aunque su instinto le dijo que la encontraría tan vacía como la casa de Helen, se acercó con cautela y su arma en la mano. Echó un vistazo al interior iluminando la tapicería y el salpicadero con la linterna. No había nadie. De todos modos, tiró de la maneta, pero estaba cerrada. Avanzó algunos metros y, por encima del ruido del agua, le pareció escuchar un grito. Apagó la linterna y corrió hacia allá.

—¡¡Mientes!! —le gritó Markie a Helen sin percatarse de que Blunt se acercaba a ellos sigilosamente.

—¡Te estoy diciendo la verdad, Markie! ¡No le toqué un pelo a John Mercer, te lo juro!

—¡¿Y cómo explicas que encontraran su cuerpo apuñalado después de que te fueras?! ¡¿Quién lo mató?!

—¡No lo sé, no lo sé! ¡Yo no lo maté! ¡Ninguno de nosotros lo hicimos! Yo... solo salí de allí. Lo dejé tirado en el suelo. Y Vance y los demás se habían marchado tras Steve. No sé quién lo hizo, Markie, ¡te lo juro! Y... después de lo que ocurrió en la presa volvimos a su casa... ¡pero al llegar nos lo encontramos muerto! ¡No... no sé lo que pasó con Mercer, Markie! ¡Créeme!

Desde cierta distancia, todavía invisible a los ojos de Markie y de su hija, Blunt escuchaba la discusión. Hacía más de dos décadas que vivía atormentado por lo que ocurrió aquella noche, sospechando que su hija y sus amigos tuvieron mucho que ver con lo que le pasó a Steve Flannagan y a John Mercer... Y ahí tenía la prueba.

Se sintió herido en el corazón. Cómo lo había engañado su hija... cómo le había ocultado la verdad. Pero, como siempre, esta siempre sale a la luz. Cargó su arma, dispuesto a detener a Markie y rescatar a Helen, pero entonces Markie volvió a hablar.

—¿Y con Elliot? ¡Dime qué paso con Elliot! —le exigió—. Dices que descubriste dónde lo ocultaba Mercer... ¡Dime qué pasó con él! ¡Y también lo que le hicisteis a Steve!

Los ojos de Blunt se abrieron como platos, y se detuvo en seco. ¿De qué demonios hablaba Andrews? ¿Helen conocía el paradero de Elliot? No. Era imposible. Si lo hubiese sabido, se lo habría dicho... ¿Verdad?

Ante el mutismo de Helen, Markie levantó el cañón de su arma.

—Habla, Helen. Estás jugándote la vida.

Helen tomó aire y prosiguió con su relato.

Y a Blunt se le encogió el corazón.

10

Pero no para siempre

Verano de 1995

Steve llegó jadeando al camino mal asfaltado de la presa donde Mercer le había asegurado que encontraría al pequeño Elliot oculto en una de las tuberías de desagüe. Dobló la espalda y apoyó las manos sobre las rodillas para recuperar el aliento, pero se puso en marcha apenas transcurridos unos instantes. Cada segundo que se demoraba era un segundo menos de vida que podría quedarle a Elliot, y no estaba dispuesto a tomarse un descanso y arriesgarse a perderlo. Estaba cerca de recuperarlo. Muy cerca.

O eso creía.

Localizó el lugar que Mercer había señalado tras un montón de frondosos matorrales, y Steve se permitió el lujo de confiar en la palabra que le había dado aquel hombre del que ojalá no hubiera vuelto a saber nunca nada.

Respiró aliviado; el conducto de hormigón estaba allí, y un cálido destello de esperanza iluminó sus ojos bajo la luz gris de la luna llena. Arqueó sus labios en una sonrisa que se borró al asomarse al interior de aquel sucio desagüe.

—¿Elliot? ¡Elliot! ¿Estás ahí? ¡Respóndeme, Elliot! ¡Responde!

Pero ni siquiera el eco de su propia voz respondió para no avergonzarle.

De repente, una mano tiró de él con fuerza hacia atrás y rodó por el suelo magullándose codos y rodillas. Cuando alzó la vista, asustado, se encontró con las caras de Vance, Tom, Cooper, Jesse y Carrie. Los miró sorprendido, sin entender bien qué diantres hacían ahí.

—¿Qué pasa, Flannagan? ¿Esperabas al puto John Mercer?

—Vance, pero qué...

Vance lo apartó de una patada y Steve se quejó con un grito agudo del golpe. En cuanto logró ponerse en pie, Cooper lo apresó con el bate de béisbol. La madera le apretaba la garganta.

—¡Déjame, Cooper! ¡¿Qué diablos estáis haciendo?!

Vance le hizo un gesto a Tom con la cabeza, y este le propinó un certero puñetazo en el centro del estómago. Steve expulsó todo el aire que tenía en los pulmones mientras Carrie y Jesse rebuscaban tras los matorrales.

—Hemos venido a detenerte, asesino de niños —le dijo Vance con aspereza—. El viejo nos lo ha contado todo... Vuestro plan.

Steve apenas podía respirar, articular palabra le resultaba una odisea. Aun así, logró balbucear dos palabras.

—¿Nuestro... plan?

—Si pensabais matar a Elliot esta noche, ya podéis olvidaros. Mercer ha demostrado ser un puto cobarde que no ha tardado nada en cantar como un jodido ruiseñor. Ya sabía yo que solo hacía falta apretarle un poco las tuercas para que escupiera la verdad.

Steve no entendía absolutamente nada de lo que Vance le decía. ¿Matar a Elliot? ¿Él? Pero ¿qué locura era esa? Entonces lo entendió. Mercer lo había engañado, ¡los había engañado a todos! Elliot no estaba ahí, lo había enviado a una trampa. No solo eso, lo había inculpado, ¡les había dicho a sus amigos que era su cómplice!

Jesse apareció tras los matorrales con cara de malas noticias.

—Tío, el niño no está aquí —anunció. Vance lo miró con incredulidad.

—¿Qué? ¿Has mirado bien?

—Joder, Vance. ¡Aquí no está!

Carrie confirmó la declaración de Jesse moviendo la cabeza de un lado a otro con pesar.

—Tiene razón.

—¡Apartad, idiotas!

Vance se introdujo en su interior y comprobó por sí mismo que Elliot no estaba en el conducto. Solo había maleza, ramas y palos húmedos y un olor nauseabundo a agua estancada. Ni rastro del crío. Hecho una furia, Vance volvió junto a los demás.

—¡¿Dónde coño está Elliot, Flannagan?! ¡¿Qué has hecho con él?!

—Mercer ha dicho que estaba aquí, no te atrevas a mentirnos —le advirtió Tom.

—¡Mercer nos ha engañado! —exclamó Steve.

Vance le soltó un puñetazo en la mandíbula y le arrebató a Cooper el bate. Steve se dobló hacia delante, mareado por el golpe.

—¡Mercer ha confesado que estáis compinchados, cabrón de mierda! ¡Que veníais a por Elliot! ¡Que habíais quedado aquí para matarlo!

En un arrebato, Steve saltó hacia Vance y le lanzó un zurdazo que le alcanzó en la mejilla. Vance tropezó y cayó de espalda. No era la primera vez que recibía un puñetazo, pero sí que lo recibía de parte de alguien como Steve. Mientras se ponía en pie, se sintió humillado. Las miradas atónitas de los demás clavadas en él le dolían más que el golpe. Pero lo que más lo desquició fue el intento de Steve de engatusarlos. Él sabía perfectamente que tenía algo con Mercer, lo había sospechado desde aquel día en el parque, cuando lo defendía a capa y espada. Pero por mucho que Steve lo negase, nada iba a hacerle cambiar de idea, porque el propio Mercer también lo había negado.

Así que haría lo mismo que había hecho con el viejo: hacerle confesar a base de golpes.

Y comenzó la pelea.

Vance bateó a Steve en las costillas, quien trató de amortiguar el golpe con las manos. A duras penas lo consiguió, pero la suerte parecía estar de su lado. Aferró el bate de béisbol con ambas manos y tiró de él. Vance, pillado a contrapié, no pudo mantener el equilibrio, y sus manos, empapadas en sudor, resbalaron soltando el mango del bate. Cayó de bruces, cerca del borde. El rugido de la presa lo asustó, y el abismo de hormigón que descendía a la negrura le provocó un vuelco en el corazón haciendo que retrocediera rápidamente.

Al ponerse en pie, vio que Steve se encaraba con Cooper, bate en mano.

—Cooper, por favor. ¡Estoy diciendo la verdad! ¡No hagáis caso de lo que os diga Vance! ¡Mercer os ha mentido! Yo... no tengo nada que ver con él. ¡Ni con el secuestro de Elliot! ¡Cooper! ¡Cooper, me conoces!

Cooper no estaba seguro de nada. Sí, conocía a Steve, pero ¿tan bien como creía? Eso era justo lo que John Mercer le había dicho: «¿Acaso lo conoces? ¿Acaso sabéis que ha estado ayudándome desde el primer minuto? No... Por supuesto que no lo sabéis. Steve puede parecer un estúpido, pero ahora me doy cuenta de que él tenía razón: los estúpidos sois vosotros».

Steve vio cómo Cooper se llevaba las manos a las orejas y se tapaba los oídos para no escucharlo. No quería oír nada de lo que dijera. No quería ayudarlo y convertirse en cómplice de un supuesto secuestrador... de un probable asesino. Lanzó un grito para no escuchar una palabra más.

Se dio la vuelta, y aferrando el bate con fuerza, buscó en los ojos de los demás un mínimo apoyo.

Se encontró con los de Carrie, anegados en lágrimas.

—Carrie, Carrie, escúchame —suplicó—. Mercer nos está engañando... Esto es precisamente lo que buscaba... Ponernos en contra, buscar un chivo expiatorio. Carrie, dime que me crees... Yo jamás le haría daño a Elliot...

Pero Carrie mantuvo los labios sellados, como si los tuviera cosidos... Al igual que Cooper, no estaba segura de que Steve estuviera diciendo la verdad o les estuviera mintiendo.

—¡Deja de intentar convencernos, Steve! —le gritó Jesse—. ¡Has matado a Elliot y lo has escondido en algún sitio para que no lo encontremos! ¡Para que no haya pruebas de que lo habéis asesinado!

—¡¿Estás loco?! ¡Vayamos a la policía! ¡Hablemos con ellos! Veréis que...

—¿Ver? ¿Quieres saber qué es lo que yo vi, Steve? —apuntó Jesse— ¡A ti! ¡Hablando con Mercer en su puto jardín!

Steve palideció y se quedó sin palabras.

Tom Parker se lanzó por sorpresa sobre Steve en ese instante y comenzó a propinarle puñetazos, uno tras otro; el bate de béisbol rodó hacia el borde de la presa, pero Vance logró atraparlo antes de que cayera. Steve, pataleando, consiguió quitarse a Tom de encima de un rodillazo, que acertó justo entre sus piernas. Parker aulló y se dejó caer a un lado agarrándose los genitales.

Jesse aprovechó la oportunidad y corrió hasta Steve para propinarle un puntapié que lo dejó sin aliento. Años después, se arrepentiría de haberlo hecho; se arrepentiría también de haber visto a Mercer hablando con Steve el día que acompañaba a su abuelo en su camioneta, de no haberle mostrado el beneficio de la duda, de dejar que todos se convirtieran en jueces, jurados y verdugos. Años después, los sentimientos de odio se convertirían en sentimientos de culpa, y decidiría saltar desde un puente para dejar de sentirlos.

Pero faltaba mucho para que eso ocurriera.

Steve paladeó la sangre de su boca, que se mezcló con la sal de sus lágrimas. Con dificultad, intentó ponerse en pie, pero sintió que algo se le clavaba en el costado. Profirió un grito de dolor y se llevó la mano a las costillas. Dobló la rodilla justo cuando Helen apareció por el camino.

Vance se acercó a Steve y lo agarró por la pechera para ponerlo de pie. El muchacho apenas podía mantener el equilibrio, pero no le hizo falta, porque Vance le golpeó tan fuerte con la empuñadura del bate que lo tumbó de golpe. Su cuerpo estaba exhausto, ya no le quedaba adrenalina que le ayudara a defenderse. Y así, Steve perdió el conocimiento desplomándose como un muñeco.

Helen llegó adonde estaban todos en cuanto Steve caía al suelo. Al verla, Vance se enfadó.

—¿Qué cojones haces aquí, Helen? ¡Has dicho que te quedarías con Mercer! —le recriminó.

—Está inconsciente —indicó ella—. ¿Qué... qué ha pasado? ¿Dónde está Elliot?

—¡No está aquí! —manifestó Tom—. ¡Estos cabrones deben habérselo llevado vete a saber dónde!

—Lo han matado, Helen... ¡Lo han matado! —Carrie se echó a llorar después de llegar a aquella angustiosa conclusión, pero Helen sonrió por dentro. Antes de dirigirse a la mina quería comprobar que no estaba equivocada, que Elliot no se encontraba donde inicialmente les había dicho Mercer que lo encontrarían. Así corroboró su teoría. Solo le quedaba confirmarlo en la práctica. Pero tenía que hacerlo sola.

Agachó la cabeza y negó apesadumbrada.

—¿Qué hacemos con este? —Vance pateó la pierna derecha de Steve—. Mercer y él son culpables del asesinato de Elliot.

—No van a confesar, Vance. Por mucho que aportemos a la policía, no hay cuerpo. Y sin... cadáver, no los van a incriminar.

—Oh, vamos, no me jodas, Helen —se quejó Tom—. El cabrón de Mercer ha confesado que Steve era su cómplice. ¡Que tenían a Elliot aquí!

—¿Tú ves a Elliot por alguna parte, idiota? ¡Porque yo no!

Tom se calló de golpe, y Vance prosiguió en la línea de Helen.

—Solo Mercer y Steve pueden decirnos dónde está... Y no lo harán. Pero ¿sabéis qué es lo que sí pueden hacernos? —se dirigió a todos—. Denunciarnos. Y matarnos. Si los dejamos libres, vendrán a por nosotros. ¡Eso es un hecho, joder! Ya hemos visto de lo que ese jodido viejo es capaz. ¡Secuestrar y asesinar a un niño! ¡¿Creéis que no harán lo mismo con nosotros?!

—Dios mío... —Carrie se llevó las manos a la cabeza. Sabía que Vance estaba en lo cierto. Y el resto opinaba lo mismo.

—¿Y qué propones que hagamos, Vance? —preguntó Cooper. Vance miró a Helen.

—No podemos entregarlos a la policía. Nosotros seremos los culpables si no confiesan.

—Y no confesarán —reiteró Helen—. Pero sí dirán lo que les hemos hecho.

Se hizo el silencio. Todos sabían lo que eso significaría para ellos.

—Solo hay una manera de asegurarnos de que Mercer y Flannagan no vuelvan a hacer daño a nadie más. De que no secuestren a otro crío, que no haya en Goodrow Hill un nuevo «caso Elliot» nunca más. Y de que no nos acusen.

Vance los observó a todos, uno por uno, y todos le devolvieron la mirada; después miraron a Helen —ella era la hija del jefe de policía, sabía más del tema que ninguno— esperando una confirmación.

Helen asintió dándole la razón a Vance. El resto entendió qué había que hacer.

Y en cuanto Vance agarró a Steve para acercarlo al borde de la presa, este recuperó la consciencia e intentó abrir un ojo. Pero no pudo, su cuerpo no respondía. Solo se dejaba arrastrar, y la tierra y los guijarros del pavimento le arañaban los brazos y los pies.

Entonces, antes de que pudiera articular una última palabra, Vance lo arrojó por el borde de la presa. Y Steve se perdió entre el rugido del agua y la oscuridad.

11

El silencio

Verano de 1995

Fue como si el tiempo se hubiese detenido, como si todo transcurriera a cámara lenta y el mundo entero estuviera aguantando la respiración.

Los jueces y verdugos de Steve miraron hacia la presa como quien mira una piscina infestada de tiburones: guardando las distancias por temor a que alguno pudiera abalanzarse de improviso y llevárselo con él a las profundidades.

Pero Steve no era un tiburón que fuera a aparecer por arte de magia para arrastrarlos con él. Y por mucho que miraran a la profunda oscuridad de la presa —una oscuridad que solo era un reflejo de sus almas—, Steve ya no estaba allí.

Entonces se dieron cuenta de lo que realmente habían hecho: solo uno de ellos lo empujó por el borde, pero todos lo habían matado. Entender ese hecho, en lo que se habían convertido —asesinos, aunque no quisieran reconocerlo—, fue algo para lo que no se habían preparado. Y a pesar del estruendo que les rodeaba, el silencio que acompañó a esa evidencia fue más ensordecedor que los cientos de toneladas de agua que se precipitaban al vacío a escasos metros de donde se encontraban.

Carrie fue la primera en sucumbir a sus sentimientos. De repente, un frío extremo invadió sus huesos, y, como si contuviera en sus venas un afluente incontrolable, sus ojos prorrumpieron en lágrimas desbordándola. Su boca, entreabierta como la de un pez que se asfixia fuera del agua, parecía querer emitir un sonido que se negaba a salir de su garganta.

A quien sí escucharon muy bien fue a Jesse, que, inesperadamente, vomitó delante de todos. No pudo evitarlo, ni siquiera advirtió la arcada que vació su estómago; solo soltó un quejido gutural y arrojó todo lo que tenía en su interior. Cooper se apartó de él para que no le salpicara y buscó a su espalda algo a lo que sujetarse. Al no encontrar donde apoyar la espalda, se dejó caer y cerró los ojos, como si con ello pudiera hacer desaparecer lo que le rodeaba. No iba a ser así, pero tampoco se atrevía a mirar a los demás.

Tom, por el contrario, mantuvo la compostura, pero estaba tan tenso como la soga de un ahorcado. No quería parecer un debilucho a ojos de los otros —sobre todo a los de Vance—, pero temblaba como si estuviera en plena Siberia y había palidecido igual que un espectro.

Viendo sus reacciones, Vance advirtió que podían tener un grave problema. Y no tanto porque hubieran arrojado a Steve por el borde de la presa, sino porque esos idiotas pudieran irse de la lengua.

—Vance...

—No quiero oír ni una palabra, Jesse. —Lo señaló Vance, con un tono no muy elevado pero amenazador. Miró al resto con dureza—. ¿Me habéis oído? ¡Hemos hecho lo que se tenía que hacer! ¡Steve era un maldito asesino, ¿no os habéis dado cuenta aún o qué?! Mercer nos lo dijo bien claro, ¿o es que fui el único que estaba en su casa mientras confesaba que eran cómplices del secuestro de Elliot?

—Pero... Steve trató de decirme que...

—¿Qué te dijo, Cooper? ¡Mentiras! ¡Las mismas con las que intentó convencer a Carrie! ¿Es que estáis ciegos? ¡Por el amor de Dios! —Vance se llevó una mano a la cabeza para mesarse el pelo con nerviosismo mientras negaba con incredulidad. Se tomó un segundo para tranquilizarse, después continuó—: Decidme, ¿cómo sabía Mercer que Steve estaría aquí? ¡Nos lo dijo bien claro, joder! ¡Mercer estaba a punto de salir de su casa para reunirse con él aquí mismo!

—Elliot no estaba donde dijo Mercer... —expuso Jesse limpiándose los restos agrios de bilis de su boca.

—Steve tenía que estar engañándonos —intervino Helen, serena—. Al ver que Mercer tardaba en aparecer, puede que sospechara que había pasado algo y decidiera proseguir con el plan que tuvieran establecido. A fin de cuentas, Mercer y Steve estaban al tanto de que no íbamos a detenernos hasta descubrir la verdad. Y Steve sabía que planeábamos hacer confesar a Mercer. Por eso Mercer lo envió aquí, para que hiciera desaparecer a Elliot antes de que diéramos con él.

—Eso es, eso es. —Vance asintió con efusividad, altamente satisfecho con el apoyo que Helen le proporcionaba.

—Steve no era estúpido. Cuando nos vio aparecer, supo que su única defensa consistiría en manipular la realidad; decir que había venido en busca de Elliot y echarle las culpas a Mercer, tal como hizo. ¿Y a quién intentó convencer? —Helen señaló a Carrie y a Cooper—. A vosotros.

Cooper miró de soslayo a Carrie y luego a Jesse, que apartaron la vista; sabían lo que Helen estaba exponiendo: eran los más débiles del grupo. Sin embargo, Vance se dirigió de nuevo a Jesse obligándole a levantar la vista del suelo.

—No nos jodas, Jesse. —Ahora sí, le amenazó—. Me imagino lo que estás pensando y solo te digo que ni se te ocurra jodernos.

—Nadie va a joder a nadie, Vance —se interpuso Helen—. ¿Verdad que no, Jesse? —Tras un momento de duda, este asintió. Helen miró a todos a los ojos—. Bien. Estamos juntos en esto. Como ha dicho Vance, Steve era un asesino. Y como nos ha confesado Mercer, también era su cómplice. Hayamos hecho lo que hayamos hecho, ha sido por el bien común. Puede... puede que ahora estemos confundidos, que la carga parezca demasiado pesada, pero os aseguro que cuando pasen los años y echemos la vista atrás, sabremos que hicimos lo correcto: evitamos que otro niño indefenso desapareciera. Al menos, solo la cama de Elliot será la única que permanecerá vacía en Goodrow Hill. ¿No creéis que eso es algo bueno?

La pandilla sopesó en silencio los argumentos de Helen. En parte tenía razón. Visto desde esa perspectiva, probablemente habían salvado muchas más vidas de las que se imaginaban. Helen sabía bien que lo más difícil ahora no sería correr un tupido velo sobre la muerte de Steve, sino que todos lograran sobreponerse a ese sentimiento de angustia y convencerse de que sus actos podían haber salvado la vida de muchos otros niños. Llevaría algo de tiempo, seguro, pero tenían que aceptarlo lo antes posible. Ahí entraba Vance, para obligarlos:

—Ya lo habéis oído. Esto se queda entre nosotros, ¿entendido? —Nadie respondió, así que Vance golpeó el bate contra el suelo con fiereza para que le prestaran atención—. ¡¿ENTENDIDO?!

—¡Sí! —dijeron los indecisos, casi al unísono.

Guardaron silencio una vez más. Al poco, Carrie formuló una pregunta fundamental:

—Y... ¿Qué pasa con Mercer? Sigue... Sigue en su casa, ¿no?

Helen movió la cabeza afirmando.

—¿Y qué propones que hagamos con él?

Nadie se atrevía a dar una respuesta, sobre todo porque sabían que solo había una que fuera válida.

—No podemos dejarlo libre —indicó Vance—. Si lo hacemos, volverá a secuestrar a alguien. Pero antes vendrá a por nosotros, como ha prometido. Nos matará. ¿Alguno está dispuesto a correr ese riesgo? —preguntó. Los demás negaron con la cabeza, tal como esperaba—. Entonces, todavía no hemos terminado.

Llegaron a casa de Mercer al amparo del manto de la oscuridad nocturna. Antes de subir los peldaños de madera del porche se aseguraron de que no hubiera nadie mirando. Mercer había elegido bien la vivienda —la más apartada al final de la calle—, pero aun así siempre podía aparecer alguien del vecindario que hubiera aprovechado la tranquilidad y la buena temperatura de esas horas para salir a correr.

No era el caso. Así que avanzaron casi en fila india hasta la puerta, que sorprendentemente estaba entornada.

—¡¿Has dejado la jodida puerta abierta, Helen?! —la criticó Vance en un susurro irritado.

Helen lo pensó un momento; no estaba segura. Frunció el ceño por toda respuesta, y Vance se mordió el labio para no ponerse a discutir. Empujó la puerta con la punta del bate de béisbol, que se abrió con un leve chirrido.

El interior estaba casi a oscuras y la poca luz que emitían las farolas de la calle entraba por las ventanas a duras penas.

Helen señaló el bulto a la vez que susurraba:

—Ahí está.

Avanzaron con cautela y en silencio, listos para defenderse en caso de que Mercer estuviera fingiendo y pretendiera sorprenderlos. Vance hacía de punta de lanza aferrando con ambas manos el bate, mientras Tom guardaba la retaguardia.

La tensión crecía a medida que se acercaban a aquel bulto del suelo. Imaginaban que en cualquier momento se pondría de pie y se abalanzaría sobre ellos. Y a cada paso que daban, más convencidos estaban.

Sin embargo, nada de eso ocurrió cuando se detuvieron frente a Mercer.

Vance le dio un golpe con el pie.

—Creo que está muerto.

—¿Qué? —Helen no podía creerlo. Apartó a Vance y se apostó ante el cuerpo inerte del hombre. Los demás se acercaron a curiosear—. No, no puede ser...

—Pues lo es. —Vance le propinó esta vez un buen puntapié—. ¿No lo ves?

—¿Te lo has cargado, Helen? Joder, ¿te lo has cargado mientras nosotros íbamos en busca de Steve?

—¡No me he cargado a Mercer, Tom, maldita sea!

—¿Entonces qué ha pasado? —cuestionó Cooper.

—No... No lo sé. Antes de que me marchara ha intentado soltarse y se ha caído de espaldas... Parecía estar inconsciente. ¡Os juro por Dios que no le he matado! Tiene... Tiene que haberle dado un infarto o algo...

Carrie, para sorpresa del resto, se acuclilló para comprobar su respiración. Podría haberle tomado el pulso, pero habría dejado sus huellas en el cuerpo, y era lo último que pretendía. Cuando se acercó al pecho de Mercer, lo primero que advirtió no fue que no se le expandiera ni se contrajera sino la enorme mancha de sangre que le supuraba del corazón y le empapaba la camisa. Se apartó de un salto.

—¿Qué pasa, Carrie?

La chica señaló el rodal negruzco.

—Pero ¿qué cojones...?

Todos lo vieron.

Tenía una enorme hendidura justo a la altura del corazón. El tejido de su camisa se había rasgado y, debajo, se podía advertir que habían atravesado la piel. Habían apuñalado a Mercer.

Pero no era la única puñalada que le habían asestado. Tenía media docena más; repartidas entre el pecho y el abdomen.

—Eso no tiene pinta de ser un puto infarto, Helen —la miró Vance con suspicacia.

—¿Quién le ha hecho esto...? —preguntó Jesse, a merced de un escalofrío.

—¡¿Cómo queréis que lo sepa si ni siquiera estaba aquí?!

—¡Bajad la voz, joder! —ordenó Tom con vehemencia—. ¡Todo el vecindario va a saber que estamos aquí como sigáis así!

—Chicos, tenemos que irnos —aconsejó Cooper con nerviosismo poniendo un poco de coherencia a la situación—. Está claro que Helen no ha apuñalado a Mercer hasta matarlo o estaría llena de salpicaduras de sangre. Así que, ¿qué más nos da qué haya pasado? Alguien se nos ha adelantado y se lo ha cargado. Punto, fin de la historia. Ya está muerto, es lo que queríamos, ¿no?; no va a hacer daño a nadie. Ahora, hay que salir pitando.

Antes de asentir, escrutaron a Helen. Cooper tenía razón; su ropa estaba impoluta, era imposible que ella se hubiera ensañado con Mercer de aquella manera y no se hubiera manchado ni de una sola gota de sangre. ¿Entonces, quién lo había matado? No lo sabían, y puede que nunca llegaran a saberlo. Pero como bien había dicho Cooper, el trabajo estaba hecho. No habría un Mercer del que preocuparse nunca más.

—Está bien —dijo Vance al fin—. Vámonos de aquí.

12

La sartén por el mango

—Si no fuisteis vosotros, ¿quién apuñaló a Mercer hasta matarlo?

Markie creía la versión de Helen, aunque habría dado por sentado que uno —o varios— de los miembros de la pandilla fue quien le asestó el golpe mortal a su padre. Hubiera apostado hasta el último centavo de su última venta a que habría sido Vance, pero lo habría perdido irremediablemente.

—No lo sé —repitió Helen por enésima vez—. Ninguno lo supimos, ni siquiera mi padre pudo averiguarlo.

El jefe Blunt, que se había acercado con cautela un poco más y tenía casi a tiro a Andrews, hizo una mueca que confirmó que le daba la razón a su hija. Ese misterio parecía estar condenado a no desvelarse nunca, y puede que de todas formas no tuviera ya ninguna relevancia, pero había uno que sí. Y Markie no pretendía pasar de puntillas sobre él:

—¿Qué ocurrió con Elliot? Has dicho que descubriste algo que pasó inadvertido a los demás... Incluso a la policía, con tu padre al frente: la tierra roja de la mina.

Helen asintió a la vez que bajaba la cabeza para evitar el contacto visual con el ejecutor de sus amigos... con quien más que probablemente le arrebataría la vida a ella también, dijera lo que dijese.

Por un momento pensó en zanjar la conversación imponiendo un muro de silencio, acabar la historia ahí y que fuera lo que Dios quisiera... pero una fuerza invisible la empujaba a seguir hablando, a revelar lo que había empezado aquel amargo verano de 1995. ¿Era orgullo? ¿Valentía? ¿Deseo de redención?

Markie la escrutaba esperando adivinar la respuesta cuando Helen prosiguió justo donde lo había dejado.

—Abandonamos la casa de Mercer dejando allí el cadáver —dijo—. Nos hubiera gustado saber qué había pasado, pero ninguno tenía ganas de quedarse allí a averiguarlo. Es más, dejamos de mencionar el asunto a partir de entonces. Como dijo Cooper, ya no importaba quién lo había matado; era un problema menos para todos, sobre todo para nosotros. Cuando salimos a la calle bastaron unas miradas para dar por hecho que los acontecimientos de esa noche no tenían que salir jamás a la luz. Fue entonces cuando nos separamos, y cada uno se marchó a su casa.

Helen no tenía necesidad alguna de mirar a Markie a los ojos, podía notarlos clavándose en ella como el aguijón de un escorpión sobre su presa, igual de tensos que el dedo que acariciaba el gatillo de su arma.

—Mentiría si dijera que esa también era mi intención, así que en cuanto perdí de vista a los demás di media vuelta. Tenía que saber si mi suposición con respecto a Elliot era correcta, si de verdad Mercer lo tenía secuestrado en la antigua mina de oro. Así que atravesé el bosque. Era de noche, estaba oscuro y quedaba algo lejos, pero conocía el camino. No era la primera vez que iba allí, aunque sí la primera que lo hacía sola.

Helen giró el cuello y echó un vistazo al precipicio que se abría oscuro, húmedo y amenazador a su espalda. El cauce del agua parecía haber menguado, podía ser que estuvieran cerrando las compuertas; aun así, ese hecho no le ofrecía ningún tipo de garantía. Pensó en echar a correr, pero descartó la idea porque no tenía adonde huir. Markie tenía la sartén por el mango.

—Cuando llegué a la entrada de la mina me detuve al contemplar la tierra rojiza bajo mis pies preguntándome cómo era posible que a nadie se le hubiera ocurrido mirar allí. Los equipos de búsqueda organizados por la policía y los vecinos habían rastreado Goodrow Hill a conciencia, pero si buscaron a Elliot en la mina, lo hicieron antes de tiempo. Mercer debió llevarlo allí mucho después de que se suspendieran las batidas ciudadanas, después de que fuéramos a su casa aquella tarde. Concluí que Mercer siempre tuvo a Elliot escondido en su propio sótano hasta que Vance lo descubrió. Estoy segura de que, en cuanto lo dejó inconsciente, fue cuando decidió trasladarlo a la mina. Después regresó y avisó a la policía. Y... —se detuvo un momento antes de continuar— lo más probable es que fuera a verle antes de que nos presentáramos en su casa la noche que lo mataron.

—¿Cómo lo sabes? —inquirió Markie imperativamente.

—Porque encontré a Elliot allí.

13

Solo yo

Verano de 1995

Adentrarse en la mina fue como atravesar un portal a otro mundo. La oscuridad se densificó alrededor de Helen dándole la sensación de que estaba ante un grueso telón. Sin embargo, cuando extendió la mano no encontró el suave tacto del terciopelo que su imaginación le había planteado, sino una atmósfera bastante más fría donde la temperatura descendía varios grados con respecto al exterior.

Por un momento creyó experimentar lo mismo que Dante cuando este avanzó a través de las puertas del infierno en su periplo al inicio de la *Divina Comedia*. Sin embargo, no había divinidad ni comedia en la boca de piedra que se abría ante ella, solo la negrura de lo desconocido.

Era imposible que sus ojos se acostumbraran a la oscuridad, y eso que apenas había recorrido unos pocos metros. Por suerte, podía ponerle remedio. Rebuscó en los bolsillos de su pantaloncito corto y dio con un mechero. «Lleva siempre uno encima, Helen. No solo sirve para encender un buen cigarro... Y nunca sabes cuándo lo necesitarás», le había dicho Vance en más de una ocasión. De entre todas las barbaridades que soltaba, alguna vez usaba el cerebro con coherencia.

Cuando giró la ruedecilla y escuchó el chasquido que precedía a la llama que iluminó la cueva, se alegró de haberle hecho caso. Levantó el brazo y movió el mechero para ver lo que tenía delante: un enorme túnel de roca rojiza que parecía encogerse a medida que avanzaba al interior de la montaña.

—¿Elliot?

Helen lo llamó con un hilo de voz, casi en un susurro, como si temiera que alguien que no fuera él la descubriera. Pero la mina parecía estar vacía, y la única persona que sabía que ella estaba ahí yacía muerta en el salón de su casa con el corazón apuñalado.

Se estremeció solo de pensarlo y se le puso la piel de gallina.

Mechero en mano, siguió por el único camino posible hasta llegar a una bifurcación. Cuando se dio cuenta de que la cueva se dividía en dos galerías, a cuál más oscura y estrecha, soltó un suspiro de exasperación.

—No puede ser... ¿Por dónde se supone que tengo que ir? ¿Derecha o izquierda? ¿Derecha o...?

La llama del mechero desapareció de súbito.

—¡No! —chilló Helen desesperada. De inmediato, intentó encenderlo de nuevo. Giraba la ruedecilla frenéticamente, pero ni siquiera echaba chispa; algo no iba bien—. ¡Mierda, no, no, no...!

El mechero se negaba a funcionar, se habría agotado el gas del depósito. En ese momento, le embargó tal sentimiento de impotencia que le hubiera gustado soltar un grito de desesperación. A pesar de ello, se contuvo. Decidió que era mejor tomarse un momento para tranquilizarse y pensar, así que cerró los ojos —aunque de todas maneras no veía nada de nada— y respiró profundo para ralentizar sus pulsaciones.

En cuanto se calmó, evaluó su situación: se había adentrado bastante en la mina, cierto, pero no lo suficiente como para no poder dar la vuelta y deshacer sus pasos. No quería dejarlo correr, pero seguir adelante a ciegas se le antojaba difícil y harto peligroso. ¿Qué debía hacer? ¿Elegir al azar una de las dos galerías? O regresar por donde había venido.

No; no podía hacer eso. Pero tampoco podía arriesgarse; sin ningún tipo de luz que la alumbrara era imposible seguir avanzando. No había nada que...

De repente, algo llamó su atención. Percibió un color; algo que brillaba en la oscuridad.

—¿Qué es eso...?

Parpadeó por si se trataba de un efecto óptico o de su imaginación jugándole una mala pasada. Pero no era ni una cosa ni la otra. En efecto, algo en el suelo del túnel derecho resplandecía tenuemente con un color verdoso.

Se acercó con cuidado hasta el origen de aquella extraña claridad. Entonces supo de qué se trataba: hongos bioluminiscentes. Recordaba haber estudiado algo al respecto en clase de ciencias. El señor Fitz les había explicado que los antiguos mineros los usaban a modo de lámparas para iluminar el camino, ante el riesgo que suponían el uso de las velas de cera y las antorchas. Riesgo derivado de la existencia de ciertos gases inflamables bajo tierra, por cierto.

Helen apretó el mechero en su mano y soltó un bufido para aliviar la tensión. Qué estúpida... Bien podría haber volado por los aires.

Se acuclilló para observar los hongos que crecían en ese trozo de madera húmeda y en descomposición, y en cuanto lo hizo, percibió un poco más allá otro ramillete de luz.

Al ponerse en pie se dio cuenta de que, cada tantos metros, alguien había dispuesto tronquitos llenos de aquellos hongos singulares, verdosos y brillantes, como miguitas de pan cual Hansel y Gretel. Alguien que no pudo haber sido otro que John Mercer.

Parecían surgir de manera espontánea del suelo de manera natural, tras una roca o en una hendidura en la pared. Pero nada más lejos de la realidad. Helen pensó que Mercer no era imbécil; a ella no se le habría ocurrido nunca, era una idea verdaderamente útil.

Y sabía adónde la conduciría.

Avanzó paso a paso por el pasillo de piedra iluminado sin detenerse. Cada tanto, echaba un vistazo a su espalda asegurándose de que nada ni nadie la seguía, y alguna que otra vez tuvo que cerciorarse de que los sonidos entrecortados que escuchaba a su alrededor eran los de su propia respiración.

Al cabo de unos minutos, tras pasar al lado de varios tablones de madera, llegó a lo que parecía el final del túnel. Puso la mano en la fría pared y acarició la roca; la pared le cortaba el paso, y solo había un agujero en la roca por la que ni siquiera el cuerpo del pequeño Elliot cabría. Pero eso no tenía sentido alguno. ¿Dónde estaba Elliot Harrison?

Agarró el último tronquito con los hongos que Mercer había dejado allí e iluminó como pudo a su alrededor.

—¡Tiene que haber un camino por alguna parte!

Y lo había. Solo que lo había pasado por alto.

—¡¿Hola?! ¡¿Elliot?! ¡¿Estás aquí?! —El eco le devolvió su propia voz—. Joder, maldita sea.

De pronto, otro sonido rompió el silencio. Le pareció un... un carraspeo... un acceso de tos.

Se quedó inmóvil, aguzó ambos oídos para escuchar en la penumbra.

—Vamos, vamos, vamos... —se dijo, de manera casi inaudible.

Entonces lo oyó por segunda vez. Alguien tosía de nuevo.

Regresando sobre sus pasos, alumbrando con la tenue luz del hongo a modo de linterna, se plantó ante los tablones que escasos momentos había dejado atrás.

—¿Elliot?

Comenzó a apartar las tablas y, al hacerlo, halló una cuerda bien enrollada. Parecía en buen estado, no tenía pinta de llevar ahí demasiado tiempo ni haber sido olvidada por uno de los antiguos mineros hacía casi un siglo.

Dejó la cuerda a un lado y apartó el resto de las maderas. Fue entonces cuando descubrió lo que había debajo: un profundo agujero.

Con las manos en el suelo, se puso de rodillas y estiró el cuello para ver qué había allí abajo, pero estaba demasiado oscuro como para distinguir nada.

—Elliot, ¿estás ahí?

Nadie respondió. Pero no había otro sitio donde Mercer pudiera haberlo escondido. Por fuerza debía estar en ese frío agujero.

Se le ocurrió lanzar el tronquito al interior, y los hongos iluminaron el suelo cuando llegaron abajo. No solo eso, también alumbraron parte de un cuerpo. Elliot Harrison yacía tumbado, de lado, casi en posición fetal, como si durmiera.

Helen calculó que habría cuatro o cinco metros, era difícil precisarlo, y no podía bajar ahí sin quedarse atrapada con él. Entonces agarró la cuerda y la lanzó, pero no tenía donde asirla, por lo que mantuvo fuertemente agarrado el otro extremo. La cuerda cayó sobre Elliot, que soltó un gemido y volvió a toser.

—¡Despierta, Elliot! —le gritó—. ¡Coge la cuerda! ¡Átatela a la cintura!

El pequeño Elliot abrió con esfuerzo los ojos, pero estaba demasiado débil. Hacía mucho que se le había acabado el agua y había perdido las fuerzas por no comer. Sin embargo, al escuchar la voz despabiló, logró incorporarse y agarró la cuerda con su pequeña mano temblorosa. Helen la aferraba desde arriba, preparada para soportar el peso del niño.

Entonces, de entre la respiración entrecortada del pequeño emergieron dos sílabas que rompieron algo más que el silencio inerte de la mina.

—¿P-pa... pá?

«¿Papá?», se preguntó Helen. «No... No soy tu papá. Tu papá no ha venido a buscarte. Porque el que crees que es tu padre ni siquiera lo es en realidad. Y el que lo es no está aquí para salvarte. Solo... solo estoy yo».

Elliot brincó con las pocas fuerzas que le quedaban en las piernas; sus dedos se aferraron a la esperanza que suponía aquella cuerda y comenzó a trepar. Una mano sobre la otra, una y otra vez.

Pero entonces Helen la soltó.

Y Elliot cayó de nuevo al suelo como uno de esos muñecos de madera articulados. No se rompió, pero su cuerpecito había agotado todas sus reservas de energía. Sus ojos se cerraron, extenuados.

Desde arriba, Helen escuchó el impacto. Después, como si fuera a cámara lenta, dejó que la cuerda se deslizara entre sus dedos igual que lo hace una serpiente, sigilosamente, y esta cayó al interior del pozo oscuro dejando escapar un chasquido estéril.

14

Mi nombre es

—¿Lo... dejaste morir...? ¡¿Dejaste morir a un niño?!

Markie estalló. Había estado callado mientras Helen relataba su incursión en la mina en busca de Elliot, pero ya no podía aguantar más. Descubrir que Mercer no llegó a asesinar a Elliot y que Helen podría haberlo salvado fue demasiado para él. Mucho más que escuchar de su propia boca lo que hicieron con Steve.

La observó con detenimiento, hirviendo por dentro como una olla a presión. Y tras revelarse el secreto mejor guardado de los últimos veinticinco años, descubrió que aquella fuerza que tanto antaño como ahora impelía a Helen no era valentía ni redención.

Era soberbia.

Helen, sumida en un continuo escalofrío, intentó tragar saliva. La garganta, sin embargo, se le había secado como el lecho de un río en verano, y su saliva dulce se transformó en un manantial de lágrimas amargas que le brotaban de unos ojos azules que se habían vuelto indistinguibles, como si todavía estuvieran rodeados de la negrura de la mina.

En realidad, Helen pugnaba con ella misma, con sus propios sentimientos.

—¡No tienes ni idea de lo que sentí en aquel momento, Markie!

—¿Sentir? ¿Sentir qué, Helen? ¿Compasión? ¿Piedad? ¿Empatía? ¿Lástima, misericordia, solidaridad? —La furia de Markie se percibía en la contundencia con la que impregnaba cada palabra. Cada una la golpeaba con la fuerza de un martillo—. ¡¿Acaso le mostraste a Elliot un mínimo de humanidad?!

—¡¿Acaso le has mostrado tú piedad a mis amigos?! —trató de defenderse ella.

—No pongas el foco sobre mí, Helen... Sabes muy bien que estáis pagando por lo que le hicisteis a Steve. Pero ¿qué te había hecho Elliot? ¿Puedes decírmelo? ¡¿Qué pecado había cometido para que lo dejaras tirado como un perro en aquel agujero?! —Markie apuntó a Helen a la cabeza con su propia pistola mientras se dirigía hacia ella con paso decidido—. Te lo diré yo, Helen: ninguno. Y lo único que lamento de matarte es que no vayas a encontrarte con él para que te juzgue, porque irás directa al infierno...

Helen cerró los ojos y contuvo el aliento. El disparo resonó en todas partes, por encima incluso del menguante caudal de la presa.

Markie prácticamente cayó de bruces. El impacto lo lanzó hacia delante cuando la bala le atravesó el hombro derecho. En su desesperado intento por agarrarse a algo, hizo que Helen también perdiera el equilibrio. Ella, sin comprender lo que estaba ocurriendo, lo miró con ojos desorbitados mientras se preparaba para golpearse contra el suelo. Su mejilla derecha se llevó la peor parte y se le nubló la vista. Pero antes de que pudiera preguntarse qué estaba pasando, se encontró de nuevo en pie, rodeada por el brazo herido y sanguinolento de Markie y con su arma apuntándole a la sien. La estaba usando como escudo humano, pero... ¿para defenderse de quién?

—¡Suéltala, Andrews! ¡Tira el arma y suelta a mi hija!

La voz potente y autoritaria de Oliver Blunt sonó como un trueno. Helen lo vio aparecer de entre los arbustos como si fuera un tigre de bengala, pero la punzada de optimismo que le generó su presencia se tornó en agitación al suponer que lo había oído todo.

—No le esperaba por aquí, jefe Blunt. —Markie acomodó el brazo alrededor del cuello de Helen nada más verlo y apretó con más fuerza casi asfixiándola.

—Te he dicho que tires la pistola y sueltes a mi hija —repitió Blunt con el arma alzada y dando un paso más hacia ellos.

—¡No se mueva de ahí, Blunt! ¡O su hija se va para abajo!

El policía obedeció y se detuvo; sabía que Markie era perfectamente capaz de cumplir con su palabra. Con todo, no dejó de apuntarlos.

—Esto ha ido demasiado lejos, Andrews. No tiene por qué morir nadie más.

—¿Demasiado lejos? ¡Su hija fue demasiado lejos! ¡Vance, Cooper, Tom, Jesse y Carrie fueron demasiado lejos! —Markie torció el gesto y frunció el ceño con indignación—. ¿O es que no lo ha oído? ¡Su hija encontró a Elliot hace veinticinco años! ¡Lo encontró y lo dejó morir! —Le clavó a Helen el cañón a la altura de la sien—. ¡Dígame que eso no es ir demasiado lejos!

Blunt tragó saliva. Por supuesto que había escuchado la confesión de Helen, la dolorosa verdad, pero necesitaba ganar tiempo. Conseguir que dejara de apuntar a su hija para poder efectuar un disparo certero.

—Podemos resolver esto de otra forma, Andrews. Si es verdad lo que Helen ha dicho sobre Elliot, ten por seguro que tendrá que responder ante la justicia. Pero ninguno de nosotros somos quién para dictar sentencia.

—¿Y por qué no, jefe Blunt? ¡¿Acaso no dictaron sentencia con Steve, no decidieron ejecutarlo y tirarlo por esta misma presa, dándolo por muerto?! ¡¿Acaso Elliot era responsable de algún mal?! ¡Dígamelo! ¡Dígame una sola razón por la que no debería pegarle un tiro a Helen ahora mismo!

—Porque es mi hija.

Helen dejó escapar un montón de lágrimas contenidas en sus ojos. No porque estuviera literalmente al borde de la muerte, sino porque las palabras que su padre acaba de pronunciar no habían salido de su boca sino de su corazón. Y eso le rompió el suyo.

—Papá... lo siento... —llegó a decir.

—¡Cállate! —le chilló Markie a la vez que la asfixiaba un poco más—. Puede que Helen sea su hija, pero ¿sabe qué, Blunt? ¡Steve era mi hermano! ¡Mi hermano, ¿me oye?! ¡Era todo lo que tenía!

—Sé muy bien quién era Steve Flannagan—dijo Blunt.

—¡Ja! —se carcajeó Markie—. ¡No me haga reír, Blunt! No tenía ni la más remota idea de quién era su hija hasta este mismo momento... ¿Cómo puede decir que sabía quién era mi hermano? Usted no lo conocía... No como yo. Steve era bondadoso, cariñoso... ¡se preocupaba por los demás! Era honrado y jamás le oí soltar una mentira. Todo lo contrario de su hija y sus amigos... Ni siquiera logró descubrir qué le pasó, Blunt... Un grupo de jodidos adolescentes le tomaron el pelo como les dio la gana... ¿Y qué hizo usted? Lamentarse durante veinticinco años. ¡Al menos yo he hecho lo que usted no pudo! Lo que asegura que hará con Helen si la suelto: ¡impartir justicia! ¿Y pretende que me lo crea? ¿Es que se ha vuelto loco?

—No soy yo quien parece estar fuera de sus cabales, Andrews...

—Será que me viene de familia, agente Blunt.

—No mancilles los nombres de Elmer y Norah culpándolos de tu conducta, Andrews. Conocía personalmente a tus padres. ¡Eran buena gente!

Markie entornó los ojos. No lo hizo con malicia sino de forma natural, espontánea, y Blunt vio en ellos un reflejo de dureza que iba más allá de la simple venganza.

—No estoy hablando de ellos, jefe. Hablo de John Mercer. ¡De mi verdadero padre!

—Es... ¡es hijo de Mercer, papá!

Helen apenas pudo añadir un quejido incoherente porque Markie le aferró la mandíbula con fuerza.

El policía no se inmutó, pero se dio cuenta de que Markie estaba completamente trastornado. Intentó razonar con él.

—Lo sé, Andrews. Sé que John Mercer era tu padre. Que secuestró a tu madre y os retuvo a ti y a Steve hasta que os encontraron huyendo de él en la carretera. Conozco vuestra historia. Pero fueron los Andrews quienes te criaron, no Mercer. —En ese momento, recordó las palabras que Steve le dijo a Peter Harrison—: No eres como tu padre, Markie. No eres como él. Así que detén esta locura.

Markie se quedó perplejo, pero solo porque ignoraba cómo había conseguido Blunt toda aquella información. Aunque en realidad, poco le importaba. La verdad es que no le importaba en absoluto. Blunt prosiguió:

—Ahora deja a ir a mi hija. Ya te ha contado la verdad.

—Tiene razón, jefe Blunt. Por una vez, parece que Helen dice la verdad. Un poco tarde, por desgracia. Pero como ha dicho, Mercer era mi padre; también el de Steve, por supuesto. Y usted dice que no soy como mi padre... Pero yo le voy a decir a qué Mercer no me parezco: a mi hermano. Sí... No puedo negar que siempre fue mi referente, mi ejemplo... Desde que era solo un crío he querido ser como él. Pero ya ve, no lo he conseguido. Y en cuanto me enteré de que había muerto, siendo más precisos de que lo habían asesinado, algo cambió dentro de mí.

—¡Nadie asesinó a Steve, Markie! —chilló Helen.

—¡Cierra el pico, Helen! —la zarandeó Markie—. ¡Por supuesto que lo mataron...! ¡Tom Parker lo hizo, nada más despertar del coma en el que estaba por vuestra culpa!

—Fuiste tú quien le arrancó los ojos, ¿verdad? —preguntó Blunt, siempre pendiente de la amenaza que suponía un Markie fuera de sí para la integridad de su hija.

—¡Qué perspicaz, jefe! ¡Enhorabuena! ¡Se ha ganado llevar esa puta estrellita en el pecho, ya lo creo! —se mofó—. Tom Parker... Tom Parker era un mierda, jefe Blunt. Como todos los demás. Pero tuvo agallas... Coraje y agallas para encargarse de Steve durante más de veinte años, después de que lo arrojasen por la presa, lo encontrasen y lo ingresasen en el Hospital Psiquiátrico de Goodrow Hill. El muy cabrón se guardó el secreto... no se lo dijo ni a sus amigos... Pensando que tal vez no despertaría nunca del coma.

—Pero Steve despertó —expuso Blunt.

—Por supuesto que despertó. ¿Y sabe qué más hizo Steve, jefe? Mantener la boca cerrada. No hablaba, no gesticulaba, parecía que no recordaba nada... Se comportaba casi como un vegetal. Solo que no lo era. Simplemente, sabía con toda certeza que en el momento en que una palabra saliera de sus labios estaría muerto. Porque irían a por él; terminarían el trabajo.

—Steve contactó contigo de alguna forma —apuntó Blunt con acierto—. Fuiste a verlo al hospital. Firmaste con el nombre de John Mercer.

—Vaya, es usted todo un detective, jefe Blunt. Tiene razón... firmé como John Mercer. Que, para su información, es mi verdadero nombre. Ya le he dicho a su hija que Markie es solo el nombre con el que Steve me bautizó para protegerme... Para que no fuera como mi padre. Pero nos estamos desviando... —dijo Markie encauzando de nuevo la conversación—. Como le he dicho, Steve no era estúpido. Puede que hubieran pasado veinticinco años, que todo a su alrededor hubiera cambiado para él, pero su mente estaba intacta. Y cuando lo plantaron delante de un ordenador, en cuanto supo manejarlo, no perdió la oportunidad. —La mirada de Markie se perdió en algún momento entre sus recuerdos, pero volvió en sí en apenas un instante—. No sé cuánto tiempo le llevó, pero logró localizarme. Cuando recibí su primer correo electrónico, pensé que era una broma, alguien riéndose de mí. Pero no era así. Steve estaba vivo. ¡Después de veinticinco años, había vuelto! Así que yo volví también. Regresé a Goodrow el día que Steve me indicó, el mismo que Tom libraba en el hospital, para no tener que cruzarme y arriesgarme a que me reconociera. Pero cuando me encontré con Steve, no quiso que me lo llevara. Dijo que era peligroso. Además, tendría que dar explicaciones... Revelar quién era. Y si lo hacía... No, no podía hacerlo. Tenía... Seguía teniendo miedo. Temía por mí, Blunt. Temía que Vance, Helen y los demás descubrieran el lazo que nos unía, que éramos hermanos, y que pudieran hacerme daño... como se lo hicieron a él.

—¿Por eso Tom Parker lo asesinó? ¿Para que no contara lo que le habían hecho...?

Markie no respondió a Blunt directamente, sino a Helen. Tiró de ella hacia atrás, quien soltó un gemido de dolor.

—¡¿Había algo que os importara más que salvar vuestro culo?! ¡Está visto que no! Por eso Parker lo mató. Ni siquiera avisó al resto de que Steve llevaba más de dos décadas postrado en una cama del hospital donde trabajaba... Mucho menos cuando despertó. Quizá Tom Parker creyó poder dominar la situación. O quizá pretendía hacerse el héroe. Cargarse a Steve para después enorgullecerse y que los demás estuvieran en deuda con él. Quién sabe... Pero ahora sé que, aunque Parker lo mató, la culpa fue de Steve. Porque tuvo... un momento de debilidad —se lamentó—. Debilidad por su hermano pequeño. Él quiso comprobar que yo estaba bien, que los de la pandilla no me habían hecho nada, que Mercer no llegó a saber que yo era su hijo... Por eso me escribió. Quería asegurarse de que estaba a salvo. Pero cuando me presenté allí, de inmediato se arrepintió. Insistió en que debía marcharme. Dijo que se había equivocado al contactar conmigo... Pero a mí me daba igual; yo estaba decidido a sacarlo del hospital como fuera. Poco me importaban lo que pudieran hacernos Tom y los demás. Tenía pensado llevármelo lejos, empezar con él una nueva vida, recuperar los años que estos hijos de puta nos robaron... que le robasteis a mi hermano —dijo dirigiéndose de nuevo a Helen—. Así que acordamos vernos al cabo de una semana para tomar una decisión. Pero apenas un par de días después me escribió nuevamente. Me repitió que había sido un error, que no podía ponerme en peligro y que, pasara lo que pasase, perdonara. Que perdonara y olvidara.

Por primera vez, a Markie se le encharcaron los ojos; sin embargo, Blunt no supo si era por las palabras que le dedicó su hermano o por la impotencia de haberlo perdido por segunda vez. En cualquier caso, le daba igual. Solo pensaba en que había sido un estúpido por acudir en busca de su hija él solo. Ahora mismo lo que necesitaba eran refuerzos, pero no podía contactar con ellos sin que Markie se diera cuenta. Al menos parecía tener ganas de hablar, y eso era una ventaja. Si quería ganar algo más de tiempo, el propio Markie se lo estaba dando. De todos modos, más pronto que tarde tendría que actuar de una vez por todas... y su dedo tembloroso en el gatillo se lo advertía. Tenía que arriesgarse, forzarle a que soltara a Helen y lo apuntara a él.

Solo podía hacerlo con palabras, pero eso se convertía también en un riesgo en sí mismo. De todas formas, lo intentó:

—No has cumplido con la última voluntad de tu hermano, Markie. ¿No te duele haberlo traicionado de esa manera?

Markie apretó los dientes. La mandíbula se le encajó y le crujieron los molares.

—¡¿Le duele a un león matar a las hienas que se han comido a su cría, jefe Blunt?! No... No le remuerde la conciencia. Y a mí tampoco. No me dolió ver cómo se le abría el cráneo a Tom Parker ni arrancarle los ojos. Tampoco tuve reparos en ganarme la confianza de Cooper antes de rebanarle el cuello y cortarle las orejas, ni en hacerle creer a la paranoica bipolar de Carrie que nos perseguía alguien en un coche en medio de la tormenta para hacer florecer todos sus temores cuando la llevaba a casa. ¿Cree que me costó mucho sorprenderla por la espalda y coserle los labios después de matarla? ¿Que me afectó en algo? ¡En absoluto! ¿Y sabe por qué, jefe? Porque Steve me contó todo lo que le hicieron. Me explicó cómo suplicó, cómo pidió una oportunidad... Pero se la negaron. Si algo lamento es no haberme encargado antes de su hija... De haberlos matado a todos la misma noche que maté a Parker. Quise darles la oportunidad que no le dieron a Steve, intentar ser como él. Pero fui un necio al pensar que lo confesarían. ¡Qué equivocado estaba! Y Vance... —meneó la cabeza con amargura—. No quiero ni mencionarlo. Aún tuvo suerte de que Helen lo atropellara; iba a ser el siguiente de mi lista, pero he oído que tal vez se recupere. Si lo ve, dígale que no crea que se ha librado de su castigo. Voy a ir a por él.

—¡Eres... eres un cabrón, Markie...! —lo insultó Helen—. ¡Un hijo de p...!

—¡¿Y me lo dices tú, asesina de niños?! ¡Ni siquiera cuando recibisteis las putas fotografías que os envié pensasteis en confesar vuestro crimen! ¡Os pedí que lo hicierais! ¡Pinté la pared con las putas entrañas de Tom Parker para que confesarais! ¡Y con las de Cooper! ¡Y con las de Carrie! ¡Podríais haber evitado sus muertes! Pero ¿lo hicisteis? ¿Valorasteis al menos la intención de hacerlo? ¡No, joder! ¡No lo hicisteis! ¡Así que cierra la boca! —Le hundió todavía más el oscuro cañón de su propia pistola en la sien—. ¡Cierra la maldita boca o esparzo tus sesos delante de tu padre!

—¡Basta, Markie! ¡Ya está bien! ¡Dime qué quieres! ¡Dime qué quieres a cambio de la vida de mi hija!

—¡No tiene nada que pueda darme, Blunt! ¡¿O acaso puede devolverle la vida a Steve?! ¡¿Puede viajar en el tiempo para evitar que su propia hija abandone al pequeño Elliot en el agujero de la mina donde lo dejó para que se pudriera?! ¡No, no puede! ¡No puede hacer nada! ¡Y no puede entenderlo!

—¡¡ELLIOT TAMBIÉN ERA MI HIJO!! —chilló Blunt con desesperación dejando que escaparan sus lágrimas.

Por un momento, la impávida frialdad de Markie se quebró. Desconocía esa información, y ese dato lo dejó perplejo, consternado. De repente, visualizó los cadáveres de los niños que su padre dejaba sobre la encimera de la cocina cuando él era pequeño. Los que Steve siempre trataba de evitar que viera. Se preguntó por qué Steve no le había dicho nada al respecto. ¿Acaso sabría que Blunt era el padre de Elliot?

Blunt aprovechó ese pequeño inciso de incertidumbre para gritarle algo a Helen que Markie no logró entender. De repente, se descubrió con la guardia baja. Y Helen, en un brusco movimiento, lanzó la cabeza hacia atrás con fuerza para impactar directamente en la boca de Markie. El golpe fue tremendo y la mareó, pero Helen lo aprovechó para zafarse y apartarse de él sin perder un segundo. El mismo que Blunt necesitó para apretar el gatillo.

La bala le alcanzó el pecho. Markie, que sintió cómo la velocidad del disparo lo empujaba hacia atrás, se tambaleó y dio dos pasos que lo dejaron a escasos metros del borde del acantilado de cemento, pero logró mantener el equilibrio.

Los brazos le ardían, la boca le sangraba, la cabeza estaba a punto de estallarle. Notaba el pecho arder y el hombro palpitando como si fueran corazones.

Iba a morir.

Iba a morir sin poder vengarse por lo que le habían hecho a Steve. Sin devolverles todo el dolor que les habían causado, sin que se hiciera justicia... La vista se le nubló y los oídos silbaron perforándole el cerebro.

«No importa, Markie... —escuchó que le decía Steve desde algún lugar de su fracturada mente—. No puedes enmendar lo que me hicieron... Lo que le hicieron a Elliot. Pero puedes perdonar, dejarlo correr... ¡Todavía estás a tiempo, Markie! ¡Perdónalos como yo lo hice! ¡No dejes que Mercer te gane! ¡Recuerda lo que te dije en la consulta del doctor Stanford! Te acuerdas, ¿verdad? ¡Recuerda quién eres! ¡Recuerda cómo te llamas! ¡No lo olvides, por favor! ¡Eres Markie! ¡Markie, Markie, Markie! ¡Repite conmigo, hermanito! ¡Markie, Markie, Markie! ¡Markie, Markie, Markie!».

—Markie, Markie, Markie... Markie, Markie, Markie... —balbuceó.

Entonces, recuperó la lucidez y miró a su alrededor. Vio el cañón negro del arma de Oliver Blunt apuntándole a la cara, preparado para disparar sin dilación una vez más si creía conveniente hacerlo. Después, percibió el peso de la pistola en la palma de su mano, giró la cabeza y encontró a Helen arrastrándose por el suelo como una lombriz que huía de él a la desesperada.

—Steve...

«¡Recuerda cómo te llamas!».

—Lo recuerdo, Steve... —dijo levantando el arma contra Helen—. Mi nombre...

Y disparó.

El plomo, destinado a hundirse en el cráneo de Helen, terminó entre sus costillas perforándole el pulmón. Ella chilló de dolor y se quedó inmóvil, bocabajo.

Markie se descubrió encogido de dolor con la espalda encorvada y no entendió por qué había fallado el tiro de manera tan estrepitosa... hasta que notó la quemazón en el vientre.

Blunt había disparado primero. El tiro le había alcanzado en el estómago.

Como si no pudiera creerlo, levantó la cabeza con una mueca de dolor, la boca abierta y la rabia fluyendo por sus venas. Se olvidó de Helen y apuntó a Blunt al corazón, pero este ya había apretado el gatillo dos veces más. El primer disparo le rozó la mejilla. El segundo le dio de lleno y lo lanzó de espaldas a la presa.

Trastabilló sin encontrar apoyo tras de sí.

Markie agitó los brazos para aferrarse a un asidero que no encontró y quiso gritar, pero solo pudo dar una bocanada; como a quien le dan un susto repentino. A su espalda, la presa había dejado de rugir, sus compuertas se estaban cerrando. El corazón se le encogió, los pulmones se le cerraron. Y cayó.

Cayó como lo hizo su hermano, con la gravedad tirando de él. Hasta que las aguas negras se lo tragaron.

Cuando Blunt se acercó al borde de la presa y miró hacia abajo, Markie ya no estaba.

—P-papá... ¿Dónde está... M-Markie...?

—Tranquila, Helen, no te muevas... Markie ya no está. Ha muerto... Olvídate de él. Ya ha pasado todo...

Helen intentó darse la vuelta entre quejidos de dolor. Su padre le rogó que no se moviera y le pasó una mano por la espalda sosteniéndole la cabeza. Tenía sangre en la comisura de los labios y tierra pegada a la cara, las lágrimas se le esparcían por el rostro como salados afluentes.

—L-Lo siento, papá... —Lloró con amargura—. Siento lo de... Elliot... yo... No sé cómo fui... capaz... Lo odiaba... Lo odiaba por haber hecho que mamá se fuera... Lo odiaba... y a ti... Yo... ojalá nunca... Lo siento...

No pudo continuar. Y perdió el conocimiento.

15

Tú decides

Blunt llamó a Charlie, que se personó en el lugar con los refuerzos que el teniente Morales había enviado desde Rushford. Los servicios médicos, que se presentaron en la presa incluso antes de que estos llegaran, atendieron a Helen con celeridad. A pesar de la gravedad de la herida, Lenno y Dodge pudieron estabilizarla y trasladarla al hospital donde los doctores le extrajeron la bala y le salvaron la vida. Su recuperación, por otra parte, no iba a ser cuestión de pocos días. Estuvo inconsciente prácticamente cuarenta y ocho horas tras la intervención que le realizaron, y no pudo ponerse en pie y caminar con algo de normalidad hasta que pasaron dos semanas.

Blunt, con el consentimiento y la colaboración expresa de la oficina del alcalde, organizó una patrulla para recuperar el cuerpo del pequeño Elliot. La operación se llevó a cabo de inmediato, y la policía y los bomberos de Goodrow localizaron sus restos en el interior de la mina, justo donde Helen indicó que lo había dejado. Por supuesto, Blunt no acusó a su hija ni reveló de dónde había sacado aquella información. Tampoco confirmó que había sido ella quien descubrió el paradero del niño, ni que aún estaba vivo cuando lo encontró, antes de abandonarlo a su suerte. Es más, en su informe policial y ante la atenta mirada del juez de guardia, inculpó a Steve Flannagan de haber perpetrado junto a su padre biológico —John Mercer— el secuestro y asesinato de Elliot Harrison durante el verano de 1995; y a Markie Andrews —también hijo del fallecido John Mercer— los asesinatos de Carrie Davies, Cooper Summers y Tom Parker, además del intento de homicidio de Vance Gallaway y Helen Blunt. El jefe de la Policía no estaba dispuesto a ver a su hija entre rejas, a perderla como ya perdió a Lisa —su mujer—, a Janet —el amor de su vida— y a Elliot —el hijo del que nunca disfrutó.

Con eso, tanto el juez como el fiscal cerraron el caso definitivamente.

Sin embargo, Blunt no llegó a preguntarle a su hija cómo había averiguado que Elliot era hijo suyo y no de Peter. Tampoco pudo volver a mirar a la cara de nuevo a Helen, y bastante difícil le resultaba también hacerlo con su propio reflejo: había traicionado sus propios valores —su código moral y policial— para proteger y salvar a su hija de la cárcel, lo que conllevaba mentir a todo el mundo sobre el desenlace real de la muerte de Elliot empezando por la persona que había amado más que a nada en el mundo: Janet Harrison.

Las razones y motivaciones por las que Markie Andrews decidió enviar las fotografías a sus antiguos amigos y volver a Goodrow Hill para acabar con sus vidas no estaban claras, pero Blunt indicó que sin duda su intención fuera aterrorizarlos como parte de un macabro juego de venganza. En su declaración, tanto Oliver Blunt como su hija Helen alegaron que, antes de que Andrews se precipitara por la presa, «estaba fuera de sí, aunque en evidente posesión de todas sus facultades, y plenamente dispuesto a seguir cometiendo asesinatos continuando con el legado de violencia de su padre».

Se declararon veinticinco días de luto por Elliot Harrison, uno por cada año que permaneció desaparecido. Todo Goodrow Hill les mostró sus respetos y condolencias a unos desconsolados Janet y Peter Harrison, que recuperaron el amasijo de huesos de lo que un día fue su hijo solo para verse obligados a despedirse de él una vez más y para siempre.

En el funeral, Janet echó de menos el reconfortante abrazo de Blunt, pero no se percató de que él ni siquiera pudo mirarla a los ojos durante la ceremonia. No podría volver a hacerlo el resto de su vida, aunque quisiera.

Respecto a la muerte de Mark Andrews, el equipo de buzos de la policía estatal rastreó a fondo la presa. Permaneció clausurada durante poco más de una semana, pero no encontraron el cadáver. Aunque tras suspender las labores de búsqueda muchos creían imposible que nadie pudiera sobrevivir a una caída semejante, Blunt no las tenía todas consigo; Steve Flannagan consiguió hacerlo. A duras penas, pero lo hizo. Y las condiciones de la presa en aquel entonces eran mucho más adversas. En el caso de Mark Andrews, las compuertas ya se habían cerrado cuando cayó. Las autoridades de Rushford Falls, con el teniente Morales a la cabeza, se encargaron de vigilar el río a conciencia, pero ningún cuerpo apareció. Concluyeron que lo más probable era que el cadáver de Markie estuviera atrapado entre las rocas del lecho de río, o en el fondo de la presa, imposible de localizar. Si tarde o temprano la suerte o el destino permitían que emergiera a la superficie, darían con él.

Transcurridos dos meses después del incidente, la vigilancia en el río se relajó. Tres meses después, había asuntos más importantes que atender y los impuestos de los buenos ciudadanos de Rushford Falls debían invertirse en recursos que no fueran —a ojos de la administración local— una pérdida de tiempo que ni siquiera les correspondía asumir.

Como pasó tras aquel lejano verano de 1995, poco a poco las cosas volvieron a su cauce. Las horrendas noticias sobre el hallazgo del pequeño Elliot y del monstruoso asesino que los Andrews habían criado se diluyeron como lo hizo la desaparición de Steve en aquel tiempo. El invierno llegó a su fin, y la primavera dio paso a un nuevo estío. Las familias empezaron a salir a la calle para disfrutar de la agradable temperatura, de los días largos y las noches templadas como si nada hubiera pasado, como si todo hubiera acabado.

Pero no lo había hecho.

Porque alguien en Goodrow Hill recibió una carta sin remitente.

En su interior, una tarjeta de memoria con un único archivo y la foto de una mujer, que quien la recibió reconoció al instante. Detrás, un escueto mensaje:

«Tú decides».

16

Tenía siete años y el cabello pelirrojo

Helen se acercó a la ventana de su habitación con inquietud. Desde que despertó en el hospital tras la operación, casi cada noche era un suplicio. Se desvelaba de madrugada y apenas podía pegar ojo. Después de recibir el alta médica, la cosa no mejoró. Conciliar el sueño se había convertido en una odisea, y se recordó a su padre, que dependía de unas pastillas que a duras penas conseguían hacerle efecto. Tenía las ojeras cada vez más pronunciadas y cansancio acumulado.

Seguía de baja; todavía no se había incorporado al trabajo y no sabía cuándo estaría lista para hacerlo. Aún dependía de una muleta para caminar, pero tendría que ser más pronto que tarde, sobre todo teniendo en cuenta que su padre había decidido jubilarse antes de lo previsto. Y sería ella quien debía relevarlo en su puesto. Pero ¿cómo iba a hacerlo si se le hacía un mundo salir de casa todavía? Su padre le hizo un favor enorme ocultando la verdad sobre el caso Elliot Harrison, pero ella creía tener sobre sí los ojos inquisitorios de todo el pueblo.

Por supuesto, no era así. Pero no podía evitar pensarlo.

Además, aunque hubieran pasado meses, el cuerpo de Markie seguía sin aparecer. Y eso la llenaba de agitación e incertidumbre. Todo el mundo aseguraba que había muerto, pero ¿de verdad lo había hecho? Probablemente, aunque le costara convencerse.

Apoyó una mano en el marco y miró a través del cristal; el sol del verano iluminaba la calle y en el cielo ni una nube se atrevía a hacer acto de presencia. Era un día espléndido, de esos que invitan a cerrar los ojos y sonreír.

Decidió darse un respiro y aceptar la invitación. Dejó la mente en blanco, solo quería un segundo de paz.

Fue en ese momento cuando llamaron al timbre.

Sobresaltada, se dirigió a la puerta. Al abrirla, le sorprendió ver quién estaba al otro lado.

—¿Lucas? Qué... sorpresa. ¿Qué haces aquí?

—Venía a ver cómo estabas. ¿Puedo pasar?

—Claro.

Helen se apartó a un lado y Lucas Harrison entró.

—Siéntate donde quieras —le dijo señalando el sofá mientras se dirigía a la cocina—. ¿Quieres algo? Un café, un té... Cerveza no tengo, no puedo tomarla por la medicación...

Lucas rechazó la propuesta con un gesto de la cabeza.

—Solo quería hablar contigo.

Helen, incómoda, se quedó de pie, igual que Lucas. Hacía años que no hablaba con él y no quería rememorar la última vez que lo hizo. Tampoco lo que sucedió después, pero teniéndolo delante iba a ser complicado.

—Tú dirás.

—¿Te has recuperado bien del disparo?

—Cicatriza, como todo —le soltó, irritada ante sus vacíos prolegómenos, y fue directa al grano—: ¿A qué has venido, Lucas?

Lucas se llevó las manos a la espalda y puso sobre la mesa lo que sujetaba con la cinta del pantalón. Helen miró el trapo descolorido y sucio, las manchas marrones parecían de óxido.

—¿Qué es eso?

—Antes éramos amigos, Helen. Muy buenos amigos.

—¡Joder, Lucas! ¡Déjate de rodeos y dime qué coño es eso!

Lucas desplegó el trapo que ejercía de envoltorio. Cuando quedó al descubierto lo que contenía, Helen frunció el ceño, abrió los ojos y se puso en guardia.

—¿Por qué has traído ese cuchillo a mi casa, Lucas?

—Llevo guardándolo veinticinco años. Desde aquella noche, Helen. Cuando se lo clavé a Mercer en el corazón.

Helen lo miró anonadada. La respiración se le cortó.

—Fuiste... ¿Fuiste tú? ¿Tú mataste a John Mercer? —Lucas asintió—. ¿Cómo...? ¿Cuándo?

—Aquella noche, mis padres estuvieron discutiendo —explicó Lucas, mientras acariciaba el filo del cuchillo con un dedo—. Me resultó imposible salir antes de casa. Cuando por fin pude escabullirme y llegué donde vivía Mercer, intuí que ya os habíais marchado. Estuve a punto de darme la vuelta y dejarlo correr, al fin y al cabo, no sabía si habríais conseguido sonsacarle la información del paradero de mi hermano. Pensé que, de ser así, habríais ido a buscarlo. Pero la curiosidad me empujó a comprobar el interior de la casa. La puerta estaba abierta... así que entré. Y me encontré a Mercer atado a una silla y tirado en el suelo. Respiraba con dificultad y parecía mareado, como si estuviera despertándose de un sueño.

Helen recordó la estrepitosa caída que tuvo John Mercer cuando trató de liberarse y cómo pareció perder el conocimiento antes de que ella abandonara la casa y se marchara tras Vance y los demás. Lucas le acababa de confirmar que en efecto ocurrió de tal manera.

—John Mercer te... ¿Te dijo algo? —quiso saber ella.

Lucas movió afirmativamente la cabeza.

—No me vio, pero debió notar mi presencia porque preguntó si había alguien ahí. Como no respondí, comenzó a insultaros; creo que pensó que habíais vuelto. Me acerqué con cautela mientras intentaba liberarse de las ataduras, pero algo lo alertó. Fue entonces cuando me vio.

—¿Te reconoció?

—Al principio no. «Tú no eres uno de ellos», me dijo. Y me pidió que lo liberara, que le habían atacado unos chavales y necesitaba un médico con urgencia. Me acerqué a él y me señaló con la cabeza algo en la penumbra. —Señaló el cuchillo—. Dijo que podía cortar las cuerdas con él. Le hice caso y lo cogí. Me planté delante de él sin decir una palabra y me miró con una sonrisa asomando en sus labios sangrantes. Pero al ver que no reaccionaba, percibió que algo iba mal. «¿A qué esperas, chico? ¡Libérame!» —explicó Lucas elevando el tono para ponerse en la piel de Mercer—. «¿Dónde está mi hermano?», le pregunté. En ese momento supo quién era yo, pero no lo que estaba dispuesto a hacer por Elliot.

Helen no apartaba la vista del que fue su mejor amigo en una época que había pasado a la historia. De vez en cuando, le echaba miradas furtivas al cuchillo sobre la mesa. Se fijó en que no parecía haber limpiado la hoja. ¿Era la sangre de Mercer lo que lo recubría?

—Se lo repetí una vez más: ¿dónde está mi hermano? Pero no quiso decírmelo. Entonces me puse a horcajadas sobre él y le planté el cuchillo bajo el mentón. Todavía recuerdo el olor fétido de su aliento cuando resopló mientras sonreía maliciosamente. «¿Crees que te lo voy a decir, Lucas Harrison?», se mofó. «No encontraréis jamás a Elliot con vida». «¡¿Lo has matado?!», le grité. «¿Acaso importa?», me respondió. «He matado a muchos, chaval. Tu hermano es uno más. Y en cuanto me libere, os uniréis a él. Tú, y todos tus amiguitos. Voy a bañar las calles de Goodrow con vuestra sangre. Y ni tú ni nadie podréis...».

Lucas cerró los ojos y bajó la cabeza; guardó silencio unos instantes. Helen tragó saliva sin saber muy bien qué hacer. Al final, Lucas prosiguió.

—Lo acuchillé —confesó—. Grité y lo acuchillé varias veces. No sé cuántas fueron ni exactamente dónde. Pero no podía parar. Yo chillaba y él también, como el cerdo que era. Mis lágrimas se mezclaban con las salpicaduras de su sangre, pero no me importaba. Cuando recuperé el aliento y lo miré, su cara era una mueca sonriente. Estaba muriéndose y solo podía sonreír. ¿Quieres saber qué fue lo último que me dijo, el muy hijo de puta? —Helen esperó acongojada su respuesta—. «Saluda a la hija de Blunt de mi parte». Entonces le apuñalé en el corazón.

Se hizo el silencio y las piernas de Helen comenzaron a temblarle.

—Por qué... ¿Por qué te dijo eso...? —preguntó despavorida.

—No lo sé. Nunca llegué a saberlo. Habíais estado en su casa, lo habíais maniatado a una silla y le habías dado una paliza. Debió suponer que nos conocíamos, pero cuando escuché tu nombre de su boca, solo pensé en una cosa: en que no te hiciera daño.

Helen suspiró aliviada. Por un segundo creyó que Lucas podría saber la verdad.

—Mercer era un sociópata y un homicida, Lucas. Secuestró y asesinó a decenas de niños fuera de Goodrow. Él...

—Pero no mató a Elliot —la interrumpió Lucas alzando la vista—. Elliot estaba vivo aquella noche.

—¿Cómo lo sabes? No... No dimos con él —mintió con descaro—. Mercer nos envió donde no era. Fuimos a buscarlo donde nos había dicho, pero Elliot no estaba allí. Markie o... o Steve... lo asesinaron. ¿No lo has oído? ¡Estaban compinchados con Mercer! ¡Eran sus hijos, sus cómplices! Lo urdieron todo... y mataron a tu hermano.

Lucas no apartó la mirada de Helen ni por un momento. Quería creerla, de verdad que sí. Agarró el cuchillo con el que le había arrebatado la vida a Mercer, todavía estaba afilado, y habló con una voz inerte, carente de emoción.

—Tú mataste a mi hermano, Helen.

—¡¿Qué?! —gritó sorprendida—. ¿Qué coño estás diciendo, Lucas? ¿Quién te ha contado semejante...?

—Pudiste haberlo rescatado, pero dejaste que muriera. Frío, solo y abandonado. Estaba en tu mano, Helen.

Las lágrimas le rodaban por la piel, y la rabia le ruborizó las mejillas. Alzó el cuchillo.

—¡Lucas, por favor, suelta eso!

Helen no sabía cómo era posible que Lucas pudiera haberse enterado de que ella tuvo algo que ver con la muerte de su hermano. Nadie excepto su padre sabía la verdad. ¡Era imposible que lo hubiera filtrado! Él jamás le haría eso a ella. Lo había demostrado, la había protegido. ¡Era su hija!

—¡Júramelo, Helen! ¡Júrame que no fuiste tú!

—¡Te lo juro! Por favor, Lucas, ¡tienes que creerme!

Lucas pareció calmarse, bajó el cuchillo y, con él, descendió el nivel de amenaza. Parecía haber podido sortear el temporal, pero Helen no las tenía todas consigo. Hasta que Lucas no se hubiera marchado de su casa no estaría a salvo. Y en cuanto se fuera, haría las maletas y se largaría de Goodrow, como debió haber hecho hace años.

Pero la conversación no había concluido.

—Mi madre te entregó una carta, ¿verdad? —espetó Lucas.

—¿Cómo...?

—Hace años. Cuando tu madre os abandonó. Mi madre te entregó una carta que escribí yo, ¿no es así?

Helen no entendía aquel brusco cambio de tema, pero sabía muy bien a qué se refería.

—Fue un día que coincidí con tu madre por casualidad—explicó Helen—. Cuando ella salía de casa, yo pasaba por allí. Me dijo que esperara, que tenía algo para mí. Volvió a entrar y al salir me entregó un sobre con mi nombre escrito. «Para Helen», rezaba. Era tu letra. Me dijo que haciendo limpieza la había encontrado en un cajón; probablemente la guardaste hasta olvidarla. Me prometió que no la había abierto ni leído, que las cosas de los demás eran privadas. Iba con bastante prisa, y no se entretuvo mucho más. Cuando llegué a casa la leí...

—... Y descubriste que Elliot era tu hermanastro. Que tu padre dejó embarazada a mi madre. Que yo le había contado a tu madre la verdad, y que por eso os había abandonado. Y por eso dejaste de hablarme.

Helen asintió. Había releído esa carta un centenar de veces, pero no tantas como Lucas antes de meterla en un sobre y encerrarla en el cajón donde Janet la encontró. Una triste casualidad que marcó el desarrollo de los acontecimientos; que marcaría el momento decisivo, la decisión final, que Helen tomó mientras aferraba la cuerda que sostenía a Elliot en el interior de la mina.

—Nunca le dije a mi padre que supe lo suyo con Janet... con tu madre, Lucas. Tampoco le confesé que sabía que Elliot era su hijo. Y, por supuesto, no hablé con tu padre. No valía la pena hacerlo.

—¿Sabes, Helen? En las últimas semanas le he estado dando vueltas. —Lucas parecía no haber prestado atención a las explicaciones de Helen. O tal vez no le importaban en absoluto—. No entendía cómo era posible que te hubieras enterado de que tu padre era también el de mi hermano Elliot. Al principio pensé que Steve te lo había dicho. ¿Sabías que se lo conté? Pero Steve era de fiar, un buen amigo. Me recomendó que te lo dijera... pero solo si yo decidía hacerlo. No me presionó y, por descontado, no se fue de la lengua; no era un chivato. Así que después de recibir la fotografía y la tarjeta de memoria supe que, de alguna manera, mi carta te había llegado.

Helen no entendía nada.

—¿Qué fotografía, Lucas? ¿Qué tarjeta? No sé a qué te refieres.

Lucas sacó del bolsillo la fotografía que le había llegado por correo y se la lanzó con desprecio. Cayó bocabajo, a los pies de Helen. Ella se agachó para cogerla y leyó lo que había escrito en el dorso: «Tú decides». Después, le dio la vuelta y reconoció de inmediato quién aparecía en la instantánea: ella misma. Entonces escuchó la voz de Markie. Alzó la cabeza y miró a Lucas, que sostenía su móvil en alto. Se quedó paralizada mientras la grabación relataba cómo encontró a Elliot en la mina, cómo lo abandonó.

«—¿Lo... dejaste morir...? ¡¿Dejaste morir a un niño?!

—¡No tienes ni idea de lo que sentí en aquel momento, Markie!

—¿Sentir? ¿Sentir qué, Helen? ¿Compasión? ¿Piedad? ¿Empatía? ¿Lástima, misericordia, solidaridad? ¿Acaso le mostraste a Elliot un mínimo de humanidad?

—¡¿Acaso le has mostrado tú piedad a mis amigos?!

—No pongas el foco sobre mí, Helen... Sabes muy bien que estáis pagando por lo que le hicisteis a Steve... pero ¿qué te había hecho Elliot? ¿Puedes decírmelo? ¡¿Qué pecado había cometido para que lo dejaras tirado como un perro en aquel agujero?! Te lo diré yo, Helen: ninguno. Y lo único que lamento de matarte es que no vayas a encontrarte con él para que te juzgue, porque irás directa al infierno...».

Lucas interrumpió la grabación justo después de que se escuchase el primer disparo que Blunt efectuó.

Helen estaba pálida.

—¿Quién te ha dado eso, Lucas...? ¿Quién...?

—Mataste a mi hermano, Helen. ¡A nuestro hermano! —Lucas Harrison agarró con fuerza el cuchillo—. Se llamaba Elliot. Tenía siete años y el cabello pelirrojo.

Y se abalanzó sobre Helen. En ese momento, con el terror en los ojos, Helen comprendió que lo que había escrito en el dorso de la imagen no era un mensaje para Lucas. Era un mensaje para ella. Una vez más, había tomado la peor elección.

Y su fotografía se le escurrió de entre las manos.

17

Haz lo que debas

Jesse Tannenberg giraba los aros de su silla de ruedas impulsándose sobre la acera. Se había enfundado de buena mañana una de esas camisetas transpirables que usan los corredores y salió a la calle para hacer algo de ejercicio. Las deportivas que calzaba no servían de mucho con ese par de piernas muertas que arrastraba con él a todos lados, pero ejercitar brazos y pulmones hacía que se sintiera algo mejor. Solo un poco, no demasiado. Al fin y al cabo, no solo luchaba contra la impotencia de tener medio cuerpo inerte, sino con un enemigo que lo derrotaba con frecuencia y demasiada facilidad: su propia mente.

Especialmente duros habían sido los últimos meses, con todo lo que había pasado. La policía —es decir, el jefe Blunt— lo interrogó, y él explicó todo lo que sabía. Le contó los hechos, con pelos y señales, de lo que ocurrió la noche que arrojaron a Steve por el acantilado de la presa. Le detalló cómo hallaron el cuerpo sin vida de John Mercer cuando regresaron a su casa. Confesó todos sus pecados.

Sin embargo, ni Blunt ni nadie más de la policía de Goodrow

volvió a ponerse en contacto con él. No le llamaron de comisaría, no lo citaron a declarar ante un juez. Se tuvo que enterar por los diarios de a quienes les habían imputado el secuestro de Elliot y los asesinatos de Tom, Cooper y Carrie: a John Mercer, Steve Flannagan y Markie Andrews.

No se daban más detalles.

Puede que John Mercer sí fuera el responsable del secuestro de Elliot, pero ¿dónde estaba su versión, la que le había dado a Blunt? ¿Dónde decía aquel artículo que la desaparición de Steve fue culpa suya y de sus amigos? No aparecía por ningún lado. No habían contado la verdad. Y cuando llamó a Blunt nada más leer la noticia, este le agradeció su colaboración y le dijo que el caso estaba cerrado. Cuando Jesse quiso preguntar, le colgó sin despedirse.

Algo había pasado. Algo debía haberle contado Helen a su padre para que este no fuera a por ellos y se les echara encima como había estado deseando hacer durante los últimos veinticinco años.

Hasta Vance se libró de la sombra de Blunt.

Jesse no lo entendía. Y salir cada mañana a despejarse no evitaba que siguiera dándole vueltas al tema. Pero no podía hacer nada, solo machacarse los brazos a diario en la ruta que se había marcado.

Llevaba dos kilómetros recorridos cuando atravesó el puente de las Viudas. Desde que intentó suicidarse no volvió a pasar por allí, pero en los últimos meses lo recorría con frecuencia. Ya no le afectaba como antes, ahora era una terapia para él. Como si lograr pasar de un lado a otro significara superar una debilidad, la de querer quitarse la vida.

Pero ¿de verdad lo había logrado? A veces, si se detenía, una parte de él deseaba arrojarse al vacío.

Llegó al final del puente haciendo un sprint y se internó en el túnel que llevaba a las afueras. Entre jadeos, redujo la velocidad cuando vislumbró la figura de un desconocido que avanzaba hacia él desde el otro lado. Se detuvo para recuperar el aliento y se apartó a un lado para dejar pasar al transeúnte, pero este se paró justo tras él.

—¡Qué buen acelerón! —le encomió el hombre.

—Gracias, yo...

Las sombras dejaron entrever la sonrisa amenazadora que emergía de su rostro. El cabello rapado y rubio, la barba teñida del mismo color, la cicatriz en la mejilla... Al principio no lo reconoció. Pero el tono de la voz, y, sobre todo, los ojos al desprenderse de las gafas de sol le resultaron reveladores. A pesar de las sombras del túnel que lo envolvían, supo a quién tenía delante.

—Sabía que no habías muerto, Markie.

—¿También sabías que volvería? —Jesse ladeó la cabeza y se encogió levemente de hombros—. Vaya, parece que no te importa que esté aquí...

—¿Debería importarme? Esta conversación ya la tuvimos en mi casa, Markie. Antes de que nos interrogaran Helen y Blunt. Supongo que te acuerdas... Fue poco antes de que asesinaras a Carrie.

Markie asintió, frunciendo los labios. Jesse lo repasó de arriba abajo; aparte de la cicatriz de la cara y el evidente cambio en su apariencia, no parecía arrastrar ningún tipo de lesión a simple vista.

—Dijeron que era imposible que hubieses sobrevivido. ¿Cómo es posible? Blunt te disparó... Te disparó varias veces en el pecho, Helen me lo contó.

—«Con ella uno debería llevar siempre un chaleco antibalas y una grabadora». Me lo advertiste tú, ¿recuerdas? Y te hice caso. Cuando me enfrenté a Helen y a Blunt en la presa fue lo que me salvó la vida.

Por supuesto que Jesse lo recordaba. Le había dicho esa frase cuando Markie acudió a su casa. En aquella ocasión, creía que iba a matarlo.

Y ahora pensaba lo mismo.

—¿Has venido a matarme?

Era la pregunta del millón. Ambos se miraron fijamente a los ojos durante un largo instante, hasta que Markie respondió sacando una pistola de su chaqueta.

—Sé que confesaste lo que le hicisteis a Steve —indicó Markie calibrando el peso del arma—, pero a pesar de ello Blunt decidió cerrar el caso. Antepuso sus intereses y los intereses de su hija, a la verdad. ¿Te lo puedes creer? Más de dos décadas carcomiéndose, queriendo buscar culpables, y cuando los encuentra... los deja en libertad.

Jesse asintió. Le pareció curioso y un tanto grotesco que los pensamientos de Markie fueran tan parecido a los suyos.

—Ha preferido callarse que confesar lo que hizo Helen. Ya no solo hablo de Steve, sino de Elliot. ¿Sabías que ella lo encontró? —Jesse abrió la boca con estupor—. Vaya, no lo sabías... Me lo imaginaba. Pues sí... Y no solo lo encontró; pudo salvarlo... pero dejó que muriese en aquel agujero en la mina. Tom, Cooper y Carrie se llevaron su merecido. Pero porque Blunt no delató a su hija, ella, Vance y tú os fuisteis de rositas.

—¿Y qué piensas hacer, Markie? ¿Matarnos a los tres?

Markie comprobó el cargador y amartilló el arma. La bala quedó preparada para ser disparada.

—Ayer estuve en casa de Vance. No se esperaba mi visita, por cierto, pero tampoco la descartaba. —Expuso la pistola para que Jesse la viera bien—. Sacó esta vieja Beretta, pero el pobre todavía cojeaba. No fue difícil arrebatársela. El accidente que tuvo contra el coche patrulla de Helen lo dejó bastante tocado. En fin, que tuve una conversación muy interesante con él, aunque poco productiva. No logré que saliera del bucle de insultos y amenazas de muerte que le gustaba canturrear.

—Qué... ¿qué le has hecho?

—Darle su merecido, Jesse. Por matar a mi hermano. Puede que Tom le quitara definitivamente la vida, pero él lo arrojó a la presa. Su intención —la de todos vosotros— era matarlo. Pero sus manos son las que lo empujaron al abismo.

—Sus manos... Por eso las marcaste. En las fotografías que nos enviaste...

—Steve me contó cada detalle de lo que ocurrió aquella noche... Cómo Cooper se tapó los oídos para no escucharle suplicar. Cómo Carrie no quiso decir nada que pudiera haberlo salvado. Me describió la mirada de odio en los ojos de Tom, o cómo corriste hacia él, pero no para salvarlo, sino para propinarle un puntapié que lo dejó sin aliento... Las fotos solo eran un reflejo de lo que le hicisteis a mi hermano. Todos, Jesse; todos participasteis. Y Steve era inocente.

Jesse prorrumpió en llanto. Se llevó las manos a la cara recordando aquel fatídico momento y repitiendo arrepentido lo que Markie acababa de decir: que Steve era inocente.

Markie lo observaba sollozar.

—Vance está muerto, Jesse —le confirmó—. Y Helen ha decidido su propio destino... solo que no ha resultado ser dueña de este. Tampoco yo he sido quien lo ha ejecutado... No me correspondía a mí poner el punto final a su historia. Y ahora solo quedas tú. Tú y esta pistola. —Se la dejó en el regazo y esperó a que la cogiera—. En su interior hay una bala. Te doy la oportunidad de decidir qué quieres hacer, Jesse. La bala puede ser para mí o para ti. No hay elección correcta, pero una de las dos te librará para siempre de los remordimientos, del dolor, de los recuerdos.

Jesse sostuvo el arma entre sus manos. Temblaban como un flan, como si, de repente, padeciera párkinson. La agarró con su mano derecha y se la llevó a la boca. Notó el sabor del metal en el paladar. Después se la sacó y apuntó a Markie con ella.

—La decisión es tuya, Jesse. Haz lo que debas.

Jesse Tannenberg apretó el gatillo.

El disparo resonó en el túnel como si fuera una explosión.

18

La tercera puerta

Un año después

Varios años antes de que los supuestos amigos de mi hermano Steve lo dieran por muerto y lo arrojaran como un saco de basura a un olvido del que pudo regresar, tuve una conversación con él. Creía haberla olvidado por completo; es más, no volví a recordarla hasta este mismo momento, mientras contemplaba mis ojos delante del espejo del mohoso baño del motel en el que me encontraba.

Acababa de pelearme a la salida del colegio con un chaval algo mayor que yo, un abusón llamado Calvin Bowers. Por alguna razón que no acierto a recordar, se enzarzó con uno de mis amigos, Nicholas Baker. Nick era un buen chico, aunque de barriga prominente y gafas gruesas, del que todo el mundo se reía. Cuando salí en su defensa para que lo dejase en paz, Bowers focalizó su rabia en mí y me propinó un puñetazo que me dejó con el labio partido y tirado en el suelo. Lo que me dijo a continuación no sería capaz de repetirlo, de mi memoria se han evaporado sus palabras, pero lo que sí puedo expresar con total claridad es lo que me hicieron sentir en ese preciso momento: humillación, ira, impotencia. Esa mezcla inexplicable de emociones se agitaba en mi estómago y presionaban hacia afuera como si quisieran eclosionar como huevos de araña. Cosa que ocurrió de forma inesperada, cuando logré ponerme en pie y devolverle los golpes a Bowers.

La pelea terminó cuando Steve salió de la escuela al cabo de unos minutos. Horrorizado, me detuvo agarrándome por el brazo y obligándome a que soltara la piedra con la que aporreaba al abusón. Ni siquiera era consciente de que lo estaba haciendo, de que disfrutaba haciéndolo, de que no me importaba hacerlo.

Calvin Bowers terminó en el hospital y yo acabé expulsado dos semanas.

Steve vino a verme a casa al día siguiente. Yo no entendía por qué había hecho eso, qué me había pasado, pero él sabía muy bien qué había detrás de mi reacción. Y era algo que temía que algún día apareciera: el legado de mi padre.

Sentado y cabizbajo al borde de la cama, me preguntó qué estaba pensando. Yo le respondí con toda sinceridad:

—Siento que no soy yo, Stevie...

—¿Por qué dices eso?

—Mientras... le golpeaba... No sentía que estuviera haciendo nada malo.

—Defendías al pobre Nick Baker de un imbécil mayor que él, Markie.

—Lo sé, pero... ¿es normal que... disfrutara haciéndole daño a Bowers? Era como si yo fuera así en realidad. ¿De verdad soy así, Steve? ¿Y si ese es quien soy realmente? ¿Y si soy una mala persona? ¿Y si me gusta hacer daño a los demás? A veces... a veces pienso que solo soy una fachada... Que en mi interior soy otra persona...

Steve me rodeó con el brazo y lo apoyó sobre mis hombros.

—Ven. —Me llevó delante del espejo de pie que tenía en mi habitación y me señaló con la mano—. ¿Qué ves cuando te miras al espejo? —Era una pregunta retórica, lo intuí por el tono de su voz. Él prosiguió—: Puede que la respuesta fácil sea «mi reflejo». No es una respuesta errónea, por supuesto; pero vuelve a mirar. ¿Qué ves?

Seguí callado esperando su respuesta.

—En el espejo siempre hay dos personas, Markie. Está la persona que ves. Y luego está esa otra, la persona que no te aguanta la mirada, la que no querrías ver. Te das cuenta, ¿verdad? La cuestión es: ¿qué pasa si no te gusta ninguna de las dos? ¿Qué puedes hacer entonces?

—No hay opción. O eres una o eres la otra —contesté.

—Respuesta errónea, Markie. Si tienes ante ti esas dos puertas, siempre tendrás una tercera, porque siempre hay otra opción. Si no te gusta ser quien ves en el reflejo, si no soportas la mirada de esa otra persona, elige no ser ninguna. Elige la tercera puerta: ni la persona que eres ni la que no quieres ver. Elige ser alguien diferente. ¡Cambia, Markie! Puedes cambiar. Puedes evolucionar. Puedes ser mejor. No te conformes con ser quien eres. ¡No te rindas a la persona que crees que eres! Sobre todo si no puedes soportar mirar tu propio reflejo. Puedes ser quien tú quieras ser, Markie. Solo has de elegir la opción correcta, la tercera puerta, la que no ves en el espejo.

Hoy, más que nunca, sus palabras pesaban demasiado sobre mí.

Cuando pensaba en Tom, Cooper y Carrie, también en Helen y Vance, no veía a los chavales que un día conocí; veía a los hombres y a las mujeres que eligieron ser, a los reflejos que apartaban la mirada, pero en quienes sin duda se convirtieron. Ellos mismos decidieron ceder terreno a la parte oscura de su personalidad, esa que creían tener bajo control. Pero en el momento de afrontar las consecuencias de sus hechos, se demostró que era esa parte oscura la que los dominaba, y no al revés.

Todo lo contrario que Jesse Tannenberg. Es verdad que participó con ellos en el intento de asesinato de Steve, pero, a diferencia del resto, la conciencia de Jesse lo señaló. Y cada vez que su reflejo aparecía en el espejo, lo condenaba sin remedio. No soportaba ver ni lo que era ni en lo que se había convertido. Por eso trató de suicidarse. Y por eso le di la oportunidad de elegir. Y eligió bien. Al final, me dio una lección, y puedo decir incluso que me abrió los ojos. Porque cuando Jesse puso el dedo en el gatillo, tenía dos opciones: pegarse un tiro en la cabeza y dejar de ser quien era, o dispararme y convertirse definitivamente en la persona que llevaba años odiando ser.

Y eligió la opción correcta. La que Steve me explicó aquel día en mi habitación.

La tercera puerta.

Gastó la única bala disparando al techo. Y, a pesar de no saber qué estaba dispuesto a hacer con él, me miró con determinación y una profunda resolución en sus ojos. El viejo Jesse murió, dejó de existir, fue la última muerte en Goodrow Hill. Al mirarlo, su reflejo oscuro había desaparecido. Me encontraba ante otro Jesse, uno diferente. Y entonces hice lo que Steve me pidió que hiciera aquel día: ser mejor.

Y dejé que se fuera.

Ese fue mi primer paso. Un destello fuera del espejo.

Y ahora, delante de mi reflejo, debía dar el segundo y definitivo: decidir quién quería ser.

Ante mis ojos se presentaba la máscara que había llevado, la persona que Steve creó para mí: Markie Andrews.

La dificultad residía en que la oscuridad de John Mercer —el legado infecto de mi padre— corría por mis venas y en mi naturaleza. Por eso disfruté destrozándole la cara a Calvin Bowers. Por eso no me contuve y asesiné a todos los que le hicieron daño a Steve cuando supe que lo habían matado.

Pero no podía volver a ser Mark Andrews. Después de lo ocurrido, era imposible volver a mi vida anterior. ¿Qué podía hacer entonces? ¿Iba a dejarme dominar? ¿Seguiría siendo quien realmente era?

¿O abriría la tercera puerta?

Agaché la cabeza y miré las manecillas del grifo oxidado. El colgante que rodeaba mi cuello se bamboleó y quedó como si estuviera suspendido ante mis ojos. Lo cogí con dos dedos y pasé las yemas por el relieve del ribete negro que lo rodeaba como un cinturón. No hacía falta que mirara las letras, sabía muy bien qué había inscrito: el nombre de mi hermano.

Y mientras lo acariciaba, me quedé pensando...

Yo siempre había querido ser como Steve. Era todo lo bueno que podía llegar a ser una persona. Él no solo fue mi hermano, fue también mi salvador y mi ejemplo. ¿Cómo no iba a querer ser como él?

Entonces lo entendí: para mí, Steve era mi tercera puerta.

Esta era mi oportunidad de ser como él. De mostrarme al mundo tal como él era. De dejar atrás las máscaras.

Alcé la mirada y me encontré con mi reflejo una vez más. Apenas me reconocía, pero estaba sonriendo como hacía mucho que no lo hacía.

Hablé directamente al espejo, orgulloso de mi propia decisión.

—¿Cuál es tu nombre? —me pregunté. Y, sonriendo, respondí—: Mi nombre es...

Mi nombre es John Mercer.

Agradecimientos

Querido lector:

¡GRACIAS por acompañarme en esta historia!

No puedo expresar lo afortunado que me siento al poder escribir esto.

El viaje que empezó en Stoneheaven con el asesinato de Sarah Brooks sigue su camino y nos lleva esta vez a Goodrow Hill (con una breve incursión en Rushford Falls).

Para mí, es un placer compartir con vosotros esta nueva historia. No me ha resultado nada fácil y me ha traído de cabeza más de una vez, pero espero que la travesía haya valido la pena.

Como siempre digo, un escritor no es nadie sin los lectores, así que sería un pecado no agradeceros todo el apoyo que me habéis mostrado, no solo leyendo mis novelas, sino con vuestros mensajes de ánimo en las redes sociales, al recomendar mis libros a vuestros amigos y conocidos y, sobre todo, por la pregunta que más me hacéis a diario: «¿Para cuándo la próxima novela?». Es un orgullo saber que estáis ansiosos de leerme de nuevo. Yo también estoy deseoso de que lo hagáis, aunque a veces el vértigo que ello supone intente jugarme malas pasadas.

Así que para vosotros van mis primeros agradecimientos.

En segundo lugar, quiero agradecer a mis agentes Pablo y David su trabajo incansable y que me sigan apoyando en esta carrera de fondo que es ser escritor. Gracias a los dos y a todo el equipo de Editabundo. Sois los mejores.

Como no podía ser de otra manera, quiero agradecer a mis editoras Clara, Carmen y María su apoyo y confianza en este proyecto, y al enorme equipo de Ediciones B y Penguin Random House que lo han hecho posible. Es un orgullo publicar con vosotros, de verdad.

También quiero darle las gracias a mi mujer, Marta, por seguir siendo mi primera lectora, y a mi hija, Vera, que es lo mejor que me han dado Dios y la vida. Sin ellas, yo no sería gran cosa. Os quiero con locura. En el momento de escribir estas líneas, tengo al pequeño Thiago dormitando en el vientre de su mami, pero espero que cuando se haya publicado este libro él también haya visto la luz. Tu papi te quiere, pequeñín, y si algún día lees estas líneas, recuerda: sé bueno y piensa en los demás. No hace falta pensar tanto en uno mismo y olvidarse de la gente que te rodea.

Quiero agradecerles a mis padres que me hayan dado tres hermanos. Dámaris, Abigail, Malco. Quizá seamos un poco despegados unos de otros, pero os quiero mucho, y este libro también es para vosotros.

También quiero darle las gracias a Al Ewing. Este escritor del mundo del cómic (al que no conozco todavía en persona) me dio la idea para esta novela (sin saberlo) cuando leí por primera vez su *Inmortal Hulk*. La reflexión de Steve Flannagan al final de este libro bebe directamente de una de sus ideas, y es un homenaje a su trabajo y a su fabulosa y terrorífica imaginación. Tanto él como mi padre (sobre todo mi padre, todo sea dicho de paso) me hicieron ver que hay mucho más que un solo hombre (o mujer) cuando uno se mira al espejo.

Por último, y de manera excepcional, quiero darles las gracias a Markie, Helen, Vance, Steve y los demás personajes de esta novela. Me lo he pasado muy bien escribiendo vuestra historia, aunque me hayáis hecho perder horas de sueño o decidierais llevarme por caminos por los que no pensaba ir. ¡Os echaré de menos a todos! ¡A ti también, pequeño Elliot!

Un momento, ¿en serio estoy hablando con mis personajes? Debería dormir más... pero creo que primero escribiré un ratito.

Preparaos, porque va a ser muy fuerte.

Declan os lo puede asegurar...

¿Nos leemos en la siguiente?

Con cariño,

SANTIAGO VERA